T. Jefferson Parker

# TODESROSEN

Krimi

Aus dem Amerikanischen
von Thomas A. Merk



Knaur

*Für Catherine Anne*
*Mit all der Liebe, die der Himmel zuläßt*

# Danksagung

Ich möchte den im folgenden aufgeführten Personen für ihre Großzügigkeit und ihre Hilfe danken. Dieses Buch hätte ohne ihre Hilfe nicht geschrieben werden können: Gail und Betty Bagley, Tom Bagley und Vilma Dunn, Sioux Herlihy, Peggy Darnell, Dorothy Glover, Lynn Cooper, Jeanne Sandifer, Julie Sedevic und Dana Blakemore.

Ein ganz besonderes Dankeschön geht wieder einmal an Donald A. Stanwood.

# KAPITEL 1

Eigentlich dreht sich hier alles um den Pazifik. Auf lange Sicht läuft alles, das Land und die Leute hier, immer wieder auf ihn hinaus. Auf kurze Sicht allerdings kann eine Menge passieren.

Die Franziskaner haben die Indianer zugrunde gerichtet, die Mexikaner haben die Spanier davongejagt, bis schließlich die Angloamerikaner die Mexikaner hinauswarfen und die Stadt Newport Beach tauften. Schwimmbagger machten das Hafenbecken tiefer, und die Leute lebten vom Ozean. Es gab eine Fischereiflotte, eine gute Konservenfabrik und Männer und Frauen, die dort und auf den Trawlern arbeiteten. Es waren starke, unabhängige Menschen, ungebildet, aber nicht dumm.

Dann verschwand der Thunfisch, die Netze verfaulten, und die Fischer verfielen dem Suff und der Trägheit. Zwei Kriege kamen und gingen. Dann brachen die Touristen ein, John Wayne zog hierher, und die Preise für Grundstücke stiegen ins Unermeßliche. Jetzt gibt es in Newport Beach mehr Porsche-Automobile als in deren deutschem Vaterland und mehr Schönheitschirurgen als in Beverly Hills. Newport Beach ist genau so, wie man sich eine südkalifornische Stadt vorstellt. 66 453 Leute leben hier, und die meisten von ihnen sind, wie in jeder anderen Stadt auch, anständig.

Jim Weir wuchs auf Newports Balboa-Halbinsel auf, in einem Haus direkt an der Bucht, das seit neunzig Jahren seiner Familie gehörte. Der erste männliche Weir, der in die Neue Welt kam, war vor dem heutigen Provincetown von der MAYFLOWER ins Meer gefallen und ertrunken. Die Nachkommen seiner schwangeren Frau zogen mehr als zweihundert Jahre später, zur Zeit des Goldrausches, in den Westen. Jims Urgroßvater hatte auf der Thunfischflotte von Newport gearbeitet und war zufrieden gestorben, falls es so etwas überhaupt gibt. Sein Großvater hatte in denselben Gewässern gefischt, als sie noch fischreich waren. Doch bis der Erfolg der Familie Jims Mutter, Virginia, erreicht hatte, war er schon merklich bescheidener geworden. Virginia führte mit hartnäckiger Tüchtigkeit ein Café namens *Poon's Locker.* »Poon« hatte Weirs Vater mit Spitznamen geheißen; er war vor zehn Jahren an einem Herzinfarkt gestorben. Jims älteren Bruder hatte ein nordvietnamesischer Heckenschütze in Nhuan Duc mitten durchs Herz geschossen. Seine Schwester Ann betrieb einen kleinen Kindergarten zwei Blocks vom Elternhaus der Weirs entfernt, und abends bediente sie in einer Bar.

Jim war Bergungstaucher von Beruf, davor hatte er zehn Jahre für den Sheriff gearbeitet: ein Jahr als Gefängnisaufseher, zwei als Streifenpolizist, fünf bei der Hafenpatrouille und zwei als Kriminaler. Danach hörte er auf, übernahm Bergungsaufträge in der Nähe und suchte nach einem englischen Piratensegler mit Namen BLACK PEARL, der im Jahre 1781 vor der Küste Mexikos von spanischen Kriegsschiffen versenkt worden war. Aber sosehr er auch suchte, bisher hatte Jim noch nicht einmal eine Spur des Wracks gesehen. Seit Jim erwachsen war, hatte er fast immer an Bord der LADY LUCK auf dem Liegeplatz B - 420 im Hafen von Newport gelebt.

Von seinem Vater hatte er die buschigen Augenbrauen und schwarzen Haare geerbt, den humorlosen Gesichtsausdruck, eine kräftige Figur, der man es nicht ansah, daß Jim eine Menge Gewicht mit sich herumschleppte, und jene äußere Ruhe, die manche Leute fälschlicherweise als Trägheit interpretieren. Von seiner Mutter stammten die blauen Augen, seine großen Hände, die immer zehn Jahre älter als der Rest von ihm aussahen, und sein aufbrausendes Gemüt, das unter einer ruhigen Oberfläche lag. Wie viele gebürtige Kalifornier war er merkwürdig reserviert und pflegte die Art wissender Zurückhaltung, die die Leute von der Ostküste immer ein wenig amüsiert und die nichts mit der landläufigen Parodie von »Coolsein« zu tun hat. Wirklich cool zu sein bedeutet, ständig bereit zu sein. Jim war siebenunddreißig, kräftig gebaut, unverheiratet und hatte nicht immer einen Job. Was die wichtigen Dinge des Lebens betraf, wartete er immer noch auf den großen Durchbruch.

Er stand auf der Fähre, die über die Bucht von der Balboa-Insel zur gleichnamigen Halbinsel glitt. Lichtreflexe zitterten auf dem schwarzen Wasser, und in der ganzen Bucht war das Klappern der Takelage von Segelbooten zu hören. Eine frische Maibrise wehte vom Meer herein und legte sich wie kalte Hände auf Jims Gesicht. Droben am Himmel schwirrte der Polizeihubschrauber von Newport Beach, bis er abdrehte und mit seinem Scheinwerfer woanders nach Verbrechern suchte. Jim sah hinüber zu den Häusern am jenseitigen Ufer, und fast hätte er vor sich hin gelächelt: Tut verdammt gut, dachte er, wieder zu Hause zu sein.

Die vergangenen sechs Monate hatte Weir in Mexiko nach der BLACK PEARL getaucht, wobei er die letzten vierunddreißig Tage als Ehrengast der mexikanischen Polizei im Gefängnis von Zihuatanejo verbracht hatte. Jeden Tag in der Dämmerung, wenn er vom Krähen der Hähne in der stinkenden Dunkelheit aufwachte, hatte er mit dem Daumennagel einen Strich in die Zellenwand geritzt. Bei diesem Aufenthalt hatte Jim fünfzehn Pfund abgenommen, zweitausend Dollar Bargeld, seine hervorragende Bergungs- und

Tauchausrüstung und sein Heim, die LADY LUCK verloren. Die Anklage gegen ihn war erlogen, hatte etwas mit Drogen zu tun und wurde aus Gründen, die man Weir nicht mitteilte, fallengelassen. Als ihn die Beamten der *policia* schließlich gehen ließen, besaß er noch seine Armbanduhr, die Kleider, in denen er verhaftet worden war, und ein Busticket nach San Diego. Die mexikanische Polizei galt noch nie als besonders menschenfreundlich.

Die Fähre ächzte, wurde langsamer und schmiegte sich an den Anlegesteg. Jim trat mit unsicheren Schritten an Land. Eine Diät aus Bohnen und schlechtem Wasser fordert auch von den stärksten Muskeln ihren Tribut. Jim ging den Bürgersteig entlang, schlängelte sich durch die Touristen und sog die salzige Luft, die sich mit den Abgasen der im Leerlauf auf die Fähre wartenden Autos und dem Geruch von Seetang vermischte, tief ein. Vom Vergnügungspark fiel rosarotes Licht auf den Gehsteig und irgend jemand schrie hoch oben auf dem Riesenrad. Die Touristenmädchen waren so hübsch wie immer. Wurden sie eigentlich immer jünger, oder täuschte er sich da? Er hörte die Tritte seiner Stiefel auf dem Pflaster, spürte, wie seine geschwächten Beine bei jedem Schritt zitterten, und abermals hätte er fast gelächelt: Mom war bestimmt im *Whale's Tale* und trank ein Glas Wein, das Ann ihr serviert hatte. Wenn Raymond Nachtschicht hatte, ging er wahrscheinlich gerade Streife. Daheim, Mann, *daheim*!

Er hatte sich nicht geirrt. Seine Schwester stand in einem albernen Matrosenkleidchen, das ihre Beine voll zur Geltung brachte, an einem Fenstertisch und schwatzte mit Virginia. Seine Mutter trug eine blaßgelbe Windjacke, die zur Farbe ihrer Haare paßte. Ann drehte ihm den Rücken zu. Jim ging mit schnellen Schritten hinüber zu ihr, schlang seine Arme um ihre Hüften, steckte seine Nase tief in ihre hübschen blonden Locken und grunzte wie ein Schwein. Sie stieß ihm einen Ellenbogen in die Rippen, drehte sich um und drückte ihn fest an sich. Er legte einen Arm um sie und sah hinunter zu Virginia, die einen Schluck Wein trank und ihm ein warmes Lächeln schenkte.

Ann fuhr herum und drückte ihn in einen Stuhl an Virginias Tisch. »Wieso warst du zwei Monate fort, ohne wenigstens eine Postkarte zu schreiben? Hast du das Piratenwrack gefunden? Warum hast du nicht geschrieben? Mein Gott, du bist ja ganz mager. Bist du okay? Weiß Ray, daß du zurück bist?«

»Ja, nein, Gefängnis, ja, nein. Mann, habe ich einen Hunger!«

»Gefängnis? Mein Gott, Jim!« Ann legte ihm die Hand auf die Stirn wie eine Mutter, die sie nie sein würde. Jim sah die drei dunklen Punkte in der blauen Iris ihres linken Auges, die ihm immer wie Inseln im Meer erschienen waren. Ann war zwei Jahre älter als er, sah aber fünf Jahre jünger aus.

Virginia legte eine ihrer großen, knochigen Hände an Jims Rippen. «Was ist passiert, Sohn?«

»Kann ich zuerst was zu essen haben?«

Anns Unterkiefer fiel in gespielter Entrüstung herunter. »Ich komme sechs Monate lang fast um vor Sorgen, und du willst *was zu essen*. Hier, iß das!« Sie wedelte ihm mit einer dunkelblauen Serviette vor dem Gesicht herum.

»Du bist ja ganz schön aufgekratzt!«

»Ach, bin ich das? Dann werde ich jetzt meiner Lebensaufgabe nachgehen und dir *was zu essen* besorgen.«

»Gut schaust du aus, Annie. Du hast ja richtig rote Bäckchen.« Jim kam es so vor, als hätte sie abgenommen und als wären die Ärgerfalten zwischen ihren Augen tiefer geworden, er sagte aber nichts.

»Ach, das ist nur mein Make-up. Aber trotzdem, danke für

das Kompliment. Jetzt mußt du mich aber entschuldigen, die am Vierertisch in der Ecke geben keine Ruhe.«
Jim aß Muschelsuppe mit viel Brot, gegrillten Schwertfisch und zum Nachtisch Käsekuchen und trank dazu fast einen ganzen Liter roten Hauswein. Wann immer Ann Zeit hatte, an den Tisch zu kommen, berichtete er in Etappen von seinem unglücklichen mexikanischen Abenteuer. Daß man ihn am Abend seiner Festnahme verprügelt hatte, ließ er aus. Es hatte ihm damals zu weh getan, als daß er jetzt drüber sprechen konnte.
Weir hatte schon vor langer Zeit herausgefunden, daß Worte manche Dinge nur noch schlimmer machen, daß Schweigen sogar den Teufel verwirrt und daß das Abladen von Seelenmüll auf die Leute, die man liebt, in etwa dasselbe ist, als wenn man aufs Klo geht, ohne die Toilettentür zu schließen. Was Jim in Mexiko wirklich das Herz zerrissen hatte, waren nicht die Prügel gewesen, auch nicht, daß es ihm nicht gelungen war, die BLACK PEARL zu finden, oder der Dünnpfiff, den er sich im Gefängnis von Zihuatanejo geholt hatte. Es war die Tatsache, daß er sein Boot – sein *Zuhause* – und alles, was darauf gewesen war, dort hatte zurücklassen müssen. Erst jetzt, als er wieder in den Staaten war, kam ihm dieser Verlust richtig zu Bewußtsein. Bisher hatte die Angst alle anderen Gefühle überlagert, jetzt aber war Jim ein wenig angetrunken. Carlos Fuentes hatte recht: Als Gringo in Mexiko konnte man sich ebenso gleich erschießen. Bevor Jim seine Geschichte zu Ende erzählt hatte, hatte er sich in seiner Phantasie ein dutzendmal auf brutale Art an seinen Peinigern gerächt. Trotz dieser leidenschaftlichen Gedanken war Jim so müde, daß er kaum die Augen offenhalten konnte.
»Du mußt schlafen, mein Sohn. Bleib bei mir im Großen Haus. Dein Bett ist immer noch gemacht. Übrigens habe ich

deinen Wagen jede Woche bewegt, so, wie du es wolltest. Becky würde sich über deinen Besuch freuen.«
Ann beugte sich herunter und umarmte ihn. »Du bleibst schön sitzen, bis meine Überraschung kommt. Und weißt du, was? Ray und ich geben am Freitag eine Party. Wenn du nett bist, lade ich dich dazu ein.«
Jim fragte nach dem Anlaß, aber Ann antwortete ausweichend und verschlossen, wie es oft ihre Art war. Eine Tasse Kaffee später schaute Jim auf und sah Anns Ehemann, seinen ältesten und besten Freund, auf den Tisch zugehen. Lieutenant Raymond Cruz von der Polizei von Newport Beach bewegte sich mit langsamen, geschmeidigen Schritten durch den Raum. Mit Revolver, Gummiknüppel, Funkgerät und anderen Ausrüstungsgegenständen, ordentlich am Gürtel aufgereiht, kam er so überladen daher wie alle Streifenpolizisten. Jim war nicht gefaßt auf das Glücksgefühl, das ihn auf einmal durchfuhr. Ray grinste breit, riß die Arme auseinander – linke Hand unten, rechte Hand oben – und drückte Jim an sich wie ein Grizzlybär. Weir spürte die Kraft in Rays Händen, als sie ihm auf den Rücken schlugen. Es war eine Umarmung voller Dankbarkeit dafür, daß Jim wieder da war. Raymond löste sich als erster und betrachtete Weir. »Du siehst ganz schön fertig aus.«
Jim nickte. »Du hattest recht. Sie haben mir alles weggenommen.«
Ein Schatten huschte über Raymonds Augen. Seine erste Reaktion war vermutlich, sofort hinunterzufahren und alles zurückzuholen. Er küßte Ann, beugte sich zu Virginia hinunter und gab ihr ebenfalls einen flüchtigen Kuß, dann wandte er sich wieder mit einem Ausdruck des Unverständnisses an Jim. »Wie oft muß ich es dir denn noch sagen?«

»Bitte nicht noch mal. Ich will es nicht schon wieder hören.«
»Du läßt dir nichts sagen, du willst einfach nicht hören. Mein Freund, du bist so dumm wie Bohnenstroh. Warum ist es nur so verflucht schön, dich wiederzusehen?« Einen Moment stand er da und schaute mit seinem klaren, offenen Blick in Jims Gesicht. Dann sah er hinüber zu Ann, die auf einmal völlig unvermittelt zu strahlen anfing.
»Sag's ihm«, sagte sie.
»Sag du es ihm, Ann.«
Sie trat auf Jim zu, nahm seine Hand und legte sie auf ihren Bauch. »Na, wie klingt das: ›Onkel Jim‹?«
Einen Augenblick lang war Weir sprachlos. Ann konnte keine Kinder bekommen, ganze Heerscharen von Ärzten hatten ihr das immer wieder gesagt, und zwanzig Ehejahre hatten es bestätigt. Und jetzt, plötzlich, war das Unmögliche eingetreten – das Wunder stand ihr im Gesicht geschrieben.
Dann sprudelte sie die Einzelheiten hervor und gebrauchte dabei Worte, die sie noch vor kurzem vor Neid hätten erstarren lassen: In sieben Monaten ist es soweit, ein Dezemberbaby, am Morgen war ihr schlecht, sie muß noch ein Kinderzimmer einrichten, und einen Namen müssen sie auch noch finden.
Jim sah, daß sie bereits tief in einer Welt lebte, in die ihr kein Mann folgen konnte, im Universum der Mutterschaft. Er hatte sie noch nie so von Grund auf glücklich gesehen. Sogar Virginia legte eine gewisse Fröhlichkeit an den Tag. Raymonds Haltung hatte sich verändert, er hielt jetzt den Kopf ein wenig höher, den Nacken ein wenig gerader, und seine schmalen lateinamerikanischen Gesichtszüge sahen auf einmal ungewohnt rundlich aus.
»Annie«, sagte Jim, »du wirst bestimmt die beste – äh, die zweitbeste Mutter in der ganzen Welt werden. Wenn man

beim Heimkommen so etwas hört, hat sich die ganze Scheiße in Mexiko direkt gelohnt.« Solange er sich erinnern konnte, hatte Ann sich ein Kind gewünscht. Sie hatte die Hoffnung nie aufgegeben.

Anns Lächeln war so frisch, als wäre ihr die Gnade, deren sie teilhaftig geworden war, eben erst zu Bewußtsein gekommen. Sie fing sich schnell wieder, zügelte ihre Freude und schlug vor, am nächsten Morgen im Großen Haus zusammen zu frühstücken, damit Jim erzählen konnte, »was da drunten in Mexiko wirklich passiert ist«. Nachdem das ausgemacht war, gab ihr Raymond noch einen zarten Kuß und sah auf die Uhr. »Ich muß zurück in den Straßendschungel von Newport«, sagte er. »Schön, daß du wieder da bist, Jim. Wir sehen uns morgen früh.«

Er ging zur Tür, drehte sich noch einmal um, mit einem Lächeln, das eigentlich Jim hätte gelten sollen, aber schnell zu seiner Frau glitt.

Fünf Minuten später spürte Weir, wie die Erschöpfung die Oberhand gewann. Er trank sein noch halbvolles Glas Wein aus und stand auf. »Wehe, wenn mich jemand vor Mittag weckt.«

Mühsam schleppte er sich die Treppe hinunter und trat hinaus in die feuchte Dunkelheit der Halbinsel. Am Himmel zogen sich Nebelschwaden zusammen, und in seinen Knochen spürte er die Kälte der Frühlingsnacht.

Aber Weir ging nicht zum Haus seiner Mutter, sondern daran vorbei zu den kleinen Häusern und ruhigen Nebenstraßen direkt am Wasser, in denen er fast seine ganze Jugend verbracht hatte. Die Gegend war still. Die flachen Häuschen standen eng beieinander zwischen Hecken aus Oleander und Bougainvilleen, und die winzigen Gärten davor sahen ein wenig verwildert aus. Einen halben Block weiter war *Poon's Locker*, das Familienunternehmen, das für

Poon und Virginia so viel Geld abgeworfen hatte, daß sie drei Kinder großziehen konnten.
Das Café wirkte massiv, wie es so im Dunkeln dalag, und Jim blieb einen Moment stehen und schaute durch eines der beiden O des Neonschriftzugs, der seit 1963 im Fenster hing. Drinnen konnte er gerade die Umrisse von Stühlen und Tischen und den Postkartenständer neben der Tür sehen. DIE DICKSTEN FISCHE FÄNGT MAN BEI POON! An den Wänden erkannte Jim die ausgestopften Fischköpfe, er sah die Theke und die alte Registrierkasse. Viel hätte nicht mehr gefehlt, und Jim hätte Jake vor sich gesehen, wie er als Kind unter Poons wilden Flüchen durchs Lokal tobte.
Wieder einen halben Block weiter kam Weir bei *Anne's Kids*, dem Kindergarten seiner Schwester, vorbei. Schon lange dachte Jim, daß sie ihn in Ermangelung einer eigenen Familie betrieb. Würde sie die Tagesstätte Anfang Dezember schließen? Das Haus war klein und alt, und das Grundstück war von einen zwei Meter hohen Maschendrahtzaun umgeben, wohl um die lieben Kleinen beim Spielen drinzuhalten. Der Hof hatte einen Betonboden, und Jim sah Dreiräder und Bauklötze sauber neben der Vordertür aufgereiht. All das machte auf Jim den Eindruck, als würde es bald der Vergangenheit angehören.
Dann ging er am Haus von Ann und Raymond vorbei, einem netten kleinen Bungalow mit zwei Schlafzimmern und einer Holzveranda, die mit alten Fischernetzen voller Seesterne, Muscheln, Seeigel und Schwimmern aus Kork dekoriert war. Vom Gehsteig aus gesehen schienen diese Gegenstände in der Luft zu schweben. Ann, dachte er, sammelte die kleinen Schätze des Lebens.
Jim ging drei Häuser weiter zu einem Grundstück, das sich hinter einer hohen Hecke aus weißblühendem Oleander verbarg. Er blieb einen Augenblick stehen, atmete tief durch

und fand im Blätterdickicht das Gartentor. Er griff darüber, hielt die kleine Messingglocke fest, damit sie nicht klingelte, und öffnete langsam das Tor. Kaum war er drinnen, blieb er stehen. Der kleine Garten war sehr gepflegt, und die Luft roch süß von den Blüten des Orangenbaums in seiner Mitte. Frühlingsblumen wippten träge in ihren Töpfen. Die flachen Steine des Gartenpfads waren sauber gefegt. Er endete bei einem kleinen Haus, aus dem Licht drang.

Die hölzerne Eingangstür stand offen, aber die Tür aus Fliegengitter dahinter war geschlossen, und Jim konnte die Frau sehen, die mit dem Rücken zu ihm im Eßzimmer saß, den Kopf in die linke Hand gestützt, während sie in der rechten einen Bleistift hielt und etwas auf einen Block schrieb. Als sie sich umdrehte und in Jims Richtung sah, leuchteten ihre hellbraunen Locken im Lampenlicht, der Rest ihres Gesichts aber blieb im Schatten. Jim drückte sich in die Oleanderhecke. Unentdeckt beobachtete er, wie sie aufstand und durch das Zimmer auf ihn zukam, eine schöne, kräftige Frau in einem Kleid aus grüner Seide. Sie blieb, die Hände in die Hüften gestützt, an der Fliegengittertür stehen und sah hinaus. Weir hatte das Bedürfnis, auf sie zuzugehen und etwas zu sagen, aber er wußte nicht, was, und seine Beine verweigerten ihm den Dienst. Aus tiefster Seele stieß er einen Seufzer der Erleichterung hervor, einen Seufzer, den er die langen sechs Monate in Mexiko nicht hatte hervorbringen können. Wie hatte er sich die ganzen vierunddreißig Tage im Gefängnis von Zihuatanejo, in denen er in seiner Zelle immer wieder an diese Frau gedacht hatte, nach diesem Augenblick gesehnt! Auf einmal ging das Licht auf der Veranda aus, und die Haustür wurde geschlossen. Jim hörte, wie der Sicherheitsbolzen ins Schloß schnappte.

Der erste Anruf weckte ihn um ein Uhr morgens. Jim lag in seinem alten Zimmer und warf sich im Halbschlaf, schweißnaß und von Magenkrämpfen geplagt, von einer Seite auf die andere. Einen Moment lang wußte er nicht, wo er sich befand. Es war Ray.

»Jim, hast du Ann gesehen?«

»Nein.«

»Bist du gegangen, bevor sie aushatte?«

»Ja. Um zehn oder so. Ist was nicht in Ordnung?«

»Sie ist nicht zu Hause. Sie ist sonst immer da, wenn ich komme. Ich habe noch mal im Restaurant vorbeigeschaut, wo man mir sagte, daß sie um halb elf gegangen sei, eine halbe Stunde vor Dienstschluß. Sie ist nicht hier. Also dachte ich –«

«Vielleicht ist sie im *Locker*, oder vielleicht wollte sie noch einen Spaziergang machen«, murmelte Jim, dessen Magen sich in Krämpfen wand. Raymond machte sich immer zuviel Sorgen über alles mögliche. Er schien das zu brauchen.

«Ein zweistündiger Spaziergang auf der Halbinsel? In diesem Kleidchen, das sie dort tragen muß? Außerdem ist es neblig draußen. Ich schau' mal im *Locker* vorbei.«

»Also, ich weiß nicht, wo sie sein könnte, Ray.«

Ganz genau wußte Weir hingegen, daß Becky Flynn, als sie das erste Mal nicht zu ihm nach Hause gekommen war, mit einem anderen Mann ausgegangen war. Sie hatte, nachdem sie und Jim sich getrennt hatten, diesen Mann dann auch tatsächlich geheiratet, und Jim hatte sich nie entscheiden können, ob er das als Trost empfinden sollte oder nicht. Jim sagte Raymond nichts davon, sondern fluchte insgeheim über sich selbst, weil er seine eigenen Erfahrungen mit enttäuschter Liebe auf seine Schwester und seinen Freund projizierte.

Aber in dem Augenblick der Stille, die folgte, spürte er, daß

Raymond sich ähnliche Gedanken machte. »Nun, sie hat so was noch nie gemacht.«

»Probier's im *Locker*, Ray.« Jim hatte immer gedacht, daß Ray alles an eine zu kurze Leine legte, Annie eingeschlossen. Das war typisch und verständlich für einen Polizisten.

»Entschuldige bitte. Schlaf wieder ein.«

»Gut' Nacht, Ray.«

Eine Stunde später, um zwei Uhr fünf, rief Raymond wieder an. »Jim, sie ist immer noch nicht da. Und im *Locker* ist sie auch nicht. Ihr Auto ist fort. Bist du sicher, daß sie nicht bei Virginia ist?«

Weir hatte gerade von seiner Zelle im Gefängnis von Zihuatanejo geträumt. Er hatte die fauligen Wände gerochen und gespürt, wie Kakerlaken über seine nackten Füße krabbelten, so tief war der Traum gewesen. »Ich schau' mal schnell nach unten«, sagte er.

Anns Mädchenzimmer war leer, ebenso das Wohnzimmer und Jakes alte Bude. Eine Straßenlaterne warf ein Rechteck aus weichem Licht auf den Fußboden des Elternschlafzimmers, in dem Virginia tief und fest schlief. Einen winzigen Moment lang dachte Jim an die alten Tage, als Jake und sein Vater noch gelebt hatten und im Haus immer alles drunter und drüber gegangen war.

Er warf sogar einen Blick in die Garage, sah dort aber nichts, außer seinem Pick-up-Truck, Virginias altem VW und einem Haufen Gerümpel. Sein Magen grollte, als er die Treppe zu seinem Zimmer hinaufstieg. »Nein, hier ist sie nicht«, sagte er zu Ray.

»Es ist schon nach zwei, Jim!«

»Hast du die Streife angerufen?«

»Ja. Nichts. Vielleicht sollte ich selbst herumfahren.«

»Nein, bleib am Telefon. Sie weiß, wo du bist, Ray. Sie ruft bestimmt an.«

»Ich habe ein schlechtes Gefühl.«
Weir überkam eine ähnliche Empfindung, die aber gleich wieder verging. »Laß es nicht übermächtig werden. Sie kommt sicher bald nach Hause.«
»Entschuldige.«
Weir konnte nicht mehr schlafen. Um drei Uhr fünfundzwanzig klingelte das Telefon erneut. »Sie ist immer noch nicht hier, Jim.«
»Ich bin in fünf Minuten bei dir.«
Jim zog sich in der Dunkelheit an und ging nach unten. Seine Mutter saß aufrecht mit kerzengeradem Rücken und erhobenem Kopf in ihrem Lieblingsstuhl im Wohnzimmer und hatte beide Arme auf die Lehnen gelegt. Sie saß da wie Abraham Lincoln. Sie fragte Jim, was los sei, und er sagte, daß Ann noch nicht zu Hause sei.
»Ruf im *Whale's Tale* und im *Locker* an«, schlug sie vor.
»Das hat Ray schon getan.«
»Dann probier es bei Sherry, der Kollegin vom Restaurant.«
«Sie hätte angerufen, wenn sie bei einer Freundin wäre.«
»Dann ruf beim Wachhabenden der Polizei an.«
»Auch das hat Ray schon getan.«
Virginia war für einen Moment still. »Das gefällt mir nicht. So was hätte vielleicht dein Vater getan. Annie hat mehr von Poon, als du und als Jake gehabt hat. Deshalb habe ich ihr als erstes beigebracht, wie man als Frau auf sich aufpaßt.«
»Aber das bringt sie jetzt auch nicht nach Hause, Mom.«
»Geh zu Ray. Ich rufe bei Becky an.«
Jim schloß leise die Tür hinter sich und ging am Ufer der Bucht nach Norden. Als er bei *Ann's Kids* vorbeikam, sah er, daß die Vordertür einen Spalt offenstand. Weir blieb stehen und sah auf die Uhr: Es war drei Uhr siebenunddreißig, Dienstag morgen, sechzehnter Mai. Er ging zum Hoftor, das verschlossen war, und kletterte schließlich über den Zaun.

Auf der anderen Seite sprang er hinunter und kam hart auf. Der Maschendraht schwirrte etwas, aber beruhigte sich gleich wieder. Sechs Schritte waren es zur Tür, die Absätze seiner Stiefel klackten auf dem Beton, das Haus war dunkel. Er drückte mit dem Zeigefinger gegen die Tür, die leicht und ohne ein Geräusch nach innen schwang.

Weir trat ins Haus und knipste das Licht an. Er stand im Spielzimmer mit seinem sauberen Holzboden. Spielzeug jeglicher Art – Plastikeimer und -schaufeln, Puppen und Puppenhäuser, große Holzwürfel mit aufgemalten Buchstaben – war an einer Wand ordentlich aufgereiht. Ein Schaukelpferd stand da, als wäre es mitten im Galopp erstarrt. An einer anderen Wand befand sich ein niedriges Regal voller Bilderbücher. Daneben war ein kleiner Korb voller Kreisel, Jojos und Springseile und ein größerer, in dem die großen roten Bälle waren, die nach Gummi riechen und beim Aufspringen einen schönen Schwirrton von sich geben.

Das zweite Zimmer war der Ruhe- und Videoraum. Die Küche daneben war sauber. Jim stieß mit der Fußspitze die Tür zu Anns Büro auf: ein Schreibtisch, drei Klappstühle, Schreibmaschine, Telefon, Anrufbeantworter. Neben dem Telefon stand eine Blumenvase ohne Blumen, aber halb voll mit Wasser. Jim roch daran. Das Wasser war frisch.

Jim blickte durch ein Fenster hinaus in den Hinterhof und sah ein Spielhaus, einen Kaninchenkäfig und einen Sandkasten.

Er schaltete das Licht aus und verschloß die Vordertür, kletterte wieder über den Zaun und fragte sich, warum die Tür offengestanden hatte und warum auf Anns Schreibtisch eine halb mit frischem Wasser gefüllte Blumenvase ohne Blumen stand.

Vier Häuser weiter ging er durch ein schmiedeeisernes Tor und einen kurzen Gartenweg entlang. Die feuchten Bodenbretter der hölzernen Terrasse vor der Haustür bogen sich unter seinen Tritten durch. Ray öffnete, bevor Jim klopfen konnte.

»Die Tür des Kindergartens stand offen, Ray.«

»Ich weiß. Ich war dort, habe mich umgesehen und alles so gelassen, wie es war. Hast du die Tür geschlossen?«

Jim nickte.

Raymond sah ihn scharf an. Schweiß glänzte auf seiner Stirn, und die Haare um seine Ohren waren feucht. »Ich hoffe, du hast keine Spuren verwischt.«

Auf einmal wurde Jim klar, daß Ray wirklich in Panik war.

»Der Kindergarten ist doch kein Tatort.«

»Irgendwas stimmt nicht. Ich spüre das. Wenn man zwanzig Jahre lang verheiratet ist, weiß man, wenn etwas nicht stimmt.«

Jim stand im Wohnzimmer, und Ray goß ihm eine Tasse Kaffee ein. Das Haus war klein, mit zwei Schlafzimmern, niedrigen Decken und Wänden aus astigem Kiefernholz, das dunkel aussah wie Nußbaum. Die beiden hatten das Haus vor zehn Jahren gemietet, und damals war es eine Verbesserung gegenüber ihrem alten Appartement gewesen. Jetzt zogen sie nicht aus, weil sie in der Gegend wohnen bleiben wollten und die Mieten mittlerweile nicht mehr so preiswert waren wie früher. Das zweite Zimmer war das Arbeitszimmer, wo Raymond oft über seinen Büchern saß. Im schwachen Licht einer Schreibtischlampe sah Jim Stapel von dicken Wälzern, einen Schreibblock und eine grüne Kaffeedose, aus der ein Dutzend gespitzter Bleistifte ragte. Seit zwei Jahren, als Jim aufgehört hatte, für den Sheriff zu arbeiten, studierte Ray in Abendkursen Jura. Er sagte Weir immer, daß, verglichen mit dem Studium, die Polizeiarbeit auf der Straße direkt eine Erholung sei. Im nächtlichen Dickicht der Straßen fand er sich besser zurecht als im

Paragraphendschungel. Für Jim hatten Ann und Ray mit vielen Leuten aus dieser Arbeitergegend eines gemeinsam: Sie waren ungemein fleißig, hatten aber nicht viel davon. Rays Studium war seine Fahrkarte in eine bessere Zukunft. Virginia finanzierte es.

Weir wußte, wie schwer es für Raymond war, aus seiner Situation auszubrechen, weil er selbst das gleiche getan hatte. Als er seinen Job als Detektiv an den Nagel gehängt hatte und Schatzsucher geworden war, hatten ihm alle Leute aus der Nachbarschaft viel Glück gewünscht, aber Weir hatte trotzdem dabei auch eine gewisse Verachtung gespürt, die unterschwellige, nie geäußerte Andeutung, daß er einen Verrat begangen hatte.

In gewisser Hinsicht stimmte das auch, aber er hatte es nicht wegen des Geldes getan, sondern für seine Freiheit. Keine Polizisten mehr, keine Stechuhren, keine kleinlichen Bürokraten, kein stundenlanges Warten mehr in den Gängen des Gerichtsgebäudes, um schließlich gegen immer dieselben Leute auszusagen, die immer für dieselben trübseligen, gemeinen und dummen Verbrechen verurteilt wurden. Es mußte mehr geben als das.

Raymond verstand seinen Entschluß, hatte ihn immer verstanden, aber ihre Freundschaft, die sie schon fast dreißig Jahre verband, ging viel tiefer als ein gemeinsames Streben nach mehr. Es herrschte ein Vertrauen zwischen ihnen, wie es nur über lange Zeit wachsen kann. Sie hatten miteinander gewetteifert und sich doch die Treue gehalten. Viele Jahre waren es, die sie als Jungen gemeinsam und als Männer getrennt voneinander verbracht hatten, Jahre, in denen Ann der gemeinsame Nenner ihres Lebens gewesen war. Schon vor langer Zeit hatte Jim – mit Schrecken – festgestellt, daß Raymond im Ernstfall bereit wäre, sein Leben für ihn zu opfern. Zuerst hatte es Jim der Tatsache zugeschrieben, daß sie beide Kollegen in einem Job gewesen waren, in dem man auch getötet werden konnte, später dann einer gewissen Opferbereitschaft, die Raymond Cruz einfach im Blut lag. Schließlich hatte er es als das angesehen, was es wirklich war: als Produkt von Rays freundschaftlicher Liebe. Weir glaubte, daß er, sollte es einmal dazu kommen, dasselbe auch für Raymond tun würde, aber er wußte auch, daß man so etwas nie voraussagen konnte.

Das Telefon klingelte in der Küche. Als Raymond abhob, beobachtete Jim sein Gesicht. Ray starrte Weir an und sagte kein Wort, bis er den Hörer wieder auflegte. Er atmete tief durch. »Sie haben Ann gefunden.«

# KAPITEL 2

Der Nebel legte sich auf die Scheiben von Raymonds Wagen, als sie auf dem Pacific Coast Highway in Richtung auf die Brücke fuhren. Das Pflaster glänzte, und die Feuchtigkeit tanzte in winzigen Tröpfchen durch das Licht der Scheinwerfer. Der Schaufelraddampfer REUBEN E. LEE lag in seinem Dock, Lampengirlanden zeichneten seine Umrisse in das schwarze Wasser der Bucht. Eine Baustelle im gleißenden Flutlicht von Halogenstrahlern drückte den Verkehr auf eine Fahrspur zusammen.

Raymond sagte kein Wort. Jim sah ihn ein paarmal an, bemerkte sein feuchtes Gesicht und seine wäßrigen Augen, die nicht blinzelten. Jim hatte einen solchen Ausdruck oft genug in Gesichtern gesehen: Es war die Maske der Tragödie. Seine Hände waren auf einmal ganz kalt.

Raymond bog in die Dover Street ab und fuhr über Westcliff und Westwind Street in die Morning Star Lane. Hier war die Back Bay, der hintere Teil der Bucht. Niemand aus den Millionen-Dollar-Häusern in der Umgebung war um diese Zeit hier draußen, dachte Jim, die Gegend gehörte ausschließlich den Pennern und Fischern. Ein seichter Meeresarm lief hier zwischen zwei Steilufern eine Meile ins Landesinnere. Die beiden Ufer lagen an ihrer weitesten Stelle etwa eine Meile auseinander. Aus dem flachen Brackwasser hatte man früher Salz gewonnen, aber dieses unbedeutende Gewerbe war schon vor vielen Jahren aufgegeben worden, so daß die Back Bay jetzt den Joggern, Seevögeln und Fischen gehörte, die mit der Flut kamen und mit der Ebbe gingen. Und natürlich Leuten wie Virginia, die sich mit den Baulöwen einen Kampf um die Zukunft der Gegend lieferten. Für Weir hatte dieser Ort immer etwas Merkwürdiges an sich gehabt – die Back Bay war weder Meer noch Land, weder Salz- noch Süßwasser, weder flüssig noch fest, weder schön noch häßlich.

»Was ist los, Ray?«

Raymond drehte sich zu ihm, und seine Augen sagten alles. Jim konnte Anns Haare riechen, ihren Ellenbogen spüren, den sie ihm vor – er sah auf seine Uhr – sechs Stunden in die Rippen gerammt hatte. Ein Gefühl der Unwirklichkeit begann sich über seine Gedanken zu legen. Als er vor Jahren von Jakes Tod erfahren hatte, war das schwierigste für ihn gewesen, klare Gedanken zu fassen. Er haßte dieses Gefühl mehr als jedes andere. Es war stark und ließ nicht nach, ein Heroin der Seele. Eine dichte Nebelwand erschien vor dem Wagen, umhüllte ihn und teilte sich wieder.

Zwei Streifenwagen standen am Ende der Morning Star Lane. Das Rotlicht des einen durchzuckte obszön die Nacht. Bei dem anderen stand die Fahrertür offen. Ein Polizist saß halb drin, halb draußen und sprach mit jemandem über Funk. Jim sah an einem der großen Häuser in der Nähe ein gelb leuchtendes Fenster und zwei Umrisse – Mr. und Mrs. Normalbürger – brave Leute, die aufgeschreckt nebeneinanderstanden und auf das Geschehen herabstarrten.

Als der Polizist in dem Wagen Raymond erblickte, stieg er rasch aus, legte den Hörer auf und führte ihn und Jim auf einem schmalen Pfad die Uferböschung hinunter. Eiskraut glänzte auf beiden Seiten des Weges, und das Wasser der Bucht schlug in kleinen schwarzen, schnell aufeinander folgenden Wellen ans Ufer. Der Nebel zog in dichten Schwaden vorbei, die jeder neuerliche Windstoß nach oben wirbelte.

»Sie ist dort drüben«, sagte der Polizist leise.

Sie gingen über den unkrautbewachsenen Sand, der zum Wasser führte, fünfzig Meter nach Osten. Jim spürte, wie der feuchte Boden unter seinen Stiefeln nachgab, wie er auf den nassen Pflanzen ausglitt und wegrutschte. Weit voraus bewegten sich zwei Gestalten und Lichtkegel von zwei Taschenlampen. Weirs Magen preßte etwas Widerliches nach oben in seine Kehle.

Der Polizist, der vorausging – sein Name war Bristol –, blieb schließlich am Strand in ein paar Metern Entfernung vom Wasser stehen. Der Lichtstrahl seiner Taschenlampe glitt an einer dunkelgrünen Decke entlang, die über einen auf dem Boden liegenden Körper gebreitet war. Noch war der Ort nicht markiert worden.

»Ein Fischer hat sie an Land gebracht und uns um drei Uhr fünfzig verständigt. Nachdem er seine Aussage gemacht hatte, ließen wir ihn wieder gehen. Ich habe die Tote gleich erkannt und so schnell, wie ich konnte, bei Ihnen angerufen, Sir.«

Jim und Raymond traten zusammen an die Decke heran, knieten sich nieder und schlugen sie jeder auf seiner Seite zurück. Anns Gesicht war bleich und friedlich, ihr blondes Haar floß auf die feuchte Erde. Ihre glanzlosen Augen machten den Eindruck, als starrten sie auf etwas Riesengroßes direkt vor ihnen. Sie trug einen kurzen roten Rock, der schwer und naß an ihren Beinen hing, eine weiße, langärmelige Bluse und am linken Fuß einen Leinenschuh in derselben Farbe wie der Rock. Ihre Arme lagen entspannt neben dem Körper, die Flächen ihrer Hände zeigten nach oben, und die Finger waren gekrümmt. Ihre Beine waren ein wenig gespreizt, so daß die Zehen fast in entgegengesetzte Richtungen zeigten. Im Bund ihres Rocks steckte ein Strauß purpurroter Rosen, deren Stengel dadurch nicht sichtbar waren. Die patschnassen Blüten lagen wie eine schwere dunkelrote Masse auf Anns Rippen. Unter dem Saum ihres Rocks ragte ein einziger Stengel hervor, und Jim konnte sich an seinem Winkel ausrechnen, wo die dazugehörige Blüte stecken mußte. Anns weiße Bluse war von hellrotem Blut durchtränkt und klebte eng an ihrem Körper. In dem Stoff waren so viele dünne, rechteckige Einschnitte, daß Jim der Atem im Hals steckenblieb und er sich mit einem Plumps auf den Boden fallen lassen und die Augen schließen mußte.

Das hier war nicht Ann. Ann konnte doch nicht einfach ein Ding sein, das da auf der feuchten Erde lag. Durch das Geräusch der an den Strand schwappenden Wellen hörte er Raymonds schnelles, flaches Atmen. Als Jim die Augen wieder öffnete, kniete Ray vor Ann und hielt ihren Kopf in seinen Armen. Er preßte seine Wange an die ihre und wiegte sie langsam und schweigend hin und her. Jim sah, wie dabei die Rosenblüten auf ihrer Brust wackelten. Officer Bristol stand rücksichtsvoll abseits. Die Strahlen der Lampen in der Ferne näherten sich langsam. Von Raymond waren jetzt dumpfe, gequälte Laute tiefen Schmerzes zu hören. Einmal sah er auf zu Jim, sein Gesicht war düster und tränenüberströmt.

Weir nahm Anns zusammengezogene Finger in seine Hand und drückte sie, als wären sie alles, was er hatte.

Jim stand zehn Meter entfernt von Ann und Raymond bei Officer Bristol. Er wußte nicht mehr genau, wie er zu ihm gekommen war. »Sagen Sie mir alles, was Sie wissen«, sagte er mit einer Stimme, die er kaum selber hören konnte.

Bristol dröhnte los, als führe er ein Ferngespräch: »Um zehn vor vier hat die Zentrale uns über Funk hierher beordert. Ein Fischer aus der Gegend hat etwa fünfzig Meter vor dem

Strand die Leiche treiben sehen. Er war mit seiner Frau und seinem Sohn auf dem Weg zur Arbeit und wollte bei Sonnenaufgang an der Landenge von Catalina sein. Er zog sie mit einem Bootshaken an Land, dann fuhr er hinüber zur Brücke und rief uns von der Telefonzelle an der Mobil-Tankstelle aus an. Als wir seine Aussage aufnahmen, mußte seine Frau sich ein paarmal übergeben, und so ließen wir die beiden gehen. Wir wissen alles, was er weiß. In der Nachbarschaft haben wir bisher noch nicht herumgefragt. Es hat aber auch noch niemand bei uns angerufen.«

Bristol blickte hinüber zu Raymond und Ann. »Es tut mir so leid, Mr. Weir.«

»Hat der Bootshaken sie so zugerichtet?« *Ich muß das fragen, Annie.*

»Der Fischer sagte, er habe sie am Ärmel erwischt und so sanft, wie er nur konnte, ans Boot gezogen. Also nein.«

»Trieb sie mit dem Gesicht nach unten?« *Es ist wichtig, daß wir das wissen, Annie.*

»Ja, Sir. Er versuchte, sie sowenig wie möglich zu bewegen.«

»Haben Sie sie berührt?« *Sie hätten dich nicht berühren dürfen, geliebte Schwester.*

»Ich habe ihren Puls gefühlt, dann habe ich die Decke über sie gelegt.«

»Haben Sie den anderen Schuh gesehen?« *Es macht dir doch nichts aus, Annie, oder?*

»Wir suchen noch danach, Sir. Ich weiß, daß Sie für den Sheriff als Detektiv gearbeitet haben, drüben im Hafen. Wie schnell treibt Ihrer Meinung nach zu dieser Zeit eine Leiche im Wasser?«

Weir hörte sich selbst antworten: »Kommt drauf an, wo sie hineingeworfen wurde, ... nahe an der Küste, bei dieser Ebbe, vielleicht zweihundert Meter in der Stunde ... weiter draußen natürlich schneller.« *Sie haben sie umgebracht. Jemand hat meine Schwester Ann umgebracht. Schließ die Augen, Jim, es ist nur ein Alptraum. Du bist immer noch in Mexiko. Du phantasierst im Fieber. Fang diese Nacht noch einmal von vorne an.*

»Würde sie denn an die Küste treiben, wenn man sie weit draußen hineingeworfen hätte?«

»Nicht so bald.«

»Dann müßte der Tatort also ostwärts von hier sein?«

Weir wartete auf seine Antwort, aber sein Körper ging einfach weg, näher zu Ann. Sie sah so geschändet aus, so verletzt, so unwiderruflich ohne Leben.

»Sir ... wenn er sie hier getötet hätte, dann hätte er sie doch wohl kaum die Bucht hinauf nach Osten transportiert, um sie dort ins Wasser zu werfen, oder?«

»Nein. Aber halten Sie doch jetzt endlich den Mund, verdammt noch mal.«

Zehn Minuten später tauchten Dwight Innelman und Roger Deak, zwei Tatortspezialisten der Polizei von Newport Beach, aus dem Nebel auf. Innelman war ein großer, schlaksiger Mann um die Fünfzig, den Weir schon seit seiner Zeit beim Sheriff kannte. Deak war klein und dick und sah nicht älter aus als zweiundzwanzig. Er hatte einen ganz kurz geschnittenen Stiftenkopf und trug in jeder Hand einen schweren Koffer. Innelman und er führten Raymond von Anne fort und begannen ihre Arbeit mit Foto- und Videoaufnahmen.

Jim stand neben seinem Schwager am Wasser. Raymond zuckte heftig, und im ersten schwachen Morgenlicht konnte Jim sehen, wie weiß sein Gesicht war. Sein Atem war hastig, beim Einatmen stockend und unregelmäßig. Jim kannte diese Symptome.

»Laß uns zum Auto gehen und uns hinsetzen, Ray.«

»Ich bleibe hier.«

»Nein, wir gehen jetzt zurück zum Auto.«

Ray machte drei Schritte, bevor seine Knie weich wurden und er sich auf den schmutzigen Boden setzen mußte, die Beine wie ein Kleinkind von sich gestreckt. Sein Gesicht war kalt wie Eis. Jim ließ sich von Bristol eine Decke geben und sagte ihm, er solle einen Krankenwagen rufen. Als Weir wieder bei Raymond war, zeigte dieser die ersten Anzeichen eines schweren Schocks. Jim konnte nichts für ihn tun, außer ihn hinzulegen, zuzudecken und beruhigend auf ihn einzureden.

Jim erzählte ihm von Zihuatanejo, vom traumhaft blauen Wasser und dem weißen Sand dort, davon, wie er langsam auf fünfundzwanzig Meter Tiefe hinabgetaucht war und dort von dem plötzlichen Kichern, dem ersten Anzeichen des gefährlichen Tiefenrauschs, überfallen wurde. Er erzählte Ray von den vielen Tauchgängen, auf denen er auch nicht das allerkleinste Stückchen von der BLACK PEARL gefunden hatte, von der erfundenen Drogenanklage, von seinen Tagen im Gefängnis. Weir spürte, wie er selbst nur zu gern im Geist hinüber nach Mexiko glitt, denn hier war eine Hölle, von der er bis jetzt nicht gewußt hatte, daß sie auf Erden existierte.

Raymonds Zähne klapperten, und sein Körper erschauerte in Schüben wie unter Elektroschocks. Seine Augen waren weit aufgerissen und blinzelten nicht. Jim redete weiter, baute einen Hafen aus Worten in diesem Sturm der Verzweiflung und schaute die ganze Zeit über den Strand hinüber zu Ann und den Blitzlichtern, die ihren bleichen Körper schlagartig für Zehntelsekunden aus dem Dämmerlicht rissen wie ein billiger Lichteffekt aus irgendeiner Provinzdiskothek. Einen Moment lang hatte Weir das Gefühl, als stünde er allein am Bug eines Schiffs und steuere einen Kurs, der von einer schwarzen Küste zur nächsten führte. *Ann, ich verspreche dir, jetzt, in diesem Augenblick, daß ich ihn*

*finden werde.* Es war die traurigste Verpflichtung, die er in seinem Leben übernommen hatte, und Weir wußte es.
Als die Sanitäter endlich kamen und Raymond mitnahmen, hatte der Nebel in seinem Kampf mit der Sonne ein graues Unentschieden erreicht. Jim saß mit über den Knien gekreuzten Armen am Meer und beobachtete, wie Ann Cruz, neununddreißig Jahre alt, von zwei Männern, die sie nie gesehen hatte, auf eine Bahre gelegt wurde. Ein roter Schuh schaute unter der Decke hervor auf ihrem Weg zur ersten einer Reihe von Stationen, die sie durchlaufen mußte, bevor sie die letzte Grenze, die zu ihrem Grab, überschreiten durfte.
Jim ging zu Raymonds Auto, nahm den Wagenheber aus dem Kofferraum und ging hundert Meter den Strand hinunter, bis er etwas fand, das senkrecht aus dem Sand ragte. Es war ein Schild, auf dem TAUCHEN VERBOTEN stand, aber als Jim zu erschöpft war, um mit seinen blutig gescheuerten Händen noch weiter zuzuschlagen, war es nur noch verbeulter Schrott und zersplittertes Holz. Er schrie seine Flüche geradewegs zum Himmel hinauf, Gott mitten ins Gesicht. Er schrie Dinge, die ihm selber angst machten.
Dann ging er zurück zu Raymonds Auto, wo er den Wagenheber in den Kofferraum warf, und weiter zum Wagen des Leichenbeschauers. »Ich fahre mit ihr«, sagte er.
»In Ordnung«, erwiderte der Fahrer.

# KAPITEL 3

Als Weir drei Tage später um zwei Uhr nachmittags ins Büro des Polizeichefs kam, war Raymond schon da. Die Sekretärin schloß die Tür hinter ihm. Raymond war unrasiert und immer noch weiß wie die Wand. Er sah Jim an und sagte nichts.

Ein wenig seitlich von dem großen, metallenen Schreibtisch saß ein Mann, den Weir bisher noch nie gesehen hatte. Er hatte die Beine affektiert übereinandergeschlagen, den Rücken kerzengerade durchgestreckt und die Haare mit Pomade streng nach hinten gekämmt, so daß sich tiefe Geheimratsecken erkennen ließen. Seine Nase war scharf geschnitten und spitz; sie gab seinem Gesicht ein energisches Aussehen. Sein Anzug hatte einen betont europäischen Schnitt. Bevor er sich erhob, musterte er Jim durch eine runde, randlose Brille.

Auch Brian Dennison, der Interims-Polizeichef von Newport Beach, stand auf, reichte Jim die Hand und sagte: »Es tut mir leid, es tut mir so leid, Jim.«

Jim hatte kaum geschlafen oder gegessen. Eigentlich hatte er so gut wie überhaupt nichts getan, seit er Anns erstarrten Körper auf der dunklen Erde am Strand gesehen hatte. Er hatte alles wie mechanisch gemacht: Er hatte die Fragen einer Reihe von Polizeibeamten beantwortet, er war per Anhalter zurück zu Raymonds Wagen gefahren, er hatte Virginia mitgeteilt, was passiert war, und hatte ihren vor Schreck starren Körper in einer langen Umarmung fest an sich gepreßt, von der er wußte, daß sie den erhofften Trost nicht spenden konnte. Es war Jim unmöglich, aus sich

herauszugehen. Er konnte sich einfach nicht an die schreckliche neue Ordnung der Dinge gewöhnen.
Das Große Haus war in den folgenden Tagen der Dreh- und Angelpunkt der Familientrauer geworden. Virginias Bruder hatte zu einem nachmittäglichen Besuch kommen wollen und war dann doch zwei Tage geblieben. Poons Schwester hatte dasselbe getan. Eine große Abordnung der Familie Cruz war aufgetaucht und hatte in Schlafsäcken auf dem Boden der EIGHT PESO CANTINA, der Bar, die Raymonds Eltern gehörte und die wegen des Trauerfalls geschlossen war, übernachtet. Die Vorbereitungen für das Begräbnis hingen davon ab, wann die Autopsie beendet war. Das Haus füllte sich mit Blumenbouquets und den verschiedenen Gerüchen der Familie. Das alles verband sich für Weir zu einem unsichtbaren, beklemmenden Käfig.
Gerade als er kurz davor war auszubrechen – wohin, das wußte er nicht –, griff Virginia durch und warf alle hinaus. Sie stopfte den größten Teil der Blumen in die Mülltonne hinter *Poon's Locker* und stellte von da ab wieder die ihr eigene verbissene Tüchtigkeit zur Schau. Lange Stunden saß Jim einfach nur so mit ihr im Wohnzimmer und ließ wortlos die Zeit in lähmender Langsamkeit vorbeiziehen. Manchmal schien Virginia sprechen zu wollen, dann überlegte sie es sich anders, fiel in sich selbst zurück und kämpfte weiter mit ihren ganz persönlichen Dämonen.
Weir hatte seine eigenen Pflichten so schnell erledigt, wie es ihm möglich war. Wenn er mit sich allein war, besonders wenn er im Bett lag und darauf wartete, daß der Schlaf ihn erlöste, vergoß er Tränen, die seinen Schmerz nicht verringerten, sondern ihn immer wieder aufs neue aufbrechen ließen. Jim fühlte sich dann, als wäre sein Körper von innen nach außen gekrempelt worden, als wären alle Nerven und Organe schutzlos der kalten Luft, dem kratzigen Stoff des

Betts, der ganzen Rauheit einer Welt ohne Trost ausgesetzt. Zweimal hatte Raymond Jim gebeten, mit ihm tauchen zu gehen. Zweimal hatten sie in Diver's Cove die Ausrüstung angelegt, waren durch die Brandung gestapft und hinaus zu den Felsen geschwommen. Dort waren sie schließlich hinabgetaucht in eine schweigende Welt voller unbeteiligter Meerestiere, die ihnen irgendwie geholfen hatte, die große Spannbreite des Lebens zu erkennen, das auch ohne Ann weitergehen mußte.

»Danke«, war alles, was Jim dem Polizeichef jetzt antwortete. Brian Dennison war ein Mann mit einem gewaltigen Brustkasten und einem merkwürdig lebhaften Gesicht, ein Mann, der ständig bemüht war, gutes Benehmen an den Tag zu legen. Seit Jim ihn das letzte Mal gesehen hatte, hatte er zugenommen. Dennison stellte den Mann mit den Geheimratsecken als Lieutenant Mike Paris vor. Paris war der Pressesprecher der Polizei. Dieser Job, das wußte Weir, war etwas für lahme Enten oder jemanden, der eine Karriere bei der Stadtverwaltung anstrebte. Paris nickte und drückte Jims Hand so vertraulich, als begrüße er ein neues Mitglied eines exklusiven Geheimklubs. »Ich möchte Ihnen im Namen der ganzen Abteilung mein Beileid ausdrücken.«

Weir setzte sich neben Raymond und sah ihn abermals an. Es war ein Blick von einer persönlichen Hölle in eine andere.

Dennison stolzierte hinter seinen Schreibtisch, setzte sich und schaute die drei Männer vor sich nacheinander an. Dann stand er wieder auf und ging zum Fenster. Dort wandte er sich an Jim. »Wir haben ...« sagte er, aber er beendete den Satz nicht. Er atmete hörbar aus, sah wieder aus dem Fenster und sammelte sich erneut.

Jim war während seiner zehn Jahre beim Sheriff ein paarmal mit Brian Dennison zusammengetroffen, meistens auf Par-

tys und auf Polizeiseminaren. Dennison war aalglatt und aggressiv und konnte mit unerschütterlicher Selbstsicherheit gleichermaßen auf der Straße prügeln wie bei seinen Vorgesetzten arschkriechen. Weir war er immer wie das Musterbeispiel eines Newport-Beach-Polizisten vorgekommen.
Dennison war bei den Reichen beliebt, denn seine Beamten patrouillierten in deren Wohngebieten mit offen zur Schau gestelltem Nachdruck. Das einfache Volk hielt Chief Dennison – wie seinen Vorgänger – für arrogant und hart. Diese Einschätzung war wohl nicht so ganz falsch, denn er hatte sich oft genug wegen Brutalitäten und Einschüchterung von Zeugen vor Gericht verantworten müssen. Auf der Balboa-Halbinsel, von der auch Jim stammte, gab es in Newport Beach den meisten Zoff, weil dort die Arbeiter manchmal Dampf abließen und die Touristen sich häufig wie Schweine benahmen.
Dennisons offizieller Titel war Interims-Polizeichef, denn sein Vorgänger war vor sieben Monaten – ein paar Wochen bevor Jim nach Mexiko aufgebrochen war – plötzlich einem Herzanfall erlegen. Weir hatte die Geschichte in den Zeitungen mitverfolgt: Dennison war auf Widerruf zum Captain befördert worden und mußte noch vom Stadtrat in dieser Funktion bestätigt werden. Da aber bei der Wahl im kommenden Monat auch der Stuhl des Bürgermeisters neu besetzt werden sollte, war die Ernennung eines neuen Polizeichefs zurückgestellt worden, weil Dennison – plötzlich und ohne die sonst üblichen Gerüchte und Spekulationen – seine Kandidatur für das Amt des Bürgermeisters angemeldet hatte.
Weir hatte mit Interesse diese Entwicklung in der Zeitung mitverfolgt und war von Dennisons Drang nach oben beeindruckt gewesen. Dennison war aus dem Nichts, praktisch über Nacht, Interims-Polizeichef geworden und hatte die-

sen Aufstieg gleich in sein politisches Debüt umgemünzt – und zwar mit einer Selbstverständlichkeit, die diese Verwandlung als die natürlichste Sache auf der Welt erscheinen ließ. Jim hatte auf seinem Weg zur Polizei auf einem städtischen Bus ein riesiges Foto von Dennison gesehen, und auf irgendeine unerklärliche Weise hatte es dort ausgezeichnet hingepaßt.

Jetzt bemerkte Weir ein großes Plakat mit der Aufschrift WACHSTUM IST WOHLSTAND an der Wand des Büros. Er konnte sich gut vorstellen, warum ein Polizeibeamter, der beabsichtigte, Bürgermeister zu werden, sich mit den Baulöwen gut stellen wollte: höhere Steuereinnahmen, ein höherer Gemeindehaushalt, mehr Macht. Höchstwahrscheinlich finanzierten sie seinen Wahlkampf.

Das war es, wogegen Virginia kämpfte, dachte Jim. Sie trat zusammen mit anderen Bürgern für ein langsames Wachstum der Stadt ein. Sie hatten es geschafft, daß ihre Vorstellungen bei der Wahl im Juni auf dem Wahlzettel als »Vorschlag A« zur Abstimmung standen. Jim fragte sich, ob Anns Tod das Ende von Virginias Engagement bedeutete. Einen Augenblick lang sah er wieder ihr Gesicht, als er ihr die schreckliche Nachricht überbracht hatte.

Er versuchte, seine Gedanken zurück ins Zimmer zu zwingen, aber dazu brauchte er einen Punkt, um sich festzuhalten. Sein Blick fiel auf das BÜRGERMEISTER-BRIAN-DENNISON-Plakat, und einen Moment lang blieb er an den großen schwarzen Pupillen der Augen hängen. Reiß dich zusammen, dachte er; bleib am Ball.

Er versuchte, sich Dennisons Gegenkandidatin vorzustellen. Die Rechtsanwältin Becky Flynn war im selben Viertel wie er aufgewachsen und hatte dort als Schönheit gegolten. Jim hatte, seit er vor zwei Jahren beim Sheriff aufgehört hatte, um die BLACK PEARL zu suchen, ihren Aufstieg fast ausschließlich in den Zeitungen verfolgt. Damals hatte er auch mit Becky Schluß gemacht und sie mit ihm. Beckys gelegentliche Anrufe seitdem waren vorsichtige Sondierungen gewesen. Er sah sie jetzt ohne Mühe vor sich, wie sie in einem grünen Kleid im Licht der Veranda ihres Bungalows stand. Becky war, bis jetzt, die größte Liebe in Jim Weirs Leben gewesen.

Der Interims-Polizeichef schaute kurz auf sein WACHSTUM-IST-WOHLSTAND-Plakat. Dennisons lebhafte Augenbrauen schienen wie immer die Ruhe seiner blassen, gemächlichen Augen Lügen zu strafen. Auch jetzt fuhren sie in einer Mischung aus Sorge und Hilflosigkeit in die Höhe. »Jim, wir befinden uns in einer ... einer sehr – äh – interessanten Situation. Ich habe mit Mike und Raymond darüber gesprochen, und wir haben beschlossen, einen Versuch zu wagen. Es ist etwas, was wir bisher noch nie versucht haben. Nie versuchen *mußten* ...«

Weir wartete und dachte bei sich, wie sehr sich Dennison doch bemühte, wie ein Politiker zu sprechen.

»Jim, wir haben einen Zeugen«, fuhr Dennison fort.

Weirs Geistesabwesenheit wich kristallklarer Wachheit.

»Nun ja, so eine Art Zeugen. Er heißt Malachi Ruff. Sagt Ihnen das etwas?«

»Einer von den Pennern, die in der Bucht herumlungern.«

»Richtig. Mackie hat in jener Nacht drunten im Galaxy Park geschlafen – ein paar hundert Meter östlich von dem Ort, wo wir ... Ann fanden.«

»Was hat er gesehen?«

Dennison ging langsam zur Kaffeemaschine hinüber. »Wollen Sie auch einen, Jim?«

»Was hat er gesehen?«

Dennison rührte mit einem roten Plastiklöffel Sahne in seinen Kaffee, während er Malachi Ruffs Geschichte erzählte. Ruff hatte geschlafen, und natürlich war er besoffen gewesen, denn Mackie ist immer besoffen, wenn er nicht gerade im Knast sitzt. Er wachte vom Schreien einer Frau auf, schaute über die Büsche, in denen er lag, aber er konnte nichts sehen, denn es war neblig. Mackie dachte, er habe geträumt. Er legte sich wieder hin. Dann hörte er drunten am Wasser Schritte – etwa dreißig Meter entfernt –, und er erhob sich wieder und schaute herum. Die Schritte klangen, als laufe jemand, gleichmäßig, wie ein Jogger. Er konnte immer noch kaum etwas durch den Nebel sehen, aber schließlich erhaschte er doch einen Blick auf einen Mann, der hinauf zur Straße rannte. Dann hörte Mackie, wie eine Autotür geöffnet und zugeschlagen wurde. Der Motor wurde angelassen, und eine Sekunde später fuhr – laut Mackie – ein Wagen den Galaxy Drive hinunter in Richtung auf den Pacific Coast Highway.

Jim sah zu, wie Dennison seinen Kaffee trank, zu Paris hinüber schaute und dann wieder an seinen Schreibtisch ging. Er rückte irgend etwas auf dem Tisch gerade und sah wieder zu Paris.

»Mackie behauptet, es sei ein Streifenwagen gewesen«, sagte der Chief. »Einer von den unseren – weiß, viertürig, mit einem Emblem auf der Seite.«

Raymond starrte auf seinen Daumennagel. Weir sah, daß Dennisons dickes, schweres Gesicht ganz rot geworden war. Paris saß mit übergeschlagenen Beinen bewegungslos da. Das war eine morsche Sprosse in der Leiter zum Amt des Bürgermeisters, dachte Weir. Er sagte nichts.

Dennison setzte sich und schaute hinüber zu Raymond. Jim kam es so vor, als hätten sich die drei schon auf etwas geeinigt. Als nächster sprach Raymond mit leiser, gleichbleibender Stimme. »Du weißt ebensogut wie wir, daß Mackie Ruff so ungefähr der unzuverlässigste Zeuge ist, den man

überhaupt finden kann. Aber im Moment ist er alles, was wir haben. Wenn wirklich vor drei Nächten ein Polizist aus Newport Beach auf Patrouille Ann umgebracht hat, dann sind wir als Polizei nicht mehr in der Lage, den Fall zu untersuchen. Wir glauben, daß Mackie sich geirrt hat. Aber niemand hier darf eine solche Aussage auf die leichte Schulter nehmen, selbst wenn sie von einem Säufer kommt.«
Jetzt erhielt Mike Paris einen Blick von Dennison, schlug seine Beine auseinander und schaute zu Weir. »Gleichzeitig«, sagte Paris, »stecken wir in einer Zwickmühle, Jim. Einerseits wollen wir nicht, daß irgend etwas von der Geschichte nach außen dringt, auf der anderen Seite wollen wir aber die Sache auch nicht polizeiintern untersuchen lassen, solange wir nicht mehr als das Wort eines Säufers haben. Die Presse, die Verdächtigungen – die Moral der Polizei wäre beim Teufel. Wenn es wirklich einer unserer Leute getan hat, dann werden wir ihn finden. Bis dahin wollen wir weder die Presse noch die Öffentlichkeit, noch sonst irgend jemanden Spekulationen anstellen lassen. Meine Aufgabe ist es, dafür zu sorgen, daß alles nach innen *und* nach außen seine Ordnung hat. Wir gehen zunächst davon aus, daß Mackie Ruff nur Mist erzählt, und stellen, solange wir es vermeiden können, seinetwegen nicht die ganze Abteilung auf den Kopf.«
Raymond stand auf und ging zum Fenster. »Wir könnten einen Außenstehenden gebrauchen, jemanden, der etwas von dem Geschäft versteht, der weiß, wie man Spuren nachgeht, und der einen halbwegs plausiblen Grund hat, auf eigene Faust Untersuchungen in dieser Sache anzustellen. Ich habe dabei an dich gedacht.«
»Und ich halte das für einen guten Vorschlag«, sagte Dennison. »Sie haben das Handwerkszeug, weil Sie zwei Jahre für den Sheriff Detektiv gespielt haben, und Sie können

Fragen über den Tod Ihrer Schwester stellen, ohne allzu große Aufmerksamkeit zu erwecken.«

*Über den Tod Ihrer Schwester.* Die Worte berührten Jim merkwürdig, als wäre Ann in Sekundenbruchteilen von einem Menschen aus Fleisch und Blut zu einem Aktenzeichen geworden. Und in Wirklichkeit war sie das ja auch. Etwas Kaltes regte sich in ihm und blieb dann in wachsamer Erwartungshaltung hocken. »Ich kann kaum stichhaltige Beweise beschaffen, die vor Gericht Bestand hätten«, erwiderte er. »Nicht als Zivilist.«

»Wenn Sie irgend etwas finden, was uns auch nur in die *Nähe* eines Gerichts bringen könnte, würde sich die gesamte Polizei von Newport Beach darauf stürzen«, sagte Paris.

»Und nur darum geht es«, ergänzte Dennison. »Sobald Sie etwas finden, das faul ist, übernehmen wir die Geschichte sofort. Sie sollen sich bloß ein paar Tage lang umsehen, das ist alles.«

Weir schaute hinüber zu Raymond, der ans Fenster gelehnt stand.

»Wir brauchen dich, Jim«, sagte er.

Weir blieb stumm. Er wußte, daß er sich, sollte wirklich ein Polizist aus Newport Ann getötet haben, mitten in einem Krieg befand. Und selbst wenn das nicht der Fall war, würde er sich wohl trotzdem recht schnell in ziemliche Schwierigkeiten bringen. Aber im Grunde genommen hatte er gar keine andere Wahl. »Ich mache mit«, erklärte er schließlich.

Dennison nickte und blickte Jim aus seinen sanften grauen Augen intensiv an. »Drei Dinge müssen wir noch klären, bevor Sie anfangen. Erstens: Kein Wort von Ihnen zu irgend jemandem, nach wem Sie suchen, wonach Sie suchen. Sollten irgendwelche Gerüchte aufkommen, lassen wir Sie im Regen stehen. Zweitens: Wir zahlen Ihnen hundert Dollar die Stunde, unter der Hand – keine Quittungen, keine Steuern, niemand weiß, daß wir Sie beschäftigen. Drittens: ... Cruz, wollen Sie das nicht übernehmen?«

Raymond setzte sich wieder neben Jim und beugte sich in seinem Stuhl nach vorn. »Sowohl Brian als auch ich sind uns bewußt, daß wir in diesem Fall genauso verdächtig sind wie jeder andere Polizist. Wir erwarten von dir, daß du auch uns überprüfst, und schlagen vor, daß du mit deinen Untersuchungen beim Chief und mir anfängst, da du uns schließlich auch Bericht erstatten wirst und –«

»Wir schlagen es nicht vor«, unterbrach Paris, mehr zu Dennison als zu Jim gewandt. »Wir verlangen es.«

»Wir verlangen es«, wiederholte der Polizeichef. »Wir müssen einen sauberen Anfang machen, Jim, und zwar sauber von ganz oben nach unten. Wenn Sie sicher sind, daß ich es nicht war, der Mackie Ruffs Polizeiauto in jener Nacht gefahren hat, und daß es auch nicht Raymond war, dann bin ich Ihre Anlaufstelle hier in der Abteilung. In meiner Abwesenheit erstatten Sie Mike hier Bericht. Bis dahin kennen wir Sie nicht. Ich habe mit Ken Robbins vom kriminaltechnischen Labor gesprochen. Er steht Ihnen für alle Untersuchungen zur Verfügung. Damit meine ich Robbins persönlich. Seine Leute wissen nicht, was Sie machen. Natürlich befassen sich jetzt schon meine Männer mit dem Mord. Innelman und Deak leiten die Untersuchung. Ich selbst habe in der Mordnacht Dwight Innelmans Frau aus dem Schlaf gerissen, während er noch lauthals neben ihr schnarchte. Außerdem ist sein Dienstwagen sowieso ein Zivilfahrzeug. Dwight ist also sauber – soviel wissen wir.«

»Wer hat Ruffs Aussage aufgenommen?«

»Innelman. Ich habe ihn dazu gebracht, daß er sie als alkoholisierten Bockmist, der sie ja vermutlich wirklich ist, ignoriert. Und ich habe ihm befohlen, die Sache für sich zu behalten. Dwight ist schnell von Begriff.«

Weir sah wieder hinüber zu Raymond, der jetzt mit dunklen, leeren Augen aus dem Fenster starrte. »Ray, nimmst du dir eine Weile frei?«

Raymond nickte leicht.

»Drei Wochen«, ergänzte Dennison. »Und er wird nichts mit diesem Fall zu tun haben. Dafür gibt es Vorschriften – und zwar aus gutem Grund.«

Der Interims-Polizeichef schloß die umfangreiche Akte vor sich und klopfte mit seinem dicken Zeigefinger darauf. »Hier drin sind Ruffs Aussage, Innelmans Bericht vom Tatort und ein paar Fotografien von ... Ann. Außerdem sind, was noch wichtiger ist, die Dienstpläne meiner Abteilung aus den vergangenen drei Wochen ebenfalls drin. In der Nacht, in der Ann ermordet wurde, waren zweiunddreißig Polizisten auf Streife. Robbins sagt, daß der Tod etwa zwischen Mitternacht und ein Uhr morgens eingetreten sein muß. Also haben wir zwei Schichten, die in Frage kämen – die Nachtschicht und die Friedhofsschicht. Wir hatten vierundzwanzig Streifenwagen draußen – acht doppelt, sechzehn einfach besetzt.«

»Endet die Spätschicht um Mitternacht?«

»Der Wechsel der Schichten variiert. Sie haben hier Fotokopien der Zeitkarten, daraus können Sie ersehen, wer wann kam und wer wann ging. Sie bekommen auch eine Abschrift des Funkverkehrs mit der Zentrale und eine Tonbandaufnahme davon. Seit die Leute uns wegen jeder Kleinigkeit verklagen, schneiden wir alles mit. Die Tonbandaufnahmen halten uns da manchmal den Rücken frei.«

»Ist die Abschrift mit Uhrzeiten versehen?«

»In Intervallen von fünfzehn Minuten, die Carol Clark mit rotem Farbstift an den Rand geschrieben hat. Sie kam um vier Uhr nachmittags und hatte eine zwölfstündige Schicht.«

Dennison beugte sich vor und studierte Weirs Gesicht. Dann klopfte er wieder auf die Akte. »*Das* ist Ihr Job, Jim. Ihr Job ist es nicht, diesen Fall zu lösen. Sie sollen meine Leute überprüfen. Wenn Sie dabei eine Spur finden, gehört sie mir. Sie sind mir gegenüber verantwortlich. Und Sie halten den Mund. Sie sind allein.«

Das Telefon des Polizeichefs läutete. Er hob ab, hörte zu und bedankte sich. »Das war Robbins. Er ist jetzt mit der Autopsie fertig und steht Ihnen jederzeit für ein Gespräch zur Verfügung, Jim.«

Weir stand auf.

»Ich kann es Ihnen ebensogut jetzt gleich sagen, daß ich selbst in dieser Nacht mit einem Streifenwagen unterwegs war«, sagte Dennison. Sein Gesicht wurde noch röter, so daß seine grauen Augen nur um so kühler wirkten. »Mein alter Jaguar wollte einfach nicht anspringen, also nahm ich für den Nachhauseweg einen Polizeiwagen, dessen Funkgerät defekt war. Dobson von der Wartungsabteilung hätte Ihnen das sowieso erzählt, also erspare ich Ihnen die Mühe. Hier.«

Dennison legte die dicke Akte in einen neuen Aktenkoffer und ließ die Schlösser zuschnappen. Auf dem Deckel befand sich ein BÜRGERMEISTER-BRIAN-DENNISON-Aufkleber und einer mit der Aufschrift WACHSTUM-IST-WOHLSTAND direkt daneben.

Weir nahm den Koffer. »Wohin sind Sie in dieser Nacht mit dem Streifenwagen gefahren?«

»Bloß nach Hause. Und dann wieder hierher. Vergleichen Sie den Kilometerzähler mit Dobsons Fahrtenbuch. Meine Frau wird Sie anrufen und bestätigen, daß ich die ganze Nacht mit ihr zusammen war.«

»Paris, wo waren Sie in der Nacht auf vorvorgestern?« fragte Jim.

»Ich hatte keine Schicht«, sagte er auf dem Weg zur Tür. »Seit 1985 bin ich keine Streife mehr gefahren. Ich habe mir bei einer Verfolgungsjagd einen Wirbelsäulenschaden zugezogen.« Jim betrachtete Paris' wolfsähnliches Gesicht, das nur aus spitz zulaufenden, nach unten zeigenden Winkeln zu bestehen schien.

»Haben Sie Anns Wagen schon gefunden?«

Dennison schüttelte den Kopf. »Nein. Aber die Taucher von der Hafenwache haben am Dienstag nachmittag die Mordwaffe aus dem Wasser gefischt. Es ist ein normales Küchenmesser mit einer fünfzehn Zentimeter langen Klinge. Und Innelman hat am Tatort ein Teil von einem goldenen Schmuckstück gefunden. Es ist das Rückteil eines Ohrrings oder einer Krawattennadel. Wir fragen gerade die Juweliere am Ort danach, aber das ist keine leichte Arbeit. Sie finden all das in den Unterlagen, die ich Ihnen gegeben habe. Sie wissen genausoviel wie wir, Jim. Keine Geheimnisse.«

Weir ging, und Raymond folgte ihm. Eine starke Spannung, die vorher nicht dagewesen war, schien auf einmal über der Polizeistation zu liegen.

Jim bemerkte, wie sich die Köpfe in seine Richtung drehten, wie Unterhaltungen plötzlich verstummten und wie Blicke ihnen durch die Gänge bis zur Eingangstür folgten.

Sie gingen hinaus auf den Parkplatz. Der Dunst hatte sich verzogen und einem kühlen, klaren Nachmittag Platz gemacht. Weir fiel auf, wie viele WACHSTUM-IST-WOHLSTAND- und BÜRGERMEISTER-BRIAN-DENNISON-Aufkleber auf den Privatwagen der Polizisten klebten. Er fragte sich, ob Becky bei der Wahl überhaupt eine Chance hatte.

Und auf einmal war ihm vollkommen klar, warum Dennison ihn zur Überprüfung seiner Leute angeheuert hatte: Dennisons Gegenkandidatin Becky Flynn hatte jetzt einen alten Freund, ja sogar einen früheren Liebhaber, der dafür bezahlt wurde, daß er ihr gegenüber den Mund hielt.
Raymond rieb sich die Augen und setzte eine Sonnenbrille auf. Sie gingen schweigend über den Parkplatz und blieben schließlich bei Raymonds altem Kombi stehen. Er hatte ihn gemeinsam mit Ann vor fast zwanzig Jahren gekauft – für die Familie, die sie sich immer gewünscht hatten.
»Was hältst du von Paris?« fragte Jim.
»Er ist bloß ein Presseheini, aber Dennison hält große Stücke auf ihn. Wir nennen ihn den Papagei, weil er jedermanns Stimme nachahmen kann. Er macht phantastische Parodien auf Brian, wenn der nicht da ist. Er ist in Ordnung.«
Ray fummelte mit dem Schlüssel am Schloß herum, aber er konnte ihn nicht hineinbekommen. Schließlich schaffte er es, und die Tür öffnete sich mit einem knirschenden, metallischen Ächzen.
Raymond drehte sich zu Weir, atmete tief durch und richtete sich auf. Er mußte sich auf die Tür stützen, um gerade stehen zu bleiben. Seine Augen waren unsichtbar hinter der Sonnenbrille. »Jim, ich möchte dir etwas sagen. Irgendwann in nicht allzu ferner Zukunft werden wir den Kerl finden, der das getan hat. Und ich will, daß du jetzt schon weißt, daß ich ihn töten werde. So wird die Sache laufen. Bereitet dir das irgendwelche Probleme?«
Weirs Antwort überraschte ihn selbst, nicht weil in ihr düstere Andeutungen mitschwangen, sondern deshalb, weil sie ihm zum ersten Mal seit dem Moment an der Bucht, als er die Decke erblickt hatte, den Schimmer von

etwas vermittelte, was er an die Stelle von Hoffnung setzen konnte.

»Laß mir auch was von ihm übrig«, sagte er.

Raymond nickte. »Wir müssen unbedingt wieder zusammen tauchen, Jim, in die Tiefe gehen und all das hier abwaschen.«

»Sicher, Ray. Was immer du willst.«

# KAPITEL 4

Ken Robbins, der Leiter der kriminalwissenschaftlichen Labors von Orange County, traf Weir auf dem Parkplatz hinter dem Gebäude der Gerichtsmedizin. Robbins war ein kräftiger Mann Anfang fünfzig, dessen graue Haare am Kragen ein wenig zu lang waren und dessen Augen den wettergegerbten Blick eines Seemannes hatten. Als Weir noch beim Sheriff gearbeitet hatte, war er mit ihm immer gut ausgekommen. Robbins schien nicht allzu viel Ehrgeiz zu haben, und vielleicht verrichtete er seine Arbeit gerade deshalb mit einer sorgfältigen Hingabe, die bei Beamten sonst nur selten zu finden ist. Ken Robbins war immer bei der Sache. Jetzt hatte er einen Aktenkoffer bei sich, den er auf seinen Schoß legte, nachdem er neben Weir in dessen Pick-up-Truck Platz genommen hatte.

»Ich hätte Sie ja gerne hereingebeten, aber das hätte nur Gerede gegeben.«

»So ist es besser.«

»Sie wollen sie also nicht in Augenschein nehmen, oder?«

*Sie in Augenschein nehmen.* »Nein.«

»Es ist gut, Sie wiederzusehen, Jim. Sie haben abgenommen.«

»Was haben Sie für mich, Ken?«

Robbins nahm eine Akte aus dem Koffer und legte sie darauf, während Jim den Truck aus dem Parkplatz heraus den Civic Center Drive hinunter fuhr.

»Okay. Glen Yee hat die Obduktion gemacht, er ist mein bester Mann. Manche Ergebnisse sind noch vorläufig, manche stehen bereits sicher fest. Yee hat sie bekommen, nachdem die Laboruntersuchungen abgeschlossen waren – nach Haaren, Fasern und anderen Partikeln, sowie Blut und Sperma.«

Weirs Magen rutschte nach unten. »Wurde sie vergewaltigt?«

»Dazu komme ich später. Zunächst einmal: Die Todeszeit liegt zwischen Mitternacht und ein Uhr früh. Yee ist sich deshalb so sicher, weil wir die Leiche bereits sechs Stunden später hereinbekommen haben. Mageninhalt, Blutverlust, Blässe der Haut, Totenstarre, das Übliche. Sie ist mit einem scharfen Messer erstochen worden. Dieses Messer hat eine dünne, einschneidige, ungezackte Klinge, die fünfzehn Zentimeter lang ist, und kein Heft. Es ist von der Marke ›Kentucky Homestead‹, made in Japan. In der Akte befindet sich ein Bild davon. Im ganzen wurden ihr siebenundzwanzig Stiche zugefügt, darunter dreizehn, von denen jeder einzelne tödlich gewesen wäre. Diese Stiche wurden ihr vermutlich als erste zugefügt, drei davon, als sie noch stand. Bei den restlichen vierundzwanzig Stichen lag sie bereits am Boden. Es gibt kein Zeichen von Gegenwehr ihrerseits, also muß der Täter entweder müde geworden sein, oder etwas hat ihn aufgeschreckt – suchen Sie's sich raus. Von den siebenundzwanzig Einstichen war keiner an ihren Armen oder Händen, diese sind vollkommen unverletzt. Wir nehmen daher an, daß sie praktisch sofort das Bewußtsein verloren haben muß und sich deshalb nicht mehr verteidigen konnte. Es gibt auch keine blauen Flecken oder sonst etwas, das darauf hinweisen würde, daß sie sich gewehrt hat, bevor sie mit dem Messer verletzt wurde. Acht der möglicherweise tödlichen Stiche drangen in ihr Herz, die anderen verletzten ihre Lungenschlagader oder die Aorta oder beide. Der Mörder war brutal, Jim. Sehr brutal.«

Weir kurbelte das Fenster herunter und hielt sein Gesicht in den Fahrtwind.

»Es tut mir leid.«

»Machen Sie weiter.«

Robbins blätterte eine Seite um. »Es war Sperma in ihrer Vagina, und sie hatte kleinere Verletzungen am Schamhügel und an der Schambeinfuge. Das deutet darauf hin, daß sie vergewaltigt wurde, bevor sie starb. Wir haben auch Abschürfungen im Scheidenkanal festgestellt, aber nur geringe, also muß die intravaginale Lubrikation schnell eingesetzt haben. Wir haben Sperma auch in der Gebärmutter, auf den Schamlippen und auf ihrer Unterwäsche gefunden, dort allerdings nur Spuren davon. Wenn sie auf dem Trokkenen gelegen hätte, könnten wir in etwa sagen, wieviel Zeit zwischen der Vergewaltigung und ihrem Tod vergangen sein muß, aber das Meerwasser kann viel von der Flüssigkeit weggespült haben, deshalb tappen wir da im dunklen. Die Zeitspanne dürfte sich etwa zwischen fünf Minuten und einer halben Stunde bewegen. Fünf Minuten waren es aber mindestens, da sind wir uns ganz sicher. Die Rosen geben uns nur wenig Hinweise. Wir versuchen gerade, für Innelman die Sorte und den Lieferanten der Blumen herauszufinden. Zehn von ihnen steckten im Bund ihres Rocks, eine weitere ist ihr gewaltsam in den Scheidenkanal geschoben worden, vermutlich nach ihrem Tod. Die zwölfte, die das Dutzend vollmachen würde, ist vielleicht weggetrieben, oder der Täter hat sie für sich behalten.«

Die Straße verschwamm auf einmal vor Weirs Augen. Er drehte die Klimaanlage auf die höchste Stufe und ließ den Luftstrom voll in sein Gesicht blasen. Er war jetzt in irgendeiner Seitenstraße im spanischen Viertel – er hatte keine Ahnung in welcher –, und es war auch völlig unwichtig.

»Halten Sie doch irgendwo an, Jim.«

»Ja, ich glaube, das sollte ich wohl tun.«
Er fand ein schattiges Plätzchen unter einem großen Olivenbaum, wo der Asphalt von zerquetschten Früchten dunkelrote Flecken hatte. Er atmete tief durch und löste seine Finger, die das Lenkrad umklammert hatten. Robbins bot ihm eine Zigarette an, und er nahm sie. Sie lehnten sich beide zurück und rauchten. Jim sah zu, wie der Rauch vor dem Fenster eine kurze Weile stehen blieb, bevor er hinaus und nach oben zog.
»Nach dem, was ich Ihnen jetzt sagen muß, werden Sie sich wahrscheinlich noch schlechter fühlen, Jim. Ihre Schwester war schwanger.«
»Ich weiß.« Weir sog den Rauch ein, fühlte ein Brausen im Kopf und eine Wärme, die bis hinunter zu seinen Füßen lief. Er wußte noch etwas anderes, etwas, das Robbins nicht verstehen würde, das selbst er nicht ganz begreifen konnte, weil er ein Mann war. Er wußte, daß Ann dieses Kind mehr als alles andere auf der Welt gewollt hatte.
»Sie war in der achten Woche, Jim. Mein Gott, es fällt mir so schwer, Ihnen das zu sagen.«
Jim starrte durch die Windschutzscheibe und sah nichts. Er spürte wie sein Herzschlag in seinen Ohren dröhnte, wie seine Hände zitterten. »Machen Sie weiter, Ken. Ich möchte es hinter mich bringen.«
»Wollen Sie den Bericht lieber selber lesen?«
»Nein. Ich möchte, daß Sie weitermachen.«
»Okay. Kommen wir also zum Täter. Sein Blut hat die Gruppe B, das heißt – «
»Ich weiß, was das heißt.«
»Er ist Rechtshänder. Aufgrund des Einstichwinkels vermutet Yee, daß er etwa einsfünfundsiebzig bis einsachtzig groß sein muß, vorausgesetzt, er und sein Opfer standen beide auf gleicher Höhe. Wie ich schon sagte, trafen die ersten

drei Stiche Ann im Stehen. Yees Schätzungen anhand der Einstichwinkel sind meistens ziemlich genau. An ihrer Bluse fanden wir ein Haar, das sich am Gewebe festgehängt hatte. Etwa fünf Zentimeter lang, dunkelbraun, glatt. Erste Untersuchungen haben ergeben, daß es vermutlich von einem Weißen stammt, der zwischen fünfunddreißig und fünfundvierzig Jahre alt ist. Ansonsten fanden wir kaum Spuren vom Täter – wegen des Meerwassers. An Oberarm und Gesicht des Opfers haben wir verschmierte Fingerabdrücke gefunden, aber keinen, der gut genug war, um ihn nach Sacramento zur Überprüfung zu schicken. Wir haben die Leiche gründlichst nach Textilfasern abgesucht und haben möglicherweise etwas gefunden, aber die genaue Untersuchung von Fasern braucht ihre Zeit.«

Robbins machte eine lange Pause.

»Es wird ebenfalls eine ganze Weile dauern«, fuhr er schließlich fort, »bis das Sperma im genetischen Labor untersucht ist. Wir haben eine solche Untersuchung noch nie nach einer Verunreinigung mit Meerwasser durchgeführt. Ich persönlich verspreche mir nicht allzu viel davon. Das wär's, Jim.«

Weir starrte aus dem Fenster und rauchte seine Zigarette zu Ende. Ein kleines Mädchen in einem rosafarbenen Kleid mit weißen Rüschen kickte einen Ball den Gehsteig entlang. Jim sah zu, wie sie mit ihren schönen, schwarzen Schuhen den zerquetschten Oliven auf dem Boden auswich. »Gehen Sie es für mich noch einmal durch, Ken. Ziehen Sie Ihre Schlüsse aus den Fakten.«

Robbins trommelte mit den Fingern auf dem Aktenkoffer herum. »Sie wollen wissen, wie ich die Sache sehe? Also, zunächst einmal, was wissen wir? Daß sie vergewaltigt wurde, siebenundzwanzig Stiche mit einem Messer erhalten hat, daß man elf Rosen auf ihr ... drapiert hat und daß sie in der Back Bay ins Wasser geworfen wurde. Und all das *ohne die geringste Spur eines Kampfes*, wenn man von den Abschürfungen an ihrem Schamhügel einmal absieht. Wir wissen, daß sie hundert Meter weiter strandaufwärts von der Stelle, wo man sie gefunden hat, ermordet wurde – in einer dunklen Nacht und an einem verlassenen Ort, an den sie sich sicher nicht ohne einen guten Grund begeben hätte. Aber was war das für ein Grund? Vielleicht hat er sie mit einer Pistole bedroht, vielleicht auch mit dem Messer. Sie hatte Angst und wagte keine Gegenwehr, bis es zu spät war. Nachdem er sie vergewaltigt hat muß es ihr gelungen sein, noch einmal aufzustehen, den Einstichwinkeln nach zu schließen. Schon der erste Stich hätte sie töten können, ebenso wie die anderen beiden, die sie trafen, als sie noch stand. Nachdem sie zu Boden gesunken war, stach er immer weiter auf sie ein.«

Jim sah die Szene mit grauenvoller Klarheit vor sich.

»Was meinen Sie dazu?« fragte Robbins.

»Fahren Sie fort.«

»Er hat also eine Pistole gezogen oder ihr das Messer gezeigt und sie damit gezwungen, in sein Auto zu steigen. Vielleicht war er auch subtiler. Es gibt tausend Möglichkeiten, eine Frau in einen Wagen zu bekommen. Letztes Jahr hatte ich einen Fall, bei dem ein Kerl seine eigene kleine Tochter benutzte, um eine Frau ins Auto zu locken – er sagte ihr, er wüßte nicht, weshalb das Baby so schrie. Und dann vergewaltigte er sie auf dem Rücksitz. Wir haben Fäden des Sicherheitsgurtgewebes unter ihren Fingernägeln gefunden. Das nur nebenbei. Jedenfalls läßt sich Ann irgendwie hinaus zur Bucht bringen, läßt sich von ihm vielleicht sogar einen Strauß Rosen ... schenken. Irgendwann merkt sie, wie verkorkst er ist, aber sie spielt mit, weil sie ihn nicht wütend machen will.«

»Sie haben keinen Anhaltspunkt, daß er wirklich eine Pistole hatte.«

»Er hat sie vergewaltigt, und sie hat ihn nicht einmal mit den Fingernägeln gekratzt. Er muß sie mit irgendwas bedroht haben, mit einer Pistole oder vielleicht auch mit dem Messer. Möglicherweise auch bloß mit Worten, aber er hat sie mit etwas bedroht, das schlimm genug war, *um eine Vergewaltigung noch als die bessere Alternative erscheinen zu lassen.* Als man sie fand, hatte sie noch alle ihre Kleider an. Sie waren nicht zerrissen, nicht einmal besonders durcheinandergebracht. Der Rock war so kurz, daß er ihn einfach hochziehen konnte. Aber sie trug ihren Slip. Was schließen wir daraus? Er muß, als er fertig war, ihr die Gelegenheit gegeben haben, sich wieder anzuziehen. Es war vielleicht Teil ihrer Vereinbarung: Leg dich hin, laß mich machen, und dafür laß ich dich dann laufen. Ann überlegte sich das Angebot im Angesicht des Messers – oder einer Pistole – und ging darauf ein. Kein Widerstand, obwohl die Verletzungen im Genitalbereich auf eine ziemlich rauhe Behandlung hindeuten. Sie ließ es über sich ergehen, weil sie glaubte, daß er sie dann gehen lassen würde. Sie stand auf, richtete ihre Kleidung, und er brachte sie um. Sicher, auch er hätte ihr die Kleider wieder anziehen können, nachdem er sie ermordet hatte, aber warum hätte er sich die Mühe machen sollen?«

Jims Finger zitterten. Er faltete die Hände, um das Zittern zu stoppen. Er blickte hinunter und sah, wie sie, obwohl er sie verzweifelt zusammenpreßte, noch immer zuckten.

»Was geschah dann Ihrer Meinung nach in den fünf Minuten zwischen der Vergewaltigung und ihrem Tod?«

»Es waren *mindestens* fünf Minuten. Und denken Sie dran: Zunächst lag sie ja noch auf dem Boden. Okay, wie wär's damit: Sie dachte, er wäre fortgegangen. Sie lag da und hörte, wie er fortging, oder *dachte* wenigstens, es zu hören.

Sie war vom Schock noch wie betäubt und blieb eine lange Zeit liegen – zumindest kam es ihr vermutlich wie eine lange Zeit vor –, dann zog sie ihre Kleider wieder an. Sie stand auf, ging los, aber er war gar nicht gegangen. Er hatte ihr aufgelauert und erwischte sie, bevor sie etwas tun konnte.«

Weir sah auch diese Szene in lebhaften Einzelheiten vor sich. Er hatte die Hände immer noch fest zusammengepreßt, und in seinen Ohren brauste es mit auf- und abschwellender Intensität, als käme eine Sirene schnell auf ihn zu. Er blinzelte, um seine Vision zu vertreiben, und die Vorstadtstraße lag wieder in greller, durchdringender Klarheit vor ihm. Er ließ den Pick-up-Truck an und fuhr zurück auf die Fahrbahn.

»Wer bearbeitet den Fall für Brian?« fragte Robbins.

»Dwight Innelman und Roger Deak.«

»Dwight ist ein guter Mann.«

Weir fuhr schweigend zurück zum Gebäude der Gerichtsmedizin. Eine Zeitlang mußten sie hinter einem Bus her fahren, an dessen Rückseite ein riesiges Photo von Brian Dennison prangte. Der Ruß aus dem Auspuff hatte das Gesicht des Interim-Polizeichefs schwarz und unansehnlich gemacht. Ken Robbins steckte seine Papiere in einen Umschlag, den er neben Weir auf den Sitz legte. »Ich muß Ihnen das vermutlich nicht erst sagen, aber ich tu es trotzdem. Sie hatte siebenundzwanzig Einstiche. Das bedeutet, daß sich der Täter in einem Zustand der Raserei befunden haben muß. Und trotzdem war er cool genug, ein Dutzend dunkelrote Rosen mitzubringen.«

Weir dachte an die leere Blumenvase auf Anns Schreibtisch im Büro des Kindergartens. »Vielleicht hat Ann die Rosen bei sich gehabt, als sie in sein Auto stieg. Vielleicht hat er sie gar nicht mitgebracht.«

»Das wäre möglich.«

»Vielleicht hat er sie ihr schon vorher geschickt.«

»Wäre das nicht wunderbar? Ich kann mir vorstellen, daß die Polizei schon daran gedacht hat. Bei den Blumengeschäften in der Umgebung könnte man sicher herausbekommen, ob er wirklich so dumm war.«

Robbins stieg aus dem Wagen und schloß die Tür. »Lassen Sie es mich wissen, wenn ich noch etwas für Sie tun kann. Morgen um dieselbe Zeit müßte ich eigentlich Yees abschließenden Bericht für Sie haben. Nochmals mein Beileid. Wie war es übrigens in Mexico?«

»Besser als hier.«

Drei Blocks weiter hielt Weir an einer Bar und schüttete zwei Scotch und ein Glas Wasser hinunter. Von einem Telefon neben dem Shuffleboardtisch aus rief er bei Raymond zu Hause an, bekam aber keine Antwort. Er probierte es bei der EIGHT PESO CANTINA auf Balboa und sprach mit Raymonds Mutter Irena. Irena und Rays Vater Ernesto besaßen diese Cantina, in der es gutes Essen und billige Drinks gab, schon seit vierzig Jahren. Irena sagte unter heftigem Schluchzen, daß Ray im Krankenhaus sei. »Er ist einfach zusammengeklappt. Es ist alles zu viel für ihn«, sagte sie immer wieder. Ernesto, der von der Familie und seinen Freunden nur Nesto genannt wurde, war mit ihm gefahren, aber Irena mußte sich um die Bar kümmern.

»Ich gebe dir jetzt deine Mutter, Jim. *Vaya con Dios.*«

Virginias Stimme klang fest, aber leise.

Als Jim ihr sagte, daß er ihre Hilfe brauche, sagte sie nichts. Damit war klar, daß sie mitmachen wollte.

»Geh heim, setz dich an den Küchentisch und nimm das Telefonbuch zur Hand. Ruf jeden Blumenladen in Newport Beach an und finde heraus, ob einer davon Ann ein Dutzend Rosen verkauft oder ihr in den Kindergarten geliefert hat.

Wenn du keinen findest, probier es in Laguna, Corona del Mar und Costa Mesa. Ruf jede Nummer an, die im Telefonbuch steht, und hör nicht auf, bevor du etwas weißt.«
»Hat der Mörder ihr diese Rosen geschickt? Standen sie in der Vase auf ihrem Schreibtisch?«
»Es ist nur eine Vermutung. Und das bleibt unter uns, Mom, unter uns beiden, verstehst du mich?«
»Die Polizei hätte doch bestimmt an diese Möglichkeit gedacht...«
»Das hat sie auch. Ich möchte nur schneller sein als sie.«
Virginia sagte, daß sie mit dem Anrufen anfangen würde, sobald sie wieder zu Hause sei.
Jim sagte ihr, sie solle an das denken, was er ihr am frühen Morgen gesagt hatte, nämlich, daß sie das alles überstehen würden und daß dieses schreckliche Gefühl irgendwann einmal vorübergehen würde. Am Morgen hatte er selber nicht gewußt, ob er das glauben sollte, und jetzt wußte er es immer noch nicht.
Einen Moment lang war nichts als Stille zwischen ihnen, eine Stille, während der Jim mit Schrecken an die Tage dachte, die noch auf sie zukommen würden.
»Ich liebe dich, Mom.«
»Ich dich auch, Jim. Und wer glaubt, ich würde mich wegen alledem nicht mehr für den Wahlkampf einsetzen, der kann sich auf etwas gefaßt machen.«
Virginia legte auf, das laute Knacken im Hörer zeigte Jim, daß sie entschlossen war, ihre diversen Ziele energisch weiterzuverfolgen.
Danach rief Weir im Hoag Hospital an. Eine Schwester sagte ihm, daß Lieutenant Cruz offenbar völlig erschöpft sei und lange Zeit nichts gegessen habe. Er habe ein Beruhigungsmittel bekommen und schlafe tief.

# KAPITEL 5

Auf dem Pacific Coast Highway fuhr ein Streifenwagen aus Newport Beach ein paar Meilen lang hinter ihm her. Jim betrachtete die beiden Polizisten im Rückspiegel. Sie waren jung und gepflegt und machten einen wachsamen Eindruck. Als das Polizeiauto an ihm vorbeizog, musterte der Polizist auf dem Beifahrersitz Jim scheinbar uninteressiert durch seine Sonnenbrille. Das sind Kinder, dachte Weir, so, wie Ray und ich früher auch einmal waren.

Er parkte in der Morning Star Lane, ging am Park vorbei hinunter zur Bucht und schaute nach Osten. Der noch unbestimmt weiße Himmel überzog sich langsam mit etwas kräftigerem Blau. Es war gerade Flut, das Wasser stand jetzt höher als in der Mordnacht, und die Maibrise formte es zu spitzen grauen Wellen. Ein großes Motorboot fuhr langsam durch die Bucht und zeichnete mit dem Bug einen weißen Schnitt in die Oberfläche, die hinter dem Boot gleich wieder zusammenwuchs.

Im Osten konnte Jim die Küstenlinie sehen, den schmalen Strand, das Eiskraut und die Gräser, die unter den Klippen, von denen die großen Häuser herunterschauten, viel dichter standen als am Wasser. Auf der gegenüberliegenden Seite der Bucht war noch ein schmaler Streifen schwarzen, stinkenden Watts, auf dem sich Seevögel als kleine weiße Punkte abzeichneten.

Er dachte an seine Tage bei der Hafenwache, an die friedlichen Morgenstunden, die schwere, salzige Luft und das Gefühl der Freiheit, das er und sein Kollege Ray gehabt hatten, als sie mit ihrem Boot durch das Wasser gezischt waren und auch noch dafür bezahlt wurden, daß sie Verbrecher jagten. Noch nie hatten es zwei Jungs aus der Gegend so gut gehabt. Dann war Jim, der besseren Bezahlung und der Aufstiegschancen wegen, zu den Kriminalern gegangen und Ray zur Polizei von Newport Beach, weil er dort seine Sergeant-Streifen bekam.

Jim blieb einen Moment lang an der Stelle stehen, wo er Ann zum letzten Mal gesehen hatte. Nichts war hier mehr außergewöhnlich bis auf die vielen Fußstapfen und eine glatte Stelle im Sand, etwa so lang wie ein menschlicher Körper, wo sie gelegen hatte. Irgendwo hoch oben dröhnte ein unsichtbarer Jet durch den Himmel. In einer Welt, in der es nichts Absolutes mehr gab, dachte er, war der Tod das einzige, worüber man nicht verhandeln konnte. Das Fürchterliche dabei war, wie grauenvoll glatt alles ablief. Der Tod schien nicht mehr Teil des großen, ewigen Kreislaufs zu sein, sondern eine Veranstaltung, die von staatlich geprüften Buchhaltern ersonnen worden war. Aber nichtsdestotrotz wuchs die Trauer in ihm, und er hatte das Gefühl, daß, wenn diese Trauer erst einmal groß genug war, sein Körper drum herum zusammensacken und nichts mehr von ihm übrigbleiben würde. Und mit der Trauer kam das Schuldgefühl, eine tiefe und grundlegende Überzeugung, daß er etwas hätte tun können, etwas hätte tun müssen. Nur die Rache schien für diese Vorwürfe das approbate Gegenmittel zu sein. *Verdammt noch mal, Ann war schwanger!*

Er ging weiter den Strand entlang, aber bei jedem Schritt wurden seine Knie weicher, und seine Knöchel fühlten sich immer spröder an und schienen jeden Moment umknicken zu wollen. Seine Ellenbogen und Hände schmerzten wie die eines Achtzigjährigen, der den kommenden Regen spürt. Jim wünschte, er hätte einen Mantel mitgenommen. Er blieb stehen, atmete tief durch und ballte die Hände zu

Fäusten, um sein Blut wieder in Bewegung zu bringen. Einen kurzen Moment lang kam es ihm vor, als schwebte er neben sich selbst in der Luft und schaute hinunter auf einen dünnen alten Mann mit bleicher Haut und schütterem weißem Haar, der allein dastand, wie ein Schilfhalm am Rand eines riesigen, weglosen Sumpfs. Dieser Mann schien so vergänglich wie die Vögel, die über den Himmel huschten, oder wie der Wind, der über seine eingefallenen, bleichen Wangen strich.

Der Tatort war nicht gekennzeichnet, aber er erkannte die Stelle aufgrund von Innelmans Bericht und an den braunen Blutflecken im Sand. Ein paar Kinder aus der Nachbarschaft standen betreten dreinblickend herum; zwei andere rutschten mit ihren BMX-Rädern über eine selbstgebaute Piste. Ein Liebespaar, das Arm in Arm am Wasser saß, beobachtete ihn mit einem Anflug verbotener Neugier, als ob der Tod ein Schwarzweißball wäre, zu dem man es nicht eingeladen hatte.

Jim las Dwight Innelmans Tatortbericht, während er auf diesem entweihten Stück Erde stand. Er las sich wie die Zusammenfassung, die Ken Robbins Jim in seinem Auto gegeben hatte: Ann war um Mitternacht unter Zwang an diesen Strand gebracht, vergewaltigt und schließlich, nachdem einige Zeit verstrichen war, ermordet worden. Nichts an ihr deutete darauf hin, daß sie sich gewehrt hatte. Es gab keine Anzeichen eines Kampfes. Die Anwohner hatten nichts gesehen und nichts gehört. Das Ergebnis einer Befragung von Tür zu Tür war gleich Null. Als Beweismittel waren sichergestellt worden: ein Küchenmesser; ein hinteres Teil eines Ohrrings oder einer Krawattennadel; elf Rosen, die auf der Leiche arrangiert waren. Jim mußte sich Ann vorstellen, wie lebendig und strahlend sie in der Nacht an Virginias Tisch gewesen war.

Warum nur hatte es keinen Kampf gegeben? Ann war einsvierundsiebzig groß und fünfundsechzig Kilo schwer. Durch ihre Arbeit war sie gut in Form. Stark und leistungsfähig. Hat sie sich für das Baby, das sie in sich trug, aufgeopfert? Jim war, nachdem er Ann mehr als dreißig Jahre gekannt hatte, zu dem Schluß gekommen, daß sie das gütigste aller Herzen hatte. Sie wäre durchaus in der Lage gewesen, genau das zu tun: ihren Körper anzubieten, um ihr Leben zu retten. Und das Leben ihres ungeborenen Kindes.

Jim sah über die Bucht, wo das andere Ufer im Dunst verschwamm. Eine Möwe, die mit surrenden Federn vorbeiflog, stieß einen schrillen Schrei aus. Sie kam so nahe, daß Weir hören konnte, wie die Knorpel in ihren Gelenken sich knackend bewegten. Im Westen machte die Sonne ihre letzten Anstrengungen für diesen Tag und überzog den Himmel vor dem nahenden Abend noch einmal mit leuchtendem, vergänglichem Orange.

Jim stand da und stellte sich die grundlegendste aller Fragen: Warum? Wo war, simpel gefragt, das Motiv? Und, wie schon so oft in den vergangenen drei Tagen, wußte Jim keine Antwort darauf. Ann hatte kein Geld. Sie war nicht in der Lage, jemandem weiterzuhelfen oder ihm im Wege zu stehen. Sie hatte nicht den geringsten Zugang zu den Quellen der Macht. Sie hatte nicht genügend Ehrgeiz, um zu erpressen, zu betrügen, zu beeinflussen, zu intrigieren und zu manipulieren. Sie hatte für keine Sache gekämpft, wollte keine Revolution machen. Ann war nichts weiter gewesen als eine Frau, die ihr Leben gelebt hatte.

*Warum also?* Mußte sie sterben, damit irgend jemand ein paar Minuten lang aus ihren Qualen ein perverses Vergnügen beziehen konnte? Oder war hinter ihrem Leben vielleicht *doch* mehr gewesen, hatte es sich möglicherweise in Bereiche erstreckt, von denen er nichts gewußt hatte? Oder hatte jemand vielleicht über Ann Virginia treffen wollen? Oder Becky oder Raymond oder ihn selbst? Weir war klar, daß er mit seinem Ausstieg damals nicht nur das Leben eines Gesetzeshüters öffentlich verschmäht hatte, sondern ungewollt auch die Männer, die immer noch als solche arbeiteten. Aber konnte dieser Umstand wirklich einen Polizisten aus Newport Beach oder von sonstwoher zu einer so grauenvollen Rache veranlaßt haben? Nichts paßte.

Was Jim – neben Schmerz, Schuldgefühl und Wut, die leise in ihm immer weiter anwuchsen – momentan am stärksten empfand, war die Gewißheit, daß Robbins und Innelman versuchten, mit Gewalt etwas zusammenzufügen, was nicht zusammenpassen wollte. Eine vage, noch formlose Theorie begann sich in seinem Kopf langsam herauszubilden, unbestimmt, wenig tragfähig und noch nebulös genug, um in der düsteren Landschaft seiner Trauer nicht weiter aufzufallen. Aber je länger er in das graue Wasser der Bucht starrte, desto konkreter und gezielter wurde diese Idee. Sie nahm kurz Gestalt an, schwankte unsicher und war wieder verschwunden. Dann war sie auf einmal wieder da und schwirrte wie ein spöttischer Kolibri durch seine Gedanken. Weir packte sie.

Ann mußte den Mörder gekannt haben, dachte er. Sie ging, ohne sich zu wehren, mit ihm hierher, weil sie ihm vertraute. Alle Verbrechensstatistiken der Welt untermauerten die Wahrscheinlichkeit dieser Theorie.

Weirs Gehirn spulte rasend schnell eine Menge Leute ab, die eventuell in Frage kamen: Anns Freunde, Arbeitskollegen, Bekannte, Verwandte – jedes männliche Wesen, dem sie genug vertraut hätte, um mit ihm in einer nebelverhangenen Nacht hierher zu gehen. Die Liste war kurz und naheliegend: Raymond, Nesto, er – Jim – selbst und ein paar von Poons alten, gebrechlichen Freunden, die Ann fast ebenso vergötterten, wie Poon es einst getan hatte. Ann wäre nicht mit jedem x-beliebigen gegangen. Ann war zurückhaltend. Und vorsichtig. Oberflächlich kannte sie so gut wie jeden, von den Verkäufern des Balboa-Supermarkts bis zu den Burschen von der Fähre. Schließlich hatte sie neununddreißig Jahre hier gelebt, war zur High-School und die ersten zwei Jahre aufs College gegangen und hatte zwei Jobs hier, bei denen sie viel mit Leuten zu tun hatte. Sie war gescheit, freundlich, sympathisch und hübsch.

Jim dachte zurück an die Geburtstagsparty, die Raymond letztes Jahr für sie gegeben hatte. Ein-, zweihundert Leute hatten sich in die *Eight Peso Cantina* gezwängt, um zu feiern. Gut die Hälfte davon waren Männer gewesen, von denen wiederum viele sie gut genug gekannt hatten, um ihr neben dem Geschenk noch einen Kuß zu geben und sie zum Tanzen aufzufordern. Aber wäre sie mit irgendeinem von ihnen in einer nebligen Nacht hierher in die Back Bay gegangen? Nein. Sicher nicht. Außer, natürlich, er wäre ihr Liebhaber gewesen. Warum hätte Ann etwas mit einem anderen Mann anfangen sollen? Das sah ihr nicht ähnlich. Aber die leblose Form, die an jenem Morgen auf der feuchten Erde gelegen hatte, hatte ihr auch nicht ähnlich gesehen.

Sie hatte nicht einmal einen Mantel an.

Sie hat sich nach der Arbeit umgezogen, dachte Jim, aber sie hat sich keinen Mantel angezogen. Und zwar deshalb, weil sie gar nicht vorgehabt hatte, hinaus zum Strand zu gehen. Vermutlich wollte sie an diesem Abend alles andere tun, bloß nicht hierherkommen. Vielleicht hatte er ihr das Messer an die Kehle gesetzt, gleich unter ihrem schönen, langen Haar. Vielleicht hatte er sie auch mit einer Pistole bedroht, wie Robbins gesagt hatte.

Er schaute sich das Bild der Mordwaffe an – ein unscheinbares Küchenmesser mit Holzgriff und einer sanft geschwungenen, einseitigen Klinge. In den Griff, der in gutem Zustand war, waren die Worte KENTUCKY HOMESTEAD eingebrannt, daneben ein kleines Markenzeichen, das einen Kessel über einem Feuer zeigte. In den Stahl der Klinge, kurz über dem Griff, war die Herkunftsbezeichnung JAPAN eingraviert. Das Dunkle an der Verbindungsstelle zwischen Stahl und Holz konnte Blut sein, Schlamm oder Rost oder eine Mischung aus allen dreien. Jim klappte die Akte zu.

Als er wieder den Kai zur Morning Star Lane hinaufkletterte, kam Jim auf einmal ein Gedanke, der eigentlich ganz naheliegend war: Es gab deshalb so wenige Spuren, weil jemand sie verwischt und vielleicht gewisse Dinge mitgenommen hatte.

Ein Polizist würde so etwas tun.

Der Polizist, den Mackie Ruff gesehen haben wollte.

Das war's, was er in den Minuten gemacht hatte, während Ann brutal geschändet und voll von seinem Samen am Boden gelegen, in den Nebel gestarrt und gebetet hatte, daß er für immer in der Nacht verschwinden und ihr gestatten möge, das Wunder, das sie nie geglaubt hatte empfangen zu können, am Leben zu erhalten.

*Er hatte aufgeräumt.*

# KAPITEL 6

Jim stand auf dem Gehsteig vor Becky Flynns kleinem Haus am Wasser und spähte durch den Oleander, der ihren Besitz vom Rest der Welt abschirmte. Dann ging er durchs Gartentor, und als das Glöckchen daran klingelte, spürte er einen wachsenden Druck in seinem Kopf. So auf Beckys Haus zuzugehen war für Weir, als ginge er zurück in die Vergangenheit, nur daß er jetzt wußte, wohin alles geführt hatte. Bei jedem Schritt meinte er, die Echos tausend anderer, die er hier gegangen war, zu hören, dachte er an tausend Nächte auf der Halbinsel, die er zusammen mit Becky in den verschiedenen Stadien der Liebe, der Desillusioniertheit und der Trennung verbracht hatte. Sein Magen zitterte, als er zur Veranda hinaufstieg und durch die Fliegengittertür schaute.

Becky saß auf der Couch, hatte ihren Kopf zur Seite geneigt und den Telefonhörer zwischen Ohr und Schulter festgeklemmt. Ein gelber Notizblock lag auf ihren übereinander geschlagenen Beinen. Becky machte sich immer irgendwelche Notizen. Jim betrachtete ihr Profil, als sie nickte, einen gelben Bleistift an den Mund hob und ihre Lippen mit dem Radiergummi berührte. Sie trug jetzt eine Frisur, die ihre Haare wie einen hellbraunen Wasserfall aus Locken aussehen ließ, der knapp über ihren Schultern abrupt endete. Becky war immer besonders stolz auf ihre Haare gewesen – je länger, desto besser, hatte sie gesagt –, aber dieser neue Schnitt zeigte, daß sie jetzt andere Prioritäten setzte. Wir werden alle älter, dachte Weir, während er seine Hand hob, um zu klopfen. Er betrachtete sie einen weiteren verstohle-

nen Moment lang und bewunderte die sanften Kurven ihrer Oberschenkel und Waden, als sie ihre nackten Füße auf den Couchtisch legte und etwas auf ihren Block notierte. Sie nickte, atmete tief und legte auf. Eine Sekunde lang starrte sie ins Leere, während sich ihre Mundwinkel zu einem Lächeln verzogen.
Sie stand auf, kam zur Tür und riß sie auf.
Drinnen empfing sie Jim mit einem fragenden Blick, der sich sogleich in eine Umarmung verwandelte. Ihr Kopf roch noch genauso, wie er es in den drei Jahrzehnten, die Jim sie nun schon kannte, getan hatte. Über ihre Schulter blickte er zum ersten Mal seit – er rechnete kurz nach – fast zwei Jahren auf das altgewohnte Zimmer. Es gab da ein paar neue Sachen: Eine Druckgraphik von Pegge Hopper hing an der Wand aus Nut- und Federbrettern über dem offenen Kamin, in der Ecke gegenüber stand ein große graue Stehlampe, die Wände waren neu gestrichen, und ein Perserteppich lag auf dem Holzfußboden. Der Rest der Einrichtung war gleichgeblieben, bis hin zu dem schweren alten Eßtisch, der immer noch viel zuviel Platz einnahm, der tiefen, weichen Couch, den Vorhängen, die Becky vor so vielen Jahren aus Chintz genäht hatte und die jetzt vom Sonnenlicht ausgebleicht waren, und dem Blumenstrauß, den sie sich anscheinend immer noch jeden Freitag an einem Stand in der Nähe von *Poon's Locker* kaufte. An einer Wand des Zimmers hing eine Banderole, auf der in grünen Buchstaben auf weißem Grund WÄHLT BECKY FLYNN ALS BÜRGERMEISTERIN stand, an einer anderen ein Poster mit der Aufschrift FÜR LANGSAMERES WACHSTUM.. Neben dem Kamin standen Kartons mit Flugblättern und Umschlägen.
Becky selbst hatte sich auch verändert: Ihre Haut war blasser, Hüften und Brüste ein wenig voller und um ihre dunkelbraunen Augen waren die Falten etwas tiefer geworden.

Jim kannte fast ihren gesamten Lebensweg, und nicht alles davon war ebene Strecke gewesen. Alles in allem, dachte er, war sie immer noch sehr schön. All die Stunden im Gefängnis von Zihuatanejo hatte er ihr Bild vor Augen gehabt, hatte er Trost in der Erinnerung an sie gefunden und Qualen gelitten, weil sie so weit weg war und weil er und Becky ihre Liebe so kaputtgemacht hatten.

»Mein Gott, Jim. Ich weiß nicht, was ich jetzt sagen soll.«

»Sag nichts.«

»Ich habe mir solche Sorgen um dich gemacht, *o Gott,* es tut mir so leid.« Sie drückte ihn nochmals an sich und seufzte .

Eine Weile standen sie stumm beieinander, dann ging Becky in die Küche. Weir folgte ihr – ganz aus alter Gewohnheit –, nahm zwei schwere Gläser und füllte sie mit Eis. Becky goß etwas Gin hinein, einen Schuß Wermut, schnitt etwas Zitronenschale ab und fuhr damit über den Rand der Gläser, bevor sie sie in den Drink gab. Durch das Küchenfenster konnte Jim den Nebel sehen, der sich wie eine weiße Decke herabsenkte. Als er sein Glas nahm, fingen seine Hände wieder an zu zittern. Er fühlte sich, als sei sein Herz aus Holz und schlüge nur noch langsam und widerwillig dem Moment entgegen, an dem es endlich damit aufhören durfte.

»Es tut so gut, dich zu sehen«, sagte sie. »Ich habe dir auf den Anrufbeantworter gesprochen.«

»Danke. Ich hab's gehört. Das alles war schlimm.«

Sie setzten sich auf die Couch, auf ihre alten Plätze. Weirs Füße sehnten sich bereits danach, aus den Stiefeln zu kommen und sich am Kaminfeuer zu wärmen. Der Anrufbeantworter nahm einen Anruf entgegen: Ein Korrektor in der Druckerei hatte gerade Flugblätter entdeckt, auf denen statt ›Bürgermeisterin‹ *Borgermeisterin* stand.

»Ich habe sie am Abend des Mordes noch im *Whale* getroffen«, sagte Jim. »Mom war da, und Ray schaute auch vorbei. Ann sah gut und stark aus – ein bißchen schmal vielleicht.«

»Ich hatte sie schon ein paar Tage nicht mehr gesehen.«

»Wie ging es ihr, Beck?«

»Seit ich gehört habe, daß sie tot ist, habe ich mir dieselbe Frage gestellt. Okay, Ann und ich waren nun schon – wie lang ? –, na, wohl mehr als dreißig Jahre befreundet. Wir haben alles miteinander gemacht, haben uns zum Rollschuhlaufen Pferdeschwänze gebunden und die Kleidchen unserer Puppen geliehen. Wir haben gegenseitig unsere Tagebücher gelesen, haben immer dieselben Schulfächer belegt, uns in die gleichen Jungen verliebt, wir haben alles geteilt, einfach *alles*. Wir waren Mädchen, wurden Frauen, und auch das haben wir gemeinsam durchlebt. Bis auf die paar Monate, die sie in Frankreich war – wie alt war sie da, fünfzehn? –, waren wir immer so miteinander.« Becky kreuzte die Zeige- und Mittelfinger ihrer Hände und hob sie Jim vors Gesicht. »Aber seit dem vergangenen November hat sich etwas zwischen uns verändert. Es begann, kurz bevor du nach Mexiko gegangen bist.«

»Das ist mir gar nicht aufgefallen.«

Weir empfand Beckys Schweigen als Vorwurf gegen sich: Wenn du dich mehr um deine Familie gekümmert hättest, anstatt deinen Hirngespinsten nachzujagen, *dann hättest du etwas bemerkt*, schien es zu bedeuten.

»Es war sehr subtil, Jim«, sagte sie schließlich. »Zuerst dachte ich, es wäre nur eine kleine Verstimmung zwischen ihr und mir, und so habe ich mir keine allzu großen Sorgen gemacht. Jetzt, wo Ann tot ist, hat alles auf einmal eine schreckliche Bedeutung bekommen.« Sie trank und stellte ihr Glas an den Rand des Couchtisches. »Ann zog sich vor mir zurück. Irgend etwas war da zwischen ihr und mir, und das gefiel mir nicht.«

»Was war mit ihr los?«

»Sie lächelte so komisch. Manchmal war sie so ... förmlich mir gegenüber. So, als ob ihr Lächeln mich von etwas an ihr ablenken sollte. Sie war so munter, so offensichtlich gut gelaunt, so ... verdammt oberflächlich.«

»In welcher Hinsicht?«

»In jeder Hinsicht. Wenn ich sie anrief und fragte, wie es ihr ginge, dann klang ihre Antwort wie das Statement eines Politikers, so, als habe sie sie sorgfältig eingeübt. Du kennst Ann. Bei Ann mußte man immer mit direkten Antworten, mit Offenheit rechnen. Wenn Ann meinte, du machst etwas falsch, dann sagte sie das auch. Sie wich nie aus. Aber im Januar hatte ich das Gefühl, daß sie genau das tat. Ich traf sie spät am Abend – so gegen elf – im Supermarkt, wo sie ihren wöchentlichen Einkauf machte. Wir standen vor den Suppen, und einen Moment lang schien sie tatsächlich durch mich hindurch zu sehen, dann fing sie sich und grinste mich an – das heißt, sie schnitt eine Grimasse, die wohl ein Lächeln hätte sein sollen. Ich fragte sie, ob etwas nicht in Ordnung sei, und sie sagte: ›Überhaupt nichts! Ich bin heute abend bloß ein bißchen müde. Ich hätte doch nicht ohne Make-up zum Einkaufen gehen sollen.‹ Dann zog sie eine Dose Bohnen heraus, der ganze Stapel stürzte zusammen und all die roten Dosen fielen auf den Boden. Ich spielte mit und tat so, als glaubte, ich ihr, aber der Vorfall beschäftigte mich doch. Ein paar Abende später rief ich sie an, und sie klang so albern, so überdreht. Ich schwöre bei Gott, Jim, einen Moment dachte ich, sie hätte Drogen genommen oder so was. Wir verabredeten uns für den nächsten Sonntag zum Mittagessen; und da war sie irgendwie ... abwesend. Gut, sie trug ihren Teil zur Unterhaltung bei, aber eigentlich sagte sie nichts. Sie ließ auch ihr Essen fast unberührt zurückgehen.

Es kam mir vor, als wäre sie mit ihren Gedanken ganz woanders gewesen.«

»Hast du sie darauf angesprochen?«

»Natürlich. Aber Annie lachte bloß, drehte den Spieß um und sagte, ich würde wieder mal meine Neurosen auf sie projizieren. Fast hätte ich ihr das abgenommen – das nehme ich so gut wie immer ab. Wir hatten gerade erreicht, daß unser Wachstumskonzept als Vorschlag A auf den Wahlzettel kam, die Demonstration im Laguna Canyon mußte organisiert werden, und auch die Vorbereitungen für meine Kandidatur liefen auf Hochtouren. Wie du siehst, bin auch ich meinem Schatz nachgejagt, nicht nur du dem deinen. Aber Ann stand irgendwie neben sich. Im vergangenen Winter sah ich sie ziemlich häufig, wir liefen uns immer wieder mal über den Weg, und ab und zu aß ich bei ihr im *Whale*. Manchmal war sie ganz die alte Ann. Die anderen Male – und das waren die häufigeren – schien sie irgendwie abwesend zu sein.«

Jim dachte zurück an den vergangenen November und überlegte, ob er Beckys Geschichte bestätigen konnte. Aber Ann war ihm wie Ann vorgekommen. Die Vorbereitungen für die Suche nach der BLACK PEARL vor Zihuatanejo hatte ihn vollständig in Anspruch genommen: Tauchgerät und Kompressor mußten ergänzt und neu besorgt werden, ebenso Schlammabsauger, Winden und Kabel, Markierungsmaterial und Bojen. Um alles hatte er sich kümmern müssen, angefangen von einer gründlichen Überholung des Bootsmotors bis hin zu Ersatzdichtungen für seinen Lungenautomaten. Ich habe Anns Veränderung übersehen, dachte er, so einfach ist das.

»Hast du mit irgend jemandem über sie gesprochen? Mit Ray oder Mom?«

Becky schüttelte den Kopf. »Wenn es um Ann ging, wendete

ich mich immer direkt an sie. Wie ich schon sagte, ich dachte, es wäre irgendeine Verstimmung zwischen ihr und mir. So ist das bei Freunden – mal geht es schlechter, dann wieder gut. Manchmal muß man ein brennendes Streichholz an die Brücke halten, um zu erkennen, wie stark und tragfähig sie ist.«

Sie blickten sich im gegenseitigen Einverständnis an, daß solche brennenden Streichhölzer – viel zu oft und von beiden Seiten – auch schon an die Brücke zwischen ihnen beiden gehalten worden waren. Aber es waren lodernde Feuer und keine belastbare Brücke, an die sie sich jetzt erinnerten.

Becky leerte ihr Glas. »Wieviel kannst du mir anvertrauen?«

»Was willst du wissen?«

»Ich habe eine Kopie von Bristols Bericht, ich weiß also das Wesentlichste.«

»Diese Stadt ist wirklich klein.«

»Es war nicht schwer – als frühere Pflichtverteidigerin habe ich so meine Verbindungen.«

»Ich kann dir nicht viel mehr erzählen. Ich habe Ann gesehen, wie sie gefunden wurde, und heute abend war ich am Tatort.«

»Was hältst du von Innelman und Deak?«

»Innelman ist ein guter Mann. Deak kenne ich nicht.«

»Er ist jung und naßforsch, aber er ist auch sehr gründlich.«

»Wenn du den Bericht gelesen hast, weißt du genausoviel wie ich.«

»Wirklich?« Becky sah ihn durchdringend an, dann lächelte sie. »Dennison muß ja ganz schön zappeln. Wenn sich diese Sache richtig entwickelt, könnte sie den Wahlausgang umkippen lassen. Jetzt wird er einer Debatte mit mir erst recht aus dem Weg gehen.«

Becky zwinkerte mit ihren dunkelbraunen Augen und

schenkte ihm ein zufriedenes kleines Lächeln. Es sah weniger spitzbübisch als vielmehr verschlagen aus. Weir hatte dieses Lächeln an ihr schon immer gehaßt.
»Weshalb wollte Dennison heute mit dir und Ray sprechen?« fragte sie.
Jim erfand eine Geschichte, erzählte, daß er angeheuert worden sei, um als Taucher noch einmal die Bucht abzusuchen. Für eine schnelle Lüge war das nicht schlecht. Poon wäre stolz darauf gewesen.
»Das fällt doch in die Zuständigkeit des Sheriffs.«
»Das habe ich Brian auch gesagt. Jedenfalls haben Taucher der Hafenwache etwa hundert Meter von der Stelle entfernt, an der Ann starb, ein Küchenmesser gefunden. Fünfzehn Zentimeter lange Klinge, ohne Heft, nichts Außergewöhnliches.«
»Warum will Brian dann, daß du noch einmal tauchst?«
»Er will auf Nummer Sicher gehen.«
»Wie war die Marke des Messers?«
»Ich habe es nicht gesehen«, log Jim abermals.
»Du wirst alt, Weir. Und deine Hände zittern.«
»Ich weiß.«
Das Telefon klingelte wieder, diesmal war es eine Einladung an Becky, eine Rede vor der Vereinigung der Geschäftsfrauen von Newport Beach zu halten. »Die wollen mich doch bloß in der Luft zerreißen«, bemerkte sie bissig. »Weißt du, was? Mir hat mein Leben besser gefallen, als es noch einfach war.«
Jim war einen Augenblick still.
Beckys letzter Satz war ein Stich ins Wespennest gewesen. Vielleicht war es das, was wir die ganze Zeit schon hätten tun sollen, dachte Jim, uns auch die unangenehmen Dinge sagen, um gemeinsam mit ihnen fertig zu werden. Einer von Beckys Kardinalfehlern – sie selbst war die erste, die sich

dazu bekannte – war ihre Neigung, ein Dutzend Sachen gleichzeitig, aber nicht unbedingt richtig zu machen. Jim versuchte, nicht vorwurfsvoll zu klingen, als er sagte: »Nun, es sieht so aus, als hättest du mit deinem Wahlkampf eine Menge zu tun.«

Sie sah ihn an, bevor sie antwortete. »Ich habe nichts anderes erwartet. Vor nicht allzu langer Zeit habe ich beschlossen, daß es nicht genügt, daß einem sein Leben gefällt. Man muß etwas zum Allgemeinwohl beitragen, etwas verändern ... vielleicht klingt das naiv. Aber ich hatte das Gefühl, auch einmal etwas geben zu müssen, anstatt immer nur zu nehmen. Als ich noch mit dir zusammen war, wurde ich zum Schluß hin immer ungeduldiger. Die Arbeit als Pflichtverteidigerin war mittlerweile bloße Routine für mich. So bin ich nun mal – ich muß immer nach vorne schauen. Vielleicht ist mir nie etwas gut genug, ich weiß nicht.«

»Wie du schon gesagt hast, wir jagen alle unserem eigenen Schatz nach.«

Sie warf ihm einen bösen Blick zu. »Du bist nicht bloß einem Schatz nachgejagt, du hast einen Ausweg gesucht aus ... allem.«

Immer wieder dieselbe alte Platte, dachte er. Becky hatte niemals verstanden, warum er beim Sheriff aufgehört hatte. Für eine ehrgeizige, arbeitshungrige junge Frau mußte sein Sprung aus der sicheren Vollzeitbeschäftigung in die kalten Wasser des Bergungstauchens und der Schatzsuche den Gipfel spätpubertären Leichtsinns darstellen. Ein solcher Entschluß roch geradezu nach Bankrott. Beckys Familie war arm gewesen – nicht bettelarm, aber so arm wie die untere Mittelklasse nun mal war – immer kurz davor, daß ihr Strom und Wasser abgedreht, der auf Raten gekaufte Wagen weggenommen, Versicherungen wegen nichtgezahlter Prämien gekündigt wurden. Als Becky erwachsen wurde, hatte sie sich als erstes geschworen, daß ihr so etwas nie passieren würde. Und je mehr Jim damals über Dinge wie persönliche Freiheit und das Verlangen gesprochen hatte, seine Zeit selber einteilen zu wollen, desto verschlossener war Becky geworden. Sie hatte ihm Selbstzweifel eingeimpft, als er sie sich am wenigsten hatte leisten können. Für Becky waren Zweifel eine Selbstverständlichkeit, etwas, worauf man mit Respekt hörte – die Speerspitze des Gewissens. Ihre Ehe mit einem Staranwalt aus Newport hatte nicht einmal ein Jahr gehalten. Becky, das hatte Jim schon immer gedacht, war viel komplizierter gebaut als er.

»Ich wollte auch nichts anderes als du«, sagte er schließlich. »Wenn du etwas anderes gedacht hast, hast du dich geirrt, und du tust es noch immer. Ganz gleich, wie sehr du dich auch bemühst, du wirst mich nie besser kennen als ich mich selbst, Becky.«

Sie zog sich unmerklich zurück und musterte ihn. Ihre Augen sagten: Das glaube ich nicht, aber aus ihrem Mund kamen die Worte: »Ich glaube, das haben wir alles schon einmal durchgekaut.«

»Ich habe in Mexiko viel über dich nachgedacht.« Er legte seine zitternden Hände auf die Knie und blickte in den Kamin.

»Ich habe auch über dich nachgedacht.«

»Und bist du zu einem Ergebnis gekommen?«

Becky legte eine Hand auf seinen Nacken und drehte eine Locke seines Haars um den Finger. Eine angenehme Wärme durchlief ihn.

»Kein Ergebnis«, sagte sie. »Nur neue Fragen. Manchmal glaube ich, daß wir alles hinter uns haben, dann fällt mir wieder etwas ein, und ich habe das Gefühl, daß unsere Beziehung nie aufgehört hat. Es ist, als ob man auf ein Schlachtfeld zurückblickt und sich fragt, ob man den Mut hat, sich wieder ins Kampfgewühl zu stürzen. Aber wenn ich jetzt so drüber nachdenke, dann bin ich doch zu einem Ergebnis gekommen. Und zwar habe ich herausgefunden, daß ich jemanden brauche, der bei mir bleibt, jemanden mit Durchhaltevermögen.«

Jim nickte und wußte, wie wenig er diesen Anforderungen gerecht wurde.

»Erzähl mir von Mexiko.«

Das tat er. Er erzählte ihr alles, von den vielversprechenden ersten Tauchgängen im tiefblauen Wasser bis zu der Frustration, als er erkannte, daß das Gebiet unter Wasser viel zu groß zum Absuchen für einen Mann war. Er erzählte ihr von seinem Schock, als die mexikanische Polizei auf einmal im Motorraum der LADY LUCK Marihuana »fand«, das vorher nicht dagewesen war, von den vierunddreißig Tagen in der Hölle des Gefängnisses von Zihuatanejo und schließlich von seiner plötzlichen und unerwarteten Entlassung.

Danach redeten sie eine Weile über Beckys Kandidatur für das Bürgermeisteramt von Newport Beach, über ihre Kanzlei, über den »Vorschlag A« für langsameres Wachstum, über den bei der Wahl im Juni ebenfalls abgestimmt werden würde. Sie gingen alles durch. Schließlich seufzte Becky erschöpft, nahm einen tiefen Schluck von ihrem Drink und starrte in den schwarzen Kamin.

Weir stand auf und besah sich an der gegenüberliegenden Wand noch einmal das Plakat mit der Aufschrift WÄHLT BECKY FLYNN ALS BÜRGERMEISTERIN.

Als sie ihn zur Tür brachte, knarzte der Holzfußboden an genau denselben Stellen wie früher. »Eines muß ich dir noch erzählen«, sagte Becky. »Ich habe Ann an diesem ... letzten Tag um halb sechs gesehen. Ich machte gerade einen kleinen Spaziergang am Wasser entlang, um mich vom Adressenschreiben zu erholen, als sie an mir vorbeifuhr, auf dem Weg zur Arbeit. Kannst du mir sagen, warum sie gefahren ist, wo sie die Strecke doch leicht zu Fuß hätte gehen können?«

Weir hatte sich diese Frage schon selbst gestellt. Er konnte sich nur einen vernünftigen Grund dafür denken, daß Ann sich in ihren alten Wagen gesetzt hatte, die drei Blocks zur Arbeit gefahren war und zehn Minuten lang einen Parkplatz gesucht hatte, wo sie doch bequem in zwei Minuten zu Fuß dort gewesen wäre. Als man sie fand, hatte sie Straßenkleidung an. Aufreizende Straßenkleidung. Hatte sie sich in der Arbeit umgezogen? Oder im Auto? Oder wo?

»Sie ist gefahren, weil sie nicht vorhatte, gleich nach der Arbeit nach Hause zu gehen«, sagte er.

»Das kann ich kaum glauben.«

Immer mehr drängte sich Weir die Erinnerung daran auf, wie Becky vor Jahren genau das getan hatte. Es war der Anfang vom Ende ihrer Beziehung gewesen, der Startschuß zu ihrem langen und schmerzhaften Niedergang. »Hat sie dir gegenüber jemals etwas von einem anderen Mann erwähnt?« fragte er.

»Nein, aber ich glaube nicht, daß Ann jemals über so etwas geredet hätte. In ihr ganz persönliches Eigenleben ließ sie niemanden einen Blick tun – das Markenzeichen der Weirs. Aber möglich wäre es natürlich. Sie war attraktiv, lebenslustig ... ach, du weißt schon, was ich meine.« Becky wischte eine Träne von der Wange und starrte grimmig aus dem Fenster hinüber zum Festland, zur Innenstadt von Newport Beach.

Weir lehnte sich an den Türpfosten. So viele Dinge schossen ihm auf einmal durch den Kopf. Sie schienen gar kein Ende nehmen zu wollen. Einen seligen, aber furchterregenden

Moment lang fühlte er sich jeglicher Maske beraubt. »Ich weiß nicht, was ich tun soll, Becky.«
Sie umarmte ihn lange, dann zog sie ihm die Schultern hoch und strich ihm eine Haarsträhne aus der Stirn. »Du mußt kämpfen, Jim. Bleib dran und beiß dich durch. Und paß auf dich auf.«
Jim trat hinaus auf die Veranda und ließ die Fliegengittertür hinter sich zufallen. Erstaunlich, wie schnell die alten Streitpunkte wiederaufflammen konnten, ebenso wie das Verlangen, Becky wieder in seine Arme zu nehmen und sein Gesicht an ihren weichen, wohlriechenden Nacken zu pressen und sich vollständig in ihr zu verlieren.
Als er die Stufen hinunterging, hatte er wieder einmal das Gefühl, ganz allein am Bug eines großen Schiffes zu stehen, den Wind im Gesicht, und von einer dunklen Küste zur anderen zu fahren, auf der Suche nach etwas, worüber er sich noch nicht ganz im klaren war. In diesem Augenblick war er des Alleinseins überdrüssig.

Raymonds Zimmer im Hoag Hospital hatte einen Blick über den Nordteil von Newport und auf einen Streifen Pazifik. Als Weir eintrat, schlief Ray tief und fest mit über dem Bauch gekreuzten Händen und leicht geöffnetem Mund. Er trug einen hellblauen Krankenhauskittel, der am Rücken zusammengebunden war und ein Armband aus Plastik, auf dem sein Name und ein paar Zahlen aufgedruckt waren. Neben Raymonds Bett standen Blumen, und an den Wänden klebten Karten mit Genesungswünschen, die seine jungen Cousins und Cousinen mit Buntstiften gezeichnet hatten.
Weir zog sich einen Stuhl heran und goß Ray etwas Wasser aus einer blauen Kanne ein. Eine Zeitlang schaute er hinaus auf den stumpfgrauen Horizont und das schimmernde Meer. Als Jim seinen schlafenden Freund ansah, kam ihm

der Gedanke, daß Raymond das alles vielleicht nicht durchstehen könnte. Ray war stark, aber er war nicht flexibel. Er bestand ganz aus Routine, Gesetzen, Vorschriften und einer klaren Unterscheidung zwischen richtig und falsch. Das war es, was ihn aufrechterhielt, und Jim wußte, warum. Schon bei seiner Ausbildung auf der Sheriff-Akademie war ihm aufgefallen, daß häufig ein ganz bestimmter Menschentyp den Beruf des Gesetzeshüters ergriff. Es waren Leute, die wissen mußten, wo ihr Platz war, und genau gesagt bekommen wollten, was sie zu tun hatten. Anstatt sich auf eigene Faust durchs Leben zu schlagen und sich alles selbst zusammenzureimen, brauchten sie jemanden, der die wichtigsten Fragen für sie beantwortete. Sie brauchten klare Definitionen, an die sie sich halten konnten, wie die Uniform und die Waffe, die sie trugen, oder das kalifornische Strafgesetzbuch. Und obwohl Jim Raymond niemals für einen von diesen Leuten gehalten hatte, hatte er sich oft gefragt, ob Raymond nicht etwas zu eng an seinem Job klebte, ob er die Dinge nicht zu gerne als simples Schwarzweißgemälde sah und in einfache Kategorien wie *Schuld* und *Unschuld* einteilte. An und für sich war das ja in Ordnung. Aber was würde er tun, wenn das Leben ihn betrog und das Gesetz ihm nicht mehr helfen konnte? Was würde passieren, wenn man ihm den Boden unter den Füßen wegzog? Woran würde Raymond sich festhalten, wenn sein Glaube an Recht und Ordnung verlorengegangen war? Jim sprach ein kurzes Gebet für Raymond, daß er genug Kraft haben möge, um einen neuen Glauben aufzubauen, und genug Liebe, um neue Kraft zu schöpfen.
Er ging zum Schwesternzimmer und schaffte es, eine Schwester zu finden, die nicht zu beschäftigt war, um mit ihm zu sprechen. Sie sagte ihm dasselbe, was man ihm schon vorher gesagt hatte – daß Raymond anscheinend drei Tage lang

weder gegessen noch geschlafen hatte und daß er schließlich zusammengebrochen war. Jetzt aß er wieder, und den Rest der Zeit schlief er. Das war nichts Ungewöhnliches nach dem Verlust eines geliebten Menschen. Ray würde bald wieder entlassen werden.
»Mein Beileid«, sagte die Schwester noch, als Jim sich verabschiedete.

# KAPITEL 7

Jim Weir schlug den Kragen seiner Jacke hoch, als er durch den feuchtkalten Nebel am Wasser entlang zu Anns Haus ging. Es war kurz vor neun. Wieder spürte er seine Gelenke wie ein alter Mann, und seine Finger krampften sich fest um den Griff von Brian Dennisons Aktenkoffer. Seit der Mordnacht war er nicht mehr in Anns Haus gewesen, und er fühlte sich irgendwie verpflichtet hineinzugehen, um ihr zu zeigen, daß für ihn darin nicht nur schreckliche Erinnerungen hausten und daß er an Ann nicht nur wegen ihres Endes dachte. Außerdem wollte Jim allein sein. Er öffnete das Haus mit dem Extraschlüssel, den Ray ihm gegeben hatte, ging hinein und schloß leise die Tür.

Als er langsam durch das Haus ging, bemerkte Jim, daß Innelman und Deak schon dort gewesen waren. An der Innenseite des Türknaufs waren die Reste von schwarzem Fingerabdruckpulver, ebenso wie an den beiden weißen Zahnputzbechern im Bad. Auf der Küchentheke lag eine Liste beschlagnahmter Gegenstände, aus der hervorging, daß die drei Weingläser, die dort gestanden hatten, jetzt Untersuchungsgegenstände im kriminaltechnischen Labor waren. Drei Gläser, dachte er: Welche drei Leute haben hier getrunken? Er sah, daß die Polizei auch Anns Adreßbüchlein mitgenommen hatte, das immer an einer Schnur neben dem Telefon in der Küche befestigt gewesen war. Ebenso die Tonbänder mit den Aufzeichnungen des Anrufbeantworters. Auf dem Boden vor dem Kühlschrank war ein hellgraues Pulver, mit dem sie den schwarzen Plastikgriff auf Fingerabdrücke untersucht hatten. Jim konnte sich vorstellen, was die Polizei wohl vermutete: daß Ann nach Hause gekommen war, sich umgezogen hatte und hier von jemandem bedroht und gezwungen worden war, mit zur Back Bay zu fahren. Nicht sehr wahrscheinlich, dachte er. Es stimmte nicht.

Zwei Schubladen von Anns Schlafzimmerkommode standen offen, ebenso die Tür ihres Kleiderschranks. Jim blieb eine Weile in ihrem Zimmer, das nach ihrem Parfüm duftete, spürte ihre Nähe und erwartete fast, daß sie ihn gleich von irgendwoher ansprach. Sie trampeln auf dir herum, dachte er. Es tut mir leid. Er zitterte trotz seiner warmen Jacke.

Auch neben der Tischlampe in Raymonds Arbeitszimmer war Fingerabdruckpulver, auch hier standen Schranktüren offen, und die Verpackung eines Polaroidfilms lag im Papierkorb. Alles umsonst, dachte er. Ann ist nicht hierher zurückgekommen. Sie ist nach der Arbeit in ihr Auto gestiegen und freiwillig dort hingefahren, wo sie hingewollt hatte. Dennison suchte verzweifelt eine Lösung. Wie oft hatte Raymond wohl schon in einer solchen Tatortszenerie gestanden? fragte sich Jim. Ob er es sich wohl je hätte träumen lassen, daß das ganze Theater einmal auf tragische Weise ihn selbst betreffen würde?

Weir ging zurück in die Küche, nahm Malachi Ruffs Aussage aus der Aktentasche und strich sie auf dem wackligen Ecktisch glatt. Die Befragung hatte Innelman am Dienstag, den sechzehnten Mai um acht Uhr morgens durchgeführt. Der Bericht war im üblichen Polizeienglisch abgefaßt und enthielt im wesentlichen das, was Weir bereits von Dennison wußte. Im Grunde genommen war es eine einfache Geschichte: Ein Säufer namens Mackie Ruff hatte mitten in der Nacht einen Schrei gehört, jemanden den Strand entlangrennen und ein Polizeiauto davonrasen sehen und war bald

darauf wieder eingeschlafen. Der Nebel war dicht, es war dunkel, und Mackie hatte jede Menge intus. Innelman vermerkte in seinem Bericht: »Ruff zeigte eine ausgesprochene Abneigung gegen die Strafverfolgungsbehörden.« Und weiter: »Zeuge Ruff war zur Zeit des angegebenen Vorfalls stark alkoholisiert. Wegen dichten Nebels und übermäßigen Alkoholgenusses war es Ruff nicht möglich, Rasse, Kleidung oder Körperbau des Verdächtigen zu erkennen. Der Verdächtige verschwand in nördlicher Richtung. Etwa dreißig Sekunden später hörte Ruff, daß eine Autotür geöffnet und geschlossen und ein Motor angelassen wurde. Er sagt aus, er sei daraufhin zum Galaxy Drive gegangen, wo er sah, wie sich ein weißer, viertüriger Wagen in südliche Richtung entfernte. Ruff gibt an, es sei ein Polizeiwagen gewesen. Eingehender befragt, führte Ruff aus, daß ein ›Emblem‹ an der Seite des Wagens diesen als Streifenwagen auswies. Ruff war nicht nahe genug, um irgendwelche Einzelheiten des ›Emblems‹ erkennen zu können.«
Innelman bemerkte in seinem Bericht auch, daß Ruff zwar keine ständige Adresse habe, aber manchmal in *Frankies Place*, im *Porthole* und in der *Eight Peso Cantina*, alles Kneipen in der Nähe der Fährenanlegestelle auf der Balboa-Halbinsel, zu finden sei.
Weir erinnerte sich daran, daß er Mackie Ruff einmal im Winter knietief im eiskalten Wasser der Back Bay waten gesehen hatte. Er hatte einen Einkaufswagen hinter sich hergezogen, auf dem ein alter Autoreifen und ein riesiges Knäuel Angelschnur lagen. Jim hatte ihn damals zurück an Land geschickt, und Raymond hatte ihm fünf Dollar gegeben, damit er sich etwas zu essen kaufen konnte.
Wie glaubwürdig war Ruff als Zeuge? Jim fiel auf, daß Ruff zwar festgenommen worden war, daß aber keine besondere Anklage gegen ihn vorlag. So lief das also, dachte er: Indem

man Ruff in die Ausnüchterungszelle steckte und damit zugab, wie betrunken er war, zeigte man, wie wenig er als Zeuge für den Staatsanwalt von Wert war.
Weir grinste sarkastisch, legte das Vernehmungsprotokoll zur Seite und nahm weitere Dinge aus dem Aktenkoffer: die Personalakten der Polizei, das Tonband und die Abschrift des Funkverkehrs und einen kleinen Kassettenrecorder, den Dennison vorsorglich mit eingepackt hatte.
Zuerst, dachte Jim, muß ich den Chief und Lieutenant Cruz überprüfen.
Dennison war fünfundzwanzig Kilo schwerer als die siebenundachtzig Kilo, die der Täter nach Schätzung von Robbins und Innelman etwa haben mußte. Seine Blutgruppe war Null, Rhesus positiv, die von Anns Mörder war B, wie man aus den Untersuchungen des Spermas wußte. Dennison hatte kurzes rötlichbraunes, lockiges Haar. Das Haar, das man auf Anns Bluse gefunden hatte, war glatt, mittelbraun und gut fünf Zentimeter lang und stammte vermutlich von einem männlichen Weißen zwischen fünfunddreißig und fünfundvierzig. Dennison war einundfünfzig. Brian hatte Jim am Morgen gesagt, daß er zwischen Mitternacht und ein Uhr früh in der fraglichen Nacht neben seiner Frau geschlafen habe, und Marlene Dennison hatte das am Telefon bestätigt. Weir schrieb an den Rand *Vermutliche Tatzeit* und unterstrich es zweimal.
Raymonds Daten widersprachen denen des mutmaßlichen Täters noch viel mehr: Blutgruppe A, welliges schwarzes Haar. Raymond war Linkshänder. Um nach den Schätzungen der Kriminaltechniker als Täter in Frage zu kommen, wog er fünf Kilo zu wenig, und Weir wußte, daß auch Raymonds Schuhgröße eine Nummer kleiner war als die der am Tatort gefundenen Abdrücke, denn er hatte ihm einmal ein Paar Schwimmflossen zu Weihnachten geschenkt. Jim

konnte sich noch genau daran erinnern, wie er zu dem Besitzer des Tauchgeschäftes gesagt hatte, er brauche ein Paar schwarze Scuba-Pro-Gummiflossen in der Herrengröße achteinhalb. Komisch, dachte er, wie man manche Dinge im Gedächtnis behält. Becky war damals mit ihm in dem Geschäft gewesen und hatte etwas Geistreiches über einen Film von Fellini gesagt. Achteinhalb, verdammt noch mal, dachte er und legte das Tonband in den Recorder.

Nehmen wir einmal für einen Moment an, Rays körperliche Merkmale würden mit denen des Täters übereinstimmen, dachte Jim. Schauen wir mal, ob er ein Alibi hat. Jim spulte das Tonband vor bis zur Zeit kurz vor Mitternacht, dann ließ er es laufen, suchte sich die entsprechende Stelle in der Abschrift zum Mitlesen und hörte sich den Funkverkehr der ganzen Stunde an, die als Mordzeit in Frage kam.

Raymond war in dieser Zeit zwölfmal mit der Zentrale in Verbindung getreten. Er hatte Dienst im Bezirk von Corona del Mar und war damit mindestens drei nebelverhangene Meilen von der Halbinsel entfernt gewesen, wo Ann vermutlich ihren Mörder getroffen hatte. Die einzige Abkürzung wäre die Fähre zwischen dem Festland, der Balboa-Insel und der -Halbinsel gewesen, aber die stellte um Mitternacht den Betrieb ein. Raymond hatte zwischen Mitternacht und ein Uhr morgens drei Zeugenaussagen aufgenommen, zwei Strafzettel ausgeschrieben – beide für zu schnelles Fahren in Corona del Mar – und niemanden verhaftet. Aus den Durchschlägen der Einsatzbücher ging hervor, daß Ray die Strafzettel um null Uhr zehn und null Uhr fünfzig ausgestellt hatte. Um Mitternacht, null Uhr zwanzig und null Uhr fünfundreißig hatte er Zeugenaussagen aufgenommen. Jim besah sich die Fotokopie von Raymonds Stechkarte. Genau um ein Uhr morgens hatte er sie auf der Wache abgestempelt. Das ist typisch für Raymond, dachte er: pünktlich auf die Sekunde und genau nach Vorschrift. Und Ray hatte in der Mordnacht nie mehr als sechs Minuten hintereinander gehabt, die nicht auf Papier oder Tonband dokumentiert waren.

Kaum zu glauben, dachte Jim, als er Rays Personalakte durchblätterte, daß er schon seit fünfzehn Jahren bei der Polizei war. Jim ließ Raymonds Karriere Revue passieren: acht lobende Erwähnungen von zwei verschiedenen Polizeichefs, sechs Auszeichnungen der Stadt für vorbildliche Pflichterfüllung und Ehrungen von Organisationen wie dem Lions Club, den Rotariern, der Handelskammer und dem Institut für Lateinamerikanische Studien an der California State University in Fullerton. Dreimal hatte man Ray zum Polizisten des Jahres gewählt. Er hatte eine spezielle Urkunde für verdienstvollen Einsatz, weil er einen Einbrecher im Haus einer zweiundneunzigjährigen früheren Stadträtin dingfest gemacht hatte, und dafür, daß er einer Frau geholfen hatte, in seinem Streifenwagen ein Baby zur Welt zu bringen, hatte die Stadt ihm eine Medaille verliehen. An einem Sommerabend vor Jahren hatte er einem schon halb ertrunkenen Jungen am Strand bei der Zwölften Straße das Leben gerettet, indem er unermüdlich Herzmassage und Mund-zu-Mund-Beatmung machte, bis sich endlich ein Krankenwagen durch den dichten Verkehr gekämpft hatte. Weir konnte sich noch an die Schlagzeilen von damals erinnern.

Als er weiter in der Akte las, kam Jim wieder einmal zu Bewußtsein, wieviel Raymond als gewöhnlicher Junge aus einem Arbeiterviertel aus sich gemacht hatte: Nach seinem Universitätsabschluß in Soziologie hatte er sich dafür entschieden, Gesetzeshüter zu werden, hatte die Sheriff-Ausbildung mit den besten Noten beendet und war bei der Polizei mit dreißig Sergeant und mit fünfunddreißig Lieutenant geworden. Gleich nach dieser Beförderung hatte er mit dem Jurastudium begonnen –, im selben Jahr, in dem Weir beim Sheriff aufgehört hatte, um Schatzsucher zu werden – und jetzt stand er zwei Semester vor dem Abschluß. Wir alle jagen unserem eigenen Schatz nach, meinte er Becky sagen zu hören.

Jetzt war Raymond aus der Bahn geworfen, dachte Jim, war ohne Halt und ganz allein. Wenn er es wirklich ernst gemeint hatte, daß er Anns Mörder töten wollte, dann riskierte er mehr als bloß seine Karriere – er riskierte sein Leben. Und meines vielleicht mit dazu, dachte Jim, besonders dann, wenn der Mann, den wir suchen, wirklich ein Polizist ist.

Die letzte Seite in Raymonds Akte enthielt ein interessantes Detail, von dem Jim nichts wußte. Die amerikanische Bürgerrechtsvereinigung hatte im Sommer 1988 versucht, einen Musterprozeß gegen die Polizei von Newport Beach zu führen, weil sie Angehörige von Minderheiten weder in ausreichendem Maß einstellte noch diese ihren Qualifikationen gemäß beförderte. Ray hatte sich geweigert, diese Initiative zu unterstützen, und hatte sich sogar in einer internen Mitteilung an den damaligen Polizeichef Lawrence Hiller dagegen ausgesprochen. In Hillers Anmerkungen dazu, die sich in Rays Akte befanden, stand: »Wir begrüßen Lt. Cruz' diskreten Umgang mit einer solch brisanten Angelegenheit und sehen diese Tatsache als wichtige Empfehlung für eine kommende Beförderung des Lieutenants zum Captain.« Zu dem Musterprozeß kam es nie.

Ray, dachte Weir, war eine Kämpfernatur. Er hatte Größeres mit sich vor: Jurastudium, Promotion, Anwaltsexamen, eine eigene Kanzlei. Und danach wollte Raymond, wie konnte es auch anders sein, eines Tages Staatsanwalt werden.

Und wer wäre besser dafür geeignet als er? Raymond Cruz

hatte länger als jeder seiner Kollegen in Newport Beach gelebt. Sein Ururgroßvater war schon ein Bulle gewesen, bevor die Bezeichnung *Bulle* überhaupt in Mode gekommen war. Der Rancho *Boca De La Mar* hatte einmal Raymonds Familie gehört, ein stolzer Besitz von über dreitausend Hektar, die auch die Fläche des späteren Newport Beach mit eingeschlossen hatten. Das war, lange bevor man von Immobilien anstatt von Land sprach. In jenen glorreichen Tagen der *Vaqueros* hatte Raymonds Vorfahre Francisco Cruz über den Rancho geherrscht. Und dieser Francisco Cruz, das hatte Raymond Jim unzählige Male in ihrer Jugend erzählt, war vom mexikanischen Gouverneur zum Friedensrichter ernannt worden. *Der Friedensrichter von Boca de la Mar.* Wie stolz war dieser Titel über Raymonds jugendliche Zunge gerollt.

Jetzt, in Anns kleiner Küche, erinnerte Weir sich an die tragische Geschichte des Francisco Cruz, die allerdings nicht ohne eine gewisse Ironie war. Zuerst hatte er sie von Raymond selber gehört, in der vierten Klasse.

Francisco Cruz war mit Lisbeth verheiratet, einer schönen Frau, in deren Adern deutsches und irisches Blut floß. Eines Tages machte der berüchtigte Bandit Joaquin La Perla am hellichten Tag einen gewagten Überfall auf den Rancho und entführte Lisbeth, um Lösegeld zu erpressen. Joaquins Spitzname war La Perla, weil er ständig zwei Revolver mit Perlmuttgriffen bei sich trug. Diese Revolver wurden übrigens, wenn Weir sich richtig erinnerte, nachdem Joaquin schließlich gefaßt und gehängt worden war, noch lange auf kleinen Jahrmärkten in der Umgebung zur Schau gestellt. In Raymonds Viertkläßlerversion der Geschichte hatte Francisco Cruz diesen La Perla verfolgt und wie einen räudigen Hund niedergeschossen, bevor er mit seiner befreiten Frau heimgeritten war und die größte

Fiesta in der Geschichte des Rancho *Boca de la Mar* gefeiert hatte.
Weir erinnerte sich noch gut an die Spielzeugrevolver mit weißen Plastikgriffen, die Raymond als Requisiten für seine Geschichte benutzt hatte. Die Wirklichkeit jedoch hatte ganz anders ausgesehen, denn Franciscos Männer hatten ihn auf der Suche nach La Perla im letzten Moment im Stich gelassen, so daß Cruz dem Banditen in einem Cañon, der heute Silverado Canyon heißt, ganz allein gegenübertreten mußte. La Perla durchsiebte ihn mit Kugeln und hängte seine Leiche an eine Eiche, die heute noch dort steht. Lisbeth wurde niemals wieder gefunden.
Weir erinnerte sich, daß ein besonders gemeiner Viertkläßler auf die Diskrepanz zwischen Rays Erzählung und der historischen Wirklichkeit hinwies und tags darauf zum Beweis eine Chronik des Orange County mit in die Schule brachte. Raymond erklärte den Autor des Buchs rundweg zum Lügner und zog sich in ein Tage andauerndes brütendes Schweigen zurück.
Und jetzt das, dachte Jim. Die Geschichte wiederholt sich zwar nicht, aber ihre Echos hallen von den Wänden wider. Er dachte über das Schicksal der Familie Cruz nach. In den letzten hundertzwanzig Jahren war sie von Großgrundbesitzern zu Mietern kleiner Häuser und Wohnungen, zu Angestellten und kleinen Geschäftsinhabern herabgesunken. Franciscos hoch verschuldeten Rancho hatten bereits seine Söhne verkauft. Jetzt gehörte kein Quadratzentimeter davon mehr der Familie Cruz – sogar die *Eight Peso Cantina* von Raymonds Eltern stand auf einem Grundstück, das dem PacifiCo-Baukonzern gehörte. Irena und Nesto hatten ihre Cantina *Eight Peso* genannt, weil das in etwa die Summe war, die auf Nesto gewartet hatte, als er 1946 als Soldat von Guadalcanal zurückgekommen war. Sein Vater hatte näm-

lich Nestos Wehrsold in eine neue Idee investiert – eine automatisierte Autowaschanlage, die dann leider auch gleich pleite gegangen war.
Es fiel Jim auf, daß Raymond sich nie über sein trauriges Erbe beklagt hatte, daß er nie den säuerlichen Stolz des verarmten Adels entwickelt und sich nie wegen seiner Abstammung von Großgrundbesitzern als etwas Besseres gefühlt hatte. Ray hatte versucht, auf seine eigene, ruhige Art das Blatt wieder zu wenden. Wenn er diesen Kerl umbringt, dachte Weir, dann tötet er auch einen Teil von sich selbst. Wenn er es nicht tut, ist er vielleicht bald im Himmel mit Francisco vereint und kann diesem dann eine ähnliche Geschichte erzählen.

Als nächstes teilte Jim die Zeitkarten der zweiunddreißig Polizisten der Spät- und Frühschichten – die sich aus plausiblen Gründen um eine Stunde überschnitten – in solche, die zu zweit, und solche, die alleine unterwegs gewesen waren. Die Karten der Doppelstreifen legte er beiseite. Damit blieben acht Polizisten von jeder Schicht übrig, die allein unterwegs gewesen waren. Nun überprüfte er in ihren Personalakten die Blutgruppen und erhielt fünf Polizisten mit Blutgruppe B. Vier waren Rechtshänder, aber zwei von ihnen hatten ihren Dienst relativ früh beendet, um null Uhr zwei und null Uhr achtzehn.
Die zwei übriggebliebenen Namen notierte Jim sich auf seinen Block: Philip Kearns und Dale Blodgett.
Aus Kearns' Personalakte ging hervor, daß er vierunddreißig Jahre alt und Junggeselle war. Mit zweiunddreißig war er Sergeant geworden. Seine Akte war gut, wenn auch nicht außergewöhnlich. Mit Raymond Cruz zusammen hatte er im Sommer 1987 in seinem Streifenwagen einer Frau Geburtshilfe geleistet. Im September desselben Jahres hatte er einen

Verweis bekommen, weil er seinen Streifenwagen zwanzig Minuten lang unbeaufsichtigt vor dem Haus einer Frau stehengelassen hatte – eine aufgebrachte Nachbarin hatte sich über das Geräusch des Funkgeräts beschwert. Eine Bewertung von Captain Chris Saunders lobte Kearns' »guten Umgang mit dem Bürger« und seine »dezente Art, für Ordnung zu sorgen«. Kearns war Mitglied der Sportschützenmannschaft der Polizei und hatte mehrere Wettbewerbe im Pistolenschießen gewonnen.

Jim fragte sich, ob Ann Kearns gut genug gekannt hatte, um in seinen Wagen zu steigen.

Aus der Abschrift des Funkverkehrs ging hervor, daß Kearns zwischen dreiundzwanzig Uhr fünfzehn und dreiundzwanzig Uhr fünfunddreißig in einem Café auf Balboa eine Kaffeepause eingelegt hatte. Also, dachte Weir, war er auf der Halbinsel Streife gefahren, dort, wo Ann gelebt und gearbeitet und wo man sie zuletzt lebend gesehen hatte. Zwischen null Uhr dreißig und null Uhr fünfzig hatte es keinen Funkverkehr zwischen Kearns und der Zentrale gegeben. Auch seine Einsatzbücher zeigten zu dieser Zeit keinen Eintrag. Zwanzig Minuten, dachte Weir, mitten in der fraglichen Stunde. Auf seinen Notizblock schrieb er: *Kearns: Zwischen Mitternacht und eins sind zwanzig Minuten nicht belegt.*

Dann studierte Jim die Personalakte von Sergeant Philip Kearns noch einmal gründlicher: Dem Foto nach zu schließen, war er schlank, hatte ein unauffälliges Gesicht mit kleiner Nase, einem buschigen Schnurrbart und lebhaften Augen. Er sah gut aus, auf eine Art, wie man sie nur bei Polizisten findet. Sein mittelbraunes, schon etwas dünn gewordenes Haar trug er ziemlich lang und hatte es aus der Stirne nach hinten gekämmt. Ob es wohl mit dem Haar von Anns Bluse übereinstimmte? Jim konnte spüren, wie seine

Hände wärmer wurden, als ein Adrenalinstoß durch seinen Körper lief.

Er lehnte sich in dem unbequemen Küchenstuhl zurück und sah sich in Rays und Anns Küche um. Sie war ordentlich, aber nicht zu ordentlich. Sie sah bewohnt aus. Eine Wanduhr in Form einer Katze hing über dem Kühlschrank an der Wand, und Augen und Schwanz bewegten sich mit jedem Ticktack. Ann liebte Katzen. Und sie liebte es auch, im Haus nur mit Socken und Sweatshirt herumzulaufen.

Warum nur war sie mit dem Auto zur Arbeit gefahren und hatte sich danach etwas recht Knappes und Schmeichelhaftes angezogen? *Weil du gar nicht nach Hause fahren wolltest,* schrieb Weir auf seinen Block. Und warum kein Mantel? *Weil du gar nicht vorhattest, dich länger im Freien aufzuhalten. Wo bist du hingefahren, liebste Schwester, wo hast du dich umgezogen?*

Er rief im *Whale's Tale* an und verlangte Sherry. Sherry war Anns Lieblingskollegin, eine Frau mit einem gesunden Sinn für Humor und den starken Beinen einer langjährigen Bedienung. Sie schien ein wenig außer Atem zu sein, als sie an den Apparat kam, und nach einem kurzen Hin und Her bestätigte sie, daß Ann das Lokal in ihrem Matrosenkleidchen und nicht in normaler Kleidung verlassen hatte.

Weir dankte ihr und legte auf. Hat sich Annie in ihrem Wagen umgezogen? Wieso hat die Polizei ihn bisher nicht gefunden?

Jim nahm sich Dale Blodgetts Akte vor. Blodgett war seit nicht allzu langer Zeit ebenfalls Sergeant, wie Kearns. Er war achtundvierzig Jahre alt, und das Foto in seiner Personalakte zeigte ein Gesicht, das grobschlächtig, humorlos und hart aussah. Er war verheiratet, hatte drei Kinder und eine durchschnittliche Akte. In seinen Beurteilungen wurde immer ein bestimmter Punkt hervorgehoben: »Blodgett zeigt kaum Interesse an Beförderungen oder einer Tätigkeit im Innendienst. Er geht gern Streife und arbeitet gut alleine. Ein fähiger Polizist. Es wird vorgeschlagen, ihn entsprechend seiner Erfahrung zu befördern.«

In der Akte war ein interessanter Anhang. Blodgett und Raymond Cruz waren vor zwei Jahren wegen einer Schlägerei im Umkleideraum vor den Chief zitiert worden. Der Grund für den Streit waren rassistische Beleidigungen gewesen, mit denen sich beide angebrüllt hatten, bevor sie aufeinander eindroschen. Nachdem drei Kollegen sie schließlich getrennt hatten, warfen sie sich gegenseitig wüste Drohungen an den Kopf. In einer abschließenden Bemerkung zu der Sache stand in Blodgetts Akte zu lesen, daß Raymond eines Abends nach der Schicht in seinem Schrank seine Straßenschuhe »voller weißer Bohnen in mexikanischer Soße, wie man sie in Dosen kaufen kann«, vorgefunden hatte. Er beschuldigte Blodgett, der jede Schuld von sich wies. Die Angelegenheit wurde in Blodgetts Akte nicht weiter erwähnt.

Jim legte die Akte beiseite und hörte sich noch einmal die fragliche Stunde in der Tonbandaufzeichnung des Funkverkehrs an. Er hörte Raymonds nahezu ständige Funkmeldungen von Wagen acht, Kearns' weniger häufige Botschaften aus Wagen zwölf und Dale Blodgetts abgehackte Meldungen von Wagen sechs. Weir las in der Abschrift mit. Blodgett meldete sich um null Uhr zehn ab und nahm erst kurz vor ein Uhr wieder am Funkverkehr teil. Carol Clark in der Zentrale sagte er, daß er eine Kaffeepause gemacht habe, aber er sagte ihr nicht, wo. Fünfzig Minuten, um eine Tasse Kaffee zu trinken? Jim überprüfte Blodgetts Zeitkarte, aber der grobe Sergeant, der Rays Schuhe mit *Frijoles* gefüllt hatte, hatte es nicht für nötig befunden, sie am Ende seines Dienstes abzustempeln. Jim schrieb auf seinen Block: *Blodgett feindselig gegenüber Ray – fünfzig Minuten kein Kontakt zur Zentrale – kein Dienstzeitende auf der Zeitkarte – Wann genau war er zurück auf dem Revier?*

Weir verschränkte seine Arme und starrte auf den hin und her schwingenden Plastikschwanz von Anns Katzenuhr. Wenn es wirklich ein Polizeiauto war, das Malachi Ruff in jener Nacht in der Back Bay gesehen hatte, dann hatte Dennison jedenfalls nicht drin gesessen. Ebensowenig Ray Cruz. Aber bei Philip Kearns und Dale Blodgett gab es zur fraglichen Zeit zusammengezählt über eine Stunde, in der ihr Aufenthalt nicht belegt war, während Ann in der Dunkelheit bei den Eispflanzen Todesqualen ausgestanden hatte.

Um Mitternacht stand Jim am Pier von Balboa und sah zu, wie der schwarze Pazifik gegen die Pfähle brandete. Laternen zeichneten trübe Dreiecke aus Licht in die Dunkelheit. Vom Wasser zog der Nebel herein wie eine bleischwere, am Boden klebende Wolke. Er dachte an nichts anderes als an die entscheidende Stunde in der Mordnacht, von überall her schienen Fragen auf ihn einzustürmen. Ob wohl jemand außer ihm diese schreienden Fragen hören konnte? Vor drei Tagen, genau zu dieser Zeit, dachte er, hatte Ann am Strand der Back Bay vielleicht gerade ihre letzten Schritte getan.

Weir sah Ann vor sich, wie sie den Pfad entlang an den Eispflanzen vorbeiging, wie sie mit dem Oberkörper versuchte, das Gleichgewicht zu halten, weil sie in ihren roten Leinenschuhen nicht besonders trittsicher war. Er sah, wie sie ihre Ellenbogen hob und spreizte, um sich gerade zu halten. Er sah die angespannten Muskeln in ihren Waden

und – sogar jetzt, in dieser trüben, nebligen Nacht – den Glanz ihres langen goldgelben Haars.
Und der Mann hinter ihr? Weir sah nicht mehr als einen Schatten, eine Gestalt, die in der Dunkelheit nur als eine noch tiefere Dunkelheit zu erkennen war. Gemeinsam gingen der Mann und Ann den Strand entlang nach Osten, und jeder ihrer langsamen Schritte brachte sie unaufhaltsam ihrem jeweiligen, ganz persönlichen Schicksal entgegen.
Die Luft um Jim schien von der finsteren Energie dessen, was vorgefallen war, zu vibrieren. Zwei Kinder, die längst zu Hause sein sollten, rollten auf ihren Skateboards vorbei. Ein Japaner warf eine zuckende, eben gefangene Makrele zu den anderen in den Eimer. Der Nebel hielt den Mond in einem weißen Netz gefangen und gab ihn nicht mehr frei. Jim, der sich umgedreht hatte und wieder zurück in Richtung Stadt ging, ließ den Kopf sinken und weinte.

Weir saß wieder am Küchentisch und betrachtete den hin und her pendelnden Schwanz von Anns Katzenuhr. Weil ihn ein nagender, spätnächtlicher Hunger überkam, ging er zum Kühlschrank und schaute hinein. Er goß sich ein Glas Milch ein und beäugte die Reste, von denen die meisten vermutlich nicht mehr genießbar waren. Ein paar Hühnerbeine lagen da in einem Plastikbeutel, in einer Schüssel war etwas Reis mit Gemüse, und auf dem oberen Regal lagen noch ein paar weitere Päckchen aus Aluminiumfolie. In einem davon waren Anchovis, die er gleich wegwarf. Im nächsten war ein Stück Schokoladenkuchen, das er im Stehen aufaß. Im letzten Päckchen befanden sich ein paar mit Korken verschlossene Reagenzgläser, die alle zur Hälfte mit einer klaren Flüssigkeit gefüllt waren. Weirs erster Gedanke war, daß sie etwas mit einem Schwangerschaftstest zu tun

haben könnten, aber warum sollte sie Ann versteckt im Kühlschrank aufbewahren?
Jim sah sich die handgeschriebenen Etiketten auf den Reagenzgläsern an: *Highway-Brücke*, 12.4.; *B.Island*, 28.4. und *Back Bay*, 7.5. Die Handschrift war die von Virginia.
Was?
Weir stellte die Reagenzgläser auf die Küchentheke, betrachtete sie kurz und bemerkte, daß sich ein leichter Bodensatz im unteren Teil der Gläser niedergeschlagen hatte. Er entkorkte eines und roch daran, dann tauchte er seinen Finger hinein und prüfte den Geschmack mit der Zunge. Es war ohne jeden Zweifel Meerwasser. Weir sah die polizeiliche Beschlagnahmungsliste nach irgend etwas durch, das diese Dinge erklären hätte können, fand aber nichts.
Weshalb?
Es waren Proben aus der Bucht. Salzwasser. Versteckt zwischen gammeligen Essensresten.
Er wickelte die Reagenzgläser wieder in die Folie, stellte das Päckchen zurück, ging ins Wohnzimmer und legte sich auf die Couch. Die Katzenuhr in der Küche tickte, und durchs Fenster drangen von draußen das Summen des Stroms in der Hochspannungsleitung und das träge Plätschern der Wellen am Strand.
Jim schlief ein, umgeben von den Mauern, in denen sich Anns Leben abgespielt hatte, und träumte tief in der Nacht, daß eine Männerhand eine purpurrote Rose an Anns lächelndes, strahlendes Gesicht hielt.

# KAPITEL 8

Um sechs Uhr am nächsten Morgen öffnete Jim die Hintertür von *Poon's Locker* für sich und den Interims-Polizeichef Dennison. Virginia hatte das Lokal für ein paar Tage geschlossen. Jim zog die Jalousien hoch, damit das Licht eines nebelverhangenen Sonnenaufgangs in den Raum dringen konnte, und schaute aus dem Fenster über die Bucht, aber er konnte die gegenüberliegende Seite nicht erkennen. Nur der Mast einer großen Jacht hatte ein Loch im trüben Grau gefunden und tanzte ohne das dazugehörige Schiff wie ein abgeschnittenes Relikt aus einer vergangenen Zeit. Jim goß Wasser in die Kaffeemaschine.

»Sie waren schneller, als ich dachte«, sagte Dennison. Seine Augenbrauen fuhren neugierig nach oben, aber der Rest seines Gesichtes verzog sich, als erwarte er etwas, das er nicht hören wollte. Er sah aus wie ein Steuerhinterzieher, der gerade einen Brief vom Finanzamt öffnet.

»Ich bin eben motiviert«, antwortete Jim. »Ich war gestern abend bei Ray im Krankenhaus. Es wird ihm bald bessergehen – vielleicht kommt er heute schon wieder raus.«

»Wie hat Ihre Mutter es aufgenommen?«

»Sie ist am Boden zerstört, Brian. Setzen Sie sich doch.«

Dennison zog sich einen blauen Plastikstuhl von einem Tisch heran und setzte sich. Die Kaffeemaschine zischte und gurgelte. Jim schaute hinaus auf den Gehsteig und dachte daran, wie oft er als Teenager genau hier gestanden war, für die Frühstücksgäste gekocht hatte und dabei fast geplatzt war vor Verlangen, aus dem Café zu kommen und auf einem von Poons Charterbooten, die gerade in See stachen, mit hinauszufahren. Ann mußte sich damals immer um die Tische kümmern: Salz und Pfeffer nachfüllen und die Sahnekännchen und Serviettenspender hinstellen. Jake, der Älteste, half Poon mit den Booten. Virginia beherrschte die Küche und den Kühlraum, heizte den Grill an, brachte die Eier und das Brot und legte beizeiten die Speckscheiben bereit, denn wenn der große Ansturm kam, hatte niemand mehr auch nur eine Sekunde überflüssige Zeit. Poon latschte jeden Morgen auf seinem Weg von der Kaffeekanne zu seinen Booten und zurück drei oder vier Mal durchs Café und kommandierte herum, beklagte sich übers Wetter, wie gut es auch sein mochte, und verfluchte die Landratten, mit denen er sich seinen Lebensunterhalt verdiente. Er und Virginia brüllten sich an wie ein altes italienisches Ehepaar. Jim erinnerte sich daran, wie er durch dasselbe Fenster, aus dem er jetzt hinausblickte, Jake an Bord eines der Leihboote beobachtet hatte, wie er mit nacktem, von der Sonne gebräuntem Oberkörper gewissenhaft den Ölstand und den Ladezustand der Batterie überprüfte oder die großen Angelruten nebeneinander in die Ständer hinter der Kajüte stellte. Jake war vier Jahre älter als Jim und konnte einfach alles. Er war der Beste, den es je gegeben hatte.

»Ich bin früher oft hierhergekommen und habe mir von Ihrem Dad ein Boot geliehen«, sagte Brian.

»Mom hat sie vor einiger Zeit verkauft. Alle, bis auf die SWEETHEART DEAL.«

»Erinnern Sie mich nicht an dieses Boot!«

Die Sache mit der SWEETHEART DEAL war die, daß Annie fürchterlich gejammert hatte, als Virginia es als letztes der Leihboote hatte versteigern wollen. Das neun Meter lange Boot war immer Anns Liebling gewesen und hatte früher nicht weit vom Ufer entfernt vor dem Großen Haus an einer

Boje vertäut gelegen. Poon hatte es wie ein Museumsstück gepflegt und in Schuß gehalten. In den zehn Jahren seit seinem Tod war das Boot, soweit Jim wußte, nur einmal hinausgefahren, und zwar mit Ann. Inzwischen hatte sein Lack angefangen, überall abzublättern, und es war immer weiter heruntergekommen, so daß bereits Vögel darin nisteten. Jetzt lag es vor *Poon's Locker* wie eine ständige Erinnerung daran, daß Poon nicht mehr lebte. Jedes Jahr hatte die Stadtverwaltung Virginia schriftlich aufgefordert, das vernachlässigte Wrack zu entfernen, und jedes Jahr hatte Ann daraufhin ein paar kosmetische Reparaturen an der SWEETHEART DEAL vorgenommen und das Boot dann wieder eine weitere Saison unbeachtet und unbenützt vor sich hin dümpeln lassen.
Jim stellte den Kaffee für Dennison und sich auf den Tisch, holte einen Stuhl heran und setzte sich. Wenn Brian die SWEETHEART DEAL aus dem Hafen weg haben wollte, dann mußte er schon selber mit Virginia reden.
Dennison hob seine Tasse und schaute über ihren Rand herüber zu Jim, die Augenbrauen in Habachtstellung. »Na, was haben Sie für mich?«
»Kearns und Blodgett. Körperlich passen sie ziemlich genau auf den Täter, und beide haben zwischen Mitternacht und dem Schichtende eine Pause gemacht.«
»Wie lange?«
»Kearns zwanzig Minuten – für eine Kaffeepause, wie er sagt. Blodgett fast eine ganze Stunde. Fünfzig Minuten ohne Funkverkehr.«
»Fünfzig verdammte Minuten? Welche Streifenbezirke hatten die beiden?«
»Kearns war auf der Halbinsel, wo Ann gearbeitet hat. Blodgett war am nördlichen Stadtrand.«
Dennison lehnte sich zurück und verschränkte die Arme.

Seine hellgrauen Augen hatten einen harten Ausdruck, und seine Augenbrauen hatten das Komödiespielen aufgegeben. Brian Dennison hatte, wie die meisten Polizisten, einen nur mühsam zurückgehaltenen Hang zur Gewalttätigkeit. Momentan sah er einem brutalen Bullen ähnlicher als einem Bürgermeister.

Dennisons Kopf fuhr herum, als eine Tür hinter ihnen heftig aufgerissen wurde. Virginia, die wegen der Morgenkühle eine gelbe Windjacke trug, marschierte herein. Sie blickte von Dennison zu Jim und starrte dann Brian unverhohlen an, als könne sie nicht glauben, was sie sah.

»Guten Morgen, Mrs. Weir«, sagte er ruhig.

»Was soll an einem solchen Morgen gut sein?«

»Es ist nur eine Redensart. Und außerdem möchte ich Ihnen mein herzlichstes Beileid wegen Ann aussprechen. Es tut mir so leid um sie.«

»Nun, ja ... mir auch, Brian. Es war sehr schwer.«

Als Virginia ihre hellblauen, sonnenmüden Augen wieder zu Jim wandte, schienen sie zu sagen: Was, um alles in der Welt, tust du mit diesem faschistoiden Bürgermeisterkandidaten *in meinem Café?* Nachdem das an den Mann gebracht war, verkündete Virginia, daß Jim dringend am Telefon verlangt werde.

»Wer ist dran?«

»Ich glaube nicht, daß ich das hier so einfach vor jedermann herausposaunen sollte.«

Brian zuckte mit den Achseln und wollte aufstehen, aber Jim nahm seine Mutter beim Arm und ging mit ihr in Richtung auf den Kühlraum. Als sie außer Hörweite waren, hob er seinen Finger und schüttelte den Kopf. Er erklärte, daß Chief Dennison hier war, um über Ann zu sprechen und um ihren Mörder zu finden. Politik, Wahlkampf und Nachbarschaftsstreitereien mußten da zurückstehen. Virginia trotzte

seinen Blicken mit einem Gesichtsausdruck, der zu sagen schien: Bei mir redest du gegen eine Wand.
Jim wußte, daß dies in gewisser Weise tatsächlich der Fall war. Virginia konnte man nur dadurch herumbekommen, indem man sich ihr unterwarf. Wenn sie glaubte, daß jemand Hilfe brauchte, dann war sie normalerweise bereit, ihm solche auch zu leisten. Sie zog es vor, nur dann freundlich zu jemandem zu sein, wenn sie sich sicher war, daß es sie nicht allzuviel kosten würde. Jeder andere Mensch, der ein Leben lang mit den Launen eines Mannes wie Poon hatte zurechtkommen müssen, hätte es vermutlich genauso gemacht.
»Gold«, sagte sie »heißt der Anrufer. Dr. Robert Gold. Er sagt, es sei wichtig. Er ist noch dran.«
»Ich rufe ihn zurück.«
»Irgendwoher kommt mir der Name bekannt vor.«
»Er war einer meiner Professoren an der Uni, Mom.«
»Vielleicht hat er wichtige Informationen für dich.«
»Sag ihm, daß ich ihn in ein paar Minuten zurückrufe. Laß dir die Nummer geben. Tust du das bitte?«
Virginias harter Blick verschwand aus ihrem Gesicht, und sie schaute auf den Boden.
»Ich komme mit den Blumen einfach nicht weiter. Der Sonntag ... vor Ann ... war Muttertag, der Tag, wo es am meisten zugeht. Ich habe jetzt alle Blumengeschäfte in Newport Beach durch. Keines von ihnen hat Annie Rosen verkauft oder ihr welche gebracht.«
»Bleib dran. Was ist in den Reagenzgläsern in Anns Kühlschrank? Deine Handschrift ist drauf.«
Sie verschränkte die Arme, warf einen Blick in Richtung auf das Gastzimmer und senkte ihre Stimme. »Dafür ist auch später noch Zeit. Jetzt geh zurück zu deinem *Freund.*«
»Ob du's glaubst oder nicht, er will bloß helfen.«

Virginia startete einen neuen Angriff. »Ich will diesen Mann nicht in meinem Café haben. Er ist ein Handlanger für C. David Cantrell, und er steht für alles, wogegen ich bin. Er traut sich ja nicht einmal, öffentlich mit Becky zu debattieren. In Zukunft triffst du dich bitte woanders mit ihm.«
»Er ist ebenso wie wir auf der Suche nach Antworten.«
»Was du nicht sagst. Vergiß nicht, Gold anzurufen. Er hat gesagt, es sei wichtig. Wenn du mit diesem selbstzufriedenen Trottel da drinnen fertig bist, kann ich dir ja etwas über die Reagenzgläser erzählen.«
Bevor Virginia durch die Tür zur Küche verschwand, warf sie noch einen verächtlichen Blick in Richtung auf das Gastzimmer. Auf dem Rücken ihrer gelben Jacke sah Jim einen springenden Fisch über der in Rot gestickten Aufschrift NEWPORT BEACH DAMENANGLER. Virginia war seit zehn Jahren die Präsidentin dieses Clubs.
Im Café hatte Dennison mit einem besorgten Gesichtsausdruck beide Hände um seine Kaffeetasse gelegt. Sein Drang nach Gewalttätigkeit war ganz offensichtlich wieder abgeflaut. »Sie haben ihr doch nicht erzählt, was ...«
»Natürlich nicht. Keine Sorge, Brian.«
»Diese Frau macht mir fürchterlich angst.«
»Sie wirkt auf viele Leute so.«
Dennison kicherte und war wieder er selbst. Seine Augenbrauen hoben sich in Hyperbeln des Zweifels. »Was mir am meisten an ihr angst macht, ist die Tatsache, daß sie glaubt, sie sei die einzige, der das Wohl dieser Gemeinde am Herzen liegt. Sie meint, daß Leute wie Dave Cantrell und ich die Stadt zum Schlechten verändern wollen, aber, glauben Sie mir, die wahre Gefahr kommt von ganz woanders.«
Jim wartete auf eine Enthüllung.
Aber Dennison mußte es sich anders überlegt haben. Er setzte sich in seinem Stuhl zurecht und stieß einen Seufzer

aus, als wolle er sagen: »Wenn diese Leute doch nur wüßten, was ich für Probleme habe.«
Jim wartete wieder und fragte sich, ob das Schweigen des Polizeichefs dazu diente, daß dieser endlich auf den Punkt kam. Aber das, was Dennison schließlich sagte, überraschte ihn dann doch.
»Ich hoffe, daß Virginia weiß, daß sie jederzeit zu mir kommen kann. Ich weiß, daß sie der Meinung ist, meine Giftmüllpatrouille sei ein schlechter Witz.«
»So hat sie sich nie ausgedrückt«, sagte Jim. Was Virginia wirklich gesagt hatte, war, daß es Dennison wichtiger sei, einen neuen Hubschrauber sinnlos über der Stadt herumkreisen zu lassen, anstatt den Hafen sauberzuhalten. Jim hatte auf Virginias Schreibtisch ein Schreiben des Umweltministeriums gesehen. Ging sie jetzt in den Endspurt?
»Am wenigsten können wir es jetzt gebrauchen, wenn die Bundesbehörden überall in dieser Stadt herumschnüffeln, Jim. Ich hoffe, daß Virginia schlau genug ist, um die Gefahr zu erkennen, die darin liegt. Wir müssen uns selbst um Newport Beach kümmern. Wir ... die Leute, die hier leben.«
Das ist es also, dachte Weir: Schon wieder ein Grund, warum Dennison mich für diese Geschichte engagiert hat. Ich kann mit Virginia reden, weil ich ihr Sohn bin. Und weil ich auch noch Beckys Freund, Exlebensgefährte und Exliebhaber bin, darf ich ihr den Verdacht ausreden, daß die Polizei die Polizei bespitzelt. Auf einmal kam ihm Dennison gar nicht wie ein Hanswurst vor, sondern richtiggehend hinterhältig. Jim kam die Idee, daß er selbst etwas vom Wahn seiner Mutter, die überall eine Verschwörung witterte, geerbt haben könnte.
»Ich bin sicher, daß sie Ihnen da zustimmen würde«, versuchte er Dennison zu beschwichtigen.

»Sie würde nicht einmal lange genug still sitzen, um mir zuzuhören.«
Jim verstand, was Dennison damit sagen wollte: Bringen Sie Virginia an den Verhandlungstisch.
Dennison betrachtete Jim einen Augenblick lang zufrieden, anscheinend war er überzeugt davon, daß er erfolgreich argumentiert hatte. »Nun gut, kommen wir wieder zu Blodgett und Kearns. Sie waren also auf Streife und hatten sich eine Zeitlang nicht bei der Zentrale gemeldet. Was haben Sie noch?«
»Blodgett und Ray sind sich in die Quere gekommen. So eine Rassengeschichte.«
»Das war vor zwei Jahren.«
»Trotzdem sollten wir es berücksichtigen.«
Dennison nickte schweigend und starrte aus dem Fenster. Weir folgte seinen Blicken hinaus auf die Bucht, wo das Morgenlicht sich jetzt langsam gegen den Nebel durchsetzte. Der Ausdruck in Dennisons Gesicht verriet Jim, daß es der Chief bereits bedauerte, seine Akten aus der Hand gegeben zu haben. »Kearns und Blodgett«, sagte er ruhig. »Was brauchen Sie sonst noch von mir?«
»Alles, was Sie haben.«
»Ich habe nichts, was Sie nicht auch wissen, außerdem können Sie sich nach wie vor an Robbins wenden. Nützen Sie das aus.«
»Wenn ich Sie wäre, würde ich mir überlegen, ob ich nicht den Lügendetektor ins Spiel brächte. Und zwar würde ich von beiden Schichten jeden Mann, der auf Streife war, damit überprüfen. Lassen Sie die Untersuchung so erscheinen, als ginge es um etwas anderes, um Drogen oder sexuelle Nötigung, um irgend etwas. Bitten Sie ihre Männer, sich freiwillig dem Test zu unterziehen, aber zwingen Sie niemanden dazu. Was wir brauchen, ist eine Erklärung für das,

was Kearns und Blodgett getan haben. Wenn sie es klar sagen, dann gut. Wenn nicht, müssen wir uns fragen, warum nicht.«

»Nein, das mit dem Lügendetektor kann ich nicht machen. Die Gewerkschaft würde mir ans Leder gehen. Gerade weil ich ein solches Vorgehen vermeiden will, habe ich Sie auf die Geschichte angesetzt.«

Dennison sah Jim aus seinen hellen Augen an, dann erschrak er abermals, als Virginia durch die Hintertür hereinplatzte. »Dr. Gold ist schon wieder am Apparat«, sagte sie. »Er sagt, es sei wichtig.«

»Ich rufe ihn in fünf Minuten zurück.«

»Er wartet auf dich.«

*»Ich rufe ihn zurück, Mom!«*

Die Tür wurde zugeschlagen.

»Ich will, daß Sie mit Kearns und Blodgett reden«, sagte Dennison. »Wenn ihre Antworten nicht stimmig sind, dann werde ich die Sache an den Untersuchungsausschuß übergeben. Ich würde das zwar lieber nicht tun, aber wenn es sein muß, tu' ich es. Erwähnen Sie den Männern gegenüber nicht, daß wir in der Zentrale den Funkverkehr mitschneiden, sonst komme ich in Teufels Küche.«

Weir dachte nach. »Können Sie mich in den Umkleideraum der Polizeistation bringen, wenn niemand sonst dort ist?«

In Dennisons Augen glomm Neugier auf. »Es geht um das Haar auf Anns Bluse, nicht wahr?«

Jim nickte.

Dennison überlegte kurz, dann schüttelte er den Kopf. »Zu riskant. Probieren Sie erst, mit Kearns und Blodgett zu reden. Überprüfen Sie ihre Alibis für die Tatzeit. Sollten wir wirklich Haarproben von den beiden brauchen, dann werde ich sie uns verschaffen.«

Jim dachte die Sache durch. Er brauchte noch ein besseres

Druckmittel. »Und Kearns und Blodgett wissen nicht, was Mackie gesehen hat?« fragte er.
»Nicht genau. Das Verhörprotokoll war nur für mich und Paris und ein paar Captains. Und für Sie.«
»Vielleicht werde ich ein wenig übertreiben müssen. Halten Sie Ruffs Aussage unter Verschluß, falls Sie das können.«
»Das mache ich. Und wenn jetzt die Gerüchte, die bei uns umgehen, noch wilder werden sollten, dann weiß ich wenigstens, woher das kommt.« Dennison gab ihm einen Umschlag. »Das ist für gestern und heute und die nächsten drei Tage. Danach reden wir wieder miteinander. Vier Riesen, Jim. Und bewahren Sie Stillschweigen. Lassen Sie mich nicht hängen.«
Jim steckte das Geld in die Hosentasche. Hundert Dollar die Stunde, dachte er, um herauszufinden, wer Ann umgebracht hat. Er fühlte sich schmutzig.
»Ach, übrigens, wir haben Anns Wagen gefunden. Eine Streife hat ihn vor zwei Stunden entdeckt. Innelman hat die Gegend unter die Lupe genommen, und wir haben das Auto in die Polizeigarage gebracht.«
Jims Herz schlug einen Moment lang schneller, dann beruhigte es sich wieder. »Wo war der Wagen?«
»Eine Meile von hier entfernt, bei der kleinen Landzunge.«
»Und?«
»Ein Fenster war aufgebrochen, daraus schließen wir, daß der Täter vielleicht im Auto auf sie gewartet hat, als sie aus der Arbeit kam. Es war in einer Seitenstraße geparkt, wie tausend andere auch. Innelman sagt, daß es in dem Wagen von Fingerabdrücken nur so wimmelt – hoffentlich nicht nur von Anns eigenen. Ich nehme an, daß sie in jener Nacht noch irgendwohin fahren wollte – sonst wäre sie ja zu Fuß zur Arbeit gegangen, stimmt's? Wissen Sie, wo sie hin wollte?«

»Wenn ich die Antwort darauf wüßte, würden wir beide wohl nicht mehr hier sitzen. Was ist eigentlich mit dem Teil eines Schmuckstücks, das Deak gefunden hat? Sind da Fingerabdrücke drauf, weiß man schon, wo es herstammt oder sonst irgendwas darüber?«

»Ein paar Juweliere haben Innelman bestätigt, daß es vermutlich das hintere Teil einer Krawattennadel sein dürfte. Und zwar handgefertigt – was ungewöhnlich und teuer ist. Vierundzwanzigkarätiges Gold.«

Sie standen auf und schüttelten sich die Hände. »Die Welt ist schon ein verrückter Ort, Jim. Während Sie meine gottverdammte Polizei unter die Lupe nehmen, muß ich heute mittag eine Ansprache vor dem Lions Club halten und ihnen erzählen, was ich doch für ein guter Bürgermeister wäre.«

»Das wären Sie sicherlich.«

»Ich nehme an, daß Ihre Stimme trotzdem an Becky geht.«

»Wir kennen uns schon so lange.«

»Sie ist eine gute Anwältin«, sagte Dennison. Er drehte sich um und wollte gehen, dann zögerte er und schaute zur Hintertür. »Wissen Sie, Jim, Sie könnten mir einen Gefallen tun. Es ist offensichtlich, daß Ihre Mutter mich nicht mag und daß sie alles tut, um Becky in ihrem Wahlkampf zu unterstützen. Das ist okay, genau das macht ja unser Land so stark. Aber richten Sie ihr bitte etwas von mir aus. Sagen Sie ihr, daß sie zu mir kommen soll, wenn sie sich Sorgen um das Wasser in unserer Bucht macht. Es gibt keinen Grund, zum Umweltministerium oder zur Staatsregierung zu rennen. Wenn Virginia irgendeiner Sache auf der Spur sein sollte, dann wüßte ich es auch gerne. Denn auch mir liegt diese Stadt am Herzen, was immer sie auch sagen mag.«

»Was glauben Sie denn, daß sie herausgefunden haben könnte?«

Dennison zuckte mit den Achseln. »Mir wird sie es ganz bestimmt nicht erzählen. Aber vielleicht können Sie es herausfinden.«

Als Dennison gegangen war, nahm Jim Dr. Robert Golds Telefonnummer und ging nach oben in sein altes Zimmer. Gold war ein freundlicher Mann, der schon vor fünfzehn Jahren, als Jim seine Vorlesungen über Kriminalpsychologie besucht hatte, alt und mitgenommen ausgesehen hatte, was wohl von seiner ständigen Beschäftigung mit Gewaltverbrechen herrührte. Dr. Gold war ein leidenschaftlicher Statistiker und Datensammler, und seine Theorien basierten auf der Verbindung von unwiderlegbaren Tatsachen und unvorhersehbarem individuellem Verhalten. Jim rechnete kurz nach: Gold mußte jetzt um die Achtzig sein.
Mrs. Gold sagte, daß ihr Mann gleich an den Apparat käme, aber Weir mußte mindestens zwei Minuten warten.
»Es ist lange her, Jim«, begrüßte ihn Dr. Gold. Seine Stimme war überlaut, wie die eines Mannes, der nicht mehr gut hört.
»Zu lange, Doktor.«
»Können Sie bitte etwas lauter sprechen? Es tut mir leid, daß Sie warten mußten, aber ich bin jetzt an den Rollstuhl gefesselt, und es dauert manchmal unglaublich lange, bis ich mich mit dem Ding von einem Zimmer zum anderen bewege. Ich kann nämlich meinen rechten Arm nicht mehr bewegen, genausowenig wie mein rechtes Bein, und das ergibt naturgemäß eine recht langsame Rollgeschwindigkeit. Ich hatte einen Schlaganfall, im Sommer neunundachtzig.«
»Das tut mir leid, Doktor.«
»Wie bitte?«
*»Ich sagte, daß es mir leid tut, Doktor.«*

»Oh, vielen Dank, aber vierundachtzig ist nun mal vierundachtzig. Wenigstens funktioniert die rechte Hälfte meines Gehirns noch ausgezeichnet.«
»Sind Sie in Pension?«
»O ja, schon seit zehn Jahren. Jetzt verbringe ich die Zeit mit meinen Vögeln und lese die Fachzeitschriften. Schreiben ist zu schwierig für mich geworden, also lese ich zum ... nun, Vergnügen ist vielleicht nicht das richtige Wort, oder?«
Golds schallendes Lachen dröhnte durch die Leitung. Weir meinte, einen Anflug von Verzweiflung darin erkennen zu können, und ihm kam der Gedanke, daß Dr. Gold vielleicht kurz davor war, langsam die letzte große Kurve zu kratzen. Wenigstens macht er es mit Sinn für Humor, dachte Weir. Es gab auch so schon viel zuviel Trauriges auf der Welt.
»Was haben Sie für mich, Doktor?« fragte Jim.
Gold räusperte sich. »Jim, zuallererst muß ich Ihnen sagen, wie leid es mir um Ihre Schwester tut. Und um Sie und Raymond natürlich auch.«
»Wir werden es schon überstehen, Doktor.«
»Pardon, ich habe Sie nicht ganz verstanden ...«
*»Wir werden es schon überstehen.«*
Plötzlich war die Leitung still. Jim konnte hören, wie Gold atmete. Zehn Sekunden verstrichen.
»Da bin ich wieder«, sagte Gold sehr leise. »Es tut mir leid. Ab und zu habe ich diese Anfälle, sie sind nur ganz klein und kurz, aber einen Augenblick lang habe ich keinen klaren Kopf ... Jim, sind Sie es?«
»Ja, Doktor, Jim Weir.«
»Oh, Gott, das ist ... bleiben Sie dran. Warten Sie.«
Gold sprach erst eine Minute später wieder. Seine Stimme war wieder kräftiger, aber Jim verstand jetzt, wieviel Kraft das Sprechen den Doktor kostete.
»Nun, Jim. Ich rufe Sie an, weil ich gerade die Liste der

Sexualdelikte der letzten drei Monate durchgegangen bin. Ich sehe sie mir vierteljährlich an, weil ich daraus Zahlen für mein Rückfälligkeitsmodell entnehmen kann. Sagt Ihnen der Name Horton Goins etwas?«

»Nein.«

»Nun, er hat vor neun Jahren eine junge Frau vergewaltigt und niedergestochen. Sie ist zwar nicht gestorben, aber seitdem mußte sie immer wieder psychiatrisch behandelt werden und ist chronisch paranoid schizophren. Aber natürlich, Sie können Goins ja gar nicht kennen. In den hiesigen Zeitungen stand nichts über ihn. Aber für mich ist er aus mancherlei Gründen interessant. Er ist bei Pflegeeltern aufgewachsen und war, als er das Mädchen vergewaltigte, erst fünfzehn Jahre alt. Er hatte eine schlimme Jugend und einen auffällig inhomogenen Intelligenzquotienten. Und er hatte einen perfekt sichtbaren schizophrenen Metabolismus.«

»Wieso sichtbar?«

»Durch positronenemittierende Tomographie, kurz PET genannt. Dr. Field an der Universität von Irvine war so freundlich, mich ein wenig mit Mr. Goins arbeiten zu lassen. Goins wurde von Dayton, Ohio, eingeflogen, sein Krankenpfleger und die Staatspolizei ließen ihn nicht aus den Augen, und alles war sehr geheim. Sie können sich vorstellen, wie viele Verbindungen wir dafür haben spielen lassen müssen. Aber was war dieser Goins bloß für ein Studienobjekt! Sein hyperstimulierter Thalamus war in dem Positronen-Emissions-Tomogramm perfekt sichtbar, in hellem Gelb und Rot, ebenso wie die übermäßige Aktivität seines Vorderhirns, die bei normalen Menschen viel gedämpfter ist. Goins' PET war eine Landkarte der Schizophrenie, auf chemischem Weg gezeichnet. Eines der Bilder von seinem Gehirn war im *National Geographic* vom Januar siebenundachtzig, in dem es um visuelle Techniken in der Medizin ging. Nun ja, jedenfalls habe ich Goins als Fallstudie für meine Vorlesungen benützt, und so sind mir seine ... seine Eigenarten im Gedächtnis geblieben. Jim, können Sie mir die Blutgruppe des mutmaßlichen Täters sagen?«

»Gruppe B, Rhesus positiv.«

»Interessant. Dieselbe hat Goins. Und auch seine Tat ähnelt in vielen Einzelheiten dem, was ich über Ann gehört habe. Goins lockte sein Opfer damals in eine sumpfige Gegend in der Nähe seines Heimatorts. Es war spätnachts, als er über sie herfiel. Als vor Gericht seine Zurechnungsfähigkeit festgestellt werden sollte, kam heraus, daß Goins sein Opfer schon wochenlang beobachtet hatte. Sie war eine Kellnerin. Goins wurde schließlich vom Gericht als geistesgestörter jugendlicher Sexualtäter in eine geschlossene psychiatrische Anstalt eingewiesen. Sie behielten ihn fast neun Jahre lang dort und unterzogen ihn der üblichen medikamentösen Behandlung in Verbindung mit Psychotherapie, offensichtlich mit großem Erfolg. Das Positronen-Emissions-Tomogramm, das Dr. Fields von ihm gemacht hatte, half den Ärzten dabei, die richtigen Medikamente zu verschreiben. Sie sehen also, daß wir diese Leute nicht bloß als Versuchskaninchen benutzen.«

»Sicher nicht,« sagte Jim und konnte hören, wie Gold sich mit dem Atmen schwertat.

»Im Januar dieses Jahres haben sie Horton Goins zu seinen Eltern zurückgeschickt – zu seinen Pflegeeltern, meine ich natürlich. Es ist immer dieselbe alte Geschichte. Weil seine Ärzte seine Entlassung befürworteten, konnte der Staat Goins nicht mehr länger im Krankenhaus behalten, und dem Staatsanwalt waren die Hände gebunden, weil Horton seine neun Jahre ja bereits in gewisser Weise abgesessen hatte. Ende Januar zog Horton Goins mit seinen Pflegeeltern nach Costa Mesa. Das ist – wieviel? – zwei Meilen von dem Ort, wo Ann gefunden wurde.«

Jim spürte, wie sein Hals anschwoll und seine Füße kalt wurden. »Haben Sie seine Adresse?«

»Die Telefongesellschaft hat sie mir gegeben. Er wohnt bei seinen Pflegeeltern, Emmett und Edith Goins.« Dr. Gold gab Jim die Adresse und die Telefonnummer.

»Ist es nach Ihren Theorien wahrscheinlich, daß Goins seine Tat wiederholt, Dr. Gold?«

»Oh, bitte, warten Sie ...«

Am anderen Ende der Leitung war es auf einmal wieder still. Jim konnte lediglich hören, wie der Doktor atmete. Diesmal dauerte Dr. Golds Anfall eine halbe Minute.

»Hallo?« sagte er schließlich. Seine Stimme klang jetzt sehr schwach.

»Hallo, Doktor, ... hier ist Jim Weir.«

»Es ist so schwer ... so schwer, aus dieser Wolke wieder herauszukommen. Sie geben mir Medikamente gegen diese Anfälle – Dilantin, Tegretol, Decadron – und dann noch andere Pillen, damit mein Magen nicht von dem Zeug weggefressen wird. Es ist, als ob ich ... mich in einem Traum sehe. Wo waren wir stehengeblieben?«

»Ich habe Sie gefragt, wie wahrscheinlich es ist, daß Horton Goins seine Tat wiederholt.«

»Es wäre verantwortungslos, wenn ich diese Frage direkt beantworten würde. Es gibt da so viele Faktoren, die berücksichtigt werden müßten, und so viele Unbekannte. Aber immerhin habe ich Sie angerufen, Jim, oder nicht?«

»Vielen Dank, Doktor. Kann ich denn irgend etwas für Sie tun?«

»Nun ...« Dr. Golds Stimme war jetzt leise und dünn, als ob sein Atem schon fast zu schwach wäre, um seine Stimmbänder zum Schwingen zu bringen. »Wissen Sie, Jim, vor ein paar Monaten hätte ich Sie gebeten, daß Sie, falls Sie Goins sehen, ein gutes Wort für mich einlegen und ein Interview mit ihm arrangieren. Aber jetzt ... jetzt ... glaube ich, daß ich mich nur noch ausruhen will. Ich habe ja meine Vögel.«

»Alles Gute, Dr. Gold.«

# KAPITEL 9

Emmett und Edith Goins wohnten in der Heather Street im Ostteil von Costa Mesa. Die Mietskasernen in dieser Gegend waren alle in den fünfziger Jahren gebaut worden: gleichförmige Betonquader mit flachen Dächern und Außentreppen mit Metallgeländern, die zu den Wohnungen in den oberen Stockwerken führten. Der Komplex, in dem die Goins wohnten, nannte sich *Island Gardens* und sah genauso aus wie alle anderen Wohnanlagen hier, bis auf eine große Paradiesvogelpflanze und einen zwei Meter hohen, aus Stein gehauenen Kopf, den man ein wenig zurückgesetzt vom Gehsteig aufgestellt hatte. Die Statue sollte wohl polynesisch aussehen und war über und über mit Graffiti beschmiert. Das Schild dahinter mit der Aufschrift *Island Gardens* war so vom Sonnenlicht ausgebleicht, daß Weir es kaum lesen konnte.

Die Goins wohnten im Erdgeschoß, im Appartement 1 C. Jim ging vorbei an der Treppe, unter der drei stinkende, von Katzen umlagerte Mülltonnen standen, einen Fußweg voller Unkraut und Hundekot entlang. Aus den offenen Fenstern der Wohnungen im Erdgeschoß drangen das Gekreisch von Fernsehapparaten und fettige Frühstücksgerüche. An den Fliegengittern klebten schwarze Insekten, die in der matten Morgensonne glänzten.

Jim klopfte an der Wohnungstür der Familie Goins und trat einen Schritt zurück. Von drinnen hörte er die schrillen Töne einer Fernsehquizshow – fürchterliches Gelächter, gefolgt von lustiger Musik und Applaus.

»Wer ist da?« fragte eine tiefe, rauhe Frauenstimme.

»Mein Name ist Jim Weir.«
»Wir kaufen nichts.«
»Ich möchte gerne mit Horton sprechen.«
»Er ist nicht da.«
»Dürfte ich dann ganz kurz mit Ihnen sprechen, bitte?«
Die Tür öffnete sich etwa zwanzig Zentimeter, und eine bleiche rothaarige Frau mit aufgedunsenen Gesichtszügen sah ihn an. Sie trug einen blauen Frotteebademantel, auf dessen Kragen Zigarettenasche lag. Ihre braunen Augen waren blutunterlaufen.
Edith Goins musterte Jim von oben bis unten und wieder zurück, und bei dieser Prozedur blitzten ihre Augen erst braun, dann rot und dann wieder braun. »Polizei?«
»Nein, aber ich würde Ihnen gerne ein paar Fragen stellen.«
»Dann sind Sie also wieder so ein Doktor?«
»Nein, Madam, nur ein ganz normaler Mensch.«
»Normale Menschen interessieren sich nicht für Horton.«
»Kann ich reinkommen?«
Edith Goins schlug Jim die Tür vor der Nase zu. Er hörte Stimmen, die sich Fragen und Anworten zuwarfen, und etwas sanftere Töne, die hoffentlich eine Übereinkunft bedeuteten. Einen Augenblick später öffnete Mrs. Goins wieder die Tür, drehte sich um und ging ins Zimmer. Jim folgte ihr. Sie war klein, dick und rundlich.
»Das ist Emmett«, sagte sie. »Em, das ist Mr. Weir.«
Jim sah Mr. Goins zuerst gar nicht. Er hockte in einem schwarzen Bademantel, auf dem ein großer silberfarbener Anker prangte, in einer dunklen Ecke des Zimmers. Emmett Goins hatte einen schmalen Kopf mit kurzen Haaren, und seine Ohren lagen fast flach an seinem Schädel an. Er trug einen dünnen, pedantisch kurz geschnittenen Schnurrbart. Der Fernseher tauchte sein Gesicht in rötliches Licht, bis unter donnerndem Applaus die Kameraeinstellung wech-

selte und Emmett auf einmal ganz blau aussah. Er sah auf zu Jim und streckte ihm seine Hand hin.
»Horton ist nicht da«, sagte er.
Jim schüttelte ihm die Hand und setzte sich ans Ende der Couch, auf der Edith saß. »Danke, daß Sie mich hereingebeten haben. Hübsch haben Sie's hier.«
»Das kann man für achthundertfünfzig Dollar im Monat wohl auch verlangen«, sagte Emmett. »Aber wenn dieser Vorschlag für langsameres Wachstum bei der Wahl angenommen wird, dann werden keine neuen Wohnungen mehr gebaut, und die Mieten steigen noch höher.«
Jim blickte auf den Fernsehschirm, auf dem ein völlig entfesseltes junges Pärchen sich gerade von einem smarten Showmaster lächerlich machen ließ. »Ich habe heute früh mit Dr. Robert Gold gesprochen. Er ist ein Mann, der sich für Leute interessiert, die aus psychiatrischen Kliniken entlassen wurden. Er hat mir erzählt, daß Sie und Horton erst diesen Januar hierher nach Costa Mesa gezogen sind.«
»Am achtundzwanzigsten Januar«, sagte Edith. »Warum interessieren Sie sich denn für Horton? Geht es um diese Frau, die vor ein paar Tagen umgebracht worden ist?«
Die Frage warf Jim aus dem Gleichgewicht. Das konnte ja eine merkwürdige Unterhaltung werden. »Ja. Es geht um diese junge Frau. Vor fünf Nächten ist es passiert, hinten in der Back Bay in Newport Beach, bloß ein paar Meilen von hier. Ich bin ... ich stand ihr sehr nahe. War Horton in dieser Nacht zu Hause?«
Edith und Emmett warfen sich auffällig verstohlene Blicke zu. Emmett nickte seiner Frau zu.
»Das war doch der Montag«, sagte sie. »Am Montag nacht war Horton aus. Horton kommt und geht in letzter Zeit, wann er will, obwohl seine Betreuer ihm gesagt haben, daß er hier wohnen muß.«

Jim nickte und wartete auf mehr. Die Fernsehshow dröhnte idiotisch weiter. Er spürte, daß wichtige Dinge noch nicht gesagt worden waren, Dinge, die vielleicht von entscheidender Bedeutung waren. »Würde es Ihnen etwas ausmachen, mir mehr von Horton zu erzählen? Ich bin weder Polizist noch Arzt. Ich habe keine offizielle Stellung. Ich habe bloß jemanden verloren, der mir sehr nahestand, und ich helfe der Polizei, so gut ich kann.«

Emmett sah Edith an, dann nickte er, aber weder er noch sie sagte etwas. Ihr hinhaltendes Schweigen schien zu bedeuten, daß die Enthüllung, die sie vermutlich gleich machen würden, etwas unglaublich Großes und Bedeutendes war, etwas, das die Moral in ihren Grundfesten erschüttern konnte, aber in ihren Gesichtern war nichts Theatralisches zu entdecken. Edith nahm eine Flasche Bourbon, die neben der Couch gestanden hatte und goß ein wenig von dem Whisky in eine Kaffeetasse. Weir verstand jetzt, daß er den beiden ungewollt einen Dienst erwiesen hatte – seine Anwesenheit war ein willkommener Anlaß für sie, etwas zu trinken. Edith schwenkte die Tasse kurz in ihrer Hand, dann trank sie sie leer. »Horton ist nicht unser eigenes Kind. Wir haben ihn von einer Agentur bekommen, als er vier war.«

»Er war nicht vier, er war fast sechs«, sagte Emmett. Als er Jim direkt ins Gesicht sah, schaute ein Auge ganz woanders hin, das zweite war mit scharfer schwarzer Intensität auf ihn gerichtet. »Auch in dieser Hinsicht hat die Agentur gelogen.«

»Nun, es wäre uns damals auch egal gewesen, ob er vier oder sechs war«, sagte Edith. »Wir können nämlich keine eigenen Kinder bekommen. Emmett hat eine schwere ...«

»Das reicht, Edith.«

»Also haben wir uns ein Kind von der Agentur geholt.«

»Was war das für eine Agentur?«
»Die Hardin-County-Adoptionsagentur. Hardin County ist in Ohio.«
Auf einmal hatte Jim Mitleid mit diesen Leuten. Obwohl er sie erst fünf Minuten kannte, erschienen sie ihm wie menschliche Blitzableiter, die das Unglück geradezu anzogen. Und sie hatten, dachte Jim, ein übermächtiges Bedürfnis, jemandem ihre Seelen auszuschütten, wie man es häufig bei Kindern, Ehebrechern und Trinkern findet.
Edith goß sich einen weiteren Bourbon ein und betrachtete die Tasse mit gemessenem, vernünftigem Blick. »Wir waren glücklich, daß wir ihn überhaupt bekamen. Wissen Sie, normalerweise muß man ziemlich lange warten, aber Horton bekamen wir schnell. Wir mußten bloß eine Menge Papiere unterschreiben, und schon waren wir wieder draußen.«
»Die Tatsache, daß sie ihn uns so problemlos gegeben haben, hätte uns sagen müssen, daß etwas nicht stimmte. Leider haben wir damals nicht daran gedacht«, ergänzte Emmett.
Edith zuckte mit den Achseln. »Wir hatten ein kleines braunes Cowboyhemd mitgebracht, das wir ihm beim Fortgehen anzogen. Cowboyhosen hatten wir auch. Ich erinnere mich, als wir mit ihm in der Mitte zurück zu unserem Buick gingen, hatte ich zum ersten Mal das Gefühl, endlich eine richtige Familie zu haben. Ich glaube, auf diesen paar Metern von der Agentur zum Auto war ich zum ersten und letzten Mal in meinem Leben wirklich glücklich. Es waren genau vierundzwanzig Schritte. Aus irgendeinem Grund habe ich mir das bis heute gemerkt.«
»Werd nicht sentimental, Edith«, raunzte ihr Mann.
»Ich zähle auch manchmal meine Schritte«, sagte Jim.
Ermutigt nahm Edith noch einen Schluck. »Komisch, an was

man sich alles erinnert, wenn man glücklich war. Wir nahmen also Horton mit nach Hause, aber er war stumm. Fünf Tage lang sah er uns nicht an und sagte kein einziges Wort. Dafür aß er eine Menge. Man hatte uns gesagt, daß es eine Weile dauert, bis so ein Kind sich an einen gewöhnt, bis es in sein neues Leben hineinwächst und sich bei einem sicher und glücklich fühlt. Die Agentur riet uns, es mit einem Haustier zu versuchen. Wir kauften ihm zwei Hamster, aber eines Tages waren sie verschwunden. Horton wußte nicht, wo sie geblieben waren. Später schenkten wir ihm einen Hund, der ihm sehr gefiel. Aber auch der Hund lief nach ein paar Wochen fort. Wenig später buddelten die Nachbarshunde Hortons kleinen Hund und die Hamster aus dem Sumpf unten an der Brücke und trugen sie quer über den Hof unserer Farm. Horton schien davon nicht allzu überrascht zu sein.«

Es folgte langes Schweigen. Emmett starrte in den Fernseher und sagte: »Ich sprach mit der Agentur über ihn. Sie sagten, das wäre alles ganz normal und daß Horton sich vorher nie auffällig benommen hätte. Wir sollten Geduld mit ihm haben. Was uns am meisten zu schaffen machte, war, daß er nie etwas sagte. Eines Tages stieg dann Horton mitten beim Essen auf seinen Stuhl und pinkelte auf den Schinken. Ich versohlte ihn ordentlich mit dem Gürtel, dabei biß er mich so tief ins Bein, daß es mit achtzehn Stichen genäht werden mußte. Eine Tetanusspritze bekam ich auch. Aus irgendeinem Grund wollte die Wunde lange Zeit einfach nicht zuwachsen.«

»Daraufhin steckten wir Horton ins Auto und fuhren ihn zurück zur Agentur«, sagte Edith. »Sie wußten auch nicht, warum Horton so seltsam und ungezogen war, und sagten uns, daß sein Betragen bis dahin immer gut gewesen sei. Sie versuchten es so hinzustellen, als hätten wir etwas falsch gemacht, daß wir vielleicht doch nicht geeignet dazu waren, ihn zu haben. Wir sagten, wir würden es noch einmal mit noch mehr Liebe und Verständnis versuchen, denn das, sagten sie, wäre es, was ein Kind brauchte. Wir fühlten uns irgendwie schuldig.«

»Ich mich nicht«, widersprach Emmett. »Ich konnte es der Dame direkt am Gesicht ablesen, daß sie uns über ihn belog. Ich weiß noch genau, wie Horton auf dem Heimweg von der Agentur mit einem dieser Zigarettenanzünder, die die alten vierundsechziger Buicks auch an den Rücksitzen hatten, einen Käfer verbrannte.«

Wieder zog sich die Stille hin. »Scheint ein ziemlich schlimmes Kind gewesen zu sein«, bemerkte Jim, um die Zeit zu überbrücken.

Edith nickte. »Wir haben dann einen Privatdetektiv engagiert, und der hat uns die Akten von der Agentur besorgt. Es war fast noch schlimmer, als wir gedacht hatten. Mit vier hatte Horton sein Elternhaus angezündet. Als wir ihn bekamen, war er, wie schon gesagt, in Wirklichkeit sechs. Sie haben versucht, uns reinzulegen. Er war ein faules Ei, deshalb haben sie ihn uns auch so schnell gegeben. Also versuchten wir, ihn zurückzubringen, aber sie nahmen ihn nicht mehr. Als er aber dann Pammy Fritzie eine tote Wasserschlange in die Unterhose steckte, gaben wir ihn in ein Heim. Mittlerweile war er sieben. Sie behielten ihn zwei Jahre dort und machten eine Menge Tests mit ihm. Schließlich sagten sie uns, daß er möglicherweise ein psychisches Problem habe. Ich glaube, das war die zweitglücklichste Zeit meines Leben, als wir Horton damals wieder loshatten.«

Emmett hielt ihr seine Kaffeetasse hin, und seine Frau goß ihm etwas Bourbon hinein. »Ein paar Monate nachdem Horton im Erziehungsheim war, fing er an, uns Briefe zu schreiben. Seine Handschrift war wirklich sauber, und auch die Rechtschreibung war gut. Für einen Siebenjährigen hatte er einen sehr großen Wortschatz. Er war gescheit. Er schrieb, wie leid ihm alles täte, was er uns angetan habe, und wie sehr er die Farm vermisse. Ich kann Ihnen sagen, wir saßen am Küchentisch und weinten, denn die Briefe klangen so traurig, und wir hatten so viel Liebe in uns, die wir so gerne jemandem gegeben hätten. In den Briefen erschien uns Horton wie der Sohn, den wir uns immer gewünscht hatten.«

»Also«, sagte Edith, »machten wir eine Eingabe und bekamen ihn zurück.«

Emmett seufzte und sah Jim an. Sein Gesicht schimmerte wieder bläulich im Licht des Fernsehapparats. »Wenn ich auf mein Leben zurückblicke, Mr. Weir, dann kann ich ehrlich sagen, daß dies das Allerdümmste war, was ich je getan habe.«

»Ich auch«, bekräftigte Edith feierlich. »Ein paar Jahre lang ging es zwar gut mit Horton. Das war, sagen wir mal, im Alter zwischen neun und zwölf. Er verbrachte viel Zeit draußen in den Wiesen und Sümpfen und fing Schlangen und anderes Viehzeug, das er dann nach Hause brachte. Er erledigte seine kleinen Arbeiten, die wir ihm gaben, verdiente etwas Geld und kaufte sich davon Bücher über Tiere. In der Schule fand Horton keine Freunde. Er wurde oft verprügelt, denn er war nicht groß und so schüchtern – Sie wissen ja, wie die Jungs in der Schule sich immer einen suchen, auf dem sie herumhacken können. Sie pickten sich dafür Horton heraus und machten ihn irgendwie zu einem Jammerlappen. Aber, mein Gott, was er für Noten hatte! Als Horton in die siebte Klasse kam – da war er etwa dreizehn –, hatte er nur Einser und einen einzigen Fünfer. Der war in freier Rede. Es gelang ihm einfach nicht, sich vor die Klasse hinzustellen und etwas zu sagen.«

Weir schwieg, während die Erinnerung an die Vergangenheit wie eine kleine, unsichtbare Welle durch den Raum lief. Ihm war klar, daß das, was er gerade gehört hatte, der Höhepunkt des Glücks in der Familie Goins gewesen sein mußte. »Anscheinend hat ihm das Erziehungsheim gutgetan.«

Edith nickte und nahm noch einen Schluck. »Als Horton zu uns zurückkam, hatte er gelernt, sich unter Kontrolle zu halten. Er war sehr höflich. Er nahm gerne alle Sachen mit in sein Zimmer, so daß er nicht zu oft herauskommen mußte. Er wollte sogar sein Essen mit hinaufnehmen, doch das haben wir ihm nicht erlaubt. Aber Horton hat uns nie gesagt, daß er uns liebt, wissen Sie. Er hat auch nie an einen unserer Geburtstage gedacht oder uns etwas zu Weihnachten gekauft. Er schien immer irgendwie abwesend. Da war der Horton, der höflich nickte und das Geschirr abwusch. Und auf der anderen Seite gab es den Horton, der stundenlang in seinem Zimmer blieb oder der sich ganze Tage auf den Wiesen und im Sumpf herumtrieb. Es gab zwei Hortons. Davon bin ich überzeugt.«

Die Goins waren wieder still, beide in ihre jeweiligen eigenen Erinnerungen versunken. Ediths Kopf drehte sich in Jims Richtung. »Haben Sie Kinder?«

»Nein, Madam.«

»Dann halten Sie uns vermutlich für ein paar dumme Farmersleute, aber das sind wir nicht. Wir haben Liebe in unseren Herzen – oder zumindest hatten wir das vor langer Zeit –, und wir haben unser Bestes getan, jemanden zu finden, dem wir diese Liebe geben konnten. Nichts auf der Welt haben wir mehr gewollt, als zu diesem Jungen durchzudringen. Nach dem ersten Jahr dachten wir, es läge an uns, und je mehr er anstellte, desto mehr dachten wir, es sei unsere Schuld. Als wir ihn ins Heim gaben, waren wir selber schon fast verrückt. Wir haben Horton all unsere Liebe gegeben. Niemand kann sagen, wir hätten das nicht getan. Wir haben immer zu ihm gehalten. Das tun wir sogar heute noch.«

Emmett hielt ihr wieder seine Tasse hin. Er sah Jim an, und im Licht des Fernsehers bekamen seine Augen ein elektrisches Leuchten von überraschender Empfindsamkeit. »Zwischen zwölf und fünfzehn war Horton zurückhaltend. Aber immer höflich uns gegenüber, hat sich nie mit uns gestritten. Eine kurze Zeit hatte er sogar eine Freundin, ein Mädchen in seinem Alter, das zwei Farmen weiter wohnte. Ihr Name war Lucy Galen, und wir haben die beiden ein paarmal zusammen von der Schule nach Hause gehen sehen. Man konnte an der Neigung von Hortons Kopf, an der Art, wie er sie ansah, erkennen, wie ... fasziniert er von diesem Mädchen war. Er war oft in der Milchbar, in der sie als Bedienung jobbte. Wir haben nie genau erfahren, was er dort gemacht hat, aber eines Abends riefen uns Lucys Eltern an und sagten, wir sollten Horton von ihrer Tochter fernhalten oder sie würden die Polizei rufen. Irgend etwas war zwischen ihm und Lucy hinter dem Räucherschuppen ihrer Farm vorgefallen. Also verboten wir ihm, sie zu sehen, und soweit wir es wissen, hielt er sich daran. Nach dieser Sache verbrachte Horton noch mehr Zeit schweigend in seinem Zimmer.«

Emmett schaltete mit der Fernbedienung den Fernseher aus. Das Appartement wurde auf einmal dunkler und kleiner, als ducke es sich in Erwartung dessen, was jetzt kommen würde, zusammen. »Im Mai desselben Jahres, Horton war fünfzehn, fand man Lucy vergewaltigt und mit schlimmen Stichwunden im Sumpf. Sie sperrten Horton ins Gefängnis, aber er war zu verrückt, um bei seiner eigenen Verteidigung mitzuhelfen. Sie wiesen ihn in eine Klapsmühle ein. Lucy starb zwar nicht, aber sie hat sich, soviel wir wissen, auch nie wieder richtig erholt. Horton mußte neun Jahre in der Klinik bleiben. Schließlich haben sie in seinem Kopf das, was ihn verrückt machte, fotografiert und ihm ein paar gute Medikamente gegeben. Schon vorher war es ihm bessergegangen, aber diese neuen Medikamente haben ihn schließlich gesund gemacht. Im vergangenen Januar haben sie ihn dann entlassen. Geheilt.«

Jim konstatierte einen Augenblick stillen Gedenkens, für Lucy und Horton, aber hauptsächlich für Emmett und Edith Goins. Das Wohnzimmer schien von ihrem Schmerz zu vibrieren. »Und dann sind Sie hierher nach Kalifornien gezogen?«

»Ja.«

»Weshalb?«

Emmett und Edith warfen sich wieder Blicke zu, Blicke tiefster Resignation. »Horton hat uns darum gebeten«, berichtete seine Mutter. »Und außerdem hatten wir nichts anderes zu tun. Em konnte in Ohio keine Arbeit mehr finden – wir waren inzwischen nach Lima gezogen –, und so dachten wir, daß Kalifornien ein guter Neubeginn wäre.«

»Hat Horton gesagt, warum er hierher wollte?«

Edith trank wieder aus ihrer Tasse. »Nein. Aber er sagte, daß Emmett in Kalifornien gute Aussichten auf einen Job hätte, daß wir dort alle noch einmal von vorne anfangen könnten und daß das Wetter schön wäre. Er informierte sich gründlich und meinte dann, daß Costa Mesa am besten für uns wäre. Es war nahe genug an der Küste, um immer einen frischen Wind zu haben, und nahe genug am Freeway, um schnell zur Arbeit zu kommen. Kaum waren wir hier eingezogen, als Horton schon einen Job in einem Fotolabor fand. Sie müssen wissen, daß er sich in der Klinik für Fotografie zu interessieren begann. Er hat dort ein paar wirklich schöne Fotos von seinen Mitpatienten gemacht, obwohl ich schon zugeben muß, daß diese Leute ganz schön gefährlich aussehen.«

»In welchem Fotolabor?«

»Im FotoStop gleich hier am Harbor Boulevard. Um ehrlich zu sein, ich glaube, daß Horton bei seiner Bewerbung ein bißchen gelogen hat.«

»Wie ist er, seit er wieder draußen ist?«

Emmett stellte seine Kaffeetasse ab. »Es fällt Ihnen vielleicht schwer, das zu glauben, Mr. Weir, denn wir konnten es am Anfang selbst kaum glauben. Horton ist ein anderer Mensch.«

»Inwiefern?«

»Er ist sauber und ordentlich. Manchmal lächelt er sogar. Er mag seine Arbeit und nimmt sie – oder besser, *nahm* sie – sehr ernst. Er sah, wie gut in Form und sonnengebräunt die Leute hier sind, und fing an, in seinem Zimmer Körperübungen zu machen. Von seinen ersten paar Gehältern kaufte er sich Sachen zum Anziehen. Er mag die Farben, die ihr hier tragt – die Hawaiihemden und die weiten Hosen, die unten ganz eng werden, und die großen Joggingschuhe, die so ungeheuer technisch aussehen. Er schmiert sich sogar irgend so eine Pomade ins Haar, um es in Form zu bringen.«

Edith zündete sich eine Zigarette an und blies den Rauch durch die Nase. »Aber es sind nicht nur seine Erscheinung und sein Benehmen, wissen Sie. Wir haben es am eigenen Leibe erfahren, daß Horton innerlich ein ganz anderer Mensch sein kann, als ihm äußerlich anzusehen ist. Es ist mehr die Art, wie er uns jetzt ansieht, wie er die Welt um sich herum betrachtet. Jetzt hat er ein Leuchten in den Augen. Es ist so eine ... Freude in ihnen.«

Jim betrachtete den Rauch, der sich in Richtung aufs Fen-

ster durch das Zimmer zog. »Wollten Sie vorhin andeuten, daß er seinen Job gekündigt hat?«
Emmett und Edith sahen sich wieder an und schüttelten die Köpfe. Edith seufzte sich den Rauch aus der Lunge. »Anfang Februar – bloß ein paar Wochen nachdem wir hierherkamen – fing Horton an, immer weniger Zeit hier zu verbringen. Er sagte, er müsse Überstunden machen, aber wir fuhren vorbei und sahen, daß jemand anders in seiner Kabine arbeitete. Er war nur unter der ausdrücklichen Bedingung aus der Klinik entlassen worden, daß er bei uns wohnte, und so sagten wir ihm, daß er bei uns bleiben sollte. Er lächelte und umarmte uns – das macht man anscheinend hier in Kalifornien – und sagte, daß alles ›cool‹ sei und daß wir uns keine Sorgen machen sollten. Nun gut, heute vor zwei Wochen ist Horton ausgezogen. Er hat die meisten seiner Sachen mitgenommen, seine Kameras und seine Kleider, und ist einfach verschwunden. Die Leute an seinem Arbeitsplatz sagten, daß er dort schon lange nicht mehr erschienen sei. Zweimal die Woche kommt er vorbei und übernachtet hier, um seine Bewährungsauflagen zu erfüllen. Alle paar Tage ruft er an und sagt, daß es ihm gutgeht, und wir haben drei Postkarten von ihm bekommen. Aber er will nicht sagen, wo er sich aufhält. Einmal im Monat muß er sich bei seinem Bewährungshelfer melden, und er geht immer hin. Den Rest der Zeit, bis auf die paar Nächte, in denen er ab und zu hier übernachtet, ist er verschwunden. Er hat unseren Chevrolet genommen und uns den Pick-up-Truck gelassen. Er macht die Ölwechsel übrigens selber – einen machte er, bevor wir von Ohio aufgebrochen sind, und einen nach unserer Ankunft hier.«
»Wo, meinen Sie, ist er hingegangen?«
»Ich habe wirklich keine Ahnung.«
Jetzt sahen Edith und Emmett Jim zugleich an. Nun war

offensichtlich er dran. Edith rutschte auf dem Sofa nach vorn. »Warum genau interessieren Sie sich für diese Sache, Mr. Weir?«

»Die ermordete Frau war meine Schwester Ann.«

»O Gott.« Ediths Schmerz verlangte nach einem weiteren Whisky, den sie sich mit Sorgfalt eingoß.

Emmett rutschte auch nach vorn und stützte seine Ellenbogen auf seine Knie unter dem Stoff des Bademantels. »Mr. Weir. Wir waren bis jetzt ganz ehrlich zu Ihnen, denn wir haben nach allem, was wir mit Horton durchgemacht haben, herausgefunden, daß Ehrlichkeit am einfachsten ist. Wir denken, daß wir nichts zu verbergen haben. Obwohl Sie ein völlig Fremder sind, haben wir Ihre Fragen beantwortet, und wir werden noch mehr beantworten, sollten Sie noch welche haben. Wir haben den größten Teil unseres Lebens damit verbracht, Fragen über Horton zu beantworten. Aber ich sage Ihnen gleich, daß Horton es nicht getan hat. Er ist ein neuer Mensch. Darauf verwette ich alles, was ich habe.«

»Sicher haben Sie recht, Mr. Goins.«

»Wenn Sie sich dessen wirklich sicher wären, dann wären Sie nicht hier, stimmt's?«

Jim nickte.

»Die Sache ist die«, sagte Edith, »wir glauben an ihn.«

Aber in Wirklichkeit glaubt ihr doch nicht an ihn, dachte Jim, ganz gleich, wie gern ihr es tätet. Wie soll ich es dann können?

»Darf ich mal sein Zimmer sehen?«

Wieder sahen sich die Goins an. Dann schauten sie zu Jim und zuckten in genau demselben Augenblick mit den Achseln. »Da gibt es nicht viel zu sehen«, sagte Emmett. »Aber bitte, tun Sie es. Wir haben nicht das geringste zu verbergen und Horton auch nicht.« Er stand auf, zog mit einer ener-

gischen Geste den Bademantel straff und führte Weir durch einen kurzen Gang zu Hortons Zimmer.
Es war das zweite auf der rechten Seite. Emmett öffnete die Tür und ließ Jim als ersten eintreten. Das Zimmer war klein, mit sauberen weißen Wänden, einem Doppelbett, einem Schreibtisch mit einer sauberen Löschblattunterlage darauf, Schränken mit Schiebetüren an der Wand gegenüber dem Bett und einem dünnen grünen Wollteppich. An einer Wand sah Jim ein Poster, das einen Sonnenuntergang über einem wogenden Kornfeld zeigte. Darunter stand in geschnörkelten goldfarbenen Buchstaben ein Zitat von Thoreau. An einer anderen Wand waren zwei Werbeplakate eines japanischen Kameraherstellers mit langbeinigen Blondinen in Badeanzügen, die jede Menge Fotoausrüstung um den Hals hängen hatten. Zwischen den beiden hing die Abbildung eines menschlichen Gehirns. Die verschiedenen Teile des Organs hatten unterschiedliche Farben, die von hellem Gelb zu grellem Rot reichten.
»Das ist eine PET-Aufnahme von Hortons Gehirn«, erläuterte Emmett. »Sie machen das, um zu sehen, was die Leute verrückt macht. Bei Horton ist es dieser kleine rote Teil in der Mitte. Im Laufe der letzten Jahre ist er durch die Medikamente immer kleiner geworden.« In einer Ecke lehnte ein zusammengeklapptes Stativ.
»Und er nimmt immer noch diese Medikamente?«
»Das können Sie laut sagen. Sie kosten uns neunhundert Dollar im Monat, alles Originalpräparate. Er ist wirklich gewissenhaft mit dem Einnehmen – er hat eine kleine elektronische Pillendose, die piepst, wenn er etwas nehmen muß.«
Jim nickte, seine Nerven zuckten, und in ihm wuchs das Bedürfnis, dieses Zimmer auseinanderzunehmen und zu sehen, was er finden konnte.

»Ist nicht viel da«, sagte Emmett. »Sogar als er noch häufig hier war, war sein Zimmer immer aufgeräumt. Das haben sie ihm in der Klinik beigebracht.«

»Darf ich in die Schubladen und in den Schrank schauen?«

»Bitte.«

»Haben Sie vielleicht auch ein neues Foto von ihm?«

»Ich will mal sehen, was sich finden läßt.« Emmett ging zur Tür.

Weir schob die Tür eines Schranks auf und schaute hinein: Ein paar Hemden waren darin, Mäntel auf Kleiderbügeln, sauber gefaltete Hosen auf dem oberen Regal und weiter hinten aufeinandergestapelte Pappschachteln. Er öffnete die oberste davon und fand darin Fotozeitschriften, Kontaktabzüge und eine Dose zum Filmentwickeln. Er zog einen der Kontaktabzüge heraus und hielt ihn an das schwache Licht des Fensters. Es waren Gruppenaufnahmen aus einem Krankenhaus, auf denen verstörte, teilnahmslose Gesichter zu sehen waren. Hortons Mitpatienten in der Nervenheilanstalt, dachte Weir. In der letzten Reihe waren Nahaufnahmen von einer Männerhand, die eine Art Wachsmalkreide an ein leeres Blatt Papier hielt. Die Hand sah gut aus, tief gefurcht, wohlproportioniert, tüchtig. Weir sah sich das Datum auf dem obersten Fotomagazin an. Es war vom Juni 89. Dann hörte er, wie Emmett hinter ihm wieder das Zimmer betrat.

»Hier habe ich ein paar Fotos«, sagte er.

Jim ließ die Schranktür offen, drehte sich um und nahm aus der Hand von Emmett Goins zwei Schnappschüsse entgegen. Er konnte den Bourbon in Emmetts Atem riechen.

»Sind gerade zwei Monate alt«, sagte Goins.

Es waren beides Bilder von Horton und Edith. Horton sah überraschend gut aus: weit auseinanderstehende, milde blaue Augen, eine hohe Stirn, gewelltes dunkelbraunes

Haar und ein kräftiger, aber schlanker Unterkiefer, der in ein starkes Kinn auslief. Sein Lächeln – ein wenig verschlagen, ein wenig listig – entblößte große weiße Zähne. Dieses Lächeln hatte etwas Hintergründiges an sich, obwohl Jim nicht genau sagen konnte, was es war, etwas, das man ... gebrauchen konnte. Er sieht eigentlich aus wie jeder andere vierundzwanzigjährige Südkalifornier, dachte Jim. Den Bruchteil einer Sekunde lang kam ihm Goins sogar irgendwie bekannt vor, aber obwohl sein Gedächtnis Jahre zurückblätterte, konnte er sich nicht erinnern, woher.

»Nehmen Sie eins von den Bildern mit, wenn Sie wollen«, sagte Emmett.

»Danke, das werde ich tun.«

Jim zog die mittlere Schublade des Schreibtisches auf: zwei Lupen, eine Rolle Klebeband, Bleistifte und Füller. Die Schubladen auf den Seiten waren fast leer, nur einzelne Schnappschüsse und ein paar Schachteln mit Dias lagen herum.

»Horton hat Bilder von allem möglichen. Die meisten hat er mitgenommen.«

»Mr. Goins, haben Sie irgendeine Ahnung, wo er sein könnte? Irgendeinen Hinweis?«

»Nun, ich könnte mir denken, daß er nicht weit von hier sein wird.«

»Kennen Sie die Adresse?«

»Er hat mir nur gesagt, daß er billig wohnt. Wenn Sie wollen, können Sie die Postkarte lesen.«

Sie gingen zurück ins Wohnzimmer, wo Edith eine Seifenoper eingeschaltet hatte. Sie drehte die Lautstärke zurück und sah Weir erwartungsvoll an. »Nicht viel zu sehen, oder?«

»Nein, wirklich nicht.«

Emmett holte etwas vom Kühlschrank und gab es Jim. Die Handschrift war klein und sauber, mit einem offensichtlich frisch gespitzten Bleistift geschrieben. Der Poststempel war der 26. April.

*Liebe Mom, lieber Dad,*

*hier in meinem »Versteck« ist alles wunderbar, und der Sinn meines Lebens wird mir immer klarer. In ein paar Tagen komme ich Euch wieder besuchen, dann werden wir zusammensein. Meine ständige Adresse ist immer noch bei Euch – sagt das bitte Dr. Wick. Eurem Chevy geht's gut, und ich lebe von meinen Ersparnissen.*

*Alles Liebe, Joseph*

»Joseph?«

Edith erklärte: »Horton hat seinen Namen geändert. Das Gericht erkennt das zwar nicht an, weil er so eine schlechte Akte hat, aber trotzdem nennt er sich so. Wir können uns aber nicht daran gewöhnen.«

Als Jim die Postkarte umdrehte, schoß ihm das Blut in die Wangen. Es war die alte Standardkarte aus *Poon's Locker*, eine Aufnahme des Cafés , und die Worte *Die dicksten Fische fängt man bei Poon auf Balboa!* waren quer darüber gedruckt.

»Wissen Sie, wo Balboa ist, Mr. Weir?«

»Ich bin dort aufgewachsen.« Sein Herz klopfte jetzt schneller.

»Das mit Ihrer Schwester tut uns leid«, sagte Edith, »aber wir wissen, daß Horton unschuldig ist, also macht es uns nichts aus, mit Ihnen zu sprechen.«

»Können Sie mir sagen, was für einen Wagen er fährt?«

»Es ist ein siebenundachtziger Chevrolet Caprice. Weiß, viertürig, mit blauer Innenausstattung.«

Weir beschloß, Dennisons Leute die Nummer des Wagens herausfinden zu lassen. Mit der Postkarte von *Poon's Locker* sollten sie auch Haarproben von Horton Goins sicherstellen, die sie dann mit dem Haar von Anns Bluse vergleichen konnten. Wer wußte schon, was sie sonst noch finden würden?

»Haben Sie nochmals vielen Dank, alle beide. Sie müssen diesen Besuch Horton gegenüber ja nicht erwähnen. Warum ihn beunruhigen?«

»Viel Glück. Wir haben nichts zu verbergen und Horton jetzt auch nicht mehr.«

»Ja, das kann ich sehen.«

»Möge Ihre Schwester in Frieden ruhen. Wenn sie so war wie Sie, dann muß sie ein nettes Mädchen gewesen sein.«

»Sie war großartig.«

Jim hielt mit quietschenden Reifen an der ersten Telefonzelle, die er fand. Er wählte Dennisons Durchwahlnummer, und seine Sekretärin sagte ihm, daß sie ihn sofort mit Mr. Dennison verbinden werde. Weir stand da, mitten im nebligen Smog über dem Harbor Boulevard, und sein Magen flatterte vor Aufregung. Als Brian schließlich am Apparat war, raste Weir durch die ganze Geschichte von Dr. Gold, Horton Goins in Hardin County, dem plötzlichen, unerklärten Umzug der Familie nach Südkalifornien, von Edith und Emmett und der Postkarte. »Das Mädchen, über das Goins in Ohio herfiel, war auch eine Kellnerin. Er freundete sich mit ihr an, schlich sich in ihr Vertrauen, und dann lockte er sie hinaus in den Sumpf.«

»Gütiger Gott im Himmel, Weir.«

»Genau das habe ich auch gedacht.«

»Okay, ich schicke Innelman und Deak vorbei, so schnell ich kann. Sie sollen den Leuten ein paar Fragen stellen und dann die ganze Bude auf den Kopf stellen. Besteht die

Möglichkeit, daß Goins vorbeikommt und irgendwas fortschleppt?«
»Nicht, solange ich die Tür bewache.«
»Gut. Und wie steht's mit dem ... was wir heute morgen besprochen haben.«
»Ich glaube, Blodgett und Kearns müssen trotzdem ein paar Fragen beantworten. Horton Goins ist nicht mit einem Polizeiwagen zur Back Bay gefahren.«
Dennison war einen Augenblick lang ruhig. »Das ist ihre Sache, nicht meine. Blodgett hat die nächsten paar Nächte keine Schicht – vielleicht wäre das eine gute Gelegenheit, ihn zu Hause anzutreffen.«
»Was haben Sie an Annies Auto gefunden?«
»Eine ganze Menge Haare und Fingerabdrücke – aber leider nur von ihr. Robbins sieht sich eben alles noch mal an.«
Weir legte auf, sein Herz klopfte noch immer sehr schnell. Die nächsten fünfundvierzig Minuten verbrachte er in seinem Wagen, den er vor der Island-Gardens-Wohnanlage geparkt hatte, und hielt Ausschau nach einem weißen siebenundachtziger Chevy Caprice. Ein solcher erschien nicht, aber dafür ein nagelneuer Wagen desselben Typs. Dwight Innelman und Roger Deak stiegen aus, zu Jims Erstaunen gefolgt vom Interims-Polizeichef Brian Dennison und Mike Paris.
Jim lächelte vor sich hin, als er den Pick-up-Truck startete. Die Verhaftung eines geistesgestörten Triebtäters würde Brian guttun. Und der Stadt. Und natürlich auch den Medien. Am besten allerdings würde es Brians Wahlkampf tun: Wer hätte denn nicht gerne diesen Verbrecher fangenden Helden zum Bürgermeister? Er beobachtete, wie Dennison sich niederbeugte und im Seitenspiegel des Polizeiwagens seine Frisur überprüfte, bevor er seine Beamten zu der Wohnung führte.

# KAPITEL 10

Zwei Blocks nach Süden von der Fähreanlegestelle auf Balboa entfernt, befindet sich das Heim der Familie Weir. Als Jims Großvater 1891 hier das erste Haus gebaut hatte, hatte er für das Grundstück, das jetzt dem PacifiCo-Baukonzern gehörte, einen Pachtvertrag auf hundert Jahre abgeschlossen.

Das ursprüngliche Gebäude wurde von einer Flut zerstört. Jims Großvater baute es 1922 wieder auf, aber der Pazifik holte sich auch dieses Haus und den Mann gleich dazu in der berüchtigten Sturmflut von 1939. Das dritte Haus, das jetzt noch steht, baute Poon kurz nach dem Krieg. Es ist ein verwittertes, ausgebleichtes einstöckiges Holzhaus mit einer Mauer drum herum, die vollständig von Bougainvilleen überwuchert ist. Um die Tür zu finden, muß man schon genau wissen, wonach man sucht.

Jim ging durch und schloß sie lautlos hinter sich. Der Hof war zugewuchert, und das Blattgewirr schirmte das Haus fast vollständig gegen die Geräusche von draußen ab. Auf den Pflastersteinen lagen knöchelhoch abgefallene Bougainvilleenblüten, so trocken und leicht wie Papier. Der Springbrunnen war verstopft und funktionierte nicht mehr. Jim dachte, daß seine Mutter zwar eine fähige Geschäftsfrau war, sich aber seit Poons Tod vor zehn Jahren nicht mehr genügend um das Haus kümmerte, das in zunehmendem Maße herunterkam. Virginia hatte nur wenig getan, um seinen Verfall aufzuhalten. Im Laufe der Jahre hatte Jim erfahren, daß sie ein tiefes Bedürfnis danach hatte, wenigstens ein paar Dinge so zu erhalten, wie sie früher einmal gewesen waren. Seit Anns Tod, das wurde ihm jetzt bewußt, waren dieses Haus und – natürlich – er selbst die letzten Fixsterne in Virginias immer kleiner werdendem Universum. Wenn es PacifiCo und dem Landesentwicklungskartell von Orange County gelang, den Vorschlag zur Wachstumsbegrenzung zu kippen und das riesige Bauprojekt zur Sanierung Balboas durchzubringen, dann würde dieses Haus, *Poon's Locker*, die Wohnhäuser von Becky und Raymond, *Ann's Kids* und die *Eight Peso Cantina* sowie Dutzende anderer Häuser mit niedrigen Mieten und Tante-Emma-Läden hilflos im gähnenden Schlund des Fortschritts verschwinden.

Weir verstand, warum sich Virginia und ihre Mitstreiter mit solcher Vehemenz gegen die »Sanierung« ihrer Gegend wehrten. Obwohl dieser Einsatz manchmal selbstsüchtig und provinziell erschien, kämpften diese Leute doch in mancher Hinsicht um ihr Leben. Diese Gedanken lasteten schwer auf Jim, als er durch die Tür ging.

Virginia saß kerzengerade auf einem alten Drehstuhl im Wohnzimmer, vor sich vier wacklige kleine Holztische. Das war Virginias »Büro«. Auf den Tischen lagen Stöße von Flugblättern der Wachstumsbegrenzungs-Initiative und Umschläge, die noch adressiert werden mußten, Infos über die Bürgermeisterkandidatur von Becky Flynn, Einladungen zum »Tanz auf den Ruinen«, dem Fest der Bürgerinitiative, sowie dicke Wälzer der Küstenkommission, Umweltberichte und Gesetzbücher des Staates Kalifornien. Dazwischen waren Kaffeetassen, Notizblöcke und grüne und weiße Bleistifte, auf denen RETTET DIE HALBINSEL – WÄHLT FLYNN stand. An der Wand vor Virginia hing eine Liste mit Telefonnummern, die über einen halben Meter lang war – das war die Armee der Freiwilligen, die Virginia gerne die Newport Irregulars nannte.

Jims Mutter saß mit dem Rücken zu ihm und hatte ihren

Kopf stark zur Seite gewinkelt und den Hörer des Telefons zwischen Schulter und Ohr eingeklemmt. Während sie sprach, steckte sie Infos in Briefumschläge. *»Es ist mir vollkommen gleichgültig, was die* TIMES *sagt*«, bellte sie in die Sprechmuschel. *»Fast siebentausend Menschen haben bei unserem Protestmarsch mitgemacht. Glauben Sie wirklich, daß jemand, der nicht einmal in der Lage ist, mir sein Schmierblatt jeden Morgen pünktlich auf die Veranda legen zu lassen, bis siebentausend zählen kann? ... Gut, dann treffen wir uns in der Mitte und sagen sechstausend, mir ist das egal!*«

Sie fuhr plötzlich herum und sah Jim an, wobei ihre Ellenbogen immer noch abgewinkelt blieben. Ein Briefumschlag wurde zwischen Mund und Telefon bewegt, zugeklebt und landete in dem Korb mit den versandfertigen Briefen. »Der Gouverneur ist in der anderen Leitung, ich rufe Sie zurück«, sagte sie kurz angebunden, legte auf und schüttelte den Kopf. Ihre hellblauen Augen sahen stumpf und erschöpft aus. »Ich habe es bei allen Blumenhändlern in Newport, Laguna und Costa Mesa probiert. Nichts. Dann ging ich nach dem Alphabet vor und schaffte gerade noch die Nummern in El Modena, bevor es zu spät wurde und die Geschäfte anfingen zuzusperren. Im County gibt es hundertsechsundvierzig Blumengeschäfte, und hundertachtundzwanzig muß ich noch anrufen. Wo warst du?«

»Bei Ann. Und in der Gegend.«

Virginia musterte ihn mißtrauisch. »Worum ging's denn bei deiner Besprechung mit Brian Dennison?«

Jim erklärte, daß er inoffiziell bei der Suche nach Anns Mörder mithelfe, als Bürger und Bruder des Opfers. Virginia akzeptierte diese Erklärung zwar, aber machte den Eindruck, als hielte sie das Ganze vielleicht doch für ein Komplott gegen den Wahlkampf von Becky Flynn und die Wachstumsbegrenzer. Weir beschloß, ihr ihre Verschwörungstheorie zu lassen: Virginia war immer am glücklichsten, wenn sie sich verfolgt fühlte. Soweit er wußte, hatte die LOS ANGELES TIMES noch nie das geringste Problem gehabt, ihr Blatt dem Weirschen Haushalt pünktlich zuzustellen.

»Wie dem auch sei«, sagte sie, »was Annie betrifft, müßte man meiner Meinung nach die Sache ganz anders angehen. Ich glaube nicht, daß Brian Dennisons Polizei irgend etwas richtig macht.«

Jim setzte sich neben seine Mutter, die ihm sofort einen Stapel Wahlkampfinfos und einen mit Briefumschlägen hinschob. Jim sah Beckys Gesicht auf dem Titelblatt, ein überdimensionales Paßfoto auf Hochglanzpapier, auf dem Becky älter und vertrauenswürdiger aussah, als sie in Wirklichkeit war. Jim fragte sich, wie oft er wohl diesen Mund geküßt und seine Finger in diese wundervollen braunen Locken vergraben hatte. Manche Erinnerungen vergehen nie, besonders wenn man sich vierunddreißig durchfieberte Tage lang in einem stinkenden mexikanischen Gefängnis an ihnen festgeklammert hat wie an einen Rettungsring. Vielleicht sind diese Erinnerungen genau dafür da, dachte er.

»Ich habe gehört, daß du endlich bei Becky vorbeigeschaut hast«, bemerkte Virginia.

Jim nickte. Vielleicht war das auch einer der Gründe dafür, daß es mit uns auseinandergegangen ist, dachte er, denn jedesmal, wenn wir Händchen hielten oder uns stritten, wußte es gleich die ganze Nachbarschaft. Vor Jahren noch hatte Weir mit dem Gedanken gespielt, mit Becky etwas wie in einem kitschigen Liebesfilm zu tun, aber damit hatte er bei ihr wenig Zustimmung gefunden. Der Ausdruck *miteinander durchbrennen* hatte für ihn zeitweise einen beschwörenden Unterton gehabt. Aber Becky steckte bis über beide

Ohren in ihrer Arbeit als Pflichtverteidigerin, und er mußte vierzig Stunden die Woche Sheriff spielen. Zudem hatte sie überhaupt keine sentimentale Ader, zumindest hatte Jim eine solche nie entdecken können. Als er Becky vor Jahren in Zeffirellis Romeo-und-Julia-Film geschleppt hatte, hatte sie den Streifen eigentlich eher komisch gefunden, obwohl sie Jim nach der Vorstellung an Bord der LADY LUCK mit fast erschreckender Emotionalität geliebt hatte. Wer konnte sich darauf einen Reim machen?

»Es tat gut, sie wiederzusehen«, sagte er zu seiner Mutter.

»Gib ihr noch mal eine Chance.« Damit beendete Virginia das Thema.

Sie sahen sich eine lange Weile an, während der Weir in den kühlen blauen Augen seiner Mutter sehen konnte, wie verletzt sie war. Es kommt die Zeit, in der ein Sohn auf seine alternde Mutter schauen und das Mädchen sehen kann, das sie einmal war, das Mädchen, das die schreckliche Verantwortung der Mutterschaft auf sich genommen, das seine Jugend, sein Herz und seinen geschmeidigen jungen Körper dafür geopfert hat, um ihm – diesem brüllenden, unersättlichen, unförmigen Versprechen in eine ungewisse Zukunft – das Leben zu schenken. Gab es überhaupt eine Möglichkeit, die Größe dieses Opfers zu verstehen? Jim stand auf und schlang seine Arme um sie. Während er sie umarmte, fuhr er ihr mit den Händen über ihren straffen, knochigen Rücken, schaute in dem alten Wohnzimmer herum und spürte die vielen Erinnerungen – die Nachbilder und Nachbeben von Ereignissen, die jetzt Jahrzehnte zurücklagen, aber immer noch irgendwie gegenwärtig waren.

»Danke«, sagte er.

Ihre Hände preßten sich an seinen Rücken. »Wofür?«

»Für alles.«

»Nun ...«

»Ich habe nur eben ein bißchen begriffen, wieviel du für uns getan hast.«
Virginia klang zögernd. »Jetzt fang bloß nicht an, mich zu bemitleiden. Denn dann würde auch ich anfangen, mich selbst zu bemitleiden, und dann würde ich zusammenbrechen, und diesen Luxus kann ich mir nun wirklich nicht leisten.«
Ein Luxus, den sie sich nicht leisten kann, dachte er. Das ist typisch Weir. Er löste sich von ihr und lächelte sie an, während er sich wieder hinsetzte. Es war ein Lächeln, das signalisiert, daß man sich wieder unter Kontrolle hat, ganz gleich, was vorher auch passiert sein mochte. Virginia hatte auch so ein Lächeln. Auch das war ein Markenzeichen der Weirs.
»Wir sind ganz schöne Stoiker, nicht wahr?« fragte er.
»Ich habe es mir zur Lebensaufgabe gemacht«, sagte sie. »Nun, ... jetzt habe ich ...« Dann fiel Virginias Gesicht plötzlich unvermittelt in sich zusammen, und sie wischte sich eine große Träne weg, die quer über ihre Hand lief, von einem Knöchel tropfte und hörbar auf den alten Holzstuhl fiel.
»Verdammt noch mal, Jim«, flüsterte sie.
»Ich weiß.« Das hatte er seit langem kommen sehen.
»Erst Poon und Jake und jetzt Ann. Wieviel muß eine Frau denn noch aushalten? Ich ...« Sie schluchzte jetzt und versuchte mit ihren großen, knorrigen Händen vergeblich, die Tränen fortzuwischen. »... ich vermisse sie, und ich denke jeden Augenblick an sie, und sie ist ... fort. Ich meine, sogar als dein Vater seinen Herzinfarkt hatte, wußten wir, daß so was kommen würde, und auch daß Jake ... im Krieg, das ist etwas, was man begreifen kann ... aber Annie, da draußen in der Kälte, in diesem schrecklichen, dreckigen Schlamm, und diese ... diese Bestie nimmt ein Küchenmesser und fällt über sie her und sticht sie, so oft ... oh, mein Gott, das hat

mein ganzes Denken und Fühlen verändert. Es war nicht genug, Jim, die Art, wie ich versucht habe zu leben, war einfach nicht genug. Ich habe immer gedacht, wenn man niemanden betrügt und für sich selber sorgt, dann bleibt am Schluß mehr Gutes als Schlechtes übrig, und man hat zumindest den kleinen Trost, daß es noch wirklich so etwas wie ..., mein Gott, ... *Gerechtigkeit* gibt ...«

Sie fuhr sich mit dem Ärmel ihrer gelben Windjacke übers Gesicht, aber die Tränen flossen weiter. Sie sog den Atem in kleinen, ruckartigen Stößen ein, aber die Luft schien nicht wieder aus ihr herauszukommen. »Ist es meine Schuld?«

Das Mädchen in ihr, dachte Jim. »Nein, Mom. Du hast alles richtig gemacht.«

Sie schüttelte heftig den Kopf, in jedem verzweifelten Hin und Her lag eine ganze Welt des Bedauerns. »Warum dann bloß?«

»Vielleicht weiß das nur Gott im Himmel allein.«

Ihre blaßblauen Augen sahen ihn durch die Tränen an. »Weißt du, ich habe eine neue Theorie über Gott im Himmel. Und zwar glaube ich, daß er uns hier unten nicht allzuviel nützt. Wenn ich jetzt bete, erflehe ich keine Vergebung mehr. Ich will auch keine Gnade und keinen Frieden. Ich bitte Gott nur noch darum, daß man mich mit etwas mehr Respekt behandelt. Das ist alles. Nur etwas Respekt.«

Das Telefon klingelte. Zu Jims Erstaunen hob Virginia sofort den Hörer ab und meldete sich relativ beherrscht mit ihrem Namen. Sie nickte und sah Jim mit einem fast ungläubigen Gesichtsausdruck an. »Ich verstehe, daß Sie verwirrt sind, Mrs. Simpson, und deshalb werde ich Ihnen alles so einfach wie möglich erklären. Der Vorschlag zur Wachstumsbegrenzung ermöglicht es den Leuten in diesem County, etwas Kontrolle über eine Bauindustrie auszuüben, die den letzten Penny an Profit aus dieser Gegend pressen will, bevor sie ihre Zelte wieder abbricht und weiterzieht. Langsames Wachstum ist Ihre Chance, diese Leute zu bremsen. Es ist Ihre Chance, das wenige zu retten, was übrig ist von dem, das diese Gegend einmal schön gemacht hat. So einfach ist das.«

Sie hörte zu und schaute wieder hinüber zu Jim. »Nein, Mrs. Simpson, auch wenn der Fernsehspot gestern abend etwas anderes behauptet, wird langsames Wachstum unsere Wirtschaft nicht kaputtmachen und auch nicht das Verkehrschaos vergrößern. Es ist ja kein Vorschlag, der von reichen Yuppies ausgeht, die in schönen Wohnungen mit Meerblick wohnen. Und er nützt nicht nur dem Süden und geht zu Lasten des Nordens. Das hat alles die Bauindustrie in die Welt gesetzt, die doch tatsächlich die Leute für so dumm hält, daß sie diese Lügen glauben. Ein Unternehmensberater aus Los Angeles mit Namen Harvey Keep, der dafür sehr viel Geld bekommt, hat sie sich aus den Fingern gesogen. Wenn Sie das nicht verstehen, Mrs. Simpson, kann ich Ihnen auch nicht helfen. Der Eintritt für den ›Tanz auf den Ruinen‹ beträgt fünfzig Dollar. Das Geld ist für unsere Organisation und, glauben Sie mir, die hat es auch dringend nötig. Er findet am Dienstag statt.« Virginia legte auf.

In dem Augenblick des Schweigens, der folgte, beobachtete Jim, wie seine Mutter – oder das Mädchen, das seine Mutter früher einmal war – ein Papiertaschentuch aus einer Schachtel nahm und sich damit das Gesicht trocknete. »Der Kampf hindert mich daran, verrückt zu werden«, sagte sie. »Jeder braucht so was.«

»Und jetzt ... möchte ich dir ein paar Dinge von Annie erzählen. Zuallererst einmal: Sie glaubte, daß jemand sie beobachtete«, sagte Virginia.

»Wann hat sie dir das erzählt?«

»Zweimal. Das erste Mal vor Monaten, sagen wir Ende Februar. Du weißt ja, wie gerne Annie auf der Halbinsel spazierenging, manchmal sogar spätnachts, wie sie einfach herumlief und schaute. Nun, sie kam damals am Morgen auf ihrem Weg zum Kindergarten im *Locker* vorbei. Ich erinnere mich genau, sie nahm sich eine Tasse Kaffee, goß etwas Milch hinein und erzählte mir, wie schön der Himmel in der vergangenen Nacht gewesen war, wie viele Sterne sie gesehen hatte und wie hell diese geleuchtet hatten. Es war gerade nach einem Sturm, und der Wind kam aus dem Osten, trocken und furchtbar kalt. Und sie erzählte mir, daß sie beim Spazieren hier in der Gegend das Gefühl gehabt habe, jemand sei hinter ihr, aber als sie sich umdrehte und nachsah, war da niemand.«

Jim dachte nach. Es sah Anne gar nicht ähnlich, sich etwas einzubilden oder etwas zu behaupten, von dem sie sich nicht wirklich sicher war, daß es auch stimmte. Ann hätte nie gesagt, jemand wäre hinter ihr hergegangen, außer wenn sie es wirklich geglaubt hätte.

»Und wann war das zweite Mal, Mom?«

»Das war vor drei Wochen. Ich bin so gegen zwei hinüber zu ihr in den Kindergarten gegangen, um ihr in der Pause zu helfen. Als ich dort ankam, stand sie im Hof mitten unter den Kindern. Sie stand ganz still in der frischen Brise, die an ihren Kleidern zerrte, und sah hinaus aufs Wasser. Sie war irgendwie blaß. Sie sah aus, als wäre sie in einer Art Trance oder so was, bis ich direkt vor ihr stand und sie aufwachte und mich anlächelte. Und sie sagte: ›Mom, es ist wirklich sehr merkwürdig, aber ich habe das Gefühl, daß mich jemand beobachtet.‹ Sie hatte nichts gesehen oder gehört – diesmal war es nichts als ein Gefühl. Ich hätte auch keinen weiteren Gedanken darauf verschwendet, wenn Annie der Typ wäre, der sich so was nicht aus den Fingern saugt. Ich bin diejenige in der Familie, die unter Verfolgungswahn leidet. Außerdem ... ist mir das gleiche passiert.«

»Wurdest du auch verfolgt?«

Virginia nickte. Eine gelbe Haarsträhne, die fast dieselbe Farbe hatte wie ihre Jacke mit dem springenden Fisch auf dem Rücken, löste sich aus ihrer Frisur und hing ihr ins Gesicht. Sie blies sie fort und befestigte sie mit den Fingern hinter einem Ohr. »Ich gehe doch jeden Morgen von hier hinüber zum *Locker*. Dabei muß ich etwa zehn Meter die kleine Zufahrtstraße entlanggehen, bis ich drüben an der Hintertür bin. Dreimal in den letzten zwei Monaten habe ich dabei jemanden gesehen, der an der Ecke stand und mich auf dem Weg zum Café beobachtete. So früh am Tag ist es noch ziemlich dunkel, also konnte ich nicht viel erkennen. Zuerst dachte ich, es wäre Mackie Ruff oder jemand von seiner Sorte. Er sah aus wie ein Mann, der geduldig auf etwas wartet. Dann, vor zwei Wochen, fuhr ich in der Dämmerung mit dem Frauenangelclub hinaus zum Fischen. Als wir an Bord des Bootes waren und den Anker lichteten, schaute ich zurück zum *Locker*, und da war er wieder. Dieselbe Gestalt. Dieselbe Haltung. Er war es.«

»Hast du ihn erkannt?«

Virginia schüttelte den Kopf, dann richtete sie ihre sonnengebleichten blauen Augen auf Jim. »Ich glaube, daß er einer von Dennisons Männern ist.«

»Warum glaubst du das?«

»Bleib hier.« Virginia stand auf und verschwand in der Küche. Er hörte, wie die Haustür ins Schloß fiel, dann war alles still. Sie geht hinüber zum *Locker*, dachte er. Nach ein paar Minuten kam sie mit einer Kiste aus starkem Wachskarton zurück, einer von den Kisten, in denen gefrorene Hamburger angeliefert werden.

Virginia stellte sie auf den Boden, setzte sich wieder und öffnete den Deckel. Drinnen befanden sich Reihen von Reagenzgläsern, die alle in Virginias Handschrift beschriftet waren und in Schaumgummi steckten, damit sie nicht umfallen konnten. »Das da ist unsere Bucht«, sagte sie. »Jemand hat etwas in den Ozean geleitet, und dieses Zeug kommt jetzt mit der Flut herein. Ich habe Proben aus den letzten drei Monaten hier – von Ende Februar an.«

»Als Ann dachte, sie würde verfolgt.«

»Genau.«

»Was ist es?«

»Meerwasser mit Schuß – und zwar 1,1,1-Trichloräthan. Es ist ein Lösungsmittel, das alles tötet, wenn man es ins Meer kippt. Ich habe alle diese Proben selbst gesammelt. Annie hat mir dabei ein paarmal geholfen. Die meisten davon sind im Kühlraum im *Locker*, aber ein paar habe ich hier zu Hause, und Annie hatte auch drei. Wir verteilen sie, damit sie ihnen nicht alle auf einmal in die Hände fallen können.«

»Wem? Dennisons Leuten?«

»Richtig. Wer auch immer deiner Schwester und mir gefolgt sein könnte. Laß dir erzählen, was hier vorgeht, Jim. Diese Stadt steht vor der wichtigsten Wahl in ihrer Geschichte. Das Ergebnis wird viel grundlegendere Konsequenzen für uns haben als das jeder vorausgegangenen Wahl. Auf der einen Seite stehen Geschäftemacher, die jeden Quadratzentimeter Boden hier verkaufen und ausbeuten wollen; auf der anderen Leute, die denken, daß das, was wertvoll ist, auch erhalten werden sollte. Brian Dennisons Wahlkampf wird von den Baulöwen finanziert – hauptsächlich von C. David Cantrell von der PacifiCo. Das ist kein Geheimnis, du kannst es in den Zeitungen nachlesen. Nun, eines von Cantrells Zielen ist die ›Sanierung‹ dieser ganzen Halbinsel. Und die geht weit über unsere Gegend hinaus. Die Stadt kann alle, die ihre Grundstücke nicht verkaufen wollen – mich zum Beispiel oder Becky –, unter Berufung auf das Allgemeinwohl enteignen. Sollte Dennison Bürgermeister werden, würde er das auch tun. Nach den staatlichen Gesundheits- und Sicherheitsbestimmungen müßte er sogar den Zugang zu allen öffentlichen Stränden sperren, wenn dort der Grenzwert für Trichloräthan fünfzig Kubikmillimeter pro Liter überschreiten sollte. Wenn die Strände gesperrt werden und das auch lange genug bleiben, werden die Leute eher dazu bereit sein, aufzugeben und wegzuziehen. Dieser Ozean sorgt für den Lebensunterhalt von jedermann hier – direkt oder indirekt. Ich persönlich glaube, daß Dennison vorhat, die Schadstoffbelastung so lange ansteigen zu lassen, bis die Stadt die Strände schließen muß, was auch diese ganze Halbinsel lahmlegen wird. Bürgermeister Brian wird der ganzen Welt erzählen, was für ein verschmutztes Dreckloch dieses Balboa doch geworden ist. Und wenn das passiert, wird Dave Cantrells Sanierungskonzept dem Stadtrat unheimlich verlockend vorkommen, besonders dann, wenn die Grundstückspreise gefallen sind. Deutlich gesagt: Sie scheißen in unsere Bucht, damit sie die billig aufkaufen können.«

Weir versuchte, den ganzen Umfang von Virginias neuester Verschwörungstheorie zu begreifen. Es war nur eine von vielen, die so weit zurückreichten, wie er sich erinnern konnte. Ihm hatte die immer am besten gefallen, daß Moskau die Musik der Beatles dazu benutzte, die Moral von Amerikas Jugend zu untergraben. Es hatte da in den frühen sechziger Jahren eine Broschüre mit dem Titel *Kommunismus, Hypnose und die Beatles* gegeben, die Virginia gekauft und unter den Eltern auf der Halbinsel hatte herumgehen lassen. Und dann gab es noch die Fluoridierung des Trinkwassers, die Behauptung, daß LSD im Auftrag der Regierung verteilt werde, und den Verdacht, daß UNICEF nur dazu da sei, gute amerikanische Dollars in den kommunistischen Block zu lotsen. Diese Theorien hatten Jim sogar als Kind schon mehr wegen ihrer Hirnrissigkeit beunruhigt als wegen der Verschwörungen, auf denen sie angeblich beruhten.

»Dennison hat also seine Leute geschickt, um dich und Ann beschatten zu lassen? Um euch das Einsammeln weiterer Proben zu verleiden?«

»Genau. Vielleicht sogar, um die Proben selbst in die Hand zu bekommen oder um sie zu manipulieren. Schau, er kann die Verschmutzung der Bucht nicht zum Wahlkampfthema werden lassen, bevor sie schlimm genug ist, um ihm zu nützen – sonst müßte er ja handeln und etwas dagegen tun.«

Jim erinnerte sich an Brians Unbehagen den Bundesbehörden gegenüber. »Und er hat Angst, daß du frühzeitig Alarm schlägst.«

»Ja.«

»Warum hast du das noch nicht getan?«

Virginia legte den Deckel wieder auf den Karton. »Wir haben bisher nur geringe Spuren gefunden. Bis jetzt. Acht Kubikmeter pro Liter unter der Brücke des Küstenhighway am dritten Mai – das war bis jetzt das Höchste.«

Jim seufzte und schüttelte den Kopf. »O Gott, Mom. Du hast eine Umweltverschmutzungs-Theorie ohne Umweltverschmutzung. Und die Polizei hat angeblich nichts Besseres zu tun, als hinter dir herzulaufen, um dich daran zu hindern, Beweise zu sammeln, die du bereits hast und die überhaupt nichts aussagen.«

Sie sah ihn an und wartete, womit sie andeuten wollte, daß er etwas nicht bedacht hatte. Seine Mutter hatte es schon immer genossen, ihn in ihrem Schweigen zappeln zu

lassen. Er brauchte eine Minute, bis er daraufkam, was es war.
»Dennison weiß nicht, daß du lediglich geringe Spuren gefunden hast. Er denkt, daß du mehr hast.«
Sie nickte.
»Woher weiß er das alles denn überhaupt?«
»Ich habe einen Freund in seiner Abteilung – den Giftmüllbeauftragten der Polizei. Er ist ein guter Mann, und er ist ... nun, er hat Angst, daß ich Daten gesammelt habe.«
»Und all das nimmst du auf dich, um Dennison von seinem Wahlkampf abzulenken.«
Virginias blasse Augen leuchteten wütend und klar. »Ich tue das alles, *um die Stadt zu retten, in der ich lebe.*«
Weir war gescheit genug, sich nicht mit ihr zu streiten. Er stand auf, warf einen Blick auf das Bild von Becky Flynn auf den Broschüren, ging dann zum Fenster und schaute hinaus in den hereinbrechenden Abend. »Wie heißt der Polizist, mit dem du so gut stehst?«
»Sergeant Dale Blodgett.«
Jim dachte nach und ließ sich alle Folgerungen daraus mit sowenig Emotionen wie möglich durch den Kopf gehen. Eine Frage drängte sich förmlich auf. »Hat er Ann gekannt? Blodgett, meine ich.«
Virginia sah zu, wie er wieder zum Tisch zurückging. »Wir haben ein paarmal mit Blodgett Wasserproben genommen. Wir sind zu dritt eine Weile mit seinem Boot durch die Bucht gefahren. *Warum?*«
»Ich bin bloß neugierig, Mom. Das ist alles.«
Virginias Schweigen klagte an. Wie schon so oft in seinem Leben kümmerte sich Weir nicht darum. Das Problem seiner Mutter war, daß sie immer mehr Menschen verlor, um die sie sich kümmern konnte. Und daß sie diese durch Menschen ersetzte, die sie hassen konnte. Poon war immer

so ein Tolpatsch gewesen, dachte er. Wie hatten sich die beiden jemals ertragen können? Aber wichtiger als diese Überlegungen war es, jetzt wieder zur Sache zu kommen.
»Ich frage mich, warum sie Raymond nicht erzählt hat, daß sie verfolgt wurde.«
Virginia schüttelte ratlos den Kopf und seufzte ganz tief. »Ich glaube nicht, daß sie und Ray viel miteinander geredet haben, Jim. Annie war zwar viel zu zurückhaltend, um mit mir über solche Dinge zu sprechen, aber ich glaube, daß es zwischen den beiden ... Spannungen gab. Folgendes ist interessant: Eines Nachts, als ich nicht schlafen konnte, sah ich, daß bei *Ann's Kids* noch Licht brannte. Es war Mitternacht, Ann war schon mit ihrer Arbeit fertig, und Ray war noch nicht zu Hause. Also ging ich hinüber zum Kindergarten und überraschte Ann dabei, wie sie in ihrem Büro etwas in ein Buch schrieb. Es war ledergebunden, hatte gutes Papier und lauter leere Seiten. Es schien ihr peinlich zu sein, und sie bat mich, Ray nichts davon zu sagen, daß sie wertvolle Zeit damit verschwendete, um ein Tagebuch zu führen. Und ich erinnere mich noch, daß ich damals dachte: Was geht es denn Ray an, was meine Tochter schreibt?«
Jim konnte sich nicht erinnern, in Anns Haus ein Tagebuch gesehen zu haben, ebensowenig erinnerte er sich an einen entsprechenden Eintrag in der Beschlagnahmungsliste, in der es als registriertes Beweismittel verzeichnet gewesen wäre. Ich muß Innelman danach fragen, dachte er, und ich muß im Büro von *Ann's Kids* nachsehen.
»Ann hat ja schon immer gerne alles aufgeschrieben«, sagte Virginia.
»O ja, das weiß ich.« Jim erinnerte sich an etwas ganz Spezielles, das Ann geschrieben hatte, eine Kurzgeschichte mit dem Titel »Muhammads Fäuste«, in der ein junges Mädchen davon träumt, Fäuste wie Muhammad Ali zu ha-

ben, um damit seinen abscheulichen jüngeren, aber stärkeren Bruder verhauen zu können. Ann hatte die Geschichte auf Virginias alter Schreibmaschine getippt und sie Jim mit einem Reißnagel an die Tür seines Zimmers geheftet. »Becky hat mir erzählt, daß es Ann in letzter Zeit anscheinend nicht gutging.«
Virginia atmete tief durch und sah hinab auf ihre großen, rauhen Hände. »Jim, ich weiß wirklich nicht, ob sie überhaupt noch glücklich war. Dieser Winter war sehr kalt, du weißt das nicht, weil du ja fort warst. Es war so kalt, daß mir die Warmwasserleitungen, die alten, die übers Dach laufen, eingefroren sind, und weil der Wind den ganzen Tag blies, konnten sie auch nicht wieder auftauen. Du kennst ja Annies und Raymonds Haus, es ist ein Schneckenhaus mit Teppich drin. Ich habe ihnen eine gute elektrische Heizdecke und einen von diesen Elektroheizern gekauft, die am Tag für tausend Dollar Strom verbrauchen. Jedenfalls war Ann häufig niedergeschlagen und still, dann lächelte sie auf einmal ohne einen erkennbaren Grund vor sich hin. Du kennst Annie – sie war schwer zu durchschauen, aber wenn man sie kannte, wußte man gleich, wenn sie einem etwas vorspielte. Dann, Ende April, kam sie aus dieser Stimmung heraus. Wir hatten komisches Wetter – fast dreißig Grad warm, trocken und klar. Ich dachte, daß die Sonne vielleicht auch Annie aufgetaut hätte. Etwa eine Woche lang ging es ihr gut. Sie sah toll aus, nahm etwas zu und hatte ein rosiges Gesicht. Schwanger, weißt du. So vielversprechend lebendig. Dann, in der zweiten oder dritten Aprilwoche, ging es ihr wieder schlechter, schlechter als zuvor. Und sie versuchte noch verzweifelter, es zu verbergen ... typisch Weir. Das ging so weiter bis vor etwa einer Woche, als es ihr plötzlich abermals besserging, fast so, als hätte es auch vorher keine Probleme gegeben.«

Virginia schwieg eine ganze Weile. Als die Stille sich in die Länge zog, fühlte Weir, wie die Geister von Poon und Jake und jetzt auch der von Ann um sie herum schwebten und versuchten, zu ihnen durchzudringen und ihnen die Wahrheit zuzuflüstern. Die Vorhänge bewegten sich, und es kam ihm vor, als huschte ein Schatten über die spiegelnde Oberfläche der gläsernen Schiebetür. »Hast du Ann am Tag des Mordes gesehen, Mom? Bevor du zu deinem Glas Wein in den *Whale* gegangen bist?«
Virginia nickte. »Um zwei bin ich am Kindergarten vorbeigegangen, um ihr bei der Milch- und Pausenbrotausgabe zu helfen. Scotty kümmert sich ja während meiner Abwesenheit um das Café. Ann war irgendwie geistesabwesend, Jim. Es waren nur kleine Sachen, so gab sie zum Beispiel Danny eine Flasche Milch, aber Danny ist gegen Milch allergisch und bekommt deshalb immer einen Orangensaft. Sie fing sich gleich wieder, aber ich dachte, daß sie wegen dieser Sache gleich losheulen würde. Sie ließ eine Schale mit Crackern fallen und hätte fast wieder geweint. Etwas war nicht in Ordnung, aber sie sagte mir nicht, was. Sie sagte, es seien die Hormone. Mein Gott!«
»Warst du in ihrem Büro?«
»Ja.«
»Und da hast du die Rosen auf ihrem Schreibtisch gesehen?«
Virginia nickte. »Dunkelrote Rosen. Wunderschön. Erklär mir das mit den Rosen, Jim. Wo ist da der Zusammenhang?«
»Am Tatort wurden elf Rosen gefunden. Auf Annies Leiche.«
»O mein Gott!«
Jim versuchte, sich Anns wechselnde Gemütszustände in den letzten paar Monaten, den Monaten, in denen er fort gewesen war, wie eine auf und ab steigende Fieberkurve

vorzustellen. Es fehlte so viel, um das Bild zu vervollständigen. »Als es Annie in diesem Winter schlechtging, hast du sie da gefragt, was los war?«

»Natürlich habe ich sie gefragt. Sie gab zu, daß ihr die Dinge über den Kopf wuchsen. Du weißt ja, wie hart sie und Ray gearbeitet haben. Schau dir Annies Leben an: Um sieben stand sie auf, um Rays Frühstück zu machen, dann mußte sie in ihren Kindergarten. Um vier kam sie wieder heim, machte den Haushalt und ihre Besorgungen, dann mußte sie um halb sieben schon wieder weg, um im *Whale* die Cocktails zu servieren. Erst um elf kam sie wieder heim, wartete auf Ray und kochte ihm sein Essen. So kam sie immer erst gegen Mitternacht oder eins ins Bett. Und Rays Leben? Auch er stand um sieben auf, lernte eine Zeitlang und fuhr zur Vormittagsvorlesung in die Universität. Am frühen Nachmittag legte er sich zu Hause kurz aufs Ohr, bevor er um fünf zum Dienst fuhr. Wenn er dann um Mitternacht oder ein Uhr früh nach Hause kam, setzte er sich oft noch eine Stunde oder zwei an seine Jurabücher. Ich habe noch nie in meinem ganzen Leben zwei Leute gesehen, die härter gearbeitet haben. Ich glaube, sie hatten sich so an die Tretmühle gewöhnt, daß sie nicht mehr wußten, was sie tun sollten, wenn sie einmal herauskämen. Manchmal, wenn ich sie ansah, hatte ich den Eindruck, daß dieser Existenzkampf das einzige war, was die beiden noch miteinander verband. Als ob sie, wenn sie jemals kürzergetreten wären und sich am Duft der Rosen erfreut hätten – schon wieder diese Rosen –, einfach vom Wind weggeweht worden wären.«

»Hat Annie dir das erzählt?«

»Das hat sie gesagt. Ich habe eines Abends im *Whale* auf sie gewartet und nach Hause begleitet. Wir hatten schrecklichen Sturm, mit Regen, Kälte und arktischer Luft. Ich ging noch auf eine Tasse Tee mit zu ihr, und wir hüllten uns in unsere Mäntel und warteten darauf, daß diese idiotischen Gasöfen endlich Wärme abgaben. Wir blieben noch eine Weile auf und redeten. Sie sagte, daß alles vielleicht eher einen Sinn ergäbe, wenn sie eine Familie hätte. Sie wollte so gerne ein Kind, aber ihre Gebärmutter ... und sie sagte auch, sie wünschte, sie könnte auf irgend etwas deuten und sagen: ›Das ist das Ganze wert.‹ Sie sah so verloren aus, als sie in ihren riesigen Parka gehüllt mir gegenübersaß. Neununddreißig Jahre alt war sie und arbeitete in zwei Jobs, um den Lebensunterhalt für eine Familie zu verdienen, von der sie glaubte, daß sie sie niemals haben würde. Ich will nicht schon wieder weinen.«

»Mom, glaubst du, daß sie sich mit einem anderen Mann getroffen hat?«

Virginia sah ihn etwas heftig an und wiegte den Kopf. »Könnte sein. Sie hatte genug von Poon in sich. Glaubst du es?«

Jim dachte kurz nach, obwohl ihn diese Frage beschäftigte, seit Raymond ihm bei seinem ersten Anruf in der Mordnacht gesagte hatte, daß Ann noch nicht zu Hause sei. Die Wahrheit, dachte er, war, daß Ann es ihm nie gesagt hätte, wenn es sich wirklich so verhalten hätte. Nicht bloß wegen Ray, sondern auch um ihrer selbst willen. Wie gut hatte er sie wirklich gekannt? Es hatte zwischen ihnen immer eine stille Übereinkunft bestanden, den anderen nicht mit in jeden Sumpf zu ziehen. Das wäre unter ihrer Würde gewesen. Ohne es je auszusprechen, hatten sie sich gegenseitig nie mit Dingen belastet, die unterhalb einer gewissen Schwelle lagen, einer Schwelle, die ohne nähere Definition von beiden anerkannt wurde. Es hatte zwischen ihnen immer gewisse Grenzen gegeben und die Überzeugung, daß Geschwister um so besser miteinander auskämen, je mehr

sie die Privatsphäre des anderen respektierten. Jetzt dachte Weir: Was für ein Mist!
»Ich weiß es nicht«, sagte er schließlich. »Ich wünschte, ich wüßte es.«
Virginia sah ihn an. »Ich verstehe dich. Es ist okay, Jim.«
»Sind in den letzten paar Monaten irgendwelche Kollegen von Ray vorbeigekommen?«
»Meinst du im Café?«
»Ich meine, bei Ray und Ann.«
Virginia dachte einen Moment lang nach und rutschte unruhig auf ihrem Stuhl herum. »Im vergangenen Monat kamen an einem Samstag abend Annie, Ray und ein junger Mann – ich glaube, sein Name war Kearns – vorbei und sagten hallo. Kearns ist einer von Rays Freunden bei der Polizei. Die drei hatten sich feingemacht und wollten zusammen durch die Bars in der Gegend ziehen. Als sie gingen, hatte sich Ann bei beiden eingehakt, in der Mitte, weißt du. Es erinnerte mich an die Zeit, als die Männer aus dem Krieg zurückkamen. Warum fragst du?«
»Ich versuche, mir ein Bild zu machen, mit wem sie sich getroffen hat.«
»Ich wollte damit aber nicht sagen, daß sie etwas mit diesem Kearns hatte.«
»Vielleicht traf sie sich mit Blodgett?«
Virginias Blick war grimmig und kalt. »Nur auf unseren Fahrten durch die Bucht. Ich kann dir mit Bestimmtheit sagen, daß zwischen ihm und Annie nichts war. Überhaupt nichts.«
»Vielleicht mit jemand anderem? Waren irgendwelche Männer da, die du noch nie vorher gesehen hast?«
»Nein.«
»Wie steht es mit dem hier?«
Jim zog den Schnappschuß von Horton und Edith Goins aus

der Tasche. Virginia sah das Foto lange an, zuerst am ausgestreckten Arm, dann aus der Nähe. »Nein. Aber er kommt mir ... ich kann nicht sagen ›bekannt‹ vor. Er sieht aus, als könne er mir bekannt vorkommen.«
Virginia untersuchte den Schnappschuß genauer und hielt ihn in verschiedenen Winkeln ans Licht. »Wer ist das?«
»Er ist ein entlassener Sexualtäter. Er hat vor Jahren in Ohio etwas getan, was gewisse Ähnlichkeit mit dem Mord an Annie aufweist.«
»Ist das seine Mutter?«
Jim nickte. »Er hat ihr eine Postkarte aus dem *Locker* geschrieben, Mom – eine von denen mit den ›dicksten Fischen‹.«
»Ich habe ihn gesehen!« Virginias weit aufgerissene Augen wanderten von Jim auf das Foto und zurück zu Jim. »Er war drei- oder viermal da. Er trägt diese bunten Hawaiihemden und grellfarbigen Hosen. Er sah wirklich so aus wie jemand aus Ohio, der versucht, sich hier anzupassen. Ich bin mir sicher, daß er es ist. Man muß ihn sofort festnehmen.«
»Die Polizei durchsucht bereits die Wohnung seiner Eltern. Ich denke, sie werden ihn sich schnappen und verhören. Und zwar bald.«
Virginia sah sich noch einmal das Bild an. »Ich bin mir sicher, daß ich ihn im *Locker* gesehen habe. Das werde ich unter Eid beschwören.«
»Eins nach dem andern, Mom. Ich muß dir wohl nicht sagen, was du zu tun hast, wenn er wieder vorbeikommt.«
»Das mußt du wirklich nicht. Ich werde ihn mit Poons Fünfundvierziger in Schach halten.«
»Es genügt, wenn du mich anrufst. Oder Brian Dennison.«
Virginia wollte gerade etwas über Dennison sagen, hielt sich aber zurück. Sie fing wie besessen wieder an, Beckys Wahlbroschüren in Umschläge zu stecken.

»Wann hat, soweit du es weißt, Dale Blodgett Ann das letzte Mal gesehen?«

»Ich will dir mal was über Dale Blodgett sagen. Er ist ein Bulle. Und er ist ein Mann, der nicht viel spricht. Irgendwie mag ich ihn. Er ist der einzige Polizist, der den Mut hat, sich offen für Becky und die Wachstumsbegrenzung auszusprechen. Und er ist der einzige Polizist in Newport Beach, der sich um den Giftmüll kümmert, obwohl er das in seinen Überstunden machen muß. Aber er hat nichts mit Ann *gehabt*. Ich wundere mich, daß Dennison ihn nicht schon längst gefeuert hat oder so.«

»Waren außer Kearns noch andere Polizisten häufiger bei Ray und Annie?«

»Warum interessierst du dich so sehr für Rays Polizeifreunde?«

»Ich denke, daß sie vielleicht freiwillig etwas Zeit für die Suche nach Anns Mörder opfern könnten«, log er.

»Ich glaube, sie sollten als Verdächtige angesehen werden. Annie wußte alles über die Einleitung von Trichloräthan in die Bucht.«

»Es hat doch gar keine Einleitung *gegeben*, Mom. Du hast es doch selbst gesagt, daß ihr nur geringe Spuren gefunden habt.«

Virginia sah ihn mit ihrem altgewohnten tiefen Mißtrauen an. Wie gerne wüßte sie wohl, was Mackie Ruff gesehen hat, dachte er. Das Telefon klingelte wieder. Weir gab Virginia einen Kuß auf die Wange und ging nach oben, um aus seinen Akten Dale Blodgetts Adresse herauszusuchen.

Als das Telefon wieder frei war, rief er Dennison an, um zu erfahren, ob Innelman ein persönliches Tagebuch von Ann gefunden hatte. Das hatte er nicht. Dann rief Jim die Nummer von Blodgett an, um zu fragen, ob heute abend eine gute Zeit für ein Gespräch sei, aber es war besetzt.

Jim schrieb sich die Adresse auf ein Stück Papier, steckte sie in die Tasche und ging wieder nach unten. Während Virginia im Wohnzimmer ihre Briefumschläge füllte, nahm er im Vorbeigehen den Reserveschlüssel mit, den sie für den Kindergarten hatte.

Zu Jims Überraschung sah er einen schwachen Lichtschein in den Fenstern von *Ann's Kids.* Das Maschendrahttor war offen, und jemand saß an Anns Schreibtisch. Jim konnte sein bewegungsloses Profil vor dem milden Schein einer Leselampe erkennen.
Sein Puls schlug schneller, als er das Tor aufstieß, über den kleinen Spielhof schritt und die Stufen zur Terrasse hinaufstieg. Im Vorderzimmer blieb er einen Augenblick stehen. Wer auch immer in Anns Büro saß, sagte nichts und bewegte sich nicht.
Jim ging mit zwei Schritten durch die kleine Diele und folgte dem Lichtschein. In der Tür beugte er sich vor und schaute in den Raum.
»Fang bloß keine Karriere als Einbrecher an«, sagte Raymond, der an Anns Schreibtisch saß. »Laß mich raten: Virginia hat dir von dem Tagebuch erzählt. Oder wolltest du noch einmal einen Blick auf eine Blumenvase voller Wasser, aber ohne Blumen werfen.«
Jim ging hinein und betrachtete Raymonds Gesicht, während sich seine Nerven langsam wieder beruhigten. Ein Löschblatt warf das Licht der Lampe zurück und beleuchtete Rays Gesicht von unten. Seine Augen waren schwarz, aber klar, und Jim konnte in ihnen den unverwechselbaren Ausdruck tiefen Schmerzes sehen. Zu einer anderen Zeit, dachte Jim, wäre Ray aufgestanden und hätte ihn umarmt. Zu einer anderen Zeit, dachte er auch, wären wir überhaupt nicht hierhergekommen. »Bist du okay?«

»Danke für deine Anrufe und Besuche. Ich habe sie wohl einfach verschlafen. Ich hatte den Schlaf wirklich nötig.«

»Wie fühlst du dich jetzt?«

»Ich komme zurecht. Und du?«

»Ich komme auch zurecht.«

Raymond atmete tief durch und beugte sich vor. »Innelman hat die Vase geholt, um sie auf Fingerabdrücke zu untersuchen, aber Robbins fand keine außer Anns eigenen und ein paar verschmierten Abdrücken von Kinderfingern. Ich habe hier schon dreimal alles nach ihrem Tagebuch abgesucht. Zu Hause ist es nicht, hier ist es auch nicht. Langsam kotzt es mich an.«

Weir schaute hinunter auf ein halbgegessenes Sandwich und eine Tüte Milch, die in dem blassen Licht auf dem Schreibtisch standen.

»Schau dir das an«, sagte Raymond und deutete auf die Schreibunterlage. »Hier, in der rechten oberen Ecke, hat sie sich Namen notiert – Rita, Renata, Renee. Ann liebte diese Namen mit *R* für ein Mädchen. Ich war für Mary. Typisch katholisch, was?«

Ihre Blicke trafen sich und fuhren dann schnell in eine andere Richtung wie die von Fischen in einem Aquarium. Jim staunte über die schreckliche Launenhaftigkeit des Lebens, mit der es einem etwas vor die Nase hielt und es dann im nächsten Moment wieder fortriß. Das Leben war ein bißchen Himmel, ein bißchen Hölle und eine riesige Menge von etwas, was dazwischen lag.

»Ich wünschte, ich könnte wenigstens zehn Minuten lang alles vergessen«, sagte Ray. »Nur zehn Minuten lang möchte ich ... nicht so sein.«

»Laß uns einen Spaziergang machen.«

Ray knipste das Licht aus. »Gut.«

Sie gingen am Ufer der Bucht nach Norden, an Beckys Haus vorbei in Richtung auf den Jachtclub. Rechts von ihnen führten kleine Docks und private Stege ins Wasser und verloren sich im Nebel. Der Himmel über ihnen war nicht zu sehen, nur eine dunkelblaue Schicht, die gleichzeitig faul und ewig aussah. Es war einer von den Nachmittagen, die sich hartnäckig weigern, dem Abend zu weichen.

Ohne Mühe konnte Weir sich in die langen Sommer zurückdenken, in denen Ray und er wie wild hier mit ihren Skateboards herumgerast waren oder am Kai geangelt hatten. Sie hatten sich im Schlamm gebalgt und waren kopfüber ins Wasser gesprungen, sie hatten bei der Sturmflut von 1968 den *Locker* mit Sandsäcken gesichert, und ab und zu hatten sie mit Poon und Jake eine langersehnte Bootsfahrt hinaus aufs Meer unternehmen dürfen. Man sagt, wir hätten unsere Erinnerungen, dachte Jim, aber in Wirklichkeit haben die Erinnerungen uns.

Raymond ging neben ihm, einen halben Schritt zurückhängend, in seinem langsamen, gleichmäßigen Gang, den er schon als Junge gehabt hatte. »Was sagst du zu den *Lakers*?« fragte er plötzlich.

Jim verstand, daß Ray, zumindest für die nächsten paar Minuten, in einer Welt ohne Ann sein wollte. Er wollte es probieren. »Sie werden nie und nimmer Meister. Detroit ist zu stark. Und Portland auch.«

Ray dribbelte mit einem imaginären Basketball um Weir herum, blieb stehen, sprang hoch und warf auf einen unsichtbaren Korb. »Sie brauchen einen energischeren Verteidiger, einen Burschen, der etwas ausrichten kann. Wie wär's mit mir?«

»Du bist zu klein, zu alt und zu langsam.«

Jim blickte jetzt hinüber zu Raymond, aber was er sah, war ein Raymond im Alter von sechzehn Jahren auf dem Basketballplatz der High-School von Newport Harbor. Schon damals war er nicht groß gewesen, und er hatte seinen Babyspeck noch nicht vollständig verloren. Raymond war nie schnell gewesen, hatte aber in der Verteidigung trotzdem erstaunliche Leistungen erbracht. Wenn damals ein Spieler der anderen Mannschaft sich den Ball schnappte und sich nach links oder rechts bewegte, um das Spiel anzukurbeln, und einen Paß warf, kam Raymond scheinbar langsam über das Spielfeld getrabt, fing den Paß mit seiner ausgestreckten Hand in der Luft ab und bewegte sich in Richtung auf den gegnerischen Korb. Wann immer ein Ball irgendwo herumflog, schnappte ihn sich Raymond. Er konnte nicht hoch springen, aber er wußte genau, *wann* er springen mußte. Sein Paßspiel war sehr geschickt und vorausschauend, so daß er wundervolle Vorlagen dadurch zustande brachte, daß manchmal sogar der Ball von den Köpfen seiner Mitspieler abprallte, die zu langsam waren, um zu erkennen, daß sein Zuspiel auf sie gemünzt war. Raymond schien das Spiel in seiner eigenen Zeitzone zu spielen, die in der nahen Zukunft lag, während alle anderen hilflos in der umkämpften Gegenwart herumzappelten.

Ray warf noch einen unsichtbaren Korb. »Dann spiele ich halt in der italienischen Liga. Sie lieben Amerikaner dort drüben.«

»Das macht dich auch nicht größer, jünger oder schneller, Ray. Ich glaube, du bist als Polizist besser dran.«

Jim nahm einen imaginären Paß an und spielte ihn zurück. Er beobachtete, wie Raymond schon weit vor ihm war, und dachte wieder, wie Raymonds Vorausschau sich auch in seiner Arbeit als Polizist niederschlug. Er erinnerte sich, wie sie viele Dutzend Male gemeinsam für den Sheriff auf Streife gewesen waren und Raymond einfach zu *wissen* schien, was passieren würde. Manchmal mußten sie in einer Stunde zweimal zu einer losheulenden Alarmanlage fahren. Bei der einen seufzte Raymond bloß, stieg aus dem Auto, schlenderte zu einer Tür, öffnete sie mit dem Dietrich und stellte die nervtötende Anlage ab. Bei der zweiten hingegen studierte er das Gebäude erst mal durch die Windschutzscheibe, bekam dann diesen leuchtenden, hungrigen Blick und schlug vor, daß Jim sich einen Eingang vornehmen sollte, während er selbst zum anderen huschte. Früher oder später – meistens früher – kam Ray dann herausspaziert und führte einen unglücklichen Junkie an Handschellen mit sich. Oder einen verschreckten Jugendlichen, der gerade dabei war herauszufinden, daß Verbrechen sich nicht auszahlt. Ray grinste dann immer wie ein Angler, der einen großen Fang gemacht hat.

Das war Voraussicht, dachte Weir. Ray nannte es immer nur Glück.

»Oder vielleicht gehe ich nach Mexiko. Vergessen wir das Basketball. Ich ziehe in ein kleines Dorf, werde Fischer und heirate ein mexikanisches Mädchen, das mir zehn Kinder gebären wird.« Ray blieb stehen, beugte sich zu seinen Zehen, richtete sich wieder auf und atmete tief ein. »Es ist sonderbar, Jim – da verbringst du dein Leben in der Tretmühle, und wenn es sie nicht mehr gibt und du alles tun kannst, wozu du Lust hast, dann fallen dir nur dumme Klischees ein. Ich will wirklich in einem mexikanischen Dorf leben. Wo Schweine und Hühner frei herumlaufen und alle Leute in der Cantina um einen Fernseher herumhocken und ein Fußballspiel oder *Starsky y Hutch* auf spanisch ansehen.«

»Ich könnte mir Schlimmeres vorstellen.«

»Weißt du, warum dir diese Szenerie gefällt? Weil du im Grunde genommen faul bist. Wer sonst würde einen Job beim Sheriff hinschmeißen, wenn er die besten Aussichten hat, Chef einer Abteilung zu werden, und mit einem Boot im Pazifik herumschippern und nach den versunkenen Schätzen anderer Leute suchen?«

»Wenn ich auf dich und Becky gehört hätte, dann säße ich jetzt von neun bis fünf in einem winzigen Büro und würde versuchen, Bösewichter zu fangen, die mich nicht interessieren. Ich würde immer noch einen Sechserpack Bier am Abend trinken, um die Langeweile zu verscheuchen. Nein, vielen Dank.«

»Stimmt. Dann wärst du endlich erwachsen.«

»Als ich im Gefängnis schmorte, war das ein ziemlich erwachsenes Gefühl.«

»Vielleicht bin ich dumm, aber ich würde lieber Rauschgifthändler ins Gefängnis stecken, als selber in einem zu sitzen.«

»Ich finde beides nicht sehr verlockend. Was sagst du dazu?«

Raymond lächelte. »Gut für dich, James. Ich scheiße dich zusammen, aber du weißt ja, daß ich es nur gut mit dir meine. Denk nur ab und zu daran, daß man manchmal seinen Mann stehen und etwas auskämpfen muß.«

»Hab' ich mir notiert.«

»Ich glaube, Becky hat dich sehr vermißt.«

»Ich habe sie auch vermißt. Überraschenderweise.«

Raymond sah Jim wissend an. Ray hatte sich in Herzensangelegenheiten immer einen Schritt vorausgefühlt. Das war auch ein Kompliment an Jim gewesen, wo Ray doch mit seiner Schwester verheiratet war. Und Jim hatte die beiden immer ein wenig beneidet. Er hatte sich schon vor langer Zeit dabei ertappt, daß er nach der Einfachheit von Ray und Ann strebte, aber am Bund der Ehe war etwas, was ihm in seinem tiefsten Inneren fürchterliche Angst einjagte. Seine ureigensten Instinkte sagten ihm, daß nichts zwischen zwei Menschen wirklich einfach ist, besonders dann, wenn einer von den beiden ein Weir ist. Tatsache ist, dachte er, daß die Menschen sich ständig verändern. Ist das gut oder schlecht? Irgendwo im Meer neben ihnen sprang eine Seebarbe hoch, unsichtbar, aber das jämmerliche Platschen verriet sie. Raymond watete jetzt ein paar Schritte voraus und schaute über die Kaimauer auf den schmalen Streifen Sand darunter. Jim holte ihn ein und folgte seinem Blick. Ein schneeweißer Fischreiher stand keine drei Meter entfernt, sein spitz zulaufender Kopf zeigte ein lebhaftes braunes Auge, das sie betrachtete, ohne sich zu bewegen. Ein Windstoß bauschte seine Federn. Er machte mit einem seiner Stelzenbeine einen Schritt hinaus ins Wasser, sein Hals formte ein S und erstarrte. Das perfekte Auge sah sie wieder an.

»Ich habe es nicht getan«, sagte Raymond.

»Was, Ray?«

»Ich habe zehn Minuten lang nicht an Ann gedacht.«

Weir wußte, wie sehr seine Schwester die Reiher geliebt hatte. Als kleines Mädchen hatte sie einmal einen zu fassen bekommen und ihren Mut mit einem Schnabelstich in die Schulter bezahlt. Später hatte sie sich aus den Federn, die sie dem Vogel mit ihrer ungeschickten kleinen Mädchenhand ausgerupft hatte, eine Halskette gemacht.

»Annie«, sagte Ray.

»Ich weiß.«

»Überall, wo ich hinschaue, Mann. Sie ist überall, wo ich hingehe.«

# KAPITEL 11

Die abendliche Brise frischte auf und schob flache Wolken am Horizont entlang nach Westen, wo eine blasse weiße Sonne in den Pazifik fiel. Jim stellte seinen Wagen vor Dale Blodgetts Haus unter einer Palme ab, deren silbrig glänzende Wedel im Wind zitterten. Weir befand sich im oberen Teil der Halbinsel in der Sechzigsten Straße, nicht weit von der Mündung des Santa-Anna-Flusses, die die nördliche Stadtgrenze bildet. Auf dem kurzen Weg hierher hatte er drei Polizeiautos überholt und sich gefragt, wie Verbrecher in dieser Stadt überhaupt eine Chance haben konnten. Wer auch immer Ann ermordet hatte, hatte es ganz simpel aussehen lassen.

Jim schaltete die Scheinwerfer des Wagens aus und verglich Blodgetts Bild in der Personalakte mit dem Gesicht des Mannes, der sich gerade vor seinem Haus bückte, um einen Anhänger mit einem neun Meter langen Motorboot darauf an einem neuen Ford-Pickup-Truck zu befestigen. Blodgetts Gesicht wurde von einer Arbeitslampe, die am Bug des Bootes hing, geradezu dramatisch beleuchtet. Das Motorboot mit Namen DUTY FREE war zum Sportfischen hergerichtet. Jim sah einen Tank für lebende Köderfische, zwei massive Anglerstühle und eine Harpunierplanke, die über den Bug hinausragte. Ein sechzigtausend Dollar teures Spielzeug, dachte er. Nicht schlecht für einen Polizei-Sergeant mit Familie, der gern allein arbeitet.

Jim stieg aus und ging über die Straße auf Blodgetts Haus zu. Er kam nur zwei Schritte weit, als die Luft plötzlich von Schnauben, begleitet von einem metallisch klingenden

Heulen, erfüllt war. Von rechts schoß ein schwarzglänzendes, haariges Etwas auf ihn zu. Weir bückte sich und hob die Hände, während das Heulen anschwoll und der rasende Fellball noch schneller heranwirbelte.

Blodgetts Stimme war so laut, daß Weir sie fast wie einen Schlag auf die Brust spürte. »*Knight ... Platz* !«

Die schwarze Rakete fiel wie abgeschossen zu Boden und lag knurrend da – ein wie durch Hypnose erstarrter Haufen aus gefletschten Zähnen, hochgezogenen Lefzen, böse funkelnden Augen und flach anliegenden Ohren.

Jims Herz schlug bis zum Hals. Erst jetzt bemerkte er, wie weich seine Knie waren, spürte er, wie eine kalte Welle der Panik in sein Gesicht floß.

Dave Blodgett schaute unter seiner Arbeitslampe zu ihm hin. Er war ein großer, schwerer Mann mit kräftigem Nakken, der sein Haar wie die harten Burschen in den fünfziger Jahren trug: oben flach und kurz geschnitten und an den Seiten etwas länger. Sein Gesicht sah kampferprobt aus, im rechten Winkel zu seiner Unterlippe verlief eine dünne Narbe, und seine Augenbrauen machten den Eindruck, als wären sie häufig aufgeplatzt gewesen wie die eines Boxers. Das linke Augenlid hing weiter herunter als das rechte und verlieh ihm einen Ausdruck zwischen Schläfrigkeit und verschlagenem Humor. Er hatte einen runden Brustkasten und einen großen, aber anscheinend nicht schwammigen Bauch.

»Was haben Sie hier zu suchen, mein Sohn?« fragte er.

»Ich bin Jim Weir, der Bruder von Ann Cruz.«

»Brav, Knight«, sagte er sanft. »*Freund.*«

Die Verwandlung kam plötzlich: Knights Muskeln entspannten sich, sein Schwanz schlug auf den Betonboden, und seine fletschende Schnauze schloß sich. Er sah erst zu Weir, dann zu seinem Herrn und schien sich zu schämen.

»Braver Hund«, sagte Blodgett. »Guter Knight. Na, geht Ihnen immer noch die Muffe, Jim?«

»Ich bin gleich wieder auf dem Damm.«

»Einmal ist mir sogar einer vor Schreck ohnmächtig geworden, als Knight auf ihn losging. Aber die Kette reicht nur drei Meter, wenn Sie einfach ruhig stehengeblieben wären, hätte er sich stranguliert.«

»Das werd' ich mir merken, fürs nächste Mal.«

»Schon dreimal ist bei mir eingebrochen worden. Ich glaube, die Leute in der Nachbarschaft wissen, daß ich ein Polizist bin, und machen sich einen Spaß daraus. Aber seit ich Knight als Alarmanlage habe, hat das schlagartig aufgehört.« Blodgett grinste, es war ein feistes, gemeines Grinsen, das große, schiefstehende Zähne enthüllte. Das schwere linke Auge schien fast fröhlich zu glitzern.

Jim machte einen weiten Bogen um Knight, der mit unterdrücktem, aber immer noch augenscheinlichem Interesse zu ihm aufsah. Irgend etwas in Knights Gesicht verriet Jim, daß dieser ihm, Freund oder Feind, liebend gerne die Kehle durchbeißen würde. Jim hatte Dobermänner eigentlich noch nie besonders gemocht.

Blodgett ging auf ihn zu und gab ihm die Hand. »Es tut mir leid wegen Ann. Ich habe sie zwar nicht besonders gut gekannt, aber trotzdem mochte ich sie sehr.«

»Danke. Sie war eine gute Frau.«

Blodgett bedachte ihn mit einem Blick von einem Polizisten zum anderen, einer Mischung von echter Sympathie und unterschwelligem Ekel. Diese Schweine, schien der Blick zu sagen, wir müssen gegen sie zusammenhalten. »Ich habe etwas Kaffee in der Thermoskanne. Wollen Sie einen?«

»Gern.«

»Womit kann ich Ihnen helfen?«

»Ich bin auf eigene Faust dabei, den Mord an meiner

Schwester aufzuklären. Ich tue das vielleicht mehr für mich als für Ann oder Ray.«

Blodgett nickte und gab Weir eine Plastiktasse mit dampfendem Kaffee. »Ich bin zwar kein Freund von Ray Cruz, aber er hat mein wärmstes Mitgefühl. Ich kann verstehen, was Sie meinen.« Blodgett wartete und taxierte Weir mit seinen Blicken, sein linkes, herunterhängendes Auge sah zurückhaltend und mißtrauisch aus.

»Können wir hier miteinander sprechen?«

»Warum nicht?«

»Es besteht da ein gewisser Verdacht, daß ein Polizist der Täter sein könnte.«

Blodgett nickte. »Ich kenne Ruffs Aussage. Jeder von uns kennt sie, obwohl der Chief versucht, sie geheimzuhalten. Aber so etwas kann man nur schwer vor der ganzen Polizei verbergen.«

»Ja«, sagte Weir. »Wenn es schon bis zu mir durchgedrungen ist, bin ich sicher, daß ihr Jungs es auch wißt. Was halten Sie davon?«

Blodgett schüttelte den Kopf und lehnte sich an das Boot. »Ich glaube das schlicht und einfach nicht. Mackie hat uns schon immer Schwierigkeiten gemacht. Er ist ständig viel zu besoffen, um geradeaus schauen zu können. Um ehrlich zu sein, wir haben alle über diese ›Aussage‹ schallend gelacht.«

»Was wäre, wenn er doch recht hätte?«

Blodgett sah Knight an, der seinerseits zu Weir blickte. »Dann wäre das ein verdammt schwarzer Tag für die Polizei von Newport Beach gewesen.«

»Nicht so schwarz, wie er für Ann war.«

»Da haben Sie recht, Jim. Aber ich hoffe, daß Sie mich nicht deshalb aufgesucht haben, damit ich über meine Kollegen auspacke. Das würde ich nie tun, bei Ihnen nicht und auch nicht bei jemand anderem.« Sein schweres linkes Auge hatte einen fast fröhlichen Ausdruck.

»Vielleicht könnten wir einen Augenblick bei der Annahme bleiben, es wäre wirklich ein Polizist gewesen ...«

»Unser Gespräch war bisher nichts anderes als eine Annahme, Mr. Weir.«

»Okay. Aber nehmen wir doch einmal an, jemand aus der Polizei wurde angeheuert, um Ann zu töten. Sie wußte etwas über giftige Substanzen, die jemand in die Bucht leitet. Bei der Geschichte ist viel Geld im Spiel, und ein korrupter Polizist hat sich für den Mord bezahlen lassen. Dann hätte Mackie Ruff die Wahrheit gesagt. Und nehmen wir des weiteren an, Sie wären an meiner Stelle. Wie würden Sie diesen Polizisten dingfest machen?«

Blodgett dachte nach und starrte Jim an. Dann schüttelte er den Kopf, drehte sich um, bückte sich wieder zur Anhängerkupplung und steckte das Kabel für die Beleuchtung ein. »Zunächst müßten Sie wissen, wer wann in dieser Nacht Dienst hatte. Und zwar alleine. Es gibt doch keinerlei Hinweise auf zwei Täter, oder?«

»Richtig.«

»Dann müßten alle Polizisten, die auf Einzelstreife waren, überprüfen, ob ihre körperlichen Merkmale mit den Ergebnissen der Laboruntersuchungen übereinstimmen. Wenn Robbins etwas wirklich Stichhaltiges vom Tatort hat, was auf einen der Polizisten zutrifft, dann können Sie ihn sich schnappen.«

»Und wenn es nichts Stichhaltiges gibt?«

Blodgett, der den Anhänger jetzt vollständig angekoppelt hatte, richtete sich auf. »Dann sollten Sie als hypothetischer Ermittler erkennen, daß ihr hypothetischer Verdacht keinen Pfifferling wert ist.«

»Aber Sie müssen eines berücksichtigen: Wenn es ein Polizist war, dann hat dieser doch bestimmt am Tatort seine Spuren beseitigt. Er hätte gewußt, wie er vorgehen, wie er dort aufräumen muß.«

Blodgett lächelte und zeigte wieder seine großen, unregelmäßigen Zähne. Sein linkes Auge lag unergründlich hinter seinem schweren Lid. Er schüttelte eine Zigarette aus einem Päckchen und zündete sie an. »Niemand kann alle Beweise wegräumen.«

»Sagen wir, er hat genug übersehen, um uns die Suche nach ihm etwas zu erleichtern. So, daß aufgrund der Spuren zwei Polizisten als Täter in Frage kämen, die in der Mordnacht ohne Kollegen unterwegs waren.«

»Dann sollten Sie sich die Tonbandaufnahme des Funkverkehrs besorgen, sich die Verwarnungs- und Einsatztagebücher der Beamten ansehen und herausfinden, wer wann wo war.«

»Und wenn ich dabei entdecken würde, daß jeder der beiden zur mutmaßlichen Tatzeit etwa eine halbe Stunde nicht genau belegen kann?«

Blodgetts Gesichtsausdruck fiel zusammen. Das linke Auge schloß sich fast vollständig, aber das andere heftete einen mißtrauischen Blick auf Jims Gesicht. Die Brise pfiff durch die Wedel der Palme an der Zufahrt.

»Sie sagen da ein paar Dinge, Weir, die mir nicht besonders gefallen. Eins davon ist, daß Dennison, oder vielleicht auch Ihr Freund Raymond Cruz, dumm genug war, die Tonbandaufnahme des Funkverkehrs und die Ergebnisse der kriminaltechnischen Untersuchungen herauszugeben. Das andere ist, daß Sie nach all ihrer hypothetischen Detektivarbeit auf mich gekommen zu sein scheinen.«

»Vielleicht bin ich auch auf andere Leute außer Ihnen gekommen. Vielleicht komme ich deshalb zuerst zu Ihnen.«

»Könnten Sie mir Namen nennen?«

»Das könnte ich.«
Blodgett machte einen großen Schritt auf Jim zu. Dafür, daß er so dick war, waren seine Bewegungen erstaunlich geschmeidig. Sein zerfurchtes Gesicht sah im Schein der Arbeitslampe, so dicht vor Jims Augen, nur noch kampferprobter aus. Er war der Typ Mann, dachte Weir, der mit fünfzig viel furchteinflößender wirkt als mit zwanzig. Jim versuchte sich zu entspannen, weil er spürte, wie sein Adrenalinspiegel anstieg. Blodgetts dicker Mittelfinger tippte sanft gegen Jims Brust. »Tun Sie das nicht. Sagen Sie mir keinen Namen. Wenn Sie wirklich schon Namen haben, dann gehen Sie direkt zu Dennison oder zum Staatsanwalt oder zum Schwurgericht. Ich will es jedenfalls nicht wissen. Ich habe mit manchen von den Burschen sechzehn Jahre lang zusammengearbeitet, und niemand stellt sich vor mein Haus und zeigt mit dem Finger auf einen von ihnen. Wir halten zusammen, Weir. Wir oder die anderen. Und im Moment sind Sie einer von den anderen.« Er trat zurück. »Alles noch hypothetisch, stimmt's?«
»Das war es die ganze Zeit.«
Ein merkwürdiges Lächeln lief über Blodgetts Gesicht, es war weder fröhlich noch verzeihend. Er seufzte tief. »Ich werde Ihnen jetzt etwas sagen. Und zwar deshalb, weil ich Ihre Mutter mag und Ann mochte und weil Sie selbst auch in Ordnung zu sein scheinen. In der Nacht, in der Ann umgebracht wurde, machte ich am Coast Highway Pause, in dem Café gleich südlich der Autobahnbrücke. Es war nicht viel los, weil überall dichter Nebel war. Auch die beiden anderen Streifen, die im Norden unterwegs waren, waren dort – Sims und Lansing, Blakemore und Nolan. Um Mitternacht bemerkten wir einen Wagen, der über die Brücke nach Süden, in Richtung auf die Back Bay, fuhr. Es war ein Polizeiwagen. Ich weiß nicht, wer drin saß, aber eines ist

klar: Er war nicht in seinem Streifenbezirk, denn alle aus dem Norden saßen in dem Café – Lansing, Sims, Blake, Noley und ich. Ich konnte den Wagen wegen des Nebels nicht deutlich sehen, aber ich glaube, es war einer der unsrigen.«

»Und das war Punkt Mitternacht?«

»Ganz genau. Vielleicht war es ein Wagen von der Einsatzreserve, das wäre möglich. Oder vielleicht gehörte er auch einer anderen Gemeindepolizei aus der Gegend um Los Angeles. Jedenfalls fuhr er von der Halbinsel, wo Ann gearbeitet hatte, zur Back Bay, wo sie gestorben ist. Er fuhr nicht schnell, aber auch nicht langsam, er schwamm mit dem Verkehr mit. Das sind keine Spekulationen, Weir, das sind Tatsachen. Und es ist alles, was ich Ihnen sagen werde. Und sogar dabei habe ich ein schlechtes Gefühl.«

»Vielen Dank.« Jim stellte die Kaffeetasse auf die Ladefläche des Ford.

»Sie dürfen das nicht persönlich nehmen, aber ich möchte Sie hier nicht noch einmal sehen.«

»Ich habe gehört, daß Sie mit Mom und Annie ein paarmal in die Bucht hinausgefahren sind. Auf Giftmüllpatrouille.«

»Das stimmt.«

»Hat Ann Ihnen jemals gesagt, daß sie verfolgt wurde?«

Blodgett starrte Weir eine Weile an. »Nein. Ich kannte sie nicht besonders gut. Draußen, auf Patrouille, sprachen wir über die Gezeiten und die Fische und fragten uns, was für ein Arschloch wohl absichtlich die Bucht verschmutzte. Aber davon, daß sie verfolgt wurde, hat sie mir nie etwas erzählt.«

»Haben Sie da draußen was gefunden, aufgrund dessen jemand hätte Annie mundtot machen müssen?«

Blodgett sah Weir an und strich sich mit der Hand über die schweren Muskeln seines rechten Arms. »Das kann ich mir nicht vorstellen. Wir fanden geringe Spuren eines Lösungsmittels. Aber Ann war nicht die einzige, die das wußte. Da waren noch Virginia und ich und Dennison.«

»Mom denkt, daß Dennison diese Patrouillenfahrten unangenehm waren. Sie meint, er hatte Angst vor dem, was Sie dabei möglicherweise herausfinden könnten.«

»Meint sie auch, daß Dennison einen Polizisten beauftragt hat, Ann zu beseitigen? Und was ist mit uns anderen? Ann war doch dabei am allerwenigsten beteiligt.«

»Aber am ehesten zu treffen.«

»Das sehe ich nicht so. Sollte mich etwas vom Gegenteil überzeugen, werde ich es Sie wissen lassen.«

»Nochmals vielen Dank, Sergeant. Bis dann, Knight.«

Der Hund starrte Jim böse an.

»Viel Glück«, sagte Blodgett.

Jim tat so, als würde er wegfahren, lenkte in Wirklichkeit seinen Wagen aber in einem weiten Kreis über den oberen Teil der Halbinsel wieder zurück zu Blodgetts Haus. In der kalten Nacht schienen ihm die niedrigen Doppelhäuser sich enger aneinanderzudrängen, während die Wellen lebhaft an die Küste schlugen. Am Ende mancher Seitenstraßen konnte er die Küste sehen, eine sandige Sichel aus dunklem Schatten und fahlem Licht, die sich im schwarzen Wasser verlor. Die parkenden Autos glänzten vom Abendtau, der wie ein weißer Film auf den Windschutzscheiben lag.

Jim näherte sich Blodgetts Haus aus der entgegengesetzten Richtung und blieb fünf Häuser davon entfernt mit ausgeschalteten Scheinwerfern stehen. Er ließ sich in seinem Sitz nach unten sinken und spähte zwischen dem oberen Halbkreis des Lenkrades und dem Armaturenbrett hinüber zum Schein der Arbeitslampe und der Silhouette des Bootes.

Eineinhalb Stunden später wurde Blodgetts Auffahrt dunkel. Zwanzig Minuten danach leuchteten die roten Rücklichter des Anhängers durch den Nebel, und das Gespann setzte langsam zurück auf die Straße. Geübt nahm Blodgett mit seinem Pick-up-Truck die Kurve, und die Rücklichter des Bootsanhängers entfernten sich in Richtung auf den Ocean Boulevard. Weir startete den Motor, ließ den Wagen langsam anrollen und nahm, mit viel Nacht zwischen sich und Blodgett, ebenfalls die Kurve nach rechts.

Er hoffte, daß das große Boot Blodgetts Sicht durch die Seitenspiegel nach hinten gehörig einschränkte. Blodgett nahm den Pacific Coast Highway, überquerte die obere Bucht auf der Superior-Brücke und fuhr in das Industriegebiet an der Grenze von Newport nach Costa Mesa. Weir ließ ein paar Wagen zwischen sich und Blodgett. Dem Motorboot hinterherzufahren war so einfach, als würde man einem weißen Elefanten folgen. Sie fuhren vorbei an Autozubehör- und Elekronikgeschäften, an Lackierwerkstätten, Fabrikhallen und Bootswerften – Maschendraht, Gebäude aus Fertigteilen, Lastwagen, Scheinwerfer, Wachhunde glitten am Fenster des Wagens vorbei.

Schließlich bog Blodgett links in die Placentia Road ab, dann abermals nach links in die Halyard Street. Jim überholte und sah gleich darauf im Rückspiegel, wie Blodgett und sein Boot hinter einem Tor aus Maschendraht verschwanden, das zusätzlich noch durch drei Lagen Stacheldraht gesichert war. Zwei Männer schlossen das Tor und tauchten wieder in der Dunkelheit des Grundstücks unter. Weir parkte ein wenig vom Eingang entfernt auf der gegenüberliegenden Straßenseite.

Das gesamte Areal war von Maschen- und Stacheldraht umzäunt. Hinter dem Zaun lag ein niedriges, ebenerdiges Gebäude mit kleinen Fenstern, daneben befanden sich zwei neu aussehende »Büros« aus Fertigteilen und ein großer

Parkplatz, auf dem im Licht heller Strahler Pumpenwagen, Generatoren, Bohrgerät, kleine Planierraupen, mobile Pumpen und ein paar Pick-up-Trucks standen. Auf einem einfachen weißen Schild an dem ebenerdigen Gebäude war in schwarzen Buchstaben geschrieben: CHEVERTON-KANALBAU – SEIT 1968. Vor einem der Büros parkte ein neuer Chevrolet Corvette. Weir verlor Blodgetts Boot aus den Augen, als es an dem schweren Gerät auf dem Parkplatz vorbeifuhr und der Nebel sich hinter ihm schloß.

Jim wartete zehn Minuten, dann zwanzig, dann dreißig. Er drehte das Radio an und hörte Musik. Fünf Minuten später öffneten zwei Männer wieder das Tor, und Blodgetts Gespann fuhr heraus. Könnte sein, daß der Anhänger jetzt ein wenig schwerer in den Federn liegt, dachte Jim, aber er war sich nicht ganz sicher. Auf dem Deck zeichneten sich die Formen großer Gegenstände unter einer Plane aus blauem Segeltuch ab. Als Blodgett in einer schwerfälligen Linkskurve zurück auf die Placentia Road fuhr, startete Jim seinen Wagen und folgte ihm.

Sie verließen das Industriegebiet, folgten dem Newport Boulevard nach Westen und fuhren über die Autobahnbrücke, bis sie sich in südlicher Richtung auf dem Coast Highway befanden. Es war dieselbe Brücke, die Blodgetts Phantompolizeiwagen überquert hatte, dachte Weir, dieselbe, die Ann und ihr Mörder in jener Nacht genommen haben mußten. Der Nebel verschmierte die Lichter der Raststätten; eine Ampel vor ihm blinkte in verwaschenem Gelb. Vor Jim fuhren vier Wagen, dann kam Blodgetts Gespann. Dieser hatte wohl alle Hände voll zu tun, seine schwankende Fuhre durch den Nebel zu kutschieren, dachte Jim. Sie fuhren immer weiter nach Süden, in Richtung auf die Back Bay.

An Jachtgeschäften, Cafés und Klubs vorbei ging es auf die

Bay Bridge. Zu seiner Rechten sah Jim die Lichter der Häuser auf dem Wasser glitzern und zu seiner Linken die Bucht, die hier nach Osten immer breiter und tiefer wird, bis sich der Salzgehalt des Wassers verdoppelt und das Meer ins Watt übergeht, wo das Brackwasser nur noch wenigen Gräsern Nahrung bietet. Meeräschen und Welse durchstreifen dieses flache Gewässer bis zu einem schwachen Abfluß an seinem östlichsten Ende, wo die Bucht dann schließlich so flach wird, daß sie unter den geduldigen Strahlen der Sonne vertrocknet.

An der Jamboree Road bog Blodgetts Boot nach links ab und abermals am Back Bay Drive, der am Seebad und Golfplatz von Newport Beach vorbeiführt. Mit ausgeschalteten Scheinwerfern folgte Jim noch zweihundert Meter den dunklen Meeresarm entlang Blodgetts Gespann nach Osten, bis es nach links zog und stehenblieb. Blodgett stieg aus, sperrte ein Tor in einem Maschendrahtzaun auf, kletterte dann wieder in seinen Wagen und fuhr in eine weite, kreisförmige Zufahrt, an deren Ende sich ein Pier befand.

Weir fuhr von der Straße ab und einen kleinen Hügel hinauf, wo er parkte. Er sah, wie Blodgetts Boot im Nebel verschwand. Dann hörte er, wie Autotüren geöffnet und geschlossen wurden, und die Brise blies ihm Gesprächsfetzen zu. Hatte Blodgett bei der Cheverton-Kanalbaugesellschaft einen Fischerfreund zu einer nächtlichen Angelpartie vor der Zwölfmeilenbank abgeholt?

Weir stieg aus, schloß leise die Wagentür und ging zu der Reihe von wilden Oleanderbüschen, die den Zugang zum Pier von der Straße abgrenzten. Er kauerte sich zwischen den Blättern auf den Boden. Der Nebel riß auf, und so konnte Jim sehen, wie Blodgett mit seinem Pick-up-Truck die DUTY FREE rückwärts zum Wasser bugsierte. Sein Hund Knight und ein kleiner Mann in Flanellhemd und Baseballmütze waren bereits an Bord. Einen Augenblick später schwamm das Boot im Wasser und entfernte sich mit eigener Kraft rückwärts in die Bucht. Blodgett sperrte den Pickup-Truck ab und lief den Pier hinaus bis zu seinem Ende. Das Boot glitt heran, nahm ihn auf und stach mit laut aufheulendem Motor in See. Sekunden später war es im Nebel verschwunden, und Weir hörte nur noch das sich entfernende Brummen eines überbeanspruchten, schlecht gewarteten Bootsmotors.

Jim rutschte die sandige Böschung hinunter in Richtung auf Blodgetts Wagen und kletterte über den Zaun. Blodgett war der Typ, dachte er, der überall eine Alarmanlage installiert hatte. Jim spähte durch die von Knights Schnauze verschmierte Scheibe des Beifahrerfensters. Auf dem Armaturenbrett stand eine leere Kaffeetasse, auf dem Beifahrersitz lagen ein paar Compact Discs, und unter dem CD-Spieler war ein Funkgerät für den Empfang des Polizeifunks angebracht.

Eine Zeitlang stand Jim auf dem Pier und schaute hinaus in den Nebel. Irgendwo hinter diesen milchigen Schwaden mußte sich das gegenüberliegende Ufer der Bucht befinden. Eine halbe Meile war es von hier hinüber bis zu der Stelle, wo Anns Leiche ins Meer geworfen wurde, dachte er. Das Wasser plätscherte gegen die Pfähle des Piers, und über ihm zischte ein tieffliegender Seevogel unsichtbar durch die Luft.

Vierzig Minuten später, um dreiundzwanzig Uhr fünfundfünzig, kam die DUTY FREE zurück. Der Motor gab furchtbare klappernde Geräusche von sich, und aus seinem Auspuff quoll eine schwarze Rauchfahne, die sich schnell mit dem Nebel vermischte. Langsam schob sich das Boot an die Anlegestelle. Dann geschah dasselbe wie vorher, nur in umgekehrter Reihenfolge: Blodgett stieg am Ende des Piers aus, und Baseballmütze und Knight fuhren das Boot heran. Blodgett dirigierte es, knietief im Wasser stehend, auf den Anhänger hinauf. Fünf Minuten später saßen alle drei wieder im Wagen und zogen die DUTY FREE auf ihrem Anhänger aus dem Wasser. Die Gegenstände unter der Persenning waren immer noch auf dem Vordeck des Boots.

Jim sah, wie das Wasser von den Rücklichtern des Anhängers tropfte, als Blodgett die kreisförmige Zufahrt entlangfuhr, die ihn zurück zum Tor und wieder hinaus auf die Straße brachte. Weir ließ seinen Wagen den Hügel hinunterrollen, legte den zweiten Gang ein, ließ die Kupplung kommen und holperte weit vor dem Gespann die Straße entlang.

Beim Golfplatz bog er auf eine kleine Nebenstraße ab und wartete. Nach zwei Minuten fuhr Blodgett vorbei, schneller als auf der Hinfahrt, wobei das Boot auf seinem Anhänger heftig hin und her schwankte. Ein merkwürdiger Sportfischer ist das, dachte Weir, ohne Angelrute, Leinen, ohne Kescher und Fischhaken. Zwei Fischer und kein einziger Fisch. Und eine Bootsfahrt, die zwei Stunden Vorbereitung gebraucht hatte, war in vierzig Minuten schon wieder vorüber gewesen. Wenn die aber nicht hinter Fischen hergewesen waren, hinter was dann?

Nachdenklich sah er zu, wie Blodgetts Gespann in Richtung auf die Jamboree Road an der Bucht entlangfuhr und wieder im Nebel verschwand.

# KAPITEL 12

Während Jim die roten Rücklichter im Nebel verschwinden sah, saß Joseph Goins in seinem winzigen Motelzimmer mit Kochnische und hörte den grauenhaften Rock and Roll, der durch die Wand vom Nebenzimmer dröhnte. Er wappnete sich innerlich gegen den Lärm, ging zu dem kleinen Herd, aus dem immer etwas Gas austrat, und holte das Tagebuch aus der Bratröhre. Jetzt war es nach Mitternacht, Zeit für Ann. Er schaute auf ihre Gesichter, die überall an den Wänden des Zimmers prangten. Mit einer Mischung aus großem Schmerz und großer Freude begann er zu lesen, am Anfang, wo er es immer tat.

## 24. März

Was letzte Nacht geschah, verändert alles, und deshalb *muß* ich es einfach aufschreiben. Vielleicht tue ich das, weil ich diese Dinge niemandem erzählen kann und auf diese Weise wenigstens mir selbst erzähle. Mein kleiner Liebling, Du wirst das niemals lesen, aber trotzdem schreibe ich es für Dich.

Jetzt, wo ich weiß, daß Du in mir bist und daß Du eines Tages bei mir sein wirst, hat sich alles verändert.

Es begann – begann erneut, sollte ich vielleicht besser sagen – bei einer Party auf der LADY OF THE BAY, dieser riesigen, eleganten Motorjacht. Es war am zehnten Januar. Die Party war eine Veranstaltung zum Aufbessern der Wahlkampfkasse für Brian Dennison, der Bürgermeister von Newport werden wollte. Ich habe den Job angenommen, um einmal aus dem *Whale's Tale* herauszukommen – das hättest Du auch getan, glaube mir. Zehn Jahre in diesem Schuppen sind genug. Außerdem wußte ich, daß es gute Trinkgelder geben und eine schöne Nacht werden würde, vorausgesetzt, der Sturm käme nicht zu früh. Aber das tat er. Es war fürchterlich kalt, und die Papierlaternen, die über dem Deck hingen, schwankten im Wind wie wild hin und her. Ich spürte, wie dieser Wind mir unter meinen kurzen Rock direkt an den Schritt meines Höschens blies.

Ich bin jetzt neununddreißig Jahre alt. Neununddreißig Jahre, verheiratet und kinderlos, aber meine Beine können sich immer noch sehen lassen – und das ist schon in etwa alles, was ich bisher in meinem Leben erreicht habe. Dieses Jahrhundert geht langsam zu Ende, und ich habe begriffen, daß mehr von meinem Leben hinter mir als vor mir liegt. Mein Liebling, wenn Du in meinem Alter jemals solche Gedanken haben solltest, dann hoffe ich, daß auch Du erkennst, wieviel von einem Augenblick auf den anderen geschehen, wieviel noch vor Dir liegen kann!

Ja, dachte Joseph Goins, deine Beine konnten sich wirklich sehen lassen, aber du hast viel mehr erreicht, als du hier geschrieben hast, meine liebe Ann. Mehr, als du jemals wissen kannst.

Ich kam erst spät, kurz bevor die LADY OF THE BAY in See stach, an den Anlegesteg, denn ich hatte noch eine Menge Wäsche zu waschen gehabt, damit Ray am nächsten Morgen etwas zum Anziehen für seinen Jurakurs hatte. Das Schiff war voll. Die ganzen hohen Tiere waren da, denn sie waren es ja, die wollten, daß Brian Bürgermeister wurde. Und Brian wiederum wollte gerne zu den hohen Tieren gehören. Er trug einen dunkelblauen Anzug, der ihn mindestens einen Riesen gekostet haben mußte, aber der Kragen stand ab, weil seine Brust zu breit war, und sein Hemd sah aus, als würde der Kragen ihn strangulieren. Seine Augenbrauen hüpften wie Feldmäuse in seinem Gesicht herum. An Bord waren so berühmte Leute wie Cox, der Kongreßabge-

ordnete, der kürzlich in Osteuropa war. Auch Eleanor, die scheidende Bürgermeisterin, die gegen ihre schrecklichen Krampfadern Gummistrümpfe tragen muß, humpelte auf dem Schiff herum. Die arme Frau. Und auch die anderen hohen Tiere waren mit von der Partie: Bren von der Irvine Company, James Roosevelt, die Ketchup-Leute – die Heinzes –, bei denen der Dalai-Lama gewohnt hatte, als er seinen Nobelpreis bekam, Argyros, der eine Fluglinie besitzt, die Segerstroms, die Tappans, Kathryn Thompson, ja sogar Pilar Wayne und Buddy Ebsen. Dieser Watergate-Typ war da – John Dean – und auch Mr. Blackwell, der sich sein Gesicht wieder mal hatte liften lassen, dann Buzz und Lois Aldrin und, ich konnte es kaum glauben, Charlton Heston. Was interessierte es Moses, wer Bürgermeister von Newport Beach wurde? Wenn Du einmal so alt bist wie ich jetzt, mein Liebling, werden alle diese Leute längst unter der Erde liegen, aber Du solltest wissen, daß sie damals die Geschikke unserer kleinen Stadt maßgeblich beeinflußt haben. Sie waren die Leute, die die Dinge veränderten, zum Guten wie zum Schlechten. Ich wünschte, Du wüßtest das alles. Ich weiß, daß Du es niemals erfahren wirst.
Ich bediente also diese Leute, lief mit einem Silbertablett voller Appetithäppchen für die Mäuler der hohen Tiere herum. Ich habe nichts gegen sie. Der Unterschied zwischen den Mächtigen und uns anderen ist, daß wir für sie arbeiten, während sie ihr Geld in Macht ummünzen. Raymond würde da sicher widersprechen, er meint, daß auch der reichste Mann sich dem Gesetz beugen muß, daß also das Gesetz die wahre Macht ist und Geld den Leuten bloß ein falsches Gefühl der Sicherheit gibt.
Ich unterhielt mich eine Weile mit Buddy Ebsen – er ist wirklich ein netter alter Kerl. Ich stelle mir vor, daß Du ihn vielleicht einmal in seinen alten Filmen sehen wirst, wenn das Fernsehen sie wiederholt. Dann entschloß ich mich, hinaufzugehen und

auf dem offenen Deck in Erfüllung meines Jobs den Elementen zu trotzen. Dort oben stand nur eine kleine Gruppe von Leuten, es war sehr kalt und windig, aber die Sterne sahen aus, als wären sie nur ein paar Meter entfernt, die Lichter der Häuser glitzerten wie Edelsteine, und die übriggebliebenen Christbaumlichter blinkten rot und grün im Wind. Die Takelage klingelte an den Masten der Schiffe; wenn der Wind durch den Hafen bläst, klingt es wie Musik. Ist das jetzt, zu Deiner Zeit, auch noch so, mein Liebling?

Ich ging mit meinem Tablett hinüber zu der Gruppe an der Reling. Es waren vier Männer. Links stand Harley Wright, der Kreisverwaltungsbeamte, der, wie üblich, eine Zigarre rauchte. Neben ihm war Brian Dennison. Dann kam Francis Messenger, der Ölmillionär, und neben ihm ein Mann, den ich seit fünfundzwanzig Jahren kenne, David Cantrell. Seit er vor fünf Jahren nach Newport zurückgekehrt war, hatte ich ihn nicht mehr gesehen. Natürlich wußte ich, daß ich ihm früher oder später über den Weg laufen mußte, aber ehrlich, ich hatte keine Ahnung, wie ich mich dabei fühlen oder was ich zu ihm sagen würde. Deshalb war ich so nervös, als ich ihn in dieser Gruppe entdeckte.

Als Harley mich sah, sagte er: »Was für ein Anblick in dieser kalten Winternacht!«

»Ann ist in jeder Nacht ein schöner Anblick«, ergänzte Francis und nahm eine Garnele von meinem Tablett.

»Wenn Sie auch nur ein Fünkchen Vernunft hätten, meine Herren, dann wären Sie jetzt unter Deck«, sagte ich.

Dennison fragte mich, ob ich denn im *Whale* aufgehört hätte, und ich antwortete, daß dies hier nur ein Zusatzjob sei, um mal was anderes zu tun.

David sah mich sehr freundlich an und sagte: »Hallo, Ann.«

Ich sagte: »Hallo, Mr. Cantrell.« Wie komisch das klang, *Mr. Cantrell* . Er sah blaß und müde aus, aber er hatte auch etwas von einer gespannten Feder an sich, als könne er jeden Moment losspringen.

Dennison fragte mich, ob Becky Flynn mich geschickt habe, um seine Wahlkampfveranstaltungen auszuspionieren. Es sollte ein Scherz sein, aber Dennison meint es immer ein bißchen ernst, und er ist furchtbar mißtrauisch – ein echter Polizist eben.

»Das Wissen darüber, was für Häppchen Sie hier verzehren, wird wohl kaum den Wahlausgang beeinflussen«, erwiderte ich. Dennison war wirklich ein eitler Fatzke.

»Becky ist eine verdammt starke Gegenspielerin«, meinte er mit auf und ab tanzenden Augenbrauen.

Ich sagte: »Und sie ist meine Freundin.«

Kreisverwaltungsleiter Wright blies den Rauch seiner Zigarre von sich. Es schien so, als zöge ihn der Wind ihm aus dem Mund. Er war ein mächtiger Mann, der mit der Macht lässig umging. Zu lässig, wenn man Leuten wie meiner Mutter glaubt. »Nun«, sagte er, »wenn Becky gewinnt, dann müßten Sie eigentlich ihre PR-Managerin werden. Das könnten Sie bestimmt ausgezeichnet, Ann.«

»Zwei Jobs sind genug für mich«, entgegnete ich. Ich schaute sie alle der Reihe nach an, aber ich konnte kaum warten, bis ich zu *Mr. Cantrell* kam. Er ist eines der ganz wenigen großen Tiere, die wirklich aus unserer Mitte kommen, alle anderen sind nur so etwas wie Touristen, die hängengeblieben sind. Von all den Jungs, die ich seit meiner High-School-Zeit kenne, hat er sich äußerlich am wenigsten verändert, obwohl ihm das halbe County gehört und er drei Milliarden Dollar wert ist, weit mehr als Donald Trump, wenn man den Zeitungen glauben kann. Wenn Du einmal erwachsen bist, mein Liebling, dann wird die Welt vermutlich Donald Trump und David Cantrell längst vergessen haben. Aber jetzt sind sie einander sehr ähnlich, jeder an einer anderen Küste der USA. Trump gefällt es, reich und berühmt zu sein, Cantrell wiederum gibt sich gern reich und geheimnisvoll.

Und da war er, stand vor mir und sah mich mit einem undurchdringlichen Gesichtsausdruck an.
Ich lächelte jeden von den vieren an, bot ihnen noch einmal von meinem Tablett an und lehnte mich auf meinem Weg zurück zum Niedergang gegen den Wind. Drinnen fühlte ich mich so aufgewühlt wie der Ozean, der uns umgab.
Fünf Minuten später, als ich die Frauen der hohen Tiere bediente, bekam ich dieses bestimmte Gefühl. Das bestimmte Gefühl hat man dann, wenn man etwas weiß, wozu es eigentlich keinerlei Veranlassung gibt. Aber man weiß es trotzdem. Ich habe das von meinem Vater Poon gelernt. Ein Fotograf zog mich am Ärmel aus dem Bild – wie lieben die Frauen der hohen Tiere es doch, wenn sie fotografiert werden – und ich bewegte mich immer weiter weg von ihnen, an Mr. Blackwell vorbei, der gerade Dori De Weiss tröstete, die dasselbe (schöne) Kleid wie Flo Baldwin trug. Oh, was für ein Gelächter *das* gab. Ich ging bis zum Niedergang und stieg wieder nach oben. Natürlich hatte sich die Gruppe in der Zwischenzeit längst aufgelöst, aber ... nun, was soll ich sagen? Ich wußte, daß er da war. Er war kaum zu sehen im Schatten der Brücke, da waren nur der Klecks eines weißen Hemdes mit den zwei Dreiecken einer Fliege vor einem schwarzen Smoking und ein Schopf dunklen Haares, das der Wind nach oben blies. Er fragte mich, wie es mir ginge, und ich sagte, es ginge mir, soweit ich es wüßte, gut.
Einen Augenblick lang schwiegen wir, während die Lampions schaukelten und von unten Gelächter und Musik heraufdrangen. Der Wind ließ einen fast erfrieren. David starrte mich in einem fort aus der Dunkelheit an. Schließlich sagte er: »Ich habe mich gefragt, wann ich dich sehen würde. Jetzt bin ich schon seit fünf Jahren wieder in Newport, aber ich war noch nicht einmal im *Whale's Tale.*«
Ich fragte ihn, wo er denn gewesen sei, obwohl ich es längst wußte. Es ist erniedrigend, jemandem zu erzählen, man habe

sein Leben in den Zeitungen und Magazinen verfolgt, besonders wenn man mit diesem jemand ... nun, darauf komme ich noch, mein Liebling.

Er antwortete, er sei in Montana gewesen, wo er eine Ranch besäße.

Ich sagte, soviel ich gehört hätte, besäße er dort den halben Staat.

»Die Leute sagen auch, mir gehöre halb Orange County, aber das kommt der Wahrheit nicht mal nahe.«

»Ich finde es schön, daß du wieder zurück bist«, sagte ich. Nach allem, was wir miteinander durchgemacht hatten, fühlte ich, als ich so dastand und ihn ansah, wie gut es tat, ihn wiederzusehen. David Cantrell hat ein unglückliches Gesicht, obwohl er schnell mit dem Lächeln, das dann in den Zeitungen so jungenhaft wirkt, aufwarten kann. Er hat schon etwas von dem verbitterten alten Mann, der er einmal werden wird. Das hatte er sogar schon damals, als er noch studierte. Ich glaube nicht, daß ihn die dunkle Seite der menschlichen Natur jemals überrascht hat – vielleicht ist er deshalb so weit gekommen.

Er sagte mir, daß ich wundervoll aussähe.

Ich erwiderte, er sähe selbst auch nicht schlecht aus. »Aber du bist blaß. Kommt ihr hohen Tiere denn niemals raus?«

»Leider nicht oft genug«, meinte er entschuldigend.

Ich habe mich oft gefragt, warum dieselben Männer, die ihre Gegenspieler wegen der lächerlichsten Sachen fast umbringen konnten, wie die begossenen Pudel herumstanden, wenn eine Frau sie ein bißchen aufzog.

Was er mir als nächstes sagte, traf mich hart, viel härter als all die plötzlichen Windböen.

Er sagte, daß er immer noch an mich denke. Er sagte es, als wäre er selber überrascht, als ob er an mich dachte, obwohl er es gar nicht wollte. Weißt Du, was ich glaube? Ich glaube, daß Frauen die Männer, die Männer aber sich selbst betrügen.

»Nun, ich habe auch an dich gedacht«, sagte ich. Wie kann man auch von einem Mann schwanger gewesen sein, verdammt noch mal, und nicht an ihn denken? Ich dachte viel an ihn, aber so, wie man an jemanden denkt, der für immer fort ist und nie wiederkommt, so wie an meinen Vater vielleicht oder an meinen ersten Hund.

David sagte, es sei schön gewesen, als er meinen Brief bekam.

»Wann war das?« fragte ich ihn. »Vor acht Jahren?«

Wir hatten die Strudel an der Hafenausfahrt jetzt hinter uns gelassen und schwankten gleichmäßig auf dem wilden Meer. Ich dachte an die TITANIC.

»Neun«, sagte David und fragte mich dann, ob ich noch immer den Kindergarten hätte.

Ich sagte ja und fragte, ob er uns wohl bald ein Kind schicken wolle. Ich gebe zu, daß ich seine Antwort schon vorher wußte. Er erklärte, daß seine Frau Christine keine Kinder bekommen könne. »Und ich will keine adoptieren«, sagte er, fast in demselben Ton, den auch Raymond anschlug, wenn er seine Meinung über Adoption kundtat.

Ich erklärte ihm, daß mir das leid täte.

»Und wie ist das mit dir?«

David wußte von meiner Reise nach New York in jenem Sommer vor vielen Jahren, denn er war ja der Grund dafür gewesen. Aber ich hatte ihm nie in Einzelheiten erzählt, was wirklich dort geschehen war, die schreckliche Blutung und die Infektion, die ihr gefolgt war. Und dazwischen war ich irgendwie unfruchtbar geworden.

Ich sagte, New York hätte das für mich erledigt.

»Mein Gott, Ann«, sagte er, »ich hatte ja keine Ahnung.«

»Das ist alles vorbei und vergessen. Man muß sich auf das konzentrieren, was einem übrigbleibt, das ist alles. Ich war nie eine, die der Vergangenheit nachtrauert.«

Haha.

Er nickte. Nichts macht einen Mann stärker als eine starke Frau, irgendwie liegt es in ihrer Natur, daß sie immer besser sein wollen als wir. Aber ich konnte sehen, daß er erschüttert war, und seine nächsten Fragen klangen doch etwas durcheinander – bist du gesund ... bist du glücklich ... lebst du ein schönes Leben ...?

Ich sagte ihm, daß mein Leben großartig sei und daß ich es gegen nichts auf der Welt eintauschen würde.

Ich weiß noch immer nicht, warum ich log.

Aber ich weiß es, dachte Joseph Goins. Er starrte lange auf ein Astloch in der Kiefernholztäfelung seiner Küche. Er konnte den leichten Gasgeruch aus dem Ofen riechen. Der Rock and Roll drüben war vorbei, und die Geräusche der Autos auf dem Boulevard drangen herein und füllten die so entstandene Stille. Immer, wenn er Anns Tagebuch las, fiel ihm auf, daß Frauen sich für sehr gescheit hielten und glaubten, sie seien so ... beherrscht. Sie glauben an das Gute in der Welt und plappern glücklich über dies und das, so lange, bis eines Tages die Zeit für sie abläuft. Deshalb lieben wir sie auch so sehr, dachte Joseph, weil sie auch angesichts der dunklen Strömungen nicht aufgeben, sogar dann nicht, wenn ihnen das Wasser bis an den schönen, glatten Hals reicht. Schau doch, was in der Klinik mit Cricket passiert ist, diesem nervösen, schönen, pausbäckigen Mädchen, das als Pflegerin auf den vierten Stock kam – den berüchtigten vierten Stock – und uns alle für eine kurze Zeit bezauberte. Was für einen Mund sie hatte, was für ein Lächeln – ich konnte das Leuchten sehen, das um sie war, wenn sie vorbeiging, an den Gitterstäben und dem doppelscheibigen, extrastarken Sicherheitsglas mit Stahlnetzeinlage. Ich genoß ihren Anblick durch den Schleier der Medikamente, der immer vor meinen Augen hing wie ein Vorhang vor einem Fenster. Sie hielt es gerade eine Woche aus, bis Papini in ihrem Büro über sie herfiel. Papini war ein Langzeitpatient, der von seinen Medikamenten ständig benebelt war, aber irgendwie schaffte er es, für ein paar Momente mit ihr diesen Nebel zu durchdringen. Sie lief fort, gab auf. Aber die paar Tage lang hatte sie so eine Zuversicht ausgestrahlt, war sie so voller Anmut gewesen. Und sie war überzeugt, *daß die Nervenheilanstalt von Lima, Ohio, ein besserer Ort war, weil sie glaubte, daß sie ein besserer Ort sei.* Schau, Cricket, was geschah, als deine Welt mit der von Papini kollidierte. Und schau, was mit dir geschehen ist, süße Ann, als dein Lebensweg dich in die Back Bay führte.

Du hast Cantrell angelogen, dachte Joseph Goins, damit du deine Hoffnung bewahren konntest.

Dieser Gedanke war zuviel für ihn. Er wandte sich wieder dem Tagebuch zu.

»Und wie steht es mit deinem Leben?« fragte ich ihn.

»Genauso«, sagte er, auch er würde es gegen nichts eintauschen. Er lächelte dabei. David hat es schon immer gemerkt, wenn ich log, aber er war großzügig und spielte mit. »Ich glaube, wir schuften wie die Sklaven, bloß um nicht zugeben zu müssen, daß wir welche sind.«

Ich sagte amen dazu.

Er fragte nach Ray.

»Es geht ihm gut. Er ist ein wunderbarer Ehemann.« Es klang fürchterlich, ganz anders, als ich es gewollt hatte.

David sagte, Brian Dennison halte große Stücke auf Ray.

»Er ist mit fünfunddreißig schon Lieutenant geworden«, ergänzte ich stolz.

Der himmelweite Unterschied zwischen Raymond, der so jung Lieutenant geworden war, und David Cantrell, dem das halbe Universum gehörte, hatte mir nie viel bedeutet. Das tut er immer noch nicht. Aber irgendwie türmte sich die bloße Größe dieses Unterschieds einen Moment lang vor uns auf. Es war einfach das Eingeständnis, daß die beiden – und wir beide auch – in zwei verschiedene Welten gehörten. Ich habe nie verstehen können, wie es David schaffte, so bescheiden und gleichzeitig so ehrgeizig zu sein. Vielleicht schlummerte unter seiner scheinbaren Gutmütigkeit eine gewisse Arroganz, aber in dieser Nacht sah ich sie nicht und habe sie auch seither nicht entdecken können. Auf dem College war er sogar richtiggehend schüchtern gewesen, auch mir gegenüber, und ich war damals erst in der vierten Klasse der High-School. Trotzdem glaube ich, daß es im Leben Grenzen gibt, die man verteidigen muß, also verteidigte ich die meinen.

»Sei nicht so bescheiden«, sagte ich. »So groß bist du nicht.« Ich habe diesen Ausspruch, glaube ich, von Indira Ghandi. Es ist einer meiner Lieblingsaussprüche.

Er lachte und meinte, es sei schön gewesen, mich wiederzusehen.

Ich sagte ebenfalls, es sei schön gewesen, ihn zu sehen.

Er drehte sich um und ging mit einem Nicken an mir vorbei, mit dem er vielleicht sonst den Hausmeister in der Eingangshalle des PacifiCo-Gebäudes bedenkt. Dieses Nicken war eine Beleidigung. Was ich ihm daraufhin entgegenschleuderte, war als Abfuhr gedacht, als eine von diesen schlagfertigen Bemerkungen, die dem anderen zeigen, wie wenig er einem wirklich bedeutet. Aber kaum hatte ich es gesagt, da erkannte ich, daß es in Wirklichkeit viel mehr war als eine simple Abfuhr. Und heute kann ich sagen, mein Liebling, daß diese Bemerkung eigentlich der Anfang Deiner Existenz war.

»Nun, dann schreib mir halt mal wieder«, sagte ich.

Er blieb stehen und schaute mich mit einer Miene an, die ich nur als geschmeichelte Überraschung bezeichnen kann. Und dann wurde mir bewußt, daß er meine Bemerkung wörtlich genommen hatte, und plötzlich schien das gar keine so abwegige Idee mehr zu sein. Es klang eher wie eine wunderbare Sache. Es klang, als würde man an einem heißen, erdrückenden Tag ein kleines Fenster öffnen und Luft zum Atmen in den Raum lassen.

»Das würde ich sehr gerne«, erwiderte er.

»Postfach zwei-zwei-eins-zwei in Newport«, sagte ich mit klopfendem Herzen. »Es ist nicht nötig, schlafende Hunde zu wekken.«

Er sah abermals überrascht aus und tat so, als sei er über meine Geheimniskrämerei erstaunt, aber ich wußte genau, daß er nicht so war.

»Schick meine Briefe an Dave Smith bei der Cheverton-Kanalbaugesellschaft in Newport. Auch ich habe meine schlafenden Hunde. Sie tragen Nadelstreifenanzüge.«

Ich lachte, und er lachte mit. Ich hätte tausend Dinge sagen können, wie komisch es sei, ›geheime‹ Briefe an dunkle Kanäle bei einer Kanalbaugesellschaft zu schicken, aber diesmal hielt ich meinen Mund. In meinem Kopf drehten sich die Gedanken wie die Lampions an ihren Schnüren im Wind. Mein Gott, dachte ich, was passiert, wenn Ray dahinterkommt? Was, wenn Mom dahinterkommt? Als ob Dave Cantrell uns nicht schon genug angetan hätte.

Ich sah ihn noch ein paarmal an diesem Abend, immer zusammen mit Christine, die eine attraktive Frau ist, wenn auch ein wenig unsicher. Unsere Blicke prallten voneinander ab wie Billardbälle. Die hohen Tiere überredeten Buddy zu einer Tanzdarbietung, irgend jemand saß schon am Klavier und klimperte eine bekannte Melodie. Und da war er, Jed Clampett, über achtzig Jahre alt, geschmeidig und elegant, und sein großer, schlaksiger Schatten huschte über die Teakdecke, während das Schiff stampfte und die Laternen schwankten und ich dachte: Buddy, du bist wunderbar! Am anderen Ende der Kabine, hinter

Abendkleidern und Smokings, jenseits von Buddy und seinem hingebungsvoll tanzenden Schatten, bemerkte ich, wie David zu mir herübersah.
Dennison gelang es an diesem Abend, den Leuten 85 000 Dollar an Wahlkampfspenden aus der Nase zu ziehen, und unter den hohen Tieren ging das Gerücht um, daß das meiste von dem Geld an das *Nein-zum-Vorschlag-A-Komitee* gehen würde, dessen Vorsitzender natürlich auch Brian war.
WACHSTUM IST WOHLSTAND war auch ihr Motto, denn die meisten der hohen Tiere waren auf irgendeine Weise Geschäftsleute, und Geschäftsleuten gefällt es immer, wenn es neue Leute gibt, denen sie ihre Sachen verkaufen können.
Ich bekam dreihundert Dollar Trinkgeld.
Darüber hinaus war mir die Erkenntnis gekommen, daß sich mein Leben bald verändern würde. Eigentlich hatte es das ja schon.
Ich habe, seit ich zehn war, kein Tagebuch mehr geführt, aber ich spüre, daß ich das jetzt niederschreiben muß. Zuviel Verwirrung. Zuviel Betrug. Zuviel Verrat. Kann man aus guten Gründen Schlechtes tun? Ich wünschte, ich hätte jemanden, mit dem ich reden könnte. So kann ich mit Dir reden, mein Liebling, so warm und geborgen in meinem Bauch.

Goins merkte die Stelle in dem Tagebuch mit der Postkarte von *Poon's Balboa* ein. Es wird Zeit, Mom und Dad wieder mal zu schreiben, dachte er. Auf irgendeine unbegreifliche Weise vermißte er sie.
Als er aufstand, war ihm ein wenig schwindlig, so überwältigt hatten ihn seine Gedanken. In seinem Leben hatte es einmal eine Zeit gegeben, in der er tiefe Gefühle empfunden hatte. Manchmal war es so schwer zu unterscheiden, ob es seine eigenen oder die eines anderen gewesen waren. Goins hatte einmal ein Interview mit einem bekannten Song-

schreiber gelesen, der gesagt hatte, daß gute Songs bereits in der Luft lagen und daß er sie nur hörte und aufschrieb. Joseph wußte genau, was er damit gemeint hatte. Aber jetzt, nach der Klinik und dem Bild, das sie von seinem kranken Gehirn gemacht hatten, und all den Medikamenten, die sie ihm gaben, konnte er nicht mehr so tief empfinden. Statt dessen waren die Gefühle – das, *was er fühlte* – jetzt immer trübe, als ob sie wie ein Nebel um ihn herumschwebten. Wenn er sich auf sie konzentrierte, verschmolzen sie schließlich ineinander, und niemals – jedenfalls bis jetzt noch nicht – waren sie so schrecklich geworden, wie sie früher einmal gewesen waren.

Was er jetzt hauptsächlich empfand, war Verwirrung. Er war wegen Ann aus Ohio weggegangen, und jetzt war alles vorbei. Nichts hatte so geklappt, wie er es geplant hatte, obwohl er manchmal lichte Momente und Zeiten hatte, in denen er ganz einfach grundlos glücklich war. Er schaute die Bilder von Ann in seiner vollgestopften, winzigen Kochnische an und spürte, wie ihre trügerische Lebendigkeit eine fast ebenso starke Anziehung auf ihn hatte, wie Ann sie gehabt hatte, als er diese Bilder aufgenommen hatte. Er wünschte sich so sehr, in der Zeit zurückreisen zu können bis zu einem der Momente, in denen er ihr Bild mit der Kamera eingefangen hatte. Irgendwie glaubte er, daß er dann Ann – und sich selbst – in ein sichereres, besseres Fahrwasser würde steuern können.

Der elektronische Timer auf Josephs Pillendose piepste. Er ging zur Arbeitsplatte der Kochnische, die sich genau einen Schritt von dem kleinen Tisch befand, und schaute auf die Tablettenröhrchen, die dort standen. Er wußte, daß in ihnen die Kräfte waren, die ihn in seinem gegenwärtigen Zustand hielten. Ohne sie kämen wieder die Gefühle, die Triebe, die dunklen und unwiderstehlichen Zwänge. Es war schon so lange her, daß er ohne Psychopharmaka gelebt hatte, daß er seine Augen schließen und sich einen Augenblick konzentrieren mußte, um auch nur einen leisen Hauch seines früheren Zustandes erahnen zu können. Auf einmal durchfuhr ein grellblauer Blitz die Dunkelheit in ihm und eine warme Wallung lief durch seinen Körper. Der große Unterschied war die Klarheit. Ohne die Medikamente hatte er Klarheit gehabt. Gefühle und Klarheit. Jetzt war alles nur undeutlich und stumpf.

Joseph stand da, mit zusammengekniffenen, zitternden Augenlidern, und versuchte, sich durch Nachdenken aus seiner Verwirrung zu befreien und an einen Ort zu gelangen, wo die Dinge klarere Konturen hatten, wo eine Wirkung auf eine Ursache folgte und diese Ursache verständlich war. Ich habe alles versaut, dachte er. Und was jetzt? Wenn er nur klar denken könnte, dann könnte er auch handeln. Durch die verschwommenen Wogen von Farben und Gefühlen, die jetzt hinter seinen Augenlidern an und ab schwollen, hörte Joseph nur den einen Gedanken, immer und immer wieder, schwach, aber fast klar: *Du solltest dich stellen. Erzähl ihnen alles, was du getan hast.*

Alles andere war nur Chaos. Er öffnete seine Augen und schaute wieder auf die Tablettenröhrchen, die auf der Theke aufgereiht standen wie die Gebäude einer kleinen Stadt. Wenn ich hierbleibe, brauche ich die alte Klarheit wieder, brauche ich die alten Gefühle.

*Nein.*

Aber jetzt wegzugehen würde bedeuten, daß er sein Leben unvollendet ließe. Und da war eine Verpflichtung, die er Ann und sich selbst gegenüber hatte. Er wußte, daß es gefährlich war zu bleiben – die Polizei würde überall sein und versuchen, ihn aufzuspüren. Ja, um zu bleiben, würde er die alte Palette von Fähigkeiten und Instinkten brauchen.

*Nein.*

Er hatte jahrelang seinen Medikamenten vertraut, seit seiner Entlassung fast fanatisch an ihnen gehangen, und wohin hatte ihn das gebracht? Wohin hatte es Ann gebracht? *Nein.*

Joseph drehte das Wasser auf, öffnete die Tablettenröhrchen – mit Kindersicherung, wie komisch – und stellte sich seine Nachtdosis zusammen. Als er sie hinunterschluckte, kratzten die Pillen in seinem Hals, aber sie garantierten ihm den Nebel, der sein Ersatz für geistige Gesundheit war. Warum habe ich sie niemals ganz allein für mich gehabt, fragte er sich – die guten, wahren Empfindungen und Gefühle, auf die man sich verlassen kann?

# KAPITEL 13

Sergeant Philip Kearns wohnte in einer kleinen Wohnung auf Newport Island, einem winzigen Stückchen Land, das man nur über eine Brücke erreichen kann, die nicht breiter als ein Auto ist. Um die Insel stand ein Wald von Masten, die in der frischen Morgenbrise auf und ab tanzten. Jedes Haus am Wasser hatte eine Anlegestelle, an der eine Jacht unterschiedlicher Größe festgemacht war. Die Boote hingen an der kleinen Insel wie ein Wurf Welpen an einer Hundemutter.

Jim parkte auf dem Boulevard und ging zu Fuß über die Brücke. Ein Polizeiwagen fuhr vorbei, und die beiden Polizisten darin beäugten Jim, während er die Brücke überquerte, mit mißtrauischen Blicken. Er fragte sich, ob Virginias Theorie vielleicht doch stimmte. Das war ja das Schlimme am Verfolgungswahn: Er war ansteckend.

Die Morgensonne überzog den Hafen mit mattem Glanz. Am anderen Ende der kleinen Brücke schreckte Weir ein paar Enten auf, die verärgert quakend zum Wasser watschelten, wo sie sich im Fortschwimmen noch einmal nach ihm umdrehten, während sie mit der Brust kleine Wellen vor sich herschoben.

Kearns war am Telefon zuvorkommend gewesen. Er hatte Weir um sieben Uhr früh zu sich gebeten, in einem Ton, der weder mißtrauisch noch anbiedernd war. Er öffnete die Tür in einem Morgenmantel aus schwarzer Seide und japanischen Sandalen. Kearns war größer, als Weir angenommen hatte, und schlanker als die meisten anderen Polizisten. Sein sandfarbenes, an der sonnengebräunten Stirn zurückweichendes Haar war noch vom Schlaf verstruwwelt. Heller als das Haar von Anns Bluse, dachte Jim – aber wieviel heller? Kearns' Haut fiel Jim besonders auf: Sie war glatt, makellos und ohne eine einzige Falte. Sein Händedruck war kräftig. »Ich bin ein bißchen spät aufgestanden«, entschuldigte er sich.

»Danke, daß Sie mich so früh empfangen.«

»Setzen Sie sich. Ich hole Kaffee.«

An drei Wänden von Kearns' Wohnzimmer im ersten Stock waren große Fenster, so daß er einen Blick am Rathaus vorbei hinüber nach Balboa hatte, einen den Newport Boulevard entlang und einen weiteren zu den dicht beieinanderstehenden Doppelhäusern auf der oberen Halbinsel und das Meer dahinter. An der westlichen Wand hing ein großer Spiegel, der den Raum, der in Wirklichkeit nicht mehr als vier mal vier Meter maß, größer erscheinen ließ. Neben dem Spiegel sah Weir einen sehr kurzen Gang, der an einer verschlossenen Tür endete. In der Kochnische, in der Kearns gerade den Kaffee in Tassen goß, befanden sich lauter Miniaturversionen gängiger Küchengeräte – ein kleiner Kühlschrank, ein nur zweiflammiger Herd, ein kompaktes Mikrowellengerät. Die Weingläser hingen platzsparend in einem Wandhalter unter den Oberschränken. Die Küche machte den Eindruck einer Schiffskombüse.

Die Möbel im Wohnzimmer wirkten sehr männlich: schwarzes Leder und Chrom, schlicht und teuer. Es roch nach Eau de Cologne und Talkumpuder. Die typische Behausung eines gutsituierten Junggesellen, dachte Weir. Nicht schlecht. Durch das Fenster hinter Kearns konnte er eine Möwe sehen, die mit ihren orangefarbenen Füßen ganz oben auf dem Mast einer Jacht saß.

Im Vergleich zu dem Kaffee, den Kearns Jim brachte, schmeckte der von Virginia wie Spülwasser.

»Es tut mir leid«, begann Kearns. »Für Sie, für Ray, am meisten aber für Annie. Ich kannte sie ziemlich gut und mochte sie sehr.«

*Annie* dachte Weir. So hat sie Ray genannt. Und Mom und ich. »Wann haben Sie sie zum letzten Mal gesehen?«

Kearns lehnte sich gemütlich in seine Ledercouch zurück, blickte schnell hinüber zu Jim und nahm einen Schluck von seinem Kaffee. »Zuerst möchte ich eines klarstellen, okay? Es wird bei der Polizei erzählt, daß Dennison Sie wegen Mackie Ruffs Aussage über den Polizeiwagen auf den Fall angesetzt hat. Er hat Sie genommen, weil Sie kein Polizeibeamter sind, weil man alles abstreiten kann, was Sie herausfinden, und weil Ann Ihre Schwester war. Stimmt das in etwa?«

Weir nickte. Soviel zum Thema verdeckte Ermittlungen, dachte er. »Es war wohl mehr Rays Idee. Ich sollte meine Zeit damit verschwenden, Ruffs Aussage zu verfolgen, damit alle anderen sinnvolleren Spuren nachgehen konnten.«

Kearns sah ihn leidenschaftslos an. Wenn er Jim diese Version der Geschichte nicht abnahm, war er höflich genug, es sich nicht anmerken zu lassen. »Jim, ich werde Ihnen gerne erzählen, was ich in der Nacht des Mordes oder irgendeiner anderen Nacht getan habe. Aber fragen Sie mich bitte nichts über meine Kollegen. Ich werde über niemanden anders sprechen als über mich selbst.«

»Einverstanden.«

Das Telefon klingelte gedämpft. Kearns nickte Jim zu, dann fischte er einen schlanken Telefonhörer aus den Kissen der Couch und hielt ihn an sein rechtes Ohr.

Weir blickte aus dem Fenster hinüber nach Balboa, während Kearns »Ja, Baby« und »Ich liebe dich auch« ins Telefon schnurrte. Kearns schaute Jim mit einem entschuldigenden Grinsen und einem vertraulichen Augenzwinkern über den

Telefonhörer hinweg an. »Also, ruf mich später wieder an«, sagte er und legte auf. »Entschuldigung.«

»Klang wichtig.«

»Nun ja, manche sind wichtig, manche nicht. Sind Sie verheiratet?«

»Einmal wäre ich es fast gewesen.«

»Ich war wirklich verheiratet. Aber es war eher ein Opfergang. Als ich endlich aus unserem Haus in El Toro hierher zog, kam es mir vor, als sei ich aus einem Gefängnis entkommen. Warum soll ein Mann nicht alleine leben, solange er noch ab und zu jemanden findet, der sich ein bißchen um ihn kümmert? Ich konnte es nie ganz begreifen, wie Annie und Ray es so lange miteinander ausgehalten haben.«

*Annie.* »Waren Sie denn enger mit den beiden befreundet?« Kearns beugte sich vor und hielt die Kaffeetasse in beiden Händen. »Nun, wir waren gerade dabei, es zu werden. Raymond glaubt, ich ... wie soll ich sagen ... er glaubt, ich würde mein Leben vergeuden. Wir sind sechs Monate lang zusammen Streife gefahren, und er hat mich irgendwie unter seine Fittiche genommen. Ich habe eine Menge von ihm gelernt. Ray glaubt, daß er etwas hat, was mir fehlt. Ich glaube, seine Idee war, mir zu zeigen, daß zwei Menschen auch miteinander auskommen und glücklich sein können. Also unternahmen Ann und er manchmal etwas mit mir. Ray ist so häuslich, und Ann war das auch. Aber bei ihr war es, nun, ... irgendwie interessant.«

»Inwiefern?«

»Ich glaube, daß Ann diese Häuslichkeit nur spielte.« Kearns sah Weir über den Rand seiner Kaffeetasse an. Seine Augen unter der hohen, glatten Stirn waren kühl und klar. »Ray betete sie an, das war offensichtlich. Und Ann spielte mit. Aber ich spürte, daß an ihrem Benehmen etwas falsch war, daß sie es nur zur Schau tat. Vielleicht um mich, das verirrte Schäfchen, wieder auf den rechten Weg zurückzuführen.«

Jim hörte, wie hinter der Tür im Gang eine Toilettenspülung gezogen wurde, und dann die Geräusche von jemandem, der sich bewegte. »Was war es, das Ihnen an Ann so falsch vorkam?«

»Sie machte auf mich den Eindruck wie ein Tier in einem Käfig. Manchmal konnte ich sie direkt herumtigern sehen. Sicher, wenn Ray sie neckte, neckte sie ihn zurück, wenn er sie in die Wange zwickte, dann kniff sie ihn in die Nase. Sie ließ sich von ihm zur Versöhnung küssen, wenn sie sich ein paar peinliche Sekunden lang angegiftet hatten. Aber immer reagierte sie bloß auf etwas von ihm. Er war es, der auf sie zuging, und sie machte mit. Wenn Annie und ich alleine waren – zum Beispiel wenn Ray aufs Klo ging oder einen Anruf zu erledigen hatte –, dann war sie völlig anders. Wenn Ray weg war, hatte sie langsame, hungrige Blicke, nicht hungrig nach mir, meine ich, sondern nach allem, was um sie herum vorging. Es war, als habe sie sich bei Ray aus- und bei der Welt eingeklinkt. Sie entspannte sich, benahm sich so, als erhole sie sich von einem Bühnenauftritt. Sie schnorrte sich dann oft eine Zigarette von mir und rauchte sie, bevor Ray wiederkam. Eines Abends bei *Dillman's* erwischte Ray sie beim Rauchen, und sie hatten deshalb doch tatsächlich einen Mordskrach. Da sind zwei Menschen zwanzig Jahre lang miteinander verheiratet und streiten sich wegen einer lächerlichen Zigarette.« Kearns nahm einen Schluck von seinem Kaffee.

»Einmal hat Ann mich wirklich schockiert. Wir saßen zu dritt im Studiocafé, und Raymond mußte zum Auto zurück, weil er seine Brieftasche vergessen hatte. Ich beobachtete die Kellnerin, wie sie sich zum Abstellen eines Tabletts über den Nebentisch beugte. Sie hatte einen Minirock an und einen knackigen Hintern. Ich wußte, daß Annie ebenfalls hingesehen hatte. Auf einmal sagte sie: ›Wie würdest du es ihr am liebsten besorgen, Phil? Von vorn oder von hinten?‹ Dabei lächelte sie mich an, wie nur Ann es konnte, verrucht und unschuldig zugleich. Ich sagte: ›So, wie ich sie jetzt sehe.‹ Und Ann sagte: ›So hätte sie es bestimmt auch gern.‹ Als ich sie fragte, warum sie das dachte, antwortete sie: ›Weil sie dich dann nicht sieht und du deshalb jeder Mann auf der ganzen Welt sein könntest.‹ Nach zwei Minuten kam Ray zurück, und wir sprachen wieder über den Kindergarten oder irgendeine andere Banalität. Es war merkwürdig.«

Die Geschichte paßte nicht in das Bild, das sich Jim von seiner Schwester gemacht hatte, aber wer kennt einen anderen schon wirklich, dachte er. Sein Vater Poon war ein Schwerenöter gewesen, vertrauensunwürdig, schamlos und nicht besonders wählerisch bei seinen Seitensprüngen. Virginia, auf der anderen Seite, hatte sich solcher Dinge, getreu ihrem Eheschwur, enthalten. Poon hatte häufig ein Doppelleben geführt, und Virginia hatte darunter zu leiden gehabt. Poon hatte Jim doch tatsächlich des öfteren ermuntert, es mit der Treue nicht so ernst zu nehmen ... hatte er das Annie etwa auch geraten? Sie war immer Daddys Liebling gewesen. Die Tochter ihrer Mutter, aber Daddys Liebling. Weirs nächste Frage kam ihm selbst merkwürdig vor. »Glauben Sie, daß Ann dazu fähig gewesen wäre, ein Verhältnis mit einem anderen Mann zu haben?«

»Ich glaube, das war sie, und ich glaube sogar, daß sie ein solches Verhältnis hatte. Den ganzen Februar und den halben März hatte ich Streifendienst auf der Halbinsel. Ein paarmal fuhr ich am *Whale* vorbei, als Ann gerade herauskam. Sie fuhr mit dem Auto den Balboa Boulevard hinunter, weg von zu Hause.«

Dorthin, wo sie ihr Auto gefunden haben, dachte Weir.
»Hatte sie noch ihr Matrosenkleid an?«
»Das konnte ich nicht sehen.«
»Sind Sie ihr jemals nachgefahren?«
»Nie. Es ging mich auch nichts an.«
»Haben Sie es Ray erzählt?«
»Nein. Das ist nun *wirklich* nicht meine Aufgabe.«
»Haben Sie es ihm nach dem Mord erzählt?«
»Ich habe ihn seitdem nicht mehr gesehen. Er ist immer noch im Krankenhaus, oder nicht?«
»Er ist gestern entlassen worden. Er mußte dort viel schlafen und viel essen.«
Das Telefon klingelte wieder, und Kearns hob ab. Gekicher, ein Flüstern, das Weir nicht verstand, dann oberflächliches Geplapper wie ›Was gut für die Gans ist, ist auch gut für den Gänserich‹. Kearns sagte, mittags passe ihm es gut, und legte auf. Er sah zu Jim und dann aus dem Fenster. »Ich habe Ihnen zwar gesagt, daß ich nur über mich selbst erzählen wollte, und dabei rede ich die ganze Zeit über Ihre Schwester und Ray. Ich denke, ich habe genug gesagt.«
»Glauben Sie, Ray ahnte, daß sie ein Verhältnis hatte?«
»Mir hat er jedenfalls nichts davon gesagt. Ray war vertrauensselig. Er war auch immer mit anderen Dingen beschäftigt, mit seinem Studium und so. Aber diese Frage können Sie ihm ja direkt stellen.«
»Das habe ich. Er sagte, er hätte keine Ahnung.«
Die Tür am Ende des kurzen Ganges öffnete sich plötzlich, und eine Frau kam in einem grünen Morgenmantel aus dem Schlafzimmer. Sie war schlank, barfüßig, und Weir vermutete, daß sie um die Vierzig sein mußte. Ihr kastanienbraunes Haar hing in wirren Strähnen um ihr Gesicht. Sie trat blinzelnd herein und ging auf die Kaffeekanne zu.

»Morgen, meine Schöne«, begrüßte Phil sie. »Das ist Jim Weir. Jim, das ist Carol Clark.«

Die Frau aus der Funkzentrale, dachte er. Wie praktisch. Er sagte guten Morgen. Sie sah ihn verschlafen an.

»Der Kaffee ist fast alle«, sagte sie.

»Dann mach doch neuen«, schlug Kearns vor.

»Du brauchst eine größere Kanne.«

»Du kannst mir ja eine zu Weihnachten schenken.«

»Schuft«, sagte sie verschlafen, aber nicht ohne Zärtlichkeit, und ihr Gesicht verzog sich zu einem Gähnen, das sie mit einer kleinen, glatten Faust zu verbergen suchte.

Zu Jims Erstaunen drang aus dem kleinen Gang abermals das Geräusch der Toilettenspülung, und einen Augenblick später tippelte noch eine zweite Frau ins Wohnzimmer. Sie sah halb so alt aus wie Carol, möglicherweise war sie sogar noch jünger. Sie war klein und blaß, mit langem rötlichblondem Haar, das kurz über den Schultern des weißen Frotteebademantels endete. »Ich bin Junggesellin Nummer zwei«, murmelte sie, »Crystal.«

»Hi, du Süße.« Kearns grinste mächtig zu Weir hinüber. »Das ist Jim.«

Sie sah ohne erkennbares Interesse zu Jim, ging um das Sofa und setzte sich neben ihn. »Sagen Sie diesem Kerl, er soll mit uns nie wieder so etwas machen. Er ist pervers und verdorben, und er macht nie genug Kaffee für drei.« Crystals Brust, die der leicht offenstehende Bademantel ein wenig entblößte, war blaß und voller Sommersprossen. Sie beäugte einen ihrer Fingernägel, bevor sie ihn in den Mund nahm. Im Profil betrachtet sah sie aus wie ein kleines Mädchen.

»Würden Sie das für mich tun?« fragte sie Weir, während sie immer noch an dem Fingernagel herumkaute.

»Sie machen auf mich nicht gerade den Eindruck, als wären Sie unfreiwillig hier.«

»Ich bin eine Sklavin seines Gehirns.«
»Die Tür ist offen.« Kearns grinste, fürchterlich beeindruckt von sich selbst. »Du bist frei, Crystal. Geh zurück in dein langweiliges, tristes Leben in dem schönen Städtchen Barstow. Los, geh doch, hau ab von hier!«
Sie brummte vor sich hin, tappte in die Küche und fing an, Kaffee zu mahlen. Carol ging zurück ins Schlafzimmer und schloß die Tür hinter sich. Als der Kaffee schließlich durch die Maschine lief, begab sich Crystal nach draußen auf eine kleine Sonnenterrasse, wo sie sich in einen Liegestuhl fallen ließ.
»Eines dürfen Sie nie vergessen«, sagte Kearns. »Zu fast jeder schönen Frau, die Sie sehen, gibt es einen Mann, der die Schnauze voll hat von ihr. Das habe ich irgendwo gelesen.«
»Haben Sie das auch gedacht, als Sie Ann kennenlernten?«
Kearns lächelte schwach. »Nein. Eines ist mir ziemlich schnell aufgefallen, nämlich daß Ray nicht im geringsten die Schnauze voll von Ann hatte. Wie ich schon sagte, deshalb wollte er ja, daß ich mit ihnen beiden etwas unternahm. Er wollte mir zeigen, daß zwei Menschen miteinander glücklich sein können.«
»Hat Ann Sie jemals angemacht?«
Kearns schüttelte den Kopf, während er zu Crystal draußen auf der Terrasse sah. Sie hatte ihre blassen kleinen Beine ausgestreckt, um möglichst viel von der schwachen Sonne zu erhaschen, und den Kragen des Bademantels fest zugezogen, um an diesem kühlen Frühjahrsmorgen nicht zu frieren. »Crystal kommt aus Barstow in Oklahoma. Sie ist wild nach jedem Strahl kalifornischer Sonne, den sie erwischen kann. Ein süßes Kind. Nein, Annie hat mich nie angemacht. Und weil Sie das bestimmt als nächstes fragen werden, sage ich es Ihnen lieber gleich: Nein, *ich* habe sie

auch nicht angemacht. Aber ich muß Ihnen auch sagen, daß ich sie als eine schöne, geheimnisvolle Frau sehr geschätzt habe, und ich glaube, daß sie mich auch geschätzt hat. Wir haben an uns gegenseitig etwas sehr Wichtiges erkannt, etwas, das nur Leute sehen können, die es selber auch haben.«

»Und was ist das, Phil?«

Kearns wurde jetzt nachdenklich und schlürfte seinen Kaffee mit gefurchter Stirn, während er wieder einen Blick auf Crystal warf. »Die Fähigkeit, konsequent zu sein.«

Jim folgte Kearns' Blick hinaus zu dem Mädchen. Die Möwe auf ihrem Mast schien aus seinem Blickwinkel direkt auf Crystals Kopf zu sitzen.

»Die Fähigkeit, konsequent zu sein, trotz aller Gefahren, die damit verbunden sind, besonders wenn jemand verheiratet ist«, fuhr Kearns fort.

»Und Sie beide haben diese Fähigkeit jeweils beim anderen erkannt, auch wenn das nie offen ausgesprochen wurde?«

»Schon als ich Annie das erste Mal sah, habe ich diese Fähigkeit in ihr erkannt. Das war ja die Verbindung zwischen uns. Wir sahen beide unter die Oberfläche, direkt hinein in das, was dahinter verborgen lag. Und Annie hatte viel Verborgenes, das nur darauf wartete, einmal ausgelebt zu werden. Und wieviel Verborgenes ich habe, brauche ich Ihnen jetzt wohl nicht mehr zu erklären.«

Weir hörte, wie Carol Clark im Schlafzimmer herumging.

»Was hat Annie und Sie daran gehindert, diesem Verborgenen gemeinsam miteinander zu frönen?«

»Ganz einfach: Ray Cruz. Keine Frau ist es wert, daß man wegen ihr eine Freundschaft zerstört. Nicht eine. Nicht einmal zwei auf einmal sind es wert.«

Weir fragte sich, ob das nicht eher Anns Ansicht gewesen war und Kearns versucht hatte, diese Auffassung ins Wanken zu bringen. Trotzdem konnte er sich kaum vorstellen, daß Kearns sie – oder irgendeine andere Frau – so ernst genommen hätte, um wegen ihr einen Mord zu begehen.

»Ich würde gerne noch mit Ihnen über eine bestimmte Stunde reden, und zwar von Montag nacht, als Ann starb und Sie auf Streife waren.«

Kearns sah hinüber zu Jim, und seine Selbstzufriedenheit verwandelte sich in besorgtes Interesse. »Ich war auf der Halbinsel.«

»Das weiß ich. Ich weiß auch, daß Sie zwanzig Minuten lang keinen Funkkontakt mit der Zentrale hatten, und zwar zwischen zwölf Uhr dreißig und zwölf Uhr fünfzig. Das ist zu lange für einen Kaffee, und zum Abendessen war es ja wohl zu spät.«

In Kearns' Augen war Enttäuschung zu lesen. »Aber Zeit genug, um Ann umzubringen, meinen Sie?«

»Das haben Sie gesagt.«

»Ich nehme gerne etwas voraus, Weir, denn damit spare ich Zeit. Kurz nach zwölf war eine kleine Flaute – es war einfach nichts los. Keine Anfragen über Funk, keine Strafzettel zum Ausstellen, keine nächtliche Ruhestörung, der ich hätte nachgehen müssen. Normalerweise wird es erst um halb eins wieder lebhafter, wenn die erste Welle von Betrunkenen nach Hause fährt.«

»Wo waren Sie?«

»Ich bin hinunter zur Wedge gefahren, habe den Wagen abgestellt und den Strand nach Pennern abgesucht. Dann fuhr ich zurück, schaute in die Seitenstraßen und fuhr zu einem Geschäft in der L-Street, in das im letzten Monat zweimal eingebrochen wurde. Aber auch da war alles still.«

»Haben Sie irgendwelche anderen Streifenwagen gesehen?«

»In dieser Nacht war es schwierig, überhaupt etwas zu sehen. Nein, andere Streifenwagen habe ich nicht bemerkt. In meinem Streifenbezirk waren noch drei weitere Wagen von uns, aber ich habe keinen von ihnen gesehen.«
Weir dachte nach. »Blodgett sagt, er habe in dieser Nacht einen Streifenwagen, der offensichtlich außerhalb seines Bezirks unterwegs war, über die Brücke und nach Süden fahren sehen, in Richtung auf die Back Bay. Punkt Mitternacht.«
»Um den sehen zu können hätte ich ja selbst außerhalb meines Bezirks sein müssen. Wie schon gesagt, ich war auf der Halbinsel, und zwar die ganze Nacht, bis auf die paar Male, wo ich zum Gefängnis gefahren bin – zweimal, um genau zu sein, einmal mit einem Betrunkenen und einmal mit einem Einbrecher.«
»In dieser Nacht haben Sie Ann also nicht gesehen?«
»Nein.« Kearns senkte seinen Blick auf den Boden und ließ ihn dort eine Weile verharren. Dann schaute er wieder hinaus zu Crystal. »Ich werde Annie vermissen.«
Carol kam wieder aus dem Schlafzimmer, jetzt trug sie Jeans, einen Pullover und Stiefel mit flachen Absätzen. Ihre Handtasche hing an einem Riemen über ihrer Schulter. Sie stellte ihre Kaffeetasse hin, ging hinüber zu Kearns und küßte ihn auf den Scheitel. »Bis später, Phil.«
»Wiedersehn.«
»Bis zum nächsten Mal. War nett, Sie kennenzulernen, Jim.«
Weir nickte und schaute zu, wie sie aus der Tür ging, auf der anderen Seite der Glasscheibe erschien und, bevor sie im Treppenhaus verschwand, ihre Handtasche gegen die Knie der vor sich hin dösenden Crystal knallen ließ, die verschlafen ihren Kopf hob.
»Also«, sagte Kearns. »Ich hoffe, daß Sie von mir bekommen haben, was Sie wissen wollten. Aber jetzt werde ich Ihnen

noch etwas sagen, was Ihnen vielleicht helfen könnte. Betrachten Sie es als ein Geschenk an Annie.«

»Schießen Sie los.«

»Ich habe grade ein paar Tage frei, also habe ich mich privat ein bißchen in der Back Bay umgesehen. Dennison hat uns alle ermuntert, ein wenig ›Überstunden‹ für Ray zu machen. Ohne Bezahlung übrigens, auf rein freiwilliger Basis. Gestern nachmittag habe ich noch einmal die Häuser abgeklappert, die hinter der Morning Star Lane am Galaxy Drive liegen, dort, wo der Mörder möglicherweise geparkt hat. Natürlich haben wir schon mit allen Leuten dort geredet – das dachten wir wenigstens –, aber ich stöberte dann doch eine alte Dame auf, deren Mann sie beim ersten Mal nicht hatte reden lassen. Er war der Boß, und sie konnte nichts sagen, ohne daß er ihr ständig dreinredete. Also schickte ich ihn aus dem Zimmer, um eine noch nicht abgelaufene Parklizenz zu suchen, derentwegen er einen Strafzettel bekommen hatte, und so konnte ich mit seiner Frau alleine sprechen. Es stellte sich heraus, daß sie in der Mordnacht etwa um Mitternacht gehört hat, wie ein Wagen heranfuhr und in der Straße parkte. Sie wachte auf, und weil sie ohnehin aufs Klo mußte, ging sie pinkeln, und auf dem Rückweg sah sie aus dem Fenster nach dem Wagen. Und was parkt da vor ihrem Haus am Straßenrand? Ein weißes, viertüriges Auto. Sie kann zwar nicht sagen, welche Marke oder welches Modell, aber zwei Dinge fallen ihr auf. Der Fahrer, wer immer er auch sein mag, steigt nicht aus – er bleibt einfach hinter dem Lenkrad sitzen. Und zweitens hat der Wagen einen großen dunklen Fleck auf der Fahrertür. Ich glaube, sie meinte, daß dieser Fleck aus Rostschutzfarbe bestand, vielleicht war er die Grundierung für eine noch nicht vollendete Lackausbesserungsarbeit. Aber das Auto war bestimmt kein Streifenwagen, sagte sie.«

Weir überlegte. Ein genügend großer Fleck von Rostschutzgrundierung konnte, noch dazu, wenn sich das Auto in schneller Bewegung befand, einem flüchtigen Beobachter vielleicht wirklich wie das Stadtwappen von Newport City vorkommen.

»Und jetzt passen Sie auf: In aller Früh hat heute morgen eine Streife am Ende der Halbinsel, oben an der Wedge, einen verlassenen Wagen gefunden, der auf einen gewissen Emmett Goins zugelassen ist. Es ist ein weißer siebenundachtziger Chevy mit einem großen Fleck Rostschutzfarbe auf der Fahrertür. Auf dem Dach hat er einen verchromten Dachgepäckträger. Goins sagt, sein Sohn Horton habe sich das Auto genommen. Und bei diesem Horton handelt es sich um einen schwer geistesgestörten Triebtäter aus Ohio, der wegen einer Riesengeschichte, die so ähnlich war wie das, was mit Ann passiert ist, schon einmal vor Gericht saß. Goins ist erst seit kurzem hier im sonnigen Südkalifornien.«

»War Goins in dem Auto?«

»Kein Goins. Innelman und Deak bearbeiteten den Fall so gegen drei Uhr früh.«

»Können Sie mir sagen, ob sie etwas in Goins' Wohnung gefunden haben?«

Kearns lächelte schief und lehnte sich zurück. »Niemand konnte sich so recht erklären, wie Brian überhaupt auf ihn gekommen ist. Haben Sie ihm den Tip gegeben?«

Jim nickte.

»Also, was Brian auch immer in der Wohnung gefunden hat, er sagt es nicht, also muß es ziemlich heiß sein. Heiß genug für so was, immerhin.« Kearns warf Weir die TIMES von der Couch herüber. Auf der ersten Seite des Lokalteils von Orange County lautete die Schlagzeile:

SEXUALTÄTER AUS COSTA MESA IM BACK-BAY-MORDFALL GESUCHT – VOR NEUN JAHREN WEGEN ÄHNLICHEN VERBRECHENS VERURTEILT

*Horton Goins, 24, ein vorbestrafter Sexualtäter, der erst seit vier Monaten in Costa Mesa lebt, wird in Zusammenhang mit dem brutalen Mord an Ann Cruz gesucht, die letzten Dienstag in der Back Bay erstochen aufgefunden wurde ...*

Jim überflog den Artikel und fragte sich, warum Dennison ihn nicht davon informiert hatte. Hatte Brian die Polizistentheorie fallenlassen, oder war das Ganze nur ein Ablenkungsmanöver? Neben dem Artikel war ein Schnappschuß von Horton und Edith, auf dem ein gutaussehender, einsam wirkender junger Mann neben seiner abgehärmten, verquollenen Mutter stand.

»Gute Arbeit, das mit dem Auto.«

»Es ist ein Anfang. Wir werden Flugblätter mit diesem Foto heute nachmittag in der Gegend unten an der Wedge verteilen. Allerdings wird er sich wohl kaum mehr dort aufhalten, wenn er den Wagen dort abgestellt hat. Aber es ist einen Versuch wert.«

Jim stand auf und schaute noch einmal auf die dösende Crystal. Eine schlafende Frau hatte immer etwas Schönes an sich.

»Nun«, sagte Kearns, »Sie haben also einen Betrunkenen, der einen Polizeiwagen beobachtet hat, und eine verschlafene alte Dame, die wiederum ein Auto mit Rostschutzgrundierung gesehen hat. Für wen entscheiden Sie sich?«

»Ich entscheide mich nicht«, sagte Weir. »Noch nicht.«

»Also ich halte mich an die alte Dame.«

»Vielleicht hat sich Mackie Ruffs Erinnerungsvermögen etwas gebessert, jetzt, wo sein Gehirn trockengelegt ist.«

»Darauf würde ich mich nicht verlassen.«
»Habt ihr ihn eigentlich immer noch in Gewahrsam?«
Kearns nickte grinsend. »Es gibt da Gerüchte, daß die Presse Interesse an einem ›geheimen Zeugen‹ habe, also versucht Brian, Ruff noch eine Zeitlang aus dem Verkehr zu ziehen. Paris wäre fast wahnsinnig geworden. Jetzt, wo Goins aufgetaucht ist, ändert sich das alles, schätze ich.«
»Das schätze ich auch.« Jim stand auf, schüttelte Kearns' Hand und schaute noch einmal in der kleinen Wohnung herum. »Vielen Dank.«
»Sagen Sie Ray alles Gute von mir. Er sollte wieder arbeiten und versuchen, ein normales, regelmäßiges Leben zu führen.«
»Da haben Sie recht.«
Draußen auf der Terrasse warf Weir einen Blick auf Crystal. Ihre sommersprossige Nase schaute gerade noch aus dem Schatten, den das Dach warf, hervor. »Bis bald, Süßer«, murmelte sie.
»Hoffentlich, meine Schöne«, entgegnete er. Jim konnte in ihr – jetzt, wo Kearns ihn darauf aufmerksam gemacht hatte – ganz eindeutig die Fähigkeit erkennen, konsequent zu sein. Er fragte sich, was sie wohl an diesem Kearns fand. Wo hatte der Kerl überhaupt alle diese Frauen her?
Weir ging über die Brücke zu seinem Truck. Auf der anderen Seite saß Carol Clark in einem sportlichen roten Kabriolett, rauchte eine Zigarette und winkte ihn mit einem ihrer schlanken Finger herbei. Als er näher kam, ließ sie den Motor an.
»Beugen Sie sich zu mir herunter, damit ich nicht so schreien muß«, sagte sie.
Jim kniete sich neben den Wagen und stützte sich mit den Händen am Blech der Tür ab. Er sah seine grotesk verzerrte Reflexion in den dunklen Gläsern ihrer Sonnenbrille.

»Sie haben doch die Tonbandaufnahme des Funkverkehrs abgehört, nicht wahr?«

»Richtig.«

»An dem Tonbandgerät gibt es keine Pausentaste, aber wenn ich will, kann ich ein zweites Funkgerät benutzen. Die Aufnahme wird immer nur am ersten Gerät mitgeschnitten, verstehen Sie? Am Dienstag morgen habe ich Phil zwischen zwölf Uhr dreißig und zwölf Uhr fünfzig viermal gerufen, und zwar über das Reservegerät.« Sie blies eine Rauchfahne über Jims Schulter.

»Da sollte ich mich wohl fragen, warum?«

»Das sollten Sie. Es war eine lahme Nacht, in der nichts los war. Ich funkte Phil an, um ein wenig mit ihm zu plaudern. Jedermann weiß von unserer ... Beziehung, aber diese Dinge will man ja nicht unbedingt mitgeschnitten haben. Können Sie mir folgen?«

»Bis jetzt schon.«

»Nun, Prinz Philip geruhte nicht zu antworten. Zwanzig Minuten lang war er nicht in seinem Wagen. Das stimmt nicht ganz mit dem überein, was er Ihnen da drinnen erzählt hat. Die Wohnung ist klein und hat dünne Wände.«

»Möchten Sie einen Tip wagen, wo er war?«

»Den wagen Sie mal lieber selbst. Wir sprechen hier über Mord und Männer, die meine Kollegen sind.«

»Glauben Sie, daß Kearns ... äh ... fähig wäre, so etwas durchzuziehen?«

»Er hat zumindest die Fähigkeit, Frauen dazu zu bringen, Dinge zu tun, die sie in ihren kühnsten Träumen nicht getan hätten. Ich bin kein Flittchen, auch wenn Sie das vielleicht aus der peinlichen kleinen Situation da oben geschlossen haben. Ich bin mir nicht sicher, wie er reagiert, wenn er einmal nicht das bekommt, was er will. Ich habe bisher noch nie erlebt, daß er etwas nicht bekommen hat.« Sie legte den

Gang ein und fuhr ganz langsam an. »Vergessen Sie, daß ich Ihnen überhaupt etwas gesagt habe. Ich existiere nicht für Sie.«

»Habe verstanden.«

Sie sah ihn durch die dunklen Brillengläser an. »Wollen Sie wissen, was der Grund allen Übels ist? Langeweile. Langeweile und Narzißmus.«

»Ich schätze, Sie haben ein Gegenmittel dafür gefunden.«

»Wenn Ihnen ein besseres einfällt, dann rufen Sie mich an.«

Die Fähigkeit, konsequent zu sein, dachte Weir: Wenn man noch Langeweile und Narzißmus hinzufügt, dann hat man zwei Frauen und einen Mann in einem Glashaus über dem Wasser von Newport Beach. Vielleicht verbrennt die Sonne hier den Leuten mit der Zeit das Gehirn. Vielleicht regt ein sechsmonatiger Sommer auch die Produktion der Sexualhormone übermäßig an. Vielleicht sind die Leute auch wirklich bloß gelangweilt und selbstverliebt und wollen alles gleich hier und jetzt bis zur Neige auskosten, weil sie später im Grab nichts mehr davon haben. Hat denn keiner mehr andere Sorgen heutzutage?

# KAPITEL 14

Um neun Uhr an diesem Morgen weckten Jim und Raymond Mackie Ruff auf seiner Pritsche im Polizeigefängnis und führten ihn, wie Dennison es von ihnen verlangt hatte, zur Hintertür hinaus. Während Raymond die nötigen Papiere unterschrieb, lehnte sich Jim an die Wand und wartete. Ein dicker Zivilfahnder, an den sich Jim dunkel aus seiner Sheriff-Zeit erinnerte – Tillis hieß er –, ging vorbei und schaute ihn wortlos an, danach kam ein finsterer junger Polizist in Uniform, der grinste und so leise, daß nur Jim es hören konnte, ihm zuflüsterte: »Hoffentlich erstickst du an deiner eigenen Scheiße.« Auf seinem Namensschild stand Hoch. Zwei Polizeischüler stierten ihn im Vorbeigehen düster an, einer drehte sich um und fixierte ihn mit einem Blick voller unverhüllter Verachtung.

Mackie Ruff wartete neben ihm auf einer Bank. Er war ein kleiner, drahtiger Mann Mitte Sechzig mit einem knallroten Gesicht und vom Suff wäßrig gewordenen hellblauen Augen. Er wollte eigentlich bis zum Mittagessen im Gefängnis bleiben, aber Jim und Ray hatten ihm etwas Besseres versprochen. Er roch scharf nach altem Schweiß.

»Jetzt kann ich wirklich einen Schluck vertragen«, sagte Ruff, als sie mit ihm die Stufen der Polizeistation hinuntergingen. Seine Hose war, obwohl die Beine mindestens viermal nach oben aufgeschlagen waren, zu groß, und als er ging, rieb der steife, schmuddelige Stoff an seinen Waden.

»Vielleicht nach dem Mittagessen«, antwortete Ray.

»Hungrig bin ich auch, Jungs. Wie wär's mit dem *Balboa Bay Club*?«

»Dazu brauchst du eine Krawatte«, wandte Jim ein.
»So was habe ich erst zweimal in meinem Leben getragen – bei meiner Hochzeit und beim Begräbnis meiner Frau. Wie geht's übrigens deinem Dad?«
»Er ist schon einundachtzig gestorben.«
»Das tut mir leid. Das hat mir niemand gesagt.«
Raymond warf Jim einen Blick zu. Während des Gedenkgottesdienstes für Poon vor einem Jahrzehnt hatte Ruff in der letzten Bank der Kirche lauthals geschnarcht.
»Und Jake?«
»Großer Gott, Mackie, er ist doch im Vietnamkrieg gestorben. Bei seinem Begräbnis hast du geheult wie ein kleines Kind.«
»Mist«, schimpfte er. »Ich schätze, ich werde alt.«
»Du warst die letzten vierzig Jahre lang besoffen«, sagte Raymond.
»Das hat meiner Karriere nie geschadet«, entgegnete Mackie.
»Du hast nie eine gehabt«, sagte Ray.
»Ich habe immerhin zehn Jahre lang für Poon gearbeitet«, protestierte Mackie.
Das stimmt, dachte Jim. Mackie hatte den Gehsteig gekehrt und die leeren Kartons für die Mülltonne flach getreten und dafür ein Frühstück und einen warmen Schlafplatz in kalten Winternächten bekommen. Er konnte sich immer noch an den Anblick erinnern, wie Ruff, spindeldürr und nicht ganz sicher auf den Beinen, auf den widerspenstigen Kartons herumgetrampelt hatte und dabei geschwankt und getaumelt war wie ein Seemann im Sturm.
»Nett von euch, daß ihr mich da rausgeholt habt, Jungs«, bedankte er sich. Sie waren bei Jims Pick-up-Truck angelangt.
»Wir haben ein paar Fragen an dich«, sagte Ray. »Also laden

wir dich zum Frühstück ein, und du gibst uns dafür ein paar Antworten. Ist das fair?«

Sie aßen im *Porthole*, einer der wenigen Bars auf der Halbinsel, die noch zu trist für Touristen und erlebnishungrige Collegeknaben waren. Das *Porthole* öffnete um zehn Uhr für die Leute, die schon relativ früh am Tag gerne ein Gläschen zu sich nahmen. Lampen aus präparierten Kugelfischen hingen an malerisch durch den Raum geschlungenen Seilen, hinter der Bar war ein dürftig bestücktes Aquarium, und an der Theke klebte eine ganze Sammlung kleinerer Meerestiere.

Mühelos, wie ein Deckel auf einen Topf gleitet, schwang sich Mackie auf einen Barhocker und streichelte einen orangefarbenen Seestern mit seinem Daumen. »Das ist mein Glücksstern«, sagte er. »Immer, wenn ich ihn streichle, bezahlt mir jemand einen Drink.«

Jim und Raymond setzten sich rechts und links neben ihn. Mackie begrüßte Jangle, den Barkeeper, einen dünnen, sonnengegerbten Mann mit einer Haut wie Leder, der heute sogar an seinem speckigen weißen Kragen eine Fliege trug. Jangle versorgte Mackie mit einem Glas Wild Turkey und einem Bier. Jim und Ray tranken Kaffee. Eier mit Schinken waren unterwegs.

»Wir wüßten gerne alles über Montag nacht«, begann Raymond. »Aber erzähl uns keine Märchen. Und laß nichts aus.« Er zog aus seiner Jackentasche einen Stift und ein kleines Notizbuch.

Mackie schaute erst Jim, dann Raymond prüfend an. »Montag nacht«, sagte er, »war eine Nacht wie viele andere.«

Der möchte an Drinks rausholen, was geht, dachte Jim. Das kann ja ein langes Frühstück werden. Aber Raymond wußte, wie man mit Säufern umging.

Er beugte sich mit ernstem Gesicht hinüber zu Ruff. »Hey

Mackie, laß den Scheiß. Wenn du nicht vernünftig redest, gibt's auch nichts zu trinken. Verstanden?«

»In mancher Hinsicht war sie aber auch ganz anders.«

»Karten auf den Tisch, Ruff. Hast du nun einen Polizeiwagen gesehen oder nicht?«

Mackie ließ etwas Bier in seine Kehle gluckern, dann hob er mit zitternder Hand das Whiskyglas an seinen Mund und kippte sich den Schnaps hinein. »Es war sehr schwer, etwas zu sehen, wegen dem Nebel. Ich hab' geschlafen, und das Schreien des Mädchens weckte mich auf. Wer ist sie überhaupt? Warum die ganze Aufregung?«

Jim erklärte, daß die Frau seine Schwester, Rays Frau und Poons Tochter gewesen sei.

Mackie hatte zuerst einen verwirrten Gesichtsausdruck, bis er sich wieder erinnerte. »War das die, die beim Rollschuhlaufen immer gelesen hat?«

Jim nickte.

»Tut mir leid um sie. Wie hat Poon es aufgenommen?«

»Er wird auf seine eigene stille Art damit fertig.«

»Was, sagtest du gleich wieder, macht er im Moment?«

Jim seufzte. »Er hat sein eigenes kleines Grundstück. Seit zehn Jahren.«

Ruff nickte, dann gab er erneut dieselbe Geschichte zum besten, die er schon Innelman erzählt hatte.

»Woher wußtest du, daß es ein Polizist war?« fragte Ray, als er damit fertig war.

»Weil er in einen Polizeiwagen stieg und wegfuhr. Ihr verleiht diese Dinger doch nicht, oder?«

»Nein, das tun wir nicht, Mackie«, sagte Raymond. »Das war eine blöde Frage. Also, du bist ihm bis zu dem Wagen gefolgt?«

»Nicht ganz. Nachdem er an mir vorbeigelaufen war, horchte ich aufmerksam, und da hörte ich, wie ein Motor ange-

lassen wurde. Ich ging zur Straße und sah den Streifenwagen.«
»Wie sah er aus?«
»Das solltet ihr eigentlich selber wissen, ihr fahrt die Dinger doch.«
»Beschreib den Wagen, Mackie.«
»Weiß, mit einem großen Aufkleber an der Seite und einer Menge Lichter auf dem Dach. Ein Bullenauto ist ein Bullenauto, das müßt ihr doch zugeben, Jungs.«
»Konntest du den … Aufkleber sehen?«
»Ich hab' doch grade gesagt, was ich gesehen habe.«
»Was stand drauf?«
»Da muß ich passen. Es war neblig.« Mackie nahm einen tiefen Schluck und schüttelte den Kopf. »Diese kleine Annie war ein hübsches Ding.« Einen Moment lang war Ruffs Gesicht voller tiefer Trauerfalten. Er schüttelte abermals den Kopf und senkte den Blick, als ob er tiefen Schmerz empfände.
Jim hatte auf einmal den Eindruck, daß Ruff etwas wußte, was er bisher noch nicht gesagt hatte. Raymond schien dieselbe Beobachtung gemacht zu haben und schaute über Mackies Schulter hinweg Jim mit einem wissenden Gesichtsausdruck an.
»Mackie«, sagte Jim, »wenn du den Aufkleber nicht lesen konntest, woher weißt du dann, daß ›Newport Beach‹ draufstand?«
Ruffs Gesicht wurde noch röter als gewöhnlich, und seine Augen verschmälerten sich. »Ich habe nie gesagt, daß etwas draufstand. *Ihr* habt mir das in den Mund gelegt. Ich habe nur gesagt, daß es ein Polizeiauto war. Soweit ich es sagen kann, hätte es auch aus Detroit oder Washington sein können. Ich habe da unten an der Back Bay schon alle möglichen Streifenwagen herumfahren sehen. Von euch, vom

Sheriff, vom PacifiCo-Sicherheitsdienst und von der Highway-Patrol. Sucht euch was aus.«

»War es schwarz und weiß oder ganz weiß?«

»Ganz weiß.«

Raymond schob Ruffs Bier näher zu ihm. »Mackie, was hatte der Mann, den du hast vorbeilaufen sehen, für eine Uniform an? Das könnte uns wirklich weiterhelfen.«

Ruff schaute mit einem Ausdruck tiefster Verärgerung hinüber zu Weir. Darauf seufzte er in sein Bier, trank es aus und bestellte sich ein neues. Dann schob er das leere Whiskyglas noch rasch dem Bierglas hinterher zum Barkeeper. »Was ist mit euch Burschen eigentlich los? Hört ihr denn nie zu? Ich habe nichts von einer Uniform gesagt, weil ich gar keine Uniform gesehen habe. Der Typ trug normale Kleidung, irgend so ein Jackett, das es beim Laufen nach oben wehte, und ein Paar stinknormale alte Hosen. Ich hoffe für ihn, daß sie einen besseren Sitz hatten als dieses verdammte Ding hier«, sagte er und schaute nach unten auf seine eigene, schmutzige Hose.

Wieso war Innelman das entgangen? dachte Jim. Er fing hinter Ruffs Schulter abermals einen Blick von Raymond auf und legte wortlos das Foto von Horton Goins auf den Tresen. Mackie nahm es, schüttelte den Kopf und legte es wieder hin. »So gut, daß ich sein Gesicht hätte erkennen können, konnte ich ihn nicht sehen. Jackett und Hose sind das einzige, was ich erkennen konnte. Nach dem, was ich gesehen habe, hätte es genausogut eine Frau sein können.«

»Hast du das auch Innelman gesagt?«

»Ich habe ihm so gut wie überhaupt nichts gesagt. Ich mag seine Art nicht.«

Raymond lächelte Ruff an und klopfte ihm auf die Schulter. »Du machst das sehr gut, Mackie. Ich bin richtig stolz auf dich.«

Mackie wandte sich an Jim, und wieder erschien für einen Augenblick ein Ausdruck tiefer Traurigkeit auf seinem Gesicht. »Annie«, sagte er. »Die kleine Annie Weir.«

Jangle brachte das Frühstück. Ruff war mit seiner Portion in zwei Minuten fertig und bestellte eine Tüte Erdnüsse, zwei eingelegte Eier, einen Schokoriegel, drei Päckchen Zigaretten und noch ein Bier.

»Ich komme mir vor wie in einer Quizshow im Fernsehen«, meinte er grinsend.

»Wenn du glaubst, daß dies hier bloß eine Show ist«, sagte Ray, »dann werde ich dir einen solchen Arschtritt geben, daß du wieder zurück ins Gefängnis fliegst.«

Mackie schaute Jim an, als wolle er sich bei ihm beschweren. Jim zuckte mit den Achseln. »Ray hat seine Frau, die da unten ums Leben gekommen ist, sehr geliebt. Momentan brennt ihm ziemlich schnell die Sicherung durch.«

Ruffs Mund stand offen, als er sich Raymond zudrehte. »Tut mir leid, Lieutenant.«

»Entschuldige dich nicht, hilf uns lieber.«

Mackie nickte. Er tupfte sich ziemlich gespreizt den Mund mit der Serviette ab und warf sie auf seinen Teller. Dann löste er sich von seinem Barhocker und stand auf. »Wenn ihr mich nach Hause fahrt, Jungs, dann werde ich euch etwas geben, was euch vielleicht weiterhelfen kann.«

»Das möchte ich hoffen«, sagte Ray.

Ruffs »Zuhause« war eine abenteuerliche Konstruktion aus Wellpappe und Holzabfällen, die sich in den hintersten Winkel unter der Autobahnbrücke des Pacific Coast Highway schmiegte. Ein paar Meter höher donnerten die Autos über die Betonfahrbahn. Der festgetrampelte Boden war feucht und öldurchtränkt, und die gefährlich schief stehenden »Wände« wurden von alten Reifen, großen

Steinen, einem mit Erde gefüllten, aufgeschnittenen Zwanzigliterkanister und den Überresten eines Einkaufswagens aufrecht gehalten. Am Betonpfeiler der Brücke lehnte eine ganze Sammlung von Angelruten, die Mackie ohne Zweifel bei unvorsichtigen Hobbyfischern »abgestaubt« hatte. Des weiteren lagen da ein roter Benzintank, eine Taucherbrille mit Schnorchel, ein paar anscheinend noch gute Thermoskannen und diverse Bade- und Taucheranzüge.

Jim kauerte sich vor Ruff auf den Boden. Raymond lehnte an einem Pfeiler. Jedes Auto, das oben auf dem Highway entlangfuhr, sandte starke Vibrationen in den Boden, die durch die Absätze von Jims Stiefeln direkt nach oben in seine Ohren liefen. Aus diesem kühlen, dunklen Unterschlupf heraus sah die Bucht blendend hell aus. Die Brücke warf einen starken schrägen Schatten auf die Böschung und schien wie eine magische Grenze Ruffs dunkle Welt von der anderen, die gleich dahinter im Licht lag, zu trennen. Weir sah jetzt, wie Mackie sich in einen aus dem Müll gezogenen Liegestuhl mit stark verschlissener Sitzfläche sinken ließ.

Ruff schürzte seine Lippen. »Ich habe eine rechtliche Frage an euch. Nehmen wir mal an, ein Mann wüßte etwas, was er der Polizei nicht gleich gesagt hat. Wie lange müßte er dafür ins Gefängnis?«

»Das kommt darauf an, worum es sich handelt, wie lang er damit gewartet hat und warum.«

»Ich habe nicht gesagt, daß es sich um mich dreht. Ich sagte: ›Nehmen wir mal an‹.«

»Ich habe auch nicht gesagt, daß es sich um dich dreht«, erklärte Weir. »Aber sagen wir doch einfach mal, es ginge um dich. Ich glaube, niemand würde sich in diesem Fall besonders aufregen. Du bist ein Typ, der sich schon lange hier in der Bucht aufhält. Du kennst jeden hier, und jeder kennt dich. Du bist ein solider Bürger. Wenn einer wie du etwas zu sagen hat, sind alle glücklich darüber.«

Über ihnen erschienen auf einmal zwei Männer in Polizeiuniformen, die sich über das Brückengeländer beugten und herunterspähten. Kurz darauf kletterten sie die Böschung herunter, direkt in Mackies Wohnzimmer.

»Können wir behilflich sein?« fragte der ältere, Oswitz.

»Nein, wir kommen hier schon allein zurecht«, sagte Raymond.

»Wer ist denn der da?« Oswitz deutete auf Jim.

»George Bush. Was geht das euch an, verdammt noch mal?«

Der jüngere Polizist, Hoch – Jim erkannte ihn wieder, es war derjenige, der Jim gewünscht hatte, er möge an seiner eigenen Scheiße ersticken –, starrte ihn unaufhörlich an.

»Habt ihr nicht gehört? Wir haben alles im Griff«, sagte Ray.

Die beiden Polizisten nickten mit einer seltsamen Mischung von Arroganz und Pflichterfüllung und gingen wieder hinauf zum Highway.

Mackie lächelte verträumt, langte in einen schmutzigen Autoreifen und zog aus dessen innerer Rundung eine Flasche mit billigem Wein hervor. Es war tatsächlich noch etwas darin. Er drehte den Verschluß auf und nahm einen tiefen Schluck. Dann bot er sie mit dem selbstgefälligen Optimismus eines Trinkers, der genau weiß, daß er nichts abgeben muß, nacheinander Jim und Raymond an. »Ihr seht ja, in dieser Stadt gibt es viel zu viele Polizisten. Der größere von den beiden hat mich einmal eingebuchtet, und dabei habe ich mich nur um meinen eigenen Kram gekümmert. Aber er brachte mich zum Polizeigefängnis, und als wir vor der großen Schiebetür stehenblieben, wo sie sich an so einer Gegensprechanlage ausweisen müssen, sagte er, das sei meine letzte Chance, etwas zu essen zu bekommen, und ich sollte besser schnell etwas bestellen. ›Sag's einfach hier in die Sprechanlage hinein‹, meinte er. Er bestellte sich einen Hamburger, um mich reinzulegen. Bloß hatte schon früher mal ein anderer Bulle diese Show mit mir abgezogen und seinen Partner damit zum Lachen gebracht, also riet ich ihm, wenn das Essen wirklich so gut wäre, es ruhig selber zu essen. Ich sagte ›Ich für meinen Teil, Sir, nehme nur einen trockenen Martini mit einem Spritzer Zitronensaft.‹ Aber jetzt zu dem Kriminaler, der stundenlang mit mir geredet hat ...«

»Innelman?«

»Richtig. Der geht mir gegen den Strich. Hat mich behandelt wie einen dahergelaufenen Penner, der nicht weiß, was er gesehen hat. Tat so, als hätte ich Halluzinationen oder so. Ich wohne jetzt schon fast seit vierzig Jahren hier unten, sogar als ich meine Lynette noch hatte, war ich mit Unterbrechungen da ... und die ganzen vierzig Jahre über haben sie mich verjagt und aufgestöbert und verprügelt und herumgeschubst und eingesperrt und wieder rausgelassen ... zum Teufel, ich habe in meinem Leben mit mehr Polizisten zu tun gehabt, als für irgend jemanden gut sein kann. Ich weiß, wer ich bin. Ich weiß, wo ich stehe. Manche Bullen sind okay, so wie ihr beiden. Manche sind einfach Arschlöcher, wie dieser – wie heißt er gleich wieder? Solche Typen kriegen gar nichts von mir.«

Raymond stieß sich von seinem Brückenpfeiler ab, ging nach vorn, hob Mackie an seinem Hemd hoch in die Luft und drückte ihn mit dem Rücken gegen den kalten Beton. Weir fiel auf, mit welcher Sicherheit Raymond ihn festhielt, so daß er nicht herunterfallen konnte.

»Es wäre besser, du würdest mit ihm reden«, sagte Jim. Mackies Füße strampelten in der Luft. Die Böschung fiel in einem steilen Winkel ab, dort hinunterzufallen wäre eine böse Sache. Mackie schaute angsterfüllt nach unten und dann zu Jim.

»Ich glaube, er ist bereit zu sprechen, Ray. Laß ihn los, damit wir sehen können, was er zu bieten hat.«

Anstatt ihn fallen zu lassen, setzte Ray Mackie behutsam zurück auf seine Füße und strich ihm sein Hemd glatt.

Ruff hob die Hände, als befände er sich in einem Basketballspiel und beantrage eine Auszeit, dann kauerte er sich in den Schmutz und öffnete den Schnürsenkel seines rechten Schuhs. Als er ihn auszog, sah Weir, daß Mackies dreckige braune Socke kurz unter dem Knöchel endete. Dieses Ding gab bloß vor, eine Socke zu sein. Ruffs Fuß sah weiß und durchsichtig aus. Mackie nahm seinen windigen Leinentennisschuh und fummelte an der Gummikappe, unter der normalerweise seine Zehen steckten, herum. Er zog den Gummi hoch, hielt den Schuh ans Tageslicht und lugte hinein. »Hab' ihn«, sagte er schließlich. Einen Moment später hatte er etwas aus dem Schuh gefischt, was er in seiner verschlossenen Faust verbarg, die er Jim hinstreckte. »Ich habe das dort gefunden, wo sie geschrien hat, und zwar bevor die Polizei da war. Die Bullen haben mich so schlecht behandelt, als sie mich aufweckten, daß ich mir dachte, sie könnten ruhig ohne das auskommen. Ich wußte nicht, daß es um Annie Weir ging. *Ich schwör's.*«

Mackie ließ ein kleines, glattes Ding in Jims ausgestreckte Hand fallen. Er trat aus dem Schatten der Brücke ins Sonnenlicht. Die Oberfläche des Dings fühlte sich unter seinem Daumen eigentümlich hart an. Dann piekte etwas Spitzes seine Handfläche. Er schaute hinunter und sah einen lupenreinen, lanzettförmig geschliffenen Diamanten, einen Zentimeter lang und einen halben Zentimeter breit, in Gold gefaßt. Hinten aus der Fassung ragte genau in ihrer Mitte

ein verbogener, dünner Goldstift, der Jim in die Hand gepiekt hatte. Der Diamant war blutverschmiert.
»Da haben wir die Krawattennadel«, sagte Jim.
»Etwas so Großes wie das hier muß eine Imitation sein«, meinte Mackie. »Aber zwanzig Mäuse hätte ich auf alle Fälle dafür bekommen.«
Raymond langte in seine Jacke und holte seine Brieftasche hervor. Er zog ein paar Geldscheine heraus und gab sie Ruff.
»Danke, Lieutenant.«
Ray sagte nichts, als er an Mackie vorbeiging, aber er ließ seine Hand anerkennend über die Schulter des alten Säufers gleiten. Dann stellte er sich neben Weir und schaute hinunter auf den gefaßten Stein. »Wie viele Polizisten kennst du, die halbkarätige Diamanten als Krawattennadeln tragen?«
»Auf Anhieb keinen. Aber ich weiß, was für ein Typ Mann so was trägt. Es sind dieselben Männer, die in einem Glashaus auf einer Insel wohnen und einem im schwarzseidenen Morgenmantel die Tür öffnen. Die Art von Mann, die zwischen Mitternacht und eins zwanzig Minuten nicht belegen können.«
»Kearns war in Uniform.«
»Er hat sie aus- und dann wieder angezogen. Das dauert vielleicht gerade mal sechs Minuten.«
Raymond schaute Weir an, dann ging er los in Richtung auf den Pick-up-Truck.
Mackie warf seine leere Weinflasche die Böschung hinunter. Sie prallte klirrend ein paarmal auf, bevor sie in hohem Bogen im Dreck landete. »Wir sind hier in Newport Beach, Jungs. Die Bullen können hier tun und lassen, was sie wollen. Vergeßt das nicht.«

# Kapitel 15

Dennison und Dwight Innelman trafen Jim und Ray in der Autoverwahrstelle des County. Es war ein umzäuntes Gelände, das zehn Meilen von der Küste entfernt im Inland lag. Der Dunst des frühen Morgens hatte sich längst zu einem erstickenden, ätzenden Nebel verdichtet. Die vier Männer starrten auf Anns alten Toyota, als wollten sie eine Gedenkminute davor abhalten. Daneben stand Emmett Goins' Chevrolet.

Raymond gab Dennison die Krawattennadel in einem Plastikbeutel und erzählte dem Chief die Geschichte, die ihnen Mackie Ruff dazu erzählt hatte. Brian hielt den Beutel gegen das schmutzige Licht und schüttelte ihn, bevor er ihn an Innelman weitergab.

Innelman nahm seine Fliegersonnenbrille ab und begutachtete die Nadel, indem er sie durch das Plastik berührte. »Wie kommt es, daß er Ihnen das Ding so bereitwillig gegeben hat, während er mir nicht einmal davon erzählt hat?«

»Er mag Ihre Art nicht«, antwortete Jim.

Innelmans Mundwinkel verzogen sich zu einem angedeuteten Lächeln. »Anscheinend habe ich die Sache nicht mehr ganz im Griff.«

»Außerdem haben wir ihm etwas Wahrheitsserum eingeflößt.«

»Jetzt verstehe ich.«

Dennison wies Innelman an, die Krawattennadel zur Spurensicherung zu bringen, damit Robbins sie auf Blut und andere Spuren untersuchen konnte. Dann sollten die ortsansässigen Juweliere danach befragt werden. Innelman legte den Beutel vorsichtig in die Aktentasche, die an seinen Füßen stand. Brian wandte sich an Jim: »Informieren Sie mich über Blodgett und Kearns. Sie können vor Dwight offen sprechen – er kennt die ... Situation.«

Weir schaute hinüber zu Innelman, der noch immer vor seiner Aktentasche kniete und ihn durch seine Sonnenbrille ausdruckslos ansah. Zum ersten Mal, seit er die Aufgabe von Dennison übernommen hatte, spürte Jim einen Anflug von Zweifel. Kollegen blieben Kollegen, Polizisten hielten zusammen, und auch die Tatsache, daß er selbst aufgehört hatte, um etwas anderes zu tun, befreite ihn nicht völlig von seiner Bindung daran. Aber andere Dinge hatten jetzt Vorrang, und den größten Vorrang hatte Ann.

Also erzählte er Dennison von Blodgetts fünfzigminütiger »Kaffeepause« mit der ganzen Nordschicht, dem Streifenwagen, der außerhalb seines Streifenbezirks um Mitternacht in südlicher Richtung über die Brücke gefahren war, und dem abgebrochenen Angelausflug in der vergangenen Nacht. Dann berichtete er von den zwanzig Minuten zwischen null Uhr dreißig und null Uhr fünfzig, in denen Kearns nicht über Funk erreichbar gewesen war.

Dennison schüttelte langsam den Kopf und murmelte: »Großer Gott.« Seine Augenbrauen schoben sich gerunzelt nach oben, dann wandte er sich mit einem merkwürdigen Lächeln an Ray.

»Sie würden sich doch auch nicht eine Stunde im Café aufhalten, oder?«

»Höchstens im *Whale*.«

Der Chief kicherte. Weir wurde auf einmal klar, wie hart Dennison arbeiten mußte, um sich vor seinen Männern zu legitimieren. Sein Aufstieg vom Captain zum Interims-Chief und Bürgermeisterkandidaten war für alle, außer ihm, zu rasch vor sich gegangen.

»Ist Blodgett sicher, daß der Streifenwagen, der über die Brücke fuhr, einer der unseren war?«

»Ja.«

Dennison starrte hinaus in den vorbeitreibenden Smog. »Zu schade, daß der Hubschrauber nicht in der Luft war. Diese Burschen sehen einfach alles. Blodgett ist ein Angel-Freak, verbringt jede freie Minute draußen in seinem Boot. Ich würde deshalb nicht allzuviel darauf geben, daß er auch nachts rausfährt. Vielleicht wollte er bloß irgendeine neue Ausrüstung ausprobieren.«

»Fuhr er in Ihrem Auftrag Giftmüllpatrouille in der Bucht?«

Dennison sah erst Weir, dann Ray an. »Nein, auf eigene Faust. Aber ich bin sicher, daß er einen Grund dafür hatte.«

Weir war überrascht, daß Dennison Blodgett verteidigte, den einzigen Polizisten in seiner Truppe, der aktiv daran arbeitete, daß er die Wahl verlor. Brian macht eine Art Gratwanderung, dachte er. Er mußte ehrlich und fair bleiben und trotzdem Becky am fünften Juni eine ordentliche Wahlschlappe verpassen. Vielleicht blieb Dennison nur deshalb auf dem Teppich, weil es öffentlich bekannt war, daß Blodgett sich auf der anderen Seite engagierte – hätte der Chief sich anders als fair verhalten, hätte ihm das seine Männer entfremdet und wäre ein gefundenes Fressen für die Presse gewesen.

»Blodgett war nicht lange genug draußen, um irgend etwas auszuprobieren«, sagte Jim. »Was hätte er im Nebel, mitten in der Nacht und in derselben Bucht, in der wir Annie gefunden haben, auch ausprobieren sollen? Warum also ist er rausgefahren?«

Dennison dachte nach, wobei seine Augen wieder von Jim zu Raymond wanderten. Dann sagte er knapp: »Das ist alles, Weir.«

»Das ist doch genug, oder nicht?«

»Sie verstehen mich nicht. Sie haben Ihre Arbeit getan. Es ist vorbei. Sie sind draußen.«

Jim fühlte sich, als habe man ihm einen Schlag unter die Gürtellinie verpaßt. Er atmete unwillkürlich heftig aus. »Aber Kearns und ...«

»Sie sind *draußen*, Weir. Das war's, und damit Schluß. Sie haben genug geliefert, worüber ich nachdenken kann, also werde ich darüber nachdenken, okay?«

»Kearns und Blodgett müssen noch eine Menge Fragen beantworten«, sagte Jim. »Ich kann diese Antworten aus ihnen herausbekommen. Geben Sie mir noch ein paar Tage. Ich kann ...«

»Sie können nichts tun, was unsere Abteilung für Innere Angelegenheiten nicht besser machen könnte, verdammt noch mal.« Dennison lächelte Jim mit einem schalkhaften kleinen Nicken zu, das wohl unterstreichen sollte, wie schlau es war, diese Abteilung einzuschalten. »Es stimmt. Ich übergebe denen die Angelegenheit. Sie ist jetzt wieder Sache der Polizei.«

Raymond trat zurück, schaute zu Boden, und stupste gegen etwas mit seinem Schuh. Dann schaute er mit einem Blick, der ihn zur Vorsicht mahnen wollte, hoch zu Jim.

Dennison gab Jim einen Klaps auf die Schulter. »Gute Arbeit, Jim. Ach, übrigens, wir haben Goins' Schlafzimmer in Costa Mesa unter die Lupe genommen und ein paar Dinge gefunden, die Sie sehen sollten. Dwight?«

Innelman kniete sich wieder hin, nahm einen Umschlag aus seiner Aktentasche und gab ihn Raymond. Jim schaute ihm über die Schulter, während Ray den Umschlag öffnete und die Fotos herausnahm. Die beiden oberen zeigten die Fähre auf der Halbinsel, das nächste *Poon's Locker* – am frühen Morgen aufgenommen, wie Jim aus dem Winkel der Schatten schloß –, und dann kam ein Photo von *Ann's Kids*, aber zu sehen war bloß das Gebäude, keine Menschen. Das letzte Bild zeigte den Kindergarten während einer Pause, der Spielhof draußen war voller herumrennender Kinder. Zwischen ihnen, leicht nach unten gebeugt, um einem Jungen auf ein Schaukelpferd zu helfen, war Ann, ihr Gesicht vom vollen Haar umrahmt, ihr Lächeln ruhig und wunderschön. Jim fühlte, wie ihm eine warme Röte ins Gesicht stieg. Er hörte, wie Raymonds Atem tiefer und langsamer wurde.

»Das ist eine Aufnahme mit einem Teleobjektiv«, sagte Innelman. »Ich glaube, sie hat nicht gewußt, daß er da draußen war. Er hat das Foto heimlich geschossen. Robbins hat die Originale untersucht und das Erwartete gefunden – Goins' Fingerabdrücke am Rand der Bilder. Das hier sind Kopien.«

»Er hat sie vom Wasser aus geschossen«, sagte Jim.

»Vom Deck der Fähre«, ergänzte Ray.

»Das glauben wir auch«, bestätigte Innelman. »Er könnte sich aber auch eines von diesen kleinen Motorschlauchbooten gemietet haben. Allerdings hat Goins bestimmt nicht allzu viel Geld, außer er hat irgendwelche Gelegenheitsarbeiten angenommen, von denen wir nichts wissen. Also erscheint die Fähre am wahrscheinlichsten.«

Raymond starrte immer noch auf das letzte der Bilder. Schließlich blickte er zu Jim, dann zu Dwight und Dennison. »Wo, zum Teufel, ist dieser Kerl? Es kann doch nicht so schwer sein ...«

»Wir klappern im Moment mit zusätzlichen Leuten die Nachbarschaft ab«, sagte Dennison. »Die Zeitungen wollen sein Foto veröffentlichen. Keine Sorge, wir kriegen ihn.«

»Wer hat die Originalfotos entwickelt?« In Raymonds Stimme lag eine Ruhe, die Weir gut kannte – es war die adrenalingesteuerte, kühle Ruhe des Jägers.

»Er selber. Er hat sich aus der Wohnung seiner Eltern die dafür nötigen Sachen mitgenommen.«
Weir erkundigte sich, ob man schon ein Haar von Goins mit dem auf Anns Bluse gefundenen verglichen habe.
»Keine Übereinstimmung«, antwortete Dennison. »Robbins hat es bereits überprüft. Aber das Haar auf der Bluse muß ja nicht unbedingt vom Täter stammen. Es könnte ebensogut ganz woanders her sein. Damit ist Goins nicht aus dem Schneider, nicht einmal andeutungsweise.«
Innelman nahm Ray sanft die Bilder aus der Hand. »Ich lasse gerade Robbins ein Haar von mir untersuchen, und Roger Deak tut das gleiche. Manchmal verunreinigen wir, trotz aller Bemühungen, auch selber das Spurenmaterial. Auch Sie und Jim sollten eine Haarprobe abgeben, damit sparen wir Zeit. Aber Goins' andere Merkmale stimmen, Ray – Blutgruppe B, Rhesus positiv, Rechtshänder und dasselbe Gewicht wie der Kerl, der die Spuren am Tatort hinterlassen hat, ebenso die gleiche Schuhgröße. Sobald wir ihn haben, werden wir die genetischen Untersuchungen machen. Ich habe mit Mrs. Connaught, der alten Frau, die Kearns in seiner Freizeit aufgetan hat, gesprochen. Ich habe auch aus ihrem Schlafzimmerfenster geschaut. Der Wagen, den sie gesehen hat, stand genau an der Stelle, wo jemand parken würde, der den Weg hinunter zum Meer nehmen wollte. Wir legten ihr ein Foto von Goins' Wagen vor, das wir von oben aufgenommen haben – sie meint, er hätte so ausgesehen. Wir haben Proben von den Sohlen der Schuhe in Goins' Kleiderschrank genommen – Robbins sagt, daß an einem Paar Salz und Silikate waren, die auf stehendes Salzwasser hindeuten. Goins war da unten, wir wissen bloß noch nicht genau, wann. Langsam kommen wir weiter.«
Dennison nahm Raymond am Arm und zog ihn hinüber zum Wagen von Goins. Sie standen davor und betrachteten

den Flecken von Rostschutzgrundierung auf der Fahrertür, aber Weir konnte nicht hören, was sie sagten.
Innelman sah auf die Uhr, blickte hinüber zu seinem Chef und näherte sich Jim. Seine Stimme war tonlos und leise. »Folgendes sollten Sie wissen: Blodgett hat sich vor ein paar Wochen auf einer Party betrunken und sich überall damit gebrüstet, daß er gesehen habe, wie jemand irgendeine Flüssigkeit in die Bucht abgelassen habe. Er konnte die Täter allerdings nicht einholen, er hat ihre Spur im Nebel verloren, irgendwas Derartiges. Ich jedenfalls weiß, daß Ann mit ihm auf Giftmüllstreife draußen war. Und Blodgett kann schrecklich jähzornig sein. Man sagt, er habe letztes Jahr einem Berufsfischer einfach so, aus Jux und Tollerei, das Netz zerschnitten. Auf der Party tönte er in seinem Suff, daß er, sollte er die Typen erwischen, die da was ins Meer kippen, sie zusammen mit ihrem Boot versenken werde. Bisher ist ihm das noch nicht gelungen, soweit man weiß, jedenfalls. Aber vielleicht hat Ann bei einer der Fahrten irgend etwas gesehen. Vielleicht wußte sie etwas. Fragen Sie mich nicht, was. Aber eines kann ich Ihnen sagen: Ich kenne Blodgett jetzt schon seit acht Jahren, und ich weiß noch immer nicht, was für ein Mensch er ist. Diese interne Untersuchung, die Dennison jetzt veranlassen will, ist ein Witz. Wissen Sie, was ich meine?«
»Ja. Aber eines ist mir noch nicht ganz klar. Warum sollte ein Polizist einem Berufsfischer das Netz zerstören?«
»Blodgett ist ein fanatischer Sportfischer mit Hang zur Brutalität. Ihm und seinen Anglerkumpanen paßt es nicht, daß die Netzfischer so viele Fische fangen und daß sich dabei auch immer wieder Seehunde in den Maschen verfangen und erdrosselt werden. Blodgett hat freiwillig die Giftmüllstreife übernommen. Er hat in etwa dieselbe Einstellung zum Wasser wie diese sogenannten Umweltschützer – er

meint, es gehört ihm ganz alleine.« Innelman schaute hinüber zum Chief. »Das, was ich Ihnen gerade gesagt habe, ist nicht gerade Dennisons Lieblingsthema, denn wenn er Dale zu sehr auf die Pelle rückt, sieht er selber schlecht aus. So ist nun mal die Politik. Ich persönlich halte Blodgett übrigens für gemeingefährlich.«

»Danke, Dwight.«

»Es gibt Leute, die über das alles viel besser Bescheid wissen als ich. Ihre Mutter, zum Beispiel, oder Becky Flynn. Und damit Sie's wissen, wir haben Anns Tagebuch bisher immer noch nicht gefunden. Das würde ich nur zu gern in die Hände bekommen.«

Innelman drehte sich um und ging zu seinem Wagen, um ins Labor zu fahren. Dennison verabschiedete sich mit Handschlag von Raymond und kam herüber zu Jim. »Danke, Jim. Sie haben mir – haben uns allen sehr geholfen.«

»Lassen Sie mich noch ein paar Tage an Kearns und Blodgett dranbleiben. Unbezahlt.«

»Keine Chance. Wir sind jetzt am Zug. Vertrauen Sie mir, ich werde alle Antworten bekommen, die wir brauchen.«

Er ging ohne ein weiteres Wort hinüber zum Hubschrauber-Landeplatz. Kurz darauf erhob sich der Polizeihubschrauber in die Luft und flog nach Westen davon.

Jim saß auf dem Fahrersitz im Wagen seiner Schwester, umgeben vom schwach wahrnehmbaren Geruch ihres Parfüms, und versank in Erinnerungen an Ann, die so lebensecht und so unmittelbar auf ihn einstürmten, daß er sich fast davor fürchtete. Wie oft hatten er und sie eine ganze Nacht lang miteinander geredet, und Ann hatte ihr größeres Wissen – größer um zwei ganze Jahre – an ihn weitergegeben. Sie sprachen über Mädchen und Jungen, über Eltern und wie man diese am besten austrickste, über die Schule und wie man sich dort durchmogelte, über die Kirche und wie man sich vor ihrem Besuch drücken konnte. Jim sah auf einmal eine Fotografie vor sich, die Ann zeigte, als sie erst wenige Tage alt war. Sie war in eine rosafarbene Decke gehüllt, und irgendwer hatte ihr ein rotes Schleifchen an ihren noch unbehaarten Kopf geklebt. Jim erinnerte sich noch genau daran, wie es ihn als Junge immer verwundert hatte, daß seine ältere Schwester jemals so jung gewesen war. Er dachte an ein anderes Bild von ihr, wie sie im Overall in ihrem Kinderwagen saß und über zwei Vorderzähne grinste, die so weit hervorstanden, daß man mit ihnen den Kronkorken einer Bierflasche hätte öffnen können. Er sah sie, wie sie mit einer grünen Plastikschaufel in der Hand zum Wasser rannte, sah sie am selben Strand der Bucht von Newport ein paar Jahre später, schmal, mit dunklem Teint und dunklen Haaren und knochenhart. Jims Freunde bewunderten sie sehr. Er sah, wie sie auf Rollschuhen die Gehsteige auf der Halbinsel entlangfegte, ein Buch vor der Nase, er sah, wie sie an einem Sommertag tränenüberströmt in das Flugzeug nach Frankreich stieg, um, wie Poon es ausdrückte, »etwas Froschfresser-Kultur« verpaßt zu bekommen. Er sah sie im Großen Haus die Treppe herunterkommen, in einem blauen Kleid für den Schulball – zum ersten Mal war Jim damals aufgefallen, daß sie eigentlich kein kleines Mädchen mehr war, oder vielleicht, daß er kein kleiner Junge mehr war. Raymond stand am Fuß der Treppe und strahlte seine Prinzessin, die er meinte gar nicht verdient zu haben, mit unverhohlenem Stolz an. Jim sah, wie Ann sich schluchzend in Virginias Arme fallen ließ, als sie die Nachricht von Jake bekamen, er sah die plötzliche Wut, die sie beseelte, als sie eines Nachts Ray vom Pier ins Wasser stieß, und wie sie ihm, von ihrer eigenen Tat geschockt, hinterhersprang. Er sah sie später an diesem Abend, in eine Decke gehüllt, vor dem

Kamin im Großen Haus, ihre Haare klebten ihr am Kopf, und ein so abwesender Ausdruck lag in ihren Augen, als wäre sie immer noch in Frankreich. Ja, sie hatte sich verändert, als sie von dort zurückkam, sie mußte dort etwas erlebt haben, wovon sie niemals sprach. Jim sah Ann, wie sie vor wenigen Tagen noch in ihrem albernen Matrosenkleid an Virginias Tisch im *Whale* stand und mit ihrer Persönlichkeit einem Job Klasse und Würde verlieh, der beides eigentlich gar nicht verdiente, er sah sie ... sah sie ... sah sie ... in einem bruchstückhaften Bilderreigen, der sich, wenn nicht anderswo, zumindest in ihm immer weiter drehte.

Und in Virginia, dachte er.

In Ray.

Und vielleicht auch in dem Kerl, wer immer er sein mochte, der sie zuletzt berührte, ihr Leben nahm und seinen Samen in ihr ließ, der ihr die Rosen für ihre letzte Reise in das trostlose Wasser der Back Bay in ihren Rock und anderswohin steckte.

Ein Schauder durchlief Jims Körper vom Kopf bis in die Füße. Er spürte seinen Herzschlag hinter den Augen. Schließlich riß ihn Raymonds Stimme aus seinem finsteren Brüten.

»... ich habe gesagt, was, zum Teufel, ist das?«

»Wie bitte?«

»Bist du okay?«

»Ja, ich bin okay.«

»Du siehst aber nicht so aus.«

Weir brauchte einen Moment, bis er seine Sinne wieder beieinanderhatte und versuchen konnte, das alles hier zu begreifen: diesen Wagen voller Fingerabdruckpuder, wo überall, wo Beweisstücke entnommen worden waren, Zettel hingen, den Geruch des Parfüms und die Gegenwart dieser Frau, seiner Schwester, deren Blut – das auch das seine war

– so ausgiebig in einen Boden geflossen war, der es weder verdient noch verlangt hatte. »Ich war wohl einen Moment nicht ganz bei mir«, sagte er.
Raymond schwieg einen Augenblick.
»Ich hasse das, Ray.« Jim starrte durch die Windschutzscheibe auf den abgasverpesteten Himmel über dem Binnenland von Orange County. Die Luft war dick wie Rauch. Vor Anns Wagen stand ein roter Porsche mit Einschußlöchern in Windschutzscheibe und Kopfstützen. »Ich hasse das, was er ihr angetan hat.«
»Das tue ich auch, aber wir haben jetzt keine Zeit für Haß, Jim. Wir müssen ihn finden. Und wenn wir ihn finden, töten wir ihn – wie ich gesagt habe.«
»Weißt du, langsam freunde ich mich selbst mit diesem Gedanken an.«
»Natürlich tust du das. Du bist kein Schatzsucher mehr, kein jüngerer Bruder. Und ich bin kein Polizist, kein Ehemann oder Jurastudent mehr. Wenn du uns von einer höheren Warte aus betrachtest, wie Gott es tut, dann siehst du nur noch zwei Männer, die einen anderen töten müssen. Weil er es verdient hat und weil er uns geradezu dazu auffordert. Es ist ganz einfach.«
Weir betrachtete Raymonds ruhiges Gesicht. Er war nahe dran, ihm zu glauben. Er selbst hatte alles versucht, um diese Art von Gedanken zu verdrängen, einen kühlen Kopf zu bewahren und nur das zu tun, was ihn der Wahrheit über Ann näherbrachte. Aber wenn ihn der Schmerz, wie jetzt, ohne Vorwarnung überkam, bemerkte er, wie unmittelbar nahe er ihm war und wie vergeblich er sich bemühte, diesen Schmerz von sich wegzuschieben. Und mit dem Schmerz kam auch die Wut.
Raymond schaute hinunter auf seine Hände. »Gestern nacht saß ich in meinem Arbeitszimmer und schaute all

meine schönen Gesetzbücher an. Ich liebe das Gesetz. Ich liebe es, weil es alles so klar und bestimmt erscheinen läßt. Und auch daß man es immer noch bestimmter, noch klarer, noch fairer gestalten kann. Aber auf einmal wurde mir bewußt, was für eine riesige Lücke zwischen dem Gesetz und dem Mord an Annie klafft. Weißt du, Gesetze sind doch bloß *Ideen.* Ann war die Wirklichkeit. Unser Baby war wirklich. Als ich Ann da unten auf der Erde liegen sah, hat das alles umgeworfen, an was ich glaubte, das Gesetz und das, wofür ich *eingetreten bin.* Alles ist bloß eine Illusion. All diese Ideen – daß wir eine gesetzestreue Nation sind, daß Gott uns beschützt wie die Spatzen auf dem Feld –, alles nur Gerede und Illusion. Das einzige, was keine Illusion ist, sind Fleisch und Blut und das, was wir anfassen und sehen können. Und deshalb werde ich Rache nehmen. Rache ist etwas zum Anfassen. Sie ist wirklich. Von mir aus schicken sie mich dafür in die Gaskammer, ich würde nicht einmal mit der Wimper zucken. Ich verspreche dir, Jim, nicht ein einziges Mal würde ich mit der Wimper zucken. Und erzähl' mir nicht, was Ann jetzt von mir erwarten würde, wie sehr Ann sich wünschen würde, daß ich weitermache und eines Tages alles vergesse. Das ist die größte Illusion von allen.«

Weir lehnte sich zurück und starrte auf den zerrissenen Autohimmel über seinem Kopf. »Ich weiß.«

»Ich weiß, daß du es weißt. Aber um Rache nehmen zu können, müssen wir erst den Mörder finden. Und deshalb müssen wir jetzt, in diesem Moment, herausfinden, warum ich dieses Ding hier in der Hand halte. Eigentlich will ich es gar nicht halten, weil es vielleicht eine Bedeutung hat, die mir nicht gefällt. Was ist das, Jim?«

Jim schaute hinunter. »Das, Raymond, ist die Fernbedienung für ein automatisches Garagentor.«

»Genau. Und wir haben zu Hause kein automatisches Garagentor.«

Jim nahm die Fernbedienung. Es war ein gebräuchliches braunes Plastikkästchen mit der Aufschrift »DOOR GENIE« und einem Clip, mit dem man es an der Sonnenblende befestigen konnte.

Raymond war lange still. Am Rande seines Gesichtsfeldes konnte Jim sehen, wie er durch das Fenster auf Horton Goins' Chevrolet starrte.

Jim drehte das Kästchen in seiner Hand. Es kam ihm ungewöhnlich leicht vor. Komisch, dachte er, daß ein so unwesentliches, in Massen produziertes und unpersönliches Ding mit solcher Wucht ins Leben eines Mannes einbrechen kann.

Es gab keine andere Erklärung für sein Vorhandensein als die des postumen Eingeständnisses, daß Ann an einen Ort gefahren war, von dem Ray nichts wissen durfte, und in einer Garage verschwunden war, wo sie ihre normale Welt hinter sich gelassen hatte und ins Geheime, Unsichtbare, Verbotene, eingetaucht war.

Raymond sah ihn mit einem Ausdruck des Protestes an, der aber so schwach war, daß er sich in einen bestätigenden verwandelt hatte, bevor er den Blick wieder abwenden konnte. »Zuerst dachte ich, sie hätte sich in der Mordnacht deshalb so hergerichtet, weil sie vorhatte, mich von der Polizeistation abzuholen. Sie hat das manchmal getan, ist hingefahren und hat mich erwartet, wenn ich herauskam. Oft trug sie dabei ein aufregendes Kleid, hatte sich eine tolle Frisur gemacht und war sexy geschminkt. Du glaubst nicht, wie toll sie aussah, wenn sie so zurechtgemacht im Auto auf mich wartete. Einmal haben wir es gleich im Toyota miteinander getrieben, am Seitenstreifen des Coast Highway. Ein anderes Mal mußten wir ein Hotelzimmer nehmen, weil wir es nicht erwarten konnten. Wir waren wie pubertierende Jugendliche.«

»Das denke ich nicht.«

»Ich auch nicht.«

»Die Rosen und das Kleid, die sie trug, die Zivilkleidung, die Ruff am Täter sah, die diamantene Krawattennadel und ein Garagentoröffner, der an unserem Haus gar nicht funktioniert – irgendwie paßt das alles zusammen.«

Jim öffnete ganz nebenbei das Batteriefach der Fernbedienung und fand es leer.

Raymond starrte wieder aus dem Autofenster, und Weir folgte seinen Blicken vorbei an Goins' Wagen, durch den Maschendrahtzaun, über das Gebäude des Gesundheitsamts hinweg ins schwache Sonnenlicht eines kühlen Frühlingstags. »Sie hatte haufenweise Gelegenheit dazu. Es war so einfach für sie, so oft, wie ich abends weg war.«

Raymond sagte lange nichts. Weir war klar, daß für Ray ein Infragestellen von Anns Loyalität einen der Grundpfeiler erschütterte, auf die er sein Leben aufgebaut hatte. »Ich kann mir nicht vorstellen, daß sie wahllos fremdgegangen ist. Ich denke, daß, wenn Annie sich wirklich, äh, mit jemandem getroffen hat, es jemand gewesen sein muß, der ihr … etwas bedeutet hat.«

Die letzten Worte waren so leise, daß Weir sie kaum hören konnte.

»Hast du irgendeine Ahnung, wer das sein könnte, Ray?«

Raymond sog den Atem tief ein. Jim hörte nicht, wie er wieder herauskam.

»Nein.«

Weir dachte an das, was Kearns ihm erzählt hatte, an die Fähigkeit, konsequent zu sein, und an Anns andere Seite. Er erzählte Raymond davon.

Ray sah ihn wieder an, sein Gesicht war von der Ungeheuerlichkeit ihres Verrats schwer gezeichnet. »Wenn er glaubt, daß Annie in Wirklichkeit nur aufs Kreuz gelegt werden wollte, dann überrascht mich das nicht. Das ist nun einmal Phil Kearns' Niveau.«

»Hast du irgend etwas zwischen ihm und Ann bemerkt?«

Raymond schüttelte den Kopf.

»Und wie steht es mit Dale Blodgett?«

»Also bitte!«

Die grundlegende Frage hing immer noch verstohlen und unbeantwortet in der Luft. Jim sprach sie aus: »Sagen wir mal, Ann hätte wirklich einen Liebhaber gehabt. Ist er dann auch ihr Mörder?«

»Niemand, der Ann gekannt hat, hätte sie umbringen können«, sagte Raymond ruhig. »Das ist jedenfalls meine Meinung.«

»Die Verbrechensstatistik sagt, daß du falschliegst.«

»Nach der Verbrechensstatistik müßte eigentlich ich der Täter sein.«

»Bist du es?« Die Frage war ausgesprochen, bevor Weir sie zurückhalten konnte. Es war die Art von Frage, wie sie ein Polizist einem anderen Polizisten stellt. Zehn Jahre Arbeit in der Verbrechensbekämpfung läßt manches zur Gewohnheit werden.

Raymond antwortete, ohne zu zögern. »Nein.«

»Entschuldige, daß ich gefragt habe.«

Raymond schüttelte den Kopf. »Das brauchst du nicht.« Er seufzte tief, nahm Jim die Fernbedienung aus der Hand, schob den Deckel wieder über das Batteriefach und steckte sie ein. »Ich bringe das Ding zur Spurensicherung, wo es hingehört.«

Ray und Jim stellten das Auto auf den Kopf. Sie durchwühlten das Handschuhfach, sahen unter die Bodenmatten und durch die vielen Dinge, die sich in jedem Auto mit der Zeit ansammeln. Beweisentnahmezettel wiesen auf die Dinge hin, die Innelman und später die Gehilfen von Robbins fortgenommen hatten, um sie genauer zu untersuchen: zwei Kaffeebecher, eine Tonbandkassette ohne Etikett, den Zigarettenanzünder und den Aschenbecher, einen Umschlag mit »Schnappschüssen, persönlich«, zwei Haare von der Kopfstütze auf der Fahrerseite und eines von der Beifahrerseite.

Raymond öffnete die Tür, damit Luft hereinkam, und atmete tief. »Als ich im Krankenhaus lag, ist mir einiges klargeworden. Ann und ich kamen gut miteinander aus – sicher, auch wir hatten unsere Höhen und Tiefen –, aber alles in allem kamen wir gut miteinander aus. Im vergangenen Winter ging es ihr nicht gut. Sie verkroch sich in sich selbst, so, wie sie es immer tat, wenn es ihr wieder einmal bewußt wurde, daß sie keine Kinder bekommen konnte. Ich kannte das, also bedrängte ich sie nicht. Als ich gestern nachmittag aus dem Krankenhaus kam, bin ich nicht gleich nach Hause gefahren. Ich fuhr zum *Whale's Tale* und danach zu der Stelle, an der wir ihren Wagen gefunden haben. Dabei kamen mir ein paar Gedanken. Einer davon war, daß Annie vielleicht zu einem Liebhaber gefahren war. Also fing ich an, mir zu überlegen, was für eine Art Mann er wohl sein könnte. Ich kam zu dem Schluß, daß er bestimmt ganz anders sein müßte als ich, vollkommen anders. Man hat doch eine Affäre, weil man sich vernachlässigt fühlt oder gelangweilt ist, nicht wahr? Und dann sucht man sich jemand ... Neuen. Ich bin bloß ein Polizist. Ich verhalte mich wie ein Polizist, ich verdiene ein Polizistengehalt. Nehmen wir mal an, daß sie beim Arbeiten ein hohes Tier kennengelernt hat. Vielleicht einen Burschen, der im Geld schwimmt – einen Privilegierten, einen, der etwas zu sagen hat. Sie sieht ihn, sie lernen sich kennen, sie gefallen sich. Eines

Abends nach der Arbeit zieht sie sich etwas wirklich Aufregendes an. Sie bietet sich ihm an, gibt ihm ihren Körper zu seinem Vergnügen. Und dann bringt er sie um. Weißt du, was ich einfach nicht begreifen kann dabei? Die ungeheure Anmaßung, die Nutzlosigkeit an der ganzen Sache. Ich sehe einen Burschen, der gewohnt ist, daß er alles, was er will, auch bekommt, der Menschen gebraucht und dann wegwirft. Ich sehe einen Kerl mit einem aufgeblasenen Ego, der Ann vielleicht wirklich für sein Eigentum, für eine Art Gebrauchsartikel gehalten hat. Jemanden mit Macht und Geld. Einen, der glaubt, er stehe über dem Gesetz. Sie fährt zu ihm und trifft ihn, er bringt sie in die Back Bay und ist seiner selbst so sicher, daß er sogar ihren Wagen in seiner Nachbarschaft stehenläßt. Ich saß in meinem Auto, in derselben Straße, wo sie das von Ann gefunden haben. Es ist eine Gegend, wo man hohe Mieten zahlt, wo Geld und Macht zu Hause sind. Ich glaube, der Mann, mit dem Ann sich eingelassen hat, hat sie als seinen Besitz betrachtet.«

Weir hörte zu. Raymonds Täterprofil war einleuchtend. Ann hätte sich als geheimen Geliebten, als Kristallisationspunkt ihres Doppellebens, bestimmt nur jemanden gesucht, der das Gegenteil von Ray war. »Das steht sicher alles in ihrem Tagebuch. Und das muß doch irgendwo bei euch zu Hause zu finden sein.«

Raymond hob seine Hände vors Gesicht und preßte seine Finger an die Schläfen. »Innelman und Deak haben alles bei uns auf den Kopf gestellt. Ich selber habe vergangene Nacht dasselbe getan, und danach ging ich zum Kindergarten und suchte dort alles ab. Sie hat es entweder unheimlich gut versteckt, oder jemand anders hat es. Vielleicht hat sie es ihm mitgebracht.«

»Zusammen mit einem Dutzend roter Rosen.«

»Genau.«
»Warum?«
Sie stiegen aus und schlossen die Wagentüren. Raymond antwortete nicht, bis sie wieder in Jims Pick-up-Truck saßen.
»Ich glaube«, sagte Raymond, »daß sie mit ihm Schluß machen wollte. Sie bekam ein Kind, und damit war ihr Abenteuer zu Ende. Vielleicht hat sie ihm das Tagebuch gebracht, weil es eigentlich für ihn geschrieben war, seine Geschichte, etwas, was ihn an sie erinnerte.«
Weir spielte den Gedanken durch. »Es wäre viel logischer gewesen, wenn sie es einfach in die Bucht geworfen und so mit der ganzen Affäre Schluß gemacht hätte.«
Raymond schüttelte den Kopf. »Das war nicht ihre Art. Annie hat an allem gehangen – an Freunden, Erinnerungen, Bildern –, an allem, was dir einfällt. Annie hob alles auf. Sie hätte niemals ihr Tagebuch ins Wasser geworfen.«
»Aber sie würde es auch nicht weggeben.«
»Sie hat mehr als das weggegeben, mein Freund.« Raymond blieb einen Augenblick still. Weir konnte das langsame, bemühte Zischen seines Atems hören. »Wie alt ist Horton Goins? Vierundzwanzig? Vielleicht war es das. Ein wilder Taumel mit einem gutaussehenden Jungen, der am Ende ein Messer aus der Tasche zog.«
Weir sagte nichts. Das war nicht stimmig. Aber auf der anderen Seite war Horton Goins genau das für ein Mädchen namens Lucy Galen in Hardin County, Ohio, gewesen.
»Laß uns von hier verschwinden, und zwar schnell«, sagte Raymond.

# KAPITEL 16

Auf ihrem Weg zurück zur Küste fuhren Jim und Raymond zunächst durch die kleinen Straßen des spanischen Viertels von Santa Ana, wo sich die Häuser hinter schmiedeeisernen Zäunen vor Dieben zu schützen versuchen. Sogar vor den Fenstern waren Metallgitter, die dekorativ aussehen sollten, in Wirklichkeit aber eine Barriere darstellten gegen Drogensüchtige, Halsabschneider und gelegentliche Killer.

Dann fuhren sie die Vierte Straße hinunter, vorbei an Cafés, Schuhgeschäften und Taco-Buden, vorbei an Plattengeschäften, aus denen schwermütige mexikanische Balladen tönten, vorbei an Pfandleihhäusern und Schönheitssalons. Sie fuhren über Fußgängerübergänge, auf denen mit Einkaufstüten bepackte Frauen sich schwerfällig von den Märkten nach Hause schleppten. Die Männer auf den Gehsteigen bewegten sich sogar noch langsamer. Sie hatten Cowboyhüte tief in ihre sonnengegerbten Gesichter gezogen und trugen schwere Jacken. Es waren Männer ohne Arbeit, die kein Betätigungsfeld für ihre Fähigkeiten und keine dringenden Geschäfte hatten, denen sie nachgehen mußten. Sie schlurften mit müden Beinen und Rücken dahin, und ihre Gesichter – kaum zu sehen unter den Krempen ihrer Hüte – zeugten von Schicksalsergebenheit und Resignation und dem Glauben, daß die Jungfrau Maria oder irgendwelche Heiligen sie irgendwann einmal aus diesem unwirtlichen Land der Träume erlösen würden. Mañana, mañana, mañana.

Raymond beobachtete hinter seiner Sonnenbrille, wie sie

vorbeigingen. »Ich wünschte, sie hätten mehr zu tun«, sagte er schließlich. »Sie vergeuden ihr Leben.«
»Sie tun, was sie können«, meinte Jim.
»Sie verstehen das System nicht. Wenn sie es verstünden, würde der ganze Laden ihnen gehören. Momentan sind sie nichts als billige Arbeitskräfte. Dieses Land ist für sie nichts als eine riesige Vermittlungsstelle für Gelegenheitsarbeiten. Es ist traurig.«
»In zehn Jahren wird alles anders sein«, entgegnete Jim. »Jemand wird sie zusammenführen, und dann werden sie merken, was große Zahlen bedeuten.«
Raymonds Beziehung zu seiner eigenen Rasse hatte Jim immer wieder verblüfft. Manchmal schien Ray stolz auf seine mexikanische Herkunft zu sein, dann schämte er sich wieder für seine Leute. Jim wunderte sich immer wieder über Raymonds unentschiedene Haltung in diesem Punkt, sein unvorhersehbares Hinundherspringen zwischen Sympathie und Verachtung. Raymond hatte, zum Beispiel, in der Schule nie viel mit den anderen Mexikanern zu tun gehabt. Er hatte sich den weißen Jungen angeschlossen und als Fremdsprache nicht Spanisch, sondern Deutsch gewählt. Vor so langer Zeit, daß Weir schon gar nicht mehr wußte, wann genau, hatte Raymond sich ihm, dem zwei Jahre älteren Anglo-Amerikaner, zugewandt. Aber wenn er bei seiner Familie war, war Raymond ganz anders. Als sie Jungen waren, hatte Weir mit Ray viele Stunden in der *Eight Peso Cantina* verbracht, wo die beiden vor der durch den ganzen Raum laufenden großen Theke, die ihnen bis zu den Augen reichte, den Boden nach heruntergefallenen Geldstücken abgesucht hatten. Unter den ruhigen, wachsamen Augen von Raymonds Vater und Mutter, Nesto und Irena Cruz, hatten sie kleinere Besorgungen erledigt und nicht allzu schwere Arbeiten verrichtet. Dort, bei Eltern und Verwand-

ten, sprudelte das Spanisch schnell und elegant aus Raymonds Mund, und wenn seine Lippen und Wangen die melodischen Worte formten, bekam sein Gesicht ganz neue Züge. Sogar seine Augen schienen in der *Eight Peso Cantina* von neuer Energie zu funkeln. Erst später hatte Weir begriffen, daß Raymond dort deshalb so glücklich war, weil er nur hier wirklich dazugehörte.

Ein Vorfall hatte sich in Jims Gedächtnis besonders eingeprägt. Es war in ihrem zweiten Jahr auf der High-School, und die beiden standen eines Tages kurz vor dem Mittagessen im Pausenhof. Ann war bei ihnen. Ein großer weißer Junge namens Lance und Ernie, ein kleiner Mexikaner, bekamen sich in die Haare. Später fand Jim heraus, daß der Grund dafür etwas mit der Freundin von Lance zu tun hatte. Lance war ein Footballspieler, ein gutaussehender Bursche mit athletischem Körperbau und einem sonnengebleichten Blondschopf. Ernie war ein dunkler, stiller Junge, den niemand näher zu kennen schien.

Als Lance Ernie mit der Faust ins Gesicht schlug, scharten sich die Jungen um die beiden. Das Blut, das aus Ernies Nase floß, ließ die Schüler zwar verstummen, aber auch immer näher rücken, als wohnten sie einer heiligen Handlung bei. Lance stieß Ernie an die Wand der Cafeteria und schlug abermals auf ihn ein. Jim konnte hören, wie Knöchel auf Fleisch trafen. Ann bat Raymond, einzuschreiten und der Sache ein Ende zu bereiten. Und Weir konnte sich immer noch an den Ausdruck in Rays Gesicht erinnern, als dieser sich ihm zuwandte: Tiefe Traurigkeit war in diesem Blick, eine Traurigkeit, die ihn wie gelähmt dastehen ließ, taub für Anns inständige Bitten. Ray war wie hypnotisiert von Lances kräftigen Armen, die auf den kleinen Mexikaner eindroschen. Dann, ohne Jim oder Ann anzublicken, sagte Raymond bloß: »Paßt auf und schaut zu.«

Zu Jims Erstaunen begann Ernie den Schlägen auszuweichen. Sein Gesicht blutete jetzt schon sehr stark. Und Lance wurde müde und langsamer, schlug mit einer Faust, die eigentlich in Ernies Magen hätte landen sollen, gegen die Wand, und auf einmal fiel der Mexikaner über ihn her. Seine Fäuste waren leichter und schneller als die des großen Jungen, und seine Schläge schienen nicht besonders kräftig zu sein, aber sie trommelten auf Lance ein – sie warfen seinen Oberkörper nach oben und trieben den Jungen von der Mauer zurück in den freien Raum des Pausenhofs. Dort taumelte er einen Augenblick lang benommen herum, wobei sein Kopf von einer Seite auf die andere schwankte wie ein Baumwipfel im heftigen Sturm. Dann gaben seine Knie nach, und der ganze gutaussehende, wohlgeformte Muskelberg fiel graziös und wie in Zeitlupe zu Boden. Lance landete mitten auf seinem Gesicht. Er stöhnte leise vor sich hin und vergrub seine Hände in den braunen Nadeln, die von der großen Pinie in der Mitte des Schulhofs auf den Boden gefallen waren.
Raymond hatte damals mit Trauer und Wut in den Augen Jim kurz angeblickt und war weggegangen. Zwei Wochen vergingen, bevor er wieder in der Schule erschien – »Grippe«, sagte er. Jahre später ging Jim auf, daß Rays Krankheit nicht von einem Virus, sondern vom tiefen, nagenden Ärger verursacht worden war: Er ärgerte sich über Lance wegen seiner dummen weißen Arroganz und über Ernie, weil sein stures mexikanisches Macho-Gesicht mit vierzehn Stichen hatte genäht werden müssen. Er ärgerte sich über sich selbst, weil er nicht versucht hatte, den Streit zu beenden, obwohl er gewußt hatte, daß keiner der beiden gewinnen konnte. Er ärgerte sich, weil er Ann enttäuscht hatte und weil er sich für keine Seite hatte entscheiden können. Am meisten aber ärgerte er sich, weil er in dieser brenzligen

Situation keine Position eingenommen hatte, die er wirklich seine eigene hätte nennen können und derer er sich nicht hätte zu schämen brauchen.
»Sie haben etwas Besseres verdient«, sagte Ray und sah noch einmal hinüber zu den Männern. »Aber sie müssen etwas dafür tun. Nichts ist umsonst, und nichts ist einfach zu haben. Du suchst deinen Schatz und sie den ihren.«

Jim steuerte den Pick-up-Truck die Vierte Straße hinunter, heraus aus dem spanischen Viertel und hinein in die weißen Vorstädte von Tustin, einer Stadt, die jahrelang genau an dieser Straße ein Schild aufgestellt hatte, auf dem stand: WILLKOMMEN IN TUSTIN, DEM BEVERLY HILLS VON ORANGE COUNTY. Jim erinnerte sich, daß vor dreißig Jahren daran sogar ein Körnchen Wahrheit gewesen war. In den sanften Hügeln gab es damals große, prächtige Häuser, und kleine Farmhäuser standen in Eukalyptus- und Avocadohainen versteckt. Unten im Tal erstreckten sich Meilen über Meilen von smaragdgrünen Zitrusplantagen. Der Duft von Orangenblüten – urtümlich und betäubend – erhob sich in unsichtbaren warmen Winden. Die Hauptstraße sah damals aus wie gemalt – behäbige Ziegelbauten, in denen ein Kramerladen, eine Autowerkstatt und eine Apotheke untergebracht waren, und ein paar viktorianische Herrschaftshäuser, die jetzt Büros beherbergten.
In den späten sechziger und frühen siebziger Jahren hatte in Tustin der große Ausverkauf begonnen. Jetzt sah man Kettenläden an jeder Straßenecke – GOLDEN ARCHES, JACK IN THE BOX – und die grellen, unmißverständlichen Firmenzeichen von Ölkonzernen, Supermarktketten, Verbrauchermärkten und Fast-food-Restaurants – sie alle buhlten in leuchtenden Farben um die Gunst des Verbrauchers.

Weir schaute hinaus durch den augenreizenden Smog und fand es bezeichnend, daß man in der Stadt Orange, bloß ein paar Meilen von hier entfernt, erst kürzlich ein Grundstück extra mit Orangenbäumen bepflanzt hatte, damit man in späteren Zeiten den Kindern einmal zeigen konnte, wie diese einmal ausgesehen hatten. Sie hatten buchstäblich, wie in dem Lied von Joni Mitchell, die Bäume zubetoniert und ein Baummuseum eingerichtet. Irgendwann, dachte Jim, ist ein Punkt erreicht, an dem Schluß ist. Das Beverly-Hills-Schild hatte man übrigens schon vor Jahren entfernt.

Jim und Ray fuhren in Schrittgeschwindigkeit auf den Freeway, reihten sich mit zehn Meilen in der Stunde in die rechte Spur ein, die mit maximal dreißig Meilen vorankam, eine endlose Autoschlange, die sich, so weit Jim in seinem Rückspiegel sehen konnte, nach hinten erstreckte und vorne im Westen mit aufleuchtenden Bremslichtern und rülpsenden Auspuffrohren im alles bedeckenden, giftigen Dunst verschwand.

Und doch, dachte Weir, so unglaublich es auch war, es ging immer noch weiter. Preßlufthämmer rissen alten Asphalt auf, damit der Freeway um neue Spuren erweitert werden konnte,und Landvermessungstrupps standen überall herum und vermaßen die letzten Quadratzentimeter unbebauten Lands. Gewissenlose Baulöwen überzogen grüne Hügel und kleine Täler mit Tausenden von gleich aussehenden Häusern, während Stadträte und Kreisverwaltungsreferate dieses Treiben mit einem verstohlenen Kugelschreiberstrich absegneten. Weir fiel urplötzlich das Lied »America the Beautiful« ein, das er als Kind immer in der Schule hatte singen müssen. Was war von dem schönen Land, das es besang, noch geblieben? Hier war weniger das Land der Träume als vielmehr das Land der Mißachtung, hier fand unter dem großen blauen Himmel ein riesiger Ausverkauf statt, bis hin zu den letzten bernsteinfarbenen Wogen, den parzellierten Bergen in purpurfarbener Majestät. Gott schenke ihnen seine Gnade.

»Hast du deshalb alles hingeschmissen?« fragte Ray.

»Ja, auch deshalb.«

»Aber die Leute müssen doch irgendwo leben.«

»Das weiß ich. Ich bin mir auch nicht sicher, ob Virginia mit ihren Ansichten recht hat. Aber ich bin noch jung genug, um meine Siebensachen zu packen und mein Heil im Westen zu suchen. Sie ist es nicht mehr.«

»Das Problem ist, daß es keinen Westen mehr gibt.«

»Dann gehen wir halt zurück nach Osten oder vielleicht hinauf nach Norden.« Freunde von ihm waren mit beim großen Exodus in den pazifischen Nordwesten dabeigewesen und versuchten nun dort oben, die Türen hinter sich zu schließen, genauso, wie Virginia das in Newport versuchte. Aber die Frage blieb trotzdem bestehen: Wann soll man bleiben und kämpfen, und wann soll man abhauen und aufhören sich zu beklagen? Jim konnte die Dinge nur bis zu einem gewissen Punkt durchdenken. Vielleicht war alles viel unkomplizierter, wenn man einfach seinem Gefühl folgte.

Aber er fing an zu begreifen, daß Anns Tod in ihm ein Band fast durchtrennt hatte, ein Band, das einst auch aus Poon und Jake bestanden hatte und das ihn mit Leib und Seele mit diesem Ort verband. Jim spürte innerlich, wie sich dieses Band jetzt langsam zu lösen begann. Jetzt waren nur noch er und Virginia übrig. Und Ray. Und vielleicht noch Becky. Es war wie bei der Schlacht von Alamo.

Vierzig Minuten später rollten sie hinunter auf die Halbinsel und in die alte Nachbarschaft. Ins Herz dessen, was bald das Balboa-Stadterneuerungsprojekt werden würde, sollte die

Wahl zugunsten von PacifiCo und den anderen Baufirmen ausgehen. War erst einmal Virginias geliebter Vorschlag A zurückgewiesen und Freunde der Baulöwen wie Brian Dennison im Bürgermeisteramt, dann konnte eine willfährige Stadtverwaltung widerspenstige Bürger enteignen und ehrgeizige Neubauprojekte durchziehen. Weir schaute auf die eng beieinanderstehenden Doppelhäuser und kleinen Bungalows, die unscheinbaren Häuschen im Stil der vierziger Jahre und die Palmen an den Boulevards, die in Jahrzehnten zu majestätischer Größe herangewachsen waren.

Die Gegend hier war das Gegenteil der üblichen amerikanischen Vorstädte. Hier gab es keine Uniformität, keine Kettenläden an den Straßenecken, keine »Planung«, keinen modernen Wertzuwachs. Nur die frische Luft, die vom Pazifik hereinwehte, und dieselben bescheidenen Häuser, die schon seit einem halben Jahrhundert hier standen.

Jim hatte in den Zeitungen Pläne und Zeichnungen von dieser Stadterneuerung gesehen. Das »Leitmotiv« des neuen Balboa hieß »Alt-Kalifornien«, ein Baustil, der versuchte, Elemente der alten spanischen Missionsbauten zu imitieren, rote Ziegeldächer, gewölbte Säulengänge und mit Brunnen verzierte Innenhöfe.

Die *Eight Peso Cantina* wurde nach diesen Plänen zu einem einstöckigen Restaurant mit dem Namen *Newport Sailing Club. Poon's Locker* war Teil eines kleinen Einkaufszentrums mit Bank- und Versicherungsfilialen. *Ann's Kids* war ein Sushi- und Hamburgerrestaurant, das *Taka-Fornia* heißen sollte. Virginias Haus war ein Seefahrtsmuseum, das »Exponate aus Newports historischer Vergangenheit« ausstellen sollte. Das Haus von Ann und Raymond war gar nicht mehr vorhanden, es war einfach wegradiert worden, um Platz für

ein dreistöckiges Parkhaus zu machen, das »vom Baustil her in den altkalifornischen Look eingebettet« werden sollte. Der Pier sollte aus einem künstlichen Material, das aussah wie Lehmziegel und angeblich erdbebensicher war, neu erbaut werden und an seinem Ende sollte ein Fünfsternerestaurant entstehen.
Weir erinnerte sich daran, daß Virginia und Becky zusammen mit einer Handvoll anderer Bürger vor dem Eingang zum PacifiCo-Gebäude festgenommen worden waren, als sie gegen diese Pläne protestiert hatten und auch auf wiederholte Aufforderungen des Sicherheitsdienstes nicht gegangen waren.
Sie hatten das Projekt »Unmögliche Mission« getauft und die lokalen Fernsehsender mobilisiert, die dann auch die Demonstration und die Festnahmen filmten. David Cantrell hatte darauf verzichtet, Anzeige zu erstatten, und erklärt, daß es ihm weniger um die von den Demonstranten vertretene Meinung als vielmehr um die Sicherheit seiner Angestellten gegangen sei, die von ihnen »belästigt« worden wären.
Als er so auf das alte Viertel hinausschaute, konnte Jim nur feststellen, daß es nicht richtig war, etwas zu verändern, was so lange so gut funktioniert hatte.
Und immer noch funktionierte, dachte er, bis auf den Verkehr, der auf dem Balboa Boulevard wieder mal zum Stillstand gekommen war.
Gut funktionierte, dachte er weiter, bis auf die Tatsache, daß hier an der Straße so viele Polizeiautos mit eingeschaltetem Blaulicht standen.
Funktionierte, bis auf den Hubschrauber, der knapp über einem alten, gelbgestrichenen Motel namens *El Mar* in der Luft schwebte.
Funktionierte, bis auf die schwarz uniformierten Männer

der mobilen Eingreiftruppe der Newport-Beach-Polizei, die überall wie riesige Ameisen herumkrabbelten.
Dann entdeckte Jim Phil Kearns, der im Hof des Motels stand und mit dem Leiter des Einsatzkommandos sprach.
»Sie haben Goins gefunden«, sagte Raymond. »Ich *wußte* es.«
Weir fuhr an den Randstein und parkte. Raymond war schon aus dem Wagen und lief den Gehsteig entlang.

# KAPITEL 17

Über den Köpfen der Neugierigen sah Weir auf dem Dach des *El-Mar*-Motels das alte, verwitterte Schild, auf dem ZIMMER MIT KÜHLSCHRANK FREI stand. Aus den Fenstern der Wohngebäude in der Nähe lehnten sich die neugierigen Anwohner, die wie von einem Logenplatz aus das Geschehen verfolgten. Über dem *El Mar* schwebte dröhnend der Polizeihubschrauber. Sein Heck beschrieb dabei langsam einen Kreis, als ob seine Nase an einer unsichtbaren Achse festgemacht wäre.

Jim und Ray schlüpften unter der Absperrung hindurch, die die Polizei bereits zwischen der Wand des *El Mar* und einer Parkuhr aufgespannt hatte, und Weirs erster Gedanke war der: Sie haben ihn erschossen! Raymond verschaffte sich mit seiner Dienstmarke Durchlaß bei den schwarz gekleideten Männern des Einsatzkommandos, die schwere Automatikgewehre und Pistolen trugen und deren Stiefel so blank gewienert waren, daß sie jeden SS-Mann neidisch gemacht hätten. Zimmer vier war offen, ein Wald von Körpern verdeckte den Türstock. Die Tür selbst, die aus den Angeln gerissen worden war, lehnte daneben an der Außenwand. Die Polizisten Hoch und Oswitz traten zur Seite, um Raymond hineinzulassen, rückten aber vor Jim schnell wieder zusammen, versperrten ihm den Weg und drängten ihn zurück auf die Straße. Hochs Gummiknüppel stieß dabei gegen sein Brustbein, und der Schmerz fuhr ihm wie eine Kugel in die Rippen. Weir schlug den Knüppel mit dem Oberarm weg, als Oswitz gerade den seinen zog und ihn ganz am Ende faßte, um weit ausholen zu können. Dann

aber erschien auf einmal Raymond wieder in der Tür und stieß den beiden in den Rücken, wodurch Hoch fast hingefallen wäre und Oswitz herumfuhr, so daß er Raymond, der ihn böse anzischte, direkt ins Gesicht sah. Ray nahm Jim am Arm und zog ihn an den beiden vorbei.
Sie traten in ein winziges Motelzimmer. Es stank nach einem Desinfektionsmittel, das wohl nach Fichtennadeln riechen sollte. Das Licht war schwach, denn vor dem einzigen Fenster hing ein dicker Vorhang aus Plastik, der aussah, als habe man ihn aus einem Picknick-Tischtuch herausgeschnitten. An einer Wand stand ein ordentlich gemachtes Doppelbett, in der Ecke neben der Tür war ein Gasofen, und am Boden lag ein abgenützter grüner Teppich, auf dem ein mit Kunstleder bezogener Sessel stand. Für viel mehr war in dem Zimmer auch kein Platz.
Das erste, worauf Jims Blick fiel, war ein Stadtplan, der an der Wand neben dem Bett hing. Dwight Innelman fotografierte ihn gerade. Jim mußte sich nicht erst hinbeugen, um zu sehen, daß mit rotem und schwarzem Filzstift zwei Routen markiert waren: Die vom *El Mar* in die Back Bay via Fähre in Schwarz, die über den Boulevard in Rot. Jim lief es kalt den Rücken hinunter.
»Habt ihr ihn erwischt, Dwight?«
Innelman drehte sich vor seinem Stativ kurz um zu Jim, dann wieder zurück. »Nein. Er war nicht hier. Kann zu Fuß aber nicht weit kommen, oder?«
Roger Deak packte gerade im Badezimmer ein kleines, abgenütztes Stück rosafarbene Seife und einen Rasierapparat in einen Plastikbeutel. »Überall hier drin sind Fingerabdrücke«, sagte er und nickte Jim zu. »Das war seine Dunkelkammer.«
Jim schaute ins Badezimmer. An der Wand über der Toilette hingen Metallregale, auf denen drei Schalen standen, in

denen immer noch Entwickler, Stopp- und Fixierbad waren. Neben der Toilettenschüssel standen sauber aufgereihte Plastikflaschen. Das kleine Fenster in der unglaublich winzigen Duschkabine war mit Aluminiumfolie verdunkelt. Vom Brausekopf zur Wand, wo sie am obersten der Metallregale festgebunden war, zog sich eine Wäscheleine zum Filmetrocknen. Die Plastikklammern daran waren alle rot und leer. Auf dem Waschbeckenrand lagen eine Schere, ein roter Fettstift und eine Lupe. Der Raum roch nach Chemikalien und Moder. Alles war mit Fingerabdruckpuder bedeckt.

Hinter dem kombinierten Wohn-Schlaf-Zimmer war die Kochnische, ein kleiner, rechteckiger Raum, vollgepfropft mit einem Eßtisch, zwei Stühlen, einer Spüle und einem winzigen, zweiflammigen Herd mit Backröhre. Die Kochnische war mit Band abgesperrt und wurde von Tillis, dem dicken Zivilpolizisten, der Weir am Morgen auf der Polizeistation angestarrt hatte, bewacht. »Chief«, sagte er und drehte sich langsam in die Küche hinein, »hier ist ein besorgter Bürger, eine richtige Nervensäge. Sollen wir ihn rausschmeißen?«

Jim blieb vor dem gelben Band stehen, das vor dem Türstock gespannt war, und schaute in den Raum hinein. Er nahm den Geruch von Gas wahr. Brian Dennison drängte sich mit Mike Paris in eine Ecke des winzigen Raums und redete auf seinen PR-Mann ein. Brian hatte eine Hand auf den Arm von Paris gelegt. Paris nickte und sah mit dem flehentlichen Gesicht eines Bittstellers hinauf zu Dennison. Seine Schultern waren unterwürfig herabgesunken, und sein Kopf nickte in heftiger Zustimmung. Schließlich sah Dennison hinüber zu Weir. Sein Gesicht erstarrte einen Augenblick, bevor es einen Ausdruck träumerischer Ruhe annahm.

»Raus mit ihm«, befahl er.

Tillis packte Jims Arm. Auf einmal waren auch Hoch und Oswitz wieder da, stießen ihm ihre Knüppel in Rippen und Nieren und zerrten ihn an Hemd und Haaren.

Blitzschnell war Raymond zur Stelle. »Was –«

»Das geht Sie nichts an, Cruz«, schrie Dennison. »Cruz, halten Sie sich da raus, *verdammt noch mal*.«

Jim geriet ins Stolpern, hob die Hände, um im Gleichgewicht zu bleiben, und gab Oswitz damit die Gelegenheit, ihm das kurze Ende seines Knüppels blitzschnell in die Achselhöhle zu rammen, es nach oben zu drücken und Jim an die Wand zu drängen. Plötzlich bildeten die drei Männer einen engen Kreis um ihn und schotteten ihn völlig ab. Ein Knie schoß ihm in die Leistengegend, aber bevor Jim überhaupt zusammenklappen konnte, hatte Tillis ihn schon wieder hoch- und von der Wand weggerissen, zur Eingangstür geschubst und die paar Stufen vor dem Eingang hinuntergestoßen. Drunten stürzte Jim auf einen unglücklichen Fotografen, und riß ihn mit klappernden Kameras und Blitzlichtern zu Boden. Zwei Polizisten der Eingreiftruppe zerrten Weir zur Absperrung aus gelbem Plastikband und stießen ihn mit Fußtritten darunter hindurch. Der Fotograf durfte noch ein zerbrochenes Blitzgerät aufheben, bevor auch er in die Menge auf der anderen Seite der Absperrung geschoben wurde, wo er sich sofort aus dem Staub machte, als würde er von sämtlichen Furien verfolgt.

Jim rappelte sich langsam, mit Schmerzen in der Leistengegend, hoch. Er ging mit kleinen, staksigen Schritten durch die sich teilende Menge und lehnte sich schwer atmend an eine Parkuhr auf dem Gehsteig. Raymond erschien in der Tür von Zimmer vier. Jim sah zu ihm hinüber und schüttelte den Kopf: Okay, geh wieder rein. Ray bellte Hoch und Oswitz, die ihn ratlos und zerknirscht ansahen, etwas Böses zu. Laurel Kenney, die Reporterin von Kanal fünf, die damals über Virginias Verhaftung vor dem PacifiCo-Gebäude berichtet hatte, kam mit dem Mikrofon auf Jim zu, gleich hinter ihr der Kameramann. Weir hatte sie vor dem Gefängnis kennengelernt, als Virginia nach ihrer Demonstration wieder entlassen wurde.

»Können Sie uns sagen, was da drinnen vorgeht, Mr. Weir?«

»Nein.«

»Wo ist Horton Goins?«

»Auf freiem Fuß.«

»Sind Sie selbst an der Untersuchung des Mordes an Ihrer Schwester aktiv beteiligt?«

»Nein.«

»Stimmt es, daß Horton Goins, der Sexualverbrecher, Ihre Schwester verfolgt hat?«

»Fragen Sie die Polizei.«

Laurel stand einen Augenblick da und schaute ihn mit gesenktem Mikrofon an. Sie war eine große blasse Frau mit langem rotem Haar und strahlenden grünen Augen. Sie nahm das Mikrofon wieder hoch, schaltete es ab, drehte sich zu ihrem Kameramann und schickte ihn fort. »Also, was ist da drinnen los, zum Teufel? Wird nicht gesendet.«

Weir sah in die neugierigen Gesichter rundum und spürte das auffordernde Schweigen. »Ich bin mir nicht sicher, was da drin vorgeht, Laurel. Das ist alles.«

Weir drängte und schob sich durch die Menge und ging den Gehsteig entlang in südlicher Richtung. An der ersten kleinen Straße aber bog er wieder zur Bucht ab und kam von hinten zurück zum *El Mar.* Vorsichtig schlich er sich an den Mülltonnen und dem herumliegenden Abfall vorbei, an einem alten Fahrrad, Stapeln von Pappkartons voller leerer Flaschen, einem Rasenmäher, der vollständig von einer schwarzen Schmutzschicht überzogen war und einem verdorrten braunen Christbaum, an dem noch immer silbrig glänzendes Lametta hing. Langsam arbeitete er sich bis zur mit einem Fenster versehenen Hintertür von Zimmer vier vor. Goins' Notausstieg, dachte er.

Zwei hohe Betonstufen führten hinauf zu der Tür, aber Jims Kopf reichte auch so gerade bis zum Fenster. Durch einen langen, horizontalen Schlitz in der Jalousie konnte Jim in das Zimmer sehen. Ein Kühlschrank versperrte ihm teilweise die Sicht, und es dauerte eine Weile, bis sich seine Augen an das düstere Licht in dem kleinen Zimmer gewöhnt hatten. Dann aber konnte er die Küche und die Polizisten darin so deutlich sehen wie ein Zuschauer in der ersten Reihe die Schauspieler auf einer Theaterbühne.

Phil Kearns, in einem locker sitzenden Seidenhemd und Jeans, sprach gerade mit Tillis. Kearns' Benehmen war das von jemandem, der zurückblickt und sagt: »Das war vielleicht eine irre Geschichte.« Weir schloß daraus, daß Kearns das *El Mar* und Horton Goins als erster entdeckt hatte und sich damit wie der wichtigste Mann am Platz fühlte. Jetzt schaute er gerade hinüber zu Paris und nickte selbstzufrieden vor sich hin. Zwei Polizisten in Zivil durchsuchten einen Einbauschrank, der in die Wand zum nächsten Zimmer eingelassen war. Den einen der Polizisten kannte Jim von seiner Arbeit beim Sheriff. Sein Name war Mapson. Er drehte sich gerade um, schaute zu Dennison, schüttelte den Kopf und murmelte dann etwas zu seinem Partner. Sie haben die ganze verdammte Abteilung hergeholt, dachte Weir. Raymond stand allein da und starrte auf die Astlöcher an der hölzernen Wand.

Auf einmal wandte sich Ray an Innelman und deutete auf etwas am Holz.

Jim konnte sehen, wie Raymond mit dem Finger an der Wand entlangfuhr und wie Dwight dasselbe tat. Er folgte Rays Blick hinunter zum Linoleumboden. Raymond beugte sich nach unten und hob etwas auf. Als er sich wieder aufgerichtet hatte, sah Raymond einen Moment lang durch die Jalousie aus dem Fenster und schaute direkt in Jims Augen. Dann ging er durchs Zimmer, verdeckte mit seinem Körper das winzige Fenster und hob die Hand.

Jim trat zurück und preßte sich an die Wand. Er sah, wie die Jalousie ein bißchen aufging, dann hörte er Raymonds Stimme: »*Wir brauchen mehr Licht hier drin, verdammt noch mal.*«

Als Jim durch die jetzt weiter geöffneten Schlitze der Jalousie spähte, sah er, wie sich Raymonds Hände hinter seinem Rücken öffneten und ihm drei messingglänzende Reißnägel zeigten. Das war es also, was er vom Boden aufgehoben hatte. Jim überlegte. Was konnte Goins denn an die Wände geheftet haben? Was immer es war, er hatte es mitgenommen. Es war ihm wichtiger gewesen als seine Entwicklerlösungen, sein Stadtplan oder sein Rasierapparat. Waren es weitere Fotos?

Raymonds Hände verschwanden aus dem Blickfeld, und Jim trat einen Schritt zurück. Er konnte jetzt kaum mehr etwas sehen, aber es genügte, um Dennison zu erkennen, der Paris einen letzten Befehl zuflüsterte, bevor dieser sich umdrehte und sich durch die Uniformen und unter der Absperrung hindurch aus dem Zimmer zwängte. Während Tillis den Schrank durchsuchte, konnte Jim sehen, wie merkwürdig schizophren Goins' Garderobe war: unmöglich grelle Hawaiihemden und -hosen, drei Paar Tennisschuhe – eines rot, die anderen beiden weiß, einige Baseball-Mützen in grellgrüner Leuchtfarbe. Und dann hingen da noch, als wären sie zwar ungeliebt, aber irgendwie doch noch notwendig, zwei sportliche Jacketts, zwei weiße Oberhemden, eine dunkle und eine helle Hose mit Bügelfalte und eine Handvoll Krawatten auf einem Kleiderbügel. Tillis hielt gerade ein paar Mokassins ans Licht und untersuchte die Sohlen.

Neben den Schuhen konnte Jim im Schrank die Umrisse eines Skateboards erkennen. Innelman beugte sich hinunter, hob es mit einer Fingerspitze an und drehte eines der Räder. »*Scheint es nicht gerade häufig benutzt zu haben*«, hörte Weir ihn sagen.

Ein Junge aus Ohio, dachte Jim, kommt nach Kalifornien und stylt sich völlig neu durch. Nimmt einen neuen Namen an. Sucht sich einen Job, verdient Geld und versucht, wie ein Einheimischer auszusehen. Er besorgt sich ein Skateboard, hat aber keine Zeit, es zu benutzen. Er ist zu sehr damit beschäftigt, Pläne zu schmieden, Fotos zu machen, Karten zu studieren, näher und näher an eine Frau zu kommen, mit der er vielleicht nicht einmal ein einziges Wort gewechselt hat. Warum sollte sich ein verkorkster Junge aus dem Irrenhaus von allen Frauen in diesem Staat ausgerechnet Ann heraussuchen? War es Zufall – die schreckliche Willkür des Zufalls? Hätte an dem Tag, an dem er das erste Foto geschossen hatte, anstatt Ann eine andere Frau im Hof von *Ann's Kids* gestanden, wäre er dann von dieser genauso besessen gewesen?

Raymond trat an den Schrank und untersuchte jede einzelne Krawatte. Er sucht nach dem Loch, das eine Krawattennadel hinterläßt, vermutete Weir. Raymond schüttelte hilfreich für Jim den Kopf. Da war kein Loch. Horton Goins trug keine Krawattennadeln mit halbkarätigen Diamanten. Horton Goins trug leuchtfarbene Baseballmützen und rote Tennisschuhe. Beides mußte irgendwie miteinander in Einklang gebracht werden, dachte Jim. Irgendwo mußte es eine Erklärung dafür geben.

»*Hey, Paris*«, rief Dennison, »*was ist mit den Reportern?*«

»*Sie warten nur auf Sie, Chief.*«

Dennison schaute auf die Uhr und trat dann vor, um sich mit Innelman zu besprechen.

Tillis holte einen Stuhl und kletterte hinauf, um einen Blick in das oberste Regal des Schranks zu werfen. Er sah aus wie ein Zirkuselefant auf einem Hocker. Innelman verließ achselzuckend den Chief und ging hinüber zu Deak, der eben Fingerabdruckpuder auf die Spüle und die Backofentür auftrug. Raymond stand jetzt bei Kearns. Er warf Jim durch die Jalousie hindurch einen schnellen Blick zu.

Mein Gott, dachte Weir, wenn es wirklich ein Polizist aus Newport war, der Ann umgebracht hat, dann hatte er hier freie Hand, Spuren zu versauen, zu verwischen, zu manipulieren, etwas verschwinden zu lassen, zurechtzurücken und nach Belieben falsche Spuren zu legen. Hier wurde unglaublich schlampige Arbeit geleistet.

Jim kam die Idee, daß diese Schlamperei der Polizei nur recht sein konnte für den Fall, daß einer von ihnen Anns Mörder war. Am besten wäre es für die Polizei, dachte Jim, wenn Goins noch eine Woche oder so frei herumliefe und damit die Aufmerksamkeit der Öffentlichkeit ganz auf sich zöge. Vielleicht war der ganze Zirkus hier nur eine Inszenierung, um Goins vor sich herlaufen zu lassen wie einen mechanischen Hasen. Warum war es von allen Polizisten in der Abteilung, von allen Bürgern der Halbinsel ausgerechnet Kearns gewesen, der Goins aufgespürt hatte?

Einen Moment lang wäre Jim am liebsten zurück in das Motel gerannt, hätte jeden, der sich ihm in den Weg stellte, windelweich geprügelt und dann die frechen Eindringlinge einen nach dem andern an der Gurgel gepackt und hinausgezerrt, bis nur noch Innelman und Deak übrig gewesen wären, um die Arbeit zu tun, die von Anfang an nur von Innelman und Deak hätte getan werden sollen. Zu dumm. Aber im Augenblick konnte er nichts dagegen tun.

Er sah, wie Dennison erst Kearns jovial auf die Schulter klopfte – gute Arbeit –, dann Ray – wir kriegen den Burschen –, als wäre er auf einer Cocktailparty und hätte schon drei Martini intus. Als er mit Kearns sprach, hielt er den Kopf einschmeichelnd schief. Dann drängte sich Paris, der Public-Relations-Mann, zurück in die Küche und flüsterte Dennison etwas ins Ohr. Die Hand des Chiefs fiel von Raymonds Schulter. »*Weitermachen*«, sagte er, und während er zur Tür ging, knöpfte er sein Leinenjackett zu, fuhr sich mit den Fingern durch die Haare und nahm eine gerade Haltung an, in seinem Gang war jetzt wieder ein offensichtliches Sendungsbewußtsein zu entdecken.

Als er fort war, wandte sich Paris an Tillis, nahm eine gerade Haltung an, fuhr mit einer Hand durch seine Haare und wiederholte *Weitermachen* mit einer Stimme, die entfernt wie die von Dennison klang. Weir fand die Imitation nicht besonders gut. Er hörte gedämpftes Kichern durch die Fensterscheiben. Raymond warf ihm wieder einen Blick zu.

Wie ein Papagei, dachte er. Mike Papagei, der Public-Relations-Mann. Noch so ein verdammter Clown mit Dienstmarke und Revolver.

Von hoch oben auf dem Stuhl schallte die Stimme von Tillis laut und klar durch die Geräuschkulisse in der Küche. »*Hey, hey, hey! Schaut mal, was euer kleiner Tillis da gefunden hat!*«

Weir sah, wie er mit einem großen Umschlag aus braunem Papier, den er zwischen Daumen und Zeigefinger hielt, vom Stuhl stieg. Schwungvoll ging er damit zum Küchentisch, legte ihn hin und öffnete die Lasche mit der Spitze eines Bleistifts. Tillis schüttelte den Inhalt heraus – einen Stapel von achtzehn mal vierundzwanzig Zentimeter großen Hochglanzfotos in Schwarzweiß. Er benutzte den Radiergummi am Ende des Bleistifts, um sie voneinander zu trennen und auf dem Tisch zu verteilen.

Schweigen senkte sich auf den Raum. Drei Rücken, die von

Innelman, Ray und Roger Deak, versperrten ihm die Sicht. Dahinter konnte er nur die Resopalplatte des billigen Tisches, den Stapel Fotos und die feiste Hand des Kriminalers sehen, die immer noch den Bleistift hielt.

»*Mann!*«

»*So ein Irrer!*«

»*Schau dir das an!*«

Weir sah, wie jemand mit einer Pinzette eines der Photos ans Licht hielt. Er konnte nicht erkennen, was es darstellte. Raymonds Gesicht, das er jetzt im Profil sah, war verdächtig bleich. Schließlich ließ Ray sich die Pinzette geben und zog eine kleine Show ab. Er tat so, als könne er das Foto in dem dämmrigen Zimmer nicht gut genug sehen und ging damit ans Fenster. Er beugte sich tief herab, mit dem Rücken zu den anderen, und hielt das Foto an das schwache Tageslicht, das durch das Fenster hereinströmte.

Und da war Ann in all ihrer Schönheit, von Goins, ohne es zu bemerken, in einem Moment ihres Alltagslebens eingefangen. Auf dem Foto trat sie gerade aus ihrem Haus und hatte einen Arm noch immer an der Tür, um abzuschließen. Ihr Gesicht sah frisch aus und hatte jenen Ausdruck von mildem Optimismus, mit dem sich manche Leute am Morgen auf ihre Arbeit freuen. Raymond drehte das Foto um. Auf der Rückseite standen mit Fettstift geschrieben die Worte: *Ein neuer Morgen – 25. Februar.*

Dann sah Jim wieder Raymonds Rücken, als Ray zum Tisch zurückging und ein anderes der Bilder holte, die jetzt wie die Schnappschüsse von einer Hochzeit herumgereicht wurden. Während Raymond seine Runden machte, achtete er darauf, daß er immer mit dem Rücken zwischen dem Fenster und den anderen Polizisten stand.

Auf dem nächsten Foto war Ann, wie sie das Maschendrahttor zum Hof des Kindergartens öffnete, wobei eine Brise

vom Meer her ihr die Haare aus dem Gesicht blies – *Bei der Arbeit – 25. Februar.*
Ann, die einen Gehsteig entlangging und zwei große Einkaufstüten an die Brust preßte – *Einkäufe – 2. März.*
Ann auf demselben Gehsteig in ihrem kurzen Bedienungsrock und einem alten Pullover, die Handtasche über die Schulter gehängt.
Ann inmitten all ihrer Kinder vor dem Kindergarten – ein ähnliches Foto, dachte Weir, wie das, welches Innelman in Emmetts Wohnung in Costa Mesa gefunden hatte.
Ann mit Raymond, in Uniform, wie sie durch den Maschendrahtzaun des Pausenhofs miteinander sprachen.
Ann, Ray und Phil Kearns – eine Nachtaufnahme –, wie sie Arm in Arm den Balboa Boulevard gleich hinter dem Theater entlangspazierten. Ein anderes Foto von derselben Nacht zeigte die drei vor dem Eingang zum Studiocafé.
Die letzten drei Bilder jedoch trafen Jim am tiefsten. Das erste davon zeigte das Fenster von Rays und Anns Wohnung, es war in der Nacht aufgenommen worden, von unterhalb des Fensters aus. Ann schaute, einen leeren Ausdruck im Gesicht, heraus in die Nacht. Sie trug dunklen Lippenstift und eine Perlenkette. Ihr Haar war aufgesteckt und ihre Schultern ragten blaß und nackt aus dem dunklen, tief ausgeschnittenen Kleid. Ihre langen Ohrringe warfen scharfe Lichtreflexe in die Kamera. Sie sah, so kam es Jim vor, irgendwie verloren aus. *Gedanken am Fenster – 14. März.*
Auf dem nächsten Foto stand sie mit dem Rücken zu Goins in einer kleinen Straße, die Jim als diejenige erkannte, die von der Hintertür ihres Hauses zum Boulevard führte. Pfützen glitzerten auf der Straße, und der Asphalt schimmerte nach einem stürmischen Regen. Die Mauern der Häuser waren glatt und naß und reflektierten wie Spiegel. Goins hatte es sogar geschafft, den Mond mit aufs Bild zu bringen,

ein verlorener Splitter, der zwischen zwei schwarzen Wohnhäusern hervorlugte. Ann, in der Mitte des Fotos, schien gerade innezuhalten, stand, die Beine eng beieinander, ein kleines bißchen auf den Zehen und schaute nach unten. In ihrer linken Hand war ein Regenschirm zu sehen, und die überlegte sich wohl, wie sie am besten um die Pfützen herumkäme, die aus diesem Winkel aussahen, als hätten sie sie eingeschlossen. *Ann im Mondlicht – 25. Februar.*

Auf dem letzten Bild waren nur ihre Beine und Schuhe zu sehen, die gerade noch aus der Tür eines großen Wagens hervorlugten, welche ihr ein stämmiger Mann in einem schwarzen Anzug aufhielt. Er stand mit dem Rücken zur Kamera. Das Kennzeichen des Wagens war nicht sichtbar. *Ausfahrt – 21. März.*

»Wow!« sagte der fette Tillis. »Dieser Goins ist ja ein echter Fan von ihr. Ein echter, gottverdammter Irrer. Aber sie haben ihn rausgelassen, wie sie es immer tun. Was glauben die eigentlich? Soll das eine Art Beschäftigungstherapie für uns sein, oder was? Der Chief sollte dieses Zeug sehen. Hey, Papagei, hol den Chief wieder rein!«

Einen Moment später glitt Dennison hinter Paris mit gehobenen Brauen und dem Glanz von frisch ausgebrochenem Schweiß auf seinem Gesicht wieder herein. Als er von der Fensterscheibe zurücktrat, konnte Jim hören, daß Dennison etwas von drei lokalen Sendern *und* drei überregionalen murmelte. Paris steuerte ihn in die Ecke beim Kühlschrank, um mit ihm, direkt vor Jim, ein vertrauliches Gespräch zu führen.

»Die Nachrichtenteams könnten eines der Fotos sicher für die Sendung gebrauchen, Sir.«

»Was wäre damit gewonnen?«

»Es liegt an Ihnen, Sir, aber es würde diese Geschichte von den anderen Morden in den Medien unterscheiden. Das wäre doch ein schönes Stück kostenlose Sendezeit für Sie. Wenn Becky Flynn so viel Publicity bekommen könnte, würde sie nackt auf das PacifiCo-Gebäude klettern und sich dort selbst anzünden. Wobei ich übrigens, wenn ich es mir so vorstelle, recht gerne zugucken würde. Holen Sie aus der Sache raus, was geht, solange sie noch aktuell ist.«

Dennison schwieg einen Moment. Durch die Lamellen der Jalousie konnte Weir die Umrisse seines weißen Leinenjacketts sehen, wie die Revers sich über seiner dicken Brust wölbten. Paris drehte sein Handgelenk und sah auf die Uhr.

»Sie sollten es bald machen, Sir.«

Dennisons Jackett rutschte jetzt nach hinten, und seine Hände glitten in die Taschen. Jim konnte sehen, daß es am Ellenbogen schon ganz abgewetzt war.

»Was machen wir eigentlich mit dem FBI?«

»Jetzt wäre die beste Gelegenheit, um es zu erwähnen, sollte Ihnen das möglich sein.«

»Ich weiß immer noch nicht, ob ich das tun soll. Das ist doch wie ein Eingeständnis, daß wir nicht einmal in unserem eigenen Hinterhof für Ordnung sorgen können.«

»Entweder wir arbeiten freiwillig mit dem FBI zusammen, dann sieht es so aus, als hätten wir es von uns aus hinzugezogen, oder Becky Flynn hetzt es uns auf den Hals. Suchen Sie sich ein Foto aus, Sir.«

»Nein.«

»Was meinen Sie mit ›nein‹?«

»Niemand sollte diese Bilder sehen. Wenn ich eines zeige, dann schickt uns jeder wild gewordene Fotoamateur im ganzen Staat seine neckischen Bilder von hübschen Blondinen. Nein.«

Paris schwieg einen Augenblick.

»Was ist mit dem Schlagwort?«

»Ich überlege noch.«

»Ich halte nach wie vor ›Die Bestie von der Back Bay‹ für am besten.«
»Ist das nicht ein bißchen zu stark?«
»So ein Schlagwort kann gar nicht stark genug sein. Die Medien wollen so was, sie wollen malerische, blutrünstige Worte, unter denen man sich etwas vorstellen kann.«
Eine weitere Pause. Weir hörte Paris seufzen.
»Haben Sie vor, etwas über Goins zu sagen, Chief? Wenn wir seine Verhaftung melden könnten, dann wäre – «
»Meinen Sie wirklich, daß ich, wenn wir ihn verhaftet hätten, noch hier mit Ihnen herumstehen und über verdammte *Schlagworte* diskutieren würde?«
Als Dennison wieder vom Fenster wegtrat, drang fahles Licht durch die Scheibe. Dann war der Rücken von Paris vor der Jalousie. Weir hörte, wie Paris Dennison mit schlecht imitierter Stimme nachäffte: »... über verdammte *Schlagworte* diskutieren würde?«

Weir, Raymond und Phil Kearns lehnten an der Wand des *El-Mar*-Motel – ZIMMER MIT KÜHLSCHRANK FREI – und sahen zu, wie der Interims-Polizeichef Dennison sich den Kameras der Fernsehstationen stellte. Die Menge drängte sich an der Absperrung, wo sie von den Männern des Einsatzkommandos zurückgehalten wurde – Jim hatte gehört, wie Paris Dennison das geraten hatte, während die Teams ihre Kameras fertigmachten.
»Na, wie haben Sie das geschafft?« fragte Jim.
Kearns zuckte mit den Achseln. »Ich hatte Glück. Ich fragte bei Goins' früherem Arbeitsplatz nach, und einer seiner Kollegen gab mir die Adresse des Motels. Ich rief sofort Brian an, und der sagte, ich solle die Finger davon lassen. So kam das Sondereinsatzkommando ins Spiel, und der ganze Zirkus hier fing an.«

Dennison schwitzte übermäßig in der milden, verhangenen Sonne. Die Kameras belagerten ihn, Scheinwerfer leuchteten grell, und die Kameramänner hingen wie an Nabelschnüren an ihren Geräten und drängten sich um die beste Aufnahmeposition. Dennison spielte Goins' frühere Tat eher herunter – er dachte anscheinend bereits an eine Gerichtsverhandlung, bei der er von der Verteidigung wegen Voreingenommenheit attackiert werden könnte –, aber er verwies hartnäckig auf eine mögliche Verbindung des Triebtäters zu Ann: »In Ohio war es eine Bedienung, und hier war es eine Bedienung ... er kannte sein Opfer ... in Ohio ein entlegener Sumpf, in unserem Fall die Back Bay ... offensichtlich ein Hobbyfotograf, dem sie schon eine Zeitlang ›aufgefallen‹ war.«
Weir wandte sich an Kearns, der Dennison mit skeptischer Miene betrachtete. »Wie sah sein Zimmer aus, als Sie hineinkamen?«
»Ordentlich. Die Backröhre war eingeschaltet. Auf der Küchentheke waren zwei Scheiben Weißbrot, als hätte er gerade vorgehabt, sie in den Ofen zu schieben.«
Na also, dachte Weir, Goins war nichtsahnend zu Hause gewesen. Dann aber hatte er Lunte gerochen, seine Sachen gepackt, und während draußen Dennisons Show anlief, war er durch die Hintertür verschwunden. Hatte man ihn am Ende absichtlich entkommen lassen? »Wissen Sie, was ihn aufgeschreckt hat?« fragte er Kearns.
»Keine Ahnung. Vielleicht war ich es selbst. Ich habe auf der anderen Straßenseite gewartet, von wo aus ich seine Tür im Auge behalten konnte. Ich dachte, ich wäre unauffällig, aber vielleicht hat er mich beobachtet ...«
Raymond schüttelte verständnislos den Kopf.
»Dennison hat die Eingreiftruppe geholt, nicht ich«, verteidigte sich Kearns.

»Das war dumm«, sagte Raymond.
»Strohdumm ist genau das richtige Wort dafür«, bestätigte Kearns.
Dennison hatte eine Law-and-order-Show abgezogen, hier auf der Halbinsel, wo, wie er gerade den Journalisten sagte, »... die überwiegende Mehrzahl der Verbrechen in dieser Stadt begangen wird«.
Die unausgesprochene Schlußfolgerung daraus war, daß man die ganze Gegend am besten abreißen und neu bebauen sollte, aber so käuflich, daß er an dieser Stelle das Balboa-Stadterneuerungsprojekt erwähnt hätte, war Dennison nun doch wieder nicht. Mike Paris, die Hände lässig in den Taschen seines Jacketts, lauerte wie ein schlechtes Gewissen hinter ihm.
»Es sind die Bürger, die Newport City zu einer so großartigen Stadt machen«, fuhr der Interims-Polizeichef fort, »und diese Bürger haben ein Recht darauf, daß man sie vor denen beschützt, die weniger Glück im Leben hatten, vor Leuten wie diesem Horton Goins. Diese Stadt kann sich eine Gegend, in der das Gewaltverbrechen gedeiht, nicht mehr länger leisten. Die Bewohner dieser Halbinsel haben etwas anderes verdient.«
Als ob alle, die weniger Glück im Leben haben, überführte Sexualverbrecher wären, dachte Weir, als ob man mit Stadterneuerung Menschen wie Horton Goins wegsanieren könnte, als ob eine Gegend mit niedrigen Mieten und niedrigem Steueraufkommen an allen Verbrechen dieser Welt schuld wäre.
»Chief Dennison, ist Horton Goins jetzt offiziell ein Tatverdächtiger?«
»Horton Goins ist ein Hauptverdächtiger.«
Paris beugte sich vor und flüsterte Dennison etwas ins Ohr. Dabei verdeckte Dennison das am nächsten stehende Mi-

krofon mit seiner Hand, als stünde die nationale Sicherheit auf dem Spiel.

Der Chief nickte und wandte sich wieder den Kameras zu. »In der Suche nach der *Bestie von der Back Bay* ist Horton Goins unser *einziger* Verdächtiger.«

# KAPITEL 18

Joseph Goins drückte einmal auf den Klingelknopf, dann trat er auf der unebenen, knarzenden Veranda einen Schritt zurück.

Er drehte sich um zu dem riesigen Avocadobaum, der alles in seinen Schatten tauchte, betrachtete den unkrautüberwachsenen Gartenweg, den er gerade entlanggegangen war, den Hibiskus, die Zitronenbäume und die Bambusstauden, die so dicht beieinanderstanden, daß sie das Grundstück vollkommen von der Straße abschirmten und ihre Wipfel sich nach oben zu einem schattenspendenden Blätterdach verdichteten. Bereits jetzt gefiel es ihm hier sehr gut.

Von hinter der Tür kam auf einmal ein Schrei. Vielleicht war es auch mehr ein Gackern, in das ein Wort eingebaut war.

*»Mmmmmjjjjaa?«*

Was für ein unangenehmer, kratzender Ton, dachte er. Er läutete noch einmal und schaute hinunter auf seinen Karton voller Kameras, Fotos und Kleidung. Er mußte wieder an den Mann in engen Jeans und modisch weitem Hemd denken, der gegenüber vom *El Mar* auf der Straße herumgelungert war. Als Goins ihn beim Hinausschauen bemerkt hatte, war aus dem Rückenmark ein einziger Gedanke in seinen Kopf geschossen: Hau ab, solange du noch kannst. Das ist ein Polizist. Ein Polizist, der dich aufgespürt hat. Schon am Tag zuvor hatte er so etwas wie eine Vorahnung gehabt und sich nach einem anderen Zimmer umgetan, für den Fall, daß so etwas passierte. Ich kann Gott für solche

Momente der Klarheit danken, dachte er, und ebenso für die Hintertür.

*»Mmmmmjjjjaa?«*

»Mrs. Fostes?«

*»Mmmminute bitte!«*

Joseph nahm die Zeitung aus seinem Karton. Was für ein Zufall, dachte er, fast wie im Kino. Er schlug die Zeitung auf und blätterte bis zur Seite mit den Kleinanzeigen der Rubrik »Gesucht«. Seine Hand zitterte noch immer. Aber wessen Hand würde das in einem solchen Fall nicht tun? fragte er sich.

Mit einem Karton voller Sachen war er gerade noch aus der Hintertür geschlüpft und an der Bucht entlang zu einem Spielsalon gegangen, wo er sich in der dunklen, piepsenden Welt voller Summer und Glocken und Sirenen verstecken wollte. Aber alle dort hatten ihn angestarrt. Diese Kalifornier *spüren* es einfach, wenn einer nicht zu ihnen gehört.

Mit Schmerzen in seinem Inneren, einem Kopf, in dem widersprüchliche Gedanken hin und her rasten, einem Gesicht, das vor lauter Aufregung über Entdeckung und Flucht wie Feuer brannte, hatte er sich ein paar Minuten auf die Kaimauer gesetzt und sich schon praktisch aufgegeben. Er hatte darauf gewartet, daß sie kämen und ihn fortholten. Ein martialisch aussehender Wagen des Mobilen Einsatzkommandos war mit hoher Geschwindigkeit an ihm vorbei in Richtung *El Mar* gerauscht, und der Polizeihubschrauber hatte sich direkt über das Motel gesetzt. Seine Rotorblätter hatten dröhnend die Luft gepeitscht, und als Joseph seine Augen geschlossen hatte, hatte er durch die Lider hindurch zwei scharfe schwarz-rote, rotierende Messer gesehen, die aus einem blauen Himmel auf ihn herunterstießen. Drei Polizisten in Uniform waren schnell und zielstrebig an ihm vorbeigegangen, er aber hatte einfach nur dagesessen, mit seiner dunklen Sonnenbrille und seiner grellfarbigen Baseballmütze, den Karton mit seinen Habseligkeiten neben sich, und hatte sich gefragt, warum sie nicht stehenblieben und ihm Handschellen anlegten. Als er schließlich weitergegangen war, hatte er sich an kleine Seitenstraßen gehalten und seinen Karton auf der Schulter getragen, um sein Gesicht zu verdecken. Er war nach Süden gegangen, die Halbinsel hinunter bis zu diesem Haus, vor dem er jetzt stand.

Die Tür ging auf, und eine alte, weißhaarige Frau im Bademantel sah ihn mit den wäßrigsten blauen Augen an, die er jemals gesehen hatte. Ihre Schultern waren oben wie eine Heftklammer nach innen gebogen. Ihre Gesichtszüge waren eingesunken, aber ihre Haut war glatt. Mit einer knochigen Hand voller Altersflecken hielt sie ihren Bademantel am Hals zusammen.

Sie ist wundervoll, dachte Joseph Goins. Er hielt ihr die Zeitung vor die Nase und beobachtete genau, was sie tat.

»Sind Sie Mrs. Fostes?«

»Das bin ich«, sagte sie. Ihre Augen wanderten, ohne etwas zu erkennen, über die Zeitung. Perfekt. *Sehbehinderte ältere Frau sucht Gesellschafter bei freier Unterkunft und Verpflegung* lautete ihre Anzeige. Joseph Goins hatte sich schon gedacht, daß »sehbehindert« in diesem Fall nur fast blind bedeuten konnte. Er hatte recht gehabt.

»Mein Name ist Joseph Gray. Ist das Zimmer noch frei?« fragte er lächelnd.

Ihre blauen Augen blieben einen Moment lang an seinem Gesicht hängen, so daß er seine Sonnenbrille abnahm, um ihren taxierenden Blick zu erwidern. »Ja. Kommen Sie doch herein.«

Sogar ihre normale Stimme klang wie ein Schrei, bemerkte er, wenn auch wie ein etwas leiserer. Er nahm seinen Karton

und folgte ihrem hin und her wackelnden weißen Kopf hinein ins Haus.
Drinnen war es dunkel und warm. Verschiedene unangenehme Gerüche wetteiferten miteinander. Auf einem Beistelltisch lag zusammengerollt eine Katze, als wäre sie am Fuß der Stehlampe festgeschraubt. Daneben stand ein durchgesessenes grünes Sofa, ein Polstersessel mit Blumenmuster, ein Kaffeetisch und ein angeschalteter Fernseher. Ein Hund, der in Größe und Aussehen einem flauschigen Hausschuh ähnelte, schoß um Josephs Füße, während er Mrs. Fostes ins Wohnzimmer folgte. Sie setzte sich langsam in die Mitte des Sofas und zeigte mit einem knochigen Finger auf den Lehnsessel.
»Wenn ich nur meine Brille finden könnte, dann könnte ich Sie besser sehen«, sagte sie. »Von hier aus kann ich kaum den Fernseher erkennen. Was läuft denn gerade?«
»Irgend so eine Seifenoper, glaube ich.«
»Wo ist sie bloß?« Sie kramte in einem Schuhkarton voller Medikamente, der vor ihr auf dem Tisch stand. »Dafür brauche ich keine Brille«, sagte sie und deutete auf ein Röhrchen mit Tabletten. »Die erkenne ich an ihrer Form. Aber den Fernseher kann ich nicht mehr sehen. Sehen Sie vielleicht meine Brille irgendwo herumliegen?«
Als Joseph sich in dem Zimmer umsah, fiel sein Blick auf den Fernsehapparat, auf dem eine dicke Brille mit schwarzem Gestell lag. »Nein, Mrs. Fostes. Ich kann sie nirgends entdecken.«
»Im Winter habe ich sie einen Monat lang nicht gefunden«, beklagte sie sich. »Aber deswegen war ich kaum langsamer.«
»Ein hübsches Haus haben Sie«, erklärte Joseph. Der Schwanz der Katze glitt vom Tisch und pendelte zuckend in der Luft.
»Ach, es geht«, erwiderte Mrs. Fostes. »Sind Sie Student?«

»Ich werde im Herbst wieder anfangen zu studieren«, sagte er. »An der Uni in Irvine.« Er wußte alles über die University of California in Irvine – zumindest was die dortigen medizinischen Institute anbelangte.

»Was studieren Sie denn?«

»Informatik. Computer.«

»Das ist momentan das beste. John, mein Mann, hat immer gesagt, daß die Zukunft dem Computer gehört. Das ist schon lange her. Er ist 1962 gestorben.«

»Das tut mir leid.«

»Mir auch«, seufzte sie. »Wo kommen Sie her?«

»Aus Irvine.« Es ist am besten, ich bleibe bei meiner Story, dachte Joseph. »Mein Vater verkauft dort Computer. Meine Mutter ist Hausfrau.«

»Haben Sie einen Job?«

»Momentan lebe ich von meinen Ersparnissen. Aber in naher Zukunft werde ich mir einen Job in der Computerbranche suchen.«

»Für einen hiesigen Jungen haben Sie aber eine sehr gepflegte Sprache. Sie reden nicht so frech daher wie die anderen. Surfen Sie?«

»Ich fahre ein bißchen Skateboard.« Als Joseph an die paar aufregenden Sekunden dachte, die er auf seinem Achtzigdollarbrett verbracht hatte, mußte er kichern. Gefährlich schwindelerregend war das gewesen und unglaublich schnell, ein Gefühl, als wäre man auf einer Bananenschale ausgeglitten. Joseph war danach völlig durcheinander gewesen.

»Aber ich bin ein guter Schwimmer.« Das wenigstens stimmte. Bis das mit Lucy passiert war, hatte er jede freie Minute im städtischen Schwimmbad verbracht. Sogar die ganzen langen Jahre in der staatlichen Klinik über hatte er dieses herrliche Gefühl nicht vergessen: das kühle Wasser, das sich glitzernd vor ihm teilte, das ihn trug, solange er sich bewegte. Wie friedlich das gewesen war.

Mrs. Fostes sah ihn mit ihren wäßrigen blauen Augen an. »Ich habe ›Gesellschafter‹ in die Anzeige geschrieben, weil ich am liebsten jemanden hätte, der mir jeden Morgen die Zeitung vorliest. Und vielleicht ein paar Minuten mit mir über die wichtigsten Artikel plaudert. Schön wäre es auch, wenn Sie nach dem Essen ein wenig mit mir reden würden, nur eine halbe Stunde oder so. Abends kochen und essen wir gemeinsam, mit den anderen Mahlzeiten können Sie es halten, wie Sie wollen. Ich komme für die Lebensmittel auf. Wenn Sie Ferngespräche führen, müssen Sie mir die Gebühren bezahlen, aber das ist schon alles. Sie sollten die Papierkörbe leeren und am Donnerstag die Mülltonne auf die Straße stellen. Manchmal brauche ich Hilfe, um aus dem Bett zu kommen, aber wenn ich einmal auf bin, dann renne ich rum wie ein junger Gott. Ich nehme gerne Studenten oder Studentinnen, weil junge Leute besser zupacken können und weil mich, ehrlich gesagt, alte Leute schrecklich deprimieren. Wenn Sie wollen, können Sie in Ihrem Zimmer jederzeit Besuch empfangen.«

»Können Sie alleine die Zeitung lesen?«

»Nein.«

»Und wie steht es mit den Bildern?«

»Die sehe ich nur verschwommen – sogar mit meiner Brille. Du meine Güte, wo kann sie bloß sein?«

Gut, dachte Joseph. Sein ganzes Nervensystem entspannte sich. »Haben Sie noch andere Untermieter?«

»Nur Dolly, das ist die Katze, und Molly, den Hund. Bis vor zwei Wochen wohnte ein junges Mädchen hier, aber es ist fort. Verschwunden.«

»Verschwunden?« fragte Joseph. Irgend etwas kam ihm an der Art, wie sie das sagte, merkwürdig vor.

»Na, Sie wissen schon. Sie hat ihre Sachen gepackt und ist ab durch die Mitte.«
Joseph nickte. Seine Fingerkuppen taten ihm weh. In ein paar Tagen würden sie aufspringen und anfangen zu bluten. Sie würden entlang der Papillarlinien aufplatzen, als wäre irgendein Stoff, der die Haut zusammenhält, einfach ausgetrocknet. In den neun Jahren, die er in der Klinik verbracht hatte, hatte ihm keiner der vielen Ärzte dieses Phänomen erklären können. Es passierte ihm etwa zweimal im Jahr, ohne ersichtlichen Grund. Aber Joseph war aufgefallen, daß es nur dann zu kommen schien, wenn es ihm entweder sehr gut- oder sehr schlechtging. Bald würde es schmerzhaft werden. »Da bin ich schon zuverlässiger, Mrs. Fostes«, sagte er zu der alten Dame.
»Würden Sie jetzt gerne Ihr Zimmer ansehen, Joseph?«
Er stand lächelnd auf. »Ja.«
Sie ging voran durchs Wohnzimmer, und im Vorübergehen nahm er ihre Brille vom Fernseher und legte sie zu den Sachen in seinem Karton.

Sein Zimmer war im ersten Stock, das letzte rechts am Ende eines kurzen dunklen Ganges. Es war größer als seine beiden Zimmer im *El Mar* zusammen und hatte ein Fenster, das über einen Garten voller dicht beieinanderstehender Bäume sah, und ein zweites hinaus auf die Straße. Auf dem stumpfen Holzfußboden in der Mitte lag ein billiger blauer Zottelteppich. An einer Wand stand ein großer Schreibtisch, auf dem unter weißen Tüchern, deren Ränder mit Klebeband an der Tischplatte befestigt waren, zwei schachtelförmige Gegenstände standen.
Interessant, dachte Joseph. Er stellte seinen Karton auf den Boden und fragte Mrs. Fostes, was unter den Tüchern sei.

»Ein Computer und ein Drucker«, antwortete sie. »Ich habe sie meiner Enkelin gekauft, aber sie benutzt sie nie. Ich habe keine Ahnung, wie das alles funktioniert.«
Joseph, der selbst noch nie an einem Computer gesessen hatte, nickte. »Alle Computer funktionieren nach demselben ... Grundprinzip.«
»Nun, mein Prinzip ist es jedenfalls, diese Dinger vor Staub zu schützen. Vielleicht braucht meine Enkelin sie ja doch einmal. Das Bad ist schräg gegenüber.«
Mrs. Fostes ging langsam durchs Zimmer, tastete suchend nach den Vorhängen, ergriff sie schließlich mit beiden Händen und riß sie auf. »Wenn die Bäume nicht so hoch wären, könnten Sie das Meer sehen.«
»Ich mag die Bäume«, sagte er.
Im fahlen Sonnenlicht, das jetzt durch das Fenster hereinströmte, betrachtete Joseph Mrs. Fostes' Augen. Wie altes Glas nahmen sie das Licht auf, gaben aber nicht mehr viel davon zurück. Es mußte furchtbar sein, wenn die Augen den Dienst quittierten. Magdesh, einer der Patienten in der Klinik, hatte sich selbst die Augen mit einem spitzen Bleistift ausgestochen.
Auf einmal spürte Joseph, daß noch jemand Drittes im Zimmer war, und fuhr herum. In der Tür stand ein hübsches junges Mädchen, das nicht älter als achtzehn Jahre sein konnte. Es hatte die Arme verschränkt und hielt den Kopf fragend schief. Sie trug stone-washed Jeans, teure Turnschuhe und ein T-Shirt mit der Aufschrift »Fine Young Cannibals«. Ihre feinen Haare waren honigfarben. Sie trug sie mittellang und gerade geschnitten, und jetzt, als sie ihn so schief ansah, fielen sie ihr wie ein glänzender blonder Wasserfall vor die Augen. »Der Computer gehört mir«, sagte sie.
Mrs. Fostes' Kopf drehte sich ruckartig in die Richtung, wo das Mädchen stand. Sie hatte versucht, eine Schranktür

aufzubekommen, um ihrem neuen Untermieter zu zeigen, wo er seine Sachen verstauen konnte. »Ich dachte, du wärst fort, meine Liebe.«

»Ich bin grade im Gehen.«

»Das hier ist unser neuer Mitbewohner.«

»Ich bin Joe«, stellte Joseph sich vor.

»Und ich bin schon weg«, erwiderte das Mädchen. Es drehte sich um und verschwand. Seine leiser werdenden Schritte entfernten sich die Treppe hinunter.

»Das war meine Enkelin«, sagte Mrs. Fostes. »Manchmal ist sie nicht ganz leicht zu haben.«

»Wohnt sie hier?«

Mrs. Fostes nickte. »Aber sie liest mir nicht aus der Zeitung vor, und für mich kochen und mit mir essen will sie auch nicht. Sie ist halt in einem schwierigen Alter. Ich kann das verstehen ... ich war auch einmal so. Es erstaunt mich, daß sie noch zu Hause war.« Mrs. Fostes zog ihren Bademantel wieder unter dem Kinn zusammen und ging zur Tür. »Sie wird Sie nicht stören, Mr. Gray.«

Joseph wußte, daß er jetzt irgend etwas Freundliches hätte sagen sollen, aber es fiel ihm nichts ein.

»Kommen Sie mit hinunter, damit wir den Vertrag unterschreiben können.«

Joseph hörte, wie unten die Haustür ins Schloß fiel. »Wie heißt sie denn?«

»Lucinda.«

Alles in Joseph schien sich auf einmal von innen nach außen zu stülpen. *Lucy.* Einen Augenblick lang war das ganze Zimmer schlagartig hell, so hell, daß er kaum die Augen offenhalten konnte. Er setzte schnell seine Sonnenbrille auf. Seine Beine schienen anzuschwellen, sein Herz klopfte ihm bis in die Schläfen. »Nun«, sagte er mit gespielter Ruhe. »Das ist ein schöner Name.«

»Machen Sie sich keine Sorgen, sie ist fast nie da. Und jetzt lassen Sie uns doch runtergehen und den Mietvertrag aufsetzen. Dann können Sie auspacken und es sich in Ihrem Zimmer wohnlich machen. Ich esse normalerweise um sieben, also sollten wir um sechs mit dem Kochen anfangen.« Mrs. Fostes tastete sich zur Tür, und als sie durchging, mußte sie sich am Türstock festhalten. »Ich wünschte wirklich, ich würde meine Brille wiederfinden.«

Eine Stunde später lag Joseph, die Hände hinter dem Kopf verschränkt, auf dem Bett und starrte an die Zimmerdecke. Würde Lucinda ihn von den Bildern im Fernsehen, in der Zeitung wiedererkennen? Sie war ihm nicht besonders scharfsichtig vorgekommen, aber wer konnte das schon wissen? Vielleicht war es am besten, wenn er ihr aus dem Weg ging. Sein Herzschlag dröhnte immer noch in seinen Schläfen, aber nicht mehr so heftig. Die Sonne war am Fenster vorbeigewandert, und das Zimmer lag jetzt im wohltuenden Schatten.

Je mehr Joseph versuchte, sich zu entspannen, desto mehr mußte er an das denken, was in den letzten paar Stunden geschehen war. Sie hatten ihn jetzt im Visier. Sie waren ihm dicht auf den Fersen. Und sie würden nicht aufgeben. Er spürte abermals das elektrische Kribbeln, das seinen Rücken hinaufgefahren war, als er den Polizisten auf der gegenüberliegenden Straßenseite entdeckt hatte. Es raste wie ein energiegeladener Komet durch seinen Körper hinauf in den Kopf und schickte ihm Funkenschauer von hinten in die Augen. Seine Fingerkuppen begannen zu brennen.

Er kletterte aus dem Bett, nahm das ledergebundene Tagebuch aus dem Karton und setzte sich an den Schreibtisch. Er mußte das Klebeband wegreißen, um den Computer

wegschieben und Platz auf der Tischfläche machen zu können. Er schaute kurz unter die Abdeckung: Der Computer war ein Kasten aus braunem Plastik mit dem Namen der japanischen Herstellerfirma an der Vorderseite.
Joseph strich mit der Hand über das glatte, weiche Leder des Tagebuchs und rückte es vor sich auf dem Tisch gerade. Er atmete tief durch, ergriff die Postkarte von *Poon's Balboa* und schlug es auf. Jedesmal, wenn er Anns Handschrift sah – ihre wirkliche, persönliche Handschrift –, stiegen unzählige Emotionen in ihm hoch. Als er las, glaubte er, ihre Stimme zu hören.

## 26. MÄRZ

Ich schickte meinen Brief an Dave Smith bei der Cheverton-Kanalbaugesellschaft, nicht gerade eine romantisch klingende Adresse, aber ich war ja nicht auf ein romantisches Abenteuer aus – noch nicht. Davids Antwortbriefe warteten auf mich im Postfach 2212. Mein Vater hat mir dieses Postfach kurz vor seinem Tod überlassen. Er hatte es für ähnliche Dinge gebraucht und mir eingeschärft, ich solle es geheimhalten. Ich liebe Geheimnisse – Geheimnisse sind Nahrung für die Seele –, aber nach einem Jahr habe ich es doch meiner Mutter erzählt. Sie war nicht allzu überrascht. Wenn man dreißig Jahre mit Poon gelebt hat, überrascht einen gar nichts mehr.
Unsere ersten Briefe – das war Ende Januar – drehten sich alle um die großen, allgemeinen Dinge – Politik, Religion, Leute. Es ist komisch – je näher man jemanden kennenlernt, desto kleiner werden die Sachen, über die man mit ihm redet. Ich glaube, daß diese Briefe David genausoviel Spaß gemacht haben wie mir: Wenn man jemandem mitteilt, was man wirklich denkt, dann kann das in verschiedener Weise interessant sein. Warum reden wir mit Fremden über Dinge, die wir niemals unseren engsten Freunden oder der eigenen Familie anvertrauen würden?

Am Schluß seines dritten Briefes fragte mich David, ob ich ihm nicht von meinem Aufenthalt in Frankreich erzählen wolle. Nun war David einer der ganz wenigen Leute, die wußten, daß ich nie nach Frankreich geflogen war. Im großen und ganzen wußte er, was damals, als ich fünfzehn war, wirklich geschah. Aber er stellte die Frage so zögernd, daß mir klar wurde, wie wenig er wirklich wußte, wie tief er das alles begraben hatte.

Also schrieb ich ihm von meiner Unterredung mit Mom und dem Rechtsanwalt – Nathanson hieß er –, und wie wir die Regelung getroffen hatten, das Baby sofort nach der Geburt wegzugeben. Nathanson mußte seine Anweisungen von Davids Vater erhalten haben, aber Blake Cantrell hatte damals nicht ein einziges Mal mit mir geredet. Während all dies geschah, war David schon längst von seiner Familie zurück nach Montana geschickt worden, wo er das Semester beendet und dann in den Sommerferien auf der Ranch gearbeitet hatte.

Damals vermißte ich ihn schrecklich. Hätte ich zu dieser Zeit nur Dads Postfach schon gehabt! Ich wußte, daß David mir aus Montana schrieb, aber keiner der Briefe kam an meiner Mutter vorbei. Ich selber schrieb ihm täglich, aber später fand ich heraus, daß auch er keinen einzigen meiner Briefe erhalten hatte. Unter all den Grausamkeiten jener Tage erschien mir dieses Wegnehmen der Briefe immer als die schlimmste.

Die Vereinbarung zwischen Mom, mir und Nathanson sah vor, daß das Baby nach der Geburt einem ungenannten Paar übergeben werden sollte, welches Nathanson im Norden des Staates New York aufgetan hatte. Ich unterschrieb ein paar Schriftstükke, die vor mir schon Mom unterschrieben hatte, denn ich war ja noch minderjährig. Die leeren Zeilen neben unseren Namen waren für Blake Cantrell und David reserviert. Ich spähte in die Dokumente, um herauszufinden, wer mein Baby bekommen würde, aber in dem ellenlangen Juristenkauderwelsch konnte

ich keine Namen finden. Alle versicherten mir, es sei nur zu meinem eigenen Besten.
Und als ich jetzt – wieviel? fünfundzwanzig? – Jahre später über all das an David schrieb, war auf einmal alles wieder da, diese seltsame Reise nach New York, das kleine Haus, das dort am Ufer eines Sees auf mich gewartet hatte, die Kinderschwester namens Ruth, die sich als eine großartige Frau und Freundin entpuppte, die langen Sommermonate, in denen ich schließlich Gewicht zulegte, einen richtig großen Bauch bekam, und dann der regnerische Septembermorgen, als wir den See verließen und ins Krankenhaus fuhren.
Der Kreißsaal war hell und metallglänzend, ich erinnerte mich daran, wie ich auf dem Rücken lag und schreckliche Schmerzen hatte, die in Schüben kamen und gingen. Und an die Ärzte und Schwestern hinter ihren grünen Gesichtsmasken, die mit ruhigen, sachlichen Stimmen auf mich einredeten. Ich erinnerte mich daran, wie sich diese Stimmen auf einmal hoben, als etwas schiefzulaufen begann, an die plötzlich einsetzende Blutung und an den Kaiserschnitt. Und schließlich erinnerte ich mich daran, wie ich durch den Nebel der Narkose und die schrecklichen Geräusche der chirurgischen Instrumente zwischen meinen auseinandergespreizten Knien ein kleines, blutiges Bündel sah, das sie eben aus meinem Bauch geholt hatten. Es sah so verknäult, so regungslos und kaum menschlich aus, und obwohl es sich in meinem Bauch schon heftig bewegt hatte, war es jetzt so still und friedlich. Und dieser eine, vernebelte Blick auf meinen kleinen Strampler – ich hatte es kleinen Strampler genannt, weil es sich in mir so angefühlt hatte – war mein erster und zugleich mein letzter. Ein paar Minuten später gaben sie mir ein Mittel, das mich einschlafen ließ, und als ich wieder aufwachte, lag ich in einem Krankenhausbett, sauber gewaschen und in meinem Lieblingsnachthemd, und Mom blickte besorgt auf mich herab. Ein paar Minuten später kam der Doktor

herein und sagte, daß mein kleiner Strampler »nicht geatmet« habe. Ich brauchte einen Moment, bis ich verstand, was er damit meinte, aber schließlich dämmerte es mir.

Ich glaube, ich habe damals schon geahnt, daß etwas mit ihm nicht in Ordnung war – im vierten Monat hatte ich eine schreckliche Virusgrippe gehabt, auch David hatte sich angesteckt. Ich hatte mich gefragt, wie sich wohl das Fieber auf den kleinen Strampler ausgewirkt hatte.

Als ich so dalag und zu Mom hinaufsah, schien sich ein riesiger, kalter Abgrund in mir aufzutun, in den ich mich begierig hineinfallen ließ wie ins kühle Meer an einem heißen Sommertag. Ich weinte so sehr. Mom sagte, daß es mit der Zeit besser werden würde, daß die Natur getan habe, was sie tun mußte, und daß mein kleiner Strampler es jetzt besser habe als er es in dieser Welt je gehabt hätte.

Neun Monate lang, mein Liebling, hatten David und ich ein Kind gehabt.

Joseph schaute von dem Tagebuch hoch, starrte aus dem Fenster, an den Zypressen vorbei in den bleichen östlichen Himmel, und hörte, wie unten die Tür zugeschlagen wurde. Was er gerade gelesen hatte, war für ihn der traurigste Teil der Geschichte, aber auch zugleich derjenige, der in ihm die meiste Wut auslöste. Daß die Welt eine so junge und reine Seele wie Ann so herumstoßen konnte, daß sie damals so allein war, so klein und machtlos gegen das System. Er dachte mit Abscheu an David Cantrell, der irgendwo auf einer Ranch Zäune repariert hatte, während Ann tausend Meilen von zu Hause entfernt, umgeben von Menschen, die sie belogen und betrogen und für ihre eigenen Zwecke mißbrauchten, durch das Höllenfeuer einer schwierigen Geburt hatte gehen müssen.

Wie wenig hatte sie doch gewußt, damals, dachte er. Er

schaute hinunter auf seine Fingerkuppen, die schon an den Papillarlinien aufzubrechen begannen. Sie waren noch nicht vollständig aufgeplatzt, aber sie öffneten sich gerade. Bald würde er mit den Fingern überall herumtrommeln, und die Sprünge würden sich verbreitern, bluten und sich noch weiter verbreitern.
Wie schrecklich war doch alles geworden.

## 29. MÄRZ

Ich mußte drei Tage warten, bis ich wieder schreiben konnte. Diese Erinnerungen an meinen kleinen Strampler tun weh, als wäre alles vor einem Jahr anstatt vor einem Vierteljahrhundert geschehen. Und Raymond war die letzten paar Tage so gereizt – er hatte mich wegen der Unordnung im Haus angeschnauzt und weil ihm mein Essen nicht geschmeckt hatte, und er hatte mich minutenlang angestarrt, ohne ein Wort zu sagen.
David und ich hatten uns Ende Februar wieder verabredet, am fünfundzwanzigsten, glaube ich. Er schickte einen Wagen, der in der Straße hinter dem Haus auf mich wartete, die ich dann in meinen hochhackigen Schuhen entlangstakste, und wobei ich versuchte, den vielen Pfützen auszuweichen. Ich stieg in den Wagen, und da saß er und streckte mir seine Hand entgegen. Die Limousine roch nach Leder und Eau de Cologne, es war, als wäre ich direkt in den Körper eines Mannes gestiegen, so stark war das Gefühl ... *drinnen* zu sein. Als der Wagen anfuhr, ließ ich mich in den Sitz sinken.
Er sagte mir, daß ich gut aussehe, und ich gab ihm eine ausweichende Antwort.
In Wahrheit war ich nämlich fix und fertig vor Nervosität. Seit wir dieses Treffen vereinbart hatten, hatte ich an nichts anderes mehr gedacht – eine ganze Woche lang hatte ich so merkwürdige Gefühle gehabt, ungewöhnlich starke Gefühle.
Zuerst hatte ich Angst. Ich hatte Angst, daß Ray etwas merken

könnte. Ich hatte mich vergewissert, daß er nicht auf der Halbinsel Streife fuhr; hatte dafür gesorgt, daß Davids Wagen nicht auf dem Boulevard auf mich wartete, für den Fall, daß die Nachbarn oder Mom oder Phil Kearns oder irgend jemand anders, der mich kannte, gerade zufällig vorbeikäme. Mein Gefühl, einen Verrat zu begehen, war sehr stark, und ich kämpfte dagegen an, indem ich mir ständig sagte, daß ich doch bloß einen alten Freund zu einem unschuldigen Gespräch träfe. Aber wozu trug ich dann die neuen Nylonstrümpfe? fragte ich mich, als ich sie an meinen Beinen nach oben rollte. Warum hatte ich mir mit der Auswahl meines Parfüms so viel Mühe gegeben und mir lange überlegt, welche Duftnote und wieviel ich nehmen sollte? Wozu hatte ich die hochhackigen Schuhe angezogen? Und warum stand ich, als ich angezogen war, so lange auf Zehenspitzen vor dem Spiegel und drehte mich hin und her, um zu sehen, ob mein Po noch so knackig war wie früher und ob das Seidenkleid ihn auch gebührend zur Geltung brachte. (Das tat es.)

Ich weiß, warum ich mir so viele Gedanken machte. Ich hatte Raymonds Vertrauen hintergangen, ein Vertrauen, daß er mir zwanzig Ehejahre lang geschenkt hatte. Alles, was ich noch an gesundem Menschenverstand in mir hatte, sagte mir, daß ich diese Verabredung sausenlassen sollte, meiner Verpflichtung als Mrs. Cruz nachkommen und der Versuchung widerstehen. Aber da gab es auch andere Stimmen in mir, die mir versicherten, daß ein Treffen mit einem alten Freund – noch dazu mit einem, mit dem ich so viel durchgemacht hatte – kein Verrat, sondern vielmehr eine Bestätigung meiner Ehe war. Die Stimmen sagten mir, daß ich mich nicht vor Raymond fürchtete, sondern vor mir selbst, davor, daß man mir nicht vertrauen konnte, davor, meine Treue einer Prüfung zu unterziehen. Ich konnte meine Treue aber gerade dadurch beweisen, indem ich *das hier durchzog*.

Mein Liebling, hoffentlich kann ich Dir eines Tages sagen, daß

Du bei den Dingen, die Du Dir selbst einredest und die Du dann vielleicht auch glaubst, sehr vorsichtig sein mußt. Das Merkwürdige daran ist, daß sie sich häufig als wahr erweisen.
Außerdem war es für mich auch sehr aufregend, mich schön herzurichten, einen netten Kerl zu treffen, den ich einmal gut gekannt hatte, und einmal aus dem kalten kleinen, erbärmlichen Haus herauszukommen und herumchauffiert zu werden. Ich fühlte mich wieder wie ein junges Mädchen und nicht wie eine müde Frau mit zwei Jobs, die auf die Vierzig zugeht und ihren Mann durch das Jurastudium zieht. Ich fühlte mich so beschwingt, so ... interessant.
»Ich bin froh, daß du gekommen bist«, sagte er.
Ich fragte ihn, ob er geglaubt habe, ich würde kneifen. Ich sagte ihm auch, daß ich es fast getan hätte, weil es nicht meine Art war, in Luxuslimousinen herumzufahren, während mein Mann harten Streifendienst tat.
Er sagte, er habe das hier nicht arrangiert, um sich meine Schuldgefühle anzuhören. Er wollte, daß wir das Ganze leichtnähmen, vielleicht irgend etwas Verrücktes täten.
»Was zum Beispiel?« wollte ich wissen.
»Das«, sagte er.
Er öffnete eine Kühlbox neben sich und holte zwei Champagnergläser heraus. An meinem war mit einer roten Schleife eine rote Rose festgebunden. Solche Rosen hatte mir David schon in der High-School geschickt – es waren unsere Blumen. Ich lachte, und er lachte ebenfalls. Er goß uns Schampus ein, und wir stießen an.
»Auf die alten Tage«, sagte er.
»Und auf die Tage, die wir noch vor uns haben«, ergänzte ich, und wir tranken. Eine Weile schaute ich aus den getönten Fenstern hinaus in den Regen, auf die glatte Schwärze des Highway, die nassen Fassaden der Gebäude, die im Licht der Leuchtreklamen glänzten. Ich hatte das Gefühl, als wäre jeder

Zentimeter Straße, den wir entlangfuhren, ein Zentimeter, den ich nie wieder zurücklegen würde, als befände ich mich auf dem Weg in ein wildes, unbesiedeltes Land, von dem es keine Karten gab. Einen Moment lang ließ ich mich in dem Glauben, daß es wirklich so war. Und in diesem Moment gestattete ich mir das Eingeständnis, wie eingefahren mein Alltagsleben doch war, wie einlullend vertraut mir viele Dinge geworden waren, wie erstaunlich einfach mein Leben dahinrollte und, natürlich, wie hart ich dafür gearbeitet hatte, daß es so wurde! Als ich mich wieder zu David drehte, schaute er mich an.

»Ich mache das häufig am Abend«, sagte er. »Ich sitze gerne im Auto und lasse die Welt an mir vorüberziehen. Wenn man über das, was man sieht, nicht nachdenkt, kommt es einem manchmal direkt neu und ungewöhnlich vor.«

Ich sagte, daß es schön sein müsse, in Orange County herumzufahren, wenn einem die Hälfte davon gehört. Enttäuschung huschte durch seine Augen.

»Vergiß doch einen Moment lang, was mir alles gehört«, sagte er. »Ich würde es selbst gerne vergessen. Ohnehin kann niemand etwas wirklich besitzen – wir haben doch nur alles von dem einen, großen Besitzer geborgt.«

Wir fuhren den Coast Highway entlang nach Süden, an den Restaurants vorbei durch Corona del Mar nach Laguna Beach. Ich öffnete das Fenster, um den Sturm zu spüren. An der Main Beach waren riesige Wellen. Ich sah, wie sie sich wie weißschäumende Berge auf den Strand zuwälzten, spürte den Druck, mit dem sie sich brachen, ein Geräusch, das man mehr in der Brust spürt als mit den Ohren hört.

»Du wirst ja ganz naß«, sagte er.

Ich ließ mir den Regen ins Gesicht schlagen.

»Du bist immer noch so verrückt wie du es in der High-School warst.« Doch auch sein Fenster glitt nach unten. Die nächsten fünf Minuten saßen wir nur da und fuhren durch die Stadt, während der Wind hereinjagte und der Regen in den Wagen prasselte. David füllte unsere Gläser noch einmal und ich sah, wie Regentropfen in den Champagner fielen und von der Rose abperlten. Lange sagte keiner von uns ein Wort. Es gab nur ihn und mich und die paar Zentimeter Lederpolster zwischen uns und einen Sturm im Fensterformat, der durch mich hindurchzuwirbeln schien.

»Ich weiß nicht, warum ich das hier tue«, sagte ich. Aber das war nur teilweise wahr. Wir haben in uns Seiten, die sich nicht einmal uns selbst enthüllen, aber manchmal, wenn wir aufmerksam darauf achtgeben, erhaschen wir einen Blick in diese verborgenen Tiefen. Und so hatte ich eine Ahnung, warum ich das alles tat. Ich war erstaunt, wie banal mein Grund eigentlich war. Ich tat es deshalb, weil ich mir damit auf einfache Art ein paar Minuten verschaffen konnte, in denen ich mich um nichts kümmern mußte, in denen ich nichts aufnehmen und verarbeiten mußte, sondern mich einfach einem Erlebnis hingeben konnte.

»Ich hätte nie gedacht, daß mein kleiner Strampler meine letzte Chance sein würde, ein Kind zu bekommen.« Ich erschrak, als ich meine eigenen Worte hörte.

Er saß eine Weile still vor sich hin brütend da, dann sagte er schließlich, daß er, als seine Frau Christy ihm erzählte, daß sie keine Kinder haben könne, sich gefragt habe, ob das nicht eine merkwürdige Strafe des Schicksals wäre für das, was mit mir geschehen war.

Dann ertappte ich mich auf einmal dabei, daß ich ihm Dinge sagte, die ich noch nie jemand anderem preisgegeben hatte: daß in jenem Herbst in New York Schwerwiegendes passiert war, wie lange ich gebraucht hatte, um zu begreifen, was mein zerstörter Schoß wirklich bedeutete. Daß ich manchmal in den Spiegel oder auf eines der Kinder im Kindergarten oder in Rays Gesicht blickte und mir dann immer wieder klar wurde, daß mir so viel verschlossen bleiben, daß ich nie die Chance bekommen würde, mein Bestes einem kleinen Wesen zu geben, das mich braucht, daß ich nie Ray dieses Geschenk würde machen können, weil ich nie, nun, niemals mehr ... eines bekommen würde.

Ich fuhr mein Fenster hoch, und David tat dasselbe. Auf einmal machte es uns keinen Spaß mehr, uns den Regen ins Gesicht prasseln zu lassen.

»Eines wollte ich dir heute abend sagen«, antwortete er. »Es ist alles, was ich dir wirklich sagen will. Es tut mir leid. Es tut mir so leid, daß alles so gekommen ist.«

Ich zuckte mit den Achseln. Es hat in meinem Leben Zeiten gegeben, in denen mich diese Worte zu Tränen gerührt hätten, aber nach einiger Zeit akzeptiert man die Tatsachen und hängt nicht länger dem nach, was hätte sein können. Wieviel kann eine Frau ertragen?

»Mir tut es auch leid«, erwiderte ich. »Aber es war weder dein Fehler noch meiner. Was soll man also noch viel dazu sagen?«

David war lange still. »Wenn wir bloß die Chance hätten, es noch mal zu tun, und diesmal richtig. Ich würde es auf der Stelle machen.«

Ich sah ihn an. Ich hatte immer schon hinter der Vernunft in Davids Augen den Spieler gesehen, seine Bereitschaft, ein Risiko einzugehen. Er meinte, was er sagte.

»Nun, wenn du das jetzt sagst, ist es eine ziemlich bittere Pille für mich«, antwortete ich.

»Erinnerst du dich noch, daß wir zusammen weglaufen und das Baby kriegen wollten? Stell dir vor, wie anders alles gekommen wäre, wenn wir damals nur den Mut dazu gehabt hätten.«

Ich gestand ihm, daß ich fünfundzwanzig Jahre lang so gut wie jeden Tag darüber nachgedacht hätte. Und plötzlich wurde ich mir unerwartet und messerscharf meiner selbst bewußt: Mein Make-up lief mir, vom Regenwasser aufgelöst, vom Gesicht, meine Haare waren wild zerzaust, mein Kleid durchweicht, und mein Ehemann würde bald von seiner Schicht kommen. Mein fast vierzigjähriger Körper tat sein Bestes, um jung zu bleiben, und mein unfruchtbarer Schoß war wie ein hübsches kleines Haus, in dem niemals jemand wohnen würde, und ich fragte mich: Was, zum Teufel, tust du hier?

»In einer halben Stunde muß ich wieder zu Hause sein«, erklärte ich.

David klopfte an die Trennscheibe, und der Fahrer beschleunigte und fuhr auf die linke Spur.

David sagte, er habe eine Frage.

»Na, frag schon«, drängte ich, obwohl ich wußte, was kommen würde.

»Warum hast du Raymond so bald nach ... uns geheiratet? Du warst doch gerade eben mit der High-School fertig.«

Mein Liebling, wahrscheinlich werde ich Dir dieses Buch niemals geben, aber ich will Dir sagen, daß es im Leben Entscheidungen gibt, die man, wenn man sie einmal getroffen hat, am besten nie wieder einer Prüfung unterzieht. Bei manchen Dingen müssen wir uns einfach den Luxus erlauben, sie als gegeben hinzunehmen, denn wenn wir sie in Zweifel zögen, könnten wir unser Leben nicht mehr wie bisher weiterführen.

Ich gebe zu, daß ich mir im Lauf der Jahre diese Frage selbst schon ein paarmal gestellt hatte, aber nie besonders ernsthaft, nie mit der Absicht, sie wirklich zu beantworten. Ich hatte die Antworten immer außerhalb meiner Reichweite sitzenlassen, wie ein unerforschtes Ganzes, um das man sich nicht zu kümmern braucht.

Und so sagte ich mir immer dasselbe, das Altbekannte: daß Raymond Cruz ein Herz so groß wie Kalifornien habe und daß ich froh war, daß er mich darin wohnen ließ. Als ich Raymond kennenlernte, war ich fünfzehn, hatte eben ein heimliches Verhältnis mit einem einundzwanzigjährigen Studenten hinter mir, in den ich mich auf einer Party auf den ersten Blick verliebt hatte und von dem ich später schwanger geworden war. Als ich Raymond kennenlernte war ich ein Mädchen, das eben mit dem Tod konfrontiert worden war, einem Tod, über den es mit niemandem sprechen konnte außer mit seinen Eltern und dem Studenten, den man weit weg an die Stanford-Universität verbannt hatte. Ich weiß jetzt, wie bereitwillig ich damals in Raymond Cruz' Welt eingetaucht war.

Ich sagte mir selbst noch etwas anderes, und ich will es Dir mitteilen, mein Liebling, obwohl ich es nie wagen werde, Dir dieses Buch zu geben: Außer Raymonds großem Anstand faszinierte mich an ihm auch seine geduldige, zärtliche, unerschütterliche Hingabe an mich. Es wäre gelogen, wollte ich das abstreiten. Ich bin mir nicht sicher, wann mir diese Hingabe zum ersten Mal auffiel, aber es war lange, bevor ich zur Frau wurde, lange bevor wir zum ersten Mal zusammen zum Tanzen gingen, und da war er erst sechzehn. Ich glaube, es fing an, als wir Nachbarskinder waren. Ich rekelte mich in dieser Hingabe wie andere Leute in der Sonne. Sie umgab mich, sie war immer für mich da, sie war ein verläßlicher, fester Punkt in einer wildbewegten Welt. Und es wäre auch eine Lüge, wenn ich bestreiten wollte, daß ich mir das Recht vorbehalten habe, diese Hingabe manchmal zu ignorieren, sie mir nach meinem Geschmack einzuteilen oder mich einfach von ihr zu lösen, wenn ich in meiner eigenen Welt sein wollte, in der mich jemand anders nur belastet hätte. Und das war oft der Fall in den ersten Jahren unserer Ehe, in denen mir das, was in New York geschehen war, noch schwer zu schaffen machte.

Warum also habe ich Raymond an meinem achtzehnten Geburtstag gefragt, ob er mich heiraten wollte? Ich erinnere mich noch gut, es war ein schöner Frühlingsnachmittag, wir gingen am Strand spazieren, Raymond hielt meine Hand und respek-

tierte dadurch, daß er schwieg, den von mir gewollten unsichtbaren Abstand zwischen uns beiden.
Warum? Jetzt, wo ich in der Stille des Hauses, das ich mit ihm teile, häufig über diese Frage nachdenke, glaube ich, daß der Grund dafür, mehr als alles andere, die Erkenntnis war, wie schnell das Leben einem etwas wegnehmen kann: Mein Bruder Jake war eben in Vietnam gefallen, David war in den Norden geschickt worden und mein kleiner Strampler lag in einem Klinikmülleimer – ich wußte nicht, was sie mit ihm getan hatten, und ich weiß es bis heute nicht. Niemand kann mir sagen, daß ein fünfzehnjähriges Mädchen keine echten Gefühle hat. Ich hatte damals so tiefe, herzzerreißende Gefühle, daß ich mir bis heute nur in meinen schlimmsten Stunden erlaube, mich daran zu erinnern.
Als ich an jenem Tag mit Raymond an der Bucht entlangging, wurde mir klar, unerträglich klar, mein Liebling, daß es keinen Gott gibt, der über jeden unserer Schritte wacht, daß keine Eltern und keine Freunde stark genug waren, mich zu leiten, und daß niemand da war, um mich zu beschützen. Es gab damals nichts außer Ray, der wortlos neben mir herging und meine Hand hielt, vorsichtig und besitzergreifend zugleich. Er war mein Gefährte. Er war mein Freund. Er wurde bald – in derselben Nacht schon – mein Liebhaber. Warum also hatte ich ihn so schnell nach der Geschichte mit David geheiratet?
»Hauptsächlich«, antwortete ich C. David Cantrell zwanzig Jahre später in seiner Limousine, »um jemanden zu haben, der mich nicht verlassen würde.«
»Aber hast du ihn geliebt?«
»Mehr als alles auf der Welt«, sagte ich.

Joseph Goins schaute mit schwerem Herz und vernebelten Augen von dem Tagebuch auf. Was für ein reines junges Ding sie doch war, dachte er, wie unschuldig!
Und in seinem Kopf begann sich ein Plan zu entwickeln. Die Einzelheiten waren noch unklar, aber sie würden sich schon noch ergeben, so, wie das immer der Fall war.
Was er da andeutungsweise sah, war eine Möglichkeit, diesem Davonlaufen ein Ende zu bereiten. Er sah einen Weg zu fliehen, ohne wirklich fortzumüssen. Eine Gelegenheit, den Leuten das zukommen zu lassen, was sie verdient hatten. Freudige Erregung kroch über Josephs Rücken, als er seinen Ideen freien Lauf ließ und sein Plan langsam Gestalt annahm. Er strich mit der Hand vorsichtig über den Computer, der da unter seinem Tuch vor ihm auf dem Schreibtisch stand.
Eine späte Nachmittagssonne fiel warm auf die Avocadoblätter vor dem Fenster und warf weiche goldfarbene Schatten in das Zimmer. Josephs Fingerspitzen brannten von der schrecklichen Trockenheit, die immer kam, wenn er sich so fühlte. Er sah hinaus auf die Blätter des Baumes und drückte seine Finger ganz sanft gegen den Tisch. Von dieser Welt konnte er nur ein bestimmtes Maß auf einmal ertragen, dann hatte er genug und mußte, wie Wasser, das aus einer vollen Tasse überläuft, woandershin gehen.
Öffne noch einmal deine Arme, süße Ann, dachte er. Und nimm mich auf.

## 2. APRIL

Nach meiner ersten Ausfahrt mit Davids Limousine geschah noch etwas Wichtiges. Ich kam um Viertel vor eins nach Hause, eine halbe Stunde vor Ray. Ich zog meine feuchten Sachen aus und hängte sie ganz hinten in meinem Schrank auf, ich wusch und kämmte meine Haare und legte frisches Make-up und

Lippenstift auf. Dann kramte ich ein paar sexy Kleidungsstücke hervor – wir nannten sie »Lernhilfen«, als wir sie noch häufiger benutzten – und zog sie an: ein rotes Spitzenleibchen, das man im Schritt zuknöpft, einen Strapsgürtel mit Netzstrümpfen, einen hautengen Morgenmantel aus schwarzer Seide und wahnsinnig hohe Stöckelschuhe. Meine Haut fühlte sich warm und sinnlich an, als ich die Sachen anzog, eine Flasche Wein öffnete und zwei Gläser eingoß.

Ich fühlte mich innerlich wie eine urweltliche Pflanze, eine von der Sorte, die einen Mann, der ihr zu nahe kommt, mit Haut und Haaren verschlingen kann.

Als Ray nach Hause kam, schloß ich ihn in meine Arme und küßte ihn, aber er erwiderte meine Liebkosungen mechanisch und seelenlos, und ich spürte, daß er mit seinen Gedanken ganz woanders war. Also kniete er sich nieder und versuchte, mich auf andere Weise zum Höhepunkt zu bringen.

Aber in dieser Nacht ging es einfach nicht.

Am Schluß befanden wir uns in einer merkwürdigen Situation. Raymond saß auf dem Bett, wo ich vorher gewesen war, und ich stand vor ihm und versuchte, auf diesen lächerlichen Stökkelschuhen die Balance zu halten. Ich schenkte noch ein Glas Wein ein, schloß die Augen, trank den Wein und sagte zu mir: Wenn du ihn schon nicht glücklich machen kannst, dann laß doch wenigstens ihn dich glücklich machen.

Heute kann ich zugeben, was ich mir damals nicht zugeben wollte und wozu ich den ganzen Wein trinken mußte, um es zu verneinen, nämlich daß ich in dieser Nacht nicht nach Raymond, sondern nach David verlangte. Obwohl ich damals ganz bestimmt nicht hätte behaupten können, daß ich Dave Cantrell geliebt hätte, sehnte ich mich in dieser Nacht nicht nach Lust, sondern nach Liebe. Ich wollte nicht angebetet, sondern ganz einfach gebraucht werden, ich wollte nicht befriedigt werden, ich wollte jemandem Befriedigung schenken. Manchmal glaube ich, daß das Leben nichts weiter als eine elegante Party ist, die sich ständig in unseren Köpfen abspielt. Meine Party ist ein Maskenball. Es war Davids Rolle, dort die Maske der Liebe zu tragen. Hätte ich wissen müssen, daß er sie so bereitwillig übernehmen würde? Ich gebe zu, daß ich seit dem Augenblick, an dem ich ihn an Bord der LADY OF THE BAY wiedergesehen hatte, wußte, daß er es tun würde.

Ray hatte diese Rolle schon lange nicht mehr gespielt. Fünf Monate, zwei Wochen und elf Tage waren vergangen, seit wir uns das letzte Mal geliebt oder uns mit echter Zuneigung umarmt hatten. Ich weiß das deshalb so genau, weil es letztes Jahr an meinem Geburtstag war.

Aber trotz meiner Verwirrung ging der Maskenball weiter. Die Tage verstrichen zwischen Angst und freudiger Erregung. Mal war ich zufrieden, dann verzehrte ich mich wieder vor Verlangen nach David. Manchmal hatte ich sogar das Gefühl, beobachtet zu werden. Ich drehte mich dann um, sah aber niemanden. Wenn ich Auto fuhr, blickte ich häufig in den Rückspiegel, und wenn ich allein zu Hause war, schaute ich von Zeit zu Zeit aus dem Fenster. Es war mein schlechtes Gewissen, mein Liebling, das mich bereits damals schon verfolgte. Einmal dachte ich, ich hätte einen jungen Mann – oder eher einen Jungen; er war vielleicht so um die Fünfundzwanzig – gesehen, der sich in einen Laden verdrückte, als ich mich umdrehte. Dann sah ich denselben Jungen noch mal – er hatte dunkelbraune Haare und sah ganz nett aus, durchschnittlich halt –, wie er in einiger Entfernung vor dem Hof des Kindergartens dastand, eine Kamera um den Hals trug und mich anstarrte. Aber als ich wieder hinsah, war er verschwunden. So also, dachte ich, sieht mein Gewissen aus, wie ein hübscher Bursche, der meinem Verrat auf den Fersen bleibt und jeden Schritt meiner Falschheit minuziös festhält. Ich verabscheute mich selbst. Ich war wütend. Meine Verwirrung war sehr echt.

Joseph legte die Postkarte aus *Poon's Locker* auf die aufgeschlagene Seite und schlug das Tagebuch zu. Langsam wurde ihm vieles klar, wie ein Bild, das sich aus dem Nebel schält, als ob Anns Verwirrung zu seiner Klarheit geworden wäre.

Es war unmöglich, an C. David Cantrell heranzukommen. Joseph kam nicht an der Pförtnerloge im PacifiCo-Gebäude vorbei, an drei Tagen hintereinander hatten ihn die Sicherheitsleute unsanft die Stufen hinunterbefördert, und er konnte am Wachhäuschen vor Cantrells Privatgrundstück in Newport Beach weder vorbeigehen noch vorbeifahren, ohne angehalten zu werden. Aber jetzt kam ihm auf einmal eine einfachere Möglichkeit in den Sinn.

Joseph drehte sich um und wollte sich eben wieder auf sein Bett legen, als jemand an seiner Tür klopfte.

Das Klopfen war laut, so laut, daß ihm vor Aufregung die Ohren dröhnten, es war ein schreckliches, durchdringendes Geräusch. Als es langsam zu einem leiseren Rauschen wurde, drehte er sich um und sah Lucinda, die halb im Zimmer und halb draußen stand und ihn mit ihren dunkelbraunen Augen musterte. Sie wischte eine lange goldfarbene Haarsträhne aus dem Gesicht und schenkte ihm ein knappes Lächeln. »Was machst du denn da?« fragte sie.

»Ich –« Josephs Zunge wälzte sich träge in seinem trockenen Mund herum und versuchte, in die richtige Position zum Sprechen zu kommen. Das Rauschen war jetzt nicht mehr so stark, aber er konnte seine Gedanken einfach nicht bis zu seinen Lippen bringen. Seine aufplatzenden Fingerkuppen fühlten sich an, als berühre er damit ein Stück Trockeneis. »Ich ... habe gelesen.«

»Wie langweilig.«

Joseph dachte auf einmal mit Schrecken an das ledergebundene Tagebuch, das vor ihm auf dem Tisch lag. Er nahm es, ohne hinzusehen, und legte es in seinen Karton neben dem Schreibtisch.

»Packst du denn gar nicht aus?« fragte sie.

»Doch. Gleich.«

»Was hast du denn gelesen?«

»Ach, so eine Geschichte.«

»Also ich mag am liebsten Horrorgeschichten«, erklärte sie. »Wenn ich wirklich einmal lesen muß.«

Joseph nickte. Das Rauschen in seinem Kopf wurde noch eine Spur leiser.

»Meine Großmutter kann einem ein Loch in den Bauch reden. Deshalb gehe ich auch so oft aus.«

»Sie scheint eine nette alte Dame zu sein.«

»Ach, alte Leute sind so ..., so ernst. Wie alt bist du?«

»Vierundzwanzig.«

»Ich bin achtzehn. Mein Name ist ein bißchen doof. Lucinda, nicht Lucy. Lucinda.«

Joseph räusperte sich mit Schwierigkeiten. »Ich habe diesen Namen immer ... gemocht.«

Sie schaute ihn noch immer hinter ihrer Wand aus hellen, geraden Haaren heraus prüfend an. »Also, kann ich jetzt reinkommen, oder was?«

»Sicher«, antwortete er ruhig.

Lucinda schlüpfte mit einem Anflug von Heimlichtuerei herein und schloß die Tür. Sie schaute ihn mit einem fragenden Ausdruck an – einer Art unsicherem Lächeln – und sah sich dann nach einem Platz um, wo sie sich hinsetzen konnte. Sie entschied sich für das Bett. Joseph spürte, wie sich zwischen seinen Beinen plötzlich etwas zu regen begann.

»An welchen Strand gehst du denn so?« fragte sie.

»An keinen bestimmten.«

»Ich gehe an den bei der Fünfzehnten Straße.« Lucinda

meinte wohl, diese Information müsse, einmal verarbeitet, in ihm eine Glocke zum Klingen bringen. »Ältere Jungs«, half sie ihm auf die Sprünge. »Sogar die Bullen dort sind cool. Und sehen gut aus.«

Joseph wußte nicht genau, was für einen Unterschied es machte, an welchen Strand man ging. Irgendwie waren doch alle Strände gleich, auch wenn sie an verschiedenen Straßen lagen. Stand Lucy ... *lucinda* etwa auf Polizisten?

»Cool«, sagte er.

»Du bist ja nicht gerade besonders braun. Wo kommst du her?«

»Aus Irvine.«

»Aus dem Binnenland! So ein Penner! Und, was hörst du so? Musik, meine ich.«

»Ich höre keine Musik.«

»Das kann ich nicht glauben.«

»Sie ist zu ... schnell.«

»Aber es gibt doch auch langsame Musik. Aber langsames Zeug ist für alte Leute. Ich mag es, wenn mich die Musik richtig aufheizt und verrückt macht. Hilft einem irgendwie durch den Tag, weißt du.« Lucy seufzte. Sie schaute sich, plötzlich gelangweilt, um. Ihre Augen glitten durch den Raum, als suchten sie etwas Bestimmtes. »Hast du ein Auto?«

Sie sucht nach Autoschlüsseln, das ist's, dachte er. Er zögerte.

»Ja.«

»Was für eins?«

»Einen Porsche.«

Lucinda wachte wieder auf. »Worauf warten wir dann noch? Laß uns gehen.«

»Er ist in der Werkstatt.«

»Ach so.«

»Er ist blau.«

Sie sah ihn schief, aber hoffnungsvoll an. »Vielleicht können wir mal damit rumfahren, wenn er repariert ist.«

Josephs Kopf war auf einmal vollkommen klar – kein Rauschen mehr, keine Störfaktoren. Sein Plan kristallisierte sich immer mehr heraus. »Na sicher. Aber die Werkstatt macht Ärger. Vielleicht muß ich meinen Rechtsanwalt einschalten.«

»Du hast einen Rechtsanwalt?«

»Du etwa nicht?«

Lucinda lachte wie über einen gelungenen Witz. Ihr Lächeln war strahlend. »Dann hast du also wirklich deinen eigenen Rechtsanwalt? Wow!«

Zum ersten Mal in seinem Leben entdeckte Joseph, wie es war, wenn man jemanden beeindruckte. Es schien ihm wie eine Offenbarung des Himmels. Bisher war er auf der Masche geritten, daß er der hübsche Junge war, der naive, unschuldige Jugendliche. Wie gut hatte das doch in Hardin County funktioniert. *Es ist draußen im Sumpf, Lucy. Ich schwör's. Ich konnte es selber kaum glauben …*

Joseph fragte sich, ob das, was er jetzt erlebte, der erste Vorgeschmack des Erwachsenseins war. »Ja, ich glaube, ich sollte meinem Anwalt einen Brief schreiben, auf gutem Papier, mit einer guten Textverarbeitung. Der Brief muß bedeutend aussehen, denn der Anwalt ist es auch.«

»Gut, dann schreib den Brief, damit wir bald eine Spritztour mit deinem Porsche machen können. Ich habe eine Menge Freunde, die dir gefallen werden.«

»Mein Computer ist auch gerade in Reparatur.«

Lucinda lachte, doch es war eher ein Kichern. »Alles, was du hast, ist kaputt. Und dein Anwalt liegt wahrscheinlich im Krankenhaus, stimmt's?«

»Kann ich vielleicht diesen Computer hier benutzen?«

Joseph schaute hinüber zu den verhängten Kästen auf dem Schreibtisch.

»Von mir aus«, sagte sie. »Großmutter hat ihn mir für die Universität gekauft. Ein bißchen früh. Ich bin noch nicht soweit.«

»Ich kenne mich mit diesem Modell nicht aus.«

»Sogar ein Idiot kann damit umgehen. Es ist ganz einfach.«

»Zeigst du es mir?«

»Damit du deinem Anwalt schreiben kannst wegen des Porsche?«

»Ja.«

Sie sah ihn an, hin- und hergerissen zwischen Vertrauen und einer dumpfen Ahnung davon, was für linke Sachen manche Burschen mit einem Mädchen abziehen können. Dann stand sie auf, lächelte ihn kokett an und blinzelte wieder zwischen ihren Haaren hervor. »Zuerst einmal, Joe, mußt du die Tücher abnehmen.«

# KAPITEL 19

Kurz nach Mitternacht, als Jim gerade über der Personalakte von Phil Kearns saß, klingelte das Telefon.

»Ist dort Jim Weir?«

»Ja.«

»Hier ist die Funkzentrale der Polizei von Newport Beach. Brian Dennison will Sie sofort sehen. Er ist in der Leeward Street, Nummer dreihundertvierzig. Es ist dringend.«

»Bin schon unterwegs.«

Jim zog seine Stiefel an, nahm seine Windjacke, denn die Nacht war kalt, und ging so leise wie möglich die Treppe hinunter.

Er startete seinen alten Ford-Pick-up und ließ ihn mit gezogenem Choke eine Minute lang auf hohen Drehzahlen warmlaufen. Die Leeward Street, dachte er, ist im Industriegebiet von Newport, wo auch die Cheverton-Kanalbaugesellschaft liegt. Ging es um Goins? Aber wozu hätte Dennison ihn anrufen sollen, wenn sie Goins wirklich festgenommen hätten? Vielleicht waren auch Dale Blodgett und die DUTY FREE wieder zu einer ihrer geheimnisvollen Nachtfahrten aufgebrochen.

Um diese Stunde war auf der Halbinsel nur wenig Verkehr. Die Häuser schienen sich im Nebel enger aneinanderzudrängen, und die Straßenlaternen trugen feuchte Heiligenscheine. Jim fuhr den Boulevard hinauf, über die Brücke, am Krankenhaus vorbei und dann die Superior Avenue entlang zu den schlecht beleuchteten Industriegebäuden, die Karosseriewerkstätten und Bootswerften beherbergten. Die Leeward Street war einen Block weiter südlich als die

Straße, an der sich die Cheverton-Kanalbaugesellschaft befand. Jim bog nach links ab, steuerte um ein klaffendes Schlagloch herum, fuhr an einem Maschendrahtzaun entlang und sah schließlich ein Tor, das von einem alten Lastwagenreifen offengehalten wurde, auf dem mit Silberbronze die Zahl dreihundertvierzig gepinselt war. Jim warf das Lenkrad herum und fuhr hinein.

Während der Staub sich im Licht der Scheinwerfer legte, betrachtete Jim den Bungalow, der wie Dutzende anderer Fünfzigerjahrehäuser in der Gegend aussah, die man für Geschäftszwecke umgebaut hatte. Motten schwirrten um das Licht, das auf der Veranda brannte. Auf einem Schild darunter stand DAVIS MARINE INDUSTRIES. Die vorderen Zimmer waren dunkel, aber aus denen weiter hinten drang Licht, und an einer der Seitenwände leuchtete das gelbe Viereck eines Fensters. Ein neuer Jaguar stand vor dem Haus – das war wohl derselbe, der Dennison in der Mordnacht den Dienst verweigert hatte, dachte Weir. Daneben stand ein weißer Lieferwagen.

Jim stieg aus, steckte seine Wagenschlüssel ein und ging mit knirschenden Schritten über den Kies auf das Haus zu. Er stieg ein paar Stufen hinauf und drückte auf den Summer an der Vordertür.

Von innen drang die Stimme eines Mannes. »Weir?«

»Ja.«

»Die Tür ist offen. Kommen Sie nach hinten.«

Das frühere Wohnzimmer des Bungalows, inzwischen zum Empfangsraum umgestaltet, war kühl und dunkel. Jim konnte die Umrisse eines alten Tisches, etlicher Klappstühle, eines Sofas und einiger Aktenschränke in der Ecke ausmachen. Am Ende eines Ganges stand eine Tür einen Spaltbreit offen, und das Licht dahinter fiel auf die gegenüberliegende Wand.

Jim drückte die Tür auf, trat ein und konnte seine Hände nicht mehr schnell genug hochreißen, um einen heransausenden Baseballschläger abzuwehren, mit dem eine Gestalt rechts von der Tür nach ihm schlug. Der Schläger traf ihn mit voller Wucht in der Magengrube und ließ Jim auf sein rechtes Knie fallen.

Um Jim herum waren auf einmal überall dunkel gekleidete Gestalten, die Masken aus Skimützen und schwarze Handschuhe trugen. In plötzlicher Panik rappelte er sich hoch, traf den Mann mit dem Baseballschläger mit einem linken Haken direkt am Kinn. Jim drehte sich nach rechts, duckte sich, um einem Hieb auszuweichen, und ließ seine rechte Faust direkt auf eine unter einer Maske verborgene Nase krachen. Er spürte, wie das Nasenbein nachgab und zerbrach. Der Mann schrie auf und ging zu Boden. Ein schwerer Schlag, mit dem Jim nicht gerechnet hatte, traf ihn jetzt mit solcher Wucht in die untere Rippengegend, daß ihm der Atem laut pfeifend aus der Brust wich und er nichts mehr sah als ein helles rotes Leuchten. Ein zweiter Schlag landete in seinem Magen, fast im selben Augenblick verpaßte ihm jemand von hinten einen mächtigen Stoß – das mußten mindestens zwei Männer gewesen sein, schoß es ihm durch den Kopf –, und er mußte, um nicht zu Boden geschleudert zu werden mit schnellen Schritten nach vorn laufen, bis sein Vorwärtsdrang abrupt von einer Wand gestoppt wurde. Jim wirbelte herum, traf mit seinem Ellenbogen ein Kinn, aber dadurch hatte er seine Deckung geöffnet, und er sah den Baseballschläger auf sich zusausen, ohne etwas dagegen unternehmen zu können. Das schwere Holz knallte ihm mit solcher Vehemenz in die Magengrube, daß er nach unten sackte und auf Hände und Knie fiel. Einen merkwürdig friedlichen Moment lang glaubte Weir, daß er einfach so auf allen vieren würde verharren können, in sicherer Bewegungslosigkeit. Aber ein Tritt, von dem er gewußt hatte, daß er kommen würde, schlug ihm einen Ellenbogen weg und schleuderte seinen Körper auf einer Seite nach oben. Jim ließ sich auf den Rücken rollen und blickte durch seine Hände, die er schützend vors Gesicht hielt, auf seine Angreifer.

Sechs, dachte er und wollte nachzählen, aber er konnte sich nicht genügend konzentrieren. Keiner war dabei, der so gebaut war wie Dennison. Sie atmeten schwer, schienen noch etwas vorzuhaben. Jims Rippen brannten vor Schmerz, Brechreiz und Schwindelgefühl stiegen in ihm hoch. Als er direkt nach oben sah, konnte er von einem Balken, der durch ein Loch in der Gipsdecke sichtbar war, ein Seil mit einer Henkersschlinge herabhängen sehen.

»Na, macht's Spaß, Weir?«

Er stöhnte auf, als sie ihn packten, und versuchte sich hochzurappeln, aber seine Beine waren viel zu schwach, und ein Fuß, den ihm einer der Männer auf die Brust stellte, drückte ihn wieder zurück auf den Boden.

Dann hatte Jim ein merkwürdiges Gefühl, denn er wurde mit den Füßen zuerst hochgehoben, seine Beine hingen über ihm, und sein Kopf baumelte nach unten. Jemand grunzte, fluchte, Weir spürte einen plötzlichen Schlag in die Seite und schwang dann, langsam wie ein Ast im leichten Wind, hin und her. Als er nach oben schaute, sah er, daß seine Stiefel in der Henkersschlinge steckten. Er wandte den Blick zur Seite und sah eine Gürtelschnalle, einen Bauch, ein paar behandschuhte Hände, die in fette Hüften gestemmt waren. Die Wände des Zimmers schwankten schwindelerregend – nicht nur von rechts nach links, sondern auch von oben nach unten. Wenn er mit viel Mühe seinen Kopf hob, konnte er bloß die Masken sehen, und das war so gut wie gar nichts. Jemand rammte ihm einen Knebel in den

Mund. Er spürte, wie das Tuch hinter seinem Nacken zugeknotet wurde.

Einer seiner Peiniger nickte. Zwei andere traten vor, und Jim sah eine große Heckenschere mit langen Handgriffen, eine von der Sorte, die Zweige vom Kaliber eines Männerarms ohne viel Mühe durchzwicken kann.

In diesem Augenblick überkam Jim die schlimmste Angst seines ganzen Lebens. Sie stülpte sich über ihn wie eine dickwandige Schachtel, eine kalte, in sich geschlossene Endgültigkeit, mit der man weder reden noch verhandeln konnte.

Zwei weitere Männer traten auf ihn zu, öffneten seinen Gürtel und zogen seine Hose nach oben. Er konnte ihre Ellenbogen, ihre Brustkörbe und von unten ihre Kinne sehen, die von den Masken nicht verdeckt wurden. Er sah ihre Fäuste in den Handschuhen, die seine Hose bis an seine Knöchel hinaufzogen, und dann sah er, wie sich die Heckenschere langsam in seinen Gesichtskreis bewegte und ihre brutalen Schneiden öffnete und schloß wie die Kiefer einer riesigen Ameise. Sie bewegte sich unaufhaltsam auf die Stelle zwischen seinen Beinen zu.

Jetzt nahm Jim noch einmal alle ihm verbliebenen Kräfte zusammen. Es war ein vergebliches Aufbäumen, ein blinder Ausbruch von Angst, der seinen Oberkörper hochriß, bis er fast senkrecht zum Boden in der Luft stand. Jims Hände griffen nach der Gurgel des Mannes mit der Schere, aber sein Körper schwang zu früh wieder zurück, und seine Finger krallten sich Zentimeter vor dem Hals ins Leere. Weirs geschundene, schmerzende Bauchmuskeln gaben schließlich nach, und sein Körper fiel wieder nach unten, aber er probierte es sofort wieder. Jetzt hatte er nicht einmal mehr die Kraft, den Oberkörper auch nur andeutungsweise in die Horizontale zu bringen, und so schwang er einen

Augenblick lang hin und her, die Arme ausgestreckt wie ein kleines Kind, das hilflos nach seiner Mutter greift. Sein Körper beschrieb einen langsamen Kreis, und die Männer lachten.
Und *wie* sie lachten. Jim wußte sofort, daß er dieses Lachen bis an sein Lebensende nicht vergessen würde.
»Sag einem lieben alten Freund Lebewohl, Jim.«
Jim spürte, daß seine beiden Arme gepackt und festgehalten wurden. Als er an seinem Körper hinaufschaute, sah er seinen Bauch, seine Leistengegend, seine Hüften und Knie, seine Hose, die bis zu seinen in der Schlinge steckenden Stiefeln hochgezogen war. Die beiden gebogenen Schneiden der Schere legten sich kalt und hart auf seine Schamhaare. Weir versuchte, sich hochzuwinden, aber seine Arme waren wie festgenagelt. Es war sinnlos.
Auf einmal hatte er ein merkwürdiges, hochtönendes Surren in seinem Kopf, das irgendwie elektrisch klang. Er sah, wie sich die Schneiden hoben, öffneten, und zwischen seinen Beinen heruntersanken. Das Surren in seinen Ohren war jetzt lauter, es klang, wie es, als er sechs Jahre alt war, beim Friseur geklungen hatte.
Dann geschah es. Die kalten Schneiden berührten ihn und ein stechender Schmerz fuhr ihm in die Leisten. Weir schrie in seinen Knebel hinein, sein Rücken bog sich, und er meinte, seine Augen müßten gleich aus ihren Höhlen springen. Dann sah er nur noch Rot. Wenn du laut genug schreist, hört es auf. Das Surren war so laut, so elektrisch, und darüber hörte er das metallische Reiben, mit dem sich die Schere öffnete und wieder schloß. Etwas fiel herunter und traf ihn im Gesicht, etwas leichtes, warmes – *oh, Gott, lieber Gott, du hast es sie tun lassen.*
*Wie konntest du sie es tun lassen.*
*Lieber, gütiger Gott.*

»Ein für allemal, Weir. Laß uns in Ruhe. Du weißt, wer wir sind.«
»Hör auf herumzuschnüffeln!«
»Halt dich raus!«
»Hast du verstanden?«
»Viel Spaß mit deinem neuen Aussehen, Weir!«
Er hörte, wie sie gingen, aber er konnte seine Augen nicht öffnen. Und er konnte, um alles in der Welt, nicht verstehen, warum er nicht wahnsinnig wurde vor Schmerz. Er spürte nichts weiter als einen kühlen, aber brennenden Fleck in der Schamgegend, der sich ungewohnt und offen anfühlte. Sein Kopf dröhnte mit jedem seiner wilden Herzschläge.
Dann spürte er, daß ihn jemand am Hemd packte und hochhob; gleich darauf hörte er ein sägendes Geräusch über sich. Plötzlich waren seine Füße frei, und er fiel in einem halsbrecherischen Sturz zu Boden, den er nur mit den Händen ein wenig abfangen konnte.
Eine Weile lag er da auf dem kalten Linoleumboden, hörte, wie Schritte sich entfernten, wie draußen die Autos angelassen wurden, und dann nahm er nur noch sein galoppierendes Herz wahr, das durch Hemd und Jacke gegen den Boden schlug.
Und auf einmal empfand er ein merkwürdiges, verrücktes, aus der Tiefe kommendes Glücksgefühl. Er konnte ihn unter sich spüren, wahrhaftig, sie hatten ihn nicht abgeschnitten! Jim drehte sich auf den Rücken, schlug seine Hose auf und drückte seinen Oberkörper mit einem Ellenbogen hoch. Da lag er, in seiner ganzen, verschreckten, verschrumpelten Schönheit flach auf der weißen Haut seines Oberschenkels.
Jim ließ sich wieder zu Boden sinken, drehte den Kopf und sah einen Meter von sich entfernt ein Büschel dunkler

Haare liegen. Das war das Geräusch aus dem Friseursalon, dachte er. Ein elektrischer Haarschneideapparat, die Hekkenschere sollte nur Schau sein.
Mit Mühe zog er den Reißverschluß seiner Hose hoch. Dann drehte er sich hinüber an die Wand und rutschte daran entlang, bis er aus dem Fenster in den dunklen Nachthimmel schauen konnte. Sein rasendes Herzklopfen hatte immer noch nicht aufgehört. Es drückte ihm das Blut ins Gesicht, in Ohren und Hände und Finger, in seine Beine und Füße, und er lag lange nur so da und dankte Gott, daß sein Blut noch immer, bis zum letzten wertvollen, verschreckten, heißen Tropfen, in seinen Adern floß.
Der Mond erschien im Fenster. Als Jims Herz endlich langsamer schlug, setzten die Schmerzen ein. Sie saßen hauptsächlich im Rücken und über den Rippen, aber er wußte, daß sie in den nächsten Stunden tiefer dringen würden, in alle Knochen und Sehnen hinein.
Er stand langsam auf und mußte sich dabei an der Wand abstützen. Bis er wieder im Empfangsraum war, hatte er so etwas wie ein wackliges Gleichgewicht erreicht, mit dem es allerdings jeden Moment wieder vorbei sein konnte. Als er schwankend die Stufen der Veranda hinunterstieg, fiel er zum ersten Mal hin und ein zweites Mal, als er neben seinem Wagen stand und mit zitternder Hand in seiner Hosentasche nach den Schlüsseln suchte.

# KAPITEL 20

Am Tag von Anns Begräbnis starb der Ozean. Die ersten Opfer waren die kleinen Fische, die schon vor dem Sonnenaufgang angeschwemmt wurden – Anshovis, Stinte, junge Seebarsche. Bis neun Uhr spülte die Flut dann Heilbutt, Meeräschen, Makrelen, Blaufische, Stachelrochen, Schollen, Sand-, Blau- und Fuchshaie an den Strand, wo sie aufgebläht, mit herausgequollenen Augen und aus den Mündern hängenden Schwimmblasen entweder schon leblos dalagen oder im Todeskampf zuckend verendeten. Auch ein halbes Dutzend Seehunde, die zunächst noch am Leben waren, wurde angetrieben. Sie robbten auf die seichten Stellen in der Nähe von *Poon's Locker*, verfingen sich in Bootsleinen und stießen ihre gequälten letzten Schreie aus, bevor sie mit den Bäuchen nach oben im nebligen Mittagslicht eingingen. Die letzten, die starben, waren die Seevögel – die Enten, die Möwen, die Pelikane und ein paar Reiher weit hinten in der Back Bay. Sie trieben mit zusammengefalteten Füßen und auf den Wellen schaukelnden Hälsen am Nachmittag an die Strände. Um zwei Uhr wurde der Gestank unerträglich.

Die alten Leute auf der Halbinsel murmelten etwas von einer roten Flut – einem tödlichen Anwachsen von Plankton, das den Fischen den Sauerstoff wegnimmt –, aber keiner von ihnen hatte jemals eine Möwe gesehen, die eingegangen war, bloß weil sie da oben am Himmel zuviel Luft bekommen hatte. Außerdem war das Wasser auch nicht verräterisch orangebraun gefärbt wie bei einer Planktonpest, sondern es war so unscheinbar grau wie immer.

Bootsausflüge wurden verschoben und Hafenrundfahrten abgesagt, nur die Fähre von Newport nach Catalina hatte pünktlich um acht Uhr früh abgelegt und mit ihrem Bug durch Tausende von auf den Wellen tanzenden Leichen gepflügt, die bereits zu dieser frühen Stunde die ganze Bucht bedeckt hatten. Das Schiff war stur seinem Kurs gefolgt und hatte das Gemetzel so unbeteiligt und selbstverständlich wie ein langsamer Schneepflug zur Seite geschoben. Um zwölf Uhr mittags waren die Umweltbehörde, das kalifornische Fischerei- und Jagdministerium, die Küstenkommission, die Leute des County Sheriff, die Küstenwache, das Meeresreferat der Stadt, der Bürgermeister, ein Abgesandter des Gouverneurs und die Presse zur Stelle gewesen, um das Problem aus ihrer Sicht zu bewerten.

Jim sah das Spektakel durch das Fenster seines alten Zimmers im ersten Stock des Großen Hauses. Er hatte sich unter Schmerzen die ganze Nacht stark schwitzend in seinem Bett hin und her gewälzt, hatte ständig Heckenscheren vor sich gesehen, und später, als er ein wenig eingedöst war, hatte er wieder diesen Traum gehabt, in dem jemand eine einzelne rote Rose an Anns vertrauensvolles, schönes Gesicht hielt. Bereits vor der Morgendämmerung war er aufgestanden und hatte die Akten von Kearns und Blodgett noch einmal gelesen, auf der Suche nach etwas, was ihm vorher entgangen war, weil er es vielleicht nicht gesehen oder nicht verstanden hatte. Die Worte waren vor seinen Augen in wilden, unangenehmen Sprüngen über das Papier getanzt. Als er schließlich von den Akten aufgeblickt und aus dem Fenster gesehen hatte, waren ihm sofort die Tausenden von glänzenden Reflexen aufgefallen, die sich wie ein glitzernder Saum die Küste entlang nach Süden gezogen hatten. Im ersten Licht des Tages hatten sie ausgesehen wie die Münzen aus einer umgekippten Schatztruhe. Im Norden hatte er eine Menschentraube gesehen, die auf dem Gehsteig gleich hinter *Ann's Kids* zusammengeströmt war. Daneben hatte Becky Flynn gestanden und in ein mobiles Telefon gesprochen. Manche Leute waren noch in ihre Morgenmäntel gehüllt und unten im Großen Haus hatte das Telefon geklingelt.

Und neben alledem ging die Jagd nach Horton Goins weiter. Als er für einen Kaffee in den *Locker* ging, sah Jim, wie ein paar Uniformierte die Motels rund um das *El Mar* abklapperten. Als er hinter dem Fenster des Cafés über seiner Tasse saß, gingen Tillis und Oswitz mit einem Stoß Fahndungsfotos von Goins vorbei. In der Morgenzeitung stand, daß die Waffengeschäfte im südlichen County sprunghaft ansteigende Verkäufe von Gewehren meldeten. In derselben Ausgabe war Goins' Bild noch einmal abgedruckt, und ein Artikel auf der ersten Seite berichtete von einem fünfzehnjährigen Jungen aus Newport Beach, den sein eigener Vater erschossen hatte, als er sich nach einer nächtlichen Eskapade durch das Fenster im Zimmer seiner Schwester wieder ins Haus schleichen wollte.

Als Jim später Virginia, Raymond und Becky zum Friedhof fuhr, mußte er hinter, wie es ihm vorkam, tausend anderen Autos an einer Straßensperre halten, die im Zuge der Fahndung nach Goins errichtet worden war. Officer Hoch, der eine dunkelrot geschwollene Nase und zwei blaugeschlagene Augen hatte, winkte sie durch. Ray sagte etwas, aber Weir blieb still. Er nährte schweigend seine Wut. Die Polizisten hatten ihm einen Dämpfer verpaßt. Was soll's? Er hatte sich aus ihrer Welt zurückgezogen und war bei seiner kurzen Rückkehr alles andere als freudig begrüßt worden. Das Schulterhalfter mit Poons altem fünfundvierziger Colt scheuerte an seinem schmerzenden Brustkasten, ein unbequemer Wegbegleiter.

Der lärmend über der Stadt schwebende Hubschrauber war durch die Windschutzscheibe mal zu sehen, dann verschwand er wieder, aber sein ständig hörbares Röhren und Klappern ließ ihn allgegenwärtig erscheinen. Ein öffentlicher Bus schnaufte vor ihnen durch den Verkehr, und von einem Plakat an seiner Rückseite grinste sie Dennisons Gesicht durch die schwarzen Auspuffschwaden an. Zwei junge Motorradpolizisten eskortierten Jims Pick-up-Truck an beiden Seiten, schauten aber nicht einmal zu ihnen herüber.

Von der Kirche in den Hügeln aus sah Jim über die Stadt zum Pazifik und einem verwaschenen Horizont voller weißer Segel. Die Blumen dufteten so stark, daß er nur mit Mühe atmen konnte. Alles schien so entsetzlich langsam vor sich zu gehen, und jede Bewegung bereitete ihm neue Schmerzen. Der Cruz-Clan saß auf der anderen Seite des Kirchenschiffs, schwarzgekleidete Gestalten, von denen viele schon jetzt weinten. Ernesto und Irena saßen bewegungslos und erschüttert in der ersten Bankreihe. Raymond, im schwarzen Anzug, blieb aufrecht stehen, sein Gesicht zusammengezogen, als verberge es etwas Schreckliches. Als Irena zu Jim herübersah, wurde er mit einer unfaßbar tiefen Trauer konfrontiert. Er schaute weg, setzte sich neben Virginia und nahm ihre große, knorrige Hand.

Den Nachruf hielt Reverend Matthew Martell, ihm folgten die Trauerreden der Freunde. Jim, von der Schwere seines Verlusts niedergedrückt, saß da und sah zu, wie Becky in einem schwarzen Kleid ans Rednerpult trat, sich räusperte und durch ihren Schleier die Trauergemeinde anblickte.

»Eine der Segnungen meines Lebens«, begann sie, »war es, Ann Cruz gekannt zu haben.« Sie hielt diese Segnung für eine der größten. Für Jim klang ihre Stimme spröde wie Glas, jeden Moment befürchtete er, daß sie zerbrechen könnte. Aber er wußte auch, daß dies nicht geschehen würde: Wenn es hart auf hart ging, war Becky immer am stärksten. Hinter dem schwarzen Schleier schimmerten ihre Augen in einem dunklen, feuchten Braun, und ihre Lippen darunter waren rot wie ein reifer Apfel. Jim, geplagt von schmerzlichen Erinnerungen, wie betäubt vom schweren Duft der Blumen und umgeben von all den Leuten, mit denen zusammen er in dieser engen, kleinstädtischen Nachbarschaft aufgewachsen war, schien es, als spräche Becky nur für ihn. Er verlor sich in ihren Worten.

»Wir spielten schon als kleine Mädchen zusammen und wuchsen miteinander zu Frauen heran. Ann hatte immer den Durchblick, wenn ich nicht weiterwußte. Und wenn ich zweifelte, gab sie mir Sicherheit. Wenn ich unentschlossen und ängstlich war, half mir Ann mit ihrem Rat und ihrem Mut. Und wenn ich einmal etwas tun mußte und nicht wußte, ob es richtig oder falsch war, dann fragte ich mich immer, was Ann wohl an meiner Stelle getan hätte, und das war immer das richtige. Sie schenkte mir großzügig und gut gelaunt ihre Liebe, sie verstand mein Leid und hatte Teil an meiner Freude. Im Lauf der Jahre erkannte ich, daß ihr das Gute, das sie ausstrahlte, schon in die Wiege gelegt war, es war etwas, das im Blut von Virginia und Poon, das im Blut aller ihrer Kinder liegt ... oder lag. Wenn ich dieses Gute definieren müßte, dann würde ich es als eine Art Würde, ein Sich-nicht-unterkriegen-Lassen von den schlimmen Seiten des Lebens bezeichnen.«

Becky schaute in die Trauergemeinde, und ihre Augen verharrten auf Jim. »Dazu gehörte auch ihre stete Bereitschaft, sich zu engagieren, für das einzustehen, was sie glaubte, und es in die Tat umzusetzen. Solange ich sie kannte, war Ann nie ohne Grund gemein. Sie hat nie jemanden verhöhnt, weil er nicht so war wie sie. Sie hat nie geglaubt, daß sie das, was sie hatte, auch verdiente – denn anmaßend oder gar überheblich war sie nie. Die einzige Person, über die sie immer spotten konnte, war sie selbst, und das tat sie oft und gern. Ihr …« Becky streckte einen schlanken Finger unter ihren Schleier und wischte eine Träne fort. »Ihr alle wißt, was für eine Freude es war, sie einfach lachen zu hören, das Funkeln in ihren Augen und das Funkeln in ihrer Seele zu sehen. Ich glaube … nein, ich weiß, daß Ann jetzt an einem Ort ist, der ihre Gegenwart mehr verdient als dieser hier, und daß sie uns an einem Ort zurückläßt, der an ihr sehr viel verloren hat. Wenn ich jetzt sagen würde, ich könnte keine Worte für diesen Verlust finden, dann wäre das eine Lüge. Es gibt Worte dafür, zu viele Worte, Tausende von Worten, die immer und immer wieder gesagt werden, um unseren Gefühlen Ausdruck zu verleihen. Aber sie sind zu schwach, um das Gewicht dessen, was ich meine, weiterzugeben. Diese Last müssen wir tragen. Ich will nur noch das eine sagen: Ich hoffe, daß Gott im Himmel sie mit der Güte und dem Respekt behandelt, die Ann verdient hat und die er ihr hier auf Erden nicht … entgegengebracht hat. Das ist meine Hoffnung und auch mein Trost. Um Anns Andenken zu ehren, werde ich lieben und lachen und fröhlich sein, auf daß sie für immer unter uns verweilen möge.«

Jim saß da und fragte sich die üblichen, zentnerschweren Fragen: Hätte er irgend etwas tun können, hätte ihm irgend etwas auffallen müssen? Warum gab es nur unter den Menschen, um die sich Gott doch ebenso kümmern müßte wie um die Vögel am Himmel und die Lilien auf dem Feld, so viel Leid? Ist Ann jetzt wirklich in einer besseren Welt, oder ist das nur eine fromme Lüge, mit der die Hinterbliebenen sich selbst betrügen?

Irena und Nesto Cruz weinten hemmungslos, als Becky vom

Rednerpult zurückkam. Sie konzentrierte ihre Blicke auf Jims Augen, als wären diese ihre einzigen Fixpunkte in einem Sturm, die sie sicher zurück auf ihren Platz leiten konnten.
Raymond hatte seinen Kopf gesenkt, er stand so still, daß er eine Statue hätte sein können. Weir spürte, wie sein Inneres vor Leid bebte, wie sich die verschiedensten Emotionen wie die Platten der Erdkruste krachend ineinander schoben. Er vergrub den Kopf in seinen Händen und spürte, wie ihm die Tränen, die er so lange zurückgehalten hatte, in die Augen stiegen.
Dann gingen alle hintereinander hinaus und sahen zu, wie Ann in die Erde gesenkt wurde. Der frisch ausgehobene Boden lag unter einer schwarzen Plane. Das Grab daneben war sauber ausgehoben, rechteckig und tief. Durch Blumen, Parfüm und Schweiß konnte Jim den Geruch wahrnehmen, der von der Stadt aufstieg, den Geruch von Tod und Meer und verschleierter Sonne.
Irgendwie brachte er alle zurück ins Große Haus zum Leichenschmaus. Auf der Rückfahrt hörten sie, wie drei verschiedene Radiosender berichteten, daß die Konzentration des Lösungsmittels 1,1,1-Trichloräthan im Hafen von Newport die gesetzlich erlaubten Höchstwerte weit überschritten habe. Die Strände seien bis auf weiteres gesperrt.

Jim, Virginia und Ray begrüßten die Trauergäste an der Tür. Weir schüttelte Hände, erwiderte Umarmungen und Küsse und murmelte bei allem, was man zu ihm sagte, seinen Dank. Jede Kondolation schien etwas von ihm fortzunehmen und einen neuen Schmerz aufzureißen. Der merkwürdige langsame Rhythmus der Trauerfeier hielt ihn immer noch in seinem Bann, als ob dieser Nachmittag seinen eigenen, Jim bisher unbekannten, Zeittakt hätte. Jeder, den er an der Tür begrüßte, kam Jim größer als sonst vor – alle Gesichter waren feierlich, die Augen feucht, die Münder bebten. Raymond stand kerzengerade neben ihm, seine Stimme klang ruhig, aber irgendwie abwesend. Sein Lächeln wirkte verwelkt, weil ihm die gewohnte schnelle Lebhaftigkeit fehlte. Von all den Leuten hier in diesem Raum, dachte Weir, ist Ray der einzige, der das alles noch mehr haßt als ich.

Als fast alle Gäste da waren, mischte sich Jim unter sie, ging an die Bar, goß sich einen doppelten Whisky ein, schüttete ihn hinunter und nahm ein Bier aus dem Kühlschrank.

Als sich Jim in dem Raum umsah, kam es ihm vor, als wäre die Welt in zwei Lager geteilt – in *uns* und *sie. Wir* – das waren er selbst, Virginia, Raymond und seine Familie und Becky. *Sie* – das waren alle anderen. Und da standen sie also in seinem Haus, in Anns Haus, aßen und tranken, was Virginia für sie bereitgestellt hatte. Da waren sie, fein herausgeputzt, und redeten über Gott und die Welt, hatten nichts anderes im Sinn als ihre eigenen Karrieren, Verführungen, Heimlichkeiten und Betrügereien und waren doch unter demselben Dach, unter dem Ann als Kind aufgewachsen war. Da waren sie, taten alle das, was Ann nie wieder würde tun können, und ehrten sie im Tod auf eine Weise, wie sie sie im Leben nie geehrt hätten.

Ihr Heuchler, dachte Jim, ihr Zuspätkommer, ihr Schwindler. Ihr unbedeutenden, kleinen, nicht hierher gehörenden Scheißer. Was ihr hier tut, ist ein Sakrileg. Er sah so vielen Polizisten wie möglich direkt in die Augen und schickte ihnen die klare Botschaft: Ihr habt in der vergangenen Nacht die Spielregeln verletzt, und dafür werdet ihr bezahlen. Er war sich bloß noch nicht ganz sicher, wie. Er trank sein Bier aus und goß sich noch einen Scotch ein. Es roch geradezu nach einer Schlägerei.

Jim sah, wie Dale Blodgett zur Tür hereinkam, die Gruppe der Gesetzeshüter in der entfernten Ecke entdeckte und in eine andere Richtung ging. Dennisons triefäugiger Judas und Nestbeschmutzer, dachte Jim. War er auch einer der sechs von gestern nacht gewesen? Er konnte es nicht mit Gewißheit sagen. Es war clever gewesen, daß sie einen Jaguar vor die Tür gestellt und damit Dennisons Anwesenheit suggeriert hatten.

Jim schnappte sich noch einen Whisky und sah, wie Virginia durch das Zimmer auf Blodgett zuging und die beiden sich lange fast bewegungslos im Arm hielten. Vor Blodgetts großem, grobschlächtigem Körper wirkte die drahtige, windgegerbte Virginia zierlich und klein.

Becky nahm Jim am Arm. »Paß ein bißchen auf mit diesem Zeug«, sagte sie und tippte an sein Glas. »Du hast so einen merkwürdigen Gesichtsausdruck – siehst aus, als wärest du fürchterlich unter Druck und hättest keine Möglichkeit Dampf abzulassen.«

Quer durch den Raum warf Virginia ihm einen fragenden Blick zu. Er wollte gerade hinüber zu ihr, als er merkte, daß der Blick Becky gegolten hatte, die sich jetzt entschuldigte und sich durch die Menge zu Virginia vorarbeitete. Jim sah, wie Blodgett sie in den Arm nahm, wie sich seine riesigen Hände an ihrem Rücken auf ihr schwarzes Kleid legten. Auch Brian Dennison, bemerkte Jim, hatte das gesehen. Dann machte sich Becky los, folgte Virginia den Gang entlang in Anns altes Zimmer und schloß die Tür hinter sich. Politiker, dachte Weir: Sie können einfach nicht aufhören.

Phil Kearns und Crystal aus Oklahoma schoben sich herüber zu Jim. Kearns sah aus wie ein Dressman – sein Haar über seinem sonnengebräunten Gesicht hatte er mit Gel zurückfrisiert, und er trug einen schwarzen Leinenanzug mit einem schwarzen, bis oben zugeknöpften Hemd ohne Krawatte. Crystal war klein, hübsch und leicht gerötet von der Morgensonne auf Kearns' Terrasse. Sie schenkte Jim ein kleines, irgendwie einladendes Lächeln.

Kearns sprach über Ann, und Jim spürte etwas wie echte Trauer in seinen Worten. Als Crystal ging, um etwas zu trinken zu holen, trat Weir vor Kearns und blockte ihn von den anderen im Zimmer ab.

»Sie haben in der Mordnacht vier Rufe der Zentrale nicht beantwortet, Phil. Zwischen null Uhr dreißig und null Uhr fünfzig. Erklären Sie mir das.«

Kearns wurde rot, aber seine Augenbrauen zogen sich drohend zusammen. Zwei Reaktionen, die einander widersprachen, fand Weir.

»Das stimmt nicht. Nicht ich muß mich melden, sondern die Zentrale ruft meinen Wagen, und ich antworte. Wenn ich mich also zwanzig Minuten lang nicht gemeldet habe, dann bedeutet das, daß die Zentrale sich zwanzig Minuten nicht bei mir gemeldet hat. Mein Gott, Weir, wir sind hier auf dem Begräbnis Ihrer Schwester.«

»Das Blöde ist bloß, daß ich eine Tonbandaufnahme des Funkverkehrs habe. Carol hat viermal versucht, Sie zu erreichen. Sie hat keine Antwort von Ihnen bekommen. Es ist alles auf Band festgehalten.« Weir bluffte schamlos. »Ich spiele es Ihnen jederzeit vor, wenn Sie wollen.«

»Es würde den Chief sicher brennend interessieren, daß dieses Band offensichtlich in ganz Newport herumgereicht wird«, sagte Kearns. »Aber vielleicht weiß er es ja schon.«

»Scheiß auf den Chief«, sagte Jim.

Kearns sah ihn amüsiert an.

»Ich will Antworten, Kearns. Und wenn *ich* sie nicht aus Ihnen herausbekomme, dann wird Dennison das tun. Und wenn der das Band in die Finger bekommt, wird er Ihnen Feuer unter dem Hintern machen.«

Kearns' Gesicht verlor sich einen Moment lang in einem selbstzufriedenen Schimmern. Darunter hatte es einen ausgehöhlten, harten Ausdruck. Das ist der Gesichtsausdruck von jemandem, der die Fähigkeit hat, konsequent zu sein, dachte Weir. »Unter zwei Bedingungen werde ich mit Ihnen darüber reden. Erstens: Wenn Sie mir glauben, erzählen Sie Dennison nichts davon. Zweitens: Wenn Sie mir glauben, lassen Sie mich ein für allemal in Ruhe.«

»Einverstanden.«

»Sie sehen aus wie jemand, der mit so gut wie allem einverstanden wäre, wenn er dafür bekommt, was er will.«

»Das bin ich auch. Reden Sie, Kearns.«

Der amüsierte Ausdruck auf Kearns' Gesicht verwandelte sich in Verachtung. »Ich habe in der fraglichen Zeit jemanden nach Hause gebracht.«

Weir versuchte sich die Situation vorzustellen. War sie am Ende auch eine Erklärung für Blodgetts Geschichte von dem versprengten Streifenwagen, der in dieser Nacht von der Halbinsel herunterfuhr? »Sind Sie um Mitternacht über die Brücke aufs Festland gefahren?«

»Nein. Es war um halb zwölf, und ich habe auch nicht an der Back Bay gehalten. Aber Sie müssen mir das nicht unbesehen glauben, Weir. Sie können mit meinem Alibi sprechen, sie wird Ihnen meine Aussage bestätigen. Ich hole Sie heute abend um zehn Uhr am *Whale's Tale* ab. Ich will, daß Sie ihr zuhören, und zwar aufmerksam. Und dann will ich Sie nicht mehr sehen.«

»Und wann haben Sie Ihr Spielchen mit Ann gespielt?«

Kearns' Gesicht hatte jetzt einen kühlen, raubvogelartigen Ausdruck. »Nie.«

Jim nahm einen Schluck und sah Kearns prüfend an. »Warum nicht? Ich glaube, wenn ich Sie wäre, hätte ich es versucht. Ich glaube, Sie haben Ann sehr gern gehabt. Ich glaube, daß es Sie wahnsinnig gemacht hat, sie so zu sehen, wie einen Vogel im Käfig – das waren Ihre eigenen Worte. Sie hätten sie doch so leicht daraus befreien können. Wissen Sie, was Sie in ihr gesehen haben? Eine Frau, die fünf von *dieser* Sorte« – Jims Kinn zuckte hinüber zu Crystal – »aufwog. Sie sahen eine Frau und nicht ein Mädchen. Sie sahen jemanden, der auf demselben Dampfer war wie Sie.«

Der Sergeant studierte Jims Gesicht und schaute dann auf Crystal. »Sie haben recht. Das sah ich wirklich. Aber ich habe nicht danach gehandelt, nicht ein einziges Mal, jedenfalls nicht bewußt.«

»Warum nicht?«

»Wegen Ray.«

Kearns sah Jim tief in die Augen. Die ruhige Stärke in Kearns' Ausdruck überzeugte Weir davon, daß dieser Mann die Wahrheit sagte.

»Erzählen Sie mir, was Sie von Ann gehalten haben, Kearns. Nur für mich. Ich will wissen, wie Sie über Ann gedacht haben.«

Kearns schaute weg. »Ich hielt Ann Cruz für die begehrenswerteste Frau, die ich je gesehen habe.«

»Aber das haben Sie ihr nie gesagt?«

»Nie.«

»Und Ray? Haben Sie es Ray gesagt?«

Kearns seufzte leise. »Auch nicht. Mein Gott, Weir, was ist heute eigentlich los mit Ihnen, verdammt noch mal?« Er schaute zu Crystal, die gerade mit zwei Gläsern Champagner in den rotlackierten Fingern zurückkam, ein blasses, hübsches Mädchen aus Oklahoma, das ihn glücklich machen wollte. Kearns schaute sie lange und taxierend an, dann sah er wieder hinüber zu Weir. »Ich weiß nicht, wie es mit Ihnen

steht, ich jedenfalls bin hier, um Ihre Schwester zu betrauern.«
Kearns nahm Crystal ein Glas ab und dirigierte sie in Richtung auf die Ecke, in der die anderen Polizisten standen. Weir ertappte Dennison abermals dabei, daß er alles beobachtet hatte. Dem entgeht wirklich nichts, dachte er.

Jim nahm noch einen Schluck und ging hinüber zu Dale Blodgett, der allein an der Bar stand. Blodgett drückte ihm die Hand und entschuldigte sich dafür, daß er den Gottesdienst verpaßt hatte. Sein narbiges, sonnengegerbtes Gesicht sah über dem Kragen seines schlecht sitzenden Jacketts noch schlimmer aus als sonst. Sein herabgezogenes linkes Auge bohrte sich in Weirs Gesicht. »Ich war bei den Leuten vom Umweltministerium und von der Fischerei- und Jagdbehörde. Wir haben überlegt, wie zweitausend Liter Trichloräthan in die Bucht gelangt sein könnten.«
»Woher wissen die, daß es zweitausend Liter waren?«
»Das ist nur eine grobe Schätzung aufgrund des bisherigen Schadens. Es ist noch nicht im Ozean selbst – nur im Hafen. Die Experten sagen, daß zweitausend Liter dafür ausreichen dürften. Das ist ein starkes Zeug. Aber sie werden herausfinden, wer die Scheiße abgelassen hat. Hier in der Gegend haben nur ein paar Firmen die Genehmigung, damit zu arbeiten.«
»Wofür braucht man es?«
»Es ist ein Lösungsmittel. Wird mit so gut wie allem fertig, mit Fett, alter Farbe, Rost.«
»Vielleicht verschafft das Becky einen Vorteil für die Wahl. Mobilisiert vielleicht ein paar Leute mehr für langsames Wachstum.«
»Das könnten wir gebrauchen«, erwiderte Blodgett. Er goß

sich einen Wodka on the rocks ein und zündete eine Zigarette an.
Jim hörte das Telefon klingeln und sah, wie Virginia und Becky wieder aus dem Raum und den Gang entlang gingen.
Blodgett schüttelte den Kopf. »Für ein Begräbnis sind eine Menge Polizisten hier«, sagte er.
»Mom hat sie eingeladen.«
»Eine großartige Frau. Sagen Sie mal, Weir, wie geht eigentlich Ihre Untersuchung in den Reihen der Polizei voran?«
»Gut. Ich habe eine Menge interessanter Dinge herausgefunden.«
»Was denn zum Beispiel?«
Jim gab keine Antwort. Er sah Becky ohne Virginia zurückkommen.
Blodgett grinste. »Na, sagen Sie schon, Weir. Wer von uns hat es denn nun getan?«
Jim folgte Blodgetts Blick hinüber zur Ecke der Polizei. Die Hälfte der Männer dort sah jetzt zu ihnen herüber – Innelman und Deak, Tillis und Bristol und ein paar Streifenpolizisten, die Jim nicht kannte. Dennison stand mitten unter ihnen, seine ganze Aufmerksamkeit war auf Jim gerichtet.
»Ich weiß es noch nicht sicher. Aber ein paar Sachen würden mich trotzdem interessieren.«
»Ich rede nicht über die Jungs da drüben. Das habe ich Ihnen neulich abend vor meinem Haus gesagt, und ich sag's Ihnen jetzt wieder.« Jim bemerkte, daß sich drüben noch ein paar Köpfe zu ihm her drehten.
Er sah, wie schwer es für Blodgett sein mußte, zu Dennisons Polizei zu gehören und trotzdem seinen eigenen Überzeugungen treu zu bleiben. Diese kleine Show auf meine Kosten, sagte er sich, soll den Männern beweisen, daß Dale tatsächlich doch nur einer von ihnen ist.
Weir sprach so laut, daß man ihn drüben hören konnte:

»Der einzige Polizist, für den ich mich interessiere, sind Sie, Blodgett. Für Sie und Ihr fettes, häßliches Gesicht und Ihr Fischerboot, auf dem keine Angeln sind. Für Sie und Ihren Kumpan von der Cheverton-Kanalbaugesellschaft.«
Blodgetts Gesicht wurde rot, sein schweres Augenlid sank noch eine Idee weiter nach unten. Er drehte der Polizistenecke den Rücken zu und versperrte Jim die Sicht darauf. Er entblößte seine schiefen Zähne. »Sie sind mir gefolgt? Das nehme ich Ihnen übel. Verdammt übel.«
»Mir kommen die Tränen, Fettsack.«
Blodgett zündete wieder eine Zigarette an und blies Jim den Rauch direkt ins Gesicht. »Ich fahre in meiner dienstfreien Nacht raus zum Thunfischfangen, und Sie verfolgen mich. Langsam werden Sie mir ganz schön unsympathisch, Weir.«
»Von wegen Thunfisch, Blodgett. In vierzig Minuten können sie ja nicht allzu viel gefangen haben, noch dazu ohne Angelruten, Leinen und Köder. Die Angelrutenhalter auf der DUTY FREE waren leer. Sie haben nicht gefischt, haben es nicht einmal versucht. Was war unter der Plane? Ein offizielles Polizeigeheimnis?«
Blodgett grinste bösartig. Er packte Jims Schulter mit seiner schweren, kräftigen Hand.
»Gehn wir zusammen raus, Weir?«
»Mit dem größten Vergnügen. Aber vorher nehmen Sie dieses Ding da von meiner Schulter.«
Sie standen vor dem Großen Haus auf dem Gehsteig, direkt neben der Kaimauer und starrten hinunter auf die toten Fische, die auf dem Wasser tanzten. Die Kadaver bedeckten die Küstenlinie der Bucht, soweit das Auge reichte. Der Gestank war noch schlimmer geworden.
Blodgett zog an seiner Zigarette. »Sie stellen zu viele Fragen über Dinge, die Sie nichts angehen. Sie beleidigen mich. Aber ich will Ihnen sagen, was wir gemacht haben, weil Sie

Virginias Sohn sind und weil Sie anscheinend zu der Sorte gehören, der man alles Wort für Wort vorbeten muß, damit sie etwas kapiert. Das ist okay – Ihre Mutter ist genauso. Also, Weir: Trichloräthan ist nichts Neues hier. Die Konzentration ist seit dem Frühling letzten Jahres, als die Fischerei- und Jagdbehörde hier war und den Salzgehalt des Wassers gemessen hat, um herauszufinden, warum immer mehr Fische hopsgehen, kontinuierlich angestiegen. Es war nicht viel Trichloräthan, nicht genug, als daß sich jemand darüber beunruhigt hätte, nur Spuren davon. Virginia hat die Umweltbehörde auf das Zeug aufmerksam gemacht, und die hat dann alle zwei Wochen Messungen durchführen lassen und herausgefunden, daß etwa einmal im Monat etwas Trichloräthan in die Bucht eingeleitet wurde. Der Stadtrat bekam das Problem vorgelegt, und er billigte Dennison zusätzliche fünfhundert Dollar im Monat zu, damit er von Zeit zu Zeit jemand zum Kontrollieren hinaus in die Bucht schicken konnte. Diese fünfhundert langen kaum, um den Treibstoff für mein Boot zu bezahlen, ganz zu schweigen von der Materialabnutzung und der Zylinderkopfdichtung, die es mir neulich nacht durchgeblasen hat. Und die Freizeit, die ich für die Fahrten opfere, zahlt mir auch niemand. Ich mache das, weil es getan werden muß. Ich bin die ganze gottverdammte Giftmüllpatrouille, Weir – ich und die paar Leute, die ich dazu bringen kann, mir freiwillig zu helfen. Neulich nacht, als Sie mir nachgeschlichen sind, waren wir wieder draußen in der Bucht und hielten Ausschau nach den Typen, die diese Scheiße in meinem Hinterhof abladen. Wir haben sie wieder mal verfehlt. Ein Boot ist einfach nicht genug. Dennison kann nicht mehr Geld aus der Stadt herausholen, und er würde uns auch nicht ein zweites Boot bezahlen, weil ihm ein paar tote Fische scheißegal sind, wenn er sich statt dessen einen neuen Hubschrauber oder ein paar Polizisten mehr für den Streifendienst leisten kann. Das ist auch ein Grund dafür, daß Becky Flynn Bürgermeisterin werden sollte. Wundern Sie sich also nicht, wenn ich ohne Angelausrüstung hinaus in die Bucht fahre. Meine Ausrüstung ist daheim. Wenn ich zum Fischen fahre, dann fahre ich *wirklich* zum Fischen, Mann, ein paar Tage lang, hinunter nach Mexiko. Aus dem Meer hier würde ich sowieso nichts essen, auch nicht, wenn Sie mir viel Geld dafür gäben. Und jetzt wird das für eine lange Zeit sowieso keiner mehr tun.«

»Was war unter der Plane?«

»Meine Angelstühle, Weir, in Gottes Namen. Was sonst sollte am Heck eines Sportfischerbootes sein?«

»Wer ist Ihr Kumpel von der Cheverton-Kanalbaugesellschaft?«

Blodgett bohrte einen Finger in Weirs Brust. Jim drückte dagegen und wich keinen Millimeter. »Das geht Sie nichts an. Ich nehme verschiedene Leute mit. In manchen Nächten ist mein Kumpel Virginia Weir.«

Jim sagte nichts dazu. Er hatte das erwartet. In Wirklichkeit interessierte ihn etwas ganz anderes. »Und manchmal war es auch Ann.«

Blodgett zeigte wieder sein Pferdegebiß. »In manchen Nächten waren es Ann und Virginia. Nie Ann alleine. Nicht ein einziges Mal.«

»War sie auch dabei, als Virginia die Wasserproben nahm?«

»Das ist ein Teil unserer Tätigkeit, wir machen es jede Woche. Annie war ein paarmal mit dabei.«

»Also hat Annie gewußt, daß es im Wasser der Bucht Spuren von Trichloräthan gab, daß irgend jemand das Zeug ins Wasser ließ – draußen auf dem Meer vielleicht?«

»Das wußte Ann.«

Weir versuchte, sich Anns Rolle bei all dem vorzustellen.

Hatte sie mehr herausgefunden als das, wonach Blodgett und Virginia gesucht hatten? »Was wußte sie sonst noch?« fragte er. »Warum hat sie die Reagenzgläser in ihrem Kühlschrank versteckt?«

»Sie hat die Proben versteckt, weil Virginia es so wollte. Was sollte sie sonst noch gewußt haben? Ich habe keine Ahnung.«

»Wann war Annie das letzte Mal mit Ihnen draußen?«

»Vor einem Monat etwa.«

»War das die Nacht, in der Sie die Proben genommen haben?«

Blodgett sah Jim streng an. Ein verkniffenes Lächeln kam und verschwand. »Nein. Wir wurden abgelenkt. Wir sahen das Boot.«

»Das der Umweltverschmutzer?«

Blodgett nickte.

»Wie sah das Boot aus?«

»War nicht viel davon zu sehen, bei dem Nebel. Wir konnten es nicht erwischen.«

»Wo war das?«

»Zwei Meilen westlich von der Hafeneinfahrt.«

Jim betrachtete einen Heilbutt, der in verzweifelten Zuckungen auf dem Sand verendete. Millionen von Jahren hatte die Evolution gebraucht, bis bei dieser Art die Augen beide auf die Oberseite des Kopfes gewandert waren. »Hat Ann das Boot auch gesehen?«

»Wir haben es alle gesehen. Ann, Virginia und ich.«

Plötzlich verstand Jim, warum Virginia ihm nicht hatte erzählen wollen, was sie gesehen hatte. »Sie haben es Brian gemeldet, aber er wollte es nicht publik machen, weil es dann so ausgesehen hätte, als habe seine Giftmüllpatrouille versagt.«

Blodgett nickte und brummte. »Und es war meine Patroullie, Weir. Dennison hoffte, die Geschichte würde einfach wieder aufhören. Virginia hoffte darauf, daß sie schlimmer werden würde. Spuren von Lösungsmitteln in der Bucht sind nicht schlagzeilenträchtig. Aber das hier ist es.« Blodgett deutete mit seiner Zigarette auf den sterbenden Hafen. »Jetzt kommt es darauf an, wer sich das am besten zunutze macht. Ich setze auf Becky.« Blodgett starrte Jim schweigend an. »Sie sind ein mißtrauischer Mensch. Das gefällt mir. Aber Sie denken nicht präzis genug. Sie sollten sich einige Dinge klarmachen.«

»Welche zum Beispiel?«

»Zum Beispiel, wer Ihre wirklichen Freunde sind.«

»Bedeutet das, daß ich Sie jetzt Kumpel nennen muß?«

»Das bedeutet, daß Sie mich in Ruhe lassen und sich um das Wesentliche der Geschichte kümmern sollten.«

»Und das ist?«

»Ihre Schwester hat Ray betrogen. In der Nacht, in der man sie kaltgemacht hat, war sie mit ihrem Liebhaber zusammen. Wenn Sie den finden, dann haben Sie auch den Täter. Ihr Tod hat nichts mit dem Meer hier zu tun.«

»Woher wissen Sie, daß sie ihn betrogen hat?« Jim sagte es und spitzte die Ohren.

»Wie viele Beweise brauchen Sie denn? Warum hatte sie sich so aufgetakelt, warum fuhr sie mitten in der Nacht herum? Und der Täter schenkt ihr Rosen und hat einen verdammten Diamanten als Krawattennadel. Sie folgt ihm ohne die geringste Gegenwehr hinunter zum Meer. Und auch später gibt es keinen Kampf. Also kommen Sie, Ann ist doch nicht mit einem Irren wie Horton Goins dorthin gegangen. Und auch nicht mit einem Polizisten, der mit Raymond zusammenarbeitet, da kann Mackie Ruff sagen, was er will. Kennen Sie Ihre Schwester denn nicht besser? Ich kannte sie kaum, aber ich wußte, daß sie eine feine Frau war. Ann hatte einen

Fuß in einer anderen Welt, und diese Welt hat sie umgebracht. Es hat nicht das geringste mit diesem Goins-Bürschchen zu tun. Der Staatsanwalt spielt ja anscheinend Dennisons Spielchen mit – im Moment wenigstens –, aber nach dem Wahltag wird die Geschichte ganz anders aussehen. Vergessen Sie nicht, daß Frank D'Alba seit acht Jahren Staatsanwalt ist und daß auch er wiedergewählt werden will. Für ihn und Dennison ist dieser Mord nichts weiter als eine Möglichkeit, gottverdammte Schlagzeilen zu bekommen. Die wollen doch alle den Tod Ihrer Schwester für ihre Zwecke benützen.«

»Was ist mit den Bildern, die Goins von Ann gemacht hat? Was ist mit dem Mädchen in Ohio?«

Blodgett seufzte und schaute hinaus über die sterbende Bucht. »Ich sage nur, was ich denke. Und ich glaube einfach nicht, daß es Goins war.«

»Das glaube ich auch nicht, aber er hat sie verfolgt. Das kann kein bloßer Zufall sein.«

»Vielleicht sind Sie doch nicht ganz so dumm, wie ich dachte.«

Blodgett beugte sich über die Kaimauer und blickte immer noch hinüber zum Festland. »Es ist eine gottverdammte Schande«, knurrte er. Dann wandte er sich an Weir. »Jim, wenn ich Sie jemals erwische, daß Sie mir hinterherschnüffeln oder auch nur irgendwo in meiner Nähe herumhängen, dann mache ich Sie fertig, ganz egal, wessen Sohn Sie sind. Niemand verfolgt Dale Blodgett, niemand beschnüffelt ihn, niemand stellt das, was ich mache, in Frage. Ich habe einen Sinn dafür, was richtig und was falsch ist. Haun Sie ab und lassen Sie mich in Ruhe. Wenn Sie das tun, werde ich Ihnen bei Anns Fall helfen, so gut ich kann. Sie kam mir wie eine richtig gute Frau vor. Es ist eine gottverdammte Schande – alles miteinander.«

Eine Weile schauten sie gemeinsam hinaus auf die Bucht. Blodgett warf seine Zigarette ins Wasser. Jim bemerkte, daß der Mann ihn beobachtete. Schließlich begann Blodgett: »Soll ich Ihnen mal was sagen? Über das Boot, das ich gesehen habe? Die Umweltverschmutzer? Ich habe das bisher noch niemandem erzählt, weil ich glaube, daß ich mich geirrt habe. Ich hoffe, daß ich mich geirrt habe. Wahrscheinlich ist es wirklich nur eine zufällige Übereinstimmung, es gibt ja so viele Boote im Hafen von Newport.«

Jim wartete.

»Es war ein Zehnmeterboot, ganz genauso wie das hier.«

Weir folgte Blodgetts ausgestrecktem Finger die Küste entlang bis zu Beckys Liegeplatz. Ihr Boot – früher einmal war das *unser* Boot, dachte er – schwankte am Haltetau.

»Ich verstehe nichts mehr, Weir«, sagte Blodgett. »Ich bin an einem Punkt angelangt, wo ich zu viele Dinge schon gar nicht mehr wissen will.«

Sie gingen wieder zurück ins Haus.

Dennison löste sich von Ernesto Cruz und kam herüber zu Jim. Er trug einen dunkelblauen Nadelstreifenanzug, der zwar teuer war, aber an seiner breiten Brust viel zu eng saß. Seine Stirn war gefurcht und sein Gesicht gerötet. Vom Captain über den Interims-Polizeichef zum Bürgermeister, und das alles in einem Jahr, dachte Jim. Aber Brian konnte es vielleicht schaffen. Sein Selbstvertrauen war erstaunlich und ansteckend. Und irgendwie – vielleicht war es sein Gesicht oder sein bescheidenes Auftreten in der Öffentlichkeit oder vielleicht auch das ihm anhaftende Image des armen Teufels, das Dennison so entwaffnend zu nutzen wußte –, irgendwie vergab man ihm die Sünde des Ehrgeizes. Man wollte ihm helfen.

Er legte Jim eine Hand auf die Schulter. »Was für ein Tag.

Mein herzlichstes Beileid, Jim. Es war eine wunderbare Trauerfeier.«

»Was haben Sie über die Krawattennadel herausgefunden?«

»Anns Blut war dran, aber leider keine Fingerabdrücke. Wir untersuchen sie zwar noch, aber es wird wohl kaum mehr herauskommen.«

Weir merkte, daß die Polizisten schon wieder zu ihm herübersahen, und versuchte, es zu ignorieren.

»Die Nadel wird wohl so ähnlich sein wie die Ihre hier, nicht wahr?«

»Ja, ja. Ich habe schon darauf gewartet, daß irgendein Genie diese Entdeckung macht. Der Unterschied ist allerdings, daß meine nicht bei Ann gefunden wurde.«

Dennison langte an seine Krawattennadel und drehte sie in seinen Fingern. Sie bestand aus einem blauen, goldgefaßten Stein.

»Gott allein weiß, wo Ruff die Nadel wirklich gefunden hat. Im Moment allerdings glaube ich ihm. Er ist ein großartiger Zeuge, finden Sie nicht auch?«

Jim folgte Dennisons deutendem Daumen, bis er Mackie Ruff entdeckte, der gerade versuchte, sich eine Flasche Rum in die Hose zu stopfen. Dabei stellte er sein Glas nicht ab, so daß der Inhalt überschwappte, während er mit der anderen Hand die Flasche in den Hosenbund fummelte. Er schwankte, als müßte er einem Hurrikan trotzen.

Jim hörte Gelächter aus der Polizeiecke, während Dennison zufrieden zu seinen Leuten hinübersah.

Becky kam auf Jim und Dennison zu. Weir spürte, wie der Chief sich immer mehr verkrampfte, je näher sie kam. Was immer sie und Virginia ausgebrütet hatten, mußte geklappt haben, dachte Jim. Becky strahlte übers ganze Gesicht. Von der Hitze im Zimmer glänzten ihre Oberlippe und ihre

Wangen ganz leicht, und ihr welliges braunes Haar hatte sich in der Feuchtigkeit noch mehr gelockt. Sie streckte Dennison die Hand entgegen, der sie mit einem förmlichen Lächeln ergriff. »Ein heißes Pflaster hier für Sie.« Becky schmunzelte.

»Da haben Sie recht.«

»Hier in der Gegend schlägt das Herz der Stadt.«

»Die Stadt ist groß, Miß Flynn.«

»Aber in Wirklichkeit ist sie eine Kleinstadt, Chief. Und sie will als solche regiert werden, von Leuten, denen sie am Herzen liegt.«

»Wir werden sehen, wie die Wähler im Juni darüber denken.«

Becky schaute demonstrativ über die Menge und blieb mit dem Blick in der Polizeiecke hängen. »Welcher von ihnen hat es getan?«

Dennison verschluckte sich und mußte schnell etwas von seinem Drink nachtrinken. *»Was denn?«*

»Kommen Sie, Chief.« Becky bedachte ihn mit einem fragenden Lächeln. »Jeder weiß, was Ruff gesehen hat. Jeder weiß, daß Sie Jim hier auf den Fall angesetzt haben – soweit er Ihre Polizei betrifft. Es weiß auch jeder, daß Ihre Sekretärin die Einsatzkarten und Personalakten kopiert hat, damit Jim Ihre Leute überprüfen kann. Wie ich schon sagte, dies hier ist eine kleine Stadt.«

Dennisons unsichere Augen fanden Jim, und Becky sah die stumme Frage in ihnen.

»Er hat mir nicht ein einziges Wort gesagt, Brian«, erläuterte sie. »Er hat sich an Ihre Abmachung gehalten. Deshalb frage ich Sie.«

»Was wollen Sie?« erwiderte er.

»Ich will wissen, ob Sie diesen Fall weiter untersuchen wollen oder nicht.«

»Natürlich tun wir das.«
»Auch wenn Sie Goins haben?«
»Das muß der Staatsanwalt entscheiden. Wenn er gegen Goins Anklage erhebt, haben wir unsere Arbeit getan. Sie können nicht zwei Leute verfolgen, wenn einer von ihnen bereits als Schuldiger feststeht.«
»Genau«, bestätigte Becky ihm.
»Wir haben bereits eine Menge Beweise gegen ihn, und dabei haben wir ihn noch nicht einmal verhört«, fuhr Dennison fort. »D'Alba hat George Percy grünes Licht gegeben. Percy ist der Meinung, daß das, was wir bisher schon haben, bereits für eine Anklage gegen Goins ausreicht.«
Weir kannte George Percy, den zuständigen Bezirksstaatsanwalt von Orange County, noch aus seiner Zeit beim Sheriff. Er war ein geschmeidiger, gutgelaunter Mann mit dichtem schwarzem Haar – seinem echten –, das ihm aber in die Stirn hing wie ein billiges Toupet.
Vor Gericht war er höflich und wenig einfallsreich, konnte aber, wenn es nötig war, auch listig sein. Er hatte etwas Hausbackenes, Spießiges an sich. Die Geschworenen hatten ihn gerne, weil er sie daran erinnerte, daß auch die Staatsgewalt aus Menschen bestand, die so waren wie sie: ein bißchen verwirrt, ein bißchen überarbeitet und, natürlich, zutiefst empört über das Verbrechen, das geschehen war.
Becky verzog den Mund zu einem höhnischen Grinsen. Es war ein Grinsen, das Jim früher immer zur Weißglut gebracht hatte. Allein die tiefe Verachtung darin entzog einem den Boden unter den Füßen. »Wenn er sagt, er könne ihn anklagen, bedeutet das noch lange nicht, daß er es auch wirklich kann. Und selbst wenn es ihm gelingt, dann hat er immer noch eine lange, heiße Verhandlung vor einem Geschworenengericht zu bestehen.«

»Was soll denn das?« fragte Dennison. »Sie halten doch Goins nicht etwa für unschuldig?«
Becky zuckte mit den Achseln. »Lassen Sie uns das doch zu einem Thema unserer Wahlkampfdebatte machen.«
Dennison wurde rot. »Ich werde es mir überlegen.«
»Müssen Sie erst Paris' fachmännischen Rat einholen, ob Sie in der Öffentlichkeit darüber reden sollen? Sie müssen endlich mal das Ruder selbst in die Hand nehmen, Chief. Ihr Zögern fällt schon langsam auf.«
Kein Wunder, daß Dennison Becky keine öffentliche Diskussion zugestehen wollte, dachte Jim. Sie würde ihn glatt auseinandernehmen.
»Sie verwechseln Zögern mit Vorsicht und wohlüberlegtem Handeln«, gab Dennison zurück.
»Ich weiß nicht, wie Sie das in einem Satz zusammenbringen können, Chief.«
»Sie wissen eine Menge nicht.«
»Ach, kommen Sie doch ... lassen Sie uns doch miteinander debattieren. Lassen Sie uns diese Wahl ein wenig aufpeppen.«
»Politik ist meiner Ansicht nach kein Publikumsereignis, Miß Flynn. Dafür ist sie ein viel zu ernsthaftes Geschäft.«
Becky nickte. Ein wenig herablassend, dachte Weir. »Ich möchte meinen, daß eine Anklage gegen Horton Goins eher ein unseriöses Geschäft sein dürfte«, sagte sie. »Es gibt keine eindeutigen Spuren von ihm am Tatort, und ein Zeuge – auch wenn er nicht ganz zuverlässig sein mag – hat einen Polizisten gesehen. Goins hat kein Motiv für die Tat, außer seiner Krankheit, die Sie aber nicht verwenden dürfen, weil Goins dafür seine Zeit in einer psychiatrischen Klinik verbracht und sich einer Therapie unterzogen hat. Wir werden als erstes einen Gerichtsortswechsel beantra-

gen, weg von Orange County, und damit ist Ihnen schon der halbe Wind aus den Segeln genommen.«

Auf einmal wurde Weir klar, was Becky da eigentlich sagte. Er mußte unwillkürlich blinzeln. Becky Flynn hatte ihn schon immer verblüfft, und diese Fähigkeit war ihr nicht abhanden gekommen.

Dennison brauchte etwas länger, bis er es kapiert hatte. »Wollen Sie ihn etwa *verteidigen?*« fragte er schließlich verdutzt.

»Das habe ich vor. Natürlich nur, wenn Sie ihn erwischen, bevor Sie ihn erschossen haben. Ich habe bereits mit seinen Eltern gesprochen.«

Was weiß sie? dachte Weir. Es ist ein unglaubliches Risiko für sie, außer wenn sie etwas weiß, was wir nicht wissen.

Dennisons arg mitgenommener Gesichtsausdruck verriet das Ausmaß seines Unbehagens. Er schaute wieder hinüber zu seinen Männern, suchte wohl unwillkürlich nach Paris, wie Weir vermutete. »In diesem Fall, glaube ich, haben wir uns nicht mehr viel zu sagen«, meinte er schließlich.

»Ich werde sowieso alles herausbekommen, weil ich selber Nachforschungen anstellen werde«, konterte sie.

Dennison nickte, dann verbeugte er sich knapp. Diese Geste sollte wohl höflich sein, aber sie wirkte hinterwäldlerisch und ungelenk. »Viel Glück für die Wahl, Miß Flynn«, sagte er. »Und für die Verhandlung.« Weir sah, wie sich in Dennisons Augen ein Ausdruck der Wut breitmachte.

»Geben Sie den Menschen in dieser Stadt eine öffentliche Debatte«, sagte sie. »Das ist das Mindeste, was Sie tun können, mit Cantrells Geld im Rücken.«

»Ich habe aus meiner Finanzierung noch nie ein Geheimnis gemacht. Alles liegt vollkommen offen.«

»Außer der Frage, wem die diamantene Krawattennadel gehört.« Becky legte einen Finger auf den Saphir, der Den-

nisons Krawatte mit seinem Hemd verband. »Sie könnte jedem gehören.«
Dennison stand einen Augenblick mit offenem Mund da, bevor er sich umdrehte und wegging. Becky sah Jim spitzbübisch an und hatte dabei denselben Gesichtsausdruck, mit dem Ann früher die Pfoten junger Kätzchen mit Tesafilm verklebt hatte. Sie nippte an ihrem Drink, nahm dann einen längeren Schluck und trank das Glas schließlich bis hinunter zu den Eiswürfeln aus. Sie beugte sich näher zu Jim. Der moschusartige Geruch von Schweiß und Parfüm umfing Jim. »Virginia und ich haben herausgefunden, wer die Rosen für Ann bestellt hat«, flüsterte sie ihm zu. Ihre Zungenspitze, die noch ganz kühl von den Eiswürfeln war, fuhr leicht an seinem Ohr entlang.
Jim zog den Kopf zurück und wartete, wobei er tief in Beckys dunkelbraune Augen sah. Es kam ihm so vor, als sei die Rechtsanwältin Flynn ein wenig betrunken.
»Und?«
»Sprich mit mir, Weir. Bitte komm mit, und sprich mit mir.«
Er bot ihr seinen Arm an, und gemeinsam gingen sie zur Hintertür.

# KAPITEL 21

Sie schlüpften einen Block weit eine Hintergasse entlang und erreichten so unbemerkt von den Reportern, die noch immer vor dem Großen Haus herumstanden, den Gehsteig zum Wasser. Von weitem konnten sie sehen, wie Laurel Kennedy an der Kaimauer stand und hinunter auf die toten und sterbenden Fische schaute, die immer noch massenhaft an die Küste trieben. Diesmal, dachte Weir, schienen selbst ihr die Fragen ausgegangen zu sein.

Becky lotste Jim auf den Anlegesteg vor ihrem Haus und ließ ihn auf ihr Boot klettern, sie selbst zog ihre Stöckelschuhe aus und hielt sich an Jim fest, während dieser sie an Bord der SEA URCHIN hob. Das Boot war ein Zehnmetermotorkreuzer von der Sorte, die Jim immer geliebt hatte: schnell, wendig, lebhaft in der Bewegung. Becky und Weir hatten es zusammen gekauft, als sie ihren Rechtsanwaltsjob und Jim seine Stelle als Detektiv bekommen hatte. Zwei Jahre später, noch bevor er beim Sheriff aufgehört und angefangen hatte, die LADY LUCK auszurüsten, hatte Becky ihn ausbezahlt. Jim bemerkte mit Freude, wie gut sie das Boot in Schuß gehalten hatte.

Er kletterte zurück auf den Steg und machte die Leinen los, während Becky die Persenning abnahm und den Motor anließ. Kurz darauf fuhren sie hinaus in die Bucht, nach Süden, in Richtung auf die Hafeneinfahrt. Becky hatte sich zum Schutz vor dem Wind eine alte Matrosenjacke angezogen. Wie sie so in Strümpfen am Heck stand, ihr Haar lockig nach hinten wehte und die schwarze Seide ihres Trauerkleids unter der abgetragenen Jacke hervorschaute, sah sie wundervoll aus, fand Jim. Er stellte sich neben sie und spürte das vertrauenerweckende Brummen des Motors unter seinen Füßen.

»Wer hat die Rosen gekauft?«

Becky antwortete, ohne ihre Augen von der von Jachten übersäten Bucht zu nehmen. »Sie wurden am Samstag vor dem Muttertag unter Angabe der Nummer einer Firmenkreditkarte telefonisch bestellt. Das Blumengeschäft heißt *Petal Pusher* und ist mitten in Los Angeles – deshalb hat die Suche auch so lang gedauert. Die Kreditkarte gehört der Firma Cheverton-Kanalbau in Newport Beach. Der Mann, der angerufen hat, heißt Dave Smith.«

»Kennst du ihn?«

»Nein.«

»Hast du ihn angerufen?«

»Natürlich nicht. Zunächst müssen wir das Grundsätzliche klären.«

»Was soll das sein?«

»Warte, bis wir draußen sind. Ich muß erst einmal heil zwischen all den Booten hier durchfahren.«

Ein kleiner Sandhai trieb vorbei, sein blasser Bauch glänzte im Licht. Am Strand lagen immer mehr Kadaver, aber der Gestank der toten Fische war hier draußen auf dem Wasser stärker, weil eine ablandige Brise ihn hinaus aufs Meer trieb. Das Sonnenlicht kämpfte sich durch eine dichte, frühlingshafte Bewölkung, die, vermischt mit Rauch und Abgasen, wie ein bräunliches Leichentuch über der Stadt hing. Jim traute seinen Augen kaum, als er eine Möwe sah, die sich erschöpft über diesen unheilschwangeren Himmel quälte und auf einmal wie von einer Kugel getroffen zusammenklappte und ins Wasser plumpste. Als die SEA URCHIN einen Moment später vorbeiglitt, war die Möwe nur noch ein lebloser Klumpen aus Federn, von dem ein Flügel in einem grotesken Winkel abstand.

Beckys schäumte vor Wut, als sie sich zu Weir drehte. »Wenn wir das hier nicht zu unserem Vorteil nützen können, dann müssen wir wirklich bescheuert sein.« Sie seufzte tief. »Es bricht mir das Herz.«

»Woher wußtest du, daß ich die Polizisten überprüft habe?«

»Ich habe es mir zusammengereimt. Ruffs Aussage, Dennisons frühmorgendliche Besuche bei dir und die Personalakten, die bei dir im Zimmer rumlagen.«

Virginia hat spioniert, dachte Jim. Hätte er sich das nicht denken müssen? »Wieso hast du die Presse nicht informiert?«

Becky sah ihn an, ihr Gesicht zeigte Spuren von Müdigkeit. »Weil du in der Schußlinie warst, Jim. Sogar ich kenne so was wie Loyalität.«

Sie würde mich jederzeit eigenhändig mitten in die Schußlinie setzen, dachte Jim, wenn sie wüßte, daß ich still drauf sitzen bleiben würde. Weir dachte an die Tage in dem lausigen, stinkenden Gefängnis von Zihuatanejo, die langen Stunden, in denen er im eigenen Saft seiner Sehnsucht nach Becky geschmort hatte. Der Gedanke, in einer drei mal drei Meter großen Zelle eingesperrt zu sein, während Becky in Freiheit war, allein und schön und vielleicht sogar einsam, hatte ihn fast verrückt gemacht. Während er so dagelegen und die Kakerlaken beobachtet hatte, die rings um ihn in wirren Bahnen herumgelaufen waren, hatte er versucht, sich an die wichtigsten Ereignisse in ihrer Beziehung zu erinnern, und alles noch einmal erlebt. Wie sie sich geliebt hatten und wie sie auseinandergedriftet waren. Wie sie sich immer tiefer in ihren gegenseitigen, unterschiedlichen Positionen verschanzt oder einfach – wie es so oft gegen Ende vorgekommen war – dem anderen weh getan hatten, um dem anderen damit zuvorzukommen. Bei jedem Vorfall, den seine Erinnerung in dem Gefängnis wieder heraufbeschwor, hatte er etwas verweilen und sich überlegen wollen, was er hätte besser machen können. Aber allein die große Anzahl dieser verpaßten Gelegenheiten hatte ihn dieses Vorhaben schnell aufgeben lassen, und so war er immer tiefer in Depressionen, Angst und Hoffnungslosigkeit versunken. Am Schluß hatte die Krankheit alle Gedanken und Gefühle weggebrannt. Als das Fieber schließlich nachgelassen und er kalt und zitternd dagelegen hatte, war ihm bewußt geworden, daß er und Becky es nicht geschafft hatten, weil es unmöglich gewesen war: Sie paßten nicht zueinander, vertrugen sich nicht, waren wie Hund und Katze. Vielleicht hatten sie die verkehrten Sternzeichen, wer weiß? Irgendwann im Lauf der Zeit hatte Jim mit der Klarheit eines Mannes, der eben aus dem Fieber aufgewacht ist, gedacht, war das Vertrauen zueinander abhanden gekommen. Am Schluß war es nichts weiter als ein elender, schmutziger Kleinkrieg gewesen.

Aber das Fieber hatte seine Sehnsucht nicht weggebrannt, es hatte sie bloß auf ihre grundlegenden Komponenten zurückgeführt. Schließlich wurde er aus dem Gefängnis entlassen, fuhr im Bus nach Norden, und endlich stand er auf der Fähre und sah die Lichter seiner alten Heimat auf sich zugleiten. In bezug auf Becky war dies eine Reise voller merkwürdiger, neuer Hoffnungen und wilder, unmöglicher Erwartungen gewesen. Weder er selbst noch das Fieber hatten an der Tatsache etwas zu ändern vermocht, daß er sie im Innersten seines Herzens immer noch liebte und sie auch immer geliebt hatte.

Die SEA URCHIN fuhr zwischen den beiden Steindämmen hindurch, die die Hafeneinfahrt beschützten. Als sie die unsichtbare Grenze zwischen der Bucht und dem offenen

Meer überschritt, nahm die Dünung sie auf, hob sie leicht nach oben und hieß sie willkommen im weit aufgerissenen Rachen des Pazifiks.

Becky saß am Ruder, und Jim lehnte an der glänzenden Bordwand. Sie ließ ihr Haar im Wind wehen und lächelte ihm knapp und gepreßt zu. »Die Cheverton-Kanalbau gehört der Cantrell Development Group, die wiederum eine Tochtergesellschaft von PacifiCo ist. Deshalb mußte ich vorhin so oft ans Telefon. Ich hatte ein paar meiner Helfer darauf angesetzt, diese Verflechtungen herauszufinden.«

Jetzt verstand Weir Beckys Lächeln: Sie versuchte, ihre Freude zu verbergen. Wenn sie David Cantrells Firma mit Anns Mörder in Verbindung bringen konnte, dann war das seinem Ruf alles andere als zuträglich. Und Becky Flynn und die Wachstumsbegrenzer – die Cantrell beide heftig bekämpfte – wären auf der Siegesstraße und Dennison zusammen mit Cantrell auf derjenigen der Verlierer.

»Bevor du irgend etwas sagst, Jim, mußt du wissen, daß wir in dieser Sache nur mit äußerster Vorsicht vorgehen werden. Wir werden die Presse erst dann informieren, wenn wir sie brauchen, vorher nicht. Virginia und ich nennen diesen Weg ›Alles oder nichts‹.«

»Und das bedeutet?«

»Wir werden herausfinden, wer Ann umgebracht hat, und dieses Wissen dann zu unserem größtmöglichen Vorteil benutzen. Wir dürfen jetzt noch kein Kapital aus unseren Informationen schlagen. Wenn dieser Dave Smith sie getötet hat, dann müssen wir ihn erst einmal im Sack haben.«

»Und deshalb willst du jetzt Goins verteidigen?«

»Ich brauche dieses Mandat. Erstens gibt das den Medien einen guten Anlaß, um ausführlich über mich zu berichten. In der Umfrage der TIMES bin ich gestern auf neununddreißig Prozent abgesunken, während Dennison dreiundvierzig hatte. Ich kann also einen kleinen Anschub zwei Wochen vor der Wahl gut gebrauchen. Und zweitens, wenn Goins schon einen Verteidiger braucht, soll er gleich einen guten bekommen. Drittens kann ich, wenn ich Goins vertrete, einen Privatdetektiv anheuern, der Beweise für seine Unschuld herbeischafft, und genau das habe ich auch vor. Es ist die einzige Möglichkeit, noch vor der Wahl Dave Smith und PacifiCo dranzukriegen.«

Weir sah es kommen.

»Bist du an diesem Job interessiert?«

»Ich bin daran interessiert, Dave Smith zu finden.«

»Aber nicht daran, mir bei meinem Wahlkampf zu helfen?«

»Nur, solange das ein und dasselbe ist.«

Sie warf ihm einen langen Blick zu, in dem etwas Belustigtes mitschwang. »Ich habe dir doch gerade gesagt, daß beides zusammengehört.«

»Jeder, der die Kreditkartennummer und den Namen des Angestellten weiß, hätte telefonisch etwas auf die Karte bestellen können. Vielleicht wurde sie gestohlen, verloren oder verliehen.«

»Genau diese Möglichkeiten sollst du ja abklären. Ich bin nicht dumm, oder hast du das vergessen?«

Weir schaute hinaus auf den Horizont, der ebenso grau war wie das Meer. »Kennst du Blodgetts ganz persönliches Streifenrevier, die Giftmüllpatrouille?«

»Natürlich kenne ich das. Virginia fährt manchmal mit ihm raus.«

»Ann hat das auch getan.«

»Ist ja toll, was man alles herausfindet, wenn man zu Hause rumhängt.«

Weir ignorierte diesen Schlag unter die Gürtellinie. Für Becky gab es keine unerlaubten Schläge, nur solche, die saßen. Er erzählte ihr, wie er Blodgett gefolgt war, wie dieser vierzig Minuten auf dem Wasser gewesen und mit durchgeblasener Zylinderkopfdichtung wieder zurückgekommen war. Er erzählte auch von Blodgetts Kumpel von der Cheverton-Kanalbaugesellschaft.

»*Bist du sicher?*« fragte sie ungläubig.

»Nein, ich habe es geträumt.«

Becky dachte laut nach: »Dale Blodgett, Cheverton-Kanalbau und Cantrell Development. Interessant, nicht?«

»Das wirft die Frage auf, was zwischen Blodgett und Dennison ist.«

Becky sah Jim an und nickte. »Bei allem, was er getan hat ... es fällt schwer zu glauben, daß er ein doppeltes Spiel spielt.«

»Dennison läßt sich sicher eine Menge gefallen, wenn er dafür jemanden bei Virginia und dir einschleusen kann.«

Becky schüttelte sich die Haare aus dem Gesicht. »Da könntest du recht haben.«

»Wie eng sind deine Verbindungen zu ihm?«

»Ich habe immer meine Distanz gewahrt. Er hat so etwas Merkwürdiges an sich. Aber Virginia mag ihn sehr.«

»Normalerweise täuscht sie sich nicht in Menschen.«

»Niemand ist vollkommen, Jim.«

»Mom und Ann waren in der Nacht, in der er die Umweltverschmutzer sah, bei ihm. Blodgett sagte, das Boot habe ausgesehen wie dieses hier.«

Becky sah ihn offen an. »Und?«

Jim betrachtete sie intensiv. Beckys Gesicht verriet keine erkennbare Emotion.

Dann schob sie den Gashebel ganz nach vorn und legte das Ruder hart nach Steuerbord. Der Motor heulte auf, der Bug stieg aus dem Wasser, und das kleine Boot stieß achtern einen hohen Bogen von Gischt aus, den der Wind gleich wieder aufs Wasser drückte. Die SEA URCHIN warf sich in

schneller Fahrt in die Wellen. Unterdrückte Wut zeigte sich in Beckys Gesicht.
Sie mußte das Brüllen des Motors, das Geräusch des aufs Wasser klatschenden Bootes und das Heulen des Windes überschreien: »Glaubst du diese Geschichte etwa? Vertraust du Blodgett?«
Weir dachte nach, während ihm Spritzwasser ins Gesicht peitschte und das Boot immer weiter nach Westen raste. »Ich habe Angst davor, daß sie wahr sein könnte!«
»Das stimmt. Du hast gottverdammte Angst! Deswegen mußt du Dave Smith bei Cheverton finden!«
»Ich habe nicht mal eine Lizenz als Privatdetektiv!«
»Du brauchst diese blöde Lizenz nicht! Ich habe nie geglaubt, ich müßte dich dazu überreden, daß du herausfindest, wer Ann –«
»Halt den Mund, Becky! Halt einmal im Leben deinen verdammten Mund!«
Becky legte das Boot jetzt hart nach Backbord, so daß es einen weiten Kreis nach Süden beschrieb, den sie immer enger werden ließ, bis die SEA URCHIN schließlich im Mittelpunkt einer schäumenden Spirale aus aufgewühltem Wasser und blauen Auspuffschwaden zur Ruhe kam.
Weirs Rippen schmerzten von der brutalen Fahrt. Als er zu ihr schaute, sah er, daß ihr Tränen über die Wangen liefen. »Ich hasse es, Jim«, brauste sie auf. »Ich hasse das, was passiert ist, und ich hasse meine Gefühle, und ich hasse es, daß du mir nicht vertraust, und ich habe so verdammte Angst.«
Er zögerte einen Moment und fuhr ihr mit der Hand über ihren Kopf. »Rutsch rüber«, sagte er. »Ich fahre.«
Sie tauschten die Plätze, und Jim übernahm das Ruder. Becky schlug den Kragen ihrer abgetragenen Jacke hoch. Sie rieb ihre frierenden Füße, die nur in Nylonstrümpfen

steckten, aneinander und drückte ihre Zehen an das kühle Holz der Brücke des Bootes.

»Ich dachte, die fünf Drinks würden mich warm halten.«

»Komm her.« Er legte einen Arm um sie und zog sie an sich. Sie kuschelte sich eng an ihn und drückte sich wie in alten Tagen an seine Brust. Damals hatten sie immer Witze darüber gemacht, wie gut sie aneinanderpaßten. Ihr Haar wehte gegen seine Wange. »Du bist genauso schlimm wie ich«, sagte Jim. »Du frißt auch alles in dich hinein.«

»Ich war ja schon *fast* einmal eine Weir.«

Jim wunderte sich aufs neue über Beckys Fähigkeit, wann immer es ihr beliebte, ihn als den Schuldigen am Scheitern ihrer Beziehung hinzustellen. Dabei hatten sie wirklich häufig genug darüber diskutiert. Aber Jims Meinung nach war dieses Thema durch zuviel Reden abgeschliffen worden wie ein Stein vom Wasser. Und trotzdem lag tief unter den ewig gleichen Vorwürfen immer noch etwas Bizarres, Unzugängliches, worüber sie nie offen gesprochen hatten.

Jim konnte sich nie so ganz klar darüber werden, ob sie diese letzte Wahrheit wirklich herausfinden sollten oder ob sie diese lieber ruhenlassen sollten wie ein weiteres ungelöstes Rätsel. Er hatte schon lange den Verdacht, daß die Wahrheit manchmal überbewertet wurde. Es gab Dinge, die wichtiger waren als sie. Und wenn er überhaupt irgend etwas Wertvolles von seiner gescheiterten Schatzsuche aus Mexiko mitgebracht hatte, dann war es die Erkenntnis, daß er, um weitermachen zu können, lernen mußte zu verzeihen.

»Dieses Thema haben wir doch nun wirklich schon zu Tode geredet«, antwortete er. »Aber ich vergebe dir, Becky.« Er merkte, daß dies ein wenig geschwollen klang.

»Nun, wenn dir das hilft, dann will ich dir sagen, daß ich, während du in deiner Zelle geschmachtet hast, in meiner Freiheit ebenso geschmachtet habe. Ich habe dich vermißt.«

Jim fühlte, wie in ihm die Gezeiten wechselten: Sein Ärger ebbte ab, und seine Liebe schwoll an wie die Flut. »Vielleicht sollten wir einfach vergessen, was war, und noch einmal von vorn beginnen.«

Sie drückte sich enger an ihn, sagte aber nichts. Becky, die Rechtsanwältin, dachte er, war wohl nicht die richtige Partnerin für so einen einfachen Vertrag. Da gab es immer noch das Kleingedruckte.

»Du hättest mir schreiben sollen«, sinnierte sie.

»Ich habe versucht, dich zu vergessen.«

»Willst du mir damit sagen, daß du das nicht konntest?«

»Ich bin kläglich gescheitert.«

Sie stellte die Füße wieder auf das Deck, aber ihre Zehen waren immer noch zusammengekrampft, wie immer, wenn Becky nervös war. Jim sah sie an und dachte, daß dies wohl die einzigen Zehen außer seinen eigenen waren, die er identifizieren könnte, auch wenn er den Rest des dazugehörigen Körpers nicht sah. Hatte das etwas zu bedeuten? Das Boot schaukelte jetzt sanfter in den Wogen und begann, ganz langsam abzudriften.

»Als du weggegangen bist, habe ich mir dasselbe überlegt«, sagte sie. »Eine Zeitlang schien es mir, als hättest du recht damit gehabt, einfach alles hinzuwerfen und etwas Neues zu suchen. Ich selbst werde in Newport immer glücklich sein. Aber als du fort warst, habe ich mich umgesehen und mir gedacht: Schön, es ist eine nette kleine Stadt, aber was soll's?«

»Das darfst du aber nicht deinen Wählern erzählen.«

»Nein. Nach einem Monat oder so war das Gefühl auch wieder weg. Wenn man viel zu tun hat, beantworten sich die meisten Fragen von selbst. Jetzt bin ich siebenunddreißig, und ich habe gelernt, daß man nicht alles auf einmal machen kann. Wenn man sich dafür entscheidet, etwas zu tun, entscheidet man sich gleichzeitig gegen etwas anderes, das man nicht tun kann.«

»Amen.«

»Mein ganzes Denken verändert sich, Jim. Ich bin schon fast soweit, daß ich mir eine Familie wünsche. Ich möchte mich niederlassen, Kinder kriegen, all das Zeug, was ich früher nie wollte.«

»Ich hoffe, du tust das auch. Die Welt könnte ein paar kleine Versionen von dir gut gebrauchen.«

Sie machte eine kleine Pause. »Bist du an so etwas interessiert?«

»Ja.«

»Ganz oder nur ein Teil von dir, Jim? Die übliche ambivalente Mischung?«

»Na schön, ein Teil von mir, um die Wahrheit zu sagen.«

»Und welcher Teil?«

»Der Teil, der jetzt gerade hier ist.«

»Aber der Teil, der gerne fort ist und nach fremdem Gold taucht, will das nicht?«

Jim dachte darüber nach. »Es geht nicht ums Fortsein, obwohl ich das brauche. Und es ist auch nicht das Tauchen, obwohl ich das liebe. Es ist nicht einmal das fremde Gold, obwohl mir die Idee von ein paar Tausendern mehr auf der Bank nicht unsympathisch ist. Es ist etwas viel Simpleres. Ich möchte Herr meiner Zeit sein.«

»O Gott, nicht das schon wieder. Wir alle haben doch unsere Zeit nur geborgt.«

»Gut, dann will ich eben die Illusion haben, daß ich Herr meiner Zeit bin.«

»Aber du könntest diese Illusion doch überall haben. Warum nicht in einer netten Stadt mit einem netten Mädchen und vielleicht einem kleinen Jungen, dem du alles über Tauchen und Boote beibringen könntest? Würdest du nicht *das* gegen eine *Illusion* eintauschen? Du bist ein Romantiker, Jim, und das ist gut so. Aber wenn eine romantische Vorstellung Wirklichkeit werden soll, dann heißt es, Stellung zu beziehen und hart daran zu arbeiten. Eines mußt du zugeben, Weir – ich bin dir nie längere Zeit auf den Geist gegangen. Du hattest eine ziemlich lange Leine, die längste wohl, die man irgend jemandem geben kann.«

»Die Länge der *Leine* ist nicht gerade ein umwerfendes Verkaufsargument, Becky.«

Sie stöhnte auf, und der Wind wehte das Geräusch fort. »Ich weiß. Mein Gott. Was red' ich da? Eine verdammte Leine.«

Einen Augenblick lang sah Becky verwirrt aus. Jim hatte sie kaum je so gesehen. Aber in diesem Moment sah er zum ersten Mal auch etwas anderes, sah es und verstand es sofort: Becky war nicht mehr jung, sie war nicht mehr das Mädchen, das er gekannt, der Teenager, nach dem er gelechzt, die junge Frau, die er geliebt hatte und die er fast geheiratet hätte. Diese neue Erkenntnis erschien ihm wie ein Blick in ihr Innerstes. Er sah sie zum ersten Mal, wie sie wirklich war: eine siebenunddreißigjährige Frau ohne Mann und Familie, die spürte, daß die Zeiger der biologischen Uhr in ihr unbarmherzig weiterwanderten, eine Frau, deren größte Angst es war, daß sie gerade dabei war, alles zu verpassen.

Er sagte ihr, daß sie schön sei.

Becky schaute ihn fragend an, dann blinzelte sie hinaus aufs Meer. »Ich weiß, daß ich noch ein bißchen länger mit dir hätte zusammenbleiben können. Aber du bist so ... empfindlich, Jim. Du sagst nie, was du willst oder was du gerade fühlst. Und du bist nachtragender als jeder Sizilianer.«

»Ich bekenne mich schuldig, aber ich habe auch etwas zu meiner Verteidigung vorzubringen.«

»Bitte.«

»Unvermeidliche genetische Defekte. Außerdem habe ich dich geliebt.«

Sie lächelte, schmiegte sich enger an ihn und seufzte. Jim wußte nicht, ob dieses Seufzen Verärgerung oder so etwas wie Zufriedenheit ausdrücken sollte. Schon immer war Becky in ihrem Innersten nicht zu fassen gewesen, hatte sie sich nie festnageln lassen. Jetzt kehrte sie ihm ihr Gesicht zu, und er konnte ihre weiche Wange an seinem Hals spüren. Er hatte schon immer gerne an Beckys Kopf gerochen.

Er preßte seinen Kopf an den ihren, schloß einen Moment die Augen und blickte dann durch ihre im Wind wehenden Haare zum Horizont. Die Dünung rollte unter dem Boot, sie bestand nicht aus Wasser, sondern war die unsichtbare Kraft, die das Wasser bewegt.

»Wollen wir nicht ein paar Minuten vor Anker gehen, Weir?«

Er zögerte, überlegte die Konsequenzen. »Ich denke schon.«

Die Kajüte war kühl und muffig. Becky zog die Vorhänge vor den Bullaugen auf und verriegelte die Tür. Sie schaute Jim mit feierlichen braunen Augen an und setzte sich, die Hände gefaltet wie ein Schulmädchen, auf die Kante der schmalen Koje. Sie war immer noch bis zum Hals in ihre Jacke gehüllt, und ihre Haare waren windzerzaust.

»Geht es dir gut?« fragte sie. »Du bewegst dich so komisch.«

»Ich bin letzte Nacht mit ein paar aufgebrachten Polizisten zusammengestoßen«, sagte er und erzählte ihr die Geschichte.

Becky hörte aufmerksam zu, was eine ihrer Stärken war. Weir konnte direkt den Notizblock in ihrem Kopf sehen. Sie zog den Schluß, daß die »Funkzentrale«, die ihn zu dem

Bungalow beordert hatte, die Freundin eines der Täter sein mußte, die sich damit der Amtsanmaßung schuldig gemacht hatte. Sie riet Jim, Anzeige zu erstatten und in Zukunft besser auf sich aufzupassen.

»Können wir nicht über was anderes reden?« fragte Jim. »Ich will jetzt nicht an so was denken.«

Sie klopfte mit der Hand auf die Matratze, und Jim setzte sich. Kaum daß er saß, war ihr Mund schon auf dem seinen, und ihre Hand fuhr zwischen seinen Schenkeln nach oben. Wie bei allen anderen Dingen fackelte Becky auch hier nicht lange. Auch Jims Finger gingen auf Entdeckungsreise durch Jacke und Seidenkleid, Strumpfhose und Unterwäsche, bis er schließlich zwei sehnsüchtige Finger ausstreckte, die Becky mit selbstverständlicher Leichtigkeit in sich hineingleiten ließ.

*»Oh, Weir, du bist schlimm.«*

Dann löste sie sich wieder, drückte ihn sanft auf die Matratze, bis er auf dem Rücken lag und zu ihr aufsah, während sie ihm die Hose auszog, ein paar Knöpfe an ihrer Kleidung aufmachte, ihren Slip abstreifte und sich auf ihn setzte.

»O Gott, was haben sie denn mit dir gemacht?«

»Ich habe doch gesagt, daß ich nicht mehr darüber reden will.«

»Ich rede ja schon gar nicht mehr davon. Nie wieder!«

In der kalten Kajüte, der feuchten Seeluft brannte ihre Vereinigung wie ein loderndes Feuer. Becky legte ihre Hände auf Jims Bauch und stützte sich ab. Jims geschundener Rücken tat infernalisch weh.

Weir kam es vor, als habe man ihn mit einer Kanone zurück in die Vergangenheit geschossen. Er kannte jede Bewegung und jedes Lustgefühl, das in ihm hochstieg, schon im voraus. Und er gab sich Becky hin, so gut ein Mann es nur konnte. Jim kam es so vor, als wäre das der Schlußpunkt hinter alles, was seit ihrer Trennung passiert war, als würden durch diesen Liebesakt all die Jahre stumpfer Gleichgültigkeit zu einem handlichen Paket geschnürt, zu einer Phase, die sie hatten durchlaufen und erdulden müssen, um daraus zu lernen. Es kam ihm vor, als wäre ihre Trennung nur eine notwendige Voraussetzung dafür gewesen, daß sie jetzt wieder zusammenkamen. Und zwischen all diesen Gedanken spürte er Beckys Finger, die ihn zwischen seinen Beinen rhythmisch streichelten. Er schaute hoch und sah ihr Gesicht im Profil, die Augen geschlossen, den Mund offen, ihre Haare feucht von der dampfigen, salzhaltigen Luft in der Kajüte. Sie hatte noch immer die alte Jacke an, das Kleid darunter war aufgeknöpft, und unter dieser dunklen Seidenhaut war ihr blasser, glatter Körper zu sehen wie eine Perle in einer eben geöffneten Muschel. Sie bewegte sich stöhnend auf und ab, er sah ihre schweren, runden Brüste, sah, wie der Schweiß an ihrem Hals hinablief, wo eine Ader unter der glänzenden Haut blutgeschwollen zuckte. Als Becky kam, ballte sie ihre freie Hand zu einer Faust und preßte sie neben ihrem verzerrten Gesicht zitternd zusammen wie eine Sängerin, die eine besonders hohe Note anschlägt. Auch Jim kam, sein Rücken krümmte sich zu einem harten, bebenden Bogen, so daß sie beide die Matratze lediglich mit Jims Hinterkopf, seinen Handballen, seinen Fersen und Beckys zitternden Knien berührten.

Ein paar Minuten später schaute Jim zu Becky hinüber, die in dem schwachen Sonnenlicht, das durch das Bullauge auf ihr Gesicht fiel, lang ausgestreckt dalag. Er hatte ganz vergessen, wie intim so ein Boot sein konnte. Jim hatte gedacht, daß Becky zufrieden eingeschlafen wäre, aber auf einmal sprach sie, ohne ihre Augen zu öffnen.

»Wirst du für mich Dave Smith von der Cheverton-Kanalbau finden, oder muß ich mir dafür jemand anderen suchen?«

»Du weißt doch, was ich antworten werde.«

Ein leises Lächeln spielte über ihre Lippen. »Du kriegst zweihundert am Tag, habe ich Emmet und Edith Goins gesagt.«

Jim überlegte. »Das können sie sich nicht leisten. Ich werde mir erst einmal für eine Woche Spesen geben lassen und sehen, was ich erreichen kann. Und ich sage dir gleich, daß ich nicht vergessen habe, daß Goins diese Bilder von Ann gemacht hat, ebensowenig wie die Tatsache, daß seine körperlichen Merkmale in manchen Punkten mit denen des Täters übereinstimmen und auch das, was er in Ohio getan hat. Ich werde meine eigenen Schlüsse ziehen.«

»Es gibt keine Leine mehr, Weir.«

»Dann tu mir einen Gefallen, und halte mich aus den Schlagzeilen, die du bekommen wirst, heraus.«

Sie drückte seine Hand. »Dafür werde ich schon sorgen. Morgen um zehn gebe ich eine Pressekonferenz.«

»Klingt ganz wie die alte Becky.«

»Bitte komm auch.«

»Okay.«

»Ich liebe dich noch immer, Jim. Ich habe dich sogar dann noch geliebt, als ich glaubte, es nicht zu tun. Ich habe Pläne mit uns, und ich weiß, was ich will. Ich will, daß du bei mir bleibst, hier in Newport.«

Jim, in dem die leidenschaftliche Liebe noch immer nachglühte, kam sich vor wie ein fahrender Ritter auf der Suche nach dem Heiligen Gral – in seinem Fall war das ein Mann mit Namen Dave Smith. Hier, auf der schwankenden SEA URCHIN, schwor er sich, daß er diese Angelegenheit mit all seiner Kraft verfolgen und daß irgendwie die Lösung des größeren Problems von Anns Tod dieses und alle anderen Dinge ins Lot bringen würde.

Stimmen von draußen rissen Jim jäh aus seinen Träumen, ließen ihn von der Koje aufspringen und zur Kajütentür hasten. Becky setzte sich auf, lehnte sich an die Schiffswand und schloß das Kleid über ihren nackten Brüsten.

Durch das Bullauge in der Kajütentür sah Jim ein Sportfischerboot, fünfzehn Meter lang und blendend weiß, mit einer Harpunierplattform am Bug und einer Kajüte, deren Bullaugen verhängt waren. Der Name ENFORCER II war in blauen Buchstaben am Bug deutlich zu lesen. Drei Männer standen an Deck, einer auf der Bugplattform, und zwei weitere saßen lässig in den Anglerstühlen. Jim erkannte Tillis, Hoch und Oswitz, die anderen kannte er nur vom Sehen und nicht mit Namen. Wieder sechs, dachte Jim. Muß meine Glückszahl sein.

»Wer ist das, Jim?«

»Polizisten aus Newport Beach.«

»Mist.«

Weir stieg in seine Hose, zog sein Hemd an und nahm Poons Fünfundvierziger aus dem Halfter. Er klappte die Trommel heraus, überprüfte die sechs Patronen, die wie Raketen in ihren Silos auf den Einsatz warteten, ließ die Trommel wieder zurückschnappen und steckte den Revolver vorne in seinen Hosenbund.

Als er an Deck kam, hatte sich die ENFORCER II schon recht nahe herangeschoben. Der Mann auf der Bugplattform schnippte seine Zigarette ins Wasser und nahm einen tiefen Schluck aus einer Flasche. Die drei Männer auf dem Deck lehnten an der Reling und sahen auf Jim herunter wie Touristen, die einen Wal beobachten. Sie hatten Kaffeebecher aus Styropor in den Händen. Am Heck des Bootes puffte weißer Qualm aus dem Auspuff und schwebte in dichten Wolken über dem Wasser. Bevor auch nur ein Wort

gesprochen wurde, war das Boot schon auf zehn Meter heran.
»Alles in Ordnung da drüben?« fragte Hoch.
»Was soll denn nicht in Ordnung sein?« gab Weir zurück.
»Wir dachten, Sie hätten vielleicht Probleme.«
»Keine Spur.«
»Haben Sie Gesellschaft unter Deck? Weibliche vielleicht?«
»Nicht, daß ich wüßte.«
»Komisch, warum riecht es dann hier so fischig?«
Das Gekicher der anderen verflog im Wind. Das Boot war noch näher getrieben und tuckerte, etwa sieben Meter vom Bug der SEA URCHIN entfernt, im Leerlauf vor sich hin. Der Mann auf der Bugplattform warf seine Flasche über Bord und nahm eine Leine zur Hand. Einen Augenblick lang erstaunte es ihn, daß diese Burschen tatsächlich daran dachten, an Bord seines Boots zu kommen. Weir sah ganz klar, daß die Situation schnell brisant werden konnte.
»Wagt es bloß nicht, an Bord zu kommen!« rief er.
»Vielleicht brauchen Sie unsere Hilfe«, erwiderte Tillis. »Am Ende haben Sie Probleme mit dem Motor?«
Diesen Moment wählte Becky, die sich wieder in ihr schwarzes Trauerkleid und ihre Matrosenjacke gehüllt hatte, um an Deck zu kommen. Sie winkte den Männern auf der ENFORCER II zu. »Hallo Jungs!«
Alle sechs begannen zu schreien und zu johlen, auf die idiotische Art, wie sie Männer wohl von den Indianern in den Hollywoodfilmen lernen. Einen Augenblick lang sah Weir den Niedergang seiner Nation voraus. Die ENFORCER II war jetzt so nahe, daß er den Aufkleber der Fischereilizenz, das Kennzeichen des Bootes und die Kratzer im Lack unter der Scheuerleiste aus Mahagoni sehen konnte. In dem Moment verschluckte sich der Motor der SEA URCHIN hin-

ter ihm ein paarmal und ging schließlich ganz aus. Großartig, dachte er. Das Gejohle wurde lauter, und der Mann auf der Bugplattform warf seine Leine hinüber aufs Deck des kleineren Boots.

»Machen Sie fest«, rief er.

»Keine Chance«, schrie Weir zurück. Er warf die Leine ins Wasser und sah sich um nach Becky. Sie werkelte mit gleichgültigem Gesicht an der Zündung herum, einem Gesicht, das innerhalb eines Wimpernzuckens von Langeweile in Panik hätte umschlagen können. Aber Becky blieb ruhig. Sie blickte ihn aus ihren braunen Augen kurz und gelassen an und probierte weiter, den Motor zu starten.

»Hey«, rief sie durch das Geräusch des Anlassers zu dem anderen Boot hinüber, »ihr Jungs seid doch Bullen aus Newport Beach, stimmt's?«

Oswitz brüllte zurück. »Wir sind ganz normale Leute, die einem Boot in Seenot zu Hilfe kommen. Wir wollen uns nur nützlich machen, *Frau Bürgermeisterin.*«

»Dann strengt euer bißchen Hirn an und haut ab. Wenn ihr mein Boot auch nur berührt, dann hetze ich euch eine Klage an den Hals, daß euch der Arsch auf Grundeis geht, das könnt ihr mir glauben.«

»Wir glauben Ihnen, Frau Bürgermeisterin. Aber was haben Sie denn da unter Ihrer Jacke? Sind das Titten?«

Wieder wurde geschrien und gejohlt. Weir schaute nach hinten zu Becky, mit einem Blick, der sie zum Schweigen bringen sollte. Sie war sichtlich verärgert: Ihr Gesicht war leicht gerötet, und sie hatte eiskalte Mordlust in den Augen. Beckys Temperament konnte das alles nur noch schlimmer machen.

»Sicher«, schrie sie zurück, »ihr habt wohl noch nie welche gesehen?«

Endlich sprang der Motor der SEA URCHIN wieder an.

Hoch fragte, ob jemand an Bord kommen und sich mal umsehen könne.

»Klar«, antwortete Becky und steuerte, zu Jims höchstem Erstaunen, das Boot noch näher an die ENFORCER heran. Der Mann von der Bugplattform ließ sich auf Deck der SEA URCHIN herunter und fischte die Leine aus dem Wasser. Eine Sekunde später war Weir bei ihm, packte mit der linken Hand den Mann an den Haaren und rammte ihm mit der anderen seinen Revolver in die Ohrmuschel. Dann drehte er seinen Gefangenen mit dem Gesicht zur ENFORCER II und rief: »Sollte noch einer von euch Scheißkerlen an Bord dieses Boots kommen, puste ich ihm sein Gehirn raus!«

Becky hatte bereits den Rückwärtsgang eingelegt und fuhr das Boot zurück. Schließlich war die ENFORCER II wieder gut zehn Meter entfernt. Die drei Männer an Deck schauten verdutzt dem Manöver zu. Oswitz blickte auf Hoch, als erwarte er Befehle von ihm.

Jim zwang den Mann, sich aufs Deck zu legen, stellte ihm ein Knie in den Nacken und bohrte den Revolver noch tiefer in sein Ohr. Er war ein Junge von ungefähr fünfundzwanzig Jahren und hatte schreckliche Angst. Weirs Körper schmerzte überall. »Wie heißt du?«

Der Mann schüttelte den Kopf, aber als Jim mehr Gewicht auf sein Knie legte, überlegte er es sich anders und nickte hektisch.

»Dein Name, Bubi. Spuck ihn aus!«

»Nein.«

»Du kennst deinen eigenen Namen nicht?« Jim preßte sein Knie jetzt wirklich fest in den Nacken des zitternden Polizisten. Viel hätte nicht mehr gefehlt, und er hätte ihm das Genick gebrochen.

»Needham. Ich heiße Needham. Es war die Idee der anderen da drüben, ich bin bloß mitgefahren ...«

»Ach ja, ich verstehe, Needham.«
Weir riß den Mann hoch, stellte ihn aufrecht hin und gab ihm einen Handkantenschlag ins Genick. Needham stand noch einen Moment lang hilflos zitternd da, dann stieß ihn Jim über Bord. Es war ein tolles Gefühl, als ob mit diesem hilflosen Körper auch ein Haufen Mist und Lügen ins Meer gefallen und Jim durch diesen befreienden Akt auch der Wahrheit über Anns Tod einen Schritt nähergekommen wäre. Erleichtert sah Weir zu, wie Needham, auf einmal wieder hellwach, heftig schnaufend und prustend im kalten Ozean herumruderte.
Jim drehte sich zu Becky. Sein Magen tat fürchterlich weh.
*»Drück auf die Tube, Errol.«*

# KAPITEL 22

Die Bürodame der Cheverton-Kanalbau war eine mürrische, dicknasige Frau. Ihrem Namensschild auf dem Schreibtisch konnte Weir entnehmen, daß sie Marge Buzzard hieß. Ihr dichtes braunes Haar mit grauen Strähnen lag auf den Schultern ihrer weißen Bluse, deren hochgeschlossener, gekräuselter Kragen ihr ein viktorianisch steifes Aussehen gab. Marge Buzzards buschige Augenbrauen waren in der Mitte fast zusammengewachsen. Sie erinnerte Weir an ein Foto von Charlie Watts in Frauenkleidern auf einer alten Rolling-Stones-Platte.

Links von der Bürodame standen eine alte, oliv lackierte Stechuhr und ein Bord mit vielen Schlitzen für die Zeitkarten. Rechts war ein schmutziges Fenster, das in den ölverseuchten, dreckigen Hof hinausführte, in dem die Baufahrzeuge und Ausrüstungsgegenstände der Firma standen. Neben dem Fenster hing das gerahmte Foto eines Mannes in mittleren Jahren. Es sah aus, als wäre es das einzig Saubere in dem ganzen Büro.

Jim stellte sich als Ermittler für die Rechtsanwältin B. Flynn aus Newport Beach vor und sagte der Frau, nach wem er suchte.

»Ich bin jetzt schon über zehn Jahre hier, und wir hatten in dieser ganzen Zeit nie einen Dave Smith«, sagte sie bestimmt. »Fünfundachtzig hatten wir mal einen Don Smith, der am Pumpwagen gearbeitet hat, aber der ist nur einen Monat bei uns geblieben.«

»Sie haben ein gutes Gedächtnis, Mrs. ... Bussard, wie der Vogel?«

»Mein Name ist *Miß* Buzzard, Mr. Weir, ausgesprochen wie ›Basar‹ mit einem *d* dahinter.«

Weir erzählte ihr eine erfundene Geschichte, daß die Rechtsanwältin Flynn für einen Mandanten aus Laguna Beach einen außergerichtlichen Vergleich ausgehandelt habe. Für einen Mr. Dave Smith bei der Cheverton-Kanalbaugesellschaft läge nun eine beträchtliche Geldsumme in Gerichtsgewahrsam. »Etwa in der Größenordnung von siebenhunderttausend Dollar«, sagte er.

»Dann wird sie da wohl noch lange liegen. Ich habe es Ihnen doch schon gesagt, wir haben hier keinen Dave Smith und hatten auch nie einen.«

»Ich würde gerne den Chef der Bautrupps sprechen.«

»Das ist leider nicht möglich. Er ist draußen im Hof, und wenn Sie dort hinaus wollen, müssen Sie entweder über den Zaun klettern oder hier an mir vorbei. Und ich lasse Sie nicht zu ihm, damit Sie ihn mit Fragen nach einem Angestellten belästigen, den es hier nicht gibt. So sind nun mal die Regeln.«

»Ab heute gelten neue Regeln«, sagte Jim, klappte das Durchgangsbrett der hölzernen Theke hoch und ging einfach durch.

Marge Buzzard, die fast so groß war wie Weir, war sofort zur Stelle. Wie eine erboste Lehrerin rannte sie auf ihn zu und versperrte ihm den Weg zur Hintertür. Jim drückte seinen Zeigefinger unter ihren Kehlkopf, hob ihn ein wenig an und schob sie mühelos aus dem Weg. Er schlug die Tür hinter sich zu, schob den Riegel vor und sicherte ihn mit einem Vorhängeschloß, das daneben hing. Den Schlüssel steckte er ein. Als er durch den Hof zum Wohnwagen des Bautruppleiters ging, hörte er, wie sie mit den Fäusten von drinnen an die Tür trommelte. Der neue, rote Chevrolet Corvette, den er hier schon in der Nacht, in der er Blodgett gefolgt war, gesehen hatte, parkte neben dem Wohnwagen im Schatten.

Hinter den Pumpenwagen und den tragbaren Stromaggregaten sah Jim die DUTY FREE auf ihrem Anhänger. Ihr Motorraum stand offen, und zwei Männer an Deck hielten die Stahlseile eines Krans, die in der Öffnung verschwanden. Einer von ihnen war Blodgetts nächtlicher Bootskumpel mit Flanellhemd und Baseballmütze, der andere ein blonder Junge mit dicken Muskeln und langen Haaren.

Jim ging hinüber und rief: »Ist der Bautruppleiter da?«

»Das bin ich«, antwortete der mit der Baseballmütze. Er warf Jim einen kurzen Blick zu, bevor er sich wieder seiner Arbeit widmete. »Wir haben keinen Job, wenn Sie deshalb hier sind.«

»Ich bin hier, um Geld loszuwerden.«

Der mit der Baseballmütze sah wieder zu Weir. Der große Junge schüttelte einfach den Kopf. »Na, dann rücken Sie's schon raus«, sagte Baseballmütze, »legen Sie's einfach irgendwo hin.«

»Sind Sie Dave Smith?«

Beide Männer hatten sich über die Öffnung im Deck der DUTY FREE gebeugt. Alles, was Jim von ihnen sah, waren ihre Oberkörper, Beine und Ellenbogen. Als sie sich wieder aufrichteten und dem Kranführer ein Zeichen gaben, begann der Kran zu surren, und die Stahlseile strafften sich. Jim sah hinüber zu dem Kranführer, der ruhig in seinem verglasten Führerhaus saß und eine brennende Zigarette im Mundwinkel hatte.

Weir hörte, wie am Bürogebäude eine Tür knallte, schaute sich um und sah Miß Buzzard, die quer über den Hof auf ihn zusteuerte. Ihre Arme schwangen dabei energisch durch die Luft, und ihre Augen waren wie zwei Pistolen auf ihn gerichtet. Sie blieb einen Meter vor ihm stehen, so

schwer atmend, daß die Luft um ihre Zähne pfiff. »Entfernen Sie sich *sofort* von diesem Gelände!«, zischte sie.
»Entschuldigen Sie, Miß Buzzard, aber jetzt bin ich nun mal drinnen.«
Sie deutete auf das Maschendrahttor im Zaun. »Sie werden *auf der Stelle* hier verschwinden!«
Jim sah, daß die beiden Männer auf der DUTY FREE sich vom offenen Motorraum erhoben hatten und jetzt vom Deck aus herunterblickten. Der Blonde grinste. Der mit der Baseballmütze nicht.
Er kletterte vom Boot herunter und kam, mit den Händen in den Hosentaschen, auf Weir zu. Er stellte sich als Lou Braga vor und streckte ihm seine Hand hin. Braga war jünger, als Jim gedacht hatte, etwa in seinem Alter, und unter seiner Mütze quoll dunkles, lockiges Haar hervor. Seine Gesichtszüge hatten bis auf die große, klassische Nase einen harten Ausdruck. Seine Augen waren fast schwarz und sein Händedruck kräftig.
»Es ist in Ordnung, Marge.«
»Aber er ist unerlaubt hier eingedrungen.«
»Ich werde mit ihm sprechen.«
»Mir wäre es lieber, wenn Sie das nicht täten«, erboste sie sich. Jim sah, mit welcher Wut Braga sie anstarrte.
»Aber ich bin der Bautruppleiter hier, und für solche Dinge bin ich zuständig. Danke, Marge. Das wäre alles.«
Marge schaute mit offenem Haß auf Weir und dann zu Braga. »Als Dick noch am Leben war, wäre so etwas nicht möglich gewesen.«
»Auch ich vermisse ihn, Marge. Gehen Sie jetzt bitte wieder rein – es ist alles in Ordnung.«
Weir warf ihr den Schlüssel zu. Sie betrachtete ihn mit einem letzten, geringschätzigen Blick, dann drehte sie sich um und stapfte den Weg zurück, den sie gekommen war.

»Nach allem, was passiert ist, hoffe ich bloß, daß Sie nicht hergekommen sind, um mir etwas zu verkaufen. Ich werde jetzt monatelang auf ihrer schwarzen Liste stehen.«

Weir erzählte, warum er angeblich hier war – von der außergerichtlichen Einigung und Dave Smiths siebenhundert Riesen. Braga hörte aufmerksam zu und nickte. »Das Problem ist nur, daß es hier keinen Dave Smith gibt«, sagte er dann.

»Wissen Sie, wo er ist?«

»Ich meine damit, daß wir noch nie jemanden mit diesem Namen hier hatten.«

Jim fragte sich, ob das hier bei Cheverton-Kanalbau die Standardaussage war, oder ob Becky und Virginia etwas durcheinander gebracht hatten. »Er hat vor ein paar Wochen eine Kreditkarte Ihrer Firma für eine kleinere Bestellung benutzt. Sein Name war bei der Kreditkartengesellschaft eingetragen.«

»Das muß ein Fehler sein. Wissen Sie, unsere Firma gehört zu einem Konzern mit vielen anderen Firmen. Dieser Smith muß bei einer von denen sein.«

»Er sagte Cheverton, nannte die Kartennummer und das Gültigkeitsdatum.«

»Sind Sie von der Steuerfahndung, oder was?«

»Nein, natürlich nicht. Ich hätte nie gedacht, daß ich soviel Mühe haben würde, siebenhundert Riesen loszuwerden.«

Braga nickte und studierte Weirs Gesicht. Dann drehte er sich um, als der Motor der DUTY FREE wie ein stählerner Lazarus aus dem Motorraum des Bootes aufstieg. Der große Blonde stabilisierte das Drahtseil, dann sprang er von Bord und dirigierte den Motor auf eine bereits ausgebreitete Plane. »Sieht so aus, als schafften die das auch ohne mich«, meinte Braga. »Kommen Sie mit rein, vielleicht können wir diese Geschichte klären.«

Das Innere des Wohnwagens war einfach und aufgeräumt: Auf Bragas Schreibtisch waren ein großer Terminkalender, ein alter Kaffeebecher voller Bleistifte und Kugelschreiber, ein ausgedienter Autokolben, in dem viele Zigarettenstummel lagen, und ein verschmiertes Telefon. An den Wänden waren die üblichen Pin-up-Kalender, und über der Klimaanlage ein Foto von Braga und seiner Familie. Daneben hingen ein paar verblaßte Fotos von Angelausflügen. Auf einem von ihnen stand Dale Blodgett neben Braga und hielt mit ausgestrecktem Arm einen schweren Gelbschwanz nah an die Kamera, damit er auf dem Foto größer wirkte.

Jim und Braga saßen sich auf beiden Seiten des graulackierten Metallschreibtischs gegenüber.

»Was ist denn das Problem mit Marge?« fragte Jim.

Braga lachte und zeigte zwei Reihen makelloser weißer Zähne. »Sie ist schon so lange hier, daß man sie nicht mehr loswerden kann. Alle hier, außer mir, haben Angst vor ihr. Sie ist eigentlich nicht so schlimm, aber die Firma ist alles, was sie hat, und deshalb paßt sie auf wie ein Dobermann.«

»Ist Mr. Cheverton kürzlich verstorben?«

»Vor fünf Jahren. Er hat gerade eine Senkgrube ausgepumpt, und als er davorstand, ist auf einmal der Pumpenwagen losgerollt. Hat ihn umgefahren und in die Grube gestoßen. Es war schlimm.«

»Der Mann auf dem Bild in Marges Büro, ist er das?«

»Ihnen entgeht ja wirklich nichts, Weir. Sind Sie ein Privatdetektiv?«

»Nein. Ich mache nur ab und zu ein paar Recherchen für Rechtsanwälte.«

»Waren Sie mal Privatdetektiv?«

»Ich habe eine Zeitlang für den Sheriff gearbeitet.«

Braga nickte und betrachtete Jim mit seinen ruhigen schwarzen Augen. »Marge hat Mr. Cheverton über alles geliebt. Sie war schon vor Dicks Tod ziemlich schlimm, aber danach drehte sie wirklich durch. Sie poliert und putzt dieses Bild von ihm, als wäre es die Jungfrau Maria oder sonstwas.«

Braga zündete sich eine Zigarette an und bot Weir auch eine an. Jim nahm sie, und Braga, der sein Streichholz schon ausgeblasen hatte, schnippte ihm das Briefchen über den Schreibtisch. Braga stellte den abgesägten Kolben in die Mitte des Tisches. »Und jetzt zu diesem Dave Smith. Da muß es sich um eine Verwechslung handeln. Wie ich schon sagte, bekommen wir die Firmenkreditkarten vom Konzern, dem wir gehören, also kann keiner sagen, wer sie wirklich benützt hat. Was hat dieser Smith denn damit gekauft?«

Jim zögerte. »Eine Kleinigkeit, irgendein Teil für eine Maschine, glaube ich.«

»Wenn Sie nicht von der Steuerfahndung sind, woher wissen Sie dann, wer was auf welche Firmenkreditkarte gekauft hat?«

»Ich betreibe ganz legale Nachforschungen. Diese Sachen sind wirklich nicht sehr schwer herauszufinden.«

Braga zuckte mit den Achseln. »Vermutlich nicht. Danke für den Tip. Wenn hier jemand private Einkäufe mit der Firmenkreditkarte macht, möchte ich das wissen. Wie ist die Nummer der Karte?«

Jim schrieb die Nummer von dem Zettel ab, den Becky ihm gegeben hatte.

Braga warf einen Blick darauf. »Und was ist das für eine außergerichtliche Einigung, von der Sie sprachen?«

Weir blieb sehr allgemein. Erzählte von einem Erbschaftsstreit, der außergerichtlich beigelegt wurde, daß er Smith eine ganze Woche lang nicht zu Hause habe erreichen können und daß dieser die Firma als seinen augenblicklichen Arbeitgeber angegeben habe.

Lou Braga hörte zu, ohne ihn zu unterbrechen, dann schüttelte er langsam den Kopf. »Muß ein Fehler sein. Vielleicht hat er unseren Namen nur benutzt, um besser dazustehen. Ich weiß es nicht. Aber hier arbeitet er nicht, soviel ist sicher.«

Dann saß Braga mit einem Ausdruck unterdrückter Neugier da, als erwarte er etwas von Jim. Er setzte sich ein wenig gerader hin und zog an seiner Zigarette. »Sie sind der Bruder von Ann Cruz, nicht wahr?«

Jim nickte.

»Mein aufrichtiges Beileid.«

»Wir haben sie heute begraben.«

»Sieht so aus, als hätten sie diesen Irren aus Chikago in Verdacht.«

»Um ehrlich zu sein, es gibt nicht allzu viele Beweise.«

Jim sah es Braga an den Augen an, daß er den Köder zwar sah, aber nicht nach ihm schnappte. Braga sagte nichts.

»Also«, sagte Jim, »muß die Familie auf eigene Faust ein paar Erkundigungen einziehen. Damit nichts übersehen wird.«

»Sicher. Das würde ich auch tun. Diese ganze Geschichte mit Dave Smith hat doch nicht am Ende etwas mit Ann zu tun?«

»Bis jetzt noch nicht, außer Sie wissen etwas, was ich nicht weiß.«

Braga lächelte gequält und zeigte wieder seine Zähne. Er hob beide Hände. »Hey, hey, ich habe bloß laut gedacht.«

Jim wartete.

»Nein, ich weiß überhaupt nichts. Diese Geschichte mit dem außergerichtlichen Vergleich kam mir bloß ein bißchen an den Haaren herbeigezogen vor. Wie etwas, was sich die Polizei ausgedacht haben könnte.«

»Wie viele Leute sind berechtigt, die Firmenkreditkarte zu benutzen?«

»Drei von uns hier – Marge, ich und der Vorarbeiter, Manny Rueda. Aber wie ich schon sagte, die Kreditkarte wird vom Konzern ausgegeben, vielleicht haben die noch andere zur Nutzung berechtigt.«

»Was ist das für ein Konzern?«

»Wir gehören der Cantrell-Bauunternehmung, und die wiederum gehört PacifiCo. Die haben das Sagen.«

»Gibt es dort einen Dave Smith?«

»Nicht, daß ich wüßte. Aber passen Sie auf, ich könnte dort anrufen und nachfragen, wenn Ihnen das etwas helfen würde.«

»Dafür wäre ich Ihnen dankbar. Und Smith auch, wenn er die siebenhundert Riesen bekommt. Wäre es möglich, daß sich hier jemand aus den Akten die Nummer herausgeschrieben und den Namen eines Berechtigten verschafft hat, um die Karte für sich zu nutzen?«

Braga dachte nach. »Wir haben hier ein paar Dutzend Arbeiter. Davon die meisten gute Leute, die schon länger bei uns sind. Manche sind ein wenig problematisch. Man muß ja heutzutage nehmen, wen man bekommt. Vor ein paar Monaten ist hier übrigens eingebrochen worden. Irgendein Junkie hätte sich die Nummer verschaffen können, wenn er schlau genug gewesen wäre.«

»Würden Sie mich anrufen, wenn Ihnen in diesem Zusammenhang noch ein Name einfällt?«

»Klar. Das werde ich tun.«

»Ich hätte auch gerne eine Liste Ihrer Angestellten.«

Braga schüttelte den Kopf. »Das mache ich nicht. So etwas gebe ich nicht heraus. Wenn Sie mir einen Gerichtsbeschluß zeigen, jederzeit. Sie müssen mich verstehen, Weir, ich habe die meisten der Jungs selber eingestellt. Es sind meine Männer.«

Je länger Jim mit Lou Braga sprach, desto mehr mochte er

ihn. Und desto mehr erkannte er auch, daß Braga in der Klemme steckte. Ein Teil dieser Klemme war Dave Smith. Es war an der Zeit, eine etwas härtere Gangart einzuschlagen.
»Kennen Sie meine Mutter?«
»Ich habe von ihr gehört.«
»Sie haben einen gemeinsamen Freund – Dale Blodgett.«
Braga nickte bloß.
»Wenn Sie nicht mit Dale auf nächtliche Patrouille gehen können – so wie neulich, wo Sie die Zylinderkopfdichtung durchgeblasen haben –, fährt meine Mutter mit ihm. Und ein paarmal ist auch Ann mit dabeigewesen.«
Braga sah Jim mit verblüfftem Gesicht an. »Jedesmal, wenn Sie mich etwas fragen, scheinen Sie mehr zu wissen als ich. Tatsächlich reden wir jetzt schon zwanzig Minuten miteinander, und ich glaube nicht, daß ich Ihnen etwas gesagt habe, was Sie nicht ohnehin schon wußten. Ich habe da draußen noch eine Menge Arbeit, wenn Sie mich also bloß an der Nase herumführen wollen, dann gehe ich besser wieder raus.«
Jim stand auf und folgte Braga zurück in den ölverschmutzten Hof.
»Ich muß Dave Smith finden«, sagte Weir. »Unbedingt.«
»Ich kann Ihnen dabei nicht helfen.«
Jim gab ihm Beckys Karte, auf die er hinten seine Telefonnummer notiert hatte. »Für alle Fälle.«
Braga nickte, dann ging er hinüber zu dem großen Blonden und dem ausgebauten Schiffsmotor. Weir blieb stehen und sah ihnen einen Moment zu, aber die beiden ignorierten ihn. Ein paar Meter neben ihm waren auf einer sauberen Segeltuchplane der Werkzeugkasten, die Maschinenraumabdeckung, der Köderfischbehälter, Planen und Schwimmwesten von der DUTY FREE ausgebreitet, alles gesäubert und bereit, wieder an Bord gebracht zu werden. Die ausgebauten

Anglerstühle lehnten an einem alten Lastwagen, der im Schatten abgestellt war. Das war also das Patrouillenboot, dachte Jim. Ein Sportfischerboot, das keine Fische fängt. Aber es hat einen Köderfischtank, in dem keine Köderfische schwimmen. Wenn man nicht fischen wollte, warum machte man sich die Mühe, den Tank wieder einzubauen? Und wozu brauchte man die Anglerstühle?

»Hey, Weir! Machen Sie jetzt, daß Sie wegkommen. Ich habe Ihnen doch gesagt, daß ich für Sie tun werde, was ich kann.«

Jim winkte Lou Braga zu und ging zum Tor. Als er wieder in seinen Wagen stieg, wußte er zwei Dinge ganz sicher: daß Marge Buzzard ihn jetzt durch das Seitenfenster des Büros beobachten würde und, was viel wichtiger war, daß Lou Braga, sobald Jims Pick-up-Truck außer Sicht war, Kontakt mit Dave Smith aufnehmen würde.

Auf der Halbinsel stoppten ihn zwei Streifenwagen aus Newport Beach. Weir saß steif in seinem Sitz. Zwei Polizisten kamen an seinen Wagen. Einer trieb sich hinter dem Truck herum, während der andere zu ihm ans Fenster trat. Weir las sein Namensschild – es war Lansing, Blodgetts Kumpel, mit dem er in der fraglichen Stunde der Mordnacht Kaffee getrunken hatte. Er wollte Weirs Führerschein sehen, klippte ihn auf seinen Verwarnungsblock und ging zurück zum Polizeiwagen, um die Personalien zu überprüfen. Das dauerte zwanzig Minuten. Dann schrieb ihn Lansing wegen eines kaputten Rücklichts auf.

»Schönen Tag noch«, sagte er grinsend und ließ den Strafzettel auf Jims Schoß fallen. »Na, juckt's noch da unten, Schatzsucher?«

# KAPITEL 23

Raymond, der immer noch seinen schwarzen Traueranzug trug, kam mit schnellen Schritten den Gehsteig vor seinem Haus entlang. Er hatte eine Einkaufstüte aus Papier in der Hand, die er zwischen Daumen und Zeigefinger ein wenig von sich weghielt, als als wäre ihr Inhalt widerwärtig oder gefährlich. Was immer es war, dachte Jim, es mußte ganz leicht sein: Ein Windstoß blies die Tüte hoch in Richtung auf das übelriechende Wasser, und Raymond mußte seinen Arm ausstrecken, um ihr Spielraum geben.

Jim, der eben von der Cheverton-Kanalbau zurückgekommen war, stand mit Becky vor dem Großen Haus. Raymond blieb schwer atmend vor den beiden stehen. Sein Gesicht hatte einen erschöpften Ausdruck, aber seine Augen waren scharf und klar. »Er hat mir geschrieben«, sagte er. »Zuerst dachte ich, es sei ein Scherz, aber es ist keiner.«

Jim sah die Erregung in Rays Gesicht und den Zwang, sie lebhaft abzureagieren. Raymond grinste und schüttelte die Tüte, als wäre darin eine ihm lange vorenthaltene Belohnung. »Der Brief kam mit der Nachmittagspost.«

Becky trat vor und streckte die Hand aus, um die Tüte in Empfang zu nehmen, aber Raymond schüttelte den Kopf und gab sie ihr nicht. »Nein«, sagte er. »Ich will nicht, daß noch mehr Fingerabdrücke verwischt werden. Robbins wartet schon drauf.«

Becky fragte, was denn in dem Brief drinstünde.

Aber Ray war zu aufgedreht, um direkt zu antworten. Seine Augen verrieten einen fast religiösen Eifer, und die Tüte in seiner Hand zitterte, als ob etwas Lebendiges darin wäre.

»Der Brief ist echt. Ich spürte es sofort, als ich die ersten Worte las. Er ist in der Nähe. Ich kann ihn riechen, Mann, ich kann seinen verdammten Atem spüren.«
Becky packte Ray an den Armen und küßte ihn. »Viel Glück, Jungs. Ich glaube nicht, daß meine Gegenwart in Robbins' Reich besonders erwünscht wäre. Ruft mich an, bitte.«

Brian Dennison und Mike Paris waren bereits bei Robbins im Büro, vertieft in eine gemurmelt geführte Unterhaltung, die schlagartig aufhörte, als Jim und Ray hereinkamen.
»Gute Arbeit«, sagte Paris.
»Den eigenen Briefkasten leeren ist nicht allzu schwer«, sagte Ray.
So spät am Abend war das kriminaltechnische Labor leer. Ihre Schritte hallten in den Gängen wider, und die Lampen an der Decke schienen sich nach Menschen zu sehnen, auf die sie scheinen konnten. Robbins führte sie in die Abteilung für Haar- und Faseruntersuchungen, streifte ein Paar Latex-Handschuhe über seine Hände und knipste das Arbeitslicht am Labortisch an. Die Tischplatte bestand aus Glas, auf das ein sauberes Blatt Pergamentpapier geklebt war. Die Neonröhren warfen ein helles, sauberes Licht auf das Papier. Mit einer langen Metallzange zog Robbins den Briefumschlag aus der Tüte und hielt ihn an einen Draht, der über der Tischplatte gespannt war. Er befestigte den Umschlag mit einer roten Wäscheklammer – ganz ähnlich jener, die Horton Goins in seiner improvisierten Dunkelkammer verwendet hatte, dachte Jim. Er sah hinüber zu Dennison und Raymond, aber keinem von ihnen schien das aufzufallen. Ein dummer Zufall, sagte er sich schließlich, denk nicht mehr daran. Nach dem Umschlag klippte Robbins auch die drei Blätter des Briefes eines nach dem anderen an den Draht.

Er sprach hinter seinem Vergrößerungsglas hervor, wobei sein Atem den unteren Teil der Linse beschlug: »Druckerpapier, achteinhalb mal zwölf Zoll groß, am Rand perforiert. Das Gewöhnlichste, was es gibt. Ein Vierundzwanzignadeldrucker, zehn Punkt Courier-Schrift, im langsamen Modus ausgedruckt, um höchste Druckqualität zu erhalten. Überhaupt nichts Besonderes, alles Standard. So.«
Er nahm ein normales Tafelmesser aus Edelstahl, das eine glatte, nicht gezackte Klinge hatte, aus einem Glas mit Alkohol, ähnlich demjenigen, in dem Weirs Arzt seine Fieberthermometer aufbewahrte, und rieb es an einem Baumwolltuch trocken. Robbins' Stirn glänzte vom Schweiß. »Machen Sie sich keine Hoffnungen – auf Papier halten sich kaum Fingerabdrücke. Raymond, Sie müssen mir später noch mal sagen, wo und wann Sie den Brief angefaßt haben.«
Zunächst aber klopfte Robbins mit dem Messer von oben nach unten gegen den Briefumschlag. Weir starrte in das helle Neonlicht, um zu sehen, ob etwas herunterfiel, aber er konnte nichts entdecken. Robbins' faltiges gebräuntes Gesicht blieb immer auf der Höhe der Seiten, und seine Augen folgten dem nach unten wandernden Messer. Als er mit der letzten Seite fertig war, fing er wieder von vorn an, diesmal aber an den Rückseiten.
»Nichts«, sagte er. »Aber wir haben noch eine Extrachance. Vielleicht hat sich etwas im Briefumschlag verfangen.«
Mit der Zange nahm Robbins den Briefumschlag und hängte ihn jetzt mit der Öffnung nach unten an den Draht. Mit seinem behandschuhten Zeigefinger zog er vorsichtig die Klappe heraus, dann fuhr er mit dem Messer in den Umschlag und hielt ihn auf. Er klopfte mit den Fingern die Außenseite von vorne nach hinten ab. »Fehlanzeige«, sagte er. »Aber wir sind noch nicht am Ende. Wir können noch

den Leim untersuchen und zum Schluß noch unter der Briefmarke nachsehen.«
Als nächstes fotografierte Robbins die Seiten des Briefes, dabei schwenkte er die große Kamera hin und her wie ein Zahnarzt sein Röntgengerät. Eine zweite Reihe von Aufnahmen entstand mit Vergrößerung, von jeder Seite vier Fotos. Als er damit fertig war, sah er sich jedes Blatt noch einmal genau mit seinem Vergrößerungsglas an. »Mit schwerem Herzen«, murmelte er. »Von meinem eigenen Schock und meiner Angst vor mir selbst ... ich bin ein tapferer Mann ... hilflos mir selbst gegenüber ...« Robbins sah die vier anderen Männer einen nach dem anderen an. »Diese Typen haben immer so eine blumige Sprache.«
»Klingt er echt?« fragte Raymond.
»Es ist ein echter Brief von einem echten Irren«, sagte Robbins. »Den Rest müssen Sie selbst herausfinden.«
Im Fingerabdrucklabor wies Robbins ihnen Stühle hinter einer Theke an. Durch ein Fenster konnte man auf den Parkplatz hinaus sehen. Weir saß neben einem Glasschrank, in dem Reagenzgläser, Fingerabdruckpuder und Spraydosen standen. Eine Ecke des Raums nahm ein Helium-Cadmium-Laser ein, der für die Nacht unter einem blauen Plastiküberzug steckte. Gegenüber stand der Ofen, in dem Chemikalien erhitzt wurden.
Robbins zog die Staubschutzhülle vom Laser und schaltete den Apparat an. »Normale Fingerabdrücke bekommen wir von Papier so gut wie nie, außer wenn die Typen einen kaputten Füller verwenden oder etwas Besonderes an den Händen haben wie Blut, Essensreste oder so was. Einmal bekam ich einen wunderschönen Abdruck durch Motoröl. Wir verwenden den Laser, um das Natrium- und Kaliumchlorid aus dem Schweiß zum Leuchten zu bringen.«
Zuerst untersuchte Robbins den Umschlag. Er stellte das

Okular scharf und betrachtete das vergrößerte Bild. »Nur verwischte Abdrücke, Jungs. So, wie sie euer Postbote hinterläßt. Nein ... nichts Deutliches.«

Auch die drei Blätter Papier ergaben nichts. »Er war vorsichtig und hat ein Tuch oder so was benutzt, um die Finger nicht aufs Papier zu bringen. Ein sorgfältiger Bastard, aber nicht so sorgfältig wie ich. Wir werden das Ganze mal mit etwas Ninhydrinaceton anfeuchten, dann kommt auf diesem Papier ziemlich schnell was zum Vorschein, besonders wenn wir mit etwas Hitze nachhelfen.«

Er mischte eine frische Lösung an, gab sie in den Zerstäuber, hängte die Blätter wieder auf und sprühte sie von beiden Seiten ein. »Miß Kalb, die das normalerweise macht, arbeitet häufig zu naß. Wenn die Abdrücke zu feucht werden, dann verlaufen sie. Nach dem Erhitzen müßten die Körperöle eigentlich purpur- und rosafarben hervortreten.«

Eines nach dem anderen wanderten die Blätter in den Ofen, danach kam der Umschlag dran. *»Blüht, meine kleinen Veilchen, blüht wie im Frühling!«*

Als er sie wieder herauszog, sah Weir, daß sich auf der rechten Ecke der Vorderseite des ersten und der oberen linken Ecke der Rückseite des letzten Blattes rote Spuren entwickelten hatten.

Robbins deutete darauf und sah hinüber zu Ray. »Sind das Ihre? Haben Sie die Blätter dort angefaßt?«

»Ich denke schon.«

Robbins griff zum Telefon und bestellte beim Archiv je einen Satz Fingerabdrücke von Raymond Cruz und Horton Goins. »Eine Kopie genügt«, sagte er. »Ich brauche sie vor fünf Minuten.«

Er machte eine Kamera klar und fotografierte die Abdrücke. »Jetzt, wenn Sie nichts dagegen haben, würde ich Ihnen gerne dieses Machwerk vorlesen, bevor die Leute vom Archiv kommen.«

Robbins las laut und langsam, bei manchen Zeilen stöhnte er alle paar Sekunden mißbilligend auf und wischte den Anflug von Schweiß von seiner Stirn.

Lieber Lt. Cruz!
Mit schwerem Herzen schreibe ich Ihnen in dieser Zeit unseres gemeinsamen großen Schmerzes. Ich kann Sie meiner aufrichtigen Sympathie versichern, denn ich weiß jetzt, wie es ist, wenn man jemanden verliert, den man so sehr geliebt hat. Und ich weiß, daß Ihnen, einem Polizeioffizier, dieser Tod Ihrer Liebsten gleich einem Tumor die Seele zerfressen muß, ebenso wie die Unmöglichkeit, mich zu finden, ja, mich überhaupt beim Namen zu nennen.
Dieser Brief ist als Entschuldigung an Sie gedacht, aber er ist auch mehr. Er ist meine Erklärung. Die letzte Woche über, als ich mich von meinem Schock und meiner Angst vor mir selbst erholt hatte, habe ich oft darüber nachgedacht, mich Ihnen zu stellen. Aber ich konnte es nicht. Ich bin ein tapferer Mann, ja. Aber ich konnte mich einfach nicht dazu überreden, weil ich Menschen, die mir nahestehen, nicht verletzen will. Ich werde so sehr geliebt von denen, die um mich sind und die meine Talente und meine Energie zu schätzen wissen. Ich muß an sie denken und nicht bloß an mich selbst.
Aber Ihnen gegenüber, Lt. Cruz, muß ich ein Geständnis ablegen und das wenige, was ich kann, dazu beitragen, um Ihre Seele zur Ruhe kommen zu lassen. Ich weiß, daß Schuldgefühle und Scham Sie quälen. Wissen Sie, daß ich mit Ann in jener Nacht an zwei Streifenwagen vorbeigefahren bin?
Sicher wissen Sie das, denn Sie haben bestimmt Anns Schritte

von ihrem Tod ausgehend zurückverfolgt. Ich erzähle Ihnen das nicht, um Ihren Schmerz und Ihr Gefühl der Hilflosigkeit zu vermehren, denn Sie sind mir gegenüber wirklich hilflos, sondern um Ihnen zu zeigen, wieviel Einfühlungsvermögen ich habe. Wenn ich Sie wäre, was für eine Hölle wäre dann mein Leben!

Zunächst, damit Sie auch sicher sind, daß ich Ihnen hier kein falsches Geständnis mache, will ich Ihnen ein paar Dinge sagen, die ich in jener Nacht getan habe. Ich habe Ihre Frau, Ann Cruz, in einem wunderschönen Zimmer mit Blick aufs Meer geliebt. Es hat mich auf fast jede Weise befriedigt. Aber weil es eben nicht auf jede Weise, die ich verlange, befriedigend war, habe ich ihr siebenundzwanzig Stiche mit einem Kentucky-Homestead-Küchenmesser (es hatte eine frisch geschliffene, zwanzig Zentimeter lange Klinge) versetzt. Sie mußte nur sehr wenig leiden, denn ich bin sehr stark. Ich habe ihr eine langstielige rote Rose in ihre Vagina gesteckt, als Zeichen meiner Zuneigung, und zehn weitere habe ich in den Bund ihres Rocks gesteckt (er war kurz und rot, und sie hatte ihn angezogen, um mir zu gefallen). Die letzte Rose habe ich mir aufgehoben.

Ich warf Anns Leiche etwa zweihundert Meter nördlich vom Galaxy Park in die Back Bay, dann ging ich zu meinem Auto zurück und fuhr weg. Jetzt wissen Sie, daß ich Ihnen die Wahrheit sage.

Ich kannte Ann sehr gut, viel besser, als sie mich kannte, und auch viel besser, als Sie sie je kannten. Das braucht Sie nicht zu kränken. Ann war niemand, den man leicht kennenlernte. Sie hatte eine geheime Seite in sich, die den meisten Leuten, Sie eingeschlossen, nicht zugänglich war. Aber ich habe diese Seite in ihr erkannt, denn ich habe selbst so eine Seite, und unsere Geheimnisse zogen sich gegenseitig an. Sie hat mir kurz vor ihrem Ende alles offenbart. Sie hat sich mir in jeder

Weise geöffnet. Ich war ihr Mentor, ihr Beichtvater. Und sie war mein Engel, und schließlich wurde sie mein Dämon. Warum habe ich es getan? Dafür gibt es zwei Gründe. Der erste ist der, daß ich sie vor Ihnen beschützen mußte. Sie haben Ann an den Rand des Wahnsinns gebracht. Ich wußte, wie sehr sie unter Ihrem Einfluß stand und daß sie mich brauchte, damit ich sie vor Ihnen bewahrte. Sie haben versucht, Sie zu besitzen, aber es ist Ihnen nicht gelungen. Haben Sie jemals erfahren, was es bedeutet, eine Frau ganz und gar zu besitzen? Ich selbst habe das viele Jahre meines Lebens nicht gewußt. Immer war da diese Distanz in den Frauen, die ich kannte, immer gab es da Gebiete ihrer Seelen, in die sie mich nicht hineinließen. Ann war anders. Sie können sich vielleicht vorstellen, was es für mich bedeutete, in Anns geheime Welt zu sehen. Was für eine Versuchung war das, was für eine Herausforderung! Zwischen Mann und Frau ist sonst immer so eine Distanz, ein Unterschied, eine Trennungslinie. Eine Frau ist für uns, Raymond, das ewig Andere. Und wie kann wahre Leidenschaft mit diesem Anderssein zurechtkommen? Alles, was ich verlange, ist Hingabe, Unterwerfung, völlige Selbstaufgabe. Jahrelang habe ich mich gefragt, wie das zu erreichen wäre. Man kann es sich nicht mit Geld erkaufen. Man kann es auch nicht mit Liebe und Zuneigung bekommen. Viele Frauen sind wahre Meister darin, diese Schwächen in uns auszunutzen. Man kann es auch nicht mit Sex erzwingen, gleich wie brutal, denn dabei gibt es für die Frau immer auch ihr Vergnügen, ihre Person, ihr Anderssein. Verstehen Sie mein Bedürfnis? Wissen Sie, was es ist? Ich glaube, Sie können es verstehen, wenn Sie vergessen, was eine feige Gesellschaft Sie gelehrt hat, und sich darauf besinnen, was Sie wirklich *sind.*

Robbins sah von dem Brief auf zu Raymond, der mit leeren Augen aus dem Fenster hinaus in den späten Nachmittag starrte. Weir kam er so allein und verletzlich vor. Dann las Robbins weiter vor.

Ja, ich habe sie in jener Nacht geliebt, in einem gemütlichen Zimmer am Meer. Ich habe sie total geliebt, habe mit meinem Körper um ihre vollständige Unterwerfung gebettelt. Ich flehte mit allem, was ich war, nach ihrer Hingabe. Wie trachtete ich danach, sie zu besitzen!

Und doch hat sie sich widersetzt.

Können Sie sich vorstellen, wie niederschmetternd das für mich war?

Sie können es nicht, denn Sie waren nie in der Lage, Anns Tiefen auszuloten, all die Jahre lang wußten Sie nicht, wie groß die Schätze waren, die unentdeckt in ihr schlummerten. Und in dieser meiner dunkelsten Stunde hatte ich eine Vision von Ann, wie sie mir uneingeschränkt gehören, ein Teil meiner selbst werden konnte. Wenn meine Liebe und mein Samen, den ich ihr so bereitwillig gab, sie nicht überzeugen konnten, blieb mir nur eine Alternative, das sah ich deutlich.

Sie wissen, Raymond Cruz, daß Ann ein Kind erwartete. Mein Kind. Sie hat Ihnen erzählt, daß es das Ihre wäre, aber ich wußte die Wahrheit, und Ann wußte sie auch. Und ich gebe zu, daß diese Lüge der Kern meiner Wut und meiner Frustration war. Stolz hätte sie sein sollen über dieses Geschenk neuen Lebens, das ich ihr gemacht hatte.

Aber zurück zu mir. Als sie mir in jener Nacht sagte, daß sie mein Kind austragen wolle, als wäre es das Ihre, und mich nie wiedersehen wolle, um ihre erbärmliche Scharade zu Ende spielen zu können, hatte ich keine andere Wahl mehr. Ich mußte zu ihrem Gott werden.

Und so liebte ich sie wirklich und rein. Wir fuhren in meinem Wagen, vorbei an der Polizei, die mich an Ihre jämmerlichen Ideen von Gesetz und Ordnung erinnerte, zu einem Ort, wo wir schon oft gewesen waren. Und nachdem ich sie umarmt hatte, stieß ich ihr das Messer tief ins Herz. Ich spürte das Zucken des verletzten Muskels durch die Klinge und das Heft bis in meine Finger und hörte das Geräusch scharfen Metalls, das ihren Körper aufriß. Und dann schließlich sah ich sie auf ihrem Gesicht: die Unterwerfung, die Hilflosigkeit, die absolute Abhängigkeit von mir, die sie mir nie vorher gezeigt hatte. Auch wenn es nur einen Moment lang war, so war es doch ein Moment, auf den ich mein Leben lang gewartet hatte. Er gab allem, was ich bis dahin getan hatte, einen Sinn. Und er hat Ann für immer von den banalen Qualen erlöst, die Sie, Raymond, ihr auferlegt hatten. Es war eine solche Liebe in ihren Augen, solche Erlösung, solcher ... Glanz!

Robbins hatte seine Stimme gesenkt. Weirs Herz war mit jedem neuen Wort schwerer geworden, schwerer vom Wissen um Anns Qualen. Raymond saß da und hatte den Kopf in den Händen vergraben. Paris schaute zum Boden. Dennison schien zu beten. Robbins seufzte leise und fuhr fort.

Und trotzdem sehnt sich mein Herz noch immer nach ihr, Lt. Cruz, nach ihrer Berührung, ihrem Lachen, ihrem Leib und ihrem Geist. Ich weiß, daß Ihr Herz das auch tut, obwohl Sie Ann nur unzulänglich und auf kleinliche Weise geliebt haben, aber wer einmal an ihr teilgehabt hat, hat das Herz aller Frauen berührt. Ich weiß, daß Sie Ann geliebt haben. Sie hat Sie auch geliebt, in all ihrer Verwirrung und Schwäche. Sie starb so, wie sie gelebt hat: zufrieden mit mir. Auf sehr reale Weise habe ich Ann das gegeben, was sie immer gewollt hatte.

Ich erwarte nicht, daß Sie diese kurze Erklärung verstehen. Sie sind schließlich nur ein einfacher Polizeiofficer. Und Worte sind ein denkbar schlechtes Werkzeug, um echte Liebe zu erklären. Es ist mein ehrlicher Wunsch, daß Sie wissen, daß Ann nicht umsonst gestorben ist, sondern daß ihr Herz vielmehr ganz bei mir war. Ann hat endlich ihre Vollendung erreicht.
Ich kämpfe mit der Schwere meines eigenen Herzens, mit dem Bedürfnis, der Welt zu sagen, was ich getan habe. Vielleicht ist dieses Gefühl so einfach wie Schuld oder so banal wie Stolz. Und wenn der Tag kommt, Lt. Cruz, werde ich mich Ihnen und nur Ihnen stellen. Denn in Wirklichkeit gab es für Ann nur uns beide. In Wirklichkeit haben wir alles, was wir getan haben, nur für sie getan. Sie ist das Bindeglied zwischen uns, obwohl unser Kampf um ihren Körper und ihre Seele mit Hinterlist und Wut geführt wurde.
Mit all meinem Verständnis und all meinem Mitgefühl verbleibe ich Ihr

Mr. Night

Schweigen füllte den Raum, aber es war ein Schweigen, das zu schreien schien, ein Schweigen, das zu sehr mit Emotionen angefüllt war, um etwas so Unbedeutendes wie Worte zuzulassen.
Weir hatte das Gefühl, daß eine Wolke des Wahnsinns ihn aufgesogen habe und ihn herumwirbeln würde, so daß er weder sein Gleichgewicht noch einen Ausweg aus dieser Situation finden konnte.
»Brian«, begann Robbins, »klingt das für Sie nach Horton Goins?«
»Ich kann fast seine Stimme hören«, antwortete Dennison. »Er ist es, hundertprozentig.«
Robbins wandte sich an Raymond. »Und Sie, Ray?«

»Er ist es nicht. Goins ist zu jung. Und Mr. Night kannte Ann, und sie kannte ihn. Goins war es nicht.«

»Jim, ihre Meinung?«

»Ich sehe es so wie Raymond. Goins hätte den Brief nicht schreiben können.«

»Mike?«

»Brian hat recht – es ist Goins bis hin zum schizophrenen Größenwahn. Alles wie in seiner Krankengeschichte.«

Robbins lehnte sich zurück, verschränkte die Arme und schaute wieder hinunter auf den Brief.

Weir fragte ihn nach seiner Meinung.

»Ich werde meine Meinung noch ein wenig für mich behalten«, sagte er. »Am besten konzentrieren wir uns auf den Text selbst. Gehen wir ihn doch einmal gemeinsam durch, okay? Zunächst ist er voller Wut und Trauer. Der Schreiber scheint eine Menge zu sagen zu haben.«

Ray nickte. »Er will über seine Tat sprechen.«

»Nein, das glaube ich nicht«, widersprach Dennison, »er will uns in die Irre führen.«

»Ich glaube, Raymond hat recht«, sagte Robbins. »Der Grund, warum er diesen Brief geschrieben hat, ist zur Hälfte sicherlich ein Bedürfnis, jemandem seine Tat zu gestehen. Aber was ist die andere Hälfte?«

»Er muß sein Selbstvertrauen stärken«, meinte Weir. »Er spricht von Ann wie von einer Jagdtrophäe, er prahlt mit seiner Tat.«

»Das denke ich auch«, sagte Robbins. »Und weil Sie gerade Trophäe gesagt haben: Ich möchte wetten, daß er in jener Nacht außer der Rose noch etwas anderes von ihr mitgenommen hat. Er glaubt ja, daß er sie geliebt hat, und nach seiner Auffassung von Liebe hat er das vielleicht sogar.«

»Vielleicht hat er ihre Handtasche«, sinnierte Raymond. »Mit all ihren persönlichen Dingen, ihrem Geruch.«

»Ihren Schuh«, sagte Jim.
Robbins nickte. »Beides gute Ideen. Nun gut, ich will Ihnen sagen, wie ich über den Briefschreiber denke: Er ist gebildet und gehört zur Mittel- oder Oberschicht. Vermutlich hat er einen guten Job – es könnte gut sein, daß sein Gerede darüber, wie talentiert er ist, der Wahrheit entspricht. Offensichtlich hat er Zugang zu einem Computer und einem Drucker, und er weiß auch, wie er sie benutzen muß. Er hat keine erkennbaren Wahnvorstellungen, sieht keine Visionen und hört keine Stimmen, die ihm etwas befehlen. Raymond, ich muß Sie ganz direkt fragen: Was ist mit dieser Affäre? Hatte Ann einen Liebhaber?«
»Ich hatte nie den geringsten Verdacht«, antwortete Ray leise. »Bis ich die Fotos sah. Von Ann in der Limousine. Sie muß es sehr gut verheimlicht haben, wenn ... wenn es wirklich so war.«
Wenn es wirklich so war, dachte Jim. Heute hat Raymond seine treue Frau zu Grabe getragen, und er wird sie bis zum bitteren Ende für treu halten.
»*Wenn* er sich wirklich mit ihr getroffen hat«, ließ sich Dennison vernehmen. »*Wenn* dieses Liebesverhältnis mehr war als ein bloßes Belauern mit der Kamera, ein verstohlenes Hinterherschleichen. Vielleicht war seine Trophäe ein Foto von der Toten.«
Robbins schüttelte den Kopf. »Das würde uns zwar die Arbeit erleichtern. Aber warum sollte jemand eine Affäre erfinden, die er nie gehabt hat?«
»Um sein Selbstvertrauen aufzubauen«, meinte Dennison.
»Und um uns auf eine falsche Spur zu führen«, ergänzte Paris. »Es gab gar keine Romanze. Goins hat sie sich bloß ausgedacht. Er ist ihr gefolgt, er hat sie vergewaltigt und getötet. Er will sich einreden, er habe ein Affäre mit ihr gehabt – deshalb hat er das niedergeschrieben.«

»Möglich«, sagte Robbins. »Der Mörder hat ein übermächtiges Ego, das er zufriedenstellen muß. Aber dreht sich der ganze Brief denn nur um eine Frau, die er angeblich geliebt und angeblich getötet hat? Er dreht sich doch vielmehr um *seine* Gefühle, *seine* Bedürfnisse, *seine* Verstörtheit. Der Mörder ist arrogant. Wenn solche Menschen schreiben, dann schwingen immer auch Spott und Hohn mit. Der Täter will uns provozieren, indem er uns etwas unter die Nase reibt. Ganz besonders auch deshalb, weil er an einen Polizisten schreibt.«

Die schwere Stille schwebte wieder im Raum, von nichts unterbrochen als vom Surren der Klimaanlage.

Dann sprach Raymond. »Goins würde sich nie so geradeheraus äußern.«

»Das frage ich mich«, sagte Robbins. »Ich habe gestern seine Akte zum dritten Mal in dieser Woche gelesen. Der Junge – oder vielleicht sollten wir besser sagen: der Mann – ist nur schwer faßbar. Er wurde im Alter von fünfzehn Jahren wegen Vergewaltigung und versuchten Mordes in eine geschlossene Anstalt eingewiesen, und zwei Jahre später veranstaltet er in der Nervenklinik bereits Fotokurse für die Dauerpatienten. Er nimmt Fernunterricht in unheimlich vielen Fächern, von Astronomie bis zu Genealogie. Seine liebsten Fotomodelle sind die Klosterschwestern, die die Patienten pflegen; er porträtiert sie und verkauft ihnen die Abzüge. Es waren vielleicht die einzigen Frauen, die er dort sah. Wenn er der Briefschreiber wäre, dann könnte er vielleicht daher seinen Hang zum Religiösen haben – er bezeichnet sich als Anns Gott, und Ann ist sein Engel und Dämon. Bevor er in die Klinik kam, hatte man an der Schule seinen Intelligenzquotienten mit sechsundachtzig gemessen. Vier Jahre später machten seine Ärzte noch einmal einen Intelligenztest mit ihm, und diesmal erreichte er einhundertneununddreißig Punkte. Goins hat keine faßbare Gestalt. Ich glaube schon, daß er diesen Brief hätte schreiben können, aber bis jetzt ist das nichts weiter als eine Vermutung.«

Dennison warf Weir und Raymond einen schnellen, selbstzufriedenen Blick zu. »Wenn der Mörder wirklich Anns Liebhaber gewesen wäre«, sagte er, »warum hätte er sie dann vergewaltigen sollen? Er hätte es doch ... wie soll ich sagen? ... leichter haben können.«

»Der Mörder hat sie gar nicht vergewaltigt«, antwortete Weir. Gewisse Einzelheiten von Anns Obduktionsbefund hatten ihm schon seit Tagen Kopfzerbrechen bereitet. In diesem neuen Zusammenhang bekam etwas, das er vorher als unwahrscheinlich verworfen hatte, einen neuen, verdrehten und brutalen Sinn. »Wir nahmen zwar bisher an, daß sie vergewaltigt wurde, aber ich glaube, daß der Geschlechtsverkehr im beiderseitigen Einvernehmen geschah. Yee fand Verletzungen am Schamhügel, aber er hat gesagt, daß diese ihr etwa zur Zeit ihres Todes, möglicherweise sogar danach zugefügt wurden. Der Mörder hat sie *nach* dem Geschlechtsverkehr mißhandelt, um uns auf eine falsche Spur zu lenken, um etwas vorzutäuschen, was es nie gab. In seinem Brief hat er das ungewollt zugegeben.«

»Dummes Zeug«, erwiderte Dennison schroff.

»Ich bin zu derselben Schlußfolgerung gelangt wie Jim«, sagte Robbins scharf. »Es steht schon auf der ersten Seite des Briefs, daß er Ann ›geliebt‹ hat, als er noch gar nicht daran dachte, sie zu töten. Sagen Sie, was Sie wollen, Brian, aber ich glaube auch nicht, daß sie vergewaltigt wurde.«

Dennison stand auf und neigte ungläubig den Kopf. »Aber warum sollte ihr Lover sie dann überhaupt töten?«

Jetzt sprach Raymond mit einer Stimme, die fast ein Flüstern war. »Ich glaube, Annie hat sich auf etwas eingelassen, aus dem sie nicht mehr aussteigen konnte. Vielleicht hat sie es versucht und wurde deshalb von ihm umgebracht. Er spricht doch über nichts anderes als darüber, daß er sie niemals … *besitzen* konnte.«

»Die Rosen«, sagte Weir. »Er hat ihr die Rosen geschickt, weil er das Ende ihrer Beziehung nahen fühlte. Er hat sich gut angezogen, einen Anzug, eine schicke Krawattennadel mit Diamant. Ann machte sich ebenfalls schön. Dann liebte sie ihn ein letztes Mal, und *sie* war es vermutlich auch, die vorschlug, für einen Mondscheinspaziergang hinunter zur Back Bay zu gehen. Sie wollte ein ernstes Wort mit ihm reden. Die Fußspuren deuten auf keine Hast hin, auf keinen Streit. Sie gingen Arm in Arm. Ann dachte an das, was sie ihm sagen wollte, wie sie Schluß machen sollte, ohne im weh zu tun oder ihn zum Durchdrehen zu bringen. Vielleicht hatten sie schon darüber gesprochen, die grundlegenden Dinge bereinigt, und diese Nacht sollte ein langer Abschied werden. Egal, wie es war. Er wußte bereits, was auf ihn zukam. Er war vorbereitet.«

»Aber warum wollte sie ihn überhaupt loswerden?« fragte Dennison. »Mal *angenommen*, es hätte diese Affäre wirklich gegeben.«

»Ganz einfach«, sagte Weir. »Sie fand heraus, daß sie schwanger war. Und das Kind war nicht von ihm.«

Eine nicht ausgesprochene Frage füllte den Raum. Niemand schien gewillt, sie hörbar zu stellen. Nach einer weiteren Zeit seltsam aufgeladenen Schweigens war es Raymond selber, der sprach. »Es war unser Kind, das weiß ich ganz sicher. Wir hatten schon Namen, planten eine Party, um es allen mitzuteilen, alles war …«

»Aber woher wußte Ann, daß das Kind von Ihnen war?« fragte Robbins. »Mit Sicherheit, meine ich?«

Raymond überlegte. »Vielleicht haben sie Verhütungsmittel

verwendet. Wir haben das nicht getan. Vielleicht hatte sie auch bis April noch gar nicht mit ihm geschlafen. Am siebenundzwanzigsten April war sie beim Arzt. Also mußte das Kind etwa Ende März gezeugt worden sein.«

»Das wäre möglich«, sagte Robbins, aber Weir hörte es seiner Stimme an, daß er nicht ganz glaubte, was er sagte. Es war eigentlich nicht Robbins' Art zu heucheln. »Es wäre schon möglich, daß sie längere Zeit keinen Geschlechtsverkehr mit ihm hatte. Das hat ihn vermutlich ziemlich aufgeheizt. Und kaum hatte er endlich mit ihr geschlafen, versuchte sie ihn schon wieder abzuservieren. Es dauerte kaum einen Monat. Er glaubte sie zu lieben, aber sie betrachtete ihn nur als ein flüchtiges Abenteuer. Das dürfte reichen, um einen so instabilen Kerl wie diesen durchdrehen zu lassen.«

Dennison begann, kopfschüttelnd auf und ab zu gehen. »Was für ein gottverdammter Quatsch. Ihr seid alle dumm, wenn ihr auch nur ein Wort von diesem Brief glaubt. Der Typ ist ein *Irrer.* Hat das hier irgendein Gewicht?«

»Eine Menge, denke ich«, gab Paris zurück.

»Mir ist bewußt, daß dies Ihren Annahmen widerspricht«, sagte Robbins. Er wandte sich an Ray. »Nehmen wir einmal theoretisch an, das Kind wäre von ihm. Was hätte Ann getan, wenn sie es gewußt hätte?«

Raymond stand auf und sah lange aus dem Fenster. Es war Abend geworden. Auf dem Boulevard sah man jetzt die Scheinwerfer der Autos vorbeikriechen. Rays Stimme war so leise, daß sie sich kaum über das Brummen der Klimaanlage erhob. »Ann hatte sich so sehr ein Kind gewünscht. Wenn sie von einem anderen als mir schwanger geworden wäre, glaube ich ... ich glaube, daß sie es vielleicht behalten und mir erzählt hätte, es wäre von mir. Aber das ist reine Spekulation. Vielleicht sage ich das nur, weil ich mir einreden will, daß sie mich mehr geliebt hat, als sie es tatsächlich tat.« Er drehte sich vom Fenster weg und setzte sich wieder, schlug die Beine übereinander und schaute zu Robbins.

»Und was hätte sie *ihm* gesagt?« fragte dieser.

»Das hätte sie ganz bestimmt nicht mit mir besprochen«, antwortete Ray. »Aber warum spekulieren wir? Wir können doch jetzt das ... wir können doch jetzt Anns Fötus untersuchen.«

Weir sah zu Robbins, dessen Gesicht merklich blasser geworden war. Der Gerichtsmediziner verschränkte die Arme und schüttelte langsam den Kopf. »Das haben wir bereits getan. Wir haben dazu das Blut verwendet, das man Ihnen im Krankenhaus abgenommen hat, und haben alle Vaterschaftstests damit gemacht. Heute morgen haben wir das Ergebnis der genetischen Untersuchung bekommen. Ray, das Kind war nicht von Ihnen.«

Raymond blickte wieder aus dem Fenster. Seine Augen waren so schwarz wie die Nacht auf der anderen Seite der Glasscheibe. Es schien, als sei sein Körper zusammengeschrumpft, so schlotterte sein Traueranzug an ihm herum. Die Säume der Hosenbeine reichten bis auf den Boden. Er drehte sich und sah erst Weir, dann der Reihe nach die anderen an. Sein Gesicht war rot geworden. »Schön«, sagte er ruhig. »Gut, daß ich das weiß. Es hätte sicher meine Entscheidung etwas beeinflußt, als wir nach Namen für das Kind suchten.«

Er ging zu seinem Stuhl und versetzte ihm einen so heftigen Tritt, daß er umfiel und schlitternd über den Boden raste, bis er an die gegenüberliegende Wand krachte. Jim sah, wie das Okular des Laserskops von dem Aufprall erzitterte.

»Sie hätten mir das gleich sagen sollen, verdammt noch mal!«

»Wir waren uns zunächst nicht sicher, inwieweit das für diesen Fall eine Bedeutung hatte«, erklärte Robbins. »Außerdem gab es keine Möglichkeit, es Ihnen auf eine sanftere Art beizubringen. Ich wünschte, ich hätte es Ihnen nicht sagen müssen.«

Raymond ging zu seinem am Boden liegenden Stuhl und hob ihn auf. Er ließ sich darauf fallen, verschränkte die Arme und blickte auf einen Punkt, von dem Weir nicht sagen konnte, ob er nah oder fern war. Es war auch nicht wichtig. Dann richtete sich Raymond auf und brachte mit großer Willenskraft einen halbwegs normalen Gesichtsausdruck zustande. »Die Tatsache«, sagte er leise, »daß er in dem Brief das Kind erwähnt, bedeutet doch, daß Ann ihm von ihrer Schwangerschaft erzählt hat. Ann konnte nicht gewußt haben, wer der Vater war, jedenfalls nicht mit Sicherheit. Sie muß einfach angenommen, *darum gebetet* haben, daß es meines wäre. Vielleicht bilde ich mir das auch bloß ein. Vielleicht war ich ihr gar nicht so wichtig, nicht einmal in dieser Beziehung. Vielleicht machte sie mich zum Vater, obwohl sie wußte, daß ich es nicht war. Aber es würde zumindest erklären, warum sie mit ihm Schluß gemacht hat, als sie schwanger war.«

»Da würde ich Ihnen zustimmen«, meinte Robbins ruhig.

Dennison schien etwas sagen zu wollen, schwieg aber.

Das Schweigen, daß sich wieder im Raum ausbreitete, war gnadenlos und undurchdringlich. Weir schaute auf die Autoscheinwerfer weit unten, auf die dunklen Umrisse der Verwaltungsgebäude vor dem Fenster. Dann wurde die Tür aufgerissen, und der Bote aus dem Archiv kam mit den Fingerabdrücken.

Robbins nahm die Dias zum Laserskop und stellte die Fingerabdrücke von Raymond neben die von Mr. Nights Brief. Die Fingerabdrücke auf dem Brief, Weir hatte es schon geahnt, waren von Raymond.

»Wir haben noch zwei Chancen«, sagte Robbins. »Die eine

ist die, daß unser geheimnisvoller Briefschreiber den Kleber am Umschlag oder an der Briefmarke mit seinem Speichel befeuchtet hat. Die andere ist die eher unwahrscheinliche Möglichkeit, daß wir *unter* der Briefmarke etwas finden. Die serologischen Untersuchungen können ein bis zwei Tage dauern, aber wir können jetzt gleich unter der Marke nachsehen. T.S. Eliot, dessen Konterfei sie ziert, wird wohl nichts dagegen haben. Beten Sie, meine Herren!«

Weir sah zu, wie Robbins den Brief vorsichtig über einem Kochtopf in den Wasserdampf hielt. Das Bild des Poeten rollte sich langsam zusammen, beginnend an den Ecken. Jim dachte, daß der Schlüssel zu diesem Fall sich garantiert nicht unter einer gottverdammten Briefmarke finden ließ. Raymond starrte immer noch aus dem Fenster. Jim ging hinüber zu ihm und tat das gleiche. Er sah eine häßliche Stadt in einer häßlichen Nacht.

Aus dem Augenwinkel bemerkte er, daß Robbins den Briefumschlag mit der Zange zurück zu dem Arbeitstisch trug. Dennison beugte sich darüber, die Hände auf dem Rücken verschränkt.

Und dann erstarrten die beiden nahezu gleichzeitig. Dennison stand immer noch mit den Händen auf dem Rücken da. Robbins hatte sich aufgerichtet, nur sein Kopf war hinunter zum Tisch gebeugt. Er wandte sich an Weir und Ray.

»Er hat uns unter der Briefmarke ein Haar hinterlassen«, sagte er. »Einen ganzen Zentimeter dunkelbraunes Haar.«

Zehn Minuten später hatte Robbins das Haar mit einem anderen verglichen, das die Polizei von einer Bürste im Badezimmer der Familie Goins genommen hatte, und einem von einem T-Shirt, das in Goins' Schrank im *El Mar* Motel gehangen hatte.

Beide Haare stimmten nicht mit dem unter der Briefmarke gefundenen überein.

Dann verglich Robbins das Haar mit dem, das auf Anns Bluse in der Back Bay gefunden worden war. »Beide stammen von demselben Mann«, sagte er schließlich. »Ich kann ihn mit Ann in Verbindung bringen und ebenso mit dem Brief. Und dieser Killer läuft unerkannt und frei herum. Was ich brauche, ist eine frische Spur, Gentlemen.«
Dennison dachte nach. Er schaute zu Paris, der diesen Blick als Signal zum Sprechen aufzufassen schien.
Paris senkte die Stimme, um ihr mehr Gewicht zu verleihen, und sie überzeugend klingen zulassen. »Goins hat einen Intelligenzquotienten von einhundertneununddreißig. Er ist schlau genug, um irgendein Haar unter die Briefmarke zu legen. Das Ganze ist allzu einfach und kommt zu sehr wie gerufen. Ich gehe sogar so weit zu sagen, daß es eine Falle ist.«
»Papagei«, bemerkte Jim bissig. »Sie sind doch bloß eine Imitation von Brian, die Imitation eines Mannes, der weiß, wovon er spricht. Aber in Ihrem Inneren sind Sie dumm wie Bohnenstroh und sollten an Ihren Schreibtisch gekettet werden, um für immer Pressebulletins zu verfassen.«

Als sie das kriminaltechnische Labor verließen, war es fast acht Uhr. Dennison blieb stehen, ergriff Jims Arm und zog ihn fort von Raymond und einem auf einmal viel gedämpfter wirkenden Mike Paris.
»Ich habe Ihnen einen Vorschlag zu machen, Jim. Ich habe vor, Sie wieder an den Platz zu stellen, an den Sie gehören: in diesen Fall. Sie können als Sergeant bei den Kriminalern arbeiten – das wäre eine Bezahlung nach Stufe fünf. Sie kämen in die Abteilung Gewaltverbrechen und könnten sich ganz auf Anns Fall konzentrieren. Wäre das nichts für Sie?«
»Nein.«

»Würden Sie mir vielleicht erklären, warum?«
»Ich habe dieses Leben vor fünf Jahren aufgehört«, sagte Weir, »weil ich nicht mehr hinter Leuten herjagen wollte, um sie ins Gefängnis zu stecken. Und soll ich Ihnen noch etwas sagen, Brian? Ein paar von Ihren Männern sind richtige Arschlöcher.«
Dennison beäugte Jim ungläubig, während dieser ihm von seiner Begegnung mit der Heckenschere in der vergangenen Nacht und von dem Seeabenteuer mit Dennisons besten Jungs erzählte. Jim fiel auf, daß der Chief in den vergangenen Tagen abgenommen hatte. Sein Jackett erschien auf einmal zu groß zu sein und seine Hose nach unten zu rutschen. Im Flutlicht des Parkplatzes sah Brians Gesicht bleich aus wie Wachs.
Dennison hörte aufmerksam zu, dann, zu Jims Überraschung, entschuldigte er sich bei ihm. Er zog ein Döschen mit Magentabletten aus der Tasche und kaute ein paar davon. »Bei Gott, Jim, morgen werde ich ein paar Leuten gewaltig in den Arsch treten. Das schwöre ich Ihnen.«
»Sie könnten Ihnen vielleicht auch sagen, daß es, wenn sie so weitermachen, vielleicht bald einen Toten gibt.«
Jim war klar, daß Brian Dennison kapiert hatte, daß er bis über beide Ohren in Schwierigkeiten steckte. Sein Wahlkampf schleppte sich nur noch mühsam dahin, sein Hauptverdächtiger war immer noch auf freiem Fuß, und er hatte nicht einmal seine eigenen Leute unter Kontrolle. In seinen Augen waren Sorge und Panik gemischt.
»Deshalb brauche ich Sie«, sagte er. »Sie haben beim Sheriff aufgehört, als Sie auf dem Weg nach oben waren – alle hielten Sie damals für ganz großartig. Ich gebe Ihnen jetzt die Chance, das zu tun, was Sie am besten können.«
»Ich habe einen neuen Beruf, und bei dem möchte ich gerne bleiben.«

»Die Schatzsucherei?« fragte Dennison ungläubig. Seine Stimme war fast ein bekümmertes Flüstern. »Oder ist es die Arbeit für Becky Flynn?«

»Sie hat mich gebeten, ein paar Dinge für sie zu übernehmen.«

»Und Sie haben zugesagt?«

»Sie verfolgt da einige interessante Spuren.«

»Würden Sie die vielleicht der Polizei mitteilen?«

»Jetzt nicht. Morgen gibt Becky eine Pressekonferenz. Dann können Sie es ja in der Zeitung lesen.«

Die paar Autos, die noch auf dem Parkplatz standen, waren feucht vom Tau, ihre Windschutzscheiben sahen im Licht der Straßenlaternen aus wie blind gewordene Spiegel. Weir konnte die Feuchtigkeit riechen, die vom Asphalt aufstieg.

»Ich könnte Sie wirklich gut gebrauchen, Jim.«

Weir sah abermals in Dennisons beunruhigte Augen. »In Wirklichkeit wollen Sie mich kaltstellen, Brian. Denn Sie sehen diesen Fall auf Ihre Weise und ich auf die meine. Wenn ich für Sie arbeite, dann zahlen Sie mich dafür, daß ich ihn auf Ihre Weise sehe. Das will ich nicht. Trotzdem danke für das Angebot.«

»Aber ich möchte hoffen, daß Sie jetzt, wo Sie die Seiten gewechselt haben, nicht alles über unsere Vereinbarung ausplaudern.«

»Das werde ich nicht. Aber Sie haben ja gesehen, daß Becky es weiß, ebenso wie Ihre Männer und die halbe Stadtverwaltung. Wenn die Zeitungen anfangen, etwas von Ruff und einem Polizeiwagen zu schreiben, dann dürfen Sie das nicht mir in die Schuhe schieben.«

»Das habe ich auch nicht vor.«

»Sie sind zu sehr auf Goins fixiert – das wissen Sie sogar selbst. Vielleicht sind Ihre Leute von der Abteilung für Innere Angelegenheiten über etwas gestolpert, das nicht ganz hasenrein ist. Vielleicht hat das mit den zwanzig Minuten, die Kearns in der fraglichen Nacht außerhalb seines Streifenwagens verbracht hat, etwas zu tun.«

Dennison machte eine Denkpause. »Die Abteilung für Innere Angelegenheiten geht langsam und vorsichtig vor, wie es ihre Aufgabe ist. Und ich bin wirklich nicht auf Goins festgelegt. Es gibt da ein paar Sachen, die nicht ganz passen.«

»Ach, das ist Ihnen auch schon aufgefallen?«

»Ihr habt mich vorhin ganz schön fertiggemacht.«

»Erzählen Sie das bloß nicht George Percy.«

»Das wird Robbins schon für mich tun. Aber vergessen Sie nicht, Weir, daß zwei Haare, die miteinander übereinstimmen, aus Horton Goins noch lange kein Unschuldslamm machen. Dieser Bastard ist immer noch unerhört gefährlich, das wissen Sie auch. Wenn Sie Ihr Bild von Horton Goins zurechtrücken wollen, dann können Sie sich ja bei mir aus seiner Akte die Bilder zeigen lassen, wie er sein Opfer in Ohio zugerichtet hat. Eine ihrer Brüste hing nur noch an einem Fetzen Haut. Erst hat er sie auf gute alte Art vergewaltigt, dann hat er das Ganze noch mal gemacht, und zwar mit seiner Faust. Und hat dabei dieselben Verletzungen erzeugt, wie wir sie zufällig auch an Ann gefunden haben. Ein netter Junge. So zuverlässig. Und unschuldig. Direkt zum Liebhaben!«

»Wir werden sehen, Brian. Ich glaube, daß nach der Wahl am fünften Juni vieles ganz anders aussieht.«

Dennisons Brauen zuckten über seinen flachen grauen Augen. »Davon sollten Sie sich nicht zuviel versprechen. Gut, ich benutze diesen Fall, um mich in der Öffentlichkeit zu profilieren. Becky hat ja übrigens auch einen Weg gefunden, wie sie damit dasselbe tun kann. Sie wird sich zusammen mit Ihrer Mutter auf die Verseuchung der Bucht stürzen, nach dem Motto: ›Wenn Sie nicht Flynn und das langsame Wachstum wählen, dann ist das in etwa genauso, als hätten Sie das Zeug selbst in die Bucht gekippt.‹ So ist die Politik, Jim. In einem Jahr werden wir alle wieder genau dasselbe tun wie vorher, und keiner wird sich mehr an das erinnern, was er heute sagt.«

»Politik interessiert mich nicht«, sagte Jim.

»Sollte sie aber.«

Weir blieb stehen, nahm Dennison am Arm und drehte ihn zu sich her. »Wissen Sie, was ich von der Politik halte? Ich halte sie für einen Zirkus voller Arschlöcher, von denen jedes nur seinen eigenen Vorteil im Auge hat. Und ich glaube, daß Newport Beach genau das bekommt, was es verdient. Sie und Ihre Spekulantenfreunde können es haben, wenn die Leute dafür stimmen. Verhökern Sie es bis zum letzten Quadratzentimeter. Und wenn es anders ausgeht, können Mom und Becky es in Formaldehyd konservieren und kleine alte Häuschen unter Naturschutz stellen. Mir ist es egal. Aber Anns Tod hat nichts mit Politik zu tun, außer Sie wissen etwas darüber, was ich nicht weiß. Irgend jemand hat sie umgebracht, und ihr alle versucht davon zu profitieren. Diese Scheiße kotzt mich an, Brian. Es kotzt mich an, wie Sie Goins dazu benutzt haben, um gut auszusehen, wie Sie manche Beweise groß herausstellen und andere herunterspielen, wie Sie und Becky sich ankeifen wie zwei verdammte Köter, die sich um einen stinkenden Knochen streiten. Gibt es hier überhaupt noch jemanden, der sich für die *Wahrheit* interessiert? Ich will nur eines: diesen Kerl erwischen und ihn hinter Schloß und Riegel bringen.«

»Dann arbeiten Sie für mich. Ann gehört ganz Ihnen.«

»Das tut sie jetzt schon.«

Dennison blieb an seinem Wagen stehen, steckte die Hände in die Hosentaschen und sah Weir an. Er fröstelte und zog vor Kälte die Schultern hoch. »Virginia und Becky werden aus der Geschichte mit der Bucht eine große Sache machen, nicht wahr?«

»Mein Gott, Brian, genau das habe ich vorhin gemeint.«

»Tun Sie mir einen Gefallen?«

»Nein. Nein, Brian, ich tue Ihnen keinen Gefallen. Ich tue niemandem mehr einen gottverdammten Gefallen.«

»Sagen Sie es mir, wenn Virginia weiß, wer die Bucht verseucht hat? Sie brauchen mir nur zu sagen, ob sie es weiß. Sie hat doch schon einen Verdacht, oder? Sie und Becky wollen doch morgen eine Erklärung abgeben, stimmt's? Lassen Sie mir ein paar Informationen zukommen, das ist alles, was ich von Ihnen will.«

Jim war einen Augenblick lang still. Er konnte sich solchen Leuten einfach nicht begreiflich machen, dachte er, es war unmöglich, einen Expreßzug wie Brian Dennison oder Virginia Weir zum Halten zu bringen und auf ein anderes Gleis zu dirigieren. Vielleicht war das einfach der Lauf der Welt.

»Wissen Sie, was Ihr Problem ist, Weir? Sie haben Angst, sich festzulegen, eine Seite zu wählen. Wenn man immer in der Mitte der Straße steht, wird man bald von beiden Seiten über den Haufen gefahren, Jim.«

»Ich stehe nicht auf der Straße, Brian. Denn das ist Ihre Straße. Und die meiner Mutter.«

Auf Dennisons Gesicht zeigte sich ein verstörtes Lächeln. »Die einzigen Leute, die nicht mitmachen müssen, sind Kinder und Betrunkene. Manchmal ist das Leben ganz schön beschissen.«

Dennison stieg in seinen Wagen und ließ ein vom Tau tropfnasses Fenster herunter. Er drehte den Zündschlüssel, aber der Starter orgelte durch, ohne daß der Motor ansprang. »Aber denken Sie dran, Jim, auch Becky kann Sie ausnützen, so wie ich.«

»Dessen bin ich mir bewußt. Aber jetzt möchte ich Ihnen noch etwas sagen: Lassen Sie Ray möglichst bald wieder arbeiten. Er darf sich nicht die ganze Zeit mit Annies Fall befassen. Es tut ihm zu weh. Schicken Sie ihn raus auf Streife, wo er hingehört.«
Dennisons Wagen sprang endlich an. »Da bin ich Ihnen jetzt eine Nasenlänge voraus, Jim. Ray fängt morgen mit der Tagschicht wieder an.«
Er fuhr seinen Jaguar näher an Jim heran und ließ den Motor hochdrehen. »Ich werde Ihnen alles erzählen, was ich über Ann weiß, wenn Sie mir etwas von dem erzählen, was Virginia und Becky über die Verseuchung der Bucht herausfinden. Es könnte zu unserer beider Zufriedenheit funktionieren.«
Weir schüttelte den Kopf. »Wissen Sie, was *Ihr* Problem ist, Brian? Sie sind ein Amateur.«
Dennison lächelte gequält. »Wir werden sehen.«

Als Jim in seinen Pick-up stieg, saß Raymond bereits drinnen und starrte auf die taunasse Windschutzscheibe. »Es ist okay. Vielleicht ist es besser, wenn ich mir nicht mehr länger vormache, ich hätte heute einen Engel begraben. Vielleicht ist es besser, daß sie nicht mein Kind in sich trug, daß sie auch Mist gebaut hat wie alle anderen auch.«
Nach kurzem Schweigen sagte Weir: »Es ist vielleicht kein stichhaltiger Beweis, aber als ich sie in der Mordnacht im *Whale* sah, da leuchteten ihre Augen, wenn sie von dir sprach. Sie wollte dich sofort anrufen und dir sagen, daß ich wieder da war. Du warst der erste, an den sie dachte. Ich glaube, daß sie dich geliebt hat, als sie starb. Ganz gleich, was am Ende passiert ist.«
Raymond nickte. »Ja. Sicher. Vielen Dank.«
Als er über die große Brücke fuhr, schaute Jim hinüber zu

den im Nebel verschwimmenden Lichtern der Restaurants von Newport Beach, das in der stillen Frühlingsruhe der Vorsaison vor sich hin träumte. Als sie auf die Halbinsel fuhren, lag auf einmal ein ekelhafter Gestank in der Luft. Ein Polizeiwagen reihte sich hinter ihnen in den Verkehr ein und fuhr eine Weile denselben Weg.

Raymond saß steif in seinem Sitz, schaute hinüber zu Jim und dann aus dem Fenster. Er fing an, mit den Fingern auf der Armlehne herumzutrommeln, und sah abermals zu Weir.

»Was ist?« fragte Jim.

»Ich möchte tauchen. Tief hinab ins Wasser tauchen. Und zwar jetzt.«

»Es ist Nacht, du kannst da unten nicht viel sehen, Ray.«

»Ich will nichts sehen. Das ist es ja gerade. Ich will überhaupt nichts sehen.«

Jim fuhr eine Weile weiter.

»Okay«, sagte er schließlich.

Sie holten sich bei *Poon's Locker* eines von Virginias Leihbooten und fuhren damit die Lagune hinunter. Es war ein nettes kleines Boot mit einem 35-PS-Yamaha-Außenbordmotor. Durch den Nebel konnte Weir kaum die Lichter der Häuser sehen. Vor Moss Point warfen sie Anker und legten ihre Ausrüstung an. Jim fand in seiner Tauchtasche ein paar Leuchtstäbe und hängte sich selbst und Ray je eine an die Tauchweste. Er kontrollierte die Batterien und die Dichtungen der Taschenlampen: Sie waren in Ordnung. Nächtliche Tauchgänge waren stets ein wenig sonderbar, und Ray war nicht daran gewöhnt.

»Bleib immer dicht hinter mir«, forderte Jim ihn auf.

»Wie tief ist es hier?«

»Zwanzig Meter. Etwa fünfzig Meter weiter draußen ist ein

steiler Abbruch, der noch einmal dreißig Meter tiefer geht, aber den tauchen wir nicht hinunter. Geh nicht tiefer als zwanzig Meter.«

Sie stülpten ihre Masken über, machten mit den Daumen das Okay-Zeichen und ließen sich rückwärts über Bord fallen.

Sobald Jim untergetaucht war, füllte das kalte Wasser seinen Taucheranzug. Es war eine durch Mark und Bein gehende, ernüchternde Kälte, die ihm den Kopf klar machte. Er wußte, daß Ray dicht hinter ihm war. Jims Lungenautomat war leichtgängig, also ließ er sich drei Meter nach unten sinken und schaute durch die aufsteigenden Luftblasen hinauf zu Ray, dessen Leuchtstab sich hellgrün von der Dunkelheit abhob.

Weir fand das Ankertau des Bootes, knipste seine Taschenlampe an und deutete, zu Ray gewandt, nach unten. Fünfzehn Meter unter der Wasseroberfläche war die Sicht gleich Null: Nur der Strahl der Taschenlampe am fahlen Tau der Ankerleine, die leuchtend aufsteigenden Luftblasen und Raymonds Leuchtstab drei Meter über ihm waren zu erkennen. Der Druck wurde stärker, Jim hielt sich die Nase zu und schluckte kräftig, um ihn aus den Ohren zu bekommen.

Als er langsam immer tiefer hinunterglitt, spürte Jim einen seltsamen Verlust der Realität. Dieses Gefühl stellte sich jedesmal, wenn er tauchte, aufs neue ein. Die gewohnte alte Ordnung wurde von einer neuen ersetzt. Hier unten war eine andere Welt, die ihre eigenen Regeln und Gesetze hatte. Hier unten war man klein und schutzlos und stand ein ganzes Stück niedriger in der Nahrungskette als droben auf dem festen Land.

Unten am Anker stieß Raymond zu ihm. Jims Tiefenmesser zeigte vierundzwanzig Meter. Jim wußte genau, wo der steile Abbruch im Meeresboden begann, aber Raymond konnte dort nicht hinuntertauchen. Nicht heute nacht – vielleicht niemals.

Sie signalisierten sich abermals mit hochgestreckten Daumen, daß alles in Ordnung war. Durch die Scheibe von Raymonds Taucherbrille konnte Jim dessen Augen sehen – weit geöffnet und ein wenig ängstlich. Raymond hatte alle Mühe, unten zu bleiben. Wie viele andere Hobbytaucher ließ er zuviel Luft in seiner Tarierweste, als ob ihm dieses Bißchen mehr beim Auftauchen aus fünfundzwanzig Metern einen Blitzstart nach oben verschaffen könnte. Jim langte hinüber, drückte auf das Auslaßventil von Rays Kompensator und ließ etwas Luft aus der Weste. Jetzt lag Raymond, schwerer geworden, mühelos neben ihm. Jim deutete auf die Felsen, und Ray nickte.

Für die meisten Lebewesen hier unten ist die Nacht der Tag, dachte Jim. Sie fressen, bewegen und vermehren sich in der Nacht, die Korallen blühen, und die Anemonen öffnen sich. Diese Felsen hier, die am Tag verlassen wirken, beleben sich in der Dunkelheit, blühen auf und wimmeln von den unterschiedlichsten Kreaturen. Jim schwebte über den Felsen dahin und ließ den Strahl seiner Lampe auf ihnen herumwandern. Ein Garibaldi-Riffisch, der aussah wie eine leuchtende Orange, blickte hinter einem runden braunen Stein hervor und beäugte ihn mißtrauisch. Ein Heilbutt zuckte über den Sand, seine beiden oben liegenden Augen bewegten sich im Licht von Weirs Taschenlampe. Aus einem tiefen Spalt zwischen zwei Felsen konnte Jim die Fühler eines Hummers herausragen sehen. Das Seegras schwang in der Strömung, erst nach rechts, dann nach links. Zwei silberfarbene Makrelen glitten vorbei. Jim sah sich um. Ray war etwa sieben Meter zurückgefallen. Okay, dachte er. Raymond wird schon in Ordnung sein.

Der mit Saugnäpfen versehene Tentakel eines Oktopus

verschwand hinter einem Stein. Jim schwamm hinüber und richtete seinen Lichtstrahl auf das Tier. Dort, wo der Oktopus sich unter den Felsen gequetscht hatte, sank der hochgewirbelte Sand nach unten, aber das Tier paßte nicht ganz in die kleine Höhlung. Drei Tentakel schwangen noch draußen in der Strömung wie Peitschen, die in Zeitlupe geknallt wurden. Jim zog den Oktopus heraus, spürte seine erstaunliche Kraft, mit der er sich dagegen wehrte, und ließ ihn los. Er sah, wie sich das Tier zusammenzog, kurz bewegungslos im Wasser schwebte und dann wie ein Pfeil in Richtung auf die größeren Felsen davonschoß. Jim wunderte sich über die Eleganz, die in der Bewegung des Tieres lag.

Er spürte, daß ihn die Strömung wie das Seegras hin und her schob. Er wußte von früher, wie einfach und natürlich es war, sich ganz entspannt von dieser Strömung erfassen und bewegen zu lassen, als ob die Strömung im eigenen Körper und die des Meeres hier unten dieselbe wären. Erst wenn man dagegen ankämpfte, kam man in Schwierigkeiten. Man mußte sich ihrer übermächtigen, unwiderstehlichen Kraft beugen. Auch Raymond mußte das tun, dachte Jim, mit der Strömung und mit allem anderen in seinem Leben. Er mußte sich ein wenig treiben lassen, durfte sich nicht jeden Zentimeter des Weges erkämpfen. Alles brauchte seine Zeit.

Jim überprüfte seine Luft, sah auf Tiefenmesser und Uhr. Sie waren erst zehn Minuten unter Wasser. Er fühlte sich gut.

Als er sich nach Ray umsah, sah er ihn nicht mehr.

Er stoppte und ließ den Strahl seiner Taschenlampe durch die dunkle Tiefe wandern. Er schwamm zurück und schwenkte die Lampe vor sich her. Etwa einen Meter weit sah der Lichtstrahl aus wie ein steifes weißes Seil, dann

zerfaserte er und verlor sich in der Finsternis. Jim fand das Ankertau, aber keinen Ray.
Er schwamm am Seil entlang nach oben zum Boot, das sich sanft in der Dünung bewegte. Am Heck leuchtete die Positionslampe, aber Ray war nicht an Bord. Plötzlich durchfuhr es Jim wie ein Blitz: Raymond war zum Abbruch geschwommen.
Er tauchte wieder nach unten und schwamm dort nach Westen in Richtung aufs offene Meer. Der Abbruch, der eigentlich ein Meeresgraben war, fiel etwa dreißig Meter fast rechtwinklig in die Tiefe und stieg auf der anderen Seite eines breiten Tales ebenso steil wieder nach oben.
Als Jim zum Abbruch kam, ließ sich er sich darüber hinausgleiten. Bei guter Sicht bekam man an dieser Stelle oft einen plötzlichen Anfall von etwas Ähnlichem wie Höhenangst, hatte Furcht davor, dreißig Meter steil nach unten zu fallen. Aber man tat es natürlich nicht. Man schwebte einfach darüber, vom Wasser getragen, und schaute auf den Meeresgrund tief unter sich. Es war wie fliegen.
Jim sah unter sich Raymonds Leuchtstab, der tiefer zu sinken schien. Sein Tiefenmesser stand auf fünfundzwanzig Meter, sein Tank hatte noch einen Druck von siebzig PSI. Raymond verbrauchte seine Luft bestimmt schneller, weil er schwerer atmete. Jim spürte, wie Ärger in ihm hochstieg. Als Taucher verließ man seinen Partner nicht einfach so mir nichts, dir nichts und machte sich aus dem Staub – und in der Nacht schon dreimal nicht. Dafür gab es gute Gründe, und diese Gründe galten auch der eigenen Sicherheit. Was, wenn sich der Lungenautomat verklemmte, wenn die Scheibe der Taucherbrille zerplatzte, wenn sich der Halteriemen der Preßluftflasche an einem Felsen verfing, wenn man Krämpfe in den Beinen bekam? Was war, wenn man sich verirrte?

Jim verkürzte mit kräftigen Schlägen seiner Beine den Abstand zu Ray. Der Wasserdruck preßte seine schmerzenden Rippen zusammen. In fünfunddreißig Meter Tiefe war Raymond noch immer drei Meter unter ihm. Jim spürte eine verräterische Sorglosigkeit, die der unter zunehmendem Druck sich bildende Stickstoff im Blut in seinem Kopf erzeugte. Man nannte das Tiefenrausch. Unter seinem Einfluß wurde ein Taucher leichtsinnig, vergeßlich, risikofreudig und verspielt – und all das war in dieser Tiefe grundfalsch. Der Tiefenrausch war lebensgefährlich, und ein guter Taucher vergaß das nie.

In einer Tiefe von fünfzig Meter holte Jim Raymond endlich ein. Er griff nach dessen Schwimmflosse und zog daran. Ray schwang langsam herum, grinste und streckte den Daumen nach oben. Jim schüttelte den Kopf und dachte: Nichts ist okay in fünfzig Meter Tiefe, du Narr. Es ist zu kalt, zu dunkel, zu weit entfernt vom Boot. Jetzt müssen wir beim Auftauchen dekomprimieren – in fünf Intervallen von je drei Minuten, beginnend bei fünfunddreißig Meter. Das bedeutete fünfzehn Minuten länger in dieser Kälte, bedeutete Energie- und Luftvergeudung.

Jim deutete zweimal mit dem Daumen hinauf in Richtung Wasseroberfläche.

Ray nickte, schwamm einen Meter nach oben, dann wendete er und sauste wieder nach unten. Weir bekam ihn gerade noch am Knöchel zu fassen. Er packte Raymond an dessen Tauchweste und schüttelte ihn heftig. Ray grinste wieder, besoffen vom Stickstoff, und schien noch besoffener werden zu wollen. Jim nahm Raymonds Kinn in die Hände, drückte es nach oben und zwang Ray, ihn anzusehen. Er grinste jetzt nicht mehr, aber er sah Jim mit einem benebelten Gesichtsausdruck an, in dem etwas mitschwang, das Weir einen Schauer der Furcht den Rücken hinunterjagte. Es war der

Ausdruck der Niederlage. Ray war dabei, sich endgültig aufzugeben.
Jim schwamm mit ihm hinauf auf fünfunddreißig Meter, hielt an und wartete die Dekompressionspause ab. Ray schwebte im Wasser und schaute hinunter in Richtung auf den Abbruch, als habe er dort etwas Wertvolles zurückgelassen. Bei fünfundzwanzig Meter angelangt, konnten sie sich am Ankertau festhalten. Als Jim schließlich seine Brille und Flossen ins Boot warf und am Steuerbordheck hineinkletterte, fror und zitterte er am ganzen Körper.
Er nahm Ray seine Ausrüstung ab und half ihm über die Leiter an Bord. Als Raymond seinen Bleigürtel abschnallte, hatte Jim bereits den Motor angelassen und kurbelte den Anker herauf.
Ray legte den Gürtel hin, verlor auf dem schwankenden Deck das Gleichgewicht und plumpste auf die Sitzbank. »Bist du sauer?«
»Das war wirklich dumm von dir. Du hättest in meiner Nähe bleiben müssen. Mir hätte ja etwas zustoßen können. Wenn du schon jemanden in Lebensgefahr bringen willst, dann bitte nur dich selbst.«
Jim bereute seine Worte, kaum daß er sie ausgesprochen hatte. Das kam dabei heraus, wenn man mit einem Amateur unter Wasser ging. Er hatte vor dem Tauchen nicht wahrgenommen, wie verzweifelt Raymond gewesen war, hatte dessen Hoffnungslosigkeit nicht gespürt, die ihn dazu getrieben hatte, ein Ende zu machen, gleich, auf welche Weise. Jim war auf einmal wütend auf sich selbst, weil er all das nicht früher gesehen hatte. Hatte Raymond wirklich ihn im Stich gelassen, oder war es in Wahrheit nicht genau anders herum gewesen?
»Ich habe es nicht so gemeint«, lenkte er ein.
»Du hast ja recht«, erwiderte Ray.

»Du hast mir einen gehörigen Schreck eingejagt, verdammt noch mal.«

»Jetzt erschrecke ich selbst vor dem, was ich getan habe. Je tiefer ich tauchte, desto verlockender erschien mir auf einmal die Idee, noch tiefer zu gehen. Eine Zeitlang spürte ich keinen Schmerz mehr, und alles war in Ordnung. Alles Leid war wie weggewaschen.«

Jim gab Gas und fuhr nach Norden in Richtung Newport. Das Boot stampfte auf den Wellen, und die Lichter an der Küste bewegten sich langsam an ihnen vorbei. Jim zitterte und zog seine Jacke fester zu.

»Aber eines ist mir da unten plötzlich eingefallen«, sagte Raymond. »Ich weiß jetzt, wo Ann ihr Tagebuch aufbewahrt. Es kam mir in vierzig Meter Tiefe – urplötzlich und kristallklar wie eine Offenbarung.«

Jim sah ihn an und wartete.

»Halt beim Weg in den Hafen an der SWEETHEART DEAL an. Dort werden wir es finden. Dort werden wir auch herausfinden, wer … wer ihr *Liebhaber* war.«

# KAPITEL 24

Zwanzig Meter voraus konnte Jim den Umriß der SWEETHEART DEAL ausmachen. Sie hing an ihrem Liegeplatz, den Mast emporgereckt wie ein leeres Kruzifix, mit einem Möwennest hoch oben als Dornenkrone. Ganz klar, daß die Polizei diese Möglichkeit übersehen hat, dachte Weir: Das Boot schien nichts weiter zu sein als eine potentielle Brandgefahr und eine Brutstätte für Seevögel. Wahrscheinlich hatte sich Raymond geirrt. Vom Boot aus konnte man in der Ferne die Lichter der Insel Balboa sehen, dahinter das Festland und den Coast Highway, und noch weiter dahinter leuchtete die Fensterfront des PacifiCo-Gebäudes von seinem Hügel herunter, der Mond schwebte wie ein I-Punkt darüber.

Raymond saß vor Jim in dem kleinen Schlauchboot, sein Gesicht hob sich blaß vom Nachthimmel ab. Er hatte auf der ganzen Fahrt hierher kein Wort gesprochen, aber jetzt sprudelte es auf einmal unkontrolliert aus ihm heraus.

»Ich habe darauf gewartet«, sagte er. »Ich habe es auf mich zukommen sehen, seit wir diesen Garagentoröffner gefunden hatten. Ich glaube, irgendwo tief in meinem Inneren habe ich geahnt, daß ich nicht genug für sie war. Manchmal fand ich das gar nicht so schlimm, Ann bildete sich eben ein, daß sie von mir nicht genügend gewürdigt wurde. Ich vergab ihr das im voraus. Annie hat manchmal, wenn ich von der Arbeit nach Hause kam, mit einer Überraschung auf mich gewartet. Eines Nachts, es ist gar nicht so lange her, war sie nicht an der Tür, um mich, wie üblich, zu begrüßen. Ich ging ins Schlafzimmer, und da lag sie auf dem Bett, hatte nichts an außer einem halbgeöffneten, dünnen Kimono mit Strapsen und einem Spitzen- BH darunter. Sie hatte sich stark geschminkt, mit rotem Lippenstift, und hatte ihr Haar ganz streng zurückgebürstet, wie ich es gerne habe. Auf dem Nachttisch stand eine fast leere Flasche Wein, ein Glas davon hatte sie zwischen die Beine geklemmt. Ihre Fingernägel waren so rot wie ihre Lippen. Sie sagte kein Wort, sondern zog mich nur zu sich herab. In solchen Augenblicken begehrte ich sie am meisten, aber an diesem Abend konnte ich nicht. Sicher, ich wollte sie, weil sie mich wollte, aber irgendwo in meinem Kopf war ein Kurzschluß, und mein Verlangen nach ihr schlug in Angst um. Mr. Night ist wohl jemand, der dieses Problem nicht hat.

In dieser Nacht fing ich an, über mich selbst nachzudenken. Annie trank die Flasche aus, es wurde ihr schlecht, und sie schlief ein. Ich betrachtete mich selbst eine Weile und sah eigentlich einen anständigen Kerl. Einen guten Polizisten. Einen Mann, der seine Jugendliebe geheiratet und sich immer bemüht hat, ihr ein gutes Leben zu bieten. Ich sah einen Mann, der das Gesetz studiert. Einen Burschen, der wenig trinkt und nicht raucht. Und weißt du, was ich mich gefragt habe? Ich fragte mich, ob es mir – uns beiden – nicht besser ergangen wäre, wenn ich nicht so ein verdammter Musterknabe gewesen wäre.«

Jim ruderte weiter und sagte nichts.

»Weißt du was, Jim? Seit ich Annie da drunten in der Back Bay liegen sah, habe ich ständig das Gefühl, daß ich, wenn ich den Kerl töte, der das getan hat, irgendwie ... wieder ganz werde. Daß ich dann ihrer wert sein werde, daß dann all die Gelegenheiten vergessen wären, an denen ich nicht das getan habe, was Annie von mir erwartete. Wenn ich ihn töte, dann töte ich auch das in mir, was versagt hat. Ich denke manchmal, daß Ann ein solches Ende nehmen mußte, damit ich endlich der Mann werden kann, den sie immer gewollt hat. Dumm, nicht?«

»Ja.«

»Ich will dir noch etwas erzählen«, fuhr Raymond fort. »Seit ich diesen Brief über Annie und ihn gelesen habe, höre ich eine innere Stimme, und diese Stimme sagt, daß Annie das bekommen hat, was sie verdient hat. Ich hasse mich selber für diese Gedanken, aber sie kommen ohne mein Zutun.«

»Manche Dinge sind es nicht wert, daß man über sie nachdenkt«, antwortete Jim. »Ich bin mir nicht ganz sicher, welche Schlüsse du aus all dem ziehst.«

Raymonds Gesicht war halb im Mondlicht, halb in der Dunkelheit. »Hilfst du mir, ihn zu töten? Wenn du es nicht tun willst, wäre es gut, wenn ich es wüßte.«

Weir fragte sich, ob wohl Francisco Cruz seine Männer dasselbe gefragt hatte, jene Männer, die ihn schließlich im Kugelregen von Joaquin La Perla allein ließen. Zumindest eine Zeitlang mußte die Antwort dieser Männer »ja« gelautet haben. »Ich helfe dir, Ray.«

»Weil du ihn auch töten willst?«

»Nein. Weil ich nicht will, daß er dich tötet.«

»Ich hoffe, du hältst durch, wenn es hart auf hart geht.«

»Das hoffe ich auch, Ray.«

Jim ruderte das Schlauchboot neben die SWEETHEART DEAL und warf ein Tau hinüber. Raymond kletterte an Deck, das Schlauchboot, plötzlich leichter geworden, driftete ein wenig ab, und der Lichtkegel von Weirs Taschenlampe glitt über die Rostflecken auf dem Rumpf des Motorboots. Jim nahm die Lampe mit und folgte Raymond. Es leuchtete ihm immer mehr ein, warum Raymond auf dem Boot Anns geheimes Tagebuch vermutete.

Nach Poons Tod war es Ann gewesen, die heftig gegen den Verkauf der SWEETHEART DEAL protestiert hatte. Sie klarte es regelmäßig einmal im Jahr auf, wenn die Stadt damit drohte, dieses rostige Überbleibsel von Poons Leihbootflotte zwangsweise zu verschrotten. Ann hatte an dem Boot gehangen, als wäre es ihre direkte Verbindung zu Poon persönlich. Auf gewisse Weise war es das auch, dachte Jim. Er sah Ann vor sich, wie sie vom schwankenden Schlauchboot aus sich an der SWEETHEART DEAL festgehalten hatte, wie ihre Finger an dem rostigen Rumpf entlanggestrichen waren, als dächte sie daran, daß das Meer, auf dem das alte Boot schaukelte, derselbe Pazifik war, der Poons verstreute Asche aufgenommen hatte. Vielleicht hatte Ann gemeint, über dieses Boot eine Verbindung zwischen Poon im Totenreich und der normalen Welt herstellen zu können, in der sie sich selber aufhielt. Wenn sie das Boot berührte, berührte sie den Ozean, und wenn sie den Ozean berührte, berührte sie ihren Vater. Ein sehnsüchtig ausgestreckter Finger von oben traf einen ebenso sehnsüchtig ausgestreckten Finger von unten. Ann war immer Vaters Liebling gewesen. Ann war wie Poon: ungebunden, geheimniskrämerisch und untreu.

Als Jim an Bord kletterte, fiel ihm ein, daß er seit dem Tod seines Vaters vor zehn Jahren nicht mehr auf der SWEETHEART DEAL gewesen war. Das Deck bog sich unter seinen Füßen, und das Boot roch nach Moder und ätzendem Vogeldreck, der sich in einem Haufen hinter dem Mast angesammelt hatte, wo ihn der hauptsächlich vom Meer kommende Wind im Flug hingeblasen hatte. Raymond beleuchtete den Weg durch eine knarrende Tür, an der ein Schloß hing, das zu verrostet war, um noch zu schließen, in die Kajüte. Jim, der noch immer fror, zündete die Gaslaterne an. Was er sah, als die Glühstrümpfe schließlich brannten und helles Licht spendeten, hatte er nicht erwartet.

Der saubere, glänzende Boden mußte vor nicht allzu langer

Zeit mit Teakholz neu verlegt worden sein. Die Kajütwände waren in blendendem Weiß frisch gestrichen, und vor den Bullaugen befanden sich neue Vorhänge aus buntgeblümtem Stoff. Den heruntergeklappten Tisch bedeckte ein einfaches, rot-weiß kariertes Tischtuch. Ein einzelner Regiestuhl war ordentlich daruntergeschoben. Die Luft roch ganz leicht nach Blüten, die getrocknet in vielen Säckchen von der Decke hingen, in Regalen lagen und in allen möglichen Eckchen und Winkelchen steckten. Auf dem Tisch stand eine Vase mit einer dunkelroten Rose. Jim berührte sie mit der Fingerspitze: Sie war aus Seide. Neben der Vase standen zwei halb heruntergebrannte Kerzen in kurzen Haltern aus Glas. Die Koje war ordentlich gemacht, und die Tagesdecke paßte farblich zu den Vorhängen. Darauf lagen ein paar flauschige Kissen und am Fußende eine zusammengelegte, gestrickte Wolldecke. An den Kissen lehnte ein halbes Dutzend Stofftiere: schlappohrige Hunde, ein Hase, ein Koalabär, eine große Mickymaus.

»Ich dachte ...« sagte Raymond. »Ich dachte, sie hätte dieses Zeug längst weggeworfen. Vor Jahren schon.«

»Diesen Hund hat sie schon als kleines Mädchen gehabt, ich erinnere mich daran.«

»Sind das nicht auch Vorhänge wie die früher in ihrem Zimmer?«

»Ja. Und die Wolldecke auf der Koje hat Mom gestrickt.«

»Auch die Kissen kommen mir bekannt vor.«

»Sie sind dreißig Jahre alt, Ray.«

»Mein Gott. Ich kann das kaum glauben.«

Auch Weir konnte es kaum glauben. Es war, als wären sie direkt in Anns altes Mädchenzimmer gestolpert. Alles war da, sogar die kleinen Pferdefiguren, die jetzt auf der Resopal-Arbeitsfläche in der Kombüse standen. Jim schaute hinüber zu Raymond, dessen Mund offenstand und dessen

Blicke wie in einem langsamen Walzer des Erstaunens durch den Raum tanzten. Die Gaslaterne zischte und brannte heller. Aber je mehr Jim sich umsah, um so deutlicher merkte er, daß dies nicht nur die Kajüte eines kleinen Mädchens war, sondern auch die einer erwachsenen Frau. Hinter den Pferdefiguren sah er eine Reihe von Büchern. Thomas Hardy und T. S. Eliot, die sie immer so gern gehabt hatte, drei Gedichtbände von Pablo Neruda, zwei von Marianne Moore, die großen Romane von Márquez, Fitzgerald, Toni Morrison, Joan Didion, Anne Tyler und Elizabeth George. Als Bücherstützen fungierten jeweils zwei Flaschen Wein, alle vier enthielten sie teure Cabernets. Links von den Büchern standen zwei Weingläser, daneben lagen ein Korkenzieher und ein Päckchen Marlboro, aus dem zwei Zigaretten einladend herausragten. Auf dem Päckchen lag ein einfaches silbernes Feuerzeug, um das eine Reihe Briefmarken gerollt war. An der Kombüsenwand lehnte eine große, noch ungeöffnete Tafel Schokolade.
Jims Blicke fielen wieder auf den Klapptisch. Ganz am Rand, auf der Seite, die dem Stuhl gegenüber lag, befand sich ein Whiskyglas – eines von Poons alten Scotch-Gläsern –, in dem Bleistifte und Kugelschreiber standen.
Weir sah zu Raymond, der seinen Blick erwiderte. »Hier hat sie geschrieben«, sagte Ray. »Da kann das Tagebuch nicht weit sein.«
Aber das ledergebundene Buch war nirgendwo auf Anhieb zu entdecken. Sie durchsuchten alle Schubladen und Schränke, den Stauraum zwischen der Koje und den Bänken, das winzige Regal in der Toilette und die mit einer kleinen Reling versehenen Geschirrborde hinter dem Herd. Das Buch war auch nicht unter den Kissen oder den Stofftieren, es war nicht in dem Zwischenraum hinter dem Klapptisch versteckt und lag auch nicht unter dem runden

Kissen, das Ann auf die Sitzfläche des Regiestuhles gelegt hatte.
»Vielleicht ist es draußen«, meinte Jim.
»Sie würde es nie draußen lassen«, entgegnete Raymond.
»Nun, Ray, hier drinnen ist es jedenfalls nicht. Also werde ich draußen nachsehen.«
Im Licht der Laterne öffnete Jim an Deck die beiden Luken der Stauräume. Der Strahl von Raymonds Taschenlampe glitt über ausgebleichte orangefarbene Schwimmwesten, über Bojen und Nylonschnüre, uralte grüne Wolldecken, Leuchtpistolen, Harpunen, Angelzeug und Poons alten zweiundzwanziger Colt. Sie falteten die Decken auf, zogen die Schwimmwesten und Rettungsbojen heraus und legten sie wieder zurück.
»Vielleicht im Maschinenraum«, überlegte Weir.
»Der ist sicher furchtbar dreckig«, sagte Raymond.
Und das war er dann auch, ein ölverklebter Hades aus Ruß und Rost. Was hier noch von dem einstmals stolzen Schiffsdiesel übrig war, schien in all den Jahren zu einer schwarzen, mechanischen Mumie zusammengeschrumpft zu sein. Jim hielt die Laterne in das dunkle Loch und sah, daß ein Stück Plastik unter den Zündkabeln hervorschaute. Als er daran zog, fiel es nach unten, fast außer Reichweite. Was immer es sein mochte, es war erstaunlich groß und schwer. Vorsichtig zog Jim das Bündel nach oben. Es bestand aus einem Stück von einem Plastiktischtuch, dessen vier Ecken nach oben geschlagen und mit einem Stück Bindfaden zusammengebunden waren. Drinnen war eine zweimal gefaltete Einkaufstüte aus Papier. Ihr Inhalt wog mindestens ein Pfund.
»Bingo!« sagte Weir.
»Sehen wir es uns in der Kajüte genauer an!«
Jim legte das Bündel auf Anns Tisch, löste vorsichtig den

Bindfaden und zog die Papiertüte heraus. Er stellte sie hin, entfaltete sie und hielt sie mit beiden Händen auf. Raymond leuchtete mit der Taschenlampe hinein. Weir sah auf den ersten Blick, daß sich kein ledergebundenes Tagebuch darin befand. Statt dessen waren dort ein kleines Bündel von Briefen, die ebenfalls mit Bindfaden zusammengehalten wurden, und ein paar alte Schulhefte mit Umschlägen in verschiedenen Farben. Er nahm das Bündel heraus, löste den Knoten des Bindfadens und verteilte die Briefumschläge auf dem Tischtuch.

Dann nahm er den obersten davon, auf dem mit Schreibmaschine Anns Name und die Nummer eines Postfachs in Balboa getippt waren. Absender stand keiner darauf. Jim erkannte die Nummer des Postfachs als eines von Poons alten Geheimnissen, die irgendwie dennoch jeder in der Familie gewußt hatte. Er hatte immer gedacht, daß es mit seinem Vater vor zehn Jahren beerdigt worden wäre. Der Poststempel auf dem Brief war vom fünfzehnten Mai des laufenden Jahres, also vom Tag vor Anns Tod.

*Liebste Ann,*
*Dein Entschluß hat mich tief erschüttert und bricht mir das Herz, aber wie immer stehe ich auch dabei hinter Dir. Ich werde immer und überall auf Dich warten. Geh zu Deinem Mann zurück, wenn Du willst, vielleicht ist es das beste. Aber bitte, meine Liebste, erzähle niemandem jemals etwas von Duty Free, versprichst Du mir das?*

*Mit Liebe und Zuneigung*
*Mr. Night*

In der folgenden Stunde, während Dwight Innelman und Roger Deak Spuren sicherstellten und die Kajüte nach Fingerabdrücken untersuchten, lasen Jim und Raymond die

Briefe an Ann, hielten sie mit Händen, die in Gummihandschuhen steckten, ans Licht der Lampe und suchten nach dem Satz, dem Ausdruck, dem Wort, das ihnen Mr. Nights Identität enthüllen würde. Aber es schien fast so, als hätte der Schreiber der Briefe diese Möglichkeit in Betracht gezogen – sie waren allgemein, unspezifisch und mehrdeutig gehalten. Am Schluß waren Weir nur drei Dinge klar: daß Mr. Night Ann leidenschaftlich und hemmungslos geliebt, daß sie sein Kind erwartet und daß er sie – und sie ihn – seit mindestens einem Vierteljahrhundert gekannt hatte. Und schließlich, daß sie vorgehabt hatte, diese Affäre zu beenden.

Raymond starrte Jim über den Tisch hinweg an, mit einem Blick so voller Scham und Hilflosigkeit, daß dieser sich am liebsten abgewendet hätte. Aber Raymond kam ihm zuvor. Er schaute auf den Brief in seiner Hand mit dem Blick eines Mannes, der alles, woran er geglaubt hatte, in einem Sturm aus brutalen, unwiderlegbaren Tatsachen untergehen sah. Jetzt konnte er nicht einmal mehr darin Trost finden, daß er alles abstritt.

Dwight Innelman kam mit einem der Weingläser aus der Kombüse an den Tisch. »Das ganze Boot ist mit Fingerabdrücken übersät«, sagte er. »Schauen Sie sich das einmal an.«

Jim betrachtete den weißen Staub auf dem Glas, sah den vollständigen Daumenabdruck direkt in der Mitte und zwei wunderschöne Fingerspitzen auf der gegenüberliegenden Seite.

Raymond sah zu Jim auf. »Was wußte sie von der DUTY FREE, wovor hatte Mr. Night Angst?«

»Sie hat bestimmt die Umweltverschmutzer erkannt. Blodgett sagt zwar, sie wären nicht nahe genug dran gewesen, aber vielleicht hat er sich geirrt. Vielleicht hat Ann mehr gesehen als er. Vielleicht kannte sie das Boot.« Wieder mußte Weir an Blodgetts Anspielung auf Becky denken, daß sie das Zeug in die Bucht gelassen habe oder zumindest jemand, der ihr Boot benutzte. Nein, dachte er. Beziehe einen Standpunkt. Steh zu Becky.

Raymond überlegte. »Meinst du, es war Dave Smith?«

»Oder nennen wir ihn besser *Mr. Night.*«

Jim stand auf.

»Wohin willst du?«

»Zu Phil Kearns«, sagte er. »Er möchte uns mit seinem Alibi bekannt machen.«

Eine halbe Stunde später saßen sie, geduscht und in frischen Kleidern, vor *The Whale's Tale* und fuhren Sergeant Kearns in seinem neuen Mazda-Miata-Cabriolet nach.

Kearns hatte gesagt, es wäre nicht weit. Jim fuhr hinter ihm hinaus auf den Boulevard, von wo aus er links abbog. Es wurde wieder neblig, aber es war nicht viel Verkehr. Ein fetter Mond hing am Himmel wie eine Spinne in einem Netz aus Wolken. Sie waren etwa zwei Meilen die Halbinsel hinunter gefahren, als Kearns in eine Auffahrt abbog, die sich unter hohen Avocado- und dichten Orangenbäumen verbarg. Jim drehte um hundertachtzig Grad und parkte gegenüber am Randstein. Kearns nickte Weir zu, schloß seinen Wagen ab und verschwand im Blätterdickicht um das alte Haus. Er trug einen beigen Baumwollanzug, weiße Mokassins und keine Socken.

»Kearns sieht zuviel fern«, sagte Raymond. »Und sein Alibi ist garantiert ein Mädchen.«

»Davon hat er ja genug.«

Ray schüttelte den Kopf und trommelte mit den Fingern auf der Außenseite der Wagentür herum.

Weir schaute hinaus. Im ersten Stock des Hauses sah er

durch die Bäume ein erleuchtetes Fenster und die Silhouette von jemandem, der dort stand. War es Kearns? Das Mädchen? Ging er gerade noch mal ihre Aussage mit ihr durch? Nun, es würde wohl nicht allzu schwer werden, das herauszufinden.

Einen Augenblick später kam Kearns aus dem Haus und ging den gewundenen Pfad durch einen Vorgartendschungel entlang. Vor ihm ging ein Mädchen mit hellblonden Haaren. Als sie sich dem Wagen näherten, steckte Weir seine Aktentasche unter den Sitz, und Ray stieg aus, um die beiden hereinzulassen.

Das Mädchen kletterte herein und setzte sich in einer Wolke von Parfüm neben Jim. Kearns quetschte sich neben sie, dann kam noch Ray. Sie trug ein paar kompliziert aussehende Turnschuhe, dicke Socken, die sie bis über die Beine ihrer Jeans hochgezogen hatte, ein T-Shirt und eine Jeansjacke. Ihre langen Haare hatte sie sich hinten mit einem Gummiband zu einem Pferdeschwanz zusammengebunden, der Rest fiel, wohin er wollte. Sie hatte eine hohe Stirn, eine kleine, runde Nase und einen rosafarben geschminkten Schmollmund. Ihre großen Augen waren voll von jenem Selbstvertrauen, das Mädchen haben, die sich unentwegt männlicher Aufmerksamkeit erfreuen und deren Glaube, daß sie mit einem Augenaufschlag und einem Lächeln alles erreichen können, noch nicht grundlegend erschüttert war. Sie sah nicht besonders intelligent und nicht viel älter als sechzehn aus.

»Ich bin Lucinda Fostes.«

»Jim Weir.«

»Toll.«

Jim fuhr los in Richtung auf den Boulevard.

»Jim hat ein paar Fragen an dich, wegen der Nacht vom vergangenen Sonntag auf Montag«, sagte Kearns. »Antworte ihm ganz ehrlich. Du mußt nichts verschweigen oder mich auf irgendeine Weise decken. Verstanden?«

»Klar.« Lucinda kaute einen Kaugummi. »Schießen Sie los.«

»Erzähl mir doch, was du in der fraglichen Nacht um Mitternacht getan hast.«

Sie ließ eine Kaugummiblase zerplatzen, beugte sich nach vorne zur Windschutzscheibe und deutete hinaus. »Hey, da drüben wohnt ja meine Freundin Kimber. Sie ist reich.«

»Sonntag nacht, Lucinda«, soufflierte Kearns.

»Warum erzählst nicht einfach du es ihm?«

»Er will es von dir hören. Nun mach schon!«

»Okay, von mir aus.« Sie setzte sich zurück, legte die Hände über Kreuz auf ihre Knie und zuckte theatralisch mit den Achseln. »Zuerst bin ich hinunter zu *Fry's* – das ist der Supermarkt – und hab' mir von einem Typen einen Sechserpack Bier kaufen lassen. Dann bin ich runter zur Dreizehnten, um es zu trinken. Mein Exfreund Sean ist mir irgendwie wahnsinnig auf den Geist gegangen, also hab' ich vier von den Bieren getrunken und bin zu seinem Haus in der Zwanzigsten gegangen. Er war nicht zu Hause, hat mir sein Dad gesagt. Also habe ich die letzten beiden echt schnell reingezogen und bin rüber zu *Charlies Chili* und hab' einen Burger gegessen.«

»War das vor Mitternacht?« fragte Jim.

»Das war, sagen wir mal, Viertel vor elf. Also, nach dem Essen hab' ich eine Weile bei *Rumple's* rumgehangen und der Band zugehört. Früher bin ich immer reingekommen, aber letzten Monat haben sie meinen Ausweis verlangt, und jetzt steh' ich auf der schwarzen Liste. Also bin ich wieder losgezogen, in Richtung auf den Newport Boulevard.«

»Hast du dabei die Halbinsel verlassen?«

»Keine Ahnung. Ich kann Halbinsel und Festland und die

ganzen Inseln und so nicht auseinanderhalten. Ich bin halt die Straße raufgegangen, Sie wissen schon, in Richtung auf Costa Mesa. Und wie ich grade von dieser komischen Brücke runtergehe, kommt Phil in seinem Streifenwagen daher und will mit mir reden.«

»Wie lange kennst du Phil schon?«

»Oh ...« Sie kaute, daß der Kaugummi schnalzte. »Ein paar Monate. Er ist mein Kumpel.«

»Was war dann?«

»Er sagte, ich sollte heimgehen, weil es kurz vor halb zwölf war, aber ich sagte, daß ich nicht schlafen kann, und da sagte er, ich sollte einsteigen und er würde mit mir noch ein paar Minuten herumfahren und mich dann heimbringen. Also bin ich eingestiegen.«

Lucinda drehte sich um, als sie an der Fünfzehnten Straße vorbeifuhren. Weir bemerkte *Fry's* Supermarkt an der Ecke, wo sie sich ihr Bier erschnorrt hatte. Er warf Ray am Ende der Sitzbank einen Blick zu.

»Hier hängen wir im Sommer immer rum«, fuhr sie fort. »Coole Typen, alle mit tollen, strammen Körpern. Und da drüben wohnt Lauren. Sie war vor mir Seans Freundin.«

»Wo seid ihr hingefahren?«

»Nun, wir sind über die Brücke gefahren und dann den Coast Highway in Richtung Balboa Island. Wir nahmen die Fähre, und Phil ließ mich daheim raus. Als ich dort war, war es Viertel nach eins. Ich weiß das noch, weil meine Oma am nächsten Tag etwas drüber sagte. Ich soll nämlich spätestens um eins zu Hause sein.«

Raymonds Stimme klang ungläubig: »Eine Stunde und fünfundvierzig Minuten, um von der Brücke zur Fähre auf die Halbinsel zu kommen? Das dauert doch kaum länger als eine halbe Stunde. Und ihr habt grade noch die letzte Fähre erwischt?«

Lucinda ließ ihren Kaugummi platzen und sah zuerst hinüber zu Kearns, dann zu Ray und schließlich nach links zu Jim. Weir sah, wie ihr Pferdeschwanz mit den Bewegungen des Pick-ups hüpfte. Sie sagte etwas zu Kearns, was Jim nicht verstehen konnte. Kearns Antwort war: »Mach weiter.«

»Na schön. Wir sind irgendwie rumgelaufen.«

»Irgendwie rumgelaufen?«

»Ja. Wir haben geredet. *Er* hat geredet. Das dauerte so etwa eine Stunde. Phil sagt immer, ich sollte mich zusammenreißen und etwas aus mir machen. Er sagt immer, ich solle ihn nicht jedem dahergelaufenen Typen geben. Damit meint er meinen Körper. Er sagt, wenn ich gute Noten hätte und ein paar Semester studiere, dann könnte ich einen Bürojob bei der Polizei kriegen. Am Anfang bekäme ich da neunhundertsechzig im Monat, das wäre schon eine ganz gute Bezahlung.«

Das war also die fragliche Stunde, dachte Weir. Wenn Lucinda die Wahrheit sagte, war Kearns aus dem Schneider. Plötzlich kam ihm der Gedanke, daß sie nicht kompliziert genug war, um für jemand anderen außer sich selbst zu lügen.

Sie beugte sich hinüber zu Kearns und flüsterte ihm etwas zu, bevor sie sich wieder an Jim wandte. »Ich sollte Ihnen am besten direkt sagen, daß ich probiert habe, ihn dazu zu bringen, es mir gleich im Wagen zu besorgen, aber er wollte nicht. Außerdem bin ich achtzehn und kann tun, was ich will.«

»Scheint so«, erwiderte Jim.

»Gibt's sonst noch was?«

»Nein.« Weir sah an Lucindas Pferdeschwanz vorbei Kearns mit einer gewissen Strenge an. Kearns' Augen wanderten zu Lucinda, dann wieder mit einem bedauernden Ausdruck zurück zu Weir: Schau, was ich mir habe entgehen lassen.

Jim wendete unvermittelt auf dem Coast Highway, so daß er jetzt wieder zurück in Richtung Balboa fuhr.
»Irre«, sagte Lucinda.
»Sind Sie sicher, daß Sie nicht noch mehr Fragen an sie haben?« sagte Kearns. »Fragen Sie jetzt, Weir. Ansonsten lassen Sie mich in Ruhe, und zwar für immer. Das war unsere Abmachung. Ich muß der Abteilung für Innere Angelegenheiten dasselbe noch mal erzählen, wenn Sie das beruhigt.«
»Ich habe alles, was ich brauche.«
Schweigend fuhr Jim zurück auf den Boulevard, wo Lucinda ihm und Ray die Highlights zeigte. Kearns hatte diese Führung offensichtlich schon früher genossen. Es schien, als kenne sie so gut wie jeden auf der Halbinsel: Da wohnt Colin, da Ryan und hier Kate und Max. Jim kam eine Idee.
»Du kommst ganz schön rum, Lucinda, stimmt's?«
»Nun, ich wohne jetzt seit einem Jahr hier, und vorher bin ich jeden Sommer aus Michigan hierhergekommen, seit ich zehn Jahre alt war.«
»Und du siehst sicher eine Menge Gesichter.«
»So viele wie andere auch, glaube ich.«
Er holte seinen Aktenkoffer unter dem Sitz hervor – dabei berührte er ihre Beine, was sie kichern ließ – und öffnete die beiden Verschlüsse. Ganz oben in dem Koffer lag ein Foto von Goins, eine von den Vergrößerungen, die Dennison für die Befragung der Anwohner hatte anfertigen lassen.
Jim machte die Innenbeleuchtung des Pick-ups an, schloß den Koffer und legte das Foto darauf.
»Wie steht's mit diesem hier?«
»Joseph?«
Weir spürte, wie ein Adrenalinstoß durch seinen Körper raste. Einen Moment lang wurde sein Blick von Raymonds klaren, grimmigen Augen gefangen. Dann ging er vom Gas

und hielt den Wagen in der Mitte der Fahrspur, während er sich drehte und Lucinda Fostes ansah. Kearns hatte ihr bereits eine beruhigende Hand aufs Knie gelegt.
»Genau, Joseph«, sagte Weir. »Wo können wir ihn finden?«
Lucinda hielt das Foto hoch, eine Kaugummiblase zerplatzte, während sie es eingehend betrachtete. »Wer ist die Dame da neben ihm?«
»Seine Mutter. Weißt du, wo er ist?«
Sie seufzte, legte das Foto wieder auf den Deckel des Aktenkoffers und schaute Jim an. Einen Augenblick lang schien es, als wolle sie bloß patzig ins Leere starren, dann aber redete sie. »Sein Name ist Joseph Gray, er hat einen blauen Porsche, der gerade in Reparatur ist. Er ist der neue Untermieter meiner Oma, gestern erst ist er eingezogen.«
Weir trat das Gaspedal durch. Aus seinem Augenwinkel konnte er sehen, wie Kearns unter seine Jacke griff und den Sicherungsriemen seines Schulterhalfters löste. Er fuhr zu einem Schnapsladen und trat hart auf die Bremse. Noch bevor der Pick-up zum Stehen kam, war Raymond draußen, zerrte jemanden aus einer Telefonzelle und rief in der Zentrale an, um Verstärkung anzufordern. Dreißig Sekunden später war er schon wieder im Wagen, der mit quietschenden und rauchenden Reifen auf den Boulevard zurückraste.
»Whow!« sagte Lucinda.
»War das sein Licht, das ich vorhin im ersten Stock gesehen habe?« fragte Jim.
»Ich glaube schon«, sagte sie bereitwillig.
»Wie viele Zimmer sind oben?«
»Meines, seines und das Badezimmer.«
»Liegt das seine auf der rechten Seite, zur Straße hin?«
»*Ja.* Seid ihr jetzt hinter Joe her, oder was?«
»Wenn wir am Haus sind, bleibst du hier«, sagte Weir. »Du

bewegst dich nicht von dem Wagen weg, nicht einen Zentimeter. Hast du verstanden?«

»Ja, aber, irgendwie, hey, ... dieser Pick-up ist echt *schnell*. Was hat Joe denn getan?«

»Halt den Mund«, fuhr Kearns sie an. »Ich nehme die Hintertür, Jim. Ihr zwei geht vorne rauf. Gibt es sonst noch einen Ausgang, Lucinda?«

»Nein. Ihr Jungs seid ja wirklich voll bei der Sache.«

»Ist sonst noch jemand im Haus, außer deiner Großmutter?«

»Nicht, daß ich wüßte«, sagte sie und stützte sich am Armaturenbrett ab, als Jim über eine rote Ampel raste.

»Hat er eine Waffe?« fragte Kearns.

»Das weiß ich nicht.«

»Und ein Auto?«

»Es ist in der Werkstatt.«

»Was tust du, wenn ich diesen Wagen abstelle, Lucinda?«

»*Drinnen bleiben*. Du liebe Zeit ... wenn ich das meinen Freunden erzähle.«

»Hast du eine Kanone, Ray?«

»Eine kleine, im Fußhalfter. Gehn wir.«

Vor dem Haus fuhr Jim langsamer, bog in die Auffahrt ab, schaltete das Licht und den Motor aus und steckte die Wagenschlüssel ein. Er sah das Mädchen kurz an.

»Ich bleibe drin«, sagte sie. »Nur keine Bange.«

Auf der Veranda warteten Jim und Ray zehn Sekunden und gaben Kearns Gelegenheit, zur Hintertür zu kommen. Dann versuchte es Ray an der Tür. Sie war offen, und die beiden gingen ins Haus. Jim sah einen Gang entlang ins Wohnzimmer, wo eine alte, weißhaarige Frau aufrecht sitzend auf der Couch schlief. Die Treppe war zu seiner Rechten. Er hörte Kearns in der Küche und sah seinen Schatten auf dem Fußboden. Jim nahm immer zwei Stufen auf einmal, das Holz der Treppe knarzte unter dem Kokosläufer, und Jim hatte eine Hand am Geländer, während die andere den alten Fünfundvierziger seines Vaters hielt. Ray war zwei Stufen hinter ihm. Oben auf dem Treppenabsatz blieb Jim stehen. Lucindas Zimmer, das nach hinten hinausging, war dunkel. Schräg gegenüber davon war das von Goins. Unter der geschlossenen Tür drang gedämpftes Licht in den Gang. Jim stellte sich neben der Tür flach an die Wand, entsicherte den Revolver, tastete nach dem Türknopf und drehte ihn. Er bewegte sich vielleicht einen Zentimeter, dann ging es nicht mehr weiter. Zugesperrt.

Weir trat zurück und schob eine Schulter vor, um sich gegen die Tür zu werfen, aber Raymond flog schon an ihm vorbei und krachte auf das Türblatt.

Mit dem lauten Knacken von splitterndem Holz flog die Tür auf und schlug mit einem mächtigen Knall hinten gegen die Wand. Jim schwang in gebückter Haltung den Revolver in einem weiten Kreis von rechts nach links, seine Augen saugten den Raum auf, so schnell sie nur konnten. Ray lief nach links, Jim wirbelte nach rechts herum, trat rückwärts in eine Ecke und schaute wieder über den Lauf des Revolvers durch den Raum. Die Vorhänge des offenen Fensters wehten auf einmal nach innen. Jim fuhr herum. Die Vorhänge wehten nach außen. Weir warf sich auf den Boden, wo er hart auf dem Bauch landete, und richtete seine Waffe unter das Bett. Dann sprang er wieder auf, lief aus dem Zimmer, den Gang entlang in das leere Badezimmer und dann in Lucindas parfümgeschwängerte Bude voller Rockstar-Poster, Stofftiere und überall verstreut herumliegende Kleidungsstücke.

Raymond war schon da und steckte seine Pistole wieder in das Halfter an seinem Unterschenkel.

Als er zurück war in Goins' Zimmer, sah Jim den Raum eigentlich zum ersten Mal richtig: den Computer auf dem

Schreibtisch, den Karton neben dem Bett und die altmodische Damenbrille, die mit einem Blatt Papier auf dem Kopfkissen lag. Auf dem Papier stand geschrieben: »Ich habe Ihre Brille gefunden, Mrs. Fostes. Alles Gute. Joseph.«
Jim ging zum Fenster und schätzte den Abstand bis zum nächsten dicken Ast des Avocadobaums. Einen Meter achtzig, höchstens, dachte er. Ein Kinderspiel.
Kearns wirbelte ins Zimmer wie ein Sturm aus beigem Leinen mit einer glänzenden 9-Millimeter-Automatik in der Hand.
»Er ist abgehauen«, sagte Jim.
»Ich hole Verstärkung. Aus dem Fenster?«
»Ich schätze schon.«
*»Mist!«*
»Er kann noch nicht weit gekommen sein. Beeilen Sie sich, Phil.«
Weir wartete in Goins' Zimmer, bis Kearns von Lucindas Apparat aus telefoniert hatte. Er steckte den Revolver in sein Halfter und kniete sich zu dem Karton neben dem Bett. Darin waren Hemden, Shorts, zwei Kameras, ein Kontaktbogen, ein Rasierapparat und Rasiercreme, eine Haarbürste, eine Zahnbürste und zwei Paar schwarzweiß gemusterte Tennisschuhe.
Der Schatten, der plötzlich in der Tür stand, ließ einen neuen Schauer seinen Rücken hinunterfahren. Mrs. Fostes, die fürchterlich blinzelte, brachte ihren hin und her wakkelnden, weißhaarigen Kopf zur Ruhe und schaute in etwa in Jims Richtung. »Wer *sind* Sie, um Gottes willen?«
»Polizei, Mrs. Fostes – so was Ähnliches wenigstens. Entschuldigen Sie bitte.«
Die alte Frau kam langsam ins Zimmer. Hinter ihr im Gang stand auf einmal Kearns, der Ausdruck in seinem Gesicht schien sagen zu wollen: »Gehen wir!« Raymond drückte sich

hinter Mrs. Fostes durch die Tür, wobei er von ihrem beträchtlich eingeschränkten Gesichtsfeld profitierte, und lief die Treppe hinunter.

»Wo ist meine Enkelin?«

»Sie ist in Ordnung. Sie kommt gleich rauf zu Ihnen.«

»Ist Joseph da?«

»Nein, er ist gegangen. Ich glaube nicht, daß er wiederkommt.«

Mrs. Fostes müde alte Augen taten ihr Bestes, um Weir zu erfassen.

Jim holte die Brille von dem Kissen und setzte sie ihr auf. Sie paßte perfekt auf die tiefen Druckstellen auf beiden Seiten ihrer Nase. Mrs. Fostes' Augen bohrten sich auf einmal in die von Jim.

»Wo haben Sie die Brille her?«

»Joseph hat sie gefunden«, sagte Weir. »Wenn Sie ihn sehen, rufen Sie sofort die Polizei in Newport Beach an.« Er hörte, wie Philip Kearns die Treppe hinunterpolterte und wie Lucinda von unten heraufrief.

»Warum soll ich Sie denn anrufen?«

»Joseph Goins steht unter Mordverdacht, Mrs. Fostes.«

»Ach, du meine Güte.« Sie blickte sich in dem Zimmer um, als ob ihr Gott eben das Augenlicht wiedergegeben hätte. »Er ist mir gleich ein wenig merkwürdig vorgekommen. Aber er war wenigstens so anständig, mir meine Brille wiederzugeben, nicht wahr?«

# KAPITEL 25

Seine Knie strampelten auf und ab, der dünne Reifen surrte auf der Straße unter ihm, den gebogenen Lenker des geborgten Zehngangrads hatte er mit seinen blutenden Händen fest umklammert. Joseph glitt durch den Nebel an den verwischten Lichtern des Bayside Drive vorbei, angezogen von einem immer stärker, immer verlockender werdenden Ziel.

Das schwere Atmen um ihn – war es sein eigenes oder kam es von den Lichtern, die ihm in die Augen stachen, den Autos, die so nah an ihm vorbeifuhren, daß er ihr anklagendes Schnaufen an seinem Arm spüren konnte? Aus den dunklen Fenstern der Häuser schienen viele Augen auf ihn herabzublicken und alle Jäger dieser Welt auf seine Spur zu hetzen: *Der Mörder, den ihr sucht, fährt auf dem Bayside Drive in südlicher Richtung – umstellt ihn, fangt ihn, knallt ihn ab, und trampelt ihn in den Staub seiner eigenen Verrücktheit.*

Joseph dankte Gott, daß er den Stadtplan so lange und intensiv studiert hatte, als er all diese einsamen, aufregenden Wochen über minuziös jede von Anns Bewegungen nachvollzogen hatte. Diese Straße hier war dunkel, eng und verwinkelt, mit Efeuhecken, die jetzt, in der Nacht, schwarzgrün aussahen. Der Nebel umgab ihn wie eine schützende Wolke, und die Häuser, die den gesamten Weg nach Corona del Mar hinaus bis zu dem Treffpunkt dicht an der Straße standen, gaben ihm ein zusätzliches Gefühl der Geborgenheit.

Josephs Beine brannten, und seine Lunge schien zu eng, aber er tat sein Bestes, um in einen Rhythmus zu kommen, der ihn so schnell wie möglich vorwärts trug. Der Fahrradhelm paßte ihm perfekt. Seine Hände am Lenker waren blutverklebt, und das aufplatzende Fleisch schickte stechende Schmerzen in seine Handgelenke und Unterarme. *Auf und ab, rein und raus, vergiß die Hände, was für ein Idiot war ich doch zu glauben, ich könnte mit einem Mädchen, das Polizisten nett findet, unter demselben Dach leben.*

Joseph spürte den Rucksack auf seinem Rücken, schwer von Anns Tagebuch, seiner besten Kleinbildkamera, zehn Filmen, ein paar Porträts von Ann, die er in eine Ausgabe des *National Geographic* gesteckt hatte, einem frischen Paar Socken, zwei T-Shirts und zwei reifen Avocados, die er von dem Baum, über den er geflohen war, mitgenommen hatte. Jetzt raste die schwarze Straße unter ihm vorbei, als würde sie von den zitternden, schmalen Reifen zerschnitten. Er schob sich am Lenker hoch, hob seinen schmerzenden Kopf und versuchte, wieder in den Rhythmus zu kommen.

An der Kreuzung Marguerite Street wartete er mit pumpendem Brustkorb und Beinen, die von der Anstrengung des Tretens zitterten, an einem Rotlicht. Es wurde grün, und als er schließlich wieder anfahren wollte, gaben seine Knie nach und er stürzte auf dem Fußgängerüberweg zu Boden, wobei das Rad auf ihn fiel. Aus einem Café an der Ecke plärrte laute Musik. Zwei junge Männer halfen ihm auf, beäugten ihn mißtrauisch und rieten ihm, in Zukunft besser aufzupassen. Ein schwarzes Porsche-Cabrio kam mit quietschenden Reifen vom Coast Highway und raste vorbei, seine blonde Fahrerin brüllte ein Lied aus dem Radio mit, ihre langen Haare flatterten im Wind wie eine weißglühende Flamme. So viele Lichter, dachte Joseph. So viel Lärm. Der Helm hilft mir, unerkannt zu bleiben. Jetzt geh über die Straße, Joseph – du bist doch kein Kind mehr –, setz einfach einen Fuß vor den anderen, und schiebe das Fahrrad neben dir her.

Als er schließlich auf der anderen Seite vorsichtig sein Rad den Randstein hinaufgehoben hatte, legte er sich auf der langen, sanft ansteigenden Straße leicht nach vorn gebeugt in die Pedale. Diese Straße würde ihn zum Treffpunkt führen. Zu Ann. Joseph wußte, daß Ann dort sein würde, aber würde *er* auch kommen? Hatte ihn Josephs Brief erreicht, hatte er ihn überzeugt? Joseph verbannte die Zweifel aus seinen Gedanken. Er war viel zu müde, um zu glauben, daß noch etwas schiefgehen könnte. Er sah auf seine Uhr. Er war noch zu früh.

Joseph stand vor Anns Grab, einem Viereck aus Erde, die dunkler war als der Boden, der es umgab. Warum war da kein Grabstein? Er horchte auf ein Zeichen von ihr, und im Geiste sprach er mit ihr, versuchte ihr Worte des Trostes zu sagen, die zwar von Herzen kamen, aber trotzdem unangemessen und dürftig klangen. Es war schwer zu begreifen, daß nur eine dünne Schicht Erde sie von ihm trennte, jetzt, nachdem er sich so bemüht hatte, von so weit her ihr so nah gekommen war. Selbst jetzt noch tat es ihm gut, in ihrer Nähe zu sein. Es war wie ein kleiner Tropfen Zufriedenheit, der in einen Ozean der Verwirrung fällt, und ein kleiner Tropfen ist besser als gar nichts.
Joseph stieg langsam hinauf zu einem großen Mausoleum aus weißem Marmor, setzte sich hin und lehnte seinen Rücken an den kalten Stein. Er drehte sich um und schaute um die Ecke den Weg entlang, den *er* herunterkommen würde. Wenn er kam. Wenn er sich an den Zeitpunkt hielt, den Joseph in seinem Brief genannt hatte, würde es nur noch ein paar Minuten dauern, bis er da war. Josephs Brust tat weh, seine Hände waren geschwollen und voller Schmerzen. Das Fahrrad lag neben ihm im Gras, eines der Räder

drehte sich langsam in der kühlen Maibrise, auf den Speichen des anderen lag der Helm.
Joseph schloß die Augen und hörte dem Flüstern der Toten zu. Es war immer noch Zeit genug, um aus der Sache auszusteigen. Er hatte genug Geld für eine Busfahrkarte irgendwohin. Emmett und Edith würden ihm bei der Flucht helfen – vielleicht. Aber nein. Ich habe mich nun mal für diesen Weg entschieden.
Als sein Herzschlag ruhiger wurde, schaute Joseph in seinen Rucksack und nahm die zerfledderte Ausgabe des *National Geographic* vom Januar 1987 heraus. Das Heft öffnete sich automatisch auf der Seite mit seinem Bild. Da war er – oder besser: sein Gehirn – in den unheimlich leuchtenden Farben der Positronen-Emissions-Tomographie. Im unwirklich fahlen Licht der Laterne über dem Friedhofsweg schaute er sich das Bild zum ... wievielten Mal, eigentlich, dachte er, an. Zum millionsten Mal in seinem Leben? Sein Gehirn war ein Wirbel aus Gelb und Grün, aus dem die kranke Thalamusdrüse grellrot vor einem weißen Hintergrund herausleuchtete. Da ist sie, dachte er, die Quelle meiner Schizophrenie, der Schlüssel zu meinem Inneren. Noch einmal las er die Bildunterschrift, obwohl er sie längst auswendig wußte.

*Einen Einblick in das Wesen einer Geisteskrankheit bietet dieses Bild des Gehirns (oben) eines gewalttätigen Schizophrenen, das mittels Positronen-Emissions-Tomographie (PET) entstanden ist. Eine überaktive Thalamusdrüse (rot, rechts von der Mitte) wird beim gesunden Menschen von einem ebenso aktiven Vorderhirn kompensiert. Das Vorderhirn dieses jungen Mannes zeigt im PET-Bild das, was die Wissenschaftler immer häufiger bei Geisteskranken finden – geringere Aktivität. Der Hirnlappen (dunkelblau, oben) zeigt nur wenig Metabolismus. Die Wissenschaftler streiten sich darüber, ob diese Konstellation eines gering aktiven vorderen Hirnlappens und einer hyperaktiven Thalamusdrüse genetische Ursachen hat. Vorläufige Untersuchungsergebnisse von Dr. Winston Fields (oben rechts) von der University of California in Irvine scheinen die Vermutung nahezulegen, daß Schizophrenie durch eine Virusinfektion ausgelöst wird, die bis ins zweite Drittel der Schwangerschaft zurückgehen kann. Zwei Prozent aller Amerikaner leiden unter Schizophrenie.*

Joseph sah das Bild eine lange Zeit an, blickte auf seinen übererregten Thalamus, und er versuchte, in seinem wirklichen Hirn, beruhigend und verlangsamend auf diese ... *Raserei* einzuwirken. Denn so fühlte sich für ihn das Innere seines Gehirns an: wie etwas, das schneller lief, als es sollte, das sich aufrieb und verbrannte, während ein Teil davon, losgelöst von jeder Kontrolle, herumtorkelte wie ein abgefallenes Rad von einem Rennwagen, der selbst in Feuer und Rauch aufgegangen war.

*Das ist also der Grund*, dachte er. Das ist der Grund, warum ich so bin, wie ich bin. Ich bin nicht grausam. Ich habe keinen Haß in mir. In meinem Kopf sind lediglich ein paar Drähtchen vertauscht. Ich bin ein Ausschußprodukt.

Er schlug das Magazin zu und steckte es wieder in seinen Rucksack. Jetzt fühlte er sich besser. Aber auch mit diesem Bild seines Problems vor Augen konnte Joseph nie richtig zur Ruhe kommen. Immer gab es in ihm einen Teil, der Angst vor dem anderen Teil hatte. Was ihm am meisten Furcht einflößte, war nicht das merkwürdige, von weit her kommende Gefühl, das ihn manchmal ergriff und ihn buchstäblich ein paar Schritte weg von der Realität zog. Er konnte, mit Hilfe von *Navane* und *Clozaril*, zwei starken Psychopharmaka, diesen Realitätsverlust recht gut abfangen. Was

ihm wirklich angst machte, war der Umstand, daß er manchmal nicht mehr wußte, was er tat, daß er nicht um alles in der Welt sich erklären konnte, wo er war, was er machte oder wie er dorthin gekommen war.
Das erste Mal war ihm das mit Lucy Galen in Hardin County passiert. Er konnte sich nachher noch gut an die Geschichte über den angeblich gefundenen Geldkoffer erinnern, mit der er sie in den Sumpf gelockt hatte. Er wußte auch noch, daß sie mit ihm dort hinausgefahren war, ebenso war ihm der merkwürdige Umstand im Gedächtnis, daß er ein Messer mitgenommen hatte. Aber von da ab gab es keine Klarheit mehr, keine Erinnerung, nicht einmal eine Andeutung davon. Er erinnerte sich nicht mehr daran, daß er mit ihr in den Sumpf gegangen war, daß er das Messer gezogen, und schon gar nicht daran, daß er wiederholt auf sie eingestochen hatte, wie Lucy später vor Gericht ausgesagt hatte. Er wußte nichts von der Vergewaltigung ... nein ... er wußte nicht einmal mehr, daß er Lucy Galen je berührt hatte.
Daß er Ann Cruz je berührt hatte.
*Nein,* dachte er. *Das habe ich nicht getan. Das habe ich nicht getan. Das nicht ...*
Joseph schaute über den Friedhof hinaus auf den nebelverhangenen, nächtlichen Pazifik. Er drehte das Vorderrad des Rennrads und schaute auf die Uhr. Noch eine Minute. Er legte seine Hände mit den Handflächen nach oben in seinen Schoß und spürte einen brennenden Schmerz.
Joseph starrte hinunter auf Anns Grab. Wie dumm, dachte er. Wie dumm und jung und falsch gewickelt war ich damals. Nichts von alledem hätte jemals geschehen dürfen. Gar nichts. Zwei Jahre nach der Sache mit Lucy hatte sich alles zu verändern begonnen, in der staatlichen Nervenklinik in Lima, bei Dr. Nancy Hayes. Sie hatte ihn langsam auseinandergenommen und dann wieder zusammengesetzt. Stück

für Stück hatte er sich wiedergefunden, wie aus vielen, bizarr gezackten Scherben hatte sich sein Ich unter Schmerzen nach und nach zu einem Ganzen gefügt – oder zumindest zu etwas, das so vollständig war, wie er überhaupt jemals sein konnte. Dr. Hayes war es auch gewesen, die ihn zu Dr. Fields gebracht hatte, der als erster sein Problem erkannt und ihm schließlich die richtigen Medikamente gegeben hatte. Wie merkwürdig war es doch jetzt, an diese Zeit zurückzudenken und zu wissen, daß alles damit beginnt, daß man weiß, wer man ist. Man weiß gar nichts im Leben – selbst wenn man ein Farbfoto des eigenen Gehirns hat –, bis man weiß, wer man ist und wo man herkommt. Alles, was im Leben gut ist, hat darin seinen Ursprung.

Joseph hörte den Motor immer lauter, als der Wagen die kurvige Friedhofstraße heraufkam, in den Parkplatz bog und um die Aussegnungshalle herumfuhr. Es war ein starker, kerniger Motor, der ohne Klacken oder Rattern verstummte. Eine Tür sprang hörbar auf und wurde wieder zugeschlagen. Einen Augenblick lang hörte er keine Schritte, dann das trockene Tappen von Ledersohlen auf Beton. *Er* ist gekommen, dachte Joseph.
Er lehnte sich wieder gegen den kalten Marmor der Gruft, zog die Knie an und preßte sie mit den Armen an seinen Körper. Die Schritte knirschten jetzt auf dem Kiesweg hinter ihm, jeder teilte die kleinen Steinchen lauter als der vorherige. Ein ganz leichter Windhauch umspielte Joseph, als der Mann an ihm vorbeiging, hinunter zu Ann. Von hinten sah er groß aus, breitschultrig, aber doch schlank. Er trug einen Mantel. Beide Hände steckten in den Taschen – hatte er eine Waffe dabei? Der Mann ging weiter bis zu Anns Grab und blieb am Fußende stehen, wo auch Joseph vorhin gestanden hatte. Er sah zur Erde, die Hände noch immer tief

in den Manteltaschen. Lange blieb er dort stehen, sah einmal nach links, einmal nach rechts und einmal hinter sich den Weg entlang, den er gekommen war.
Josephs Herz schlug ihm bis zum Hals. Er konnte richtig spüren, wie es gegen sein vom getrockneten Schweiß steif gewordenes Hemd pochte. Dann stand er auf.
»Hier bin ich«, sagte Joseph mit nicht ganz so sicherer Stimme.
Der Kopf des Mannes fuhr zuerst herum, dann folgte ihm sein Körper. Joseph spürte etwas Bedrohliches, aber er trat trotzdem aus der Dunkelheit heraus auf den Weg. Mit zögernden Schritten ging er auf den Mann zu: noch zehn Meter, dann noch fünf. Stopp. Das war nahe genug, um zu sehen, wie der Wind in die braunen Haare des Mannes fuhr, nahe genug, um zu erkennen, daß er tiefe dunkle Falten um den Mund hatte. Tausend Stimmen in Josephs Innerem schrien tausend verschiedene Dinge durcheinander. Durch das infernalische Gebrüll hindurch hörte er, wie seine eigene Stimme sagte: »Ich bin Joseph Goins.«
»Hallo, Joseph.«
»Alles, was in meinem Brief steht, ist die Wahrheit. Die Papiere, die ich bei dem Rechtsanwalt kopiert habe, sind echt. Der Anwalt weiß nicht, daß ich diese Kopien gemacht habe.«
»Ich würde dir ja gerne glauben. Komm näher.«
Seine Stimme klang so ehrlich. Joseph trat hinaus ins trübe Mondlicht. Er beobachtete, wie die Blicke des Mannes sich in ihn bohrten. Es waren die schärfsten Blicke, die er je gespürt hatte. Sie waren viel durchdringender als die eines Psychiaters, aber viel neugieriger und nachsichtiger als die eines Polizisten. »Ich bin mir nicht sicher, was ich will«, sagte Joseph.
»Ich glaube, ich weiß, was du willst. Teilweise wenigstens.«

»Ich habe Ann nicht umgebracht. Ich hätte Ann nie umbringen können.«
Der Mann sagte nichts. Konnte Joseph es ihm verübeln?
»Ich habe sie neun Wochen lang verfolgt und Bilder von ihr gemacht. Ich war mir nicht sicher ... was ich tun sollte. Ich habe sie nur einmal aus der Nähe gesehen.«
Der Mann schaute lange hinunter auf das Grab. »Vielleicht kann ich verstehen, wie du dich gefühlt hast.«
»Ich habe Angst. Die Polizei ist überall. Haben Sie die mitgebracht?«
Der Mann schüttelte den Kopf. »Nein. Es gibt ein paar Dinge in bezug auf dich, Joseph, von denen ich nicht will, daß die Polizei sie weiß.«
»Und Dinge in bezug auf Ann.«
»Ja. Auch Dinge in bezug auf Ann.«
»Wollen Sie, daß ich verschwinde?«
Der Mann zögerte. »Ich wünschte, du wärest nie gekommen. Aber jetzt bist du nun schon einmal hier.«
»Ist dieser Wunsch so stark, daß Sie mich töten könnten?«
Langes Schweigen. »Nein. Natürlich nicht.«
Der Wind blies Joseph ins Gesicht und bewegte die Äste der Eukalyptusbäume über den Gräbern. Der harte Gesichtsausdruck des Mannes war zurückgekehrt, und Joseph fühlte sich auf einmal sehr schwach. »Jetzt weiß ich nicht mehr, was ich sagen soll.«
»Hast du einen Ort, wo du sicher bist?« fragte der Mann.
»Nein.«
»Wenn du willst, kann ich dich an einen bringen.«
Josephs Herz tat einen Sprung. Das war mehr, als er sich in seinen kühnsten Träumen zu erhoffen gewagt hatte. War es eine Lüge? »Ich brauche einen solchen Ort ganz dringend.«
»Wirst du den Mund halten, bis wir herausgefunden haben, was wir tun können?«

»Ich werde schweigen.«
»Dann kannst du jetzt näher kommen.«
»Ich habe Angst vor Ihren Händen.«
Der Mann zog langsam die Hände aus seinen Taschen und ließ sie niedersinken. Sein Gesicht war gutaussehend, gefurcht, traurig. Es erinnerte Joseph an sein eigenes. Der Mann streckte ihm seine Hand entgegen. Ihr Druck war stark, feucht und voller Selbstvertrauen.
»Hast du mich in der Mordnacht gesehen?«
»Ja, Sir. Ich sah eine ganze Menge in dieser Nacht.«
»Dann hast du sicher Angst.«
»Ich glaube nicht, daß ich Ann getötet habe. Das könnte ich nicht tun.«
»Nein. Aber jetzt sollten wir gehen, Joseph«, sagte der Mann.
»Ich hole nur noch meine Sachen.«
Als Joseph seinen Rucksack neben dem Fahrrad holte, schaute er den Weg hinunter und sah, daß Mr. Cantrell am Grab von Ann – Josephs Mutter – stand und schweigend den Kopf gesenkt hielt.
Auf eine Weise, die er selbst nicht verstand, hatte Joseph Goins in diesem Moment mehr Frieden in sich als in all den vierundzwanzig angsterfüllten, verwirrten Jahren, die er gebraucht hatte, um hierherzukommen.

# KAPITEL 26

## 5. April

Zuerst ist die Versuchung immer ein Gedanke. Und auch bei mir war es so: Kleine Gedanken waren es zunächst, angenehme Gedanken, mit denen ich gut leben konnte. Aber Verrat und Liebe kommen schrittweise über einen. Sie sind wie zwei Schlangen, die die Maus, genannt Ehe, von beiden Seiten her langsam auffressen. Um ehrlich zu sein – ehrlich zu mir selbst –, muß ich sagen, daß ich ohne Unterlaß über David nachdenke. Meistens frage ich mich, wer er wirklich ist und wie er es geschafft hat, mich nach den fünfundzwanzig Jahren, in denen ich ihn nicht gesehen habe, schon wieder so stark anzurühren. Ich will herausfinden, wie er sich verändert hat, will selber sehen, was er für seinen Erfolg und seine Macht hat bezahlen müssen. Ich will wissen, was er vor mir verbirgt. Aber verbergen wir nicht alle etwas?

Manchmal denke ich an nichts anderes als an das, *was wäre, wenn*. Ja, was wäre, wenn wir damals wirklich miteinander durchgebrannt wären, so, wie wir es vorgehabt hatten, was wäre gewesen, wenn wir unser Kind bekommen hätten, wenn es lebendig geboren worden wäre, wenn wir geheiratet hätten, wie wir es uns versprochen hatten, als wir noch junge, dumme, herrlich verliebte Kinder waren? Ich will David sehen. Nicht unbedingt ihm näherkommen, bloß ihn sehen. Wer ist dieser Mann? Und wer bin ich, die immer noch, die schon wieder von ihm angezogen wird?

In den letzten drei Wochen habe ich ihn siebenmal gesehen, immer nachts, nach der Arbeit. Zweimal kam er ins Lokal und aß ein spätes Abendessen – zu diesen Gelegenheiten waren wir natürlich formell und höflich zueinander. Wir schreiben uns fast jeden Tag. Er unterschreibt seine Briefe mit »Mr. Night«, weil wir oft den Witz machen, daß es uns beide zusammen bei Tageslicht gar nicht gibt. Die ersten drei Male trafen wir uns in seiner Limousine, aber dann sagte ich einmal, daß ich eigentlich etwas weniger hochgestochene Autos lieber habe. Und so ging ich in einer kalten, windigen Nacht um halb zwölf die kleine Straße hinter dem *Whale* entlang, und keine Limousine war zu sehen. Nur ein verbeulter VW-Käfer, und David saß am Steuer in einen dicken Mantel gehüllt. Er trug jetzt keine ägyptische Baumwolle und kein italienisches Leinen, nur eine alte Jeans und ein ausgewaschenes Rugby-T-Shirt mit dazugehöriger Jakke. Aber die Fenster des Käfers waren getönt, so daß niemand hineinsehen konnte. Typisch David. Wir röhrten die Halbinsel hinunter zum Coast Highway, dann bogen wir nach Süden ab in die Back Bay. Er hatte eine Flasche Brandy in einer braunen Papiertüte dabei, aus der wir abwechselnd tranken. Der Brandy wärmte mich auf und stieg mir sofort in den Kopf. Wir fuhren durch ein Tor aus Maschendraht auf ein Dock, auf dem PRIVAT stand.

Ich reichte David die Flasche, und er nahm einen Schluck. Der Anblick, wie C. David Cantrell aus einer Papiertüte trank, war zu schön, als daß man ihn mit Worten beschreiben könnte.

Wir gingen also an der Back Bay spazieren, den Wind im Rücken, und reichten uns gegenseitig die Brandyflasche hin und her. Als wir schließlich draußen in der Mitte von nirgendwo waren, drehte er sich zu mir, bot mir seinen Arm, und ich hängte mich ein. »Ann«, sagte er, »ich kann dich einfach nicht aus meinem Kopf bekommen. Als ich dich auf der LADY OF THE BAY wiedersah, hat sich in mir etwas aufgetan, wovon ich geglaubt hatte, es wäre gar nicht mehr da. Ich stehe am Morgen auf, und du bist in meinen Gedanken. Ich bewege mich durch den Tag, und jedesmal, wenn ich mich nicht vollkommen auf etwas konzentriere, bist du schon wieder da. Bevor ich einschlafe – meinen Kopf ein paar Zentimeter neben dem von Christy –, denke ich an nichts anderes als an dich. Manchmal habe ich direkt Angst, daß sie mich hören könnte.«

»Vielleicht kann sie das wirklich.«

Er sah mich durchdringend an, und wir gingen weiter. Der Mond hing tief über den Hügeln, eine perfekte Hälfte, wie mit dem Messer abgeschnitten. Die andere Hälfte war verschwunden, vom Himmel gefallen.

»Darf ich dich etwas fragen?« begann er nach einer Weile.

Er brütete noch ein paar Augenblicke vor sich hin. Was ist es bloß, das brütende Männer so anziehend macht?

»Bitte, frag mich«, forderte ich ihn auf.

»Was ... was *tust* du eigentlich hier?«

Es überraschte mich, wie unangenehm mir gerade diese Frage war. Ich hatte es lange geschafft, sie zu vermeiden. Oder, besser gesagt, ich hatte sie immer übergangen, hatte sie wie ein Geheimnis behandelt, wie eine Blume, die man nicht pflücken darf. Aber als er sie nun schließlich doch stellte, wußte ich sofort die Antwort darauf. Ich fragte mich, ob er sich noch an das *Seabreeze* erinnerte.

Er sah mich an, sein Gesicht war in der Dunkelheit nicht viel mehr als ein bleiches Oval. Ich wußte, daß er sich daran erinnerte, an *unser Seabreeze*, das nichts weiter war als ein schmutziges Motel auf der Halbinsel – ohne Meerblick, ohne Swimmingpool, ohne Fernseher. Dort war er mit mir hingegangen, damals, als ich fünfzehn war und er ein einundzwanzigjähriger Collegestudent. Es wurde unser kleines Liebesnest, unsere Welt aus feuchten Laken und Schweiß und allen möglichen Gerüchen. Jetzt klingt das alles, als habe ein fast schon erwachsener Mann damals dort ein junges Mädchen verführt, und vielleicht wäre ein Ankläger mit dieser Sicht der Dinge vor einem Gericht sogar durchgekommen. Aber es war nichts dergleichen. In diesem Motelzimmer hatte ich damals zum ersten Mal meine Liebe zu einem Mann gefühlt, und es war ein Liebe, die so rein und eindeutig war, daß ich sie nie vergessen habe.

Eines Abends hatten wir uns stundenlang in den Armen gelegen – wie wir es auch an allen anderen Abenden dort getan hatten –, als wir plötzlich wußten, daß die Zeit gekommen war. Ich hatte keine Angst davor, im Gegenteil, ich hungerte danach. Und zwar nicht nach Vergnügen, sondern nach Erfüllung. Ich sagte ihm, daß ich bereit wäre für ihn, und er löste meine Arme, die ich um ihn geschlungen hatte, und meine Beine, mit denen ich die seinen umklammert hatte, und berührte meinen Körper von oben bis unten mit seinen warmen, sanften Händen, und hundert Jahre schienen zu vergehen, bevor er mich schließlich küßte und ich sein hartes, feuchtes Glied in mein Inneres führte, und ich fühlte mich so vollkommen und vollständig durchdrungen, durchbohrt und besessen. Ich hatte das Gefühl, durch einen riesigen schwarzen Raum zu wirbeln. Ich spürte, wie Ann, das Mädchen, von mir abfiel, und dieses Abfallen war nicht mit Schmerzen verbunden, sondern es geschah in voller Harmonie. Und dann spürte ich, wie an ihre Stelle zum ersten Mal Ann, die Frau, trat. Da lag ich, zitternd, hingegeben und auf merkwürdige Weise erstarkt. Es hatte gar nicht so weh getan, wie ich geglaubt hatte. Am besten ist mir aus dieser Nacht im Gedächtnis geblieben, wie ich danach neben ihm lag, meinen Kopf an seiner Schulter, während er meinen Rücken streichelte, und spürte, *wußte*, daß ich jetzt eine Frau war. Er wußte auch, daß meine Welt klein und einfach und bis zum Bersten voller Liebe war und daß diese Welt nie wieder so geborgen, so komplett, so von Herzen kommend sein würde wie jetzt. Diese Augenblicke mußten zelebriert werden.

Neun Monate später, als ich mit gespreizten Beinen in einer Klinik im Staat New York lag, kam der Schlußakkord, von dem ich immer irgendwie geahnt hatte, daß er diese schöne kleine Symphonie beenden würde. Das Leben und die Liebe, die Wahrheit und die Folgen, Geburt und Tod standen alle ordentlich aufgereiht neben mir in einem keimfreien Operationssaal, wo Metall blitzte und maskierte Gestalten – die Handlanger des Schicksals – an mir vorbeischwebten. Und nicht ein einziges Mal, nicht einmal als ich schließlich vor Schmerzen – oder war es aufgrund irgendwelcher Medikamente – ohnmächtig wurde, wünschte ich dabei, daß ich irgend etwas anders gemacht hätte, auch wenn das nichts mehr hätte ändern können.

»Ich frage mich, ob ich noch mal dieselben Gefühle haben könnte, wie ich sie damals hatte«, sagte ich zu David. »Ich weiß, daß es kaum etwas gibt, was lächerlicher klingt. Ich bin wohl im Lauf der fünfundzwanzig Jahre dümmer geworden.«

»Nein«, sagte er leise. »Das bist du nicht.«

Und was war mit Raymond, der nun schon länger als zwei Jahrzehnte mein Mann war, mein Gefährte und mein Bruder? Lieber Raymond, solltest du dies hier jemals lesen, bricht es dir vielleicht das Herz. Aber wenn ich es dir nur richtig erklären könnte, würdest du verstehen, daß alles, was ich getan habe, niemals auf deine Kosten geschehen sollte. Ist das die allergrößte meiner Lügen? Vielleicht.

Ich gebe zu: Meine Liebe zu Raymond war nie so wie meine Liebe zu David. Raymond war für mich eine Zuflucht, nachdem ich mein Baby und David verloren hatte. Er war meine Chance, das zu begraben, was ich im *Seabreeze* empfunden hatte. David war eine Welt für mich, Raymond ist ein Wohnzimmer. Aber dieses Zimmer brauchte ich so sehr. Und wenn ich auch für ihn nie all das gefühlt habe, wozu ich fähig bin, so bedeutete das dennoch niemals, daß ich ihn nicht mit Respekt und Freundlichkeit behandelt, ihm nicht geholfen hätte, sich als Mann zu verwirklichen. Es bedeutete nicht, daß ich nicht auf ihn stolz gewesen wäre und ihm nicht meine mitgenommene, zersplitterte Zuneigung entgegengebracht hätte. Es bedeutet auch nicht, daß ich ihm gegenüber jemals meine Pflichten als Ehefrau und Freundin vernachlässigt hätte. Und es bedeutet nicht, daß ich jemals mit einem anderen Gefühl als Zärtlichkeit sein dunkles Haar gestreichelt oder daß ich ihn herabgesetzt hätte, um ihn zu beherrschen. Ich hatte auf Raymond meinen ganzen Glauben gesetzt, den endgültigen Glauben vielleicht. Ich glaubte, er würde mich für immer und ewig lieben, sogar dann noch, wenn er einmal von mir das Kind haben wollte, das ich ihm nicht würde schenken können.

Und dann gab es noch einen anderen Unterschied zwischen den beiden Männern, einen Unterschied, der im Lauf der Jahre immer wichtiger für mich wurde. David hatte in mir etwas ausgelöst, was ich woanders nie mehr hatte finden können, aber Raymond *brauchte* mich. Ich mochte mich ja danach sehnen, zu jemandem zu gehören, der stärker und größer war als ich, aber ich fühlte mich geehrt, daß ich für Ray genau diese Größere und Stärkere war. Zwei Menschen können sich nicht genau gleich lieben. Ich habe Raymond weniger geliebt als er mich, aber niemals – oder wenigstens bis jetzt nicht – habe ich das ausgenutzt.

Vor ein paar Jahren begann Raymonds Gesichtsausdruck härter zu werden, und seine Bewegungen hatten die ersten fahrigen Anzeichen von unterdrückter Wut. Sein Abstand zu mir wurde größer und tiefer und sein Schweigen schien sich von Woche zu Woche immer weiter auszudehnen. Der alltägliche Lebenskampf hatte begonnen, ihn abzustumpfen, und hatte mich – in seinem Herzen – von jemandem, den er glücklich machen wollte, in jemanden verwandelt, den glücklich zu machen eine ermüdende und unmöglich zu erfüllende Pflicht war. Aber niemals, *niemals*, habe ich von ihm verlangt, er solle mich mehr lieben oder besser oder noch mal oder überhaupt lieben. Nicht einmal habe ich etwas von ihm gefordert oder Enttäuschung gezeigt. Vor einem halben Jahr, als er aufhörte, mit mir ins Bett zu gehen, aufhörte, mich überhaupt zu berühren, ließ ich ihn das tun, ohne mich zu beschweren. Es schien mir das wenigste zu sein, was eine unfruchtbare Frau für den Mann tun kann, den sie geheiratet hat, obwohl sie über ihre beschränkten Möglichkeiten genau Bescheid gewußt hatte. Aber gerade jetzt, so unglaublich es auch scheint, kann ich mit Überzeugung sagen, je mehr ich an David denke – und an das, was in dieser Nacht passiert ist –, desto mehr glaube ich, daß meine Ehe nicht in Gefahr ist. Ich glaube, daß meine Ehe stark genug ist, um das zu ertragen. Wenn ich mich hier allerdings verrechne, dann liegt viel Leid vor uns, vor uns allen.

Wir fuhren also zum *Seabreeze*. Ich schrieb uns ein. Es war dasselbe Zimmer, derselbe Geruch vom Ozean, derselbe Straßenverkehr, der nur ein paar Meter entfernt vorbeibrauste, dieselbe feuchte, muffige Luft im Zimmer, dieselben eingesiegelten Zahnputzgläser und dieselben rosafarbenen Seifenstückchen. Es war alles dasselbe, nur kam es mir viel kleiner vor als damals. Als wir uns in die Arme nahmen, fühlte es sich an, als wären wir aus einer Entfernung von tausend Meilen endlich wieder zusammengekommen. Ich hatte furchtbare Angst. Das Zimmer schien sich zu drehen, und ich drehte mich mit ihm um David, das feste Zentrum. Fast mußte ich über die Absurdität des Ganzen lachen, aber er küßte mich. Dann wurde er mir ganz langsam wieder vertrauter: die angespannten Muskeln an seinem Nacken, seine ungewöhnlich langen Wimpern, seine geduldige Gier, der angenehme, leicht brandygeschwängerte Geruch seines Atems – alles war dasselbe wie vor fünfundzwanzig Jahren! Und so war mir nicht mehr nach Lachen zumute, und ich gab mich dem Taumel hin und ließ mich zum Bett führen.

War es nun wieder da, dieses Gefühl, das ich vor all den Jahren mit ihm erlebt hatte?
Zum Teil. Diesmal hatte ich danach nicht mehr das Empfinden, daß mein ganzes Leben vor mir lag, sondern ich spürte, wie grundlegend alles anders geworden war. Ich spürte abermals, wie ich mich in diesem Mann verlieren konnte, seine unwiderstehliche Anziehungskraft. Aber als ich da neben ihm lag und hinaus in die kalte, klare Nacht sah, wußte ich, daß vor uns nicht eine Liebe lag, die Zusammensein, Heirat und eine Familie versprach, sondern eine andere Liebe, die zu gebrochenen Herzen, Verwirrung und Verrat führen würde. Trotzdem war ich für ein paar Augenblicke ein anderer Mensch. Ich war nicht mehr die Ann Cruz mit ihren zwei Jobs und einem kühlen Ehemann, die im stumpfen Alltagstrott einer Nachbarschaft gefangen war, in der sie ihr ganzes Leben verbracht hatte. Ich war wieder Ann Weir, eine Frau, die begehrte und begehrt wurde.
Und das eine muß ich Dir noch sagen, mein Liebling – obwohl Du dies hier niemals lesen wirst: Ich wußte genau, als David und ich uns in dieser Nacht – der gesegneten Nacht des 23. März – voneinander lösten, daß Du in mir warst und anfingst zu wachsen. Kein Wissenschaftler auf der ganzen Welt kann mir erzählen, daß eine Frau so etwas nicht *weiß*.
Ich jedenfalls wußte es. Es war, als wäre ich auf einmal mitten in einem Traum, den ich immer geträumt hatte. Als ich so in dem kleinen Motelbett auf dem Rücken lag, schloß ich meine Augen und sagte ein Dankgebet für Dich. Und ich bat Gott, mir zu sagen, was ich tun sollte, ich, diese ganz und gar nicht jungfräuliche, schwangere Maria, deren Ehemann sie seit so vielen Monaten nicht mehr berührt hatte.

Joseph Goins legte ein Lesezeichen ins Tagebuch und ging zu der großen, gläsernen Schiebetür. Durch die Lamellen der Jalousie konnte er unter sich das sanfte Blau eines angestrahlten Brunnens sehen, auf dessen Grund ein Palmen- und Paradiesvogelmosaik war. Dahinter verlor sich ein parkartiges Grundstück in nebliger Dunkelheit. Irgendwo, weit unten, brandete der Ozean gegen die Küste.

Die Autofahrt hierher war die bedeutendste in Josephs Leben gewesen – weniger die Fahrt an sich, sondern vielmehr das, was ihm währenddessen durch den Kopf gegangen war. Neben *Mr. Cantrell* war er den Friedhofshügel hinabgefahren, dann den Coast Highway entlang, bis sie nacheinander in ein paar Seitenstraßen abgebogen und zu einem Tor gelangt waren, das sich per Fernbedienung hatte öffnen lassen. Hinter dem Tor ging es eine lange, von Pinien gesäumte Auffahrt entlang, die zu einem Haus aus Holz und Glas führte, das um einen großen Brunnen herum gebaut war. Mr. Cantrell sagte, daß dieses Haus ihm zwar gehöre, daß er aber nur selten hier sei. Er sagte, daß es nun Joseph zur Verfügung stünde. Ein Mann mit Namen Dale würde dasein, um Joseph mit allem zu versorgen, was er brauchte.

Dale war groß und hatte helle Augen, sandfarbenes Haar und ein narbiges Gesicht. Lange bevor er die dezente Beule einer Waffe an Dales Rücken bemerkte, hatte Joseph ihn schon als einen Mann erkannt, der auch vor Extremen nicht zurückschreckte. Es hatte etwas mit der arroganten Art zu tun, mit der Dale sich bewegte, einem unbewußten Verlangen danach, daß ihn jemand reizte, daß sich ihm jemand in den Weg stellte. Er war ein Mann, der ständig darauf gefaßt war, daß man ihn für irgendeine Drecksarbeit gebrauchte. Auf der anderen Seite spürte Joseph in Dales Händedruck aber auch etwas Ehrliches, selbst wenn ihm seine aufgesprungenen Finger dabei brannten. Dale sagte, daß er bis zum Morgen dableiben würde. Mr. Cantrell bestand darauf, daß er so lange bleiben müsse, wie er es verlangte.

Dann hatte David Cantrell Joseph ziemlich förmlich umarmt, sich umgedreht und war über die Natursteinplatten im Brunnenhof wieder zurück zu seinem Wagen gegangen. Dale hatte Joseph sein Zimmer gezeigt und war dann verschwunden.

Joseph, verloren wie ein Negersklave, der eben aus Afrika nach Amerika verschleppt worden war, hatte sich verblüfft in einen der Rattanstühle in seinem neuen »Heim« gesetzt. Ideen waren wie Kometen durch seinen Kopf geirrt. Sein Herz, das zuerst noch wie wild geklopft hatte, hatte sich wieder beruhigt, bis es schließlich fast gar nicht mehr zu schlagen schien. Er brauchte etwas, worauf er sich konzentrieren konnte. Er brauchte eine Aufgabe. Er brauchte seine Mutter.

Jetzt schaute er aus dem Fenster und spürte wieder den Ansturm viel zu vieler, verwirrender Möglichkeiten. Dale schlurfte unten am Brunnen vorbei. Was für ein komischer Kerl, dachte Joseph. Er ging zurück ins Bett und nahm das Tagebuch wieder zur Hand.

## 6. April

Ich kann nicht aufhören. Und ich will es auch nicht. An den Abenden, an denen ich David nicht sehen kann, kommt es mir so vor, als könne mein Körper jeden Moment auf eigene Faust hinüberfahren und auf ihn warten. Wenn Raymond auf der Halbinsel Streifendienst hat, kann ich mich nicht mit David treffen – das wäre einfach ein zu großes Risiko. An solchen Abenden nehme ich dann eines von Moms Schlauchbooten, fahre hinaus auf die SWEETHEART DEAL und schreibe in dieses

Buch hier. David und ich treffen uns jetzt in seinem Haus unten auf der Halbinsel – es ist sicherer als das *Seabreeze* und zudem viel komfortabler und angenehmer. Manchmal gehen wir auch an Bord der LADY OF THE BAY. Schließlich hatten wir uns auf seiner Jacht wiedergesehen, und ich hatte Wochen gebraucht, um zu kapieren, daß sie ihm gehörte!

Aber normalerweise komme ich so gegen elf an seinem Haus an, öffne das Garagentor mit der Fernbedienung, damit ich ungesehen hineinfahren kann, und gehe gleich hinauf in das große Schlafzimmer im ersten Stock, wo ich dusche und mir frische Kleider – oder manchmal auch gar nichts – anziehe. Dann warte ich auf ihn. Manchmal, wenn ich spät dran bin, ziehe ich mich schon in der Arbeit um, in der Toilette im Erdgeschoß, und hoffe, daß mich zwischen der Tür und meinem Wagen niemand sieht. Vom Bett aus kann ich den Ozean sehen, wie er hinter dem Sandstrand im Mondlicht glänzt. David kommt immer um halb zwölf. Dann haben wir Zeit bis halb eins, bis ich mich wieder dusche, mich mit zitternden Knien anziehe und dann heimfahren muß.

Eine Stunde. Ich lebe für diese Stunde und spüre die ganze Zeit über Deine Gegenwart in mir, mein geduldiger, warmer Liebling. Dich, das Wunder aller Wunder, mein geheimes Leben!

Zu meiner Bestürzung scheint mir Raymond in diesen Tagen glücklicher zu sein als im ganzen vergangenen Jahr. In seinen Blicken ist jetzt wieder so etwas wie Vertrautheit, und wenn wir sprechen, entdecke ich an ihm eine sanfte, zunehmende Lokkerheit. Ich sehe, wie er mich manchmal anschaut, wenn er meint, ich bemerke es nicht. Stück für Stück scheint seine alte Bewunderung für mich wiederzukehren. Es ist herrlich, das zu beobachten. Und es ist so nötig, so ungeheuer wichtig für das, was ich erreichen will.

Mein Liebling, Du wirst das hier niemals lesen, aber ich muß Dir sagen, daß ich jetzt genau weiß, was ich tun werde. Es gab eigentlich nie einen Zweifel daran. Auf ganz sonderbare Weise hast Du mir alles gegeben, was ich mein ganzes Leben lang haben wollte, und auf noch viel sonderbarere Weise hast Du es auch Raymond gegeben.

## 10. April

Ich glaube, daß mich jemand beobachtet. Zwar bin ich die erste, die bereitwillig eingesteht, daß sie eine große, sehr große Furcht davor hat, entdeckt zu werden, und sich deshalb leicht etwas einbilden kann. Aber trotzdem, auch wenn ich von meiner Furcht einmal absehe und nur die Tatsachen betrachte, muß ich immer noch glauben, daß ich beobachtet werde.

Das erste Mal war es im Hof des Kindergartens, im Februar. Ich band gerade dem kleinen Tyler die Schnürsenkel zu, als ich meinte, Blicke auf mir zu spüren. Ich schaute auf und sah, wie ein Junge bewegungslos auf dem Gehsteig stand, während eine Gruppe Touristen, die vorbei wollte, um ihn herumgehen mußte. Er sah genau zu mir und Tyler her. Dann drehte er sich um und verschwand in der Menge. Ein Junge, habe ich gesagt: Er sah etwa um die Zwanzig aus, wie einer von den Surfer-Jungs vom Strand.

Ein paar Tage später hatte ich dann wieder dasselbe Gefühl. Als ich mich umsah, konnte ich niemanden entdecken, bis mir schließlich eines der kleinen Ruderboote auffiel, die man am Pavillon leihen kann. Ein Mann saß darin und hielt eine Kamera an sein Gesicht, das Objektiv auf mich gerichtet. Eine große Jacht glitt dazwischen, und als sie vorbei war, war das Ruderboot nicht mehr zu sehen. Mein erster Gedanke war, daß Raymond dahintersteckte. Er hatte den Mann angeheuert, um mich zu fotografieren und meine Untreue zu beweisen. Aber warum sollte er mich dann mit den Kindern fotografieren? Als nächstes fragte ich mich, ob es David war. Nein. Was hätte er für einen Grund, mich fotografieren zu lassen?

Ich erzählte Ray von der Sache, und er sagte, daß ich mir das Ganze wahrscheinlich nur einbilde. Aber er gab mir einen Rat: Die beste Methode, einen Verfolger zu enttarnen, war die, so oft wie möglich den gegangenen Weg sofort wieder zurückzugehen und dabei genau aufzupassen, wer immer noch hinter einem herging. Das probierte ich dann aus. An den Abenden, die ich nicht mit David verbrachte, ging ich zu Fuß zur Arbeit, und ich ging den Weg zum Kindergarten hin und sofort wieder zurück, dasselbe tat ich auf Spaziergängen am Sonntag nachmittag die Küste entlang. Es kam nichts dabei heraus. Wie ich schon zu Ray gesagt hatte: Ich wurde nicht verfolgt, ich wurde *beobachtet.*

Er sagte, so ein Gefühl deute auf ein schlechtes Gewissen hin. Das war früh am Morgen, Ray mußte zur Universität, wo er eine Klausur über Vertragsrecht hatte, und ich zur Arbeit in den Kindergarten.

»Aber ich habe kein schlechtes Gewissen«, antwortete ich. Du kannst Dir vorstellen, mein Liebling, wie schlecht mein Gewissen in Wirklichkeit war.

»Vielleicht glaubst du bloß, du hast keins«, sagte er lächelnd.

»Dann sag mir doch, weshalb ich mich schuldig fühlen sollte?« fragte ich herausfordernd.

Oh Gott, ob Ray wohl sah, wie ich rot wurde? Aber das Kompliment muß ich mir machen, ich bin eine ziemlich gute Lügnerin. Das habe ich von Poon geerbt.

»Ich weiß nicht«, sagte er. »Das mußt du schon selber wissen.« Er sah mich mit ruhigem Interesse an.

Ich nickte, schaute auf die Zeitung, die vor uns auf dem Küchentisch lag, und dachte nach, bevor ich antwortete. »Das einzige, weshalb ich mich schuldig fühlen könnte, ist, daß ich dir keine Kinder schenken kann.«

»Dann hättest du dich die letzten fünfzehn Jahre verfolgt – beobachtet fühlen müssen. Hast du das?«

»Nein«, sagte ich. »Erst seit ein paar Wochen.«
Ray war eine Weile still und schaute in die Zeitung.
»Ich könnte dich überwachen lassen«, sagte er dann.
Ich sagte ihm, er solle das bleiben lassen. Mein Gott, das war ja nicht auszudenken!
»Ich meine es ernst«, sagte er.
Einen Moment lang sah er allerdings aus wie ein Junge, der nur so tat, als meine er es ernst. Raymond hat so etwas Anständiges, Grundehrliches an sich. Ich würde es als Großzügigkeit bezeichnen. Sogar, wenn er meint, ich bilde mir etwas ein, ist er großzügig genug, um seine Skepsis zu vergessen und sich in meine Lage zu versetzen. Jim – Dein Onkel Jim – sagt immer, daß Raymond deshalb so ein guter Polizist sei, weil er im voraus ahnt, was kommt. Ich glaube, daß er ein guter Polizist ist, weil er sich in die Lage eines Verbrechers versetzen kann. Manchmal glaube ich, es hat mir das Herz gebrochen, daß ich ihn betrogen habe. Aber das hat es nicht, denn dieser Betrug hat schließlich Dich hervorgebracht, meinen Liebling, das große Geschenk an uns beide.
Eine lange Pause folgte, in der Raymond mich ansah. Ich kann Dir sagen, als eine Frau von neununddreißig Jahren, die nicht dumm ist, daß Raymond Cruz die durchdringendsten Augen auf der ganzen Welt hat. Seine Blicke sind so scharf, daß sie sich in dich bohren, ohne weh zu tun. Ich fand es immer erstaunlich, wie oft sich Raymond bemühte, diese Schärfe aus seinem Blick zu nehmen, wie oft er absichtlich blinzelte und sich wegdrehte, wenn seine Augen sich in einen bohrten und eben dabei waren, die Wahrheit wie eine reife Traube vom Rebstock zu schneiden. Manchmal glaube ich, er tut das, weil er Angst vor dem hat, was er herausfinden könnte. Manchmal denke ich auch, daß er nur höflich ist. Ich bin mir sicher, daß er seinen Verdächtigen gegenüber nicht so freundlich ist.

Aber an diesem Morgen wandte er seinen Blick nicht von mir ab.
»Ist irgendwas mit dir los, Ann?« fragte er.
»Was soll los sein? Ich verstehe nicht, warum du fragst, Ray.«
Seine Augen ließen nicht los – sie suchten. Fanden sie auch etwas?
»Ich frage *dich*, Ann.«
»Nun ... nichts ist los mit mir. Mir geht es gut. Bis auf das Gefühl, daß ich beobachtet werde.«
Er wartete. Raymond kann stundenlang warten.
Aber ich kann noch eins draufsetzen.
»Vielleicht hast du recht«, sagte ich. »Ich denke immer noch an eine Adoption.«
Er schaute wieder zurück in die Zeitung, trank seinen Kaffee und schüttelte den Kopf. Nein.
Jahrelang hatte ich immer wieder von einer Adoption gesprochen. Manchmal hatte ich schon fast gemeint, ein kleines, schreiendes Bündel in meinen Armen fühlen zu können. Aber immer, wenn ich mir ein solches Bündel vorstellte, das weder seines noch meines war, dann versickerte tief in mir all die Freude an einer solchen Szene, und ich spürte nur noch die Falschheit, die darin lag. Obwohl ich Raymond mit unbeirrbarer Hartnäckigkeit immer wieder diesen Vorschlag machte, steckte dahinter niemals die Überzeugung, die ich gern gehabt hätte. Und mit Sicherheit nicht diejenige, die Ray gebraucht hätte, um zuzustimmen.
Und außerdem gab es ja noch einen anderen Grund, warum wir nie ein Kind adoptierten, und das war der eigentliche Grund. Es war die Hoffnung. Wir waren beide immer noch unter vierzig. Wir waren beide noch gesund, obwohl meine Gebärmutter von der Infektion nach der Geburt zerstört war – jetzt weiß ich, daß sie nur beschädigt war. Raymond glaubte, die Narbe und mein kaputter Unterleib rührten von einer akuten Blinddarmentzün-

dung her, die ich mir in Frankreich zugezogen hatte. Als ich im Staat New York war, hatten Poon und Virginia allen Leuten erzählt, ich wäre als Austauschschülerin in Frankreich gewesen. Ich erzählte Raymond von meiner »Blinddarm«-Operation schon vor unserer Verlobung, als er sechzehn und ich achtzehn war, und er hat mich nie mehr danach gefragt. Als später die Gynäkologen sagten, daß ich ein Kind weder empfangen noch austragen könnte, tat ich so, als wäre ich ebenso überrascht und enttäuscht wie er. In vielerlei Hinsicht, die ich niemals Raymond gegenüber ausdrücken könnte, war ich das auch.

Aber trotzdem war da immer diese uralte große, lebensrettende Illusion mit Namen Hoffnung, die Raymond niemals aufgegeben hatte. Vielleicht hoffte er deshalb, weil er ständig zu irgendwelchen Heiligen und zur Jungfrau Maria betete. Vielleicht aber war diese Hoffnung für ihn auch der Strohhalm, an den er sich wie ein Ertrinkender klammerte. Seit wir »herausgefunden« hatten, daß ich keine Kinder bekommen konnte, hatte Raymond nicht ein einziges Mal die Hoffnung aufgegeben. Nicht einmal hatte er sich geschlagen gegeben. Er las mir ständig Geschichten aus der Bibel vor, in denen Gott unfruchtbare Frauen mit Söhnen und Töchtern beschenkt. Manchmal betete er stundenlang gemeinsam mit mir und flehte Gott auf den Knien um ein Kind an. Erst in den letzten zwei Jahren hatte ich manchmal den Eindruck, daß Raymond wirklich anfing zu zweifeln. Er schrieb sich für das Jurastudium ein, seine Umarmungen wurden immer seltener, und seine Worte versiegten. Schließlich schien sein Interesse an mir als Frau unter den tausend Bürden, die dieser anständige, vertrauensvolle Mann zu tragen hatte, erdrückt zu werden.

Und ich? Konnte ich es ihm verübeln? Ich wünschte, ich könnte Dir sagen, mein Liebling, daß auch ich, bevor Du kamst, dabei war, sie aufzugeben. Die Hoffnung. Vielleicht sollten wir Dich, wenn Du ein Mädchen wirst, Hope nennen.

»Wir können es ja noch einmal selbst versuchen«, sagte ich an diesem Morgen zu Ray.
»Gerne«, sagte er mit knallroten Ohren. Er trank den letzten Schluck Kaffee, stand auf, beugte sich zu mir herunter und kniff mich zärtlich in die Wange.
»Ich bin schon spät dran, Baby. Ich wünsche dir einen schönen Tag.«
»Ich dir auch«, sagte ich. »Ich bin okay, Baby. Mach dir keine Sorgen. Dieses Gefühl, beobachtet zu werden – ich bilde es mir wahrscheinlich bloß ein.«
»Ich liebe dich«, sagte er.
»Ich liebe dich auch«, sagte ich, wie ich es immer tat. Aber es lag mehr Wahrheit darin, als ich ahnte, mein Liebling.

## 15. April

Ich habe einen Schwangerschaftstest aus der Apotheke geholt, und ich bin seit drei Wochen schwanger! Natürlich wußte ich das längst.
Vorhin habe ich an der St.-Mary-Kirche gehalten, bin hineingegangen und habe mich in eine Bank gekniet und gebetet. Aber dabei hatte ich eine Hand in meinem Schoß und die andere auf meinem Bauch, wo ich Dich spüren wollte, mein Liebling, Dich berühren. Und ich betete dafür, daß Raymond mit mir schlafen würde. *Und zwar bald.*

## 17. April

David saß auf dem Bett, als ich es ihm sagte. Zuerst glaubte er mir nicht, dann begriff er ganz langsam. Ich sagte ihm, daß ich mich entschlossen hatte, Dich, mein Liebling, für Raymond zu bekommen, als Raymonds Kind. Ich sagte ihm, daß er und ich uns für eine gewisse Zeit – eine lange Zeit wahrscheinlich – nicht sehen sollten. Es war einfach zu gefährlich und zu schwierig für mich.

Er hörte mir ruhig zu, dann stand er auf, kam zu mir, nahm mich in seine Arme und ließ mich an seiner Schulter weinen. Ich kann Dir immer noch nicht sagen, ob das nun Tränen des Schmerzes oder Tränen der Freude waren – vielleicht waren sie beides. Dann löste er sich von mir und sah mich an und sagte, daß er mir auf jede ihm mögliche Weise helfen würde. »Liebe mich«, sagte ich. »Und laß mich dich als einen Freund betrachten.«
»Ich werde dich lieben«, sagte er. »Und auch dein Freund werde ich immer bleiben.«
Er ging zum Fenster, stand dort lange Zeit mit dem Rücken zu mir und schaute hinaus aufs Meer, als wäre dort draußen eine Zukunft, die er ausnahmsweise einmal nicht selbst geplant, entwickelt, erbaut und erschaffen hatte. Eine Zukunft, die ihm jemand auferlegte, ihm, der doch sonst allen anderen Leuten *seine* Zukunft auferlegte. Und so war es ja auch wirklich. Er sah so hilflos aus.
Ich sagte ihm, daß Deine Zukunft, mein Liebling, in meinen Händen lag, und zwar nur in meinen. Daß Du und ich eine eigene kleine Familie gründen würden, die sich aus ihrer Umlaufbahn um ihn lösen und ihr eigenes kleines Universum bilden würde, aber daß ich bis zu meinem Tod mit ihm verknüpft bleiben würde, und zwar durch meine Liebe und durch Dich, mein Liebling. Und als ich ihn dabei ansah, konnte ich die Furchen der Enttäuschung in seinem Gesicht sehen, die tiefen Falten der Niederlage.
Ich kann die Männer ja verstehen. Ich verstehe, daß Macht für sie eine größere Anziehungskraft als Anständigkeit hat, daß ihr Ehrgeiz ihnen eine stärkere Triebfeder ist als ihre Liebe. Ich verstehe, daß man, wenn man ein guter Baseballspieler sein will, einen kleinen weißen, lederbezogenen Zwirnballen mehr lieben muß als alles andere im Leben. Ich verstehe, daß einer, der ein guter General werden will, das Risiko des Krieges mehr lieben muß als den Frieden. Und ein guter Baulöwe muß eben

Gebäude und Land und Geld mehr lieben als eine nicht mehr ganz taufrische Kellnerin, die er als Schülerin schon einmal und fünfundzwanzig Jahre später ein zweites Mal geschwängert hat, und zwar im selben kleinen Zimmer eines modrig riechenden Motels.

Ich hatte auch Verständnis für das, was er als nächstes sagte, aber ich werde niemals vergessen, wie klein und erbärmlich er mir dabei vorkam.

»Aber du wirst doch niemandem etwas über die DUTY FREE erzählen?« fragte er.

Die DUTY FREE, mein Gott! Sie war ein schmuckes kleines Motorboot, das Dale gehörte, einem Polizisten aus Newport Beach. Mom fuhr manchmal mit ihm auf Giftmüllpatrouille hinaus, um herauszufinden, wer Lösungsmittel in den Hafen abließ. Ich selbst war auch zweimal mit ihm und Mom draußen. Einmal sahen wir das Boot der Umweltsünder, aber ich konnte es im dichten Nebel nicht erkennen. Nur Dale hat es wirklich gesehen oder *behauptete* das zumindest.

Ein anderes Mal wollte ich wieder mit hinausfahren, weil ich an dem Abend allein daheim war und David nicht sehen konnte. Ich war mit meinen Nerven am Ende, also fuhr ich zur Cheverton-Kanalbau, wo Mom und ich die Leute von der DUTY FREE getroffen hatten, und kam gerade recht, um beobachten zu können, wie Dale und Louis Braga aus Kanistern, auf denen *Blake-Hollis-Chemie* stand, jede Menge Flüssigkeit in den Köderfischtank füllten. Zusätzlich verstauten sie noch ein paar 200-Liter-Kanister an Bord.

Als ich daherkam und fragte, ob sie mich mitnehmen wollten, fiel beiden das Kinn herunter. Aber ich spielte die Doofe. Ich tat so, als hätte ich nicht gesehen, daß sie den Tank gefüllt und die Fässer an Bord gebracht und unter einer Plane versteckt hatten. Und als sie mir sagten, daß dies keine gute Nacht sei, um mitzufahren, akzeptierte ich das ganz brav und war froh, wieder heimgehen zu können. Natürlich wußte ich, wem die Firma *Blake-Hollis-Chemie* gehörte. Also sagte ich ganz freimütig zu David, daß ich hinter eines seiner Geschäftsgeheimnisse gekommen wäre: Ich wußte, daß die Giftmüllpatrouille mehr giftiges Zeug in den Ozean fließen ließ, als sie vorgab zu verhindern. Wenn sein Herz wirklich so groß wäre, wie ich immer gedacht hatte, dann sollte er das augenblicklich beenden. Schließlich gehörte *Blake-Hollis* ja ihm.

Du kannst Dir nicht vorstellen, mein Liebling, was für ein Gesicht Dein Vater machte, als ich ihm das vorhielt.

Mein Gott, war er wütend! Ich dachte, daß ich mittlerweile beurteilen konnte, ob er wirklich unschuldig war oder ob er nur wünschte, er wäre es. Er fragte mich immer und immer wieder nach allem, was ich über die DUTY FREE wußte, was ich gesehen hatte und wer auf dem Boot war. Er machte sich sogar Notizen. Und während er im Zimmer auf und ab lief, warf er mir wütende Blicke zu.

Später dann fragte er mich beiläufig, ob ich Mom etwas davon erzählt hätte, daß das Zeug auf die DUTY FREE verladen worden war.

Ich sagte nein. Und daß ich es auch nicht sagen würde. Ich vermenge nicht Politik und Liebe, mein Liebling, und ich hoffe, auch Du wirst das nie tun. Ich wollte nur, daß David seinen Handlangern sagte, sie sollten das Zeug irgendwo anders ins Meer schütten. Ich sagte, ich hätte ihm mit meiner Information eigentlich einen Gefallen getan, denn ich war tief in meinem Inneren davon überzeugt, daß Mom oder jemand anders von ihrem Schlag ihm früher oder später ohnehin darauf gekommen wäre.

Er beteuerte noch einmal, daß er nichts davon gewußt hatte, was eine seiner Firmen da ins Meer abließ, und daß er sich sofort um die Geschichte kümmern werde.

Damals glaubte ich ihm das nicht, aber eigentlich hat er mir nie einen Grund gegeben, an seinen Worten zu zweifeln. David ist viel zu gründlich, um einem so offensichtlich desinteressierten Menschen wie mir etwas von dieser Tragweite ungeprüft abzunehmen. Und es war ja schließlich nicht so, daß überall die Fische starben und die Vögel vom Himmel fielen. Nach allem, was ich wußte, hätte in den Fässern auch reines Wasser sein können. Außerdem spendete David jedes Jahr unheimlich viel Geld für die Wohlfahrt und für Krankenhäuser und für die Universität – Millionen, habe ich mal irgendwo gelesen –, daß ich fast geneigt war zu glauben, daß er wirklich nicht wußte, was Dale hinter seinem Rücken mit den giftigen Abfällen der *Blake-Hollis-Chemie* machte.

Mich überraschte bloß, daß ich bei ihm da so einen wunden Punkt getroffen hatte. Ich beschloß, das Thema ruhen zu lassen. Ich war nicht auf der Welt, um über David Cantrell zu Gericht zu sitzen, dachte ich. Es gibt andere Autoritäten – im Himmel und auf der Erde –, die für diese Aufgabe weitaus kompetenter sind.

Trotzdem sah ich sie ganz deutlich in seinem Benehmen, diese unerklärlich starke Angst, die er vor dem hatte, was ich gesehen haben könnte. Und das an dem Tag, an dem ich ihm von Dir erzählte. Mein Liebling, ich schämte mich für uns beide.

»David«, sagte ich ruhig und bestimmt. »Ich werde dein Geheimnis mit ins Grab nehmen.«

## 18. April

Heute morgen überraschte mich Raymond im Badezimmer, als ich auf dem Toilettensitz saß und weinte. Seine Augen, scharf wie zwei dunkle Messer, sahen herunter auf mich, und um ein Haar hätte ich ihm alles erzählt. Fast. Aber ich konnte ihn noch einmal ablenken. Ich setzte auf das eine, womit ich immer seine Aufmerksamkeit erwecken kann, und erzählte ihm zum hun-

derttausendsten Mal, wie sehr ich darunter litte, daß ich ihm kein Kind gebären könne.
Und dann passierte das, worauf ich so lange gewartet hatte, das, was ich brauchte, um meinen Plan zum Gelingen zu bringen. Er zog mich von der Toilette hoch und küßte mir die Tränen von meinem jämmerlich verheulten Gesicht. Er führte mich in unser kleines, kaltes Schlafzimmer, legte mich unter die Decke und kletterte nackt zu mir herein. Er küßte jeden Zentimeter meines Körpers mit seinen zarten Lippen, und dann liebte er mich. Und als ich zu Raymond aufsah – meinem Gatten, meinem Bruder, meinem Mann –, da weinte auch er. Seine großen Tränen fielen herab auf mein Gesicht, und ich trank sie wie alles, was er mir an diesem Morgen sonst noch gab.
Als es vorbei war, sagte er zu mir: »Ann, können wir nicht noch mal von vorne anfangen? Laß uns bitte alles noch mal beginnen und uns so lieben wie früher. Es ist schon so lange her, und ich will dich so sehr, und ich liebe nichts auf dieser Welt so wie dich.«
Es ist erstaunlich, wie klar die Antworten auf einmal sein können, wenn man erst einmal die richtigen Fragen gestellt hat. Von Anfang an hatte ich, in Gedanken zumindest, nie einen Zweifel daran gehabt, was ich von Raymond wollte. Oh, wie hatte ich gehofft, daß wir eines Tages einmal so weit kommen würden.
»Bitte«, sagte ich zu ihm. »Bitte, laß uns das tun.«
Ich habe nie im Leben einen Satz gesagt, den ich ehrlicher gemeint oder der einen größeren Anflug von Hoffnung gehabt hätte.
Ich werde zwei Wochen warten und dann einen weiteren Schwangerschaftstest machen. Wir werden ihn zusammen ansehen, so daß meine Überraschung auch seine Überraschung ist. Und wir werden eine Riesenparty geben, um das Unverkündbare zu verkünden!

Joseph schob das Tagebuch unter sein Bett. Draußen war die Nacht jetzt am tiefsten, eine schwarze Woge aus Stille und Dunkelheit. Es war drei Uhr früh.
Es ist erstaunlich, dachte er, daß Ann nicht vorausgesehen hat, was passieren würde. Sogar ich kann das, allein vom Lesen dieser Aufzeichnungen.

# KAPITEL 27

Im fahlen Licht der Morgendämmerung fuhr Jim seinen Pick-up in Virginias Garage und kletterte erschöpft heraus. Er hatte Ray an der Polizeistation und Kearns bei Lucinda abgesetzt. Sein Körper tat ihm weh, und seine Gedanken rasten ziellos umher. Ray und er waren vier Stunden lang kreuz und quer die Halbinsel, die Insel und das Festland gefahren und hatten gehofft, irgendwo Horton Goins zu entdecken, aber dieser schien sich in Luft aufgelöst zu haben.

Jim betrat das Große Haus durch die Vordertür und spürte sofort, daß niemand da war. Mom wird wohl im *Locker* sein, dachte er, und alles für den Ansturm der Frühstücksgäste vorbereiten.

Aber an der Tür von *Poon's Locker* war ein Zettel, auf dem HEUTE GESCHLOSSEN stand. Weir bemerkte, daß seine Mutter diesen Zettel hastig geschrieben haben mußte, und schaute durch das getönte Fenster ins leblose Innere des Lokals: Die Stühle standen immer noch auf den Tischen, die Salz- und Pfefferstreuer warteten auf einem Tablett darauf, wieder aufgefüllt zu werden, und der Grill war sauber geputzt und leer.

Zurück im Haus, fand er eine Nachricht auf dem Küchentisch: »Bin in ein, zwei Tagen wieder zurück. Mitstreiter haben dieses Video den Baulöwen entwendet. Ich will, daß Du es Dir sorgfältig ansiehst. Vielleicht findest Du heraus, warum sie es noch einmal gedreht haben. Alles Liebe, Mom.«

Daneben lag eine Videokassette. Auf dem Etikett stand:

WACHSTUM IST WOHLSTAND! *Spot für den 1. bis 5. Juni.* Jim seufzte, nahm die Kassette mit ins Wohnzimmer, steckte sie in den Recorder und drückte »Play«.

C. David Cantrell – schlank, gepflegt, in einem weißen Hemd mit gestreifter Krawatte und offener Strickjacke – stand auf einer Brücke über dem Freeway nach San Diego. Hinter ihm war in beiden Fahrtrichtungen, so weit das Auge reichte, eine einzige, unglaublich lange, stillstehende Autoschlange zu sehen. Cantrell, der mit seinen verschränkten Armen freundlich, aber unnachgiebig wirkte, sagte, daß solche Staus jetzt in den Küstenstrichen des Orange County an der Tagesordnung seien, dank eines unerwarteten Wachstums, einer boomenden Wirtschaft, eines Wohlstands, um den der Rest der Nation die Region beneidete. Dieser Freeway, sagte er, würde mit Steuermitteln erhalten, und all die vielen Leute, die neu hierher ziehen wollten, würden Millionen Dollar an Steuern für dieses Privileg zahlen. Die Straße sei, wie viele andere auch, längst für einen großzügigeren Ausbau vorgemerkt. Und der würde auch termingerecht erfolgen, *falls* der Vorschlag A bei der Wahl nicht angenommen würde. Vorschlag A, sagte Cantrell, würde mehr dazu beitragen, das Verkehrschaos in Orange County noch weiter zu verschlimmern, als alle neuen Bauvorhaben zusammengenommen: Ohne neue Bauten keine neuen Firmen, keine neuen Steuereinnahmen, kein Geld, um dieses Chaos zu beenden.

Plötzlich wechselte die Szene, man sah zwar wieder dieselbe Brücke über den Freeway, aber zu einer anderen Tageszeit – Weir vermutete sechs Uhr früh. Nur schwacher Verkehr rollte hinter Cantrell vorbei. Er öffnete seine verschränkten Arme, legte die Hände aufs Brückengeländer und beugte sich vor. »Lassen Sie sich nicht für dumm verkaufen«, sagte er, »sagen Sie nein zum Vorschlag A. WACHSTUM IST WOHL-

STAND. Überlassen Sie die Probleme von Orange County den Fachleuten, nicht einer elitären Minderheit und auch nicht der Bürokratie, die uns das alles eingebrockt hat.« Cantrell lächelte, während hinter ihm die Autos vorbeihuschten. Ein unsichtbarer Sprecher sagte, daß dieser Spot von der »Bürgerinitiative für vernünftige Verkehrslösungen« finanziert worden sei. Dann war auf dem Bildschirm nur noch Schneetreiben zu sehen.

Weir seufzte und fragte sich, wann seine Mutter endlich damit aufhören würde, ihn bekehren zu wollen. Sie schien ständig begierig darauf zu lauern, daß sich die Welt nach ihren grimmigen Prophezeiungen verhielt. Wo steckte Virginia bloß schon wieder? Draußen in der Bucht, um Wasserproben zu nehmen?

… *daß Du es Dir sorgfältig ansiehst.*

Er spulte das Band zurück und sah es sich noch einmal an. Na und? Eine Menge Lügen für leichtgläubige Menschen. Diese Geschichte war so alt wie dieses Land: das Land der Träume, das an zu viele Träumer verkauft wurde. Vielleicht mußte das Video bloß deshalb noch einmal gedreht werden, weil der Wind Cantrells Haare durcheinandergebracht hatte.

Jim saß auf der Kaimauer und trank eine Tasse Kaffee, als ein Polizeiwagen die kleine Straße hinter ihm entlangkam und stoppte.

Raymond, in frisch geschniegelter Uniform auf Tagschicht, stieg aus und nickte ihm zu. Er hängte seinen Gummiknüppel an den Gürtel und kam herüber zu Weir.

»Irgendwas Neues von Goins?« fragte Jim.

»Wir überwachen die Bahnhöfe und den Flughafen. Und wir haben überall sein Foto und seine Beschreibung verteilt. Eine Nachbarin von Lucindas Großmutter hat gemeldet, daß jemand letzte Nacht das Fahrrad ihres Sohnes von der Veranda gestohlen hat. Ich nehme an, daß Goins es zur Flucht benutzt hat.«

Raymond setzte sich neben Jim und blickte ihn über seine Sonnenbrille an.

»Schau dir bloß alle diese armen Tiere an. Es ist eine Schande.«

Weir sah, wie ein Kormoran, dessen Schwimmhäute wie zugefaltete Regenschirme aussahen, mit den Wellen an die Küste schwappte. »Wie fühlst du dich an deinem ersten Arbeitstag?«

Eine Weile antwortete Raymond nicht. Sein Funkgerät quäkte, und er drehte die Lautstärke auf, um zu hören, was es meldete, dann stellte er es wieder leise. »Es geht.«

»Aber?«

Raymond zuckte mit den Achseln. »Wie wär's mit einer kleinen Spritztour mit dem besten Polizisten von ganz Newport Beach?«

Jim trank seinen Kaffee aus und warf den Plastikbecher in einen Abfalleimer. »Wie in alten Tagen, Ray.«

»Nun, das sagen wir immer, aber es stimmt nicht.«

Sie fuhren den Balboa Boulevard in Richtung auf The Wedge, am Geschäftszentrum vorbei in die Viertel, in denen die Reichen wohnten. Raymond war still und versteckte sich in seiner gewohnten, ruhigen, aber wachsamen Art hinter seiner Sonnenbrille. Einen Augenblick lang wähnte sich Weir zurückversetzt in die Tage vor zehn Jahren, als Raymond und er zusammen für den Sheriff gearbeitet hatten. Damals waren sie beide noch weit unter Dreißig gewesen, voller Eifer und erfüllt von der Überzeugung, daß ihr Lebensweg sie nur nach oben führen konnte. Die Jugend, dachte Weir, ist ein begnadeter Zustand.

Raymond blickte herüber zu ihm. »Ich glaube, die haben

mich nur deshalb wieder auf Streife geschickt, damit ich auf andere Gedanken komme.«

»Das klingt aber gar nicht nach dir, Ray.«

»Meinst du? Dann nimm doch einmal den Verwarnungsblock dort, und schau dir an, was ich ganz hinten hineingelegt habe.«

Weir nahm den Block und zog unter den Verwarnungszetteln einen Stapel Fotos heraus, der sich auffächerte wie ein Kartenspiel: Horton Goins' Bilder von Ann. Aha, dachte Jim, Ray hat sich also auf den ersten zwei Stunden seiner Streife schon wieder mit dem Mordfall beschäftigt. Aber hatte es je einen Zweifel daran gegeben, daß er das tun würde?

»Ich kann's dir nicht verdenken«, sagte Weir.

»Nichts kann mich daran hindern, Jim. Schau dir doch mal das oberste Bild an, und sag mir, was für einen Schluß du daraus ziehst.«

Weir nahm das Foto. Es zeigte Ann, wie sie in einer kalten Märznacht in die Hintertür einer Limousine stieg. »Wie hat Goins dieses Bild genannt?« fragte er.

»Vergnügungsfahrt – 21. März«.

Weir starrte intensiv das Foto an. »Sie scheint sich wirklich darauf gefreut haben, diesen Kerl zu sehen. Schau bloß ihr hübsches Kleid an, und wie ihre Schuhe glänzen!«

»Und was schließt du aus dem Foto über *ihn*?« fragte Ray.

»Er hat genügend Geld, um sich einen Wagen mit Chauffeur zu leisten.«

»Woher weißt du, daß es sein eigener Chauffeur ist und nicht irgendein Fahrer von einem Limousinenverleih?«

»Weil der Fahrer so auffällig wegschaut. Er sieht aus, als wolle er seinem Boß zeigen, wie diskret er ist.«

Raymond nickte. »Genau das habe ich mir auch gedacht, als ich das Bild zum ersten Mal sah. Innelman hat sich die

Namen der Besitzer eines jeden Hauses im Umkreis von hundert Metern von der Stelle geben lassen, an der wir Anns Toyota gefunden haben. Ich habe mir die Liste gleich heute morgen geholt. Sie ist unter den Fotos. Schau mal auf der zweiten Seite, ungefähr in der Mitte, und sag mir, ob du den Namen mit der Cheverton-Kanalbau in Verbindung bringen kannst.«

Weir fand die Liste und schlug die zweite Seite auf. In der Mitte stand der Name C. David Cantrell.

»Ihm gehört Cheverton-Kanalbau«, sagte er.

»Genau. Und ein Kerl, von dem die Leute bei Cheverton sagen, daß er dort nie gearbeitet habe, hat Ann die Rosen geschickt und an sie geschrieben. Dieser Mr. Night oder Dave Smith. Du kannst es dir selber ausrechnen, wer das ist.«

»Dave Cantrell.«

Raymonds Gesicht war ein wenig bleich und wirkte sehr aufgeregt. »Vor zwei Tagen hat Innelman die Kreditkartenquittungen von Anns letztem Arbeitstag aus dem *Whale's Tale* geholt. Ich habe sie in einem Wust anderer Papiere zu diesem Fall gefunden. Cantrell hat in der Mordnacht im *Whale* zu Abend gegessen. Ganz alleine. Hatte eine Rechnung von sechsunddreißig Dollar und gab Ann vierzehn Dollar Trinkgeld. Ich habe mir nichts weiter dabei gedacht, bis ich seinen Namen auf dieser Liste sah. Jetzt will mir die Sache nicht mehr aus dem Kopf.«

Jim bedachte die Möglichkeiten, die sich aus dieser neuen Information ergaben. Aber wie er auch darüber nachdachte, immer paßte irgend etwas nicht. »Cantrell verkörpert alles, wogegen Annie war«, sagte er. »Ich kann mir nicht vorstellen, daß sie etwas mit ihm gehabt hat.«

Ray nickte, dann räusperte er sich. »Jim, laß uns jetzt einmal ganz ehrlich sein, okay? Ann war eine wunderbare Frau. Sie war intelligent und schön und gut, aber sie hatte unser

Leben zusammen gründlich satt, hatte mich satt, unser kaltes kleines Haus, einfach alles. Ich glaube, das können wir getrost annehmen. Wenn du sie gewesen wärst, was hättest *du* gewollt? Was wäre dein Gegenmittel gegen all das gewesen?«

»Etwas anderes als du. Etwas ganz anderes.«

»Das ist auch meine Meinung.«

Jim lehnte sich zurück, während Raymond auf einen Funkruf antwortete – es ging um einen Hausfriedensbruch in der Sechsundfünfzigsten Straße, und Lieutenant Cruz sagte der Zentrale, daß sich Wagen fünf um die Sache kümmern solle.

»Zu dumm, daß dieser Garagentoröffner bei der Spurensicherung ist«, überlegte Jim. »Sonst könnten wir ein kleines Experiment machen.«

Raymond sah ihn an, öffnete grinsend das Handschuhfach und holte die Fernbedienung und einen Satz frischer Mignon-Batterien heraus. »Ich habe ihn mir vor einer halben Stunde geholt. Bis mittags gehört er mir.«

Sie fuhren zurück zu Cantrells Haus am Meer. Aus der Entfernung konnte Jim sehen, daß es ein großer, aber kein extravaganter Bungalow aus den fünziger Jahren war, mit klaren, kantigen Formen und einem flachen Dach. Er war weiß gestrichen. Raymond fuhr direkt auf das Garagentor zu, als er plötzlich fluchte und abbremste. »Runter mit dir, Partner«, sagte er. »*Ganz* runter.«

Weir ließ sich vom Sitz hinunter in den Fußraum gleiten und hatte seinen Kopf direkt neben der Schrotflinte, die unter dem Armaturenbrett befestigt war. »Ist da wer?«

»Hmm. Cantrell hat seine Sicherheitsleute überall um das Haus postiert. Ein Wagen steht in der Zufahrt, ein anderer an der Straße. Ich schätze, am Vordereingang steht noch einer und paßt dort auf.«

»Streifenwagen?«
»Aber nein. Dunkle Zivilfahrzeuge mit coolen Typen drin. Sehen so ähnlich aus wie FBI-Leute. Ich schätze, ich mache bloß einen kurzen Test und fahre gleich weiter.«
Jim sah, wie Raymond die Fernbedienung hob, zuerst einmal und gleich darauf zweimal auf den Knopf drückte.
»Auf, stopp und zu«, sagte Ray. »Es funktioniert. Die Fernbedienung gehört ihm.«
Weir spürte, daß der Streifenwagen wieder anfuhr. »Warum hat er sie in Anns Wagen gelassen?«
»Er hat sie übersehen. Genauso wie das Haar unter der Briefmarke. Er hat auch übersehen, daß der Toyota in seiner Gegend stand. Aber wenn er Ann mit siebenundzwanzig Messerstichen umgebracht hat – Gott allein weiß, was ihm da gleich hinterher im Kopf herumging.«
»Ich schätze, unser nächstes Ziel sollte die Zentrale des PacifiCo-Sicherheitsdienstes unten am Flughafen sein.«
»Du hast deinen Biß noch nicht verloren, Jim. Ich habe eben genau dasselbe gedacht. Vielleicht hättest du doch den Job annehmen sollen, den Brian dir angeboten hat.«
Weir spürte, wie der Motor des Streifenwagens an seinen Knien hochdrehte, wie Raymond schnell aus der Wohnstraße zum Boulevard fuhr. Als Ray die Kurve genommen hatte, kletterte er wieder nach oben.
Raymond schaute ihn durch seine Sonnenbrille an. »Fast alle unschuldigen Bürger, die ich kenne, lassen ihre Häuser von Sicherheitsdienst-Gorillas bewachen.«
»Ich kenne auch keinen, der das nicht tut«, sagte Weir.
Raymond teilte der Zentrale mit, wohin sie fuhren, und steuerte den Wagen zurück auf den Balboa Boulevard.
Zehn Minuten später standen sie vor dem Maschendrahtzaun, der das Gelände des Sicherheitsdienstes der PacifiCo in der Nähe des Flughafens umgab. In der Mitte stand ein

recht neu aussehendes Gebäude, auf dem ein hölzernes Schild verkündete: PACIFICO-SICHERHEITSDIENST. Um das Gebäude parkten ein paar Jeeps, zwei dunkle Buick-Personenwagen und etwa ein Dutzend Streifenwagen mit dem Firmenwappen von PacifiCo an den Vordertüren.

»Mackie Ruffs Polizeiauto«, stellte Ray fest.

»Das würde ich auch sagen.«

Weir spürte, wie sich seine Kopfhaut zusammenzog. Langsam schloß sich der Kreis, dachte er: Die roten Rosen führten zu Dave Smith, Dave Smith zu Cheverton, Cheverton zur Cantrell-Baugesellschaft, die Cantrell-Baugesellschaft zu PacifiCo und Pacifico schließlich zu Cantrell selbst. Annie, was hast du nur getan? Und wie passen Marge Buzzard, Dale Blodgett und Louis Braga in dieses Puzzle?

»Sag mir, was du denkst«, forderte Ray seinen Schwager auf.

»Sie hatten was miteinander. Sie traf ihn in der Mordnacht nach der Arbeit, um ihm zu sagen, daß sie schwanger war und daß sie mit ihm Schluß machen wollte. Weißt du noch, was in dem Brief stand? Wie talentiert und wichtig dieser Mr. Night sei? Es paßt, Ray. Vielleicht waren sie schon vorher ein paarmal miteinander in der Back Bay. Er hat sie für einen letzten gemeinsamen Abend dorthin mitgenommen. Er wußte, daß sie mitgehen würde. Er schickte ihr die Rosen zum Muttertag, vielleicht war es seine Art, ihr zu sagen, daß er sie immer noch wollte, ob sie schwanger war oder nicht. Und dann geschah alles so wie in seinem Brief – er wollte sie besitzen, aber Ann war nicht zu haben. Da drehte er durch.«

Raymond nickte langsam. »Anns Auto ist aufgebrochen worden, stimmt's? Und ihre Handtasche fehlt, nicht wahr? Annie hat sie in ihrem Wagen gelassen. Er hat sie an der Back Bay umgebracht, und als er wieder zu Hause war, mußte er ihr Auto aus seiner Garage fahren. Aber Ann hatte

es abgeschlossen. Also brach er es auf und fuhr es mit dem Autoschlüssel aus der Handtasche ein paar Blocks weiter.«
Jim spürte, wie ein kleiner Adrenalinstoß durch seinen Körper fuhr. »Nein, so kann das nicht gewesen sein. Sie konnte gar nicht in die Garage fahren, weil er die Batterien aus dem Garagenöffner genommen hatte. Also parkte sie eineinhalb Blocks entfernt, weil sie nicht näher heranfahren wollte. Und genau das hat er gewollt – daß Ann in dieser Nacht nicht in die Garage fuhr. Er hat das Auto aufgebrochen, damit es so aussah, als habe ein Fremder sie umgebracht. Aber er hat vergessen, die Fernbedienung mitzunehmen.«
Raymonds Gesicht war bleich und verschwitzt.
Eine ganze Weile sprach keiner von beiden.
»Na schön«, sagte Raymond schließlich ruhig. »Da haben wir's also. David Cantrell. Ein gutaussehender Bursche, nicht wahr? Und reich. Ein reicher, gutaussehender und mächtiger Mann, der meine Frau genommen und wie sein Spielzeug behandelt hat. Mein Gott, wenn Dennison das erst hört! Wie wird er diese guten Nachrichten hassen!«
»Dennison wird im Moment nichts anderes tun als dir in die Quere kommen. Alles, was wir haben, sind Mutmaßungen, Ray. Wir müssen Cantrell mit dem Tatort in Verbindung bringen, mit Annie und jener Nacht in der Back Bay. Behalte die Sache zunächst für dich. Sag noch kein Wort zu Brian. Wir müssen erst mehr Beweise haben.«
»Wir sollten ihn umlegen«, sagte Raymond, als er den Streifenwagen den MacArthur Boulevard in Richtung Coast Highway entlangsteuerte. Er schaute nach Westen zum PacifiCo-Gebäude.
»Eins nach dem anderen, Ray. Bis jetzt wissen wir noch gar nichts. Wir sind uns noch nicht sicher. Erst wenn wir das sind, werden wir zuschlagen.«

Raymond wischte sich den Schweiß vom Gesicht. Es war immer noch blaß. »Ich werde mir den Kerl schnappen.«

»Das hat Francisco vor hundert Jahren auch gedacht, aber er hat es nicht richtig gemacht. Du mußt Geduld haben, Ray. Wir kriegen ihn schon.«

»Francisco hatte eines nicht, was ich habe. Einen Freund wie dich!«

Die Zehnuhrsonne sickerte mild durch den vormittäglichen Dunst und wärmte den Sand vor Beckys Haus, wo gerade eine Gruppe von Freiwilligen in T-Shirts mit dem Aufdruck BECKY FLYNN MUSS BÜRGERMEISTERIN WERDEN den Strand säuberte. Die Kandidatin hatte sie wohl extra dorthin geschickt, damit ihre Aktion mit der Ankunft der Reporter zu Beckys Pressekonferenz zusammenfiel.

Jim stand mit dem Rücken zur Oleanderhecke, die Beckys Vorgarten vor dem normalerweise von Touristen überlaufenen Gehsteig abschirmte. Sonderbarerweise fiel ihm ein, daß er vor Jahren sich schon einmal an derselben Hecke herumgedrückt hatte, um einen von Beckys Liebhabern zu beobachten.

Jim schaute hinüber zu den Freiwilligen, die den Strand säuberten, indem sie die toten Fische in große Plastiksäcke warfen. Die Pressekonferenz war hinter der Oleanderhecke bereits voll im Gange, Fragen und Antworten flogen in lebhaftem Wechsel hin und her.

»Warum haben Sie den Fall Goins übernommen?«

»Das ist doch noch gar kein Fall. Ich will nur schon im Vorfeld einen Justizirrtum vermeiden. Horton Goins ist unschuldig, das kann ich beweisen, wenn ich es muß.«

»Wer hat Ann Cruz getötet?«

»Das muß die Polizei herausfinden. Meine Aufgabe ist es lediglich, die Rechte eines vierundzwanzigjährigen jungen

Mannes zu verteidigen, den man für etwas verfolgt, was er gar nicht getan hat.«

»Und was ist mit dem, was er in Ohio getan hat?«

»Was er in Ohio getan hat, ist neun Jahre her.«

»Die Polizei hat Fotos von Ann Cruz, die Goins aufgenommen hat.«

»Seit es Fotografen gibt, machen sie Schnappschüsse von allen möglichen Motiven. Das gehört einfach zur Fotografie. Goins ist seit fünf Jahren ein begeisterter Amateurfotograf. Ich werde seine Bilder als das zeigen, was sie sind: Bilder von einer hübschen Frau, aufgenommen von einem jungen Mann, der sie bewundert hat. Die Polizei hat bei Goins auch Bilder von Schiffen, Sehenswürdigkeiten, Kindern, Möwen, Häusern, Touristen, Hunden, Sonnenuntergängen und Wellen gefunden. Von denen habe ich allerdings in Ihren Zeitungen nicht ein Wort gelesen, ebensowenig wurden sie von den hier vertretenen Fernsehsendern erwähnt.«

»Miß Flynn, Ihre Entscheidung, einen Angeklagten –«

»Einen Tatverdächtigen –«

»Zu verteidigen, bevor er weder verhaftet noch angeklagt ist, könnte von manchen Leuten als Publicity für Ihren Wahlkampf aufgefaßt werden.«

»Genau das ist sie auch. Es gehört ja zu meinem Wahlprogramm, daß Unschuldige geschützt und die Schuldigen bestraft werden, dafür werde ich als Bürgermeisterin sorgen. Und auch dafür, daß Horton Goins nicht für ein Verbrechen vor Gericht muß, das er nicht begangen hat.«

»Warum setzen Sie sich für eine so unpopuläre Sache wie diese ein?«

»Wenn sie wirklich so unpopulär ist, warum sind Sie dann alle hier?«

»Können Sie uns sonst irgend etwas über den Mord an Ann

Cruz sagen? Sie standen doch mit dem Opfer in Verbindung.«

»Ja. Und außerdem *stand ich nicht mit ihr in Verbindung,* sondern sie war die beste Freundin, die ich je hatte.«

»Was sind das für Informationen, allgemein gesagt?«

»Ich werde nichts Allgemeines sagen.«

»Versprechungen kann jeder machen, Miß Flynn.«

»Genau deshalb werde ich Ihnen jetzt auch etwas ganz Konkretes sagen, Marcia. Ich habe Beweise dafür, daß Ann Cruz von einem Angestellten der Firma Cheverton-Kanalbau aus Newport Beach belästigt wurde.«

»Was für Beweise?«

»Darüber werde ich nichts sagen, bevor ich nicht den Namen des Mannes weiß. Das wird bald der Fall sein, in den nächsten achtundvierzig Stunden.«

*Um Gottes willen,* dachte Weir. Halt den Mund, Becky. Du wirst ihn damit nur dazu bringen, daß er untertaucht. Jim kam der Gedanke, daß Becky Cantrell so oder so an den Pranger stellen würde, ob sie genügend Beweise gegen ihn hatte oder nicht.

»In welcher Weise wurde sie belästigt?«

»Er hat sie verfolgt, hat ihr anzügliche Briefe geschrieben, er hat ihr Geschenke geschickt und sie möglicherweise körperlich angegriffen.«

»Hat er sie getötet?«

»Das müssen der stellvertretende Bezirksstaatsanwalt George Percy und Brian Dennison herausfinden.«

»Sie finden es also nicht richtig, was der Polizeichef von Newport Beach bisher in dieser Angelegenheit unternommen hat?«

»Ich finde, daß nichts, was er unternimmt, richtig ist. Schauen Sie doch bloß mal hinaus in die Bucht. Tausende toter Fische, Hunderte toter Vögel und ein Wasser, das so giftig

ist, daß nicht einmal die Haifische darin schwimmen können. Brian Dennisons Giftmüllpatrouille besteht aus *einem einzigen* Beamten, der noch dazu nur halbtags dafür eingesetzt wird und so gut wie keine Vergütung für seine Bemühungen erhält, obwohl er sein eigenes Boot dafür zur Verfügung stellt. Vor ein paar Tagen hatte es auf einer nächtlichen Patrouillenfahrt zuerst eine defekte Zylinderkopfdichtung und dann ein abgerissenes Pleuel. Die Reparaturkosten belaufen sich auf etwa zwölfhundert Dollar, und weder Chief Dennisons Polizei noch die Stadt Newport Beach zahlen auch nur einen Penny dafür. Ich selbst habe mich angeboten, den Schaden zu bezahlen.
Zur gleichen Zeit aber hat Brian Dennison von der Stadt mehr Geld gefordert, und zwar für zehn neue Streifenwagen, acht zusätzliche Polizisten, eine neue Computeranlage im Polizeigebäude und dafür, daß er sein Lieblingskind, den Hubschrauber, der in der Stunde fünfhundert Dollar verschlingt, noch häufiger aufsteigen lassen kann.
Gegen Dennisons Polizei laufen momentan Prozesse mit einem Gesamtstreitwert von über sechseinhalb Millionen Dollar. Alle wegen brutaler Ausschreitungen seiner Beamten, in der großen Mehrzahl angestrengt von Leuten aus dieser Gegend hier, die auf der Halbinsel aufgewachsen sind und zum Allgemeinwohl und dem unverwechselbaren Charakter dieser Stadt einen wichtigen Beitrag leisten. Brian Dennison kann seine Polizei führen, wie er will, aber er darf mit seinen zweifelhaften Methoden niemals diese Stadt regieren. Hier, ich möchte Ihnen etwas zeigen. Das hier ist Art. Er ist eine kleine Möwe, die eine Dosis Trichloräthan erwischt hat. Art ist sehr krank, vielleicht wird er sogar sterben«.
Jim schaute durch die Hecke und sah, wie Becky eine kleine Möwe in ihren Armen hielt. Sie streichelte den Körper des

Vogels und drehte seinen verschreckten Kopf zu den Kameras. Beckys Schamlosigkeit überraschte Jim immer wieder aufs neue. Einen Großteil davon hatte sie von Virginia gelernt. Vielleicht suchen Männer sich immer Frauen, die ihren Müttern ähnlich sind, dachte Jim.

»Meine freiwilligen Helfer haben Art gestern hier direkt an der Kaimauer gefunden. Sehen Sie, das meine ich damit, wenn ich sage, daß wir das Wachstum in diesem County in den Griff bekommen und endlich damit anfangen müssen, das, was uns an Natur noch übriggeblieben ist, zu bewahren. Wir wissen doch mittlerweile wohl alle, daß wir die Erde nicht von unseren Eltern geerbt, sondern von unseren Kindern geliehen haben. Ich glaube, daß wir noch eine Menge Arbeit vor uns haben, bis Art wieder im Hafen von Newport Beach herumschwimmen und Fische fangen kann, ohne daß er davon krank wird oder stirbt.

Brian Dennisons Wahlkampf wird von C. David Cantrell und den anderen großen Bauunternehmern bezahlt, von Leuten, die glauben, daß die vornehmste Pflicht dieses unseres Landes darin besteht, ihnen enorme Profite zu bescheren. Die Bauunternehmerin Kathryn Thompson hat erst kürzlich eine neue Siedlung aus lieblos fabrizierten Häusern errichtet und sie *Laguna Audubon* genannt, nachdem ein Gericht entschieden hatte, daß sie den Namen des großen Vogelkundlers John James Audubon für ihre Vermarktungsstrategien verwenden darf. Sie hat auch den Namen von Laguna Beach verwendet, dabei ist ihr *Laguna Audubon* gar nicht in Laguna Beach. Mrs. Thompson hat den Straßen in dieser Siedlung Vogelnamen gegeben. Erst werden die Vögel vernichtet, und dann werden Straßen nach ihnen benannt. Diese Arroganz ist, meiner Meinung nach, typisch für das Bauunternehmerkartell.«

»Warum diskutieren Sie nicht öffentlich mit Dennison?«

»Fragen Sie *ihn* das. Er ist derjenige, der nicht will. Vielen Dank, meine Herrschaften, das war's für heute. Ich werde jetzt die Pipette holen und Art etwas zu fressen geben. Ich werde Sie über alles auf dem laufenden halten.«

Weir hörte ein allgemeines Murren, als Beckys Haustür zugeschlagen wurde. Er ging zur Gartentür und hatte gute Lust, Becky zu erwürgen. Ein paar Zeitungsreporter rannten den Gehsteig entlang zur nächsten Telefonzelle. Fernsehteams machten Aufnahmen von Beckys Freiwilligen, die immer noch tote Tiere aufsammelten. Auf der Suche nach der besten Einstellung verstellten sich die Kameramänner gegenseitig die Sicht.

»Können Sie uns ein paar Worte für Kanal fünf sagen, Mr. Weir?«

Es war Laurel Kennedy, deren spitzes Gesicht heute direkt hübsch aussah. Sie hielt Jim ihr Mikrofon vor die Nase. Der Kameramann hinter ihr richtete ein Objektiv auf ihn wie ein riesiges mechanisches Auge.

»Nein. Kein Kommentar.«

»Macht Becky Flynn den Tod Ihrer Schwester zum Wahlkampfthema?«

»Was meinen *Sie*?«

»Ich habe Sie nach *Ihrer* Meinung gefragt, Mr. Weir.«

»Ich glaube nicht, daß ich im Moment etwas sagen könnte, ohne daß mir das falsch ausgelegt würde. Kein Kommentar.«

»Haben Sie und Becky Flynn immer noch eine persönliche Beziehung?«

Drei oder vier weitere Presseleute scharten sich um Weir, Notizblöcke wurden aufgeschlagen, Fotoapparate klickten, und Blitzlichter leuchteten auf, eine weitere Fernsehkamera, deren rotes Aufnahmelicht hektisch blinkte, drängte sich dazwischen. Laurel hielt ihr Mikrofon näher an Jims Mund. »Haben Sie ein Verhältnis mit Becky Flynn, Mr. Weir?«

»Zum Teufel, Laurel, wen interessiert das schon?«

»Glauben Sie, daß Chief Dennisons Untersuchungen fair und unparteiisch durchgeführt wurden?«

»Tut mir leid, ich werde Ihre Fragen nicht beantworten ...«

Auf einmal bemerkte Weir, daß jemand die Reporter zur Seite schob und sich seinen Weg zu ihm bahnte. Es war eine breite große Gestalt in einer weißen Bluse, die bis zum Kragen zugeknöpft war, wo sie in eine unmögliche Rüschenkrause überging. Das dicke graubraune Haar der Frau war zu einem strengen Knoten hochgesteckt.

Marge Buzzard schob Laurel Kennedy mit einer großen, knorrigen Hand zur Seite und ging dann wütend auf den einen, dann den anderen Kameramann los, die beide schleunigst die Flucht ergriffen. Aus sicherer Distanz machten sie weiterhin Aufnahmen, während Miß Buzzard auf ihren breiten Fersen zurück zu Jim marschierte und ihren ganzen Zorn auf ihn richtete.

*»Kommen Sie sofort mit«*, befahl sie barsch. »Sie werden keine Lügen über Cheverton-Kanalbau mehr verbreiten.«

»Mein Gott, Sie sehen heute morgen aber gut aus«, sagte Weir und nahm ihren zitternden Arm. »Hier entlang, bitte.«

Wie ein Schlachtschiff stampfte Marge, geführt von Jim, an den klickenden Fotoapparaten und den surrenden Videokameras vorbei hinaus auf den Gehsteig. Sie gingen an Raymonds Haus und Anns Kindergarten vorbei und bei *Poon's Locker* um die Ecke, bis sie schließlich durch die Hintertür in den kühlen Vorratsraum des Cafés gelangten.

Marge Buzzard wirbelte herum und starrte Weir mit empörten Augen an. »Sie haben ja keine Ahnung, was Sie tun«, bellte sie.

»Ich habe nur an der Oleanderhecke gestanden.«
»Dann weiß eben Ihre Freundin, dieses siebengescheite Flittchen, nicht, was sie tut.« Marge fuchtelte mit einem ausgestreckten Finger vor Jims Gesicht herum.
Jim nahm den Finger in seine Hand, drückte ihn fest und steuerte Marge Buzzard rückwärts in das leere Café. »Zeigen Sie nicht mit dem Finger auf mich, Marge. So was mag ich nicht. Wenn Sie mir etwas sagen wollen, müssen Sie schon ein paar Manieren lernen. Jetzt setzen Sie sich auf Ihre vier Buchstaben, halten den Mund und beruhigen sich erst mal. Ich mache uns Kaffee.« Er ließ ihren Finger wieder los und brachte ihr einen Stuhl von einem der Tische.
Während der Kaffee durch die Maschine lief, beobachtete Jim Marge Buzzard. Sie saß stocksteif auf der Kante des Stuhls, den Rücken kerzengerade, eine Hand im Schoß, während die andere mit einem weißen Spitzentaschentuch an ihren Augen herumtupfte. Bevor er ihr eine Tasse Kaffee, ein Milchkännchen und einen Zuckerstreuer auf den Tisch stellte, kam Jim zu dem Schluß, daß Marge Buzzard, wie Poon sich ausgedrückt hätte, verrückt war wie eine Scheißhausratte. Irgendwie mochte er sie.
»Ich habe den Verdacht, daß Sie mir etwas zu sagen haben«, begann er. »Ich bin ganz Ohr.«
Marges Augen blickten auf Jim mit einem Mißtrauen, das man nur als grenzenlos bezeichnen konnte. Im Vergleich zu ihr war Virginia direkt vertrauensselig. Gleichzeitig aber schniefte sie, es war ein kleines, hilfloses Geräusch, wie es ein fünfjähriges Kind von sich geben könnte, begleitet von einem würdevoll bebenden Kinn. »Ich habe genug von den Leuten«, sagte sie schließlich.
»Von was für Leuten, Marge?«
»Von respektlosen, undankbaren Leuten – Gaunern, Ver-

leumdern, Lügnern, Betrügern, ... einfach von allen Leuten.«

»Ich kann Ihnen leider nicht ganz folgen. Erzählen Sie von Anfang an.«

Marge ließ die Handtasche in ihren Schoß fallen. »Die Cheverton-Kanalbaugesellschaft wurde 1959 von Richard Cheverton gegründet. Wir nannten ihn Dickie. Ich war seine erste und einzige Sekretärin. Seine Frau ... aber das ist eine andere Geschichte. Er war jedenfalls der feinste Mann, den ich je kennengelernt habe, und unsere Firma war immer ehrlich. *Ehrlich*, Mr. Weir, haben Sie mich verstanden?«

»Ja«, antwortete er und bemerkte, daß sie keinen Ehering trug.

»1986, als unsere Firma von der Cantrell-Baugesellschaft aufgekauft und damit ein Teil von PacifiCo wurde, hatten wir einen Jahresumsatz von fünf Komma acht Millionen Dollar und Ausgaben von zwei Komma sechs Millionen. Unser Gewinn nach Steuern belief sich auf zwei Komma eins Millionen Dollar. Wir waren eine glückliche kleine Firma mit sechsundfünfzig Angestellten.«

Marge tupfte sich wieder die feuchten Augen. Jim ahnte schon, wie es mit der Kanalbaufirma, die Marge so viel bedeutete, weitergegangen war. »Nach 1986 konnten wir noch zwei Jahre lang mit Profit weiterwirtschaften, aber schließlich wurden wir der Auftragsabteilung der Cantrell-Baugesellschaft direkt unterstellt und waren fortan nichts weiter als eine weitere von PacifiCos vielen Baufirmen. Unsere Profitabilität war plötzlich ...« Sie schniefte wieder, dann richtete sie sich auf und sah Jim an. »... unwichtig«, vollendete sie den Satz.

»Das tut mir leid.«

»Machen Sie sich nicht über mich lustig. Sie halten das

vielleicht für albern, aber für mich war Cheverton-Kanalbau mein Leben.«

Weir war still.

»PacifiCo hat uns ausgenommen wie eine Weihnachtsgans. Sie haben uns das Geschäft mit dem Auspumpen von Sicker- und Versitzgruben weggenommen. Alles, was wir noch tun durften, war, in PacifiCos Neubausiedlungen Kanäle zu verlegen. Und sogar dafür hat der Konzern noch andere Firmen herangezogen, wenn sie unseren Kostenvoranschlag unterboten. Die Abteilung, zu der wir gehören, machte riesige Profite, und unser Gewinn wurde mit in diesen Topf geworfen. Uns wurde nicht gestattet, von anderen Firmen Aufträge zu übernehmen, also stand bei uns alles still, wenn nicht gerade neue Häuser gebaut wurden. Ich führte die Bücher weiter, als wären wir noch eine eigenständige Firma, und ich kann Ihnen sagen, daß wir, hätte man uns nur gelassen, jedes Jahr ein überdurchschnittliches Wachstum zu verzeichnen gehabt hätten. Natürlich hatten diese Bücher keinerlei reale Bedeutung.«

»Natürlich.«

»Nicht die geringste.« Marge schluchzte auf und knüllte das Taschentuch in ihrer großen Hand zusammen. »Gleich nachdem PacifiCo uns aufgekauft hatte, schickten sie uns diesen Handlanger Lou Braga, und der war fortan der einzige, mit dem sie verkehrten. Dickie, der ja eigentlich der Geschäftsführer war, verstand das nicht, und wenn er beim Konzern nachfragte, bekam er keine Antwort.«

»Was meinen Sie mit ›verkehren‹?«

»Mr. Braga bekam versiegelte Umschläge von der PacifiCo-Zentrale drüben in Newport Beach. Und wenn sie hier anriefen, verlangten sie immer nur Braga zu sprechen. Louis Braga bekam vom Konzern auch eine Kreditkarte

unter dem Namen Cheverton-Kanalbau – obwohl wir ja in Wirklichkeit nur ein Teil von PacifiCo waren.
Nun, Mr. Weir, jeden Monat, wenn ich unsere Bilanz aufstelle, gehe ich die Ausgaben der Firma bis ins kleinste Detail durch. Und dabei fiel mir etwas auf: Jeden zweiten Monat wurden mit unserer Kreditkarte neuntausend Dollar Bargeld vom Firmenkonto abgehoben, und zwar von einem Dave Smith von der Cheverton-Kanalbau. Braga sagte, ich solle den Betrag als Beratungshonorar verbuchen. Ich verlangte zu wissen, wofür dieser Mann, *der nicht einmal für uns arbeitete*, neuntausend Dollar von Dickies – Mr. Chevertons – Geld bekam. Ich wurde nach Newport zur Konzernverwaltung bestellt und belehrt, daß ich ihre Art der Buchhaltung nicht ›modifizieren‹ sollte. Mr. Braga, sagte man mir, kenne das neue System, und wenn ich eine Frage dazu hätte, sollte ich mich an ihn wenden. Die Woche drauf bekam ich eine Gehaltserhöhung. Aber ich weiß genau, daß sie mich gefeuert hätten, wenn Mr. Cheverton nicht gewesen wäre. Er ist bei ihnen für mich eingetreten.«
»Also konnten Braga und Smith die Kreditkarte benützen. Und wer hatte bei PacifiCo Zugang zu der Cheverton-Nummer?«
»Ich habe keine Ahnung. Soweit es mich angeht, waren wir nie ein Teil von PacifiCo. Die Karte ist, was man in der Buchhaltung eine ›OU-Karte‹ nennt. Das heißt ›Offene Unkosten‹. Alles andere sind entweder B-Karten für ›Büro‹ oder V-Karten für ›Verschiedenes‹ und R-Karten für ›Reisen‹. Sie alle haben gesonderte Kreditkartenkonten. Aber PacifiCo kann es sich anscheinend leisten, jeden zweiten Monat neuntausend Dollar einfach als ›Unkosten‹ abbuchen zu lassen, weil sie einen Jahresumsatz von über sechshundert Millionen hat.«
Jim wartete, während Marge eine Ecke ihres zusammenge-

knüllten Taschentuchs entfaltete und sich damit die Augen abtupfte. Es war Zeit, einen Versuch zu wagen. »Hat Mr. Smith manchmal Post bei Cheverton bekommen?« fragte er.

»Ja. Ab und zu kam etwas für ihn, und oft stand ›persönlich und vertraulich‹ darauf. Ich habe nie einen Umschlag geöffnet, der für Mr. Smith war. Ich hatte strengste Anweisung von PacifiCo, dies nicht zu tun. Ich gab alle Briefe direkt an Mr. Braga weiter.«

Briefe von Ann, dachte Jim, an Cantrell. »Gab es denn wirklich niemals einen Dave Smith?«

Marges Gesicht hatte jetzt auf einmal einen mehr verletzten als verletzenden Ausdruck. »Das habe ich Ihnen doch schon *gesagt*, als Sie bei uns in der Firma waren.«

»Aber Sie haben Smith fünf Jahre lang gedeckt«, sagte Jim.

Sie nickte, während neue Tränen in ihre Augen stiegen. »Als Mr. Cheverton Ende sechsundachtzig starb, habe ich geschworen, daß ich bei der Firma bleiben und mein Bestes tun würde, um sie wieder so rechtschaffen wie früher zu machen. Aber es ist nicht mehr so wie damals. Es ist eine Schande. Das einzige, was noch so wie früher ist, ist Mr. Chevertons Bild an der Wand meines Büros. Deshalb sehe ich auch nicht tatenlos zu, wie dieser Dave Smith sein Andenken in den Schmutz zieht. Mr. Cheverton *haßte* das, was in der Firma vorging, die früher ihm gehört hatte, und ich werde es nicht zulassen, daß jemand auf seinem Andenken herumtrampelt. Sie nicht und diese Schlampe von Bürgermeisterkandidatin auch nicht. Und auch die Zeitungen dürfen das nicht.«

»Werden die neuntausend Dollar denn immer noch abgehoben?«

Sie nickte. »Jeden zweiten Monat.«

»Wer bekommt denn das Geld?«

»Louis Braga hebt es wohl ab, vermute ich.« Marge setzte

sich wieder gerade und starrte Jim mit durchdringendem Blick an. »Aber ich habe keine Ahnung, wohin es geht, wenn *er* es weitergibt.«

Jim wartete, während Marge tief durchatmete. Mit ihren feuchten, aber stahlharten Augen starrte sie auf das Resopal der Tischplatte und sammelte sich.

»Haben Sie wirklich keine Ahnung, Marge?« fragte er leise. »Ausgerechnet Sie wollen überhaupt keine Ahnung haben, wohin das Geld geht?«

Kurz flackerte ein milder Ausdruck in ihrem Gesicht, verschwand dann aber wieder. »Nein, ich weiß es wirklich nicht.«

»Ah.«

Sie schaute auf zu Jim, dann wandte sie ihren Blick ab.

»Aber Sie haben etwas gesehen, was nicht ganz richtig war, stimmt's? Sie sind doch nicht dumm, Marge. Sie sind doch bestimmt nach Dienstschluß noch ein bißchen dageblieben und haben die Bücher ganz genau angesehen, um herauszufinden, ob es einen Grund für das Abheben des Geldes gab. Sind sie nicht spätnachts oder am Wochenende einmal in die Firma gefahren und haben nach dem Rechten gesehen? Für Mr. Cheverton? Stimmt's?«

Sie räusperte sich und nickte. »Aber ich will Mr. Cheverton verteidigen und nicht ihn belasten.«

»Wachen Sie auf, Marge – Mr. Cheverton wird mißbraucht.«

»Ja«, erwiderte sie leise. »Ja, das weiß ich.« Sie blinzelte feucht und trocknete sich nochmals die Tränen ab. »Es ist bloß so schwer zu entscheiden, wann man kämpfen und wann man sich zurückziehen muß. Früher oder später müssen wir alle nach unseren eigenen Prinzipien handeln.«

»Das ist wahr«, sagte Weir. Er lehnte sich zurück. Gib ihr Zeit, dachte er. Er trank einen Schluck Kaffee und wartete.

Marge Buzzard warf ihm einen raschen Blick zu, dann starrte sie hinunter in ihre Kaffeetasse. Ihr Parfüm roch nach Flieder. »Ich habe schon daran gedacht zu kündigen«, fuhr sie schließlich fort. »Es ist nicht mehr so wie früher. Nichts ist mehr so.«

»Es ist schrecklich, wenn man jemanden verliert, den man geliebt hat.«

Entrüstung blitzte in ihren Augen auf. »Er war der feinste Mensch, den ich je gekannt habe. So ehrlich und fürsorglich. Er hätte vom Leben etwas Besseres verdient, glaube ich. Ja, ich habe ihn geliebt. Aber ich habe niemals die Regeln des Anstands verletzt. Er war ein verheirateter Mann und ich ... eine alleinstehende Frau. Ich achte die Ehe, Mr. Weir, die meine ebenso wie die anderer Menschen. Wenn ich verheiratet wäre, meine ich.«

»Nicht jeder denkt so edel.«

»Ich bin eine viel zu große, häßliche Frau, Mr. Weir, aber ich habe auch meine Stärken. Ich bin loyal, arbeite mit Begeisterung, und wenn es sein muß, kann ich auch tapfer sein.«

»Es hat mir imponiert, wie Sie versucht haben, mich aus dem Firmengelände zu werfen.«

Sie sah ihn abschätzig an. »Und jetzt bin ich hier und erzähle Ihnen genau das, was ich Ihnen damals mit aller Macht vorenthalten wollte.«

»Warum?«

»Ich wußte, was Sie wollten, als Sie zu uns kamen und nach Dave Smith fragten«, antwortete sie. »Und dann hörte ich von Becky Flynns Pressekonferenz und dachte mir, daß sie uns benutzen wollte. Aber das, was mit Ihrer Schwester geschehen ist, hat mich tief berührt, und obwohl ich sicher bin, daß es keinen Zusammenhang zwischen den Unterschlagungen bei Cheverton-Kanalbau und dem Mord gibt, hat der Tod Ihrer Schwester mir doch geholfen, die Bedeutung dieser Sache zu erkennen ...«

Jim wartete, aber sie sprach nicht weiter.

Marge umklammerte mit ihren Fingern die Kaffeetasse. Als sie wieder sprach, schaute sie Jim nicht an. »Louis Braga hat das Geld einem Polizisten namens Blodgett gegeben, zumindest bei zwei Gelegenheiten. Einmal, als ich in seinem Wohnwagen auf Mr. Braga wartete, bekam ich mit, wie er das Geld in eine Einkaufstüte steckte. Später am Abend – ich machte Überstunden – sah ich dann, wie er Blodgett die Tüte gab. Ich kann nicht sagen, daß er jedesmal die neuntausend Dollar bekommen hat, aber zweimal ganz bestimmt. Ich vermute aber, daß es immer so war.«

»Warum bekommt Blodgett neun Riesen von PacifiCo?«

»Von *Mr. Cheverton!*«

»Von Mr. Cheverton, meine ich.«

Marge betrachtete Jim einen Augenblick lang mit zusammengekniffenen Augen. Ihre große Nase war vom Weinen ganz rot. »Ich habe da so meine Vermutungen.« Sie hob ihre Handtasche in ihren Schoß, öffnete den Reißverschluß und nahm ein kleines Schraubglas heraus.

»Mit diesem Zeug haben sie letzte Woche den Köderfischtank der DUTY FREE gefüllt. Und sie nahmen zusätzlich noch sechs große Fässer an Bord. Immer, wenn sie mit dem Boot rausfuhren, war vorher ein Lastwagen von *Blake-Hollis-Chemie* da. Ich weiß das, weil Louis Braga am Tag nach diesen nächtlichen Fahrten immer erst gegen Abend zur Arbeit kommt, und das Boot ist auch nicht da. Ich glaube, daß diese ...Substanz von dem *Blake-Hollis*-Lastwagen angeliefert wird. Wenn die DUTY FREE dann am folgenden Tag wieder auf dem Anhänger steht, ist der Köderfischtank immer leer, ebenso wie die Fässer.«

»Gehört *Blake-Hollis-Chemie* auch zu PacifiCo?«

»Eine Tochterfirma.«
Sie hielt ihm das Glas hin, aber Jim schüttelte den Kopf und weigerte sich, es zu nehmen. Statt dessen bat er sie, es aufzuschrauben.
Die Dämpfe, die aus dem Glas stiegen, waren scharf und fremdartig. Die Flüssigkeit sah aus wie Wasser. Ein Lösungsmittel, dachte Jim. »Möglicherweise ist das 1,1,1-Trichloräthan«, sagte er. »Auf diese Weise ist es also in die Bucht gekommen.«
»Das glaube ich auch. Ich überlasse es Ihnen, mehr herauszubekommen und die Sache weiterzuverfolgen. Ich bin *nicht gewillt*, das, was ich weiß, der Polizei zu sagen. Nicht der Polizei von Newport Beach, wo ein Mann wie Dale Blodgett für den Giftmüll zuständig ist.«
»Und wie wäre es mit einem Großen Geschworenengericht?«
»Je größer, desto besser, Mr. Weir.«
»Miß Buzzard, Sie können dieses Glas nicht bei mir lassen. Nehmen Sie es wieder mit, und verstecken Sie es an einem sicheren Ort, aber lassen Sie niemand anderen daran. Wenn Sie beweisen wollen, daß dies das Zeug ist, das in die Bucht gekippt wurde, dann müssen Sie beweisen, woher Sie diese Probe haben. Ich darf das jetzt nicht berühren. Verstehen Sie das?«
Sie nickte.
»Ich werde Ihnen jetzt eine Frage stellen«, sagte Jim, »und ich will, daß Sie über die Antwort sorgfältig nachdenken. Sie ist äußerst wichtig für mich.«
Sie schniefte und setzte sich gerade hin.
»Haben Sie jemals meine Schwester Ann auf dem Cheverton-Gelände gesehen? Ist sie von dort aus mit der DUTY FREE hinausgefahren? Sie war blond, groß, hübsch – Sie haben sicher die Bilder in den Zeitungen gesehen. Vielleicht war

sie auch mit einer älteren Frau zusammen. Bitte, denken Sie nach.«

Marge blinzelte und sah Weir mit ihren grimmigen, feuchten Augen an.

»Nein. Niemals.«

»Denken Sie noch mal nach.«

»Ich sagte doch, nie. Ich vergesse nichts. Aber ich kann Ihnen etwas anderes erzählen, woran ich mich erinnere. Eines Tages, vor einem Monat etwa, kam Blodgett vorbei, um mit Braga zu sprechen. Es war derselbe Abend, an dem ich beobachtete, daß Louis ihm die Tüte mit dem Geld gab, einen Tag nachdem sie mit dem Boot draußen gewesen waren. Sie waren in Louis' Büro, redeten und lachten. Ich goß gerade die traurigen Geranien vor dem Wohnwagen, die er niemals selber gießt. Ich gebe Ihnen jetzt einen kurzen Abriß von dem, was ich gehört habe: Zuerst sagte Louis: ›Das war gestern abend aber knapp.‹ Blodgett antwortete: ›Sie hat keine Ahnung.‹ Louis sagte: ›Als sie reinkam, ist sie direkt an dem Lastwagen vorbeigelaufen.‹ ›Im Hof steht ein Dutzend Lastwagen‹, sagte Blodgett, ›mach dir bloß nicht ins Hemd. Wenn es ihre Mom gewesen wäre, dann müßten wir uns Sorgen machen. Virginia ist diejenige, auf die wir aufpassen müssen.‹«

»Virginia?« fragte Jim.

»Ja. ›Virginia ist diejenige, auf die wir aufpassen müssen.‹ Ich bin ganz sicher, daß ich das gehört habe. Wer ist diese Virginia?«

Weir hatte einen Augenblick lang alles verschwommen gesehen, nun sah er es wieder mit bemerkenswerter Klarheit.

»Virginia ist meine Mutter. Und Anns Mutter. Sie und Ann sind mit Blodgett und Braga auf Giftmüllpatrouille hinausgefahren. Anscheinend hat Ann einmal versucht, alleine mit ihnen zu fahren, und das in einer Nacht, in der sie das Zeug ins Meer kippten.«

»O Gott. Und jetzt ist sie tot.«

Weir stand auf. »Tun Sie im Moment gar nichts. Soweit es Sie angeht, ist alles in Ordnung. Warten Sie, bis ich Sie anrufe. Haben Braga oder Blodgett eine Ahnung, daß Sie das alles wissen?«

»In den dreißig Jahren bei der Cheverton-Kanalbau habe ich gelernt, wie man vorsichtig ist.«

»Sie haben etwas Gutes getan, Marge.«

Marge stand auf, zupfte sich den Rüschenkragen zurecht und strich sich das Kleid gerade. »Ich fühle mich so, wie Judas sich gefühlt haben muß.«

»Judas hat Christus verraten«, sagte Weir. »Sie haben bloß ein paar Profithaie überführt, die vielleicht auch noch Mörder sind.«

»Ich glaube, ich werde mir ein paar Tage freinehmen und mein Kündigungsschreiben aufsetzen.«

»Tun Sie das jetzt noch nicht. Bleiben Sie ruhig. Verhalten Sie sich so, als wäre alles ganz normal.«

»Normal? Sie haben Nerven. Wir werden Tausende von Fragen zu beantworten haben, nach allem, was diese schreckliche Flynn eben gesagt hat. Wir haben eines gemeinsam, Mr. Weir – wir arbeiten beide für Leute, die andere manipulieren.«

Die Feststellung traf Jim ziemlich hart. »Halten Sie durch, Marge.«

»Das hat mir noch nie Probleme bereitet. Ich habe bloß immer für die falschen Sachen durchgehalten. Meine Kündigung ist schon so gut wie geschrieben. Ich bin fest entschlossen, sie auch abzuschicken.«

»Nein. Wenn Sie diese Leute jetzt aufschrecken, dann könnte das für Sie eine Katastrophe bedeuten. Ich

meine das ernst, Marge. Und *die* meinen es erst recht ernst.«
»Meine Kündigungsfrist beträgt einen Monat. Und ich würde Mr. Cheverton niemals auf eine unkorrekte Art und Weise verlassen.«
»Warten Sie noch einen weiteren Monat, bevor Sie die Kündigung abschicken. Wollen Sie das tun?«
Sie seufzte. »Ich war jetzt lange genug bei Cheverton. Ein Monat mehr wird mir nichts ausmachen.«
»Dieser Monat könnte Ihnen vielleicht das Leben retten.«
Weir hielt gerade die schwere Tür für Marge auf, als Becky hereinkam. Die beiden Frauen blieben stehen und starrten sich einen Augenblick an. Marge Buzzard hielt den Atem an und fuhr mit einer Hand an den Kragen ihrer Bluse.
»Sie sind einfach ungeheuerlich«, entfuhr es ihr.
»Nennen Sie mich doch Becky, Mrs. …«
»Buzzard. Wie Basar mit einem *d*.«
Becky streckte ihr die Hand hin und sah Jim besorgt an.
Marge atmete zitternd durch und ging wortlos an Becky vorbei hinaus in den trüben Frühlingsvormittag.
Auf Beckys Gesicht standen Schweißperlen, ihre Haare klebten an ihrer Stirn. »Hast du's dir angeschaut?«
»Du bist zu weit vorgeprescht.«
»Ich meine nicht die Pressekonferenz, ich meine das Video, das Virgina dagelassen hat.«
»Ich habe es gesehen.«
Sie schaute ihn einen Augenblick an, seufzte und fuhr sich mit der Hand über die Stirn. »Du hast es nicht wirklich gesehen. Die Dinge geraten in Bewegung, Jim. Du mußt sie als das sehen, was sie wirklich sind.«
»Darauf kannst du Gift nehmen, daß etwas in Bewegung ist. Du hast Cantrell bei der Pressekonferenz fast die Pistole auf die Brust gesetzt. Wir können ihn noch nicht mit den Rosen

in Verbindung bringen – noch nicht sicher, jedenfalls. Wir können zwar sagen, daß er eine Affäre mit Ann gehabt hat, aber wir können es ihm noch nicht beweisen. Und wir haben nichts, was ihn mit der Back Bay in Verbindung bringt. Überhaupt nichts. Wenn du nicht aufpaßt und langsamer tust, dann wirst du noch alles verderben. Du wirst ihn verschrecken.«

Ein listiges Lächeln erschien auf Beckys Gesicht. »Komm mit, Jim. Du mußt lernen, wie man *sieht.*«

Sie gingen zurück ins Große Haus, und Becky steckte das Videoband in den Recorder und trat zurück. Weir setzte sich an Virginias Schreibtisch und versuchte, Beckys ungeduldige Blicke zu ihm herüber zu ignorieren. Er las noch einmal die Notiz von seiner Mutter: ... *Ich will, daß Du es Dir sorgfältig ansiehst.*

Während Cantrells Gesicht und seine Predigt an ihm vorbeiliefen, betrachtete Jim angestrengt das Bild und versuchte, etwas zu entdecken, was ihm vorher entgangen war. Die erste Hälfte des Videos war harmlos genug. Dann veränderte sich der Hintergrund zum entspannt dahinfließenden Verkehr, und Cantrell beugte sich vor an das Geländer, um seinen Zuschauern direkt ins Herz zu blicken. Dabei verrutschte seine Jacke, seine Krawatte fiel nach vorn und blieb am Hemd hängen. Die Kamera wanderte nach oben auf sein Gesicht.

Etwas regte sich in Weirs Kopf. Irgend etwas kam ihm bemerkenswert vor. Aber was?

Er drückte auf Stop, spulte das Band kurz zurück und ließ es wieder vorwärts laufen. Cantrell beugte sich nach vorn, seine Jacke verrutschte, die Krawatte bewegte sich und blieb hängen, weil die Krawattennadel sie zurückhielt. *Die Krawattennadel.* Zwischen den Streifen der Krawatte sah Jim einen kleinen hellen Blitz, etwa im zweiten unteren Drittel. Die

Kamera zog auf sein Gesicht, und die kurze Reflexion war nicht mehr zu sehen. Jim spulte noch einmal zurück und schaltete auf Standbild, gerade als Cantrells Krawatte von der Krawattennadel gestoppt wurde. Das Bild war nicht besonders scharf. Aber die Form der Nadel stimmte, die Größe stimmte auch.

Jim spürte, wie sich seine Haut zusammenzog, wie sein Herz schneller schlug. »Wir haben ihn. Er war dort.«

»Wir sind zwar noch weit davon entfernt, ihn zu haben«, sagte Becky, »aber er *war* dort.«

»Woher wuße Virginia das mit der Krawattennadel?« fragte Jim.

Becky zuckte mit den Achseln. »Sie hat ihre Quellen.«

Jim wollte gerade Robbins anrufen, als das Telefon klingelte.

»Jim Weir?« fragte eine Stimme.

»Am Apparat.«

»Mein Name ist David Cantrell.«

Jim sagte nichts. Cantrell wartete einen Moment. »Ich glaube, wir haben etwas zu besprechen«, sagte er dann.

»Da haben Sie recht.«

»Können Sie mich in einer halben Stunde vor dem Balboa-Theater treffen?«

»Ich werde dort sein. Hoffentlich bleiben Sie nicht im Verkehr stecken.«

Weir legte auf.

Becky musterte ihn sorgfältig, ihre dunklen braunen Augen bewegten sich über sein Gesicht. »War *er* das?«

»Ja.«

Ein Lächeln kam auf Beckys Gesicht, das listige kleine Grinsen, das Jim immer aggressiv machte. Sie atmete tief ein und langsam aus. Dann kam sie zum Tisch und kniete sich neben Jim auf den Boden. »Von jetzt ab müssen wir alles richtig machen. Wenn du an Robbins heran willst, mußt du den Weg über Dennison nehmen, und Brian wird dich nicht zu ihm durchlassen. Er wird alles tun, was er kann, um Cantrell zu decken. Wir brauchen den Staatsanwalt, und ich habe einen guten Draht zu ihm. Wir müssen Cantrell festnageln, Jim. Wir müssen den Kerl hinter Gitter bringen.«

Weir lehnte sich zurück und starrte einen Augenblick an die Decke. Hinter Gitter bringen? Ray wird ihn töten.

»Wann triffst du Cantrell?« fragte Becky.

»In einer halben Stunde.«

# KAPITEL 28

Die silbergraue Limousine schob sich aus dem Nebel, als wäre sie daraus geboren. Jim stand unter dem Vordach des Theaters, an dem sich der dichter werdende Dunst kondensierte und träge auf den Gehsteig tropfte, wo er dunkle Flecken hinterließ.

Ein großer, stiftenköpfiger Mann in einem grauen Anzug stieg aus dem Wagen, nickte Jim mit einem gepreßten Lächeln zu und holte aus seiner Jackentasche einen Metalldetektor, mit dem er Weir vorne und hinten absuchte.

»Gut machen Sie das«, sagte Weir.

»Entschuldigen Sie bitte die kleine Unannehmlichkeit, Sir.«

»Ich habe keine Kanone.«

Der Detektor schnarrte vor sich hin.

»Wir suchen eher nach einem Draht, Sir.«

»Ich habe auch keinen Draht an mir.«

Der Mann sah an Jim vorbei zum Fahrer der Limousine und signalisierte diesem, daß Jim sauber sei. Er steckte den Detektor wieder in die Jackentasche und öffnete Jim die Tür. »Danke, Sir.«

Weir stieg ein und setzte sich. Cantrell saß auf dem Rücksitz, das sanfte Licht einer am Wagenhimmel angebrachten Leselampe schien auf eine Ausgabe der NEW YORK TIMES, die zusammengefaltet auf seinen Knien lag. Das Innere der Limousine roch nach Leder und Eau de Cologne und freiem Unternehmergeist. Cantrell streckte Jim eine sorgfältig manikürte Hand entgegen. »Dave Cantrell«, sagte er. Seine Stimme klang förmlich und glatt.

»Jim Weir.«

»Ich bin froh, daß Sie gekommen sind. Sicher sind Sie ein vielbeschäftigter Mann.«
»Nun, im Moment ist beruflich bei mir eher wenig los.«
»Ich verstehe. Sie hatten eine Menge um die Ohren.«
»Ich schätze, das haben Sie auch.«
Cantrell betrachtete ihn, eine Falte des Erstaunens erschien in seinem Gesicht. »Nun, das stimmt, Jim, ich möchte Ihnen auch sagen, wie leid es mir tut, was mit Ihrer Schwester geschehen ist. Ich sah sie öfters im *Whale's Tale* und mochte sie sehr. Ihre Gegenwart konnte einem den ganzen Abend verschönen. Ihr Tod ... berührt mich wirklich tief – auf diese Weise.«
Weir sah in Cantrells Gesicht und bemerkte, daß es sich in perfekter Übereinstimmung mit den Worten des Mannes befand: Er sah richtiggehend niedergeschmettert aus. Erstaunlich, dachte Weir. Plötzlich kam ihm die Idee, daß Cantrell möglicherweise verrückt genug war, um Mr. Nights Brief an Raymond geschrieben und jedes Wort darin ernst gemeint zu haben. »Die Tiefe Ihrer Gefühle berührt mich, Dave.«
Cantrell nickte und starrte auf Jim. Er mochte wohl mittelgroß und schlank sein. Er trug einen dunkelblauen Anzug, ein hellrosafarbenes Hemd und eine mit einem bunten, abstrakten Motiv bedruckte Krawatte, schwarze Collegeschuhe und Socken in derselben Farbe wie sein Hemd. Sein Gesicht war braun, und die Lachfalten um seinen Mund waren auch da, wenn er nicht lachte. Cantrells Haare waren dunkelbraun und mittellang, er hatte sie aus seiner hohen Stirn nach hinten gekämmt. Er hatte blaue Augen, deren Lider an den Außenseiten ganz leicht nach unten fielen und seinem Gesicht einen Ausdruck von Verständnis und trokkenem Humor gaben. Seine venendurchzogenen Hände sahen stark aus, der Ehering an seiner Linken war dünn und

schlicht. Er machte den Eindruck eines Mannes, der gewohnt ist, unpopuläre Entscheidungen zu treffen, mit denen er dann auch leben kann. Das Licht der Leselampe zeichnete einen blassen Kreis auf die zusammengefaltete Zeitung. Dave Cantrell, fand Weir, sah genauso aus wie in dem Fernsehspot.

Als der Wagen den Balboa Boulevard hinunterfuhr, hatte Cantrell die Trennscheibe zum Fahrer bereits hochgefahren.

»Ich muß mich für diese kleine Überprüfung vorhin entschuldigen«, sagte Cantrell. »Eigentlich möchte ich unser Zusammentreffen so informell wie möglich halten.«

»Leibwächter verleihen solchen Gelegenheiten immer einen freundlichen Anstrich.«

»Versteckte Tonbandgeräte aber auch.« Er lehnte sich zurück und sah Weir offen an. »Ich mußte Ihre Beziehung zu Becky Flynn und natürlich auch die zu Virginia in Betracht ziehen. Ich bin ein vorsichtiger Mann, und wenn Ihnen das wie Mißtrauen vorkommt, möchte ich mich dafür entschuldigen.«

Die Limousine wendete an der Anlegestelle der Fähre und fuhr jetzt den Boulevard nach Osten. Weir lehnte sich zurück und beschloß, die Sache vorsichtig anzugehen. Sollte doch Cantrell die erste Karte ausspielen – was immer es auch sein mochte –, dann würde Jim ihn schon überstechen. Und wenn ihm Cantrell bloß in die Karten schauen wollte, dann würde er ihm bereitwillig einen Blick auf seine besten Trümpfe geben. Und während das alles vor sich ging, würde Jim versuchen, sich zwei Dinge zu beschaffen. Das erste dürfte keine Schwierigkeiten bereiten, das zweite vielleicht ein paar mehr.

»Ich versuche, mich aus der Politik herauszuhalten«, sagte Weir. »Die ist nicht meine Sache.«

»Aber Becky Flynns Sache ist sie um so mehr. Ich habe eine Fernsehdirektübertragung von ihrer kleinen Pressekonferenz heute vormittag gesehen. Ein wahres Fressen für die Medien. Sie versucht mich zu treffen, indem sie auf Cheverton und irgendwelchen Praktiken der Leute dort herumhackt. Würden Sie sagen, daß diese Einschätzung der Lage korrekt ist?«

»Das muß ich zugeben.«

»Das dachte ich mir. Schließlich erledigen Sie ja die Drecksarbeit für sie.«

»Sie hat einen Mandanten, den sie verteidigen muß, und ich helfe ihr dabei. Becky Flynns Nachforschungen im Goins-Fall haben sie unter anderem auch zu Cheverton geführt.«

»Und was haben Sie dort entdeckt?«

»In etwa das, was Becky in der Pressekonferenz gesagt hat.«

»Da muß doch mehr als das dahinter sein, sonst würde sie sich doch nicht so weit vorwagen.«

Weir zuckte mit den Achseln. »Wir werden sehen.«

»Da bin ich mir ganz sicher. Ich kenne Becky. Und ich wünsche ihr bei der Verteidigung von Horton Goins wirklich alles Gute, denn ich glaube, daß er nur teilweise schuldig ist.«

Weir sagte nichts.

»Die Polizei und der Staatsanwalt haben vernichtendes Beweismaterial gegen ihn in der Hand. Und Brian Dennison und George Percy sind kompetente Männer.«

Jim schaute hinüber zu Cantrell. Er machte sich die offizielle Sichtweise zu eigen. Nicht allzu überraschend.

Cantrell lehnte sich zurück. Die Leselampe schien immer noch auf ihn, ihr Strahl fiel jetzt auf seine Schulter, bevor er auf die Zeitung traf. Und dort, auf der Schulter von Cantrells Jackett, lag ein einzelnes Haar, das ganz leicht im Luftstrom der Klimaanlage zitterte.

»Trotzdem glaube ich, daß Goins nur benutzt wurde, um das Verbrechen auszuführen«, fuhr Cantrell fort. »Er ist von Leuten gekauft, die meinen politischen Ansichten entgegenstehen und die ihn hoffentlich wenigstens gut bezahlen. Die Blumen, die bei Ann gefunden wurden, hat offensichtlich jemand gekauft, der in einer Firma arbeitet, die mir gehört. Sie wurden telefonisch bestellt, auf die Nummer einer Firmenkreditkarte, also könnte es jeder gewesen sein, der Zugang zu der Kreditkartennummer hatte. Bei PacifiCo gibt es etwa acht Leute, die dazu berechtigt sind, bei Cheverton kommen noch mal zwei dazu. Aber wer hätte die Karte unberechtigt benutzen können? Da sind es schon innerhalb des Konzerns an die zweitausendfünfhundert Leute. Und dabei hätte rein theoretisch auch jemand, der nicht für mich arbeitet, die Karte benutzen können, vorausgesetzt, er wußte die Nummer oder hat sie richtig geraten. Die Leute, die hinter Horton Goins stecken, haben bestimmt keine Probleme, so eine Kreditkartengeschichte durchzuziehen. Aber wer ist der Karteninhaber? Cheverton. Und wem gehört Cheverton? Mir. Können Sie mir folgen, Mr. Weir?«

»Bis jetzt schon.«

»Zum zweiten: Letzten Monat wurde in meinem Strandhaus zusammen mit anderen Dingen eine goldene Krawattennadel gestohlen. Die Krawattennadel, die Mackie Ruff am Tatort gefunden hat. Ein Polizeibeamter namens Innelman hat ihre Spur bis zu dem Juwelier verfolgt, bei dem meine Frau die Nadel gekauft hat.«

»Sie ist auch in Ihrem schwachsinnigen Videospot gegen Vorschlag A zu sehen.«

»Das weiß ich. Goins hat sie weisungsgemäß am Tatort zurückgelassen, davon bin ich überzeugt.«

»Wie können Sie so überzeugt davon sein?«

»Ganz einfach, Jim.« Cantrell beugte sich vor. »Ich war nicht dort. Ich habe Ihre Schwester nicht getötet. Ich kannte sie ja kaum. Ab und zu hat sie mich im *Whale* bedient, wo wir uns gut verstanden haben. Genau betrachtet war ich für Ann nicht mehr als ein Gast wie viele andere. Sie war eine schöne, intelligente Frau, und ich mochte sie sehr. Aber ich habe sie nie körperlich berührt. Ich habe ihr nie Avancen gemacht, ebensowenig wie sie mir. Und ich werde nicht tatenlos zusehen, wie jemand mir etwas anhängen will. Hören Sie mir überhaupt zu?«

»Ganz besonders aufmerksam. Fahren Sie fort.«

»Es ist mir natürlich nicht entgangen – ebensowenig wie Ihnen und Becky –, daß Anns Wagen etwa einen Block von meinem Strandhaus entfernt gefunden wurde. Außerdem habe ich in der Mordnacht in ihrem Lokal zu Abend gegessen. Die Polizei weiß das. Wußten Sie es auch?«

»Ja. Und niemand hat Sie beschuldigt, Ann umgebracht zu haben. Sie selbst sind der erste, der das tut.«

»Mr. Weir, seien Sie doch so ehrlich zu mir wie ich zu Ihnen. Ich bin doch nicht dumm. Becky wird versuchen, mir das anzuhängen; es ist ihre Trumpfkarte im Wahlkampf – und sie benutzt Sie, damit Sie ihr die Beweise dafür beschaffen.«

»Meinen Sie, daß Becky Ihnen etwas anhängen will?«

Nach einer langen Pause antwortete Cantrell: »Mr. Weir, ich will hier nicht selbst Beschuldigungen aussprechen, auch wenn sie gegen Leute wären, die mich meinerseits in Verbindung mit einem Mord bringen wollen. Wenn ich genau wüßte, wer hinter der Sache steckt, würde ich sofort zu Brian Dennison und George Percy gehen und Anzeige erstatten. Für den Moment muß ich davon ausgehen, daß nur Becky Flynn dafür in Frage kommt. Vielleicht ist ihr Angebot, Goins zu verteidigen, doch nicht bloß eine Publicity-Maßnahme. Haben Sie daran schon mal gedacht? Ab einem gewissen Punkt könnte sie damit nicht nur Horton Goins, sondern auch sich selbst oder andere Leute, die dieselben Ansichten haben wie sie, verteidigen. Natürlich wäre sie am allerbesten dran, wenn Goins einfach tot aufgefunden würde, nicht wahr?«

Im stillen erkannte Weir diese monströse Logik an. »Sie werden mich niemals davon überzeugen, daß Becky ihre beste Freundin hat ermorden lassen«, sagte er. »Ich kenne sie nun schon seit über dreißig Jahren. Und Becky kannte Ann noch viel länger.«

»Und ich kannte Ann seit ein paar Monaten als Bedienung. Wo ist denn da *mein* Motiv?«

Jim lächelte ein wenig. »Sie müssen ein überreiztes Gewissen haben. Es gibt nichts, woraufhin man Sie anklagen könnte.«

Cantrell schüttelte den Kopf. Die Furchen in seinem Gesicht vertieften sich, und in seinen Augen stand simpler Ärger. »Für Beckys Zwecke ist es doch ganz egal, ob ich *angeklagt* werde. Als Anwältin weiß sie, daß sie nichts gegen mich in der Hand hat. Sie muß mich doch bloß bis zum fünften Juni verleumden und so lange mit dem Mordfall in Verbindung bringen, bis man mich zum Verhör zerrt. Mein Gott, Weir, machen Sie doch Ihre Augen auf: Sie werden benutzt, ebenso wie ich. Und noch etwas, weil Sie es erwähnt haben: Sie wissen nichts, absolut nichts, über mein Gewissen.«

Jim trug dem unverhohlenen Ärger in Cantrells Gesicht Rechnung. »Da haben Sie vermutlich recht«, gab er zu. Er nahm einen frischen Abzug von Horton Goins' Foto aus seiner Jackentasche und reichte es Cantrell hinüber.

Cantrell nahm es und machte damit einen wunderschönen Daumenabdruck direkt auf die untere rechte Ecke der glänzenden Oberfläche des Abzugs. »Das ist Horton Goins«, sagte er.

»Haben Sie ihn gesehen?« fragte Jim.

Cantrell sah ihn ungläubig an. »Ist das Ihr Ernst? Nachdem dieses Bild eine Woche lang in jeder Zeitung des County abgedruckt war, fragen Sie mich das? Was erwarten Sie denn? Daß mir jetzt auf einmal, unter Ihrem intensiven Kreuzverhör, einfällt, daß ich den Kerl schon mal gesehen habe?«

»Darf ich das als ein Nein auffassen?«

Cantrell gab ihm das Foto zurück und schüttelte den Kopf. »Vollidioten«, murmelte er.

Jim schaute noch einmal auf das Bild, bevor er es in die Tasche steckte. Die Fingerabdrücke hätten wir, dachte er, erste Aufgabe erfüllt. »Tut mir leid. Es schadet nie, wenn man auf Nummer Sicher geht.«

Cantrell starrte aus dem Fenster und schien Weir nicht weiter zu beachten.

»Ich schätze, es wäre Ihnen ganz recht, wenn Horton Goins verhaftet würde«, sagte Jim. »Wenn George Percy ihn erst mal unter Druck setzt, wird er vermutlich über seine Hintermänner auspacken – vorausgesetzt, er hat überhaupt welche. Aber generell vermute ich, daß es in Ihrem Interesse wäre, wenn bis zum fünften Juni sowenig wie möglich passieren würde.«

Cantrell nickte. »Dennison möchte sich mit Goins profilieren, und Becky auf ihre Weise auch. Meine Meinung ist folgende: Je mehr Becky mich mit sogenannten ›Beweisen‹ mit Ann in Verbindung bringt, desto wahrscheinlicher erscheint es mir, daß mir jemand den Mord an ihr anhängen will. Ich bitte Sie, auch diese Möglichkeit in Betracht zu ziehen.«

Cantrell studierte Jim aus seiner Ecke im Fond des Wagens. Die Leselampe war immer noch auf seine Zeitung gerichtet, und das Haar, das an seiner Schulter hing, zitterte im Licht hin und her. »Weir, es gibt Dinge, die wichtiger sind als der

Ausgang dieser Wahl. Eine Frau ist ums Leben gekommen. Und mindestens ein unschuldiger Mann – nämlich ich – ist in diese Sache verwickelt worden. Vergessen Sie die Wahl. Sie glauben nicht, daß Goins es getan hat. Gut. Wenn Goins es nicht war, wird man ihn wieder laufenlassen. Aber Sie und Becky sollten entweder die Finger von diesem Fall lassen oder sich so tief in ihn hineinknien, daß Sie wirklich die Wahrheit herausfinden.«

»Was ist denn die Wahrheit?«

»Ich weiß sie auch nicht. Aber ich habe Ihre Schwester nicht umgebracht. Ende.«

»Wo waren Sie in der Nacht, in der Ann starb?«

»In meinem Strandhaus. Ich habe mir ein paar TV-Spots angesehen.«

»Allein?«

»Allein, bis kurz vor Mitternacht. Dann bin ich nach Hause gefahren. Von zwölf Uhr ab war ich bei meiner Frau, aber ich wäre äußerst unglücklich, wenn sie in diesem Fall aussagen müßte. Aber für den Fall, daß es wirklich dazu kommen sollte, möchte ich, daß Sie ein paar Dinge im voraus wissen.

Mr. Weir, Sie haben natürlich das Recht auf Ihre ganz private Meinung. Aber wenn irgend etwas über meine sogenannte ›Beziehung‹ zu Ann an die Presse gelangt – oder meiner Frau zu Ohren kommt –, werde ich das als Angriff auf meine Person auffassen. Und dann ist mir jedes Mittel recht, um Sie, Becky und Ihre Mutter zu vernichten. Ich werde jedes bißchen Einfluß, das ich habe, verwenden und jeden Gefallen, den mir noch jemand schuldet, einfordern, und ich werde die ganze Macht meiner Organisation gegen Sie einsetzen. Ich werde Sie vollständig vernichten, ohne die geringste Hemmung. Einer meiner Fehler, Mr. Weir, ist, daß ich es mindestens ebenso genieße, meine

Feinde kaputtzumachen, wie ich es liebe, meine Freunde zu belohnen.
Zuallererst werden meine Anwälte Sie wegen übler Nachrede und Verleumdung verklagen. Allein die Gerichtskosten werden Ihren letzten Cent verschlingen – gleichgültig, ob ich den Prozeß gewinne oder nicht. Und gewinnen werde ich ihn! Ich werde von Ihnen hundert Millionen Dollar, vielleicht sogar mehr, als Schadenersatz und Bußgeld verlangen, sollte der Vorschlag A aufgrund des durch Sie ausgelösten Skandals bei der Wahl durchkommen. Beklagte sind Becky Flynn, Jim Weir und die Vorsitzende des Wahlkomitees für Vorschlag A, Virginia Weir. Und wenn dieser Vorschlag bei der Wahl trotz Ihrer Verleumdungen scheitern sollte, dann werde ich dafür sorgen, daß Dennison als Bürgermeister den Bebauungsplan in Ihrer Nachbarschaft besonders rücksichtslos durchsetzt und daß Virginias Haus, Beckys Haus, *Poon's Locker, Ann's Kids* und das Haus von Raymond Cruz als erste dem Erdboden gleichgemacht werden. Ich kann das alles tun, Weir, und ich werde es auch tun. Vielleicht haben Sie vergessen, daß der Grund und Boden dort mir gehört – Sie haben ihn von mir nur *gepachtet.*
Ich habe mich heute aus eigenem freiem Willen mit Ihnen getroffen, um ein paar sehr unglückliche Verdächtigungen ins rechte Licht zu rücken. Ich hielt Sie für einen vernünftigen Mann, und ich sehe keinen Grund, meine Einschätzung jetzt zu korrigieren. Ich verlange von Ihnen lediglich, daß Sie meine Privatsphäre respektieren und Ihre Verdächtigungen sorgfältig überprüfen, bevor Sie mich dazu zwingen, Sie zu vernichten. Vielleicht halten Sie das für einen besonders wirkungsvollen Weg, eine Wahl zu manipulieren, deren Ausgang mich beruflich sehr berührt. Aber ich sage Ihnen, es wird Sie, Ihre Mutter und Becky Flynn alles außer

Ihrem Leben kosten. Alles. Ich hoffe, ich habe Ihnen klargemacht, wie ernst diese Angelegenheit ist.«

Cantrell klopfte an die Trennscheibe, und der Fahrer ordnete sich in der linken Spur ein, um umzukehren.

Jim sah den Coast Highway an den Fenstern vorbeiziehen, sah links den Jachthafen, als sie auf die Brücke zur Halbinsel zufuhren. »Eine hübsche Stadt, nicht wahr?«

Cantrells Gesicht wurde wieder hart. Eine Ader, die Jim vorher nicht bemerkt hatte, schwoll jetzt über dem rosafarbenen Hemdkragen dunkelblau an. »Lassen Sie mich raten, was Sie jetzt denken«, sagte Cantrell. »Sie sitzen hier in dieser sündteuren Limousine und denken sich, was für ein Schwein ich bin. Wie abscheulich die Pläne sind, die ich für dieses County habe. Sie glauben, daß Leute wie ich, die Irvine-Baugesellschaft, William Lyon und Kathryn Thompson immer mehr Dollar aus dem Boden pumpen, indem wir immer mehr zahlende Mieter auf immer engeren Platz pferchen und damit alles ruinieren, was vorher ein schöner, einfacher Ort war. Stimmt's?«

»Ja, so sehe ich es. Wer würde es nicht so sehen?«

»Aber überlegen Sie auch mal das folgende: Ich habe in den letzten zwanzig Jahren über achttausend Einfamilienhäuser in diesem County gebaut. Die Menschen leben in ihnen, lieben sich in ihnen, ziehen in ihnen ihre Kinder groß. Meine Häuser halten die Menschen im Winter warm und im Sommer kühl, ihre Dächer sind dicht, ihre Mauern zerbrökkeln nicht, und sie fallen auch nicht zusammen. Jedes Jahr steigt der Wert dieser Häuser.

Ich beschäftige über zweitausendfünfhundert Leute in meinen Firmen, vom Architekten bis zum Nachtwächter. Fast fünfundsechzig Millionen Dollar zahle ich jährlich an Steuern, und außerdem unterstütze ich mit weiteren acht Millionen Kultur- und Wohlfahrtsverbände. Eine Million Dollar jährlich zahle ich für Stipendien, und ich habe schon oft angeboten, irgendwo im County auf meine Kosten ein Obdachlosenasyl zu bauen, aber die Anwohner lassen mich das nirgends tun, *weil sie es nicht in ihrer Nachbarschaft haben wollen.* In einer Nachbarschaft, die ich ihnen erst gebaut habe. Nennen Sie so was Vergewaltigung? Ich bin kein Gangster, Mr. Weir. Ich will nichts weiter als Häuser bauen, um Himmels willen.«

Cantrell ließ sich zurück auf die Sitzbank sinken.

»Es gibt einen Punkt«, erwiderte Jim, »wo einmal Schluß sein muß. Es gibt einen Punkt, von dem ab Sie nur noch eine Illusion verkaufen und sonst nichts. Ich glaube nicht, daß ein Mann wie Sie weiß, wann dieser Punkt erreicht ist.«

»Aber Becky weiß das? Virginia weiß das?«

»Ich glaube schon. Die beiden leben hier, so, wie sie es immer getan haben. Für sie ist dieses Land nicht bloß ein Geschäft. Ihr Leute seid doch nicht die großen Wohltäter der Menschheit, für die Ihr euch so gerne ausgebt. Ihr seid eiskalte Geschäftsleute.«

»Welch edle Gesinnung für einen Mann, der sich Gold unter den Nagel reißt, für das andere Leute gestorben sind.«

»Ich werde auch dafür sterben, wenn ich lange genug danach tauche. Aber ich trage dieses Risiko bewußt. Sind Sie bereit, für das Stadterneuerungsprojekt hier in Balboa Ihr Leben aufs Spiel zu setzen? Oder werden Sie, wenn nicht alles so läuft, wie Sie es sich vorstellen, Ihren Kram packen und woanders hingehen?«

Cantrell beugte sich vor und blickte aus dem Fenster. »Schauen Sie sich doch die Halbinsel an, Weir. Dieses groteske, erbärmliche Vergnügungsviertel, die Bars, die heruntergekommenen Häuser, den permanenten Verkehrsstau und die vergiftete Luft. Was ist denn so falsch daran, wenn ich den Leuten eine bessere Umgebung zum Leben und Arbeiten gebe?«

»Sie *verkaufen* sie ihnen, Cantrell, für teures Geld. Außerdem wollen diese Leute Ihre Segnungen nicht – sie wollen von Ihnen in Ruhe gelassen werden. Und versuchen Sie nicht – wie Sie es bei den Wählern probieren –, mir einzureden, daß Ihre neuen Häuser und Wohnviertel und Einkaufszentren den Verkehr hier beruhigen oder die Luft auch nur ein bißchen besser werden lassen.«

Jim schwieg eine ganze Weile. Sein altes Viertel glitt an den getönten Scheiben der Limousine vorbei. »Zu schade, daß Sie Ann nicht besser gekannt haben«, sagte er schließlich. »Sie war eine wundervolle Person. Sie war gescheit und die meiste Zeit glücklich, auch wenn sie hart gearbeitet hat. Sie hat sich nie beklagt. Ann hatte Freude an so vielen Dingen. Sie hätten sie gemocht.«

Weir sah zu, wie sich Cantrells Gesicht veränderte. Jetzt sah es verwirrt aus.

»Aber ich *habe* sie gemocht.«

»Wußten Sie, daß sie schwanger war, als sie starb?«

Cantrells geschocktes Gesicht wirkte irgendwie gespielt. »Nein. Hatte sie eigentlich Kinder?«

»Sie wissen, daß sie keine Kinder hatte.«

Cantrell schwieg.

»Hier ist Ann aufgewachsen. Genau hier. Sie war ein Kind der Balboa-Halbinsel. Überall, wo ich hier hinsehe, sehe ich etwas, das Ann auch gern gesehen hätte, muß ich an etwas denken, das Ann dort gemacht hat.«

Cantrell schaute Weir an, ohne zu sprechen. Jim sah, wie das Haar auf seiner Schulter sich im Luftzug bewegte. Er deutete hinaus. »Hier, zum Beispiel. Sehen Sie das kleine Haus da drüben, mit dem Zaun drum rum? Hier hatte Annie ihren ersten Job als Babysitter.«

Cantrell betrachtete das Haus eingehender als Jim gedacht hatte, dann drehte er sich wieder zu ihm. »Eine schöne Gegend zum Aufwachsen.«

»Und hier, an der Ecke da drüben, ist sie mit den Rollschuhen gestürzt und mußte mit fünf Stichen am Kinn genäht werden.«

Cantrell schaute abermals mit offensichtlichem Interesse hinaus. Jim entdeckte etwas Abwesendes, Entrücktes in seinem Blick.

»Und hier wohnte damals ihre beste Freundin, Becky Flynn.«

Cantrell nickte und starrte immer noch auf einen unbestimmten Punkt in der Ferne. Als er schließlich wieder etwas sagte, klang seine Stimme tonlos und trocken. »Was ich an Ann am meisten mochte, war ihr Sinn für Humor. Sie sagte immer Dinge, die aus einem anderen Mund direkt grausam geklungen hätten. Aber bei ihr klang es witzig. Die besten Witze riß sie über sich selbst. Sie hat mich oft allein dadurch aufgeheitert, daß sie an meinem Tisch bedient hat.«

»Genau von hier«, fuhr Jim fort, »hatten wir unseren ersten Hund.«

Als Cantrell sich zum Fenster drehte, lehnte Jim sich leicht zu ihm hinüber und deutete auf das Haus. Mit der anderen Hand fuhr er vorsichtig ganz dicht über Cantrells Schulter durch das Licht der Leselampe, schloß seine Faust und legte sie neben sich. Er lächelte, als Cantrell ihn fragte, wie denn der Hund geheißen habe.

»Cassius«, sagte er. »Ein brauner Neufundländer.«

»Cassius«, wiederholte Cantrell. »Hat er sich später Muhammad Ali genannt?«

»Für uns war er immer Cassius. Ann hat den Namen aus einem Stück von Shakespeare. Sie hat immer gern gelesen. Und auch immer gern geschrieben.«

»Ach ja? Hat sie das?« Cantrell starrte Jim an wie ein Untersuchungsbeamter. »Es tut mir sehr leid um Ann, Jim, das müssen Sie mir glauben. Ich wollte vorhin nicht so brutal zu Ihnen sein. All das Gerede von Wahlen und Wahlkampf und Verleumdung hat doch wirklich nichts mit Ann zu tun, mit der Frau aus Fleisch und Blut. Aber lassen Sie sich doch nicht von den anderen an der Nase herumführen. Sie scheinen ein guter Kerl zu sein. Und ich sage Ihnen noch mal: Ich hatte mit Ihrer Schwester nichts zu tun.«

»Aber trotzdem haben Sie sie gemocht.«

»Das habe ich Ihnen doch schon gesagt. Sie war...« Cantrells Stimme brach und wurde zu einem Seufzer. Den Rest der Fahrt die Halbinsel entlang starrte er nur noch aus dem Fenster.

Vor dem Theater hielt der Wagen an. Der kurzgeschorene Leibwächter schnippte eine Zigarette auf die Straße und trat unter dem Vordach heraus, um die Tür zu öffnen.

»Wenn ich Ihnen irgendwie helfen kann, lassen Sie es mich wissen«, sagte Cantrell und hielt Jim seine Hand hin. »Die nächsten paar Abende finden Sie mich in meinem Strandhaus. Ich bin mir sicher, daß Becky Flynn die Adresse und Telefonnummer hat.«

Jim, der immer noch das Haar in seiner geballten Faust hatte, sah hinunter auf Cantrells dargebotene Hand.

»Mr. Weir, Sie sollten wissen, daß ich in der Lage bin, eine Drohung sehr schnell wahr zu machen.«

Weir stieg aus und ließ den Leibwächter die Tür schließen. Als er den Balboa Boulevard überquerte, konnte er geradezu hören, wie das Haar in seiner Faust nach Ken Robbins' Labor schrie, wie es herausbrüllte, daß es mit dem von Mr. Night in allen Merkmalen übereinstimmen würde.

# KAPITEL 29

Das erste, was Weir sah, als er die Tür zu Ken Robbins' Büro öffnete, war das graue, schwitzende, unglückliche Gesicht von Brian Dennison. Die Augenbrauen des Chiefs hoben sich in müdem Erstaunen, als er Jim sah. Er hörte mitten im Satz auf zu sprechen. Robbins saß hinter seinem Schreibtisch, hatte die Hände auf dem Bauch gefaltet und sah erschöpft aus. Raymond, den man anscheinend mitten aus dem Dienst geholt hatte, zeigte einen Gesichtsausdruck wie ein geprügelter Hund.

»Setzen Sie sich, Jim«, sagte Robbins schließlich. »Wir sprachen gerade über ... nun, Brian, vielleicht ist es am besten, Sie legen die Karten auf den Tisch.«

Weir setzte sich, und Dennison ging rasch ein paar Schritte zurück, um ihn besser sehen zu können. Raymond schickte Jim verstockte Blicke zu. Dennison tippte mit einem seiner dicken Finger auf Weirs Brust. »Ich habe den Verdacht, daß Becky Flynn eine Verleumdungskampagne gegen Dave Cantrell inszeniert. Die Pressekonferenz heute morgen war ja wohl die Höhe! Jetzt stößt Becky schon alle möglichen wilden Beschuldigungen aus, um die Leute, die gegen den Vorschlag A sind, in den Dreck zu ziehen.«

»Sie hat auch Sie ganz schön in der Mangel«, entgegnete Weir.

»Nun, sie macht es nicht alleine«, gab Dennison beleidigt zurück.

»Ich habe Ihnen doch gesagt, daß ich für Becky arbeite.«

»Wer hat Sie auf die SWEETHEART DEAL aufmerksam gemacht?«

»Das war ich«, sagte Raymond. »Es war meine Idee. Wir haben nach Anns Tagebuch gesucht, und das Boot war ein Ort, wo wir noch nicht nachgeschaut hatten.«
Dennison zuckte nicht einmal mit der Wimper. »Und all die Briefe von Mr. Night lagen einfach da und warteten darauf, entdeckt zu werden?«
Jim war sich nicht sicher, worauf Dennison hinauswollte, aber er schloß aus Dennisons Worten, daß diese Briefe aus demselben Computerdrucker stammten wie der Brief, den Raymond erhalten hatte. »Sie waren in einer Plastiktüte im Motorraum versteckt.«
»Becky war es nicht zufällig, die Ihnen gesagt hat, Sie sollten dort nachsehen?«
»Nein.« Weir sah hinüber zu Robbins, der dem Gespräch mit ausdrucksloser Miene gefolgt war. »Becky hat nicht ein Wort über die SWEETHEART DEAL gesagt.«
Dennison schüttelte angewidert den Kopf. »Sie müssen wissen, daß Innelman schon lange vor Ihnen die Spur der Rosen zu Cheverton-Kanalbau zurückverfolgt hat. Heute nachmittag hat Cantrell eine firmeninterne Untersuchung in die Wege geleitet.«
»Und, was hat er herausgefunden?«
Dennison wedelte Jims Bemerkung geringschätzig fort wie ein Verkäufer, der die Bedenken eines Kunden übergeht. *»Zweitausendfünfhundert* Angestellte gehen täglich im Pacifi-Co-Gebäude ein und aus. Jeder von ihnen hätte sich diese Nummer beschaffen können, das wissen Sie doch auch. Wenn Cantrell herausfindet, wer es war, dann geht Becky Flynn baden. Sagen Sie mir eines, Jim – wessen Idee war es, dieses verdammte Blumengeschäft ihn LA anzurufen? Hat Becky Flynn sich das ausgedacht?«
»Ich glaube, Mom hat angerufen.«
»Das spielt doch keine Rolle, wer angerufen hat. Wichtig ist,

wessen Idee es war.« Dennison setzte sich, schüttelte den Kopf und beugte sich vor, bis er Jim direkt ins Gesicht sah. »Und jetzt will Becky Horton Goins verteidigen ... *ohne Honorar.* Ist das nicht unglaublich nett?«

»Goins hat kein Geld.«

Dennison schnaubte durch die Nase wie ein wütender Stier. Seine Augen waren hart und stechend. »Wie großzügig«, fauchte er. »Ich habe da einen kleinen, weißen Computerausdruck von der *Pacific-Bell*-Telefongesellschaft. Auf dem sind viele Zahlen, und aus denen geht hervor, daß Becky die Eltern von Goins bereits am einundzwanzigsten Mai zum ersten Mal angerufen hat, also einen Tag bevor sie den *Fall* übernommen hat. Der Anruf kam von Beckys Privathaus, nicht aus ihrer Kanzlei. Und am Zwanzigsten, Einundzwanzigsten und Dreiundzwanzigsten wurde dort von Ihrer Nummer aus angerufen, Jim. Erklären Sie mir doch das einmal, bitte schön.«

Weir hatte nicht bei den Goins angerufen. Das mußte Virginia gewesen sein. »Das kann ich Ihnen nicht erklären.«

»Schade. Aber dann erklären Sie mir was anderes, Weir. Als Innelman mit der Krawattennadel bei den Eltern von Goins war, saß Ihre Mutter bei ihnen in ihrem gottverdammten Wohnzimmer. Können Sie mir vielleicht sagen, weshalb Sie, Becky und Virginia plötzlich so familiären Umgang mit dem Hauptverdächtigen für den Mord an Ihrer Schwester pflegen?«

Weir versuchte, Dennisons Logik nachzuvollziehen, konnte es aber nicht. Beckys Anrufe waren verständlich. Die von Virginia waren es nicht. »Ich habe keine Ahnung«, sagte er.

Dennison starrte Jim eine Weile schweigend an. Dann fuhr er fort: »Cantrell hat uns vor einem Monat gemeldet, daß die Krawattennadel zusammen mit einigen anderen Dingen aus seinem Strandhaus gestohlen wurde. Ich habe in meinem Büro die Formulare, die das beweisen. Er ist in Ordnung, Weir. Man versucht, ihm etwas anzuhängen – und Sie werden dazu benützt.«

Jim nickte, nahm einen kleinen Plastikbeutel, in dem sich Cantrells Haar befand, aus der Brusttasche seines Hemds und legte ihn vor Robbins auf dessen Schreibtisch. »Wenn das mit dem Haar unter der Briefmarke übereinstimmt, haben wir den Mörder.«

Dennison schnappte sich den Beutel, blinzelte kurz auf das Haar drinnen und warf ihn Jim wieder zu. »Ab heute werden Sie weder Einrichtungen noch Angestellte des County für Ihre schmutzigen Zwecke mißbrauchen. Sie haben hier absolut nichts mehr zu sagen. Nichts, was Sie herausfinden, wird jemals von einem Gericht anerkannt werden, und ich werde jegliche Verbindung zwischen Ihnen und der Polizei von Newport Beach schlichtweg ableugnen. Wenn es wirklich irgendeine Beweiskette in Ihrem Sinne gäbe, dann wäre sie allein durch die Tatsache, daß Sie darin verwickelt sind, nicht mehr gerichtlich verwertbar. Ich habe Ihnen einen Job angeboten, Weir. Sie hätten das alles vollkommen legal tun können, aber Sie haben gesagt, ich könne ihn mir sonstwohin schieben. Jim, ich beschwöre Sie, lassen Sie die Sache sausen, hören Sie auf damit, und retten Sie Ihren eigenen Hals, verdammt noch mal. Es ist vorbei.«

Der Chief sah hinüber zu Robbins, der mit den Achseln zuckte.

»Er hat recht, Jim«, sagte er. »Ich kann nichts mehr für Sie tun.«

Weir legte den Plastikbeutel nochmals auf Robbins' Schreibtisch, zusammen mit dem Hochglanzfoto von Horton Goins. Robbins schüttelte langsam den Kopf.

Dennison schlug mit der Faust auf den Tisch, eine frische Welle des Ärgers schwappte in sein Gesicht. »Und ich weiß auch, daß ihr Kerle heute vormittag den verdammten Garagentoröffner aus dem Beweismittelraum geholt habt. Jetzt läuft die Beweiskette auch noch über den *Ehemann* des Opfers! Ich könnte euch wegen dieser Sache eine Anzeige wegen Behinderung polizeilicher Ermittlungen an den Hals hetzen.«

Raymond blickte unbeweglich zu Boden. Robbins seufzte.

Aber Dennison war noch nicht fertig. »Wo ist Ihre Mutter, Jim?«

»Ich weiß es nicht.«

»Wenn ich Sie wäre, würde ich das schnellstens herausfinden.«

Der einzige Weg, der ihnen jetzt noch blieb, war der an Dennison vorbei, dachte Weir. Vielleicht würde Percy zuhören, und wenn nicht Percy, dann sein Vorgesetzter D'Alba, der Bezirksstaatsanwalt. Und wenn der nichts tat, würden sie zur Bundesanklagebehörde gehen. Die Leute dort wären glücklich darüber, mit Marge Buzzard reden zu können, die sie dann zu »Smith«, Blodgett, Cantrell, Ann und Mr. Night führen würde.

Bloß jetzt keine Drohungen aussprechen, dachte Weir. Laß dir von Dennison nicht in die Karten sehen. Jim wußte, daß er hier ganz allein war. Raymond war durch den Konflikt zwischen seinem Verdacht und seiner Karriere ausgeschaltet.

Das Telefon klingelte. Robbins hob ab, gab den Hörer dann aber an Dennison weiter, der einen Augenblick zuhörte, ohne zu sprechen.

Als er schließlich etwas sagte, klang seine Stimme leise und vorsichtig. Dann kam auf einmal Farbe in sein graues Gesicht. *»Wo? Sind Sie sicher? Fassen Sie nichts an. Ich bin in zwanzig Minuten bei Ihnen. Verständigen Sie Innelman, und sehen Sie zu, daß es auch Paris erfährt.«*

Er gab den Hörer zurück an Robbins und stand auf. Ein wissendes Lächeln spielte über sein Gesicht, als er zuerst zu Raymond, dann zu Jim schaute. »Na schön, Weir, Sie wollen doch immer alles ganz genau wissen, oder? Sie wollen diesen Fall ganz alleine lösen? Na, dann heben Sie mal Ihren Hintern aus dem Stuhl, und kommen Sie mit, wenn sie glauben, daß Sie die Wahrheit vertragen können.«

Die Firma *Empire Feuerverzinkerei* war eine fünfzehnminütige Autofahrt durch die smogverhangene Stadt vom kriminaltechnischen Labor entfernt. Jim stellte seinen Wagen hinter dem von Dennison vor einem großen Gebäude im Industriegebiet ab, kaum eine halbe Meile von der Cheverton-Kanalbau entfernt. Ray parkte sein Auto hinter Jims Pick-up.

Sie folgten Dennison in den Eingang der Firma und einen Gang entlang in die Werkhalle. Sie war groß und hoch, mit riesigen Ventilatoren, die für beständige Durchlüftung sorgten. Die Neonröhren, die von der Decke hingen, hatten Mühe, das Dämmerdunkel des Industriebetriebs wenigstens einigermaßen zu erhellen. An den Seiten der Halle entlang waren die Gruben mit den Zink- und Messingbädern angeordnet, jede eine blubbernde Hölle von geschmolzenem Metall, aus dem brodelnde Dämpfe in die Luft stiegen. Die Hitze war fast unerträglich.

Die Arbeiter hatte man an einer der Wände versammelt. Weir sah, wie sie herumstanden, Kaffee tranken und rauchten und neugierig zu ihm und den anderen herüberschauten, als sie auf eine der Ecken der Halle zusteuerten. Er mußte immer wieder an Virginia denken.

Drei uniformierte Polizisten traten merkwürdig ehrfürchtig und mit verschränkten Armen von einer Grube mit geschmolzenem Zink zurück, deren heftig brodelnder Inhalt für Jim wie Silber aussah. Ein paar Schritte weiter stand Mike

Paris und sah ebenfalls in das Geglitzer. Ein paar Meter von der Grube entfernt lag ein Körper auf dem Boden, den man mit einer gelben Plastikplane zugedeckt hatte.
Paris flüsterte Dennison etwas ins Ohr, nickte dann knapp zu Raymond und Jim hinüber und zeigte auf die lange, stählerne Werkbank neben der Grube. »Die Leiche muß seit heute morgen drin gewesen sein. Niemand hat dieses Zink bis zum Mittag gebraucht, und erst als die Arbeiter die Abdeckung der Grube entfernten, wurde sie gefunden. Der Vorarbeiter sagt, das Zeug da drin sei so an die sechshundertfünfzig Grad heiß, also ... nun, Sie werden ja sehen. Der Zettel ist auf der Werkbank da drüben, unter dem Schuh.«
Dennison ging zu der Leiche, und der Sergeant nickte seinen Polizisten zu. Sie zogen die Plane weg und traten zur Seite. Beide schauten in eine andere Richtung hinauf zur Decke.
Weir hatte nie geglaubt, daß etwas so Unmenschliches so ausgesprochen menschliche Züge haben konnte. Das heiße, geschmolzene Zink hatte alles Fett und einen Großteil des Fleisches von den Knochen gebrannt und nicht viel mehr übriggelassen als ein Skelett mit einem schmierigen Überzug aus schwarzen Fleischresten und hellglänzendem Metall. In den Augenhöhlen standen erstarrte Pfützen aus massivem Zink. Der Kopf war eine glänzende, eingesunkene Maske, die den Konturen des Schädels enger folgte als ein Gesicht: Weder Mund noch Nase, noch Ohren waren mehr da, bloß zwei hohe Backenknochen, ein hervorspringendes Kinn und die Wölbung der Stirn waren noch zu erkennen. Die Leiche war nichts weiter als ein verdrehtes, schwarz-silbernes Bündel in Form eines menschlichen Körpers. Nur die Turnschuhe hatten das aggressive heiße Metallbad fast unbeschadet überstanden. Sie hatten jetzt einen feinen

Überzug aus schimmerndem Zink, wie Schuhe, die man für einen Mondspaziergang anziehen könnte.
Jim hielt den Atem an und folgte Dennison zur Werkbank. Unter einem roten Leinenschuh, den Jim sofort als den von Ann erkannte, lag ein Zettel. Er war handgeschrieben, und Jim konnte ihn über Dennisons Schulter ohne Mühe lesen:

*An alle, die es angeht.*
*Es tut mir leid, was ich mit Lucy Galen gemacht habe. Es tut mir leid, was ich mit Ann Cruz gemacht habe. Ich wußte mir nicht mehr zu helfen, deshalb ist es besser, ich mache ein Ende.*
*Mutter und Vater, ich hoffe, Ihr habt Verständnis dafür. Ihr könnt meine Bilder behalten.*
*Joseph Goins*

Dennison sah erst Raymond, dann Jim an. Er stemmte die Hände in die Hüften und schüttelte den Kopf. »Es tut mir leid, Ray. Alles tut mir so verdammt leid. Nehmen Sie sich frei. Fahren Sie nach Hause. Betrinken Sie sich, oder tun Sie sonst was.«
Aber Raymond hatte sich schon umgedreht und war auf dem Weg aus der Halle. Jim holte ihn erst am Parkplatz vor Raymonds altem Kombi ein. Rays Unterkiefer zitterte, und Schweißtropfen standen auf seiner Stirn. »Das ist viel zu einfach und bequem«, sagte er. »Für Dennison, Cantrell und alle anderen, außer Horton Goins. Mein Gott, hast du gesehen, wie ...«
Jim spürte, wie auch in ihm Empörung und eine harte, klare Wut aufstiegen. Beruhige dich, dachte er, für das, was kommt, brauchst du einen klaren Kopf. »Wir haben noch ein paar Möglichkeiten, Ray. Wir haben Beweise gegen Cantrell, und wir haben einen Staatsanwalt, der nicht dumm

ist. Die Sache ist für uns noch nicht zu Ende – noch lange nicht.«
»Der Fall ist abgeschlossen.«
»Ihr Fall. Nicht der unsere.«
Raymond fuhr sich mit der Hand über die Stirn, atmete tief durch und seufzte. »Was soll's? Lassen wir es doch bei Goins. Das ist okay. Von mir aus kann Goins der Mörder sein.«
Weir packte Raymond an den Schultern und schüttelte ihn heftig, bevor er ihn mit dem Rücken an das Auto schob. »Goins war es nicht, das weißt du auch. Wir müssen irgendwie einen Weg finden, wie wir in Cantrells Strandhaus gelangen. Am besten, wir machen am Vordereingang ein bißchen Theater, damit ich ungesehen in die Garage gelangen kann. Jetzt hör mir genau zu. Setz dich in dein Auto, fahr zur Coast-Highway-Brücke und hole Mackie Ruff. In einer Stunde triffst du mich einen Block nördlich von Cantrells Haus am Balboa Boulevard.«
»Und was machst du?«
»Ich muß mal kurz nach Costa Mesa.«

»Hi, Mr. Weir«, sagte Edith Goins. Sie tupfte sich ein Auge mit einem zusammengeknüllten Taschentuch ab.
»Hallo, Edith. Darf ich reinkommen?«
Sie ließ die Tür offen, und Jim trat in die Wohnung. Emmett saß am gleichen Platz im dunklen Zimmer in seinem gleichen schwarzen Morgenmantel. In seinem Schoß lag eine Packung Papiertaschentücher.
Jim setzte sich auf die Couch und hörte, wie Edith vor sich hin schniefte. »Das mit Horton tut mir sehr leid für Sie«, begann er. »Sie zwei haben so viel … mitmachen müssen.«
Jims Anteilnahme löste einen Schwall frischer Tränen bei Edith aus. »Wir haben versagt. Ich kann Ihnen gar nicht

sagen, wie enttäuscht ich bin. Ich dachte, er würde wieder in Ordnung kommen. Oh, Mr. Weir, es tut mir so leid, was Horton Ihrer Schwester angetan hat.«

»Er hat sie nicht getötet, Edith.«

Die nächsten fünf Minuten tat Jim sein Bestes, um die beiden Goins zu überzeugen, daß ihr Sohn zu unrecht beschuldigt wurde. Langsam versiegten Ediths Tränen, und sie beugte sich vor, um jedes Wort, das Jim sagte, aufzunehmen. Sie nickte beistimmend, als Jim die politische Auseinandersetzung in Newport beschrieb, von Cantrell und Ann und von Hortons bis jetzt unerklärlicher Verfolgung seiner Schwester erzählte.

»Nun, ich würde das alles ja gerne glauben«, sagte Edith. »Es wäre Balsam auf meine trauernde Seele – aber was können wir denn jetzt noch tun? Wir haben doch keine Chance gegen die großen Tiere da draußen.«

»Zuallererst können Sie mir sagen, was meine Mutter von Ihnen wollte, als sie das letzte Mal bei Ihnen war.«

»Sprechen Sie denn nicht mit Ihrer eigenen Mutter?« fragte Edith.

»Sie hat mir nichts von ihrem Besuch bei Ihnen erzählt. Aber sie wußte ja, daß ich Sie sehen würde – weil ich Hortons Verteidigung vorbereiten helfe –, also hat sie sich wahrscheinlich gedacht ...«

»Vielen Dank übrigens dafür, daß Sie kein Honorar von uns verlangen. Wir sind so gut wie pleite. Die neunhundert Dollar im Monat für Hortons Medikamente brechen uns finanziell das Genick. Wir sind noch nicht lange genug hier, um vom Staat Kalifornien Beihilfe für die Behandlungskosten zu bekommen.«

»Bitte, gern geschehen. Also, warum war meine Mutter hier?«

Edith zündete eine lange braune Zigarette an und zog heftig

daran. »Sie wollte hauptsächlich etwas über Horton wissen. Bei wem er gelebt hat, bevor er zu uns kam.«

»Und?«

»Alles, was wir wissen, ist, daß Horton auf einer Farm in der Gegend von Dayton war und daß seine Pflegemutter ihn nicht mehr haben wollte. Horton mochte die Schweine nicht oder so was Ähnliches. Ihr Mann war gelähmt, in einem Rollstuhl, und Horton war zuviel für sie. Sie hatten noch vier weitere Kinder adoptiert, wenn ich mich richtig erinnere. Seine Pflegemutter hatte Horton zurückgegeben, weil er sich ›ungebührlich verhalten‹ habe, was immer das sein mag. Das alles habe ich Ihrer Mom erzählt.«

Weir überlegte sich, hinter was Virginia hergewesen sein mochte. »Worüber haben Sie sonst noch gesprochen?«

Edith wischte sich wieder die Augen. Die Geste hatte etwas wunderbar Weibliches an sich.

»Über Lucy«, sagte sie.

»Über Lucy aus Hardin County?«

»Richtig. Lucy Galen, die Horton im Sumpf überfallen hat.«

»Was haben Sie meiner Mutter erzählt?«

»Nur das von dem Überfall und daß Lucy im Manor-View-Sanatorium war, als wir das letzte Mal von ihr hörten. Das ist allerdings schon acht Jahre her.«

Emmett bewegte sich im Schatten. »Wissen Sie, was? Ich glaube nicht, daß Horton Ihre Schwester umgebracht hat.«

»Weshalb, Em?«

»Er war zu glücklich. Es gefiel ihm hier in Kalifornien. Er hatte nichts mehr von der Wut an sich, die er als kleines Kind immer gehabt hatte. Das kam wahrscheinlich von den Medikamenten. Sie haben ihm gute Medikamente gegeben. Ich meine, normalerweise hat die Polizei in solchen Dingen recht, aber ich glaube nicht, daß Horton es getan hat. Ich glaube es einfach nicht.«

Jim wartete einen Augenblick. »Mom ist jetzt seit einem Tag verschwunden. Sie hat mir nicht gesagt, wo sie hingegangen ist. Hat sie Ihnen gegenüber vielleicht angedeutet, wohin –«

»Also mir hat sie nichts gesagt«, unterbrach ihn Edith. »Ihre Mom erzählt nicht viel, sie stellt bloß Fragen und hört sich aufmerksam die Antworten an. Sie unterhält sich nicht im üblichen Sinn. Sie wollte alte Kinderbilder von Horton, also gaben wir ihr ein paar. Sie sagte, sie würde die wiederbringen.«

Mit seiner Logik konnte Weir Virginia nicht folgen, und seine Phantasie war im Moment auch nicht dazu in der Lage. Je mehr er überlegte, desto weniger schien dabei herauszukommen.

Ein paar Minuten blieb er noch bei Edith und Emmett sitzen, dann sah er auf die Uhr, drückte nochmals sein Beileid aus und ging.

In der Harbor Street blieb er an einer Telefonzelle stehen, rief beim *Peninsula-Reisebüro* an und verlangte nach Trish. Trish hatte, solange Jim denken konnte, alle Urlaubsreisen für die Familie Weir gebucht. Bei der Trauerfeier hatte sie einen Hut mit schwarzen Seidenblumen getragen, von denen eine in die Schüssel mit der Bowle gefallen war.

Trish informierte ihn, daß Virginia am vergangenen Abend um einundzwanzig Uhr von Los Angeles aus nach Dayton, Ohio, geflogen war, mit Zwischenstopp in Chikago, und zwar ohne Rückflugbuchung.

»Ich habe gehofft, daß sie sich dort mit einem Mann trifft«, sagte Trish. »Sie sagte, diese Reise wäre ein Geheimnis.«

»Bei mir ist es gut aufgehoben«, sagte Weir. »Vielen Dank.«

Er hängte auf, holte noch ein paar Münzen aus der Tasche

und rief im PacifiCo-Gebäude an. Er verlangte C. David Cantrell. Drei Sekretärinnen leiteten seinen Anruf nacheinander weiter. Ein paar Sekunden vergingen, dann war Cantrell in der Leitung.

»Hier ist Jim Weir.«

»Ja?«

»Das mit Goins war gute Arbeit. Seine Eltern sitzen in einer erbärmlichen kleinen Wohnung in Costa Mesa und fragen sich, was sie falsch gemacht haben. Ich weiß, daß Sie dahinterstecken.«

Cantrell war einen Augenblick lang still, dann legte er auf.

Dreißig Minuten später saß Weir einen Block von Cantrells Strandhaus entfernt auf dem Rücksitz von Raymonds Streifenwagen. Vorne neben Raymond saß Mackie Ruff, und Jim saß hinter dem Netz, das in der Mitte des Wagens gespannt war. Mackie wiederholte gerade zum dritten Mal die Anweisungen, die Ray ihm gegeben hatte: »Also, ich gehe den Gehsteig entlang bis zur Vordertür von Cantrells Haus, klopfe, und wenn mir keiner aufmacht, trommle ich an die Tür. Wenn die Gorillas mich verscheuchen wollen, mache ich eine Szene. Irgendeine, Hauptsache, sie dauert mindestens eine Minute. Dann gehe ich weg. Um Punkt fünf Uhr achtzehn komme ich zurück und mache das Ganze noch einmal. Na, wie war das?«

»Perfekt«, sagte Raymond. »Jetzt geh.«

»Und ich darf diese tolle Armbanduhr wirklich behalten?«

»Du wirst mehr als diese Uhr bekommen, Mackie.«

Als Mackie sich mit einem letzten Schluck aus der Wodkaflasche, die er in einer Tasche seines viel zu großen Mantels mit sich trug, Mut angetrunken hatte und in der richtigen Richtung den Gehsteig entlangging, setzte sich Weir nach vorne zu Raymond. Den Garagentoröffner hatte er in der

Hand. Auf seinem Schoß lag ein Aktenkoffer, der das Notwendigste enthielt: Beckys Videokamera, eine Taschenlampe, eine Kneifzange, Gummihandschuhe, einen Dietrich und eine Zeitung vom Tag. Raymond fuhr langsam die Straße entlang, und Weir ließ sich wieder einmal hinunter in den Fußraum gleiten. Er spürte, wie der Wagen anhielt und Raymond den Hebel der Automatik auf Parkstellung schob. »Ich sehe zwei Autos mit Sicherheitsleuten, Jim. Beide Gorillas glotzen mich an. Ich bleibe eine Minute stehen und tue so, als müsse ich etwas aufschreiben. Wenn sie sich bewegen, sage ich es dir.«

»Ich bin bereit.«

»Um fünf Uhr achtzehn bin ich wieder vor der Garage. Bis dahin kann ich nur herumfahren, du bist also ganz auf dich gestellt. Wenn ich sehe, daß einer der Gorillas Anstalten macht, ins Haus zu gehen, hupe ich zweimal und warte hier auf dich.«

Der Motor lief im Leerlauf. Raymond kritzelte etwas auf seinen Verwarnungsblock, wobei er alle paar Sekunden aufblickte.

»Jetzt geht's los. Einer ist schon aus dem Auto und geht zur Haustür. Gorilla Nummer zwei ist am Funkgerät. Es klappt wie am Schnürchen, Jim. Da, jetzt geht er auch nach vorn. Einen Moment noch …«

Weir nahm den Griff des Aktenkoffers in die Hand und versuchte, seine Beine, so gut es ging, in Startposition zu bringen.

*»Jetzt«*, sagte Raymond, und Weir stieg aus.

Drei Meter vor der Garage drückte er auf das Knöpfchen der Fernbedienung, und das Tor fuhr langsam nach oben. Wieviel Zeit hatte er, um die Alarmanlage auszuschalten? Dreißig Sekunden? Mit dem Aktenkoffer in der Hand und dem Herz in der Hose ging er ruhigen Schritts in die Garage und zog an der Leine, die den Schalter zum Schließen der Tores betätigte. Als es zu war, fing er an, mit dem Dietrich an der Tür zum Haus herumzufummeln. Das Schloß war alt und simpel und ließ sich in weniger als zwanzig Sekunden öffnen. Im Haus fand Jim die Alarmanlage und zwickte zwei Drähte durch. Es war ein leises System ohne Sirene, dachte er, wahrscheinlich gleichzeitig mit der Sicherheitsabteilung von PacifiCo *und* der Polizei in Newport Beach verbunden. Jim atmete schnell und flach, und er fühlte, wie ihm der Schweiß den Rücken hinunterlief. Er zog die Gummihandschuhe an und ging wieder zurück in die Garage.

Sie war wie jede andere, dachte er. Keine Fenster, ein großer alter Werkzeugkasten an einer Rigips-Wand, Gartengeräte, die an Haken hingen, und eine Werkbank mit verschiedenen Elektrowerkzeugen, die ordentlich in ihren Schachteln aufbewahrt wurden. Auf dem Betonboden war ein Ölfleck, ein Rasenmäher mit Benzinkanister stand in einer Ecke, und zwei Fahrräder lehnten an der Wand zum Haus. Neben ihnen stand eine Mülltonne.

Ruhig bleiben, Jim. Immer mit der Ruhe. Er hob den Deckel der Tonne und blickte hinein: Ein paar ausgegessene Plastikbehälter vom Feinkostgeschäft, Coladosen und, wie nett, eine leere Champagnerflasche. Jim machte die Kamera klar und nahm zuerst die Titelseite der TIMES auf, um das Datum auf Band festzuhalten. Dann schwenkte er die Kamera in die Mülltonne und auf die Champagnerflasche. Wie gerne hätte ich die Fingerabdrücke von dieser Flasche, dachte er. Er sah auf die Uhr: vier Uhr zwanzig. Ihm blieben noch achtundfünfzig Minuten, bis er wieder verschwinden mußte.

Jim nahm die Küche auf, wo er nichts fand. Es gab keinen Messerhalter auf der Arbeitsplatte, keine Fleischmesser in den Schubladen. Waren sie weggebracht worden? Wie machte Cantrell seine Steaks zurecht, wie schnitt er sein Brot?

Das große Wohnzimmer im Erdgeschoß ließ Jim aus und ging langsam hinauf in den ersten Stock. Er hörte, wie Mackie Ruff draußen vor dem Haus in seiner schrillen Stimme herumschrie, daß C. David Cantrell den Obdachlosen noch etwas schulde. Die Sicherheitsleute versuchten ihn zu beruhigen, aber Mackie wurde immer lauter.

Als Jim oben war, sah er sich die ersten beiden Zimmer auf dem Gang an. Sie waren sauber, leer und uninteressant. Die dritte Tür führte in die Räume des Hausherrn, in ein Schlafzimmer, das in einen Wintergarten überging, der als Arbeitszimmer eingerichtet war. Auf dem Schreibtisch war genügend Platz für einen Computer mit Drucker, aber anscheinend hatte Cantrell keinen. Warum nicht? Jim blieb einen Augenblick in der Mitte des Raums stehen und hörte, wie draußen das Meer an den Strand brandete. *Ich habe Ihre Frau, Ann Cruz, in einem wunderschönen Zimmer mit Blick aufs Meer geliebt.*

Das Bett stand links von Jim. Er schaute auf die flauschige Tagesdecke, die Kissen, das Bettgestell aus poliertem Mahagoni. *Aber weil es eben nicht auf jede Weise, die ich verlange, befriedigend war, habe ich ihr siebenundzwanzig Stiche mit einem Kentucky-Homestead-Küchenmesser (mit einer frisch geschliffenen, zwanzig Zentimeter langen Klinge) versetzt.* Die Kissenbezüge waren hellblau mit darauf gestickten kleinen Segelbooten. Einen Augenblick lang wußte Jim, warum Raymond diesen Mann töten wollte. Ich verstehe dich, Raymond. Ich verstehe dich gut. Aber so geht es nicht. Er sah in die Schubladen beider Nachtkästchen. Nichts Ungewöhnliches. Er nahm den Raum zusammen mit der Zeitung auf. Es war vier Uhr dreißig. Jim ging auf dem weichen Teppich hinüber ins Arbeitszimmer. Er setzte sich in den hölzernen Bürodreh-

stuhl, dessen Rollen sich auf dem dicken Berberteppich nur mit Mühe bewegten. Jim kam eine Idee.
Er kniete sich nieder und suchte den Boden ab. Rechts neben dem Schreibtisch fand er, wonach er suchte: vier Druckstellen, die noch immer im Teppich sichtbar waren, Druckstellen von breiten Rollen, auf denen beträchtliches Gewicht gelastet haben mußte. Ein Computertisch? Weir nahm den Teppich auf, obwohl er wußte, daß die Druckstellen im Video wahrscheinlich kaum zu sehen sein würden.
Er legte die Kamera auf den Boden und öffnete die oberste Schublade des Schreibtischs. Sie war ordentlich aufgeräumt. Cantrell war sogar in seinem Privatbüro ordentlich: Büroklammern in kleinen Kästchen, eine Rolle Briefmarken – mit dem Konterfei von T. S. Eliot –, Bleistifte und ein elektrischer Spitzer, eine kleine Pappschachtel, in der verschiedene Schlüssel lagen, alle mit einer Sicherheitsnadel versehen, an der jeweils ein Zettelchen hing – »Ersatzschlüssel Haustür«, »Mercedes«, »Christys Truhe«, »Garagentor«, »Vorhängeschloß Gartentor«. Neben der Schachtel lag, fein säuberlich in Ölpapier gewickelt, ein Smith-Revolver, Kaliber dreisiebenundfünfzig, mit einer Packung Patronen. Jim öffnete sie. Sechs Patronen fehlten. Er konnte ihre bleiernen Spitzen in der Trommel des Revolvers sehen. Jim hob die Videokamera und nahm die Schublade auf, bevor er sie wieder hineinschob und sich der nächsten zuwandte.
Er mußte an das denken, was Robbins gesagt hatte: *Und weil Sie gerade Trophäe gesagt haben: Ich möchte wetten, daß er in jener Nacht außer der Rose noch etwas anderes von ihr mitgenommen hat. Er glaubt ja, daß er sie geliebt hat, und nach seiner Auffassung von Liebe hat er das vielleicht sogar.* Und es war mehr als Anns roter Schuh, dachte Jim. Es war etwas viel Persönlicheres.
Im Schreibtisch allerdings wurde er nicht fündig. In den Schränken und in den Schubladen der Kommode war auch

nichts. Ebensowenig in den Gästezimmern, im Wohnzimmer, in der Küche und in der Garage. Einen Augenblick lang setzte Jim sich an den Tisch im Eßzimmer und sah im langsam dunkler werdenden Licht auf die Vitrine mit dem Porzellan links von ihm. Dann aufs Sofa, das Fenster mit den Vorhängen, das in einen kleinen Innenhof führte. *Sie war mein Engel, und schließlich wurde sie mein Dämon.* Es war vier Uhr fünfzig.

Jim versuchte sich zu konzentrieren. In der Küche brummte der Kühlschrank. Das Oberlicht über ihm spendete ein unwirkliches Licht, wie man es manchmal in Träumen sieht. Was tut ein Mann, dachte er, der behauptet, daß man ihm etwas anhängen will?

Er sucht nach dem Beweisstück, das man ihm untergeschoben hat.

Und wenn er es »findet«?

Dann vernichtet er es.

Nein. Er versteckt es. Er kann es ja nicht vernichten, denn mit ihm kann man den, der einem etwas anhängen will, überführen – das glaubt er jedenfalls. Zu diesem Zweck bewahrt er das Beweisstück auf, um eines Tages damit seine Unschuld beweisen zu können.

*Aber ich weiß, daß du es aus einem ganz anderen Grund aufbewahrst, David. Denn niemand will dir etwas anhängen, so, wie du dem armen Horton Goins deinen Mord angehängt hast. Du hebst es auf, weil du damit Ann nahe sein willst. Du willst es so sehr, daß du dafür sogar das Risiko auf dich nimmst, etwas von ihr in deinem Besitz zu haben. Etwas, das du berühren und ansehen, an dem du riechen kannst. Du hast es an einem sicheren Ort, den du aber dennoch leicht erreichen kannst.*

Jim durchsuchte die Schubladen und die Schränke in der Küche, sah in jeden Topf, jede Pfanne, schaute in das Schränkchen über dem Kühlschrank, hinter die Cornflakes-

Schachteln und holte sogar die Kartons heraus, in denen zusätzliche Weingläser aufbewahrt wurden. Er öffnete den Schrank mit den Küchengeräten und schaute hinter den Mixer, hinter die Popcorn- und die Espressomaschine und den Entsafter. Dann sah er in die Gefriertruhe, ins Gemüsefach des Kühlschranks, unter die Spüle und in die Geschirrspülmaschine und durchwühlte mit seiner behandschuhten Hand den Abfalleimer. Er stellte sich sogar auf einen Stuhl und schaute von oben in die Deckenlampe.

Dann durchsuchte Jim das Wohnzimmer mit derselben fanatischen Gründlichkeit, wobei ihm der Schweiß in die Augen tropfte. Er sah in die große chinesische Vase in der Ecke, unter die Sofakissen, zwischen die Farne in den Blumentöpfen. Er suchte an allen Orten, die ihm nur in den Sinn kamen, überprüfte alles, was er sah, griff in jeden Winkel, in den auch nur ein Arm, eine Hand, ein Blick hineinpaßte.

Als er wieder nach oben hastete, zwei Stufen auf einmal nehmend, war es genau fünf Uhr.

Es war mehr ein Überfall als eine Suche: nochmals beide Kommoden, der Schreibtisch, das Badezimmer, der Wintergarten, die Schränke: diesmal bis ins oberste Regal, hinter Schachteln und sauber zusammengelegten Pullovern, und ganz unten, zwischen den Schuhen. Unter dem Bett und den Kissen, überall sah Jim nach. Seine Augen brannten, sein Hemd klebte schweißnaß am Körper, und seine Hände kochten in den Gummihandschuhen. Schließlich stellte er alles, so gut er konnte, wieder an den alten Platz.

Dann stand er schwer atmend in der Mitte des Zimmers und schaute noch einmal auf das Bett, in dem Ann ihre heimlichen Stunden verbracht hatte, in dem sie unwissentlich dazu beigetragen hatte, daß sie einen so plötzlichen und brutalen Tod erleiden mußte.

*Wo war es?*
Hier, aber nicht hier. Irgendwo in dem Haus, aber nicht unter seinen Sachen. Jim sah wieder auf die Uhr: Fünf Uhr zehn. Draußen auf der Straße fuhr ein Auto entlang, und Jim spähte durch die Schlitze der Jalousie. Er sah die Blaulichter auf dem Dach des Wagens und das PacifiCo-Emblem an der Fahrertür. Am Armaturenbrett war senkrecht eine Schrotflinte befestigt.
Der Wagen hielt. Weir sah, wie der Wachmann darin den Blick über die Garagentür wandern ließ und ihn dann hinauf zum ersten Stock hob. Er hatte ein hartes altes Gesicht: Ein pensionierter Polizist, dachte Jim. Er beobachtete, wie der Wachmann ausstieg, die Autotür zuschlug und zum Haus ging.
Auf einmal kam Jim eine Idee. Cantrell benutzt die Menschen. Er hat Ann benutzt. Und Goins. Alle hat er benutzt. Wen könnte er noch benutzen? Jemanden, der ihm nahestand. Seine Frau.
Christy.
*Christys Truhe.*
Es war fünf Uhr vierzehn.
Jim trat vom Fenster weg, ging zum Schreibtisch und holte den Schlüssel aus der Schublade. Draußen tuckerte das Auto des Wachmannes noch immer im Leerlauf vor sich hin. Jim ging wieder zum Fenster und sah hinaus. Der Wachmann saß wieder in seinem Wagen. War er am Funkgerät? Schwer zu sagen. Schrieb er etwas auf? Oder zündete er sich bloß eine Zigarette an?
Weir stürmte nach unten, durch die Küche und in die Garage. Bloß ein paar Meter entfernt, konnte er durch das Garagentor den Motor und die zischende Klimaanlage des PacifiCo-Streifenwagens hören. In zwei Minuten würde Raymond ihn abholen kommen.

Christys große Truhe stand neben einem schweren Werkzeugkasten aus Metall. Das Schloß war verrostet, und das Raspeln, mit dem der Schlüssel hineinfuhr, schien sich durch Jims Finger bis hinauf in seine Arme fortzusetzen. Drinnen lagen Poesiealben, Stofftiere, getrocknete Blumen und alte Fotos ordentlich im obersten Einlegeboden.
Jim sah alles schnell durch, dann hob er die Unterteilung heraus und stellte sie neben sich auf den Boden. Er hörte, wie sich draußen die Tür des Wagens wieder öffnete, dann sah er durch den Schlitz unter dem Garagentor die schwarzen Sohlen des Wachmannes, der daran entlangging. Weir fuhr sich mit dem Ärmel seines Hemds über das schweißnasse Gesicht und fing an, den Rest der Sachen aus der Truhe zu nehmen. Die Schuhe bewegten sich in entgegengesetzer Richtung zurück, blieben stehen und gingen wieder vorwärts.
Hatte er irgend etwas gemeldet?
Die Gorillas mußten inzwischen wieder in ihren Positionen sein. Sie würden sich kaum um diesen Kerl kümmern. Wo war Ray?
*Bleib ruhig. Es muß hier sein. Du wirst es finden …*
Ein rotglühender Zigarettenstummel fiel direkt vor dem Garagentor auf den Asphalt. Jim sah, wie ein Schuh ihn ausdrückte und sich dann entfernte. Die Autotür öffnete und schloß sich. Ein weiterer Wagen kam heran. Das mußte Raymond sein. Jetzt waren von draußen Stimmen zu hören: Der Wachmann sprach mit Raymond über das uralte Thema »wir und die anderen«. Schaff uns diesen alten Idioten vom Hals, Raymond – aber nicht vor ein, zwei Minuten.
Er fand sie erst, als er die Truhe fast vollständig geleert hatte. Sie war das letzte Ding am letzten Ort, den er durchsuchte – wie alle Dinge, die man findet –, und lag ganz unten in einer Ecke unter fünfzig Pfund Erinnerungsstücken einer Frau.

Vorsichtig nahm Jim Anns Handtasche aus der Truhe, holte ihre Brieftasche daraus hervor und sah die Kreditkarten durch, bis er ihren Führerschein fand. Er schaute kurz auf das wenig schmeichelhafte Foto, auf dem sie wie eine Schwerverbrecherin aussah.

Anns Handtasche. Anns Brieftasche. Anns Bild.

Es war eine Abendhandtasche zum Ausgehen, ein hübsches kleines Ding aus weißem Satin mit einer goldfarbenen Kette zum Umhängen. Auf dem Satin waren Blutspritzer, und auch die Kette war vom Blut verklebt. Die Tasche erinnerte irgendwie an ein Neugeborenes. Zwischen den Gliedern der Kette steckte die zwölfte Rose.

Jim legte die Tasche auf die Zeitung und nahm sie mit der Videokamera auf, wobei er darauf achtete, daß das Datum gut sichtbar war. Die Augenmuschel aus Gummi am Sucher der Kamera klebte an seiner feuchten Haut. Er legte die Handtasche wieder zurück, schlichtete die restlichen Dinge wieder hinein und verschloß die Truhe.

Dann lehnte Jim sich an die Wand und hörte, daß der Wagen des Wachmannes immer noch im Leerlauf vor sich hin brummte. Jims ganzer Körper tat ihm wieder weh, und als er für einen Moment seine Augen schloß, sah er sich wieder von der Decke eines verlassenen Gebäudes hängen und hinauf zu seinen Stiefeln in der Seilschlinge starren. Er hörte, wie seine Ohren surrten, und roch seinen eigenen säuerlichen Schweiß.

Dann wurde bei einem der Wagen draußen ein Gang eingelegt, und Jim hörte, wie Reifen sich auf dem Asphalt in Bewegung setzten. Raymond verabschiedete sich und wünschte dem anderen noch einen schönen Abend. Ein Schatten verdunkelte kurz den Spalt unter dem Tor und verschwand.

Jim rannte zurück ins Haus, die Treppe hoch und legte den

Schlüssel zu Christys Truhe wieder zurück in Cantrells Schreibtisch. Es war fünf Uhr zwanzig.

Im Wohnzimmer blieb er einen Augenblick stehen und dachte angestrengt nach, ob er irgend etwas vergessen hatte, wieder in Ordnung zu bringen, wieder an seinen alten Platz zu stellen.

Auf einmal drang Mackie Ruffs Stimme durch die Vordertür. *»Mit den Obdachlosen treibt man nicht ungestraft Schindluder!«*

Die Gorillas riefen irgend etwas zurück.

Im Durchgang zur Garage drehte Jim die Drähte der Alarmanlage wieder zusammen und steckte sie in ihr Gehäuse aus Plastik zurück. *»Gott liebt die Armen, deshalb hat er auch so viele von uns gemacht!«* lamentierte Mackie draußen.

Jim sperrte die Tür zur Garage hinter sich zu, öffnete das Garagentor mit einem Druck auf die Fernbedienung und trat hinaus auf die Straße in den beginnenden Abend. Während sich das Tor automatisch wieder schloß, ging er hinüber zu Raymonds wartendem Streifenwagen. Er warf seinen Aktenkoffer durch das offene Beifahrerfenster und entfernte sich dann zu Fuß die kleine Straße hinunter. Ray nickte und gab ihm das Okay-Zeichen.

Ein paar Minuten später stand Weir am Boulevard in dem länger werdenden Schatten einer Glyzinienhecke. Seine Knie zitterten. Der Streifenwagen fuhr langsam heran, Jim stieg neben Raymond ein und drehte sich nach hinten zu Mackie Ruff.

Mackie strahlte über sein rotes Gesicht, seine wäßrigen Augen waren vor Aufregung geweitet. »Das ist ja eine tolle Art und Weise, sich sein Brot zu verdienen«, sagte er. »Könnt ihr Jungs noch ein paar gute Leute gebrauchen?«

# KAPITEL 30

Becky wirbelte ins Große Haus. Ihre hohen Absätze klapperten auf dem Holzboden, und sie stellte ihre Aktentasche auf die Couch. »In einer Stunde treffe ich mich mit George Percy. Hast du etwas für mich, Jim?«

Weir, der in Virginias Stuhl saß, sagte ihr, was er in Cantrells Haus gefunden hatte.

»*Phantastisch.* Wo ist das Video?«

»Dort.« Jim deutete auf den Couchtisch.

»Was ist los mit dir, Weir? Was machst du für ein komisches Gesicht?«

In der langen Zeit, die Jim Becky jetzt schon kannte, hatte er schon die verschiedensten Empfindungen ihr gegenüber gehabt. Da war die kindliche Sandkastenfreundschaft gewesen, die Erkenntnis pubertierender Jugendlicher, wie geheimnisvoll anders ein Mädchen sein kann, die Liebe zwischen zwei jungen Erwachsenen und das mit ihr verbundene, wilde Glücksgefühl und schließlich die bittere Enttäuschung, mit der er erkennen mußte, daß ihm ihre schicksalhafte Beziehung zwischen den Fingern zerrann.

Als Weir auf sie gewartet und an sein Leben mit Becky zurückgedacht hatte, war ihm auf einmal die Erkenntnis gekommen, daß das einzige, was sie all die Jahre versäumt hatten gegenseitig aufzubauen, Vertrauen war. Absolutes Vertrauen, das nichts in Frage stellte. Irgendwie hatte sich das nie entwickeln können, und beiden war dieser Mangel nie aufgefallen, so, wie ein dreibeiniger Hund herumhumpelt und gar nicht weiß, was ihm fehlt. Am Ende ihrer Beziehung hatte sich dieses Fehlen tiefen Vertrauens immer stärker bemerkbar gemacht und schließlich dazu beigetragen, daß alles an gutem Willen, Freundschaft und Liebe, das sie trotzdem irgendwie hervorgebracht hatten, von innen ausgehöhlt wurde. Beide hatten sie, auf verschiedene Art und Weise und zu verschiedenen Zeiten, dieses Fehlen ausgenützt, um Macht über den anderen zu gewinnen.

Becky stellte sich vor ihn. »Na los, sag schon, Jim.«

»Du warst mir von Anfang an in dieser Sache immer einen Schritt voraus, Becky. Du hast, ohne daß ich es wußte, mit Edith und Emmett gesprochen – Mom übrigens auch. Du hast die Herkunft der Rosen ausfindig gemacht. Du warst diejenige, die meinte, einen Täter erkennen zu können, du hast den Schritt von einem Dave Smith, den es gar nicht gibt, zu einem Dave Cantrell gemacht, den es sehr wohl gibt. Du hast mich angeheuert, damit ich dir bei der Verteidigung von Horton Goins helfen sollte, aber alles, was ich bisher herausgefunden habe, sind Spuren, die zu Cantrell führen. Du hast Horton Goins benutzt wie diese Möwe auf deiner Pressekonferenz – um deine Argumente zu untermauern. Du wußtest auch, daß ich etwas in Cantrells Haus finden würde. Ich möchte glauben, daß dir das alles nur gelungen ist, weil du intelligent bist und weil du Glück gehabt hast. Stimmt das?«

Becky blieb stehen. Sie trug ein dunkelblaues Kostüm und eine einfache, weiße Bluse, die sich eng an die Formen ihres Körpers schmiegte. Jim roch einen Schwall frischen Parfüms. Einen Augenblick schien sie wie erstarrt, dann setzte sie sich langsam ihm gegenüber auf die Couch. »Also, für mich klingt das, als hättest du mit Brian Dennison gesprochen.«

»Das beantwortet nicht meine Frage.«

»Die Antwort auf deine Frage heißt ja. Ich bin intelligent, und ich habe Glück gehabt. Aber ich weiß auch, daß ich gewisse ... Situationen ausgenutzt habe. Ich wußte, daß Horton Goins unschuldig ist, und ich habe ihn für meine Sache verwendet.«

»Woher wußtest du das denn?«

»Ist das wichtig für dich?«

»Aber sicher ist das wichtig für mich, Becky. Sehr sogar.«

Becky fixierte Jim mit ihren dunkelbraunen Augen, dann sah sie zu Boden. Schließlich lehnte sie sich zurück und starrte an die Decke. »Ann hat mir schon im März erzählt, daß sie ein Verhältnis mit Cantrell hatte.«

»Und mich hast du benutzt, um ihm auf die Füße zu steigen?«

»Ist *benutzen* hier wirklich das richtige Wort, Jim? *Benutze* ich dich, wenn ich den Mann überführen will, der deine Schwester umgebracht hat? Ich hätte damit doch nicht zu Brian Dennison gehen können. Und auch an George Percy hätte ich mich ohne Beweise nicht wenden können. Und jetzt, wo wir die Beweise haben, hat Cantrell diesen Selbstmord mit Geständnis inszeniert, der ihn vielleicht für immer unantastbar macht.«

»Du hättest mir von Anfang an reinen Wein einschenken können.«

»Und wenn ich nicht recht gehabt hätte, wärest du zum Mitverschwörer geworden. Ich habe dir deine Freiheit gelassen, Jim. Ich habe dich alles auf eigene Faust herausfinden lassen, auf ... realistische Art und Weise.«

»Wie realistisch! Es waren Dinge, die du schon längst gewußt hast!«

»Nicht alles. Und Annie hat mich bei meinem Leben schwören lassen – halb im Scherz natürlich –, daß ich niemandem etwas von Cantrell erzählen würde. Ich war schockiert, als sie es mir sagte, obwohl ich zugeben muß, daß der Mann auch gewisse ... Reize hat. Sie ist mal kurzzeitig mit ihm gegangen, als sie auf der High-School war. Ich konnte sie verstehen. Sie sagte, sie fühle sich noch mal wie fünfzehn. Annie war eine wunderbare, gute und starke Frau, Jim. Aber sie langweilte sich schrecklich mit Raymond und wollte einfach einmal etwas anderes erleben. Das hat sie in meinen Augen nicht abgewertet und wird es auch niemals tun. Ich habe die Tür zu Cantrell einen Spalt geöffnet, Jim, aber du bist durch sie hindurchgerannt.«

»Und daß er sie getötet hat, hast du dir einfach so zusammengereimt?«

Becky nickte.

»Ebenso wie die Vermutung, daß in seinem Haus vielleicht etwas zu finden wäre – zum Beispiel Annies Handtasche?«

Sie nickte wieder und senkte den Blick. »Ich schätze, ich hatte recht.«

»Und was ist mit der Krawattennadel?«

Sie blickte ihn verblüfft an und sagte nichts.

»Im April wurde in Cantrells Haus eingebrochen, und diese Krawattennadel wurde, zusammen mit anderen Sachen, gestohlen.«

»Nein! Ich weiß, was du jetzt denkst. Ich war es nicht. Niemals.«

Das schwache Licht fiel in einem Winkel auf Beckys Gesicht, der Jim erkennen ließ, wie alt sie wirklich war, wie sich die Jahre an ihr bemerkbar machten. Er wußte, daß das, was er sah, nur natürlich war: Ihre Haut war trockener, ihr Körper war ein wenig fülliger geworden, und sie war nicht mehr so wie früher in der Lage, die unaufhörlichen Hiebe des täglichen Lebens locker wegzustecken. Einen Augenblick lang kam sie ihm fast verbraucht vor. Aber durch alle Äußerlichkeiten hindurch, tief in ihr, sah Jim, was er seit drei Jahrzehnten immer schon in Becky gesehen hatte: Der zentrale Zug ihres Charakters war ihr Bestreben, etwas zu erreichen,

herauszufordern und zu erobern. Becky war eine Kämpfernatur.
»Wo ist Mom?«
»Ich … sie sagte mir, daß sie nach Ohio wollte. Aber das war alles, Jim. Es hat irgend etwas mit Goins zu tun, aber ich weiß nicht, was.«
»Und was ist mit den Rosen?«
»Cantrell hat sie bestellt, nicht ich. Bitte, Jim.«
Sie schwiegen lange. Die Brücke einer riesigen Motorjacht schob sich vor dem Panoramafenster des Wohnzimmers vorbei. Das Schiff glitt unhörbar hinaus in die Bucht zur Hafenausfahrt. In der Ferne thronte das PacifiCo-Gebäude mit seiner glänzenden Glasfassade auf einem Hügel des Festlands.
Jim betrachtete Becky im Dämmerlicht des Zimmers. »Und das mit der SWEETHEART DEAL? Hast du das Raymond eingeredet?«
»Nein. Ray ist selber drauf gekommen. Ich hatte keine Ahnung, daß Cantrell Annie geschrieben hat.«
»Und wie verhält es sich damit, daß Blodgett in einer Nacht deine SEA URCHIN auf See gesehen haben will? Mir ist schon die Idee durch den Kopf gegangen, daß ihr beide, Mom und du, ganz schön von der Verseuchung der Bucht profitiert.«
Eine kalte Wut kam in Beckys Gesichtszüge. »Ich will ganz schnell vergessen, daß du das gesagt hast. Aber sag es nie wieder!«
Sie stand auf und wischte ein paar unsichtbare Stäubchen von ihrem Kostüm. Dann nahm sie die Videokassette und ihren Aktenkoffer und baute sich vor Jim auf. »Gut«, sagte sie. »Das war fast die ganze Wahrheit. Jetzt erzähle ich dir noch etwas, einfach, damit es einmal gesagt ist. Ich weiß, daß du ein paar Frauen gehabt hast, seit wir uns getrennt haben, aber ich habe dich nie danach gefragt. Vermutlich hast du

auch die eine oder andere drunten in Mexiko gehabt. Du hast mich nie nach anderen Männern gefragt, das habe ich sehr an dir geschätzt. Nun, einen hatte ich. Sein Name ist George Percy, und ich habe an dem Tag, an dem du wieder mein Haus betreten hast, mit ihm Schluß gemacht, weil ich genau wußte, daß ich dich wiederbekommen würde. Allerdings wird George jetzt nicht allzu empfänglich sein für das, was wir gegen Cantrell zusammengetragen haben. Wenn ich nun wirklich so gescheit wäre, wie du meinst und wie ich gern hätte, daß die anderen mich sehen, dann hätte ich besser noch eine oder zwei Wochen mit ihm zusammenbleiben sollen.«

Sie legte Jim eine Hand auf die Hüfte und küßte ihn ganz zart auf die Lippen. »Auf der anderen Seite – wer weiß, was ein Mann nicht alles tut, um eine Frau zurückzubekommen. Wünsch mir Glück.«

»Viel Glück, Becky.«

»Vertrau mir, Jim. Vertrau mir diesmal voll und ganz. Ich brauche das jetzt von dir.«

Schon als er ihr das Versprechen gab, war sich Jim nicht sicher, ob er es auch wirklich meinte. Auf einmal erkannte er, daß der wahre Grund für sein mangelndes Vertrauen aus seinem eigenen, verräterischen Herzen kam. An jemanden zu glauben ist einfacher, als jemandem zu vertrauen.

»Ich vertraue dir.« Ich muß.

»Bleib dieses eine Mal bis zum Ende bei mir, Jim. Ich brauche einen Mann, auf den ich mich hundertprozentig verlassen kann. Sei du dieser Mann.«

Jim sah sie an, schwieg aber.

»Wir treffen uns beim ›Tanz auf den Ruinen‹«, sagte sie.

# KAPITEL 31

Der Ball war schon in vollem Gange, als Jim um zehn Uhr in die *Eight Peso Cantina* kam. Die Fenster der Bar waren mit Brettern verkleidet, auf die fingierte Abrißbescheide geheftet waren. In der Straße hatte man einen Kran aufgestellt, an dessen Arm statt einer Abrißbirne ein riesiger Dollar aus Goldfolie über dem Dach der *Cantina* hing.

Der Polizeihubschrauber schwebte lange über dem Gebäude und hatte den Strahl seines Suchscheinwerfers auf die ankommenden Gäste gerichtet.

Innen war das Lokal ganz auf Ruine dekoriert, überall sah Jim gesplittertes Holz, Betonbrocken, aus denen verrostetes Eisen ragte, Absperrböcke mit blinkenden orangefarbenen Warnleuchten und leuchtendrote Plastikkegel, die die Leute vor dem Betreten von malerisch plazierten Schutthaufen abhalten sollten. Das Oberlicht war entfernt worden, und durch das offene Dach blies eine kühle Maibrise. Das Loch war mit bizarren Zacken aus Pappmaché so dekoriert, daß es wie hineingeschlagen aussah.

Weir trat ein und nickte Dale Blodgett zu, der wie ein Rausschmeißer gleich neben der Tür stand. Er hatte einen Smoking an.

»Ich dachte schon, Sie kämen nicht mehr«, sagte Blodgett. Sein großes Gesicht quälte sich zu einem Lächeln.

»Ich versuche mein Bestes«, sagte Weir. »Ist Mom schon zurück?«

»Zurück von wo?« Blodgetts Lächeln sank eine Oktave tiefer.

»Ist nicht so wichtig. Haben Sie die DUTY FREE wieder repariert?«

Blodgett trank aus seinem Glas, aus dem zwei auf einen Zahnstocher gespießte Oliven ragten. »Sie ist fertig«, sagte er. »Morgen abend machen wir eine Probefahrt. Wollen Sie mitkommen?«

»Ich werde es mir überlegen. Wird das eine von den Fahrten, bei denen Sie und Lou Braga vorher den Köderfischtank füllen?«

Blodgett wurde rot und trank sein Glas mit einem Schluck aus. »Ich kann Ihnen nicht ganz folgen, Weir. Aber warum holen Sie sich nichts zu trinken, damit Sie etwas lockerer werden. Vielleicht versuchen Sie sogar, sich ein wenig zu amüsieren.«

Jim ließ ihn stehen und umarmte Rays Eltern, Ernesto und Irena Cruz, die heute abend die Gastgeber waren. Irena hatte ein elegantes, fuchsienfarbenes Kleid mit einem dazu passenden Seidenschal an. Ernestos Smoking war so alt, daß die Ellenbogen glänzten. Weir fragte sich, ob sein eigener Smoking wohl auch schon so alt aussah. Aber was soll man machen? Jim kam der Gedanke, daß Ernesto sich diesen Smoking vermutlich für seine Hochzeit gekauft hatte.

Die beiden deuteten in eine Ecke, wo Jim Raymonds Rükken erkannte. Sein Schwager stand bei einer kleinen Frau in einer mit Schutt gefüllten Ecke. Vor dem Schutt befand sich ein Sägebock mit einer blinkenden Lampe. Die Frau saß in einem Rollstuhl, auf dessen verchromtem Gestell sich das orangefarbene Licht, das auch das Gesicht der Frau zuckend erhellte, in regelmäßigen Abständen widerspiegelte.

Zwischen Jim und Raymond befanden sich ein paar hundert verschieden gut angezogene Leute. Die Hälfte davon kam aus der Nachbarschaft, und Jim kannte ihre Gesichter gut. Mit diesen Gesichtern war er aufgewachsen, diese Gesichter hatte er bei den Beerdigungen von Poon, Jake und Ann gesehen. Der Rest waren die Vorschlag-A-Partisanen, die aus dem ganzen County hergekommen waren, allesamt erbitterte Fortschrittsgegner.

Raymond, der in seinem weißen Smoking mit schwarzer Fliege schlank und gelassen aussah, kam durch das Gedränge herüber zu Jim und gab ihm ein Glas Champagner. »Schon was von Becky gehört?« fragte er.

»Nein, bis jetzt noch nichts.«

Raymond sah Jim ausdruckslos an und nickte knapp. »Wenn irgend jemand Percy überzeugen kann, dann ist es Becky.«

»Die Sache ist noch nicht gelaufen, Ray. Ich mache mir Sorgen.«

»Was soll denn der Staatsanwalt zu dem Video von Anns Handtasche sagen?«

»Er kann sagen, daß es während eines Einbruchs auf äußerst illegale Weise entstanden ist. Kein Richter auf der ganzen Welt wird aufgrund solcher Beweise einen Haussuchungsbefehl ausstellen. Also kommt es im wesentlichen darauf an, wie energisch der Staatsanwalt den Fall verfolgt – und auf welcher Seite sein Boß steht.«

Raymond warf Jim einen argwöhnischen Blick zu. »Cantrell hat D'Alba bei zwei Wahlen unterstützt.«

»Daran habe ich auch gerade gedacht.«

»Er scheint mir nicht gerade jemand zu sein, dem es egal sein kann, wenn Dave Cantrell untergeht.«

»Damit wird wohl Becky momentan zu kämpfen haben.«

»Jetzt brauche ich noch etwas zu trinken.«

Ray ging zur Bar. Jim sah, wie er ein Glas Champagner in einem Zug austrank, dann ein zweites. So, wie er da in seiner festlichen Kleidung an der Bar stand und Jim über sein

erhobenes Glas anstarrte, sah er klein, gestrandet und verloren aus.
Die Band erschien auf der Bühne und stimmte ein mexikanisches Stück an. Der Junge am Akkordeon sah nicht älter aus als zwölf. Die gemalte Kulisse hinter den Musikern stellte einen großen Schutthaufen dar, aus dem viele Grabkreuze ragten. Auf diesen standen die Namen von Geschäften aus der Nachbarschaft oder von Familien, deren Häuser der geplanten Stadterneuerung zum Opfer fallen sollten. Über dem Ganzen hing ein Spruchband mit der Aufschrift »PACIFICO PRÄSENTIERT«.
In einer Ecke des Raumes war ein kleiner Verschlag, in dem ein eleganter alter Herr Lose für den großen Preis des Abends verkaufte, einen japanischen Kleinwagen. Weir fragte sich, wer wohl den Wagen gestiftet hatte, bis er nahe genug herankam, um das Schild mit dem Namen des Spenders zu lesen. CHEVERTON-KANALBAU stand darauf. Die Lose kosteten hundert Dollar das Stück, und das Geschäft schien nicht schlecht zu laufen.
Eine Stunde später kam Becky. Sie trug jetzt ein schwarzes, am Rücken tief ausgeschnittenes Samtkleid und Handschuhe, die ihr bis zu den Ellenbogen reichten. Ein straßbesetzter Kamm hielt ihre Haare auf einer Seite nach hinten. Sie hatte dunkelroten Lippenstift aufgetragen, und ihre Augen waren so geschminkt, daß sie schmal und geheimnisvoll aussahen, was auf Weir eine magische Anziehungkraft ausübte. Jim fragte sich, ob sie sich wohl vor ihrem Treffen mit George Percy umgezogen hatte oder danach, beschloß aber, sie nicht danach zu fragen. »Mein Gott, siehst du gut aus«, sagte er statt dessen.
»Alles nur für Sie, Mr. Weir. Komm mit nach draußen. Ich muß dir etwas sagen.«
Sie standen auf dem Gehsteig und schauten hinaus auf die

Bucht. »George redet jetzt gerade mit D'Alba über den Fall«, berichtete sie. »Er will ohne seinen Boß nichts unternehmen, die Sache ist für ihn allein zu heiß. Ich habe das Gefühl, daß er unserer Ansicht ist.«

»Und D'Alba ist Cantrells Ansicht.«

Becky nickte und wandte sich Jim zu. Sie legte ihre Hände auf seine Arme und zog ihn sanft zu sich her. Das Licht der Straßenlaternen spiegelte sich in ihren Augen, in denen ein neuer Schmerz zu sehen war. Sie legte ihren Kopf an Jims Schulter und hielt ihn lange in ihren starken braunen Armen.

»Tanz mit mir«, schlug sie dann vor.

Jim ging mit ihr hinein und führte sie auf die hölzerne Tanzfläche, wo er in eine Art Swingschritt verfiel, der ihm, wie so viele Dinge aus vergangenen Tagen, auf einmal wieder so leichtfiel, daß er ihn instinktiv richtig und sicher tanzte. Jim fühlte sich gut. Beckys Haut sah in dem schwarzen Samtkleid blaß und kostbar aus, und als er sie in einer Drehung herumwirbelte, sog er ihren feuchten Geruch ein und sah, wie sie leicht unter den Armen schwitzte. Als sie ihre Drehung vollendet hatte, zog er sie näher an sich.

Während das Lokal sich um sie drehte, hatte Jim zum ersten Mal seit Jahren das Gefühl, daß die verstreuten Bruchstücke seines Lebens sich wieder ineinander zu fügen begannen. Er konnte es förmlich vor sich sehen: Bruchkante paßte plötzlich an Bruchkante, Oberflächen verschmolzen miteinander, und gezackte Ecken rundeten sich und halfen mit, ein vollständiges, harmonisches Ganzes zu bilden. Einen Augenblick lang gab Jim sich einer Vorstellung hin, die ihm seit seiner Rückkehr ein paar Dutzend Male gekommen war: die Vorstellung von zukünftigen Möglichkeiten, die viel zu wertvoll und schön waren, als daß man zu oft über sie nachdenken durfte. Ein Sohn. Eine Tochter. Die Weirs.

Meine Familie. Sogar der Verlust von Ann erschien ihm, als er Beckys warmen, geschmeidigen Körper an sich preßte, als etwas, das irgendwann einen gewissen Sinn ergeben würde. Vielleicht dergestalt, daß Jim irgendwann einmal nicht so sehr an ihre Abwesenheit denken würde als vielmehr an die Jahre, in denen sie noch gelebt hatte, an die Stunden, die er zusammen mit ihr verbracht hatte, an die Momente, die in ihm immer noch weiterlebten.

»Ich wußte gar nicht, was ich vermißt habe«, sagte er.

»Ich hatte schon eine Ahnung davon.«

»Ist denn im Terminkalender einer Bürgermeisterin Platz für die Liebe?«

»Für dich würde ich jeden Termin aufschieben.«

»Vielleicht solltest du dich jetzt mal um Ray kümmern. Er sieht irgendwie verloren aus, so allein an der Bar.«

Becky sah auf die Wanduhr und dann hinüber zu Nesto Cruz, der hinter der Bar stand und den Kopf schüttelte. Bisher hatte Percy noch nicht angerufen.

Jim suchte sich einen Tisch und trank wieder Champagner. Als der Alkohol seine Wirkung tat, lehnte er sich mit einem Seufzer zurück und schaute durch das Kreuz zweier absichtlich hingenagelter Holzlatten aus dem Fenster. Die Nacht war feucht, die Straßenlaternen hatten schimmernde Höfe, und auf den Fensterscheiben, die auf die Bucht hinaus zeigten, waren Tautropfen zu sehen. Die Masten der Segelboote schwankten nur langsam, ihre gespenstisch bleichen Rümpfe lagen fast ruhig auf dem Wasser. Hinter der in der Dunkelheit nicht sichtbaren Balboa-Insel ragte hellerleuchtet das PacifiCo-Gebäude hoch in den sternlosen Himmel. Der Turm von Babel, dachte Weir, der Turm der Lügen, der Turm der Ausplünderung, der Turm des Todes. Und ich werde ihn niederreißen, ein Spiegelglasfenster nach dem anderen in den toten Hafen dieser kleinen Stadt werfen. Er lächelte, trank einen Schluck und schaute auf die Tanzfläche.

Becky und Ray tanzten wie zwei alte Freunde. Raymond bewegte seine Hüften in einem respektvollen Rhythmus, in dem er sich nie mit Ann bewegt hatte. Mit Ann hatte er immer viel intensiver getanzt und viel mehr Sex und Hingabe und Verheißung in seine Bewegungen gelegt. Jetzt hatte er eine gewisse Steifheit an sich, dachte Jim, als wäre sein Tanz rein mechanisch. Bei einer Drehung sah Raymond Jim einen Moment lang aus seinen schwarzen Augen an, und in diesem Moment wurde Jim wieder daran erinnert, daß von ihnen allen Raymond den schlimmsten und am wenigsten zu ergründenden Verlust erlitten hatte und daß Raymonds Erinnerung an Ann immer auch den bitteren Beigeschmack ihres Verrats haben würde. Raymond sah wieder weg.

Als er das tat, wurde Jim eine weitere Erkenntnis zuteil: Von diesem Augenblick an würden Raymond und er auseinanderdriften. Sogar jetzt schon konnte er spüren, wie er ungewollt innerlich zurückschreckte, wenn er nahe bei Raymond stand, wie sein Selbsterhaltungstrieb ihn drängte, fortzugehen. Jim wußte, daß daran die Schwere von Anns Tragödie schuld war, die sie alle tief verletzt hatte. Er hatte in etwa das gleiche Gefühl wie damals, als er ins Krankenhaus ging, wo Poon seinen letzten, rasselnden Atemzug getan hatte. Auch damals hatte eine panische Stimme in ihm gesagt, er solle einen großen Bogen um diesen schrecklichen Ort machen. Aber dieses Gefühl war nur ein Teil der Angelegenheit.

Irgendwann würde Raymond wieder eine andere Frau finden, und wenn das geschah, würde Raymond etwas von seiner Vergangenheit abkapseln müssen, wenn er noch einmal die Chance auf ein glückliches Zusammenleben haben

wollte. Und Jim wußte, daß er dann für Raymond das werden würde, was Raymond schon jetzt teilweise für ihn war: eine lebende Erinnerung an etwas Schmerzliches, ein Auslöser von Trauer, jemand, der einen früher einmal auf einem Weg begleitet hatte, der jetzt nicht mehr gangbar war.
Jim fragte sich, wie er diese Entwicklung würde verhindern können.
Becky zog Raymond von der Tanzfläche zur Bar. Nesto, der schon vorher in ihre Richtung gestikuliert hatte, gab ihr das Telefon. Jim sah, wie sie nickte, erstarrte, wieder nickte, auflegte und Nesto das Telefon zurückreichte. Sie kam mit Raymond an Jims Tisch.
»D'Alba will sich die Sache überlegen. George sagt, wir sollten ihm noch eine Stunde Zeit geben. Ich halte das nicht mehr aus. Hat jemand eine Zigarette für mich? Da, schaut, es ist Zeit für die Rede. Hört gut zu. Diese Frau ist großartig.«
Weir schnorrte eine Zigarette und zündete sie für Becky an. Zwei junge Männer schoben die alte Frau im Rollstuhl zur Bühne. Als sie sie hinaufgehoben hatten, wäre sie ihnen um ein Haar wieder heruntergerollt, weil sie vergessen hatten, die Feststellbremse des Rollstuhls zu ziehen. Die alte Frau rollte aus eigener Kraft zum Mikrofon. Der zwölfjährige Akkordeonspieler stellte es für sie tiefer, zog es fest und verbeugte sich. Ein dünner Applaus kam auf, der unter den Blicken der alten Frau, die nur dasaß und finster in die Menge starrte, schnell erstarb. Ihr flaumiges weißes Haar sah, von hinten angestrahlt, aus wie ein Heiligenschein. Auf dem Schoß hielt sie ein Glas Whisky, das Irena ihr gegeben hatte. Jim hörte, wie die Eiswürfel in dem Glas aneinander schlugen.
»Haben Sie vielen Dank, daß Sie mich heute abend zu sich eingeladen haben«, begann die alte Frau. »Ich bin jetzt in

einem Alter, in dem man meine bescheidenen Ausführungen in der Öffentlichkeit lobt, und privat aber belächelt, und ich will versuchen, diese Ehre mit soviel Anstand wie möglich zu akzeptieren. Mein Name ist Doris Tharp.«
Weir bemerkte überrascht, wie stark ihre Stimme war, ein kräftiger Tenor, der aus einem Klangkörper aus fein poliertem Teak zu kommen schien. Doris nahm einen Schluck von ihrem Scotch.
»Sie hätten eigentlich etwas Besseres verdient als mich«, fuhr sie fort. »Einen Homer, der die Chronik dieser Tage besingt, einen Seher, eine Sibylle. Aber wir leben nicht mehr im Zeitalter der Propheten. Dies ist das Zeitalter der Sprecher, der Pressesprecher, der Konzernsprecher, der Vorstandssprecher ... und Sprecherinnen. Auch der Unterschied zwischen den Geschlechtern kommt in die Mühlen der Gleichmacherei – aber ich schweife ab. Mit einundneunzig wird das ganze Leben zu einer einzigen Abschweifung. Mein Großvater hat im Bürgerkrieg bei Shilo gekämpft, und mein Vater ist in einem Planwagen hierher in den Westen gekommen. Letzte Woche flog einer meiner Enkel mit einer Concorde in drei Stunden von New York nach Paris, ein anderer starb vor zwei Jahren an einem Virus, den es noch nicht einmal gab, als John Tharp gegen die Union zur Waffe griff.
Ich würde Ihnen gerne mein kleines Geheimnis verraten: Die Geschichte gibt es gar nicht. Geschichte ist nur der Name, den wir den Ereignissen geben, um sie für unsere eigene Vergeßlichkeit zu kennzeichnen. Nichts liegt wirklich hinter uns, ebenso wie nichts wirklich vor uns liegt. Alles verändert sich jeden Moment, und kein Augenblick gleicht dem anderen. Man sagt, daß derjenige, der nichts von der Geschichte weiß, auch nicht dazu verdammt ist, sie ständig zu wiederholen – was für eine unglaubliche Errungenschaft.

Aber diese Leute wären dann auch dazu verdammt, so gut wie nichts zu wissen.
Aber Sie haben mich gebeten, ein paar Worte zum Vorschlag A bei der kommenden Wahl zu sagen, nicht wahr?«
Doris hob ihr Scotchglas und nahm einen Schluck. Ihre Augen, die im Bühnenlicht eisblau aussahen, spähten in die Menge. Jim hatte das Gefühl, als sähen sie jede Einzelheit auf jedem Gesicht und jeden Gedanken hinter jeder Stirn. Es war so still, daß man hören konnte, wie draußen das Wasser der Bucht an den Strand plätscherte.
»Unsere Nation ist verdorben vom Überfluß und gelangweilt vom Konsum, und diese Langeweile hat sie fett werden lassen. Wir sind ein Volk, das keine Ideen mehr hat, bloß noch dumpfe Ahnungen. Und eine von diesen Ahnungen ist in unserem Volk tiefer verwurzelt als alle anderen: die Ahnung nämlich, daß wir wissen, was gut ist für die Welt. Dabei wissen wir nicht einmal, was für gut für uns selbst ist. Die amerikanische Durchschnittsfamilie verbringt sieben Stunden am Tag vor dem Fernsehschirm. Die Fernsehmacher verteidigen den Mist, den sie uns vorsetzen, damit, daß er das sei, ›was die Leute wollen‹. Auch das Medellinkartell verkauft uns das, ›was die Leute wollen‹. Der Präsident erzählt uns im Fernsehen, daß wir die Drogenflut stoppen müssen, weil es ›die Leute so wollen‹. Ich will Ihnen etwas sagen: Die Leute wollen einfach alles. Wir sind alle miteinander Hamsterer, Gierschlunde, Vielfraße und Geizkragen. Wir Kalifornier produzieren den meisten Müll der Vereinigten Staaten, mehr als jede andere Zivilisation in der Geschichte dieses Planeten. Aber wir wollen noch mehr. Wir wollen sogar jetzt schon die Dinge, die noch gar nicht existieren. Jawohl, selbst die wollen wir noch.«
Doris Tharp trank wieder einen Schluck und nahm dabei die Augen nicht von ihren Zuhörern. »Und warum ist das

alles so gekommen?« fuhr sie fort. »Ganz einfach: Es war alles da. Ein unerschöpflicher Reichtum. Ein Ozean, der von Fischen wimmelte, endlose, breite Flußtäler mit fruchtbarstem Boden, eine Wachstumsperiode, die sich über das ganze Jahr erstreckt, und Flüsse voller Gold. Zuerst haben wir all das verschlungen, um zu leben, jetzt leben wir nur noch, um es zu verschlingen. Und was haben wir unsererseits diesem Land gegeben, außer einer riesigen leergefressenen Verpackung, die wir weggeworfen haben? Ein totes Meer, tote Luft und Hunderttausende von *immer neuen* Leuten, die herbeieilen, um die leere Verpackung noch einmal auszulecken.

Ihr Leute hier wollt verhindern, daß diese Gegend neu bebaut wird. Ihr wollt das, was noch übrig ist, bewahren. Wenn das alles ist, was ihr euch vorstellen könnt, dann geht und tut es mit meinem Segen. Aber vergeßt nicht, daß ihr dem, was noch übrig ist, auch etwas Gutes hinzufügen müßt. Vergeßt nicht die Leute, die sich krumm und bucklig gearbeitet haben, damit ihr jetzt hier sein könnt, vergeßt nicht, daß die Dächer über euren Köpfen auch einmal von Männern gebaut wurden, die wir damit beauftragt haben, Männer, die wir geehrt und geschätzt und bezahlt haben, weil sie uns vor dem kalten Märzwind und der sengenden Augustsonne beschützten. Vergeßt nicht, daß *wir* es sind, die bauen, *wir* es sind, die alles vergiften, *wir* es sind, die unersättlich die großen Gaben unseres Schöpfers verschlingen. Narziß ist im Teich seiner gefälligen Selbstbespiegelung ertrunken, und ich fürchte, daß wir ein ähnliches Schicksal erleiden werden. Wir hier in diesem Raum sind nicht die moralisch Besseren, wir sind nicht die großen Freunde der Erde – schauen wir uns doch einmal an, wir sind heute abend hier für unser eigenes Wohl und sonst nichts –, wir sind nur die paar, die schon genug haben. Es ist unsere

Pflicht, zu teilen, nicht noch mehr anzuhäufen, unseren Besitz den anderen darzubieten, nicht ihn vor ihnen zu verbergen. Und warum? Weil wir bei weitem mehr gesegnet sind, als wir Segen spenden, weil wir mehr beschützt werden, als wir je andere beschützt haben, und weil wir, anstatt ständig nach Erlösung zu rufen, besser erst einmal selbst anständige Menschen werden sollten. Ich danke Ihnen.«

Einen Moment lang schwebte zögernde Stille über den Zuhörern, dann brach der Applaus los, vereinzelt zuerst, dann immer voller, bis er in Frequenz und Lautstärke so anschwoll, daß die Wände zu wackeln schienen. Becky war die erste, die aufstand, dann erhoben sich alle begeistert klatschend von ihren Plätzen. Jim sah, wie die beiden jungen Männer Doris von der Bühne hoben. Sie gab einem von ihnen ihr Glas und fuhr dann mit ihrem Rollstuhl durch die sich teilende Menge zur Tür.

Nesto winkte hinter der Bar aufgeregt zu Becky herüber. Sie sprang auf, drängte sich durch die Leute und nahm den Telefonhörer. Eine ganze Weile stand sie bewegungslos da und hörte zu. Weirs Beine fühlten sich taub an. Dann legte sie den Hörer wieder auf, sagte etwas zu Nesto und kam zurück an den Tisch.

Sie stand vor Jim und Raymond und sah zu ihnen herunter, wischte sich eine Träne aus dem Auge und schüttelte den Kopf. »Es hat nicht geklappt. Wenn wir ihnen neue Beweise bringen, wollen sie das, was wir bisher haben, noch einmal neu bewerten. Ansonsten werden sie nichts tun. Würde einer von euch bitte aufstehen und mit mir tanzen?«

In der folgenden Stunde wurden Jim und Raymond abwechselnd von Becky über die Tanzfläche gewirbelt. Die Menge lichtete sich, langsam war immer mehr Platz auf der Tanzfläche, und für die letzte halbe Stunde schließlich gehörte sie den dreien ganz allein. Becky scheuchte die beiden

Männer in einer beängstigenden Choreographie der Wut durch den Raum, bis ihr straßbesetzter Kamm verschwunden war, ihr Haar verschwitzt und wirr an ihrem Kopf klebte, ihr Make-up sich aufgelöst hatte und ihre Haut schweißgebadet glänzte.

Als die Band das letzte Lied spielte, hakte sie sich bei Jim und Raymond ein und ging mit ihnen zur Tür. »Bringt mich nach Hause«, sagte sie. »Wir haben noch viel zu tun.«

Draußen flog abermals der Polizeihubschrauber vorbei, ließ den Strahl seines Scheinwerfers über sie streifen und drehte dann mit einem Brummen, das wie ein Kampfruf klang, ab und verschwand.

In der Totenstille des frühen Morgens saßen sie zusammen in Beckys Wohnzimmer und brüteten über den Tatortberichten, Jims Niederschriften von seinen Unterredungen mit den beiden Polizisten, den Labor- und Obduktionsbefunden und Mackie Ruffs Aussage. Sie wühlten sich durch Zeitungsausschnitte über Cantrell und die WACHSTUM IST WOHLSTAND-Organisation, studierten den Jahresbericht von PacifiCo, den Becky von einem »Freund« innerhalb des Konzerns bekommen hatte und dazu die Aufstellung der Firmenverflechtungen innerhalb des PacifiCo-Konzerns, die sich Beckys Kanzleigehilfen bei der Cheverton-Kanalbau beschafft hatten. Sie sahen sich sogar ein Exemplar des Planes für das Stadterneuerungsprojekt an, komplett mit Skizzen der neuen, angeblich so viel schöneren Nachbarschaft.

Aus zwei Uhr wurde drei Uhr. Die Dokumente, die Jim las, verdichteten sich in seinem Kopf zu einem einzigen, undeutlichen Dunkel, durch das immer wieder dieselben Bilder drangen. Ann, die Tote, Ann, das Opfer, Ann, hingestreckt im Schlamm der Back Bay.

Um vier Uhr goß Becky wieder einmal die letzte Tasse Kaffee aus der Kanne in die Tassen und ging in die Küche, um frischen zu machen.

Raymond schaute über den Rand seiner Lesebrille, mit der er ein bißchen wie ein Rechtsanwalt aussah, hinüber zu Jim und legte den Bericht der Spurensicherung auf den Kaminrost. »Jim?«

»Ich höre.«

»Laß ihn uns töten, noch heute nacht.«

Weir studierte Raymonds ausdrucksloses Gesicht. »Das würde ich gerne«, sagte er.

»Ich meine es ernst. Wir nehmen die Fernbedienung, holen Cantrell aus dem Bett und fahren mit ihm auf einem von Virginias Booten raus aufs Meer. Dort machen wir ihn fertig, binden ihm eine Hantel an die Beine und werfen ihn weit draußen über Bord. Ich habe Hanteln zu Hause.«

Hinter Raymonds unerforschlicher Maske konnte Jim eine Entschlossenheit erkennen, die ihn einen Augenblick lang aus der Bahn warf. Der Friedensrichter von Boca de la Mar, dachte er: Raymond und Francisco, beide jagen sie ihren gestohlenen, geliebten Träumen durch die Wirren eines harten Schicksals nach. Fahrende Ritter auf dem Weg zur Hölle, der tödlichen Kugel entgegen, in die bereits ihre Namen geritzt sind. Wäre ein blutiges Ende für Raymond nicht besser als ein Leben, in dem jeder Tag vergiftet sein würde vom Wissen um eine Wahrheit, die zu beweisen ihm das Rechtssystem – ein System, dem er lange und ohne Klagen gedient hatte – niemals gestatten würde? Vielleicht.

Aber für Jim war da immer noch der lebende Raymond Cruz: der brüderliche Freund, der dieselbe Tragödie durchmachte wie er selbst. Das Leben braucht die Lebenden. »Nein«, sagte er. »Ich werde für Cantrell nicht in die Gaskammer gehen. Und ich lasse es auch nicht zu, daß du das tust. Er ist es nicht wert.«

»Aber Ann war es wert.«

»Nichts, was du tun kannst, wird sie jemals wieder zurückbringen, Ray. Gar nichts. Niemals. Und das, was du vorhast, am allerwenigsten.«

Ein sehr merkwürdiges Lächeln kroch in Raymonds Gesicht, ein Lächeln, so voll von hochtrabender Geringschätzung, daß es Jim eiskalt den Rücken hinunterlief.

»Ich habe bloß laut gedacht, Jim.«

»Laß es mich wissen, wenn du noch mehr Gedanken von dieser Art hast.«

Das Lächeln wurde von einem anderen, freundlicheren ersetzt. »Das werde ich.«

Becky kam mit einer frischen Kanne Kaffee zurück, ließ sich auf das Sofa fallen und nahm den Jahresbericht der PacifiCo zur Hand. »Trinkt noch etwas Kaffee«, sagte sie. »Die Lösung muß in diesen Papieren zu finden sein. Robbins muß irgend etwas haben, das uns zu Cantrell führt – wir haben es bloß noch nicht gefunden. Sucht es! Sucht, bis ihr blind werdet, und dann sucht weiter.«

Um fünf Uhr früh legte Jim den Kopf zurück auf die Rükkenlehne der Couch und betrachtete das Muster der Stuckdecke, aus dem er Bilder und Gestalten herauslesen zu können meinte.

Jake, Ann und er hatten als Kinder drüben im Großen Haus oft auf Jakes Bett gelegen und sich gegenseitig gezeigt, was sie in den Ornamenten der Stuckdecke gesehen hatten: Da ist der Indianerhäuptling, hier ist Florida, und da drüben ist der platte Fahrradreifen. Die schwangere Frau hatte Ann als erste entdeckt.

»Geh ein bißchen herum«, schlug Becky vor. »Das wird dich etwas munterer machen.«

»Das werde ich tun.«
Jim ging durch das Haus, in dem jedes Zimmer für ihn voller guter und schlechter Erinnerungen war. Erinnerungen an ein Leben, in dem er immer irgendwie dieselbe Frau geliebt hatte und doch nie richtig mit ihr zusammengekommen war. Langsam wird die Zeit knapp für uns, dachte er. Wenn wir das, was wir so gedankenlos nebenbei genossen haben, noch legitimieren wollen, dann müssen wir uns beeilen. Er fragte sich, ob er und Becky in den Augen der anderen schon manchmal lächerlich wirkten. Es hat etwas Komisches an sich, wenn man sich zu lange vor den großen Entscheidungen des Lebens drückt.
Auf Beckys Nachttisch stand eine Vase mit einem Strauß roter Rosen. Er setzte sich auf das Bett und betrachtete die schönen Blumen, die jetzt für ihn eine so schreckliche Bedeutung hatten. Er schloß einen Moment die Augen und sah wieder ein Bild aus jenem Traum, den er in der vergangenen Woche so häufig gehabt hatte: Eine Hand hielt eine rote Rose an Anns erwartungsfroh lächelndes Gesicht.
Wider alle höhere Vernunft zählte Weir die Rosen.
Es waren zwölf.
Natürlich.
Jim seufzte, schloß die Augen wieder und sah abermals die Hand, die eine Rose an Anns Gesicht hielt. Zuerst sah er nur die Rose scharf, und Ann war unscharf im Hintergrund, dann verschwamm die Rose, und er sah Ann klar und deutlich.
Weirs Kopf fiel ihm auf die Brust, und er riß sich mit Gewalt hoch.
Seine Augenlider waren auf einmal so schwer. Nur einen Moment wollte er ausruhen.
Natürlich war da keine Ruhe. Die Hand hielt wieder die Rose. Eine Männerhand. Die Blütenblätter der Rose waren

dunkelrot und groß. Und aus Anns Gesicht wurde der Platz zwischen ihren Beinen. Es war scheußlich. Von der Hand tropfte Blut.
Weir stand wieder auf und wollte zurück ins Wohnzimmer. Als er im Hinausgehen noch einmal auf die Blumen in Beckys Vase sah, begriff er auf einmal etwas, was er die ganze Zeit bloß gesehen hatte.
Er blieb stehen. Das Verständnis war immer noch da. Er dachte noch einmal darüber nach, dann noch einmal und ein drittes Mal, zur Sicherheit. Schließlich nahm er sich eine Rose aus der Vase. Seine Hand zitterte, als er sie von unten an der Blüte faßte, direkt unter den Blütenblättern. Daumen und Zeigefinger waren an den grünen Unterblättern.
Er hielt die Blume noch immer in der Hand, als er zurück ins Wohnzimmer kam und die besorgten Blicke von Becky und Ray auf sich zog.
»Du siehst aus, als wäre dir ein Geist erschienen«, sagte sie.
»Gib mir das Telefon und die Privatnummer von Ken Robbins. Ich habe es gefunden. Ich weiß jetzt, was Robbins hat, das wir bisher übersehen haben.«
Er wählte die Nummer und bekam Mrs. Robbins an den Apparat. Sie sagte ihm verschlafen, daß ihr Mann immer noch nicht gut schlafen könne und deshalb sehr früh ins Büro gegangen sei. Es war fünf Uhr dreißig. Weir entschuldigte sich und rief das kriminaltechnische Labor an. Robbins hob beim zweiten Klingeln ab.
»Ken, hier ist Jim Weir. Holen Sie doch bitte die Rose aus dem Gefrierschrank. Die Rose, die er Ann unten hineingesteckt hat.«
»Weshalb?«
»Wir haben den Beweis. Wir hatten ihn schon die ganze Zeit, aber wir wußten es nicht. Bitte, Ken, holen Sie die Rose.«
Robbins schwieg einen Augenblick. »Sie haben mit dem Fall

nichts mehr zu schaffen, Jim. Dennison hat das ganz klar gesagt. Ich darf für Sie keine Untersuchungen mehr machen. Mir sind die Hände gebunden, und Sie wissen das.«

»Hören Sie zu, Ken. Diese Rose ist nichts Neues, was ich Ihnen gerade gebracht hätte. Sie haben sie doch schon lange, die Polizei hat sie Ihnen übergeben. Diesmal stimmt die Beweismittelkette, sie ist vor Gericht zulässig, solide, und sie liegt ein paar Meter neben Ihnen im Gefrierschrank. Die Rose gehört Ihnen, nicht mir. Ich will bloß, daß Sie die sich noch einmal ansehen. Ich bitte Sie drum, Ken. Holen Sie die Rose, und legen Sie diese auf Ihren Leuchttisch. Richten Sie Ihr Arbeitslicht darauf, und halten Sie eine saubere Pinzette bereit.«

Wieder eine Pause. »Bleiben Sie dran, Jim.«

Becky saß immer noch am Kamin. Raymond stand am Fenster und sah hinaus auf die Oleanderhecke.

Zwei Minuten später war Robbins wieder am Apparat. »Okay. Die Rose liegt auf dem Tisch. Ich habe sie beleuchtet, und ich halte eine saubere Pinzette in der Hand. Jetzt sagen Sie mir bitte, was zum Teufel ich jetzt mit diesem verwelkten Ding machen soll, was ich nicht schon längst damit gemacht habe.«

»Wir haben etwas übersehen, weil es nicht sichtbar war. Die kleinen grünen Blätter direkt unter den Blütenblättern, wie sehen die aus?«

»An diesem Ding ist nichts mehr grün – alles ist braun, verdammt noch mal.«

»Dann eben die braunen Schotenblätter unter der Blüte. Sehen Sie die?«

»Nein. *Sie sind ganz unter den Blütenblättern verborgen, Weir.*«

Weir betastete die Rose in seiner Hand. War es seine eigene Hand gewesen, die er im Traum gesehen hatte?

»Sind die Unterblätter nach unten, an den Stengel gefaltet?«

»Ja, Jim. Genau so, wie sie waren, als mir diese verdammte Rose übergeben wurde.«

»Aber so waren sie nicht, bevor die Rose in Ann hineingeschoben wurde. Erst dieser Vorgang hat sie zurückgeschlagen. Entfernen Sie die Blütenblätter, und drehen Sie die Unterblätter mit Ihrer Pinzette wieder um, so daß sie wieder ganz nach oben stehen. Sagen Sie mir, was Sie sehen.«

Robbins legte den Hörer auf den Tisch. Weir hörte, wie er ein paar Latex-Handschuhe anzog, und dann das metallische Klappern von Instrumenten.

Jims Puls schlug ihm bis ins Ohr, an das er den Hörer gepreßt hatte. Becky hatte sich nicht bewegt. Raymond sah ihn jetzt an, den Beginn eines Lächelns im Gesicht. Eine Minute verging.

Dann nahm Robbins den Hörer wieder auf und räusperte sich. »Weir? Es ist unglaublich. Ein halber Daumenabdruck und ein weiterer Abdruck, ein ganzer, vermutlich von einem Zeigefinger. Beide Abdrücke bestehen aus Blut und wurden, als die Rose hineingeschoben wurde und sich die Unterblätter umstülpten, praktisch eingesiegelt. Das Seewasser hat die Pflanze zwar angegriffen, drang aber nicht bis zu den Fingerabdrücken durch. Ich kann ... ich kann es kaum glauben. Wollen Sie einen Job in meinem Labor haben?«

»Ich will, daß Sie diese Abdrücke mit denen von Cantrell vergleichen.«

»Wir haben keine Abdrücke von ihm.«

»Auf dem Bild von Horton Goins, das ich Ihnen zusammen mit dem Haar in dem kleinen Beutel dagelassen habe, ist rechts unten ein Abdruck von Cantrells Daumen. Er müßte vollkommen klar sein. Sie haben das Bild doch noch, oder?«

»Dennison hat darauf bestanden, daß ich es wegwerfe. Ich habe ... nun, ganz weggeworfen habe ich es noch nicht. Geben Sie mir fünfzehn Minuten Zeit.«

»Ich bin in Becky Flynns Haus.« Jim gab Robbins die Nummer und legte auf.

Beckys Gesichtsausdruck war so verwirrt, wie Jim ihn in dreißig Jahren vielleicht zweimal gesehen hatte. Bisher hatte sich Becky immer Spiele herausgesucht, bei denen sie ihm weit voraus gewesen war.

Raymonds Lächeln überzog jetzt sein ganzes Gesicht. Er ging durch das Zimmer zu Jim und umarmte ihn. Es war die längste und kräftigste Umarmung von Ray, an die Jim sich erinnern konnte. Trotzdem, dachte er, irgend etwas von seiner alten Herzlichkeit schien Raymond abhanden gekommen zu sein.

Jim beobachtete Ray, wie er noch einmal kurz zum Fenster hinaussah, bevor er wieder herüberkam und sich auf die Couch setzte.

»Vielleicht sollten wir etwas trinken«, schlug Becky vor.

»Wir sollten damit warten, bis Robbins zurückruft«, meinte Weir.

Raymond warf Becky einen Blick zu, dann stand er auf und ging zur Tür. »Ich muß mal eine Minute allein sein.«

Jim bemerkte den seltsamen Ausdruck in Rays Gesicht. »Mach jetzt nicht alles kaputt, Ray«, sagte er. »Wir sind zu nahe dran. Wir haben zu hart dafür gearbeitet.«

Raymond lächelte schwach. »Ich will nur unter den Sternen ein Dankgebet sprechen. Sonst nichts.«

»Bleib bei uns, Ray«, sagte Becky. »Bitte.«

Raymond sah beide nacheinander an, sein Gesicht wurde rot, und Wut stieg ihm sichtbar in die Augen. »Keine Sorge, Kinder. Ich werde *überhaupt nichts* tun, was alles kaputtmachen könnte. Ich verspreche es. Ich setze mich bloß auf die Kaimauer und beobachte den Sonnenaufgang an dem Tag, an dem wir den Kerl schnappen, der meine Frau getötet hat. Nicht für viel Geld würde ich das kaputtmachen. Wenn ihr mir nicht glaubt, dann ist es eure Sache. Ihr könnt ja ab und zu ein Auge auf mich werfen, wenn ihr wollt.«

Fünfzehn Minuten schlichen langsam dahin. Weir ging im Wohnzimmer auf und ab und schaute alle paar Minuten durch das Fenster hinaus zu Raymond, der, immer noch im Smoking, an einen Laternenpfahl gelehnt auf der Kaimauer saß und hinaus auf die Bucht und das PacifiCo-Gebäude sah. Was für fürchterliche Vorstellungen mochten ihm wohl durch den Kopf gehen, fragte sich Jim. Das erste Licht der Morgendämmerung begann die Dunkelheit der Nacht aufzulösen.

Fünf Minuten später rief Robbins zurück. Er sprach sehr langsam mit gedämpfter Stimme. Weir erinnerte sich, daß dies Robbins' Art war, die Freude auszudehnen, die Befriedigung über eine gute Arbeit langsam vom Kopf in jeden Millimeter eines gespannt wartenden Körpers sickern zu lassen. Robbins ging ganz in seinem Job auf. »Wir haben einen Volltreffer gelandet«, sagte er. »Es ist eine perfekte Übereinstimmung.«

»Und was jetzt?« fragte Jim, während die ersten Wogen der Erleichterung über ihm zusammenschlugen.

»Ich bin mir nicht sicher, was jetzt zu tun ist, Weir. Ich habe die Abdrücke zweimal mit demjenigen auf dem Foto verglichen, aber sie waren nicht dieselben. Also jagte ich die Abdrücke ein paarmal durch unseren Computer und habe das Ergebnis dann noch einmal mit eigenen Augen überprüft. Es gibt keinen Zweifel. Die Abdrücke stammen von Raymond Cruz.«

Weir legte auf und schaute aus dem Fenster auf Raymond.

Raymond, der da draußen auf die Wahrheit wartet. Raymond, der weiß, was auf ihn zukommen wird.

Jim schloß einen Moment die Augen und verabschiedete sich von der Welt, wie er sie bisher gekannt hatte. Als er sie wieder öffnete, war da eine andere Welt, die er sich zwar vorstellen, aber an die er immer noch nicht glauben konnte.

»Was ist denn los?« fragte Becky.

Jim ging an ihr vorbei, den Gartenweg entlang und durch das quietschende Tor. Raymonds Smokingjacke hing, einer menschlichen Gestalt täuschend ähnlich, auf zwei Stücken Treibholz, die er an den Laternenpfahl gelehnt hatte.

Raymond selbst war verschwunden.

# KAPITEL 32

Becky raste durch die Seitenstraßen, hinaus auf den Boulevard und dann die Halbinsel hinunter in Richtung auf Cantrells Strandhaus. Der Himmel war jetzt nicht mehr schwarz, sondern indigoblau, im Osten war schon ein schwacher orangefarbener Schimmer zu erkennen. In Jims Kopf drehte sich alles. Er starrte durch die Windschutzscheibe auf die alte Nachbarschaft, und nichts sah mehr so aus wie früher. Er wußte, daß er in Beckys Wagen den Boulevard nach Süden jagte, auf der Suche nach etwas, das er gar nicht finden wollte. Er fühlte sich, als würde er von einer starken Strömung ins Meer hinausgezogen, fort von allem, was er kannte, auf was er sich verlassen und was er für wahr gehalten hatte. Er konnte fast sehen, wie diese Dinge sich von ihm entfernten wie eine Küste, die immer kleiner wird.

»Was ist, wenn sie gar nicht dort sind?« fragte Becky.

»Cantrell hat mir gesagt, daß er sich die nächsten Tage in dem Haus aufhält. Und Raymond sucht nach ihm. Ich kenne ihn gut genug, um das zu wissen.«

»Mein Gott, Jim. Da kann doch etwas nicht stimmen. Ray kann es doch nicht getan haben. Da ist etwas falsch.«

Raymonds Kombi stand hinter Cantrells Strandhaus. Die Windschutzscheibe war ganz matt vom starken Tau, nur da, wo die Scheibenwischer in Aktion gewesen waren, konnte man durch das Glas sehen. Das Haus war dunkel bis auf einen Lichtschein aus dem Herrenzimmer im ersten Stock. Die Haustür stand weit offen, eine ihrer Glasscheiben war zerbrochen.

»Raymond ist gewaltsam in das Haus eingedrungen. Beim

PacifiCo-Sicherheitsdienst schrillt jetzt der Alarm«, sagte Jim. »Becky, du bleibst hier.«
»Sei kein Idiot, Jim. Ruf die Polizei – dafür wird sie schließlich bezahlt. Du weißt noch nichts Genaues. Und wenn er Ann getötet hat, was sollte ihn dann abhalten, auch dich zu töten?«
Er nahm die Fünfundvierziger aus dem Schulterhalfter und spürte einen Moment lang ihr fürchterliches Gewicht.
»Und was, zum Teufel, soll ich hier tun?« fragte Becky.
»Du sollst einfach hierbleiben.«
»Du *bist* ein Idiot.«
Er ging ins Haus, gab seinen Augen einen Moment Zeit, sich an die Dunkelheit zu gewöhnen, und ging dann leise durch das Wohnzimmer zur Treppe. Das Haus war still. Jim ging langsam die Treppe hinauf und rief mit ruhiger Stimme nach Raymond. Sein Puls schlug mit einem hellen, metallischen Klang heftig in seinen Ohren. Das Bett oben war zerwühlt, und irgendwie hatte Jim das Gefühl, daß niemand auf seine Rufe antworten würde.
»Ray?«
Jim zog die Schreibtischschublade auf. Cantrells Revolver war noch da, auch die Schachtel mit der Munition war unberührt. Raymond muß ihn überrascht haben, dachte Jim. Er hat ihn aus dem Bett gezerrt.
Jim schaute aus dem offenen Fenster hinunter auf den Strand. Niemand war dort unten außer einem Brandungsfischer mit seinem Hund.
Jim blickte durch das Fenster auf der anderen Seite des Zimmers. Zwischen den stattlichen Bungalows sah er ein Stück Strand und dahinter das Meer und vor Anker liegende Jachten. Vom Heck der größten von ihnen stieg weißer Auspuffqualm auf. Es war Cantrells LADY OF THE BAY . Sie legte gerade mit dem tiefen Brummen vieler Pferdestärken,

das sogar die Fensterscheibe vor Jims Gesicht erzittern ließ, von ihrem Liegeplatz ab.
Jim rannte die Treppe hinunter und sprang in Beckys Wagen. »Zur SEA URCHIN«, rief er ihr zu. »So schnell, wie du kannst.«
»Raymond hat das Boot genommen, nicht wahr?«
»Es legt bereits ab. Drück auf die Tube, Beck.«
Gerade als Becky auf den Boulevard abbog, rollten fast unhörbar drei Streifenwagen des PacifiCo-Sicherheitsdienstes heran.

Fünf Minuten später brausten sie auf die Mitte der Bucht zu. Weir stand am Ruder und steuerte das kleine Boot vorbei an Jachten, Bojen und Liegeplätzen. Als er in freieres Wasser kam, zog er den Gashebel ganz nach hinten, und am Heck schwoll eine geschwungene Welle an wie ein gläserner Hahnenkamm. Weit voraus sah Jim, wie das sich wieder glättende Kielwasser der LADY OF THE BAY mit dem ruhigen Spiegel des morgendlichen Hafenbeckens verschmolz. Becky, die immer noch ihr schwarzes Samtkleid trug, stand neben ihm und hatte vor Kälte die Arme verschränkt. Jim brüllte über das laute Motorengeräusch: »Mach die Ankerleine klar, und schneide sie an der Klampe ab – im Werkzeugkasten ist ein Messer.«
Becky verschwand kurz in der Kajüte und kam dann wieder zurück aufs Vordeck.
»Wie willst du auf die LADY OF THE BAY kommen?«
»Mach die Ankerleine klar!«
»Sie ist klar!«
»Dann schneid sie ab!«
»Sie ist abgeschnitten, verdammt noch mal!«
Jetzt konnte Jim schon das Heck von Cantrells Jacht ausmachen, genau in der Mitte zwischen den beiden Molen, die

die Hafeneinfahrt bilden. Auf seinem Weg hinaus auf die offene See nahm das große Boot jetzt Fahrt auf. Hinter der Hafeneinfahrt rollte eine schwere Dünung vom offenen Meer herein. Die Farbe des Wassers vertiefte sich, bis sie fast schwarz war, und von den weißen Schaumkämmen spritzte der Gischt, den eine steife Brise mit sich fortriß. Weir hörte, daß die Maschinen der LADY OF THE BAY jetzt noch lauter und tiefer klangen und sah, wie ihr Heck von den vorwärts schiebenden Schrauben tiefer ins Wasser gedrückt wurde.

»Becky! Komm rauf zu mir!«

Sie fiel fast hin, als das kleine Boot in ein Wellental schlug, nahm Jims Hand und ließ sich von ihm auf die Brücke ziehen. Er brüllte ihr bereits die Anweisungen für ein Manöver zu, von dem er nur hoffen konnte, daß es klappen würde: »Fahr ganz nahe an die Jacht heran, bleib kurz dran, und laß dich dann abfallen. Und prügle das Boot nicht zu sehr – die Dünung ist gefährlich.«

Jim sprang aufs Vordeck und kauerte sich hin, um die Balance zu halten. Dann nahm er den Anker in die rechte Hand und legte sich mit der linken die Leine zurecht. Vor sich sah er, wie die LADY OF THE BAY jetzt auf den vollen Seegang des Ozeans traf und majestätisch ungerührt hindurchpflügte, ohne auch nur ein bißchen an Geschwindigkeit zu verlieren. Becky zog die SEA URCHIN in einem weiten Bogen nach Backbord, so daß die Dünung ihr zusätzliche Geschwindigkeit verlieh und das kleine Boot auf einem Kollisionskurs auf die Jacht zuraste. Als sie das offene Meer erreichten, kreischte der Bootsmotor auf, weil das Boot über eine große Welle sprang und damit für Augenblicke die Schraube in der Luft leer durchdrehte. Mit einem markerschütternden Schlag, der Jim fast über Bord geschleudert hätte, knallten sie wieder auf die Wogen. Als Weir aufschaute, sah er, daß Becky sich wie eine Rennfahrerin hinter das

Steuerrad duckte. Ihr Haar wehte im Wind, und sie schien keine Furcht zu kennen. Sie brachte die SEA URCHIN dicht unter das Heck der Jacht und nahm dann das Gas ganz zurück. Das kleine Boot krängte in der Dünung. Es stieg hoch und schwankte gefährlich, als es seinen Vorwärtsdrang einbüßte und das Kielwasser der Jacht es noch weiter hob. Es war, als schöbe es eine unsichtbare Hand immer höher himmelwärts. Weir preßte die Knie sprungbereit aneinander. Am Scheitel des Anstiegs warf er den Anker hinüber zur LADY OF THE BAY und zog hart an der Leine, damit sich seine Flügel entfalteten. Als dann die SEA URCHIN wieder nach unten sank, betete er, daß der Anker soliden Halt gefunden hatte, sprang los und begann, die Leine hinaufzuklettern. Es kam Jim vor, als hinge er am Schwanz eines wilden Seeungeheuers. Das Schiff über ihm stampfte und krängte, und jedesmal, wenn es von einer Woge heftig nach oben geschleudert wurde, riß ihm das Seil fast die Arme aus den Schultergelenken. Er wurde gegen das Heck geschleudert und atmete sekundenlang die Qualmwolken des Auspuffs ein. Jim arbeitete sich, eine Hand vor die andere setzend, langsam an der Leine hoch, wobei sein Körper wie wild hin und her schwang und seine nassen Schuhe immer wieder an der Bordwand abrutschten. Schließlich war er hoch genug, um die Reling aus poliertem Teak zu sehen. Noch einmal prallte er gegen das Heck und hing einen Moment hilflos an der schwankenden Bordwand, dann aber konnte er mit den Händen die Reling fassen. Er wartete ab, bis die Jacht wieder in ein Wellental tauchte, dann zog er sich hoch und ließ sich von der Aufwärtsbewegung des Hecks über die Reling heben und aufs glänzende Deck der LADY OF THE BAY fallen.

Jim schlug hart auf, rollte ab, fing sich und stand auf. Drei Meter von ihm entfernt wartete Ray auf ihn. Die Mündung seiner Dreisiebenundfünfziger starrte auf Weir wie ein böses, leeres Auge. Auf Rays weißem Smokinghemd waren Blutflecken.

Raymond ließ die Waffe sinken. »Schön dich zu sehen, bei Gott«, sagte er. Er sah an Jim vorbei zur SEA URCHIN, winkte Becky zu und hob den Daumen zum Okay-Zeichen. Jim drehte sich um und sah, wie Beckys in der Dünung tanzendes Boot abfiel. Sie sah von der Brücke hinauf zu ihnen.

Raymond steckte den Revolver in seinen Hosenbund und sah Jim mit klaren dunklen Augen an. »Mach dir keine Gedanken – die Fingerabdrücke auf der Rose waren nicht von mir, auch wenn Robbins dir das gesagt haben sollte.«

»Das hat er gesagt.«

Raymond seufzte und schüttelte den Kopf. Seine Schultern fielen nach vorne, und er sah an Jim vorbei zur Küste. »Ich hätte nie gedacht, daß Robbins mit denen gemeinsame Sache machen würde. Wie haben sie ihn bloß rumgekriegt? Ich dachte, er wäre standfester.«

»Wer sind ›sie‹? Mit wem soll er gemeinsame Sache gemacht haben?«

»Dennison. Cantrell. Paris. Sie haben alles von Anfang an manipuliert. Bist du da noch nicht selbst draufgekommen?«

Jim fühlte sich, als wäre er von einem Sprungbrett gesprungen und hinge mitten in der Luft: Seine Hoffnung wollte nicht, daß er weiter fiel, aber seine Skepsis verhinderte, daß er wieder nach oben schwebte. »Die Fingerabdrücke waren von dir, Ray. Von dir und niemandem sonst.«

Raymond ging über das Deck auf Jim zu, packte seine Arme und schüttelte ihn heftig. »Hör mir doch zu, Jim. Genau das ist es doch, was sie wollen. Sie wollen, daß du das glaubst.«

Der Revolver schaute aus Raymonds Hosenbund hervor, nur Zentimeter von Jims Händen entfernt.

»Na los, nimm die Kanone, wenn du willst«, forderte Raymond ihn auf. »Aber *denk nach,* Jim. Denk zuerst nach. Mach dir klar, wie perfekt sie alles arrangiert haben. Cantrell hat Annie getötet, Dennison hat es vertuscht, sie haben ihren Hauptverdächtigen ein Geständnis schreiben lassen und ihn dann beseitigt. Die Sache ist vollkommen bis auf zwei kleine Haken – dich und mich. Sie wußten, daß wir ihnen die Geschichte mit Goins niemals abkaufen würden, auch wenn sie noch so überzeugend aussah. Das hast du doch Brian in Robbins' Büro praktisch ins Gesicht gesagt. Was also müssen sie tun? Sie müssen uns beide aufeinanderhetzen wie zwei Kampfhunde. Na los, zieh deinen Revolver, und mach mich fertig. Oder hier, nimm meinen. Genau das wollen sie doch.«

Jim konnte nicht sprechen. Das Rauschen in seinen Ohren verstummte urplötzlich. In der Stille, die auf einmal in ihm herrschte, spürte er, wie sich eine tiefe, umfassende Ruhe in ihm breitmachte. Alles wurde auf einmal sonnenklar.

»Du mußt mir nicht glauben, Jim« sprach Raymond weiter. »Ich würde das an deiner Stelle vielleicht auch nicht. Geh hinein und frage Cantrell. Laß es dir aus erster Hand erzählen.«

Ray drehte sich um und kletterte zur Brücke hinauf.

In der Kajüte bot sich Jim eine merkwürdige Szenerie. Alles hier war teuer und gediegen: der Teppichboden, die aufwendig getäfelten Wände, die Instrumente, die in das Holz eingelassen waren, die Stühle des Kapitäns und des Navigators, der messingglänzende Kompaß, der einen südlichen Kurs zeigte, und das Steuerrad aus dunklem, poliertem Holz, das sich, vom Autopiloten gesteuert, von selbst drehte. Inmitten dieses ganzen Luxus lehnte C. David Cantrell, immer noch im weißen Frotteebademantel, wie ein Häufchen Elend an der vorderen Kajütenwand. Ein roter Fleck an seiner rechten Schulter wurde immer größer. Er sah Jim

mit wilden, klaren Augen an, die etwas von einem verwundeten Tier hatten. Seine Kiefer waren in einer stillen Grimasse des Schmerzes aufeinandergebissen.
Raymond ging zu Cantrell hinüber und stieß ihn mit dem Fuß an. »Na los, Davey, sag Jim, was du mir vor fünf Minuten gesagt hast. Und vergiß das mit den Fingerabdrücken auf der Rose nicht.«
Cantrells Augen jagten von Jim zu Raymond, dann wieder zurück zu Jim. »Ich habe sie nicht ... ich habe ihr nie etwas angetan. Niemals.«
Raymond hatte die Hände in die Hüften gestützt und schaute geringschätzig auf Cantrell herab. »Du hast ihr nichts angetan? Siebenundzwanzig Stiche mit deinem Küchenmesser nennst du *nichts angetan*? O *Mann*!«
Ray trat zurück und drehte sich um. Bevor Jim es so richtig mitbekam, hatte er schon seinen Revolver gezogen und Cantrell die noch unverletzte Schulter durchschossen. Ein Klumpen blutigen Gewebes klatschte hinter Cantrell an die Holzwand. Cantrell schrie auf, krallte seine Zehen in den Teppich und drückte sich an die Wand, als wolle er sich in den Spalt zwischen Boden und Holztäfelung quetschen.
Raymond sah ihn an und wandte sich wieder an Jim. »Er spielt dir etwas vor. Er meint, er könne einen Freund gegen den anderen ausspielen. Dieser arrogante Bastard!«
Ray schaute wieder auf Cantrell, der eine Hand zum Schutz gehoben hatte und flüsterte: »Nein.« Raymond schoß aus nächster Nähe durch Cantrells ausgestreckte Hand, so daß ihm aus der Handfläche ein blutiges Loch entgegenklaffte. Einen winzigen Augenblick lang konnte Jim durch die Wunde Cantrells entsetzte Augen sehen.
»Du solltest mitmachen, Jim«, sagte Ray. »Er wird bald zusammenbrechen und sterben. Na los – hol dir auch etwas von der Rache, auf die wir so lange gewartet haben!«

»Ich bin bereit«, entgegnete Jim.
»Das will ich doch meinen.«
Mit verblüffender Klarheit in Herz und Gedanken zog Jim den Revolver aus seinem Schulterhalfter, faßte ihn fest am Griff und schlug den Lauf mit einer schnellen, heftigen Bewegung an Raymonds rechte Schläfe. Einen Augenblick stand Ray da wie gelähmt. Seine Waffe fiel polternd zu Boden, und Jim kickte sie mit dem Fuß außer Reichweite. Dann packte er Raymond und schleuderte ihn mit aller Kraft erst einmal, dann zweimal und dreimal gegen die Wand der Kajüte. Jim preßte Raymond mit dem Gesicht gegen die Holztäfelung, drückte ihm die Mündung seiner Fünfundvierziger ins Genick und sagte mit erstaunlich fester Stimme: »Es ist vorbei, alter Freund. Du hast sie getötet und willst es Cantrell anhängen. Es *waren* deine Fingerabdrücke auf der Rose, Ray.«
Raymonds Kopf hing schlaff nach unten, seine Augen waren stumpf und ausdruckslos. Weir gab ihm einen linken Haken in seine Rippen, zog ihn wieder hoch und drückte ihn fest an die Bordwand. »Robbins würde nicht lügen, und wenn ihm jemand zehn Millionen Dollar dafür gäbe – das weißt du genausogut wie ich. Und Cantrell wollte nicht einmal lügen, um sein Leben zu retten, obwohl er weiß, daß dies seine letzte Chance ist.«
Jim sah, wie Raymonds Blick wieder so seltsam trübe wurde. Auf einmal erfüllte ihn eine schreckliche Wut. Er schleuderte Raymond gegen die Wand und bohrte ihm den Lauf seines Revolvers unters Kinn. »Schau mich an, Ray. *Schau mich an, verdammt noch mal!* Jedesmal, wenn ich mir die Szene in der Back Bay vorstellte – wie Annie so reglos dalag –, wußte ich, daß irgend etwas daran nicht stimmte. Jetzt weiß ich, was es war. Sie hat sich nicht gewehrt, nicht wahr? Und warum? Weil *du* sie dort hingebracht hast. *Du* bist mit ihr hinunter

zum Wasser gegangen. Annie war vielleicht mißtrauisch, aber eines konnte sie sich beim besten Willen nicht vorstellen: daß du ihr etwas antun könntest. Gegen einen Jungen wie Goins hätte sie sich, besonders mit dem Baby in ihrem Bauch, wie eine Löwin verteidigt. Auch gegen Cantrell hätte sie bis zum letzten Atemzug gekämpft. Aber nicht gegen dich. Du warst der einzige, dem sie bedingungslos vertraute.«

Raymonds Blick wurde langsam wieder klarer. »Ich hätte dieses Vertrauen nie enttäuscht. Niemals.«

Weir preßte Raymond noch fester an die Kajütenwand. »Du hast noch viel mehr getan. Du hast dieses Vertrauen ausgenutzt. *Du* hast die Batterien aus der Fernbedienung genommen, damit sie in dieser Nacht die Garage nicht öffnen konnte und ihren Wagen ein paar Straßen weiter abstellen mußte. Du hast dir in deinem Streifenwagen Zivilkleidung angezogen und bei ihrem Auto auf sie gewartet, während sie bei Cantrell war.

Jetzt wird mir auch klar, warum deine Blutgruppe nicht mit der des Mörders übereinstimmte. Aufgrund des Samens, den man bei Annie gefunden hatte, haben wir immer angenommen, der Mörder habe Blutgruppe B. Aber es war gar nicht der Samen des Mörders! Es war der Samen von Cantrell, der sie in dieser Nacht ein letztes Mal geliebt hat.«

Ray sah Jim nicht an, sondern starrte finster ins Leere.

»Du hast, während Annie im Haus ihres Liebhabers war, mit den Rosen auf sie gewartet, von denen du wußtest, daß er sie ihr geschickt hatte. Du hattest bereits alles genau geplant. Du hast ein Paar von Cantrells Schuhen getragen, und du hattest dein Einsatzbuch schon im voraus ausgefüllt und damit sichergestellt, daß die Zeit zwischen zwölf und eins lückenlos belegt war. Als Annie kam, hast du sie gebeten, zu dir in dein Auto zu steigen – ›Nur einen Augenblick, Annie, ich muß mit dir reden.‹ Und sie hat dir *vertraut* und ist eingestiegen.«

»Nein.«

»Doch. Aber sie war gerade in flagranti erwischt worden, nicht wahr? Also hatte sie Angst. Und so bemerkte sie gar nicht, daß du die Fahrt über getürkte Funkmeldungen an die Zentrale abgabst. Aber als ihr von der Halbinsel zur Back Bay fuhrt, hattest du schon wieder ihr volles Vertrauen. Sie ging mit dir hinunter zum Wasser. Wieso hätte es einen Kampf geben sollen? Du hattest deinen Arm um sie gelegt. Was hast du ihr erzählt, Ray? Wie hast du sie nur so in Sicherheit gewiegt?«

Raymond versuchte sich loszureißen, aber Weir hatte ihn fest gepackt, und der Lauf des Revolvers bohrte sich zu tief in seinen Unterkiefer.

»*Wie?*«

»Überhaupt nicht.«

»*Wie!*«

Raymonds Knie schoß nach oben in Richtung auf Weirs Schritt, aber Jim blockte es mit seinem eigenen Knie ab und boxte Raymond gegen sein Brustbein. Er fiel zusammen, und Jim ließ ihn zu Boden sinken. Ray rappelte sich auf seine Hände und Knie und schaute Weir mit einer Wildheit an, die dieser noch nie an ihm gesehen hatte. Er sah nicht mehr wie er selbst aus. »Ich habe ihr bloß gesagt, daß ich alles über Cantrell wüßte. Und ich sagte, ich würde ihr ... vergeben. Dieses Wort wirkte bei ihr immer Wunder.«

Der letzte Hauch des Zweifels verflog und hinterließ in Jims Gedanken nichts weiter als eine nackte schwarze Wüste. Ihm war, als müsse sein Herz darin verbluten. »Verdammte Scheiße, Raymond. Mein Gott. Das *darf* doch nicht wahr sein!«

Raymond schaute auf seinen Revolver. Jim kickte ihn noch weiter weg, in die hinterste Ecke der Kajüte. Aus Cantrells Mund kam ein hoffnungslos klingender, leiser Seufzer. Jim ging zum Steuerpult, schaltete den Autopiloten ab und schob den Gashebel in die Leerlaufposition. Raymond lehnte an der Wand und sah ihm dabei mit aschfahlem Gesicht und zusammengepreßten Lippen zu. Seine Augen wanderten von Jim hinauf zum Bullauge und wieder zurück auf den Boden, als suche er eine Möglichkeit, sich zu verstecken.

»Wie lange wußtest du das von Annie und Cantrell schon, Ray?«

»Ich wußte alles von ihr. Sie war meine gottverdammte Frau. In guten wie in schlechten Zeiten – was für ein Mist!«

»Du bist zweimal in Cantrells Haus eingebrochen – einmal, um die Krawattennadel und ein Paar Schuhe zu stehlen und um den Brief an dich selbst mit seinem Computer zu schreiben – und ein zweites Mal, um Anns Sachen in die Truhe zu legen.«

Raymond sah erst zu Cantrell und dann zu Jim. »Eigentlich waren es dreimal. Beim ersten Mal wollte ich nur sehen, in welchem Bett sie es mit ihm trieb.«

Weir brauchte lange, bis er seine nächste Frage stellen konnte. In der Stille davor konnte er Cantrells flachen Atem und das Plätschern des Wassers am Rumpf der großen Jacht hören. »Du hast geübt, nicht wahr? Du *hast geübt*, mit deiner rechten Hand ein Messer zu führen.«

Raymond sah weg. »Stimmt. Ich habe viel geübt. In meiner Garage hatte ich einen großen Strohsack. Als er zu viele Löcher hatte, habe ich ihn auf den Müll gefahren.«

Jim folgte Raymonds Blick aus dem Bullauge zu den düsteren Frühlingswolken. »Sie hat an dich geglaubt, Ray. Und du Schwein hast sie getötet wie einen räudigen Hund. Wenn es irgend etwas helfen würde, würde ich dir jetzt dein trauriges Gehirn rauspusten.«

Raymond starrte ihn mit leerem Gesichtsausdruck an. »Na los, tu's doch. Ich bin bereit.«

Aber Weir konnte es nicht. Nicht einmal daran denken konnte er. Diese Sache war zu ungeheuerlich, als daß sie auf diese Art zu Ende gehen durfte. Es gab noch so viel, was er nicht verstehen konnte. »Warum, Ray? Es war Annie. *Warum hast du das getan?*«

»Ich habe es alles in dem Brief erklärt, den ich an mich selbst geschrieben habe. Ich habe ihn zwar geschrieben, um Cantrell durch die Benutzung seines Computers zu belasten, aber auch als einen ... Versuch, die Dinge zu klären.«

Jim erinnerte sich an die verqueren Ergüsse von Mr. Night, aber diesmal hörte er im Geiste dazu Raymonds Stimme. *Und schließlich sah ich sie auf ihrem Gesicht, die Unterwerfung, die Hilflosigkeit, die absolute Abhängigkeit von mir, die sie nie vorher gezeigt hatte. Auch wenn es nur einen Moment lang war, es war ein Moment, auf den ich mein Leben lang gewartet hatte.*

»Unterwerfung? Absolute Abhängigkeit? Was soll der Mist?« fragte Jim. »Sie war deine Frau. Ihr hattet euer gemeinsames Leben.«

Ein Ausdruck ehrlicher Bestürzung erschien auf Raymonds Gesicht. »Es war, als habe etwas Böses ein Ei in meine Hand gelegt. Ein Ei, das immer größer wurde, Jim. Ich hätte so gern mit dir darüber gesprochen. Ich wollte, daß du mich für immer aus dem Verkehr ziehst. Als wir unter Wasser waren, da wollte ich tiefer, immer tiefer tauchen und nie wieder nach oben kommen. Du wußtest, daß ich Schluß machen wollte, aber du wußtest nicht, warum.«

Raymond hob Cantrells Kinn mit einem Finger. »Der Kerl lebt ja immer noch.«

»Zieh dein Hemd aus und verbinde ihn.«

»Laß ihn sterben.«
»Tu, was ich sage, Ray!«
Raymond zog sein blutiges Hemd aus, riß ein paar Stücke ab und drückte sie in Cantrells Wunden. Cantrell schrie auf, krümmte sich und verlor das Bewußtsein.
»Dieser Kerl hat mein Leben ruiniert«, sagte Ray. »Und jetzt soll ich das seine retten. Ich wußte von Anfang an, daß die beiden was miteinander hatten. Ich sah es Ann am Gesicht an. Und dann kamen so neckische Kleider aus der Reinigung, die sie nicht für mich angehabt hatte. Schließlich hat sie mich auch noch angemacht und versucht, mich zu einem Vater zu machen, der ich gar nicht war. Dabei stand alles in ihrem blöden Tagebuch, das sie auf ihrem Boot versteckt hatte. Ich habe sogar mein eigenes Telefon angezapft, um herauszubekommen, wann sie sich mit Cantrell traf. An dem Tag, an dem ich sie tötete, nahm ich die Wanze heraus und warf sie ins Meer. Ich wartete die ganze Zeit, daß einer von den toten Fischen das verdammte Ding um den Kopf gewikkelt haben würde.« Raymond sah Jim einen Augenblick direkt in die Augen, dann wandte er den Blick ab. »Ann dachte immer, daß die Dinge, die sie vor sich selbst versteckte, auch vor mir versteckt seien. Bei all ihrem Betrug und ihrer Heimlichtuerei war sie beileibe nicht vorsichtig genug. Schon nach ihrer ersten Nacht mit ihm – es war am dreiundzwanzigsten Mai – roch ich seinen Geruch an ihr. Sie hatte sich zwar geduscht, aber das half nichts. Ich wußte immer, wenn sie bei ihm war, weil sie sich geduscht hatte und trotzdem noch dieser Geruch an ihr war. Das Baby schließlich brachte das Faß zum Überlaufen, Jim. Es war nicht von mir – es war von ihm. Kannst du dir vorstellen, wie schlecht ich mich gefühlt habe?«
»Wie schlecht *du* dich gefühlt hast?«
Ray sah ihn lange an. Seine Augen wurden trübe und

glanzlos, und er schien Klarheit und Willen fast ebenso schnell zu verlieren wie Cantrell sein Blut. »Ja. Ich. Ich konnte es einfach nicht glauben, daß sie mir das antun konnte.«

»Und deshalb hast du sie getötet. Mein Gott, Ray, es war *Ann*!«

Raymond schüttelte langsam den Kopf. Er sah zum Bullauge hinaus und dann wieder zu Jim, aber Weir sah, daß Rays Blick an ihm vorbei in eine Ferne ging, die er weder erkennen noch sich vorstellen konnte.

»Es gibt gewisse Dinge, mit denen ein Mann einfach nicht leben kann«, sagte Ray. »Man kann sich nicht einfach die Frau von jemand anderem ausleihen und sie dann mit einem fremden Baby in ihr zurückgeben. Ich habe versucht, damit fertig zu werden, aber ich konnte es nicht. Je mehr es an mir nagte, desto mehr dürstete ich nach Gerechtigkeit. Du verstehst das vielleicht nicht, aber für mich war Ann immer der Beweis, daß ich gut war. Als ich sie hatte, glaubte ich an mich. Ann war meine ... Legitimation. Als sie mich verriet, brach ich entzwei.«

Jim konnte seine wild dahinrasenden Gedanken kaum mehr zügeln. »Du warst doch immer gut genug, Ray. Du selbst warst der einzige, der nicht an dich geglaubt hat.«

»Ich weiß nicht. Selbstvertrauen hat man einfach, oder man hat es nicht.«

»Als du meine einzige Schwester geheiratet hast, stand ich hinter dir. Ich habe dich bei jeder Gelegenheit verteidigt. Mir hättest du niemals etwas beweisen müssen. Du hast recht: Ich verstehe wirklich nicht, was du meinst.«

Raymond sah wieder auf Cantrell, bevor er sich langsam aufrichtete. Er schaute Jim in die Augen. »Du verstehst mich nicht, weil du dich noch nie wirklich hast gehenlassen. Du stehst immer irgendwie wischiwaschihaft in der Mitte. Frag

Becky. Sie und ich haben uns oft darüber unterhalten, wie du immer mit dem Strom schwimmst. Du bist ein guter, starker, anständiger Kerl – aber du machst immer nur halbe Sachen. Ich war nie so. Eines kann man mit Fug und Recht von mir behaupten, Jim, nämlich, daß ich keine halben Sachen mache. Soll ich dir etwas Merkwürdiges sagen? Als ich herausfand, daß sie mit dem Kind von diesem Arschloch da schwanger war und es mir anhängen wollte, da hatte ich das Gefühl, daß alle meine Überzeugungen eine einzige große Lüge waren. Ich saß da mit Anns Tagebuch in der Hand und heulte wie ein kleines Kind. Und, bei Gott, ich war wütend. Ich glaubte nicht mehr an Ann, und ich glaubte auch nicht mehr an den Gott, zu dem ich dreißig Jahre gebetet hatte. Ich glaubte nicht mehr an meinen Job, an das Gesetz, ich glaubte an gar nichts mehr. Ich wußte, daß ich immer noch so lebte, als glaubte ich an all das, was mich so enttäuscht hatte. Ich fühlte mich wie ein Idiot. Dann, als ich sie tötete, kam auf einmal mein Glaube wieder. Deshalb habe ich auch so oft auf sie eingestochen – mit jedem Stich spürte ich, wie mein alter Glaube mich wieder stärker erfüllte. Ich stach zu wie ein Wilder, weil ich dachte, daß damit der Glaube wieder verschwinden würde. Aber das tat er nicht. Als sie tot war, war alles wieder in Ordnung. Ich vermißte sie und haßte mich selbst für meine Tat. Und weil ich wieder an Gott glaubte, wußte ich, daß er mich bestrafen würde. Ich mußte Ann töten, um meinen Glauben wiederzuerlangen – obwohl mir mein Seelenheil jetzt eigentlich egal ist. Ich war *so* nahe dran, dir alles zu erzählen, Jim. In der Nacht, in der wir zusammen tauchten. Es tut mir leid. Aber ich bin nicht so sentimental zu glauben, daß ich damit irgend etwas wiedergutmachen kann. Ich bin bereit, das hier durchzustehen. Das war ich immer.«

Ray sah noch einmal zu Cantrell. »Erschieß mich, wenn du willst. Aber ich muß an Deck, damit ich wieder atmen kann.« Er ging an Jim vorbei aus der Kajüte. Weir folgte drei Schritte hinter ihm, die Waffe noch immer in der Hand. Sie waren fünf oder sechs Meilen von der Küste entfernt, schätzte er, etwa zehn Meilen südlich von Newport Beach. Die Dünung war immer noch stark. Eine viertel Meile entfernt tanzte die SEA URCHIN auf und ab. Er konnte Becky als kleinen dunklen Fleck auf der Brücke ausmachen.

Raymond schaute zur Küste und sagte zu Jim: »Cantrell hat Ann schon einmal geschwängert, als sie fünfzehn war. Ich wußte das nicht, ich habe es erst in ihrem Tagebuch gelesen. Erinnerst du dich an ihre Reise nach Frankreich? Sie war nie dort. Sie flog in den Staat New York und brachte dort ein totes Kind zur Welt. Mir hat sie gesagt, die Narbe an ihrem Unterleib stamme von einer Blinddarmoperation, und ich habe ihr das geglaubt. Und jetzt, vierundzwanzig Jahre später, wird sie wieder von ihm schwanger. Du glaubst gar nicht, wie sehr wir uns immer ein Kind gewünscht hatten. Was soll ich denn denken? Ich will dir sagen, zu welchem Schluß ich gekommen bin. Ich glaube, daß Gott ein verbitterter alter Bastard ist, der diese Spielchen mit uns zu seiner eigenen Unterhaltung treibt.«

»Wie bist du an Goins herangekommen?«

»Das war nicht ich. Ich glaube, daß Cantrell hinter der Sache steckt. Frag mich nicht, wie er Goins gefunden hat, wo doch die ganze Polizei vergeblich nach ihm suchte. Und frag mich auch nicht, wie er ihn dazu gebracht hat, diesen Abschiedsbrief zu schreiben und in eine Grube mit kochendem Zink zu springen. Vielleicht hat irgendwer Goins eingeredet, er habe Ann wirklich umgebracht. Goins ist ja verrückt genug.«

Raymond starrte lange nach unten auf die Decksplanken, bevor er den Blick wieder in Richtung Küste hob. Hinter

Raymond sah Jim in der Ferne die hellen Klippen von Dana Point im Dunst des brütenden Frühlingshimmels. Zwei Möwen kreisten mit mühelosen Schwingenschlägen über dem Boot. Im Norden konnte man an Land ganz schwach und grau die Häuser von Newport Beach erahnen.

Ray fuhr mit seiner Hand über das langsam trocknende Blut an seinem Kopf. »Wir hatten schon tolle Zeiten miteinander, nicht wahr, Jim?«

Weir antwortete nicht.

»Ich wünschte bloß, es hätte alles ein besseres Ende genommen. Was willst du jetzt tun?«

»Was läßt du mir für eine Wahl, Ray? Ich muß entweder diesen Revolver hier benutzen und meinen besten Freund erschießen, oder ich muß dich zurück an Land bringen, damit du im Gefängnis verfaulst.«

Raymond ließ seine Hand über die polierte Reling gleiten. »In letzter Zeit mußte ich oft an Francisco Cruz denken. Ich glaube, daß seine Frau eine Affäre mit Joaquin hatte. Deshalb haben ihn seine Männer in der letzten Minute in Stich gelassen. Sie waren auf ihrer Seite.«

»Das wäre möglich.«

Raymond rieb sich mit den Händen die nackten Arme und zitterte. »Ganz schön kalt hier draußen, so ohne Hemd. Wieviel Grad hat wohl das Wasser, was schätzt du?«

»So an die zwölf, dreizehn Grad.«

»Wie lange würde ich es wohl darin aushalten?«

»Zwei Stunden vielleicht. Etwa die Hälfte der Zeit, die du benötigen würdest, um an die Küste zu schwimmen.«

»Ich hätte also keine Chance?«

»Überhaupt keine.«

»Läßt du es mich versuchen?«

Weir sah ihn an. Ein merkwürdiges, schwaches Lächeln war auf Raymonds Gesicht, dasselbe Lächeln, das er früher immer gezeigt hatte, wenn er einen Verdächtigen in Handschellen auf die Wache brachte.

»Sind wir immer noch Freunde, Jim?«

Jim kam plötzlich die Erkenntnis, daß das einzig Sichere im Leben das war, was man selber tat. Alles andere waren mehr oder weniger große Unsicherheiten. Der Glaube kann Abgründe zwar überwinden, aber die Abgründe bleiben trotzdem bestehen.

Raymond lächelte jetzt wieder, es war ein breiteres, weniger zurückhaltendes Lächeln.

Lange Zeit verging, bevor einer der beiden wieder sprach. Jim schaute hinüber zur SEA URCHIN, hinauf zu den grauen, dahinziehenden Wolken und zurück zur winzig erscheinenden Küste bei Newport Beach. Die große Jacht rollte träge in der Dünung, und die schwache Sonne wärmte ein wenig das Holz ihres Decks. Jim war sehr müde.

Einen Augenblick lang sah er auf Raymonds Gesicht einen Ausdruck absoluter, unverfälschter Trauer. Auf irgendeine merkwürdige Art war es das, was Jim hatte sehen wollen.

Raymond atmete tief ein und schluckte schwer. »Danke.«

Mit diesen Worten kletterte er über die Reling und sprang ins Meer.

Jim wartete einen Moment, bis er an die Reling trat und hinuntersah. Raymond wurde, wie Jim es erwartet hatte, nach Westen abgetrieben, von der Küste weg. Seine Schwimmbewegungen waren knapp und heftig, und der Seegang machte ihm schwer zu schaffen. Es ist immer schwer zu beurteilen, wie rauh die See wirklich ist, bis jemand in den Wellen schwimmt und versucht zu überleben. Es war ein schrecklicher Anblick.

Jim sah Raymond lange zu. Die Strömung hielt ihn ziemlich konstant an einer Stelle, trieb ihn höchstens einmal ein wenig nach Osten, dann wieder ein wenig nach Norden, obwohl er genau in die andere Richtung wollte. Weir ging zurück unter Deck und sah nach Cantrell. Sein Schockzustand hatte die Blutung und seinen Atem verlangsamt. Jim holte einen Verbandskasten und machte Cantrell an beiden Schultern einen ordentlichen Druckverband. Dann packte er ihn in zwei Wolldecken, stand auf und ging ans Ruder.

Er drehte die LADY OF THE BAY nach Steuerbord und brachte sie neben Ray, dann ging er wieder hinaus an Deck. Raymond schwamm jetzt auf dem Rücken und versuchte Kraft zu sparen, aber seine Schwimmzüge waren schon langsamer geworden. Das Meer war zu rauh, zu groß und zu kalt, als daß jemand lange darin überlebt hätte. Becky hatte die SEA URCHIN auf die andere Seite von Raymond manövriert und schaute Jim mit fragender Miene an. Jim bedeutete ihr, sie solle ihre Position halten.

Als er so auf den kämpfenden Raymond schaute, erinnerte sich Jim auf einmal daran, wie dieser mit sechzehn ausgesehen hatte, als er im Großen Haus darauf gewartet hatte, daß Ann die Treppe herunterkam, um mit ihm auf den Schulball zu gehen. Wie hatte das Gesicht des jungen Raymond damals geleuchtet!

Jim erinnerte sich daran, wie Ray neben Ann vor dem Priester gestanden und voller Überzeugung und gutem Glauben ja gesagt hatte.

Jim sah Ray, wie er schlank und gebräunt am Strand bei der Fünfzehnten Straße auf seinem Surfbrett über die Wellen glitt; er sah, wie Ray und er den Boden der *Eight Peso Cantina* nach heruntergefallenen Geldstücken absuchten, wie sie in die Fischerstühle auf einem von Poons Leihbooten kletterten und darum bettelten, mit hinausfahren zu dürfen. Wie lebenshungrig, wie vielversprechend war Ray damals gewesen.

Als Jim es nicht mehr länger ertragen konnte, nahm er

einen Rettungsring und warf ihn Raymond zu. Dieser nahm ihn und klammerte sich schwer atmend daran fest. Becky fuhr mit der SEA URCHIN näher an ihn heran, aber Raymond ließ sich treiben und sah hinauf zu Jim. Weir nahm eine Strickleiter, hängte ihr eines Ende an die Reling und warf das andere über Bord. Die Strickleiter entfaltete sich im Wind und klatschte nahe an der Bootswand ins Wasser. Raymond schaute immer noch zu ihm hinauf. »Das nächste Mal«, rief er. Weir konnte die Worte kaum verstehen.

Dann holte Raymond tief Luft, tauchte unter und verschwand sofort im grauen Wasser. Fünf Minuten später – Minuten, in denen Jim an nichts anderes auf der Welt denken konnte als daran, wie die Zeit verstrich – kam Raymond in einem glitzernden Schwall von Luftblasen wieder hoch. Er trieb mit dem Rücken nach oben bewegungslos an der Wasseroberfläche.

Weir fuhr die Jacht vorsichtig näher und ließ ein Rettungsboot zu Wasser. Er kletterte über die Strickleiter hinein, ruderte zu Raymond und zerrte ihn aus dem Wasser.

Becky sah aus nächster Nähe zu, dann machte sie ihr Boot an der LADY OF THE BAY fest und verbrachte die Fahrt zurück damit, Dave Cantrell durch ständiges Zureden am Sterben zu hindern.

Der Küstenwachkutter POINT DIVIDE, den Becky über Funk zu Hilfe gerufen hatte, fand sie zwei Meilen vor dem Hafen. Die Matrosen trugen Cantrell auf einer Trage hinüber auf das Wachschiff. Niemand wußte, was man mit Raymond tun sollte, bis Jim sagte, er würde seine Leiche nach Hause bringen.

# KAPITEL 33

Bis Jim wieder im Großen Haus war, war es Abend geworden. Virginia war immer noch fort. Jim duschte, wimmelte einen Reporter am Telefon ab und ging hinüber zu Beckys Haus.
Als Jim zur Tür hereinkam, beendete Becky gerade ein Telefoninterview indem sie sagte, daß dies, was passiert war, viel wichtiger sei als Politik und daß C. David Cantrell von jemandem, der vor Enttäuschung und Wut den Verstand verloren hatte, angeschossen worden sei. Als sie auflegte, sah sie zu Jim. »Jetzt langt's«, sagte sie. »Gehen wir.«
Sie fuhren mit der SEA URCHIN hinaus in die Bucht und ankerten im Windschatten der Balboa-Insel. Eine frische Brise blies den Gestank des sterbenden Ozeans hinaus aufs Meer. Becky hatte etwas zu essen mitgenommen: Gutes Brot, eine Flasche Wein, kalten Braten und ein paar Orangen. Während Jim und Becky an Deck saßen und aßen, ging die Sonne unter. Sie leerten die Flasche ziemlich schnell. Der Wind wurde kälter, und so gingen sie unter Deck, quetschten sich zusammen in die kleine Koje und schliefen.
Jim träumte, daß sich seine Augen für immer geschlossen hätten, und sosehr er sich auch bemühte, sie zu öffnen, es gelang ihm nicht. Dann war er auf einmal unter Wasser, und ein großer Anker hing an seinen Füßen, aber Jim zappelte nicht, sondern ließ sich von dem Anker einfach nach unten ziehen. Er gab sich dieser Bewegung nach unten hin, die ihm nichts versprach außer der Möglichkeit, mit unwiderstehlicher Schnelligkeit in diesem unendlichen Universum

aus Wasser immer tiefer zu sinken und vielleicht jemanden zu finden, nach dem man suchte. Erst im Dämmerdunkel der Koje um neun Uhr morgens wachte er wieder auf, als Becky ihm die Haare aus seiner schweißnassen Stirn strich.

Im Großen Haus sahen sie sich die Nachrichten an. Im Lokalteil war von nichts anderem als von Cantrell und Raymond die Rede: Das Büro des Staatsanwalts hatte bereits bestätigt, daß der bekannte Bauunternehmer mit der Ehefrau von Lieutenant Cruz »eine Beziehung« gehabt habe, und daß der Mord an Ann vermutlich auf eine »tragisch ausgegangene Eifersuchtsgeschichte« zurückzuführen sei. Die Berichte waren sehr konfus und spekulativ. Weir wurde als »der trauernde Bruder« der Toten bezeichnet. Niemand konnte sich den Selbstmord und den Abschiedsbrief von Horton Goins erklären. Becky wurde gezeigt, kurz nachdem sie von der SEA URCHIN an Land gestiegen war. Auf ihrem schwarzen Kleid waren noch immer hellrote Flecken von Cantrells Blut. Sie blockte die Kamera mit einer Hand ab und sagte: »Kein Kommentar.« Als nächstes erschien das betretene Gesicht von Brian Dennison auf dem Schirm. Er versicherte, daß er eine gründliche Untersuchung veranlaßt habe, die Licht in die Aktivitäten von Lieutenant Cruz in den vergangen vier Wochen bringen sollte. Mit deutlicher Zurückhaltung, die fast verdrossen klang, verkündete er, daß der Selbstmord von Horton Goins nun »neu bewertet« werden müsse. »Es gibt da noch viele Dinge, die wir immer noch nicht wissen.« Dennison sah aus wie ein Mann, der mit seinem Latein am Ende war, der aber nicht einmal mehr genug Energie hatte, um sich über diese Tatsache zu ärgern. Eine Sprecherin des Hoag-Krankenhauses gab bekannt, daß man Cantrell auf die Intensivstation gebracht habe und daß er vermutlich durchkommen werde.

Um drei Viertel zehn wurde aus Newport Beach gemeldet, daß um halb neun in der Back Bay ein Mann bei der Explosion seines Bootes ums Leben gekommen sei. Erste Untersuchungen hätten ergeben, daß eine brennende Zigarette vermutlich aus einem leckgeschlagenen Tank ausgelaufenes Benzin in Brand gesetzt habe. Die Identität des Mannes wurde mit Rücksicht auf seine Verwandten, die erst benachrichtigt werden mußten, noch nicht bekanntgegeben.

Jim hörte, wie die Haustür aufging. Dann hörte er Virginias Stimme und Schritte im Gang.

»Mein Gott!« rief Becky aus.

Jim drehte sich um. Virginia stand in der Tür zum Wohnzimmer, und neben ihr stand Joseph Goins.

Weir erhob sich und starrte den jungen Mann an, der ihn seinerseits kaum ansah. Goins kam Jim wie jemand vor, der sich schon seit langer Zeit mit den reduzierten Dimensionen eines beschränkten Lebens abgefunden hatte. Sein Blick senkte sich und zuckte hastig und verstohlen nach beiden Seiten. Goins verlagerte sein Gewicht von einem Bein auf das andere, er schien genau zu wissen, welche Schwierigkeiten er hatte, mit seiner Umgebung in direkte Beziehung zu treten. Er machte auf Jim den Eindruck, auf eine merkwürdige Art nicht ganz dazusein – als er so vor ihm stand, schien seine Persönlichkeit zurückzuweichen, bis sie fast zu verschwinden drohte. Er strahlte eine direkt greifbare Entrücktheit aus, die auf ein Unbehagen an seiner eigenen Existenz zurückzugehen schien. Er hielt einen kleinen Rucksack in der rechten Hand.

»Jim, Becky«, sagte Virginia. »Ich möchte euch mit Joseph bekannt machen. Er wird morgen mit dem Staatsanwalt sprechen und die ganze Sache klarstellen. Was danach sein wird, weiß ich nicht.«

Sie ging zu Jim und umarmte ihn fester und zärtlicher, als sie es, soweit er sich erinnern konnte, jemals zuvor in seinem Leben getan hatte. »Es wird alles gut«, flüsterte sie. »Es kommt alles in Ordnung.«
»Wo warst du denn?«
»Setzt euch und hört zu.«

Die nächste Stunde über erzählte Virginia von Anns erster Schwangerschaft und ihrer Beziehung zum Collegestudenten Cantrell. Virginia hatte damals geglaubt, daß es für Annie, die erst fünfzehn Jahre alt war, am besten wäre, wenn man sie in dem Glauben ließ, ihr Kind sei tot geboren worden. Sie sollte nie erfahren, ob es ein Junge oder ein Mädchen war und daß das Kind weit weg von Kalifornien zur Adoption freigegeben würde. So, dachte Virginia, würde Ann dieses kleine, unglückliche Abenteuer am schnellsten vergessen. Virginia war bei der Geburt dabeigewesen, um sicherzugehen, daß ihre Täuschung auch überzeugend in Szene gesetzt wurde. Erst als Jim ihr das Foto von Horton Goins zeigte, hatte Virginia wieder an diese alte Geschichte gedacht. Sie nahm Kontakt mit Emmett und Edith auf, wandte sich an die Anwaltskanzlei in Los Angeles, die damals die Formalitäten von Josephs Adoption abgewickelt hatte, und befragte sogar Lucy Galen in Hardin County. Diese nannte ihr den Namen von Josephs erster »Familie«, die immer noch dieselbe Farm in der Nähe von Dayton bewirtschaftete. Virginia sprach schließlich mit der Witwe des Bauern, einer großen Frau namens Kate Hanf, die ihr erzählte, wie ein kalifornischer Anwalt in einer Klinik im Staat New York ihr vor langer Zeit an einem Septemberabend ein schreiendes kleines Bündel übergeben und die Worte gesagt hatte, auf die Ann ihr ganzes Leben lang vergeblich gewartet hatte: *»Sie haben einen Sohn.«*

Sprachlos hörte Weir zu. Er fühlte sich wie ein verständnisloser Neuling in einer neuen Welt von Geheimnissen und verborgenen Wahrheiten, die schon seit so vielen Jahren existierte, ohne daß er etwas davon geahnt hatte.

*Ann hatte einen Sohn.*

Als Virginia fertig war, sah sie Jim an, dann wandte sie ihren Blick ab. Die Schatten des Zimmers schienen sich in den Falten auf ihrer Stirn zu konzentrieren, sich um ihre nach unten gezogenen Mundwinkel zu legen. Das erste Mal in seinem Leben bemerkte Jim, daß Virginia sich für etwas schämte. Es war ebenfalls das erste Mal, daß sie Jim mit einem Blick ansah, der ihn um Verständnis bat.

Er dachte lange nach, bevor er sagte: »Ermüdet es dich nicht manchmal, Mom, ständig die ganze Welt zu dirigieren?«

»Ich habe nie gewollt, daß –«

»Im nachhinein hat niemand irgend etwas *gewollt.*«

»Es gab damals keinen anderen Weg, die Sache zu bereinigen.«

Jim warf ihr wieder einen Blick zu und ließ ihn auf ihr ruhen, aber Virginia hatte sich schon abgewandt.

»Als ob sie jetzt bereinigt wäre«, ergänzte sie. »Mein Gott.«

»Du hättest mir davon erzählen sollen. Wenn ich das von Annie und Cantrell gewußt hätte, hätte ich vielleicht verhindern können, daß dies alles so ein schreckliches Ende nehmen mußte. Du hättest längst damit herausrücken müssen und nicht darauf sitzenbleiben dürfen, wie du es immer tust.«

»Ich habe bloß versucht, Annie vor dem Gerede der Leute zu beschützen.«

»Du hast versucht, dich selbst vor dem Gerede der Leute zu schützen.«

»Jim –«

»Gib es doch zu. Das wenigstens könntest du doch tun.«
Virginias knorrige Hände öffneten und schlossen sich in ihrem Schoß, als suchten sie nach etwas, woran sie sich festhalten konnten. »Ja, ich gebe es zu«, sagte sie leise. »Aber ich habe geglaubt, daß ich das Richtige tat. Ich betrachte die ganze Geschichte als die größte ... Schande meines Lebens. Als ich Annie ihren Sohn wegnahm, hatte ich keine Ahnung, daß dieser das einzige Kind war, das sie je haben würde, die einzige Person, die all das, was jetzt geschehen ist, vielleicht hätte verhindern können. Ich dachte, es wäre zu ihrem Besten. Ich war damals wirklich überzeugt, daß ich das Richtige tat.«
In der Stille, die folgte, konnte Jim hören, wie seine Mutter unregelmäßig atmete, wie draußen die Wellen an den Strand plätscherten und wie sein eigenes Herz langsam schlug.
Joseph erzählte, während er ständig auf seine Füße starrte, wie er als Patient in der staatlichen Klinik Fernkurse in Ahnenforschung belegt hatte und wie dadurch sein Interesse an der eigenen Herkunft geweckt worden war. Er erzählte, wie er eines Nachmittags, als ein unerwarteter Zwischenfall alle Ärzte und Pfleger für einige Minuten aus dem Sprechzimmer laufen ließ, einen schicksalhaften Blick in seine Krankenakte nehmen konnte und bestätigt fand, was er schon längst vermutet hatte. Daß er nämlich seine leiblichen Eltern nie zu Gesicht bekommen hatte. Dann berichtete er von seinem Einbruch bei der Anwaltskanzlei in Los Angeles, deren Adresse er in seiner Akte gefunden hatte, und von den langen Stunden in einer Bibliothek, wo er an einem Mikroflichegerät gesessen und versucht hatte, alles über Virginia Weir und Blake Cantrell aus Newport herauszufinden. Diese Namen hatte er in den Adoptionspapieren von 1967 in der Anwaltskanzlei gelesen und sich zusammen

mit den dazugehörigen Unterschriften unauslöschlich in sein Gedächtnis eingeprägt.
Mit veränderter Stimme, die voller ungelöster Spannung zu sein schien, erzählte Joseph dann davon, wie er Ann auf dem Hof des Kindergartens zum ersten Mal gesehen hatte.
»Ich bin mir immer noch nicht sicher, warum«, sagte Joseph, »aber ich konnte einfach nicht zu ihr hingehen. Ich wußte nicht, was ich ihr sagen sollte, ich war mir nicht sicher, ob sie mir glauben würde. Vielleicht hätte ich sie am Ende noch verletzt, wenn ich ihr so einfach geradeheraus gesagt hätte, wer ich war. Also bin ich ihr nachgegangen, habe sie beobachtet und fotografiert. Ich habe nur einmal mit ihr gesprochen. Ich fragte sie, wieviel Uhr es sei. Sie sagte dreiviertel zehn. Das war alles, was wir in vierundzwanzig Jahren miteinander geredet haben. ›Wieviel Uhr ist es?‹ ›Es ist dreiviertel zehn‹. Ich war so nervös, daß sogar meine Füße in den Schuhen schwitzten. Und kurz darauf war sie tot.«
Joseph stellte seinen Rucksack hin und schaute auf seine Hände. Er drehte die Handflächen nach oben und betrachtete diese ebenfalls. Dann sagte er, daß er etwas an der Art, wie sie ums Leben gekommen sei, »verstehen« könne. Nach Anns Tod hätte er ein paar Tage gebraucht, bis er versucht hätte, seinen Vater zu sehen. Aber Cantrell war am Telefon nicht zu sprechen gewesen und seine Sicherheitsleute hatten Joseph nicht einmal bis in das Stockwerk hinaufgelassen, in dem er im PacifiCo-Gebäude seine Büros hätte. Cantrell hätte so viele Häuser im südlichen County, daß Joseph nie wußte, in welchem er wirklich wohnte. Also hätte er ihm auf Lucinda Fostes Textverarbeitungssystem einen Brief geschrieben, in dem er ihm ein Treffen auf dem Friedhof vorschlug.
Joseph sagte, daß Cantrell wie vereinbart erschienen sei und ihm angeboten habe, ihn in einem großen Haus, von dem

aus man direkt aufs Meer blicken konnte, zu verstecken. Ein Mann namens Dale sei dort gewesen, der sich um ihn hätte kümmern sollen. Aber Joseph fand schnell heraus, daß dieser Dale mehr sein Aufpasser als sein Butler war.

»Heute morgen gegen zehn«, erzählte Joseph, »kam dieser Dale ohne ... meinen Vater ins Haus und sagte, daß er mich mit meiner Großmutter bekannt machen wolle – mit Virginia.«

Virginia beugte sich auf dem Sofa vor. »Als ich bestätigt fand, was ich in bezug auf Joseph vermutet hatte, war es nicht schwer, mir zusammenzureimen, daß er mit Cantrell in Kontakt treten würde. David stritt es zwar ab, aber ich verfolgte Josephs Spur bis zu einem seiner Häuser. Als ich dort hinkam, war Cantrell nicht mehr da, und Blodgett wollte Joseph nicht mit mir gehen lassen«, sagte sie. »Blodgett wußte, daß eine Untersuchung der Umweltkatastrophe früher oder später zu ihm führen würde – das konnte er aus Beckys Pressekonferenz schließen. Also rückte er gleich damit heraus und erzählte mir, daß er und Louis Braga das Lösungsmittel ins Meer gekippt hätten. Er war bereit, mir Joseph zu übergeben, falls ich Becky dazu überreden würde, in dieser Richtung nicht mehr nachzubohren, und ihm zudem noch 50 000 Dollar in bar gäbe. Andernfalls wollte er Joseph töten.« Sie schüttelte den Kopf, als könne sie es nicht fassen, wie dumm Blodgett war.

»Und, was hast du getan?« fragte Jim.

Virginia sah von Jim zu Joseph, dann wieder zurück zu Jim. »Ich bin natürlich zum Schein auf alles eingegangen und nach Hause gefahren. Später habe ich Blodgett angerufen und ihm gesagt, daß ich das Geld in einem Leuchtfeuer an den Molen der Hafeneinfahrt versteckt hätte. Er sollte mir meinen Enkel geben, dann würde ich ihm sagen, in welchem Leuchtfeuer. Blodgett glaubte mir nicht, aber das

hatte ich vorausgesehen. Er wollte mich mitnehmen, wenn er zu dem Leuchtfeuer rausfuhr, und auch damit hatte ich gerechnet. Joseph war natürlich mit auf dem Boot – Blodgett vermutete wohl, daß die Polizei früher oder später alle Häuser, die Cantrell gehörten, auf den Kopf stellen würde. In der Mitte der Bucht kam es dann zu einem unglücklichen Zusammenstoß zwischen einem Bootshaken und Blodgetts Kopf. Und später fiel dummerweise ein angezündetes Streichholz aus Versehen in eine Pfütze Benzin.
Joseph und ich hatten Glück: Wir konnten über Bord springen und zurück zum Ufer schwimmen, wo mein Wagen parkte. Wir zogen unsere Schwimmwesten aus und saßen zusammen mit Mackie Ruff eine Zeitlang in seinem kleinen Reich unter der Brücke, von wo aus wir beobachten konnten, wie die die Hafenwache das Feuer löschte und Polizeiwagen wie verrückt am Kai auf- und abrasten. Mackie gab uns ein paar Decken und Rum und machte ein Feuer, an dem wir unsere Kleider trocknen konnten. Mackie sagte, er sei jetzt so was wie ein Hilfspolizist. Als sich die Lage wieder einigermaßen beruhigt hatte, fuhren wir weg. Das ist übrigens das einzige Mal, daß ich diese Geschichte erzähle – einmal und nie wieder. Ich werde weder Fragen dazu beantworten, noch mich einer Diskussion stellen. Es mußte getan werden, und jetzt will ich nicht mehr darüber reden. Joseph wird euch die offizielle Version erzählen.«
Joseph betrachtete abermals seine Hände, bevor er seine klaren blauen Augen Jim zuwandte. »Ihre Mutter und ich wurden am Dock von Mr. Blodgett ... zusammengebracht. Er fuhr los, um das Geld zu holen, und dabei ist sein Boot in die Luft geflogen. Wir sind noch hinausgeschwommen, um ihm zu helfen, aber wir konnten ihn nicht mehr finden.«
»Du hast noch etwas vergessen«, sagte Virginia in etwa

demselben Ton, in dem sie Jim das Einmaleins abgefragt hatte, als er zehn war.

»Ach ja. Später fuhren wir dann mit einem Leihboot vom *Locker* zum Leuchtfeuer und nahmen das Geld wieder heraus.«

Jim mußte zugeben, daß die Geschichte ziemlich wasserdicht klang. Dennison würde jetzt so viele andere Sachen zu untersuchen haben, daß die Aktionen einer Virginia Weir bestimmt ganz unten auf seiner Liste standen. Wenn Marge vor dem Geschworenengericht auspackte, würde Braga als einziger zur Verantwortung gezogen werden – aber würde er das überhaupt?

»Dann war es also Blodgett, der die ganze Zeit das Lösungsmittel in die Bucht geleitet hatte?« fragte Jim.

»Er war sogar noch stolz darauf. Er machte das schon seit Jahren, lange bevor er sich freiwillig bei Dennison als Einmann-Giftmüllpatrouille meldete. Seit zehn Jahren erledigte er für Cantrell ab und zu spezielle ›Sicherheitsaufgaben‹. Cantrell braucht eine Menge Trichloräthan beim Streichen der vielen Wohnungen und Häuser, die seine Firma baut. Er hat Blodgett und Braga mit Geld aus der Cheverton-Kasse dafür bezahlt, daß sie ihm das Zeug vom Hals schafften. Damit konnte er PacifiCo aus der Sache raushalten für den Fall, daß jemand wie Becky oder ich ihm da an den Wagen fuhren. Cantrell konnte behaupten, daß er sich um die ordnungsgemäße Entsorgung seines Giftmülls gekümmert habe. Denn angeblich geschah das ja alles so, wie die Behörden es genehmigt hatten: Dale und Braga sollten das Zeug jeden zweiten Monat gegen ein Honorar von je tausend Dollar zu einer Entsorgungsfirma in Long Beach bringen. Nun, die beiden teilten sich die siebentausend Dollar für die Firma in Long Beach und schütteten das Gift einfach zehn Meilen vor der Küste in den Ozean. Alles lief prima, bis

Annie und ich Spuren davon im Wasser der Bucht fanden. Und wirklich schlimm wurde es in der Nacht, in der auf der DUTY FREE ein Pleuellager in die Brüche ging und sie nicht mehr weiter aufs Meer fahren konnte. Blodgett und Braga mußten das Lösungsmittel entweder in den Hafen schütten oder es wieder zu Cheverton zurückbringen. Sie gerieten in Panik und kippten das Zeug einfach über Bord.«

Weir verstand nicht ganz. »Vor wem hatten sie denn Angst, daß sie so in Panik waren? Blodgett war doch selbst die Giftmüllpatrouille, es gab doch niemanden, der ihn kontrollierte.«

»Doch«, sagte Virginia. »Cantrell. Annie hatte Blodgett beobachtet, wie er bei Cheverton Fässer auf sein Boot lud, und sie muß es Cantrell erzählt haben. Cantrell hatte bis dahin angenommen, daß das Zeug legal entsorgt würde. Bis Annie dahinterkam, hatte er keine Ahnung von dem, was Blodgett und Braga da hinter seinem Rücken trieben. Also hatte er von dem Zeitpunkt an ein waches Auge auf die beiden.«

»Warum hat Blodgett dir das alles erzählt?«

»Weil er uns, sobald das Geld in seinem Besitz gewesen wäre, getötet hätte«, sagte Joseph. Er wurde rot, senkte den Blick und faltete seine Hände. Mit ruhiger Stimme fügte er hinzu: »Ich sah es an der Art, wie er sich bewegte.«

»Was ist mit Dennison?« fragte Becky. »Können wir ihn wegen dieser Sache abschießen?«

»Er wußte auch nichts von dem, was Blodgett tat. Er war viel zu sehr mit seinem eigenen Aufstieg beschäftigt, um sich darum zu kümmern, was jeder einzelne seiner Leute tat. Und außerdem hielt Blodgett Brian über alles, was wir politisch gegen ihn unternahmen, auf dem laufenden. Und auch über das, was angeblich in der Bucht geschah. Als Dale dir erzählte, daß er in einer Nacht die SEA URCHIN gesehen habe, hatte er dasselbe vorher längst Dennison gesagt. Deshalb war Brian ja so besorgt. Er dachte, daß *wir* die Bucht vergifteten, um eine Wahlkampfaffäre daraus zu machen, aber er konnte es uns nicht beweisen. Ich kann mir nicht vorstellen, wie er in der Öffentlichkeit jetzt sein Gesicht wahren will – jetzt, wo einer seiner Männer ein Mörder und ein weiterer ein Umweltverbrecher ist. Wenn die Presse seine Täuschungsmanöver ans Licht bringt und Marge Buzzard vor Gericht auspackt, ist Dennison erledigt. Er weiß das. Ich glaube, er wird seine Kandidatur zurückziehen. Ich denke, man kann dir fast schon gratulieren, Bürgermeisterin Flynn.«

Becky seufzte, schüttelte den Kopf und lehnte sich zurück.

Virginia fragte nach Raymond. Sie hatte sich aus dem, was ihr Cantrell und Joseph erzählt hatten, schon das meiste zusammengereimt.

»Er hat ihre Telefongespräche abgehört und ihre Post und ihr Tagebuch gelesen. Das Baby war nicht von ihm, und er wußte es«, sagte Jim.

Joseph schaute wieder auf den Boden. Abermals wurde ihnen allen die riesige Lücke, die Ann hinterlassen hatte, bewußt. Ann war ihr Mittelpunkt, aber Ann war nicht da, wie ein Ehrengast, der eine wichtigere Verabredung hatte wahrnehmen müssen.

»Wie war das mit Ihrem … Selbstmord?« wandte sich Becky an Joseph.

Es sei Cantrells Idee gewesen, den Selbstmord vorzutäuschen, erklärte Joseph, damit der Fall ein Ende fände und er von der Bildfläche verschwände. Damit habe Cantrell in Kauf genommen, daß Anns Mörder weiterhin frei herumlief.

Weir konnte das nicht verstehen, bis er sich an die alte Frau erinnerte, die Josephs Wagen in der Mordnacht gesehen hatte.

»Du hast die ganze Zeit gewußt, daß es Raymond war«, sagte er zu Joseph. »Du bist ihm und Annie in jener Nacht zur Back Bay gefolgt, weil du vor Cantrells Haus auf sie gewartet hast, um sie zu sehen. Genauso, wie Raymond auf sie gewartet hat, um sie in seinen Streifenwagen zu locken.«

Einen Moment lang wanderten Josephs Blicke durch den Raum, als verfolgten sie eine unsichtbare Fliege. Dann preßte er die Finger an die Schläfen und sprach mit dem Gesicht nach unten, als rede er mit seinen Füßen: »Ich dachte, ich könne nicht zur Polizei gehen und erzählen, was ich wußte. Und, nun ... als ich am nächsten Tag las, daß Ann tot war, konnte ich mich nicht mehr genau daran erinnern, was ich dort an der Back Bay wirklich getan hatte. Manchmal sind die Dinge in meinem Kopf nicht klar. Ich dachte, ich sollte zuerst mit Mr. Can ... mit meinem Vater reden.«

Und Cantrell, Jim wußte es, bevor Joseph es aussprechen konnte, wollte auch nicht zur Polizei gehen, aus Furcht davor, daß sein Verhältnis mit Ann einen Skandal heraufbeschwören würde. Ganz zu schweigen davon, daß er plötzlich ein uneheliches Kind hatte, das zudem noch ein überführter Sexualverbrecher war. Cantrell konnte seinen Kronzeugen nicht aussagen lassen. Trotzdem konnte Weir es kaum glauben, daß Cantrell verzweifelt genug war, einen jungen Mann zu töten, um dessen Leiche dann als die von Horton Goins ausgeben zu können.

»Nein, das hat er auch nicht«, sagte Joseph. »Dale hat die Leiche besorgt. Es war die eines Landstreichers aus einer Leichenhalle in irgendeiner kleinen Stadt in der Wüste. Der Tote hatte keine Familie und keine Freunde. Und er war so groß wie ich. Mr. Cantrell – ich meine, mein Vater – sagte, daß Chief Dennison schon dafür sorgen würde, daß der Bericht des Leichenbeschauers in seinem Sinne ausfiele.

Den Abschiedsbrief habe ich geschrieben. Ich habe ihn ernst gemeint, aber nicht so, wie er aufgefaßt wurde.«
Weir fragte Joseph, was denn geschehen hätte sollen, nachdem er offiziell für tot erklärt worden wäre.
»Ich wäre nach Montana gegangen«, antwortete Joseph. »Mein Vater hat Grundbesitz dort, und ich hätte unter einem neuen Namen noch einmal von vorne anfangen können. Also habe ich den Mord an Ann gestanden – schließlich befreite ich damit meinen Vater vom Verdacht. Und je mehr ich über ein neues Leben als vollkommen andere Person nachdachte, desto verlockender erschien es mir. Mein Vater wollte mich oft besuchen kommen. Wir wollten fischen und jagen und zusammen ausreiten. Ich glaube, er mag mich.«
Jim ließ diese Aussage auf sich wirken und wurde sich zum ersten Mal voll bewußt, daß dieser junge Mann zweitausend Meilen weit gereist war, nur um seine Mutter zu sehen und gleich wieder zu verlieren, eine Mutter, die er nie gekannt hatte. Das merkwürdigste aber war, daß etwas in Josephs Gesichtsausdruck darauf hindeutete, daß dieser schon Dinge mitgemacht hatte, die sogar noch schrecklicher waren als das.
Joseph sah ihn jetzt direkt an. Seine Augen waren wie Fenster, durch die Jim auf innere Landschaften voller unermeßlicher Zerstörung blicken konnte. Als ob er ahnte, was Jim dachte, drehte Joseph sich weg.
Virginia erhob sich und begann ihre Windjacke aufzuknöpfen. Die Schatten waren immer noch auf ihrem Gesicht.
»Mein Schweigen war eine Lüge. Aber ich habe geglaubt – die ganze Zeit über –, daß ich das Richtige tue.«
»Ist das eine Entschuldigung oder eine Rechtfertigung?« fragte Jim.
»Beides, mein Sohn.«

»Wenn du ein wenig schwächer wärst, wärest du direkt bemitleidenswert.«
»Und was bin ich statt dessen?«
»Erbarmungslos. Das ist alles, was ich sehe.«
Virginia schaute ihn wortlos an, drehte sich um und ging die Treppe hinauf.

Weir lag auf seinem Bett. Becky war nach Hause gegangen, sie hatte sich ausgelaugt und schmutzig gefühlt. Als er so da lag, fragte sich Jim, ob Becky mit schmutzig das Blut gemeint hatte, das sie früh an diesem Tag an ihren Händen gehabt hatte. Oder hatte es etwas damit zu tun, daß sie auf dem Ball gestern abend so niedergeschlagen gewesen war, als sie erfahren hatte, daß George Percy nichts gegen Cantrell unternehmen werde. Ihr Gesichtsausdruck war so enttäuscht gewesen, daß Jim vermutet hatte, sie habe Percy an diesem Abend mehr von sich gegeben, als sie sich im nachhinein verzeihen konnte. Vielleicht hatte sie sich mit leeren Versprechungen ködern lassen, die sich dann ein, zwei Stunden in Luft aufgelöst hatten. Danach hatte Becky, wie es ihre Art war, versucht, diese persönliche Schmach einfach wegzutanzen.
Es war jetzt immer noch vor Mitternacht. Jim sah, daß aus der Verbindungstür zu Anns altem Zimmer, wo Joseph eigentlich schon längst schlafen sollte, immer noch ein schwacher Lichtschein drang. Jim erhob sich von seinem Bett, ging zur Tür und klopfte.
»Herein«, sagte Joseph.
Weir trat ein und schloß leise hinter sich die Tür. Joseph saß vollständig bekleidet im Bett und hatte ein ledergebundenes Tagebuch auf seinem Schoß. Er untersuchte gerade seine Finger, an denen Jim im Licht der Nachttischlampe nichts Besonderes entdecken konnte. Neben Joseph auf

dem Nachtkästchen lag seine elektronische Pillendose. Seine Augen wanderten zur Seite, als wäre Weir ein blendendes Licht. Joseph zog seine Knie an den Körper. »Ich bin nicht gefährlich«, sagte er. Es war fast ein Flüstern.

»Ich wollte nur mal nach dir sehen.«

Joseph errötete tief und schaute immer noch zur Seite. Er wartete. Jim hatte das Gefühl, daß Joseph es gewohnt war zu warten.

»Ist das Anns Tagebuch?«

Joseph nickte, schaute zu Jim und gleich wieder nach unten. »Ich habe es aus ihrem Boot geholt. Ein paarmal habe ich beobachtet, wie sie nach der Arbeit dort hinausgerudert ist. Sie schrieb bei Kerzenlicht. Es war ein wundervolles Licht.«

Weir hatte immer noch nicht das gesehen, wonach er suchte. »Lies mir doch etwas daraus vor«, sagte er.

Joseph wurde abermals rot, ein winziges Lächeln huschte über sein Gesicht. »Es gibt da eine Stelle, wenn ich die lese, fühle ich mich gleich besser. Es ist das letzte, was sie in dieses Buch geschrieben hat.«

»Lies mir die Stelle vor.«

Joseph nahm sich zusammen, rückte sich das Buch auf seinem Schoß zurecht und räusperte sich kaum vernehmlich.

»Fünfzehnter Mai«, sagte er. »Das war die Nacht, in der sie starb.«

Dann las er vor: »Ich spüre, wie auf einmal eine sonderbare Ruhe über mich kommt, vielleicht ist das die Ruhe in der Mitte des Sturms. In den letzten paar Stunden saß ich hier auf meinem Boot, in meiner Kajüte, umgeben von den Dingen, die ich mag, und sah mich selber wie von oben, so, wie Gott uns vielleicht sieht, wenn er herunterschaut. Ich liebe diese Zeit am frühen Abend, wenn Ray schon im Dienst ist und ich noch ein paar Stunden habe, bevor ich zur Arbeit muß.

Wenn ich mich so von oben betrachte, sehe ich, daß ich mein Leben lang relativ ernsthaft und konsequent nach dem Guten, Gerechten, Liebenden gestrebt habe. Natürlich habe ich viele Fehler gemacht. Aber im großen und ganzen sehe ich mein Leben nicht so sehr als ein Gespinst aus Verrat und tragischen Überraschungen, ich sehe keinen Ehemann, der sich innerlich so weit von mir entfernt hat, keinen Liebhaber, von dem ich weiß, daß ich mich von ihm trennen muß. Ich sehe keine verrückte, verwirrte Frau, die in einem alten Boot in der Mitte eines unbedeutenden kleinen Hafens am westlichen Rand eines Kontinents sitzt. Ich sehe mich vielmehr als eine andere Frau. Als eine, die ihrer Liebe viel geopfert hat, die ihr Schicksal ohne Bitterkeit und Neid akzeptiert und dabei ständig versucht, die Wirklichkeit der Welt um sich herum nicht aus dem Auge zu verlieren in dem kleinen, um sie herumwirbelnden Sturm, den sie ihr Leben nennt. Ich sehe eine Frau, die es wert ist, daß man ihr verzeiht. Immerhin stehe ich mit beiden Beinen im Leben.«

Jetzt sah Weir auf einmal eine Andeutung von dem, wonach er suchte, und zwar in Josephs Kinnpartie. Etwas daran erinnerte ihn entfernt an Ann.

Joseph fuhr fort: »Heute nacht werde ich mich in aller Form von C. David Cantrell verabschieden, dem Mann, zu dem ich mich, seit ich ein junges Mädchen war, unwiderstehlich hingezogen fühlte. Jetzt kenne ich den Grund für diese Anziehung – der Grund dafür ist das, was ich in mir trage. Ich glaube an das Schicksal. David flehte mich an, noch einmal, ein letztes Mal zu ihm zu kommen, und ich werde es tun. Ich weiß, daß es kein endgültiges Lebewohl sein wird. Er ist Dein Vater, mein Liebling, und deshalb werde ich für alle Zeiten mit ihm verbunden bleiben, werde ich für immer in seiner Schuld stehen. Haben David und ich uns geliebt? Ja. Du wurdest in Liebe empfangen. Werde ich also wie ein geprügelter Hund zu Raymond zurückkriechen, reumütig, mit eingezogenem Schwanz? Nein. Ich werde mit aufrechtem Gang zurückkehren, einen Schritt nach dem anderen, und ich werde meinen Kopf zwar nicht ganz erhoben, aber zumindest nicht gesenkt tragen, und meine Augen werden offen sein für alle Dinge, die mir mein Leben mit Ray gegeben hat, und ebenso offen für die Dinge, die noch kommen werden. Ich habe jetzt ein Drehbuch, nach dem ich handeln muß, ich muß eine große Täuschung zu einem guten Ende führen. Vielleicht wird es nicht klappen. Vielleicht wird mein Kind zuviel von David Cantrells dunkler Schönheit haben, und Raymond wird mich verlassen, wenn er dahinterkommt. Aber vielleicht wird Ray in unserem Kind auch nur mich sehen, vielleicht genügt ihm das. Aber ich werde auf jeden Fall mit Körper und Seele ganz zu Raymond zurückkehren, mich ihm wieder als Geliebte und Freundin, als Frau und Mutter vollständig hingeben. Was kann ich denn sonst tun? Ich hoffe, daß ich ihn wiederfinden werde, daß er auf mich am Ende des langen Weges, auf dem er sich von mir entfernt hat, warten wird.«

Während Joseph las, beobachtete ihn Weir im Licht der Lampe. Auch Josephs auf das Tagebuch gesenkte Augen sahen aus wie die von Ann – es war eine Spur von Traurigkeit in ihnen. Wenn Jim seine Augenlider ein wenig zusammenkniff und Joseph etwas verschwommen sah, wurde sein dünnes blondes Haar dem von Ann ähnlich. Auch sein schmaler Hals, seine breiten Schultern und die kräftige Nase verwandelten sich in die von Ann. Sogar seine Stimme hatte etwas von ihr: eine Weichheit, die von einer selbst auferlegten Ruhe herrührte, die in Wirklichkeit gar nicht vorhanden war. Es war die Ruhe des Geistes, die im Gegensatz zu den widerstreitenden Gefühlen des Herzens stand. Ann hatte diese Ruhe aus sich selbst heraus erzeugen können, Joseph bezog sie aus seiner Pillendose.

»Vergangene Nacht hatte ich einen Traum«, las er weiter vor. »Ich träumte, ich wäre aus Davids Haus gegangen und Raymond hätte davor auf mich gewartet. Er war gut angezogen und hatte einen Strauß roter Rosen in der Hand – so wie diejenigen, die David mir geschickt hat. Er sagte, daß er mir verzeihe und daß er mich liebe. Er nahm meine Hand, und wir fuhren in seinem Streifenwagen – wie merkwürdig manchmal Träume sind! – zur Back Bay, wo ich so oft mit David gewesen war. Dort preßte mich Raymond eng an sich und küßte mich ganz zärtlich, und am Beben in seinen Armen spürte ich, wie sehr er mich wollte, wie stark seine Liebe zu mir war. Und in dem Traum erfüllte mich plötzlich ein Gefühl, das mich nicht verließ, als ich aufwachte, und das sogar jetzt noch in mir ist. Es ist das wunderbare Gefühl, daß mir alles verziehen wird, daß sich alles doch noch zum Guten wendet, daß all die Schmerzen der Vergangenheit nötig waren, um unser zukünftiges Leben miteinander nur um so schöner und freudiger zu machen. Raymond sagte, daß er mir vergeben habe. Vergebung. Dieses Wort hatte in meinem Traum so herrlich geklungen, daß es direkt vom Himmel herunterzuschallen schien, aus dem Wasser, das an den Sand zu unseren Füßen plätscherte, von den wilden Eispflanzen um uns herum. Wenn ich Dir, mein Liebling, nur eines mitgeben könnte, so wünschte ich, es wäre die Fähigkeit, jemandem zu vergeben. Ich glaube nicht, daß ein Leben ohne Vergebung einen Sinn macht. Aber in meinem Traum war mir auch klar, daß diese Vergebung noch nicht ganz vollständig, daß sie immer noch nicht richtig geboren war – so, wie mein Kind es auch noch nicht ist. Was sie dazu benötigte, um vollständig zu werden, war *ich.*

Und so sagte ich es in meinem Traum. Zuerst in Gedanken, dann zu mir selbst und schließlich zu Raymond. Ich sagte: ›Auch ich biete dir meine Vergebung an. Bitte, mein Mann, akzeptiere sie.‹ Das, mein Liebling, sind die Worte, nach denen ich in Zukunft leben will. Sie werden mir den richtigen Weg weisen ...«

Als Weir, der sich in seinen eigenen Gedanken verloren hatte, wieder auf Joseph sah, bemerkte er, daß der Junge nicht mehr las, sondern die Sätze auswendig vor sich her sagte. Josephs Augen waren fest geschlossen, als versuche er, gewisse Dinge in sich drinnen und andere draußen zu halten. Jim ließ seinen Blick wieder verschwimmen und war gewillt, Joseph jetzt für Ann sprechen zu lassen, oder besser: Ann durch Joseph sprechen zu lassen. Jim ließ Joseph das sein, was Ann gewollt hätte, daß er sei: ihr Fleisch und Blut, ihr wertvollstes Geschenk an diese Welt.

»Von diesem Moment an«, zitierte Joseph, »sagte ich mir in meinem Traum, von diesem Moment an werde ich bis zu meiner letzten Stunde immer versuchen, anderen zu vergeben. Du mußt das auch tun, mein Liebling, und wenn es nur für mich wäre. Du wirst das hier niemals lesen, niemals von diesen Dingen erfahren. Aber ich frage mich trotzdem: Wirst Du mir vergeben? In meinem Traum sah ich, daß Raymond in seine Tasche griff und etwas daraus hervor zog, das er einen Moment lang in seiner Hand behielt, bevor er es an mein Gesicht hob. Ich stand da, die Hände an meinen Seiten, und war bereit für seine Berührung, für seinen Segen. Er tupfte mir mit seinem Taschentuch die Tränen aus den Augen, dann tat er bei sich selbst das gleiche, bevor er sein Taschentuch wieder zurück in die Hosentasche steckte. Und die ganze Zeit über schwebte dieses eine Wort in

der kalten Nachtluft um uns, wie ein stiller Seufzer direkt aus dem Himmel:
*Vergebung.*«

Jim klopfte und trat gleich darauf in Virginias Zimmer. Sie saß an ihrem Frisiertisch und starrte geradeaus in den Spiegel. Sie war im Bademantel, und ihr gelbes Haar hing lose auf den Schultern. Jim sah, wie ihre Augen zu seinem Spiegelbild wanderten. Sie sah alt aus.
»Bist du okay?« fragte er.
»Ja. Interessiert dich das überhaupt noch?«
»Natürlich.« Jim blieb einen Moment stehen, ging dann zum Bett und setzte sich. Ihre Augen folgten ihm im Spiegel. Er sah sich in dem Zimmer um, das sich seit Poons Tod vor zehn Jahren nicht verändert hatte. Anns Worte gingen ihm durch den Kopf, aber er brauchte lange, bis er sie aussprechen konnte:
»Ich weiß nicht, ob es für dich von Bedeutung ist, aber ich vergebe dir.«
»Weshalb?«
»Es ist das einzige, was ich noch tun kann.«
Virginia starrte ihn aus dem Spiegel an. »Ich werde diese Vergebung nicht akzeptieren. So was lasse ich in meinem Haus nicht zu.«
»Es mußte einmal gesagt werden.«
»Wofür könnten solche Worte wohl gut sein?«
»Vielleicht helfen sie. Vielleicht sind sie ein Anfang, wo sonst keiner ist. Vielleicht sage ich sie auch bloß für mich selbst.«
»Du mußt lernen, ohne diese Worte zu leben, Jim. Ich habe mich schon vor langer Zeit dazu entschlossen.«
Weir stand auf, setzte sich aber gleich wieder. Immer noch waren Virginias Blicke über den Spiegel auf ihn gerichtet.
»Wie bist du nur so hart geworden, Mom? Was ist passiert …

ich meine ... war es das mit Jake, oder war es Dad, oder ... was war es?«
Sie schaute auf ihre Hände und dann wieder in den Spiegel zu Jim. »Vor vierundzwanzig Jahren habe ich in diesen Spiegel hier geschaut und mir geschworen, daß ich mir nie vergeben würde. Das ist meine Auffassung von Ehre. Es war damals noch nicht lange her, daß ich das einzige Kind meiner Tochter zur Adoption freigegeben hatte, während sie glaubte, es wäre tot zur Welt gekommen. So etwas wird mit der Zeit nicht weniger schlimm – im Gegenteil, es wird nur noch monströser.«
»Aber du kannst doch nicht dein ganzes Leben lang dafür bezahlen.«
Sie starrte ihn weiterhin an. »Weißt du, was Poon zu mir gesagt hat, als wir herausfanden, daß Annie schwanger und es für eine Abtreibung schon zu spät war? Er sagte, daß Annie und David doch heiraten sollten, so, wie sie es sich wünschten. Oder sie sollten erst das Kind bekommen und später heiraten. Er wollte ihnen sogar die SWEETHEART DEAL geben, damit die drei darauf um die Welt fahren und gemeinsam jung sein und dumme Dinge tun konnten. ›Es ist doch egal, was die Leute denken‹, sagte er zu mir. ›Unter all den Leuten, die ich kenne, ist niemand, dessen Meinung mir auch nur einen Pfifferling wert wäre. Scheiß doch auf die Leute, wenn sie keinen Spaß verstehen‹, sagte er. Das war das Credo deines Vaters.«
Jim lächelte innerlich. Poon hatte es verstanden, ohne Umschweife auf den springenden Punkt zu kommen. In seinem Herzen war er immer ein Rebell gewesen. Hört ein Mann jemals auf, seinen Vater zu vermissen?
»Ich kann mir nicht vorstellen, daß Blake Cantrell von diesem Vorschlag allzu begeistert war«, sagte Jim.
Virginia erwiderte seinen Blick über den Spiegel. Auf einmal

klang ihre Stimme sehr angespannt und verärgert. »Blake Cantrell war derselben Meinung wie Poon. Und seine Frau ebenfalls.«

Jim versuchte, das zu verstehen, aber er konnte es nicht. »Und warst du die einzige, die dagegen war? Warum konntest du es dann nicht einfach auch zulassen?«

»Weil ich meine Prinzipien habe, die ich nicht so einfach über Bord werfen kann. Tief in meinem Herzen glaubte ich, daß es falsch war, was David Annie angetan hatte. Ich glaubte, daß kein Cantrell gut genug für eine Weir war – und besonders nicht für meine einzige Tochter. Die Cantrells sind reiche, korrupte Menschen. Ich glaubte, daß es meine Pflicht war, Annie vor solchen Leuten zu beschützen. Ich hätte alles für sie getan. Ich hätte freudig mein Leben für sie geopfert. Also setzte ich mich durch. So, wie ich mich immer durchgesetzt habe.«

Jim blieb lange sitzen und sah zu, wie die Minuten auf dem Digitaldisplay des Weckers neben dem Bett verstrichen. Jede einzelne Minute hatte ihre eigene Zahl, jede war eine in sich geschlossene kleine Einheit, für die es keine Zukunft und keine Vergangenheit zu geben schien, nur die Gegenwart. Aber das ist eine Lüge, dachte er – die Zeit bewegt sich in Wirklichkeit ganz anders. Du mußt dir nur Virginia anschauen.

Langsam wurde es Jim klar, warum seine Mutter sich von niemandem Absolution erteilen lassen konnte. Es hatte nur teilweise etwas damit zu tun, daß sie ihrer Tochter das Baby weggenommen und es fortgegeben hatte. Das hatte sie aufgrund ihrer Prinzipien getan. Ihr Unvermögen, sich vergeben zu lassen, hatte vielmehr etwas damit zu tun, daß Virginia ebendiese Prinzipien später in Zweifel gezogen hatte. Sie hatte gewußt, daß sie ein Unrecht getan hatte. Sogar als sie in New York alles organisiert hatte, hatte sie das gewußt. Sie hatte das Glück ihrer Tochter – am Ende vielleicht sogar ihr Leben – Prinzipien geopfert, von denen sie genau wußte, daß sie viel weniger wert waren als die Liebe und Bedürfnisse der Lebenden. Würde sie dafür Vergebung akzeptieren – und wäre es auch nur ihre eigene –, dann würde sie damit gleichzeitig ein Eingeständnis machen, zu dem sie niemals bereit wäre, zumindest nicht mit Worten. Statt dessen würde sie sich nun freiwillig für den Rest ihres Lebens täglich ihre Schuld in Gestalt des für immer seelisch verkrüppelten Joseph Weir vor Augen führen. Das war in gewisser Weise ein stummes Eingeständnis ihrer Schuld, die Weirsche Form der Beichte.

Jim stand auf. »Ich liebe dich, Mom«, sagte er.

»Ich kann dir nur ganz ehrlich sagen, daß ich dich auch liebe, mein Sohn. Mehr, als du je wissen wirst. Und ich werde mit all meiner Kraft versuchen, auch ihn zu lieben – Joseph. Um Annies willen. Aber deine Vergebung akzeptiere ich nicht. Verlange das nicht von mir. Vergib lieber jemandem, der es verdient.«

Weir knipste das Licht in seinem Zimmer aus und ging die Treppe hinunter. Leise stahl er sich durch die Vordertür und schloß sie hinter sich wieder ab.

Die Nacht war klar, und die Sterne sahen aus, als hingen sie bloß ein paar Zentimeter über den Dächern. Die Bucht war wie eine schwarze Bühne, über die die Feen schwebten und auf der die Lichter der Häuser einen lautlosen Jitterbug tanzten. Dieser Anblick rührte Jim auch jetzt noch, trotz allem.

Auf dem Gehsteig wurden seine Schritte immer größer. Vor Beckys Haus blieb er an der Hecke stehen und schaute hinüber zu ihren Fenstern. Sie waren dunkel. Jim ging durch das Gartentor und schloß es vorsichtig hinter sich, aber die kleine Messingglocke daran bimmelte trotzdem und verriet seine Ankunft, ohne daß er es wollte. Einen Augenblick blieb er im tiefen Schatten des Oleanders stehen, unsichtbar in der schwarzen Dunkelheit. Mein Schweigen war eine Lüge. Jim zog zweimal an der Glocke und schickte einen reinen, ehrlichen Klang durch die Nacht. Dann schlug sein Herz auf einmal schneller, und er sprang förmlich über die Steinplatten von Beckys Gartenweg auf das Haus zu. Das Licht auf der Veranda ging an, und die Tür ins Haus öffnete sich.